www.b-books.co.kr

www.b-books.co.kr

뜨거운
베케이션

'뜨거운
베케이션'

1

욱
수
진

장
편

소
설

of vacation

A H Y A N G   R O M A N C E   S T O R Y

Contents

프롤로그

"잠시 후 계주가 시작될 예정이오니, 학부모님들과 선생님들께서는 운동장 가운데로 나와 주시기 바랍니다."

운동장 스탠드에 앉아 있던 학생들이 약속이라도 한 듯 자리에서 벌떡 일어났다. 이제 곧 문화고 체육 대회의 하이라이트 '학부모 vs 신임 교사' 계주가 시작될 예정이었다.

"문화고 여신 임설미 파이팅!"

2학년 3반 학생들은 자신의 담임 선생님 이름을 목청이 터져라 외쳐 댔다. 그 소리에 설미가 뒤로 돌아 학생들을 향해 손을 흔들며 운동장 중앙으로 향했다.

"으악!"

총총걸음으로 뒤로 걷던 설미는 바닥에 놓인 줄다리기용 밧줄에 발이 걸려 철퍼덕! 대자로 뻗어 넘어지고 말았다.

계주 시작도 전에 운동장 한가운데에서 화끈한 퍼포먼스를 선보인 담임의 모습에 학생들은 걱정이 앞섰다.

"가만히 있으면 진짜 예쁜데, 저럴 때 보면 신은 공평해."

"그나저나 담임 잘 뛰려나?"

"체육 쌤인데 기본은 하겠지."

"뭐? 담임 과목이 체육이었어? 가정 아니었어? 십자수 완전 잘하게 생겼는데."

"솔직히 얼굴만 놓고 보면 음악이나 미술이지. 딱 예술 하게 생겼잖아."

결석을 밥 먹듯 하는 2학년 3반 트러블 메이커 지석과 우석. 일명 '쌍석'이라 불리는 남학생 두 명이 설미의 외모를 놓고 한창 설전을 벌이고 있던 그때였다.

스타트를 알리는 요란한 총소리와 함께 학생들의 함성 소리가 더욱더 커졌다. 마침내 경주가 시작되었다.

출발 대기 라인 위에 서 있던 마지막 주자 설미는 자기 차례가 다가오자 팔과 다리를 쭉쭉 당겨 스트레칭을 시작했다.

그 모습을 걱정스러운 얼굴로 지켜보고 서 있던 학생부장이 넌지시 물었다.

"임 선생, 알지?"

부장의 물음에 설미는 고개를 갸웃거리다가 뒤늦게 두 주먹을 불끈 쥐며 방긋 웃었다.

"네! 아주 잘 알죠! 걱정 마세요. 꼭 이기겠습니다!"

"뭐라고?"

"그럼 갔다 오겠습니다!"

힘차게 외치고 출발선으로 달려가는 설미의 뒷모습을 학생부장이 어이가 없다는 표정으로 바라보았다. 옆으로 체육부장이 다가왔다.

"역시. 모르는 것 같죠?"

학생부장이 한숨을 푹푹 내쉬었다.

"임 선생 좀 체육부로 데려갈 생각 없어? 임 선생 담당 과목도 체육이잖아."

"사양하겠습니다. 임 선생은 다 좋은데, 사람이 눈치가 없더라고요."

"그게 설미 쌤 매력이죠. 난 귀엽던데."

평소 설미에게 관심이 많던 윤리 남정우 선생이 두 부장 사이를 파고들었다. 얼굴이 발그레해진 남정우 선생은 설미 쪽으로 시선을 돌렸다.

그녀는 목에 두른 꽃무늬 손수건을 풀어 긴 생머리를 돌돌 말아 올려 묶는 중이었다. 자연스럽게 흘러내려 온 잔머리마저 사랑스러웠다. 팔을 올릴 때마다 드러나는 잘록한 허리 라인과 꽤 볼륨감 있는 몸매는 두 눈으로 보고 있어도 믿기 어려울 정도로 완벽했다.

'러블리 페이스에 섹시함까지. 신이시여, 부디 저 여자를 제게 주십시오.'

침을 꼴깍 삼켜 가며 그녀의 뽀얀 목선을 바라보던 남정우 선생은 두 손을 모아 기도까지 했다.

한편, 진지한 표정으로 스타트 자세를 취하고 있던 설미는 멀리서 뒤뚱거리며 달려오는 수학 선생을 향해 소리쳤다.

"진성 쌤! 빨리요! 빨리! 달려!"

이미 반 바퀴 이상 차이가 나고 있는 트랙을 초조하게 바라보던 설미는 도저히 못 기다리겠는지 수학 선생을 향해 잽싸게 달려가 바통을 뺏어 들었다.

"제가 끝내겠습니다!"

설미의 눈빛이 번뜩였다. 그녀는 뒤를 돌자마자 전속력으로 달리기 시작했다.

"까아! 대박 반전! 우리 쌤 미쳤나 봐! 우사인 볼트 같아!"

설미의 질주를 본 학생들이 열화와 같은 성원을 보냈다.

설미는 엄청난 스피드로 순식간에 간격을 좁혀 학부모를 추월했다. 손톱만 한 에메랄드빛 귀걸이와 진주 목걸이를 착용한 학부모는 자신을 추월한 설미의 S라인 뒤태를 괘씸하다는 얼굴로 바라보다가, 이내 이를 악물고 달려 설미의 어깨를 밀치고 앞서 나갔다.

학부모와의 충돌로 인해 발이 꼬여 고꾸라진 설미는 왼쪽 무릎을 바닥에 쿵! 찧어 버렸다.

"으윽!"

잔뜩 일그러진 얼굴로 괴로워하던 설미는 이내 자리에서 벌떡 일어났다. 앞서 달리는 학부모를 승부욕에 불타는 눈으로 바라보던 설미는 바통을 꽉 쥐고 절뚝이며 자세를 고쳐 잡았다. 그리고 다시 스피드를 내기 시작했다.

그녀는 결국 또다시 학부모를 추월하는 데 성공했다.

"우석 어머니! 발보다 팔을 더 빨리 움직이셔야 해요! 그럼 먼저 가 보겠습니다. 파이팅!"

죽어라 달리고 있는 학부모를 향해 설미는 '파이팅'을 외치며 빙긋 웃어 보였다. 학부모의 입장에선 '저게 날 놀리나?' 싶었지만, 설미의 응원은 100퍼센트 순수했다. 학부모는 벌써 저 멀리 골인 지점에 다다른 설미의 뒷모습을 황당한 얼굴로 쳐다봤다.

양산을 쓰고 스탠드에 앉아 있던 여선생들은 아침 드라마를 시청하듯 계주를 보며 수다를 떨었다.

"설마 저대로 들어오진 않겠지?"

"들어왔는데요?"

'학부모 vs 신임 교사' 계주는 선생들이 앞서다가도 막판에 학부모들에게 우승을 넘겨주는 것이 관습이었다. 설미의 승리는 개교 이래 처음 일어난 역대급 사건이었다. 골인 지점에서 팔짝팔짝 뛰며 좋아하는 설미를 교직원들 모두 당황스럽게 바라볼 뿐이었다.

그런 시선들을 전혀 눈치채지 못한 설미는 학생들에게 달려가 하이파이브를 하며 덩실덩실 어깨춤까지 추었다.

"기분도 좋은데, 쌤이 오늘 아이스크림 쏜다!"

"쌤 최고!"

학생들의 우레와 같은 함성이 이어졌다.

그녀는 제자들에게만은 아주 좋은 스승이었다.

체육 대회가 끝나고 오후에 있을 축제 준비로 학교가 분주했다. 곳곳에서 떡볶이, 어묵, 김밥 등의 분식류를 파는 먹거리 부스와 복불복, 물풍선 던지기 등의 게임 부스가 설치되고 있었다. 학생들은 호객을 위해 인형 탈을 쓰고 춤을 추거나 노래를 부르며 벌써부터 축제를 만끽하고 있었다.

"선생님! 우리 담임 쌤 못 보셨어요?"

반장이 설미를 애타게 찾고 있었다. 계주가 끝난 뒤 아이스크림을 사러 나갔던 담임이 돌아오지 않아 직접 찾으러 나선 것이다.

다른 반은 담임 선생님들의 지도하에 분주하게 움직이며 부스를 설치하고 있는데, 2학년 3반의 구역만 정리가 되지 않아 엉망이었다. 이러다 한 달 동안 열심히 준비한 축제를 망치게 생겼다.

반장은 초조한 얼굴로 한숨을 내뱉었다.

"도대체 선생님은 어디에 있는 거야?"

그 시각, 학교 건물 뒤에서 누군가 자리에 주저앉아 몸을 움츠리고 있었다.

설미였다.

"으흡…… 윽……."

신음 소리만으로도 얼마만큼의 고통인지 느껴질 정도였다. 설미는 왼쪽 무릎을 움켜잡고 괴로워했다. 꽤 오랜 시간 통증을 견디고 앉아 있던 그녀의 안색은 창백했고, 얼굴은 식은땀 범벅이었다.

침을 꼴깍꼴깍 삼키며 고통도 같이 삼켜 내던 그녀는 힘겹게 고개를 들어 하늘을 올려다보았다.

'이제 곧 여름이라 이건가?'

10년 전 그날 이후, 매년 여름만 되면 찾아오는 통증과 매일 밤 반복되는 악몽.

그녀가 여름을 싫어하는 이유였다.

언제나 해맑던 그녀의 얼굴이 어느새 슬픔으로 잔뜩 젖어 있었다. 내리쬐는 햇빛을 눈에 담는 것을 포기한 채 그녀는 두 눈을 감아 버렸다.

1화

"아. 외롭다. 외로워."

설미와 같은 학생부 소속 남정우 선생이 바퀴 의자를 끌고 설미 옆으로 다가왔다. 그는 공문서 작성에 몰두하고 있는 설미의 옆모습을 훔쳐보면서, 언제쯤 그녀의 시선이 자신에게로 향할까 기다렸다.

하지만 10분이 지나도록 그녀의 시선은 제게로 오지 않았다. 모르는 척하는 건지 정말 모르는 건지. 아마 후자에 가까우리라. 눈치 없는 그녀를 위해 남정우 선생은 아까보다 좀 더 큰 목소리로 외치며 기지개를 켰다.

"아이고, 외로워! 이제 곧 방학인데 같이 여행 갈 애인도 없고."

"정우 쌤."

드디어 설미가 고개를 돌려 그를 불렀다. 남정우 선생의 두 눈이 반짝거렸다.

"응. 왜?"

"저요, 소개시켜 줄 여자 없거든요? 그러니까 그만 징징거려요."

"징징대긴 누가! 내가? 아니, 그리고 내가 언제 여자 소개시켜 달랬어?"

"아니에요? 근데 왜 자꾸 저만 보면 외롭다고 하세요?"

"내가 왜 이러는지 정말 몰라?"

그녀는 그의 말이 무슨 뜻인지 도통 이해할 수 없다는 얼굴로 고개를 갸웃거렸다.

남정우 선생은 울화통이 터졌다. 80여 명의 교직원들과 전교생이 다 아는 걸 이 여자 혼자만 모른다.

"에라이! 나도 몰라. 설미 쌤만 보면 아주 외로워 죽겠어. 그러니까 책임져. 아님 쌤 닮은 여동생이라도 소개시켜 주든가."

"동생 없어요."

"그럼, 언니는?"

잠시 멈칫하던 설미는 다시 노트북 모니터를 바라보며 건성으로 대답했다.

"언니도 없어요."

"아하, 외동이구나? 그럼 부모님은 뭐 하셔?"

남정우 선생은 자연스럽게 호구 조사를 시작했다. 그런데 갑자기 설미의 얼굴이 어두워졌다. 그녀의 표정이 심상치가 않자, 그는 슬그머니 자리에서 일어났다.

"아이고, 수업 들어가야겠다."

그는 교재를 챙겨 들고 문으로 향했다.

그때, 문이 벌컥 열렸다. 갑자기 뛰어들어 온 여학생 때문에 깜짝 놀란 남정우 선생은 애써 표정 관리를 하며 여학생을 다그쳤다.

"야, 인마. 교무실에 들어올 땐 노크를……."

하지만 여학생은 건성으로 고개를 숙여 인사한 후 남정우 선생을 지나쳐 설미에게로 향했다. 두 여자에게 연속으로 무시당한 그는 씩씩거리며 교무실을 나가 버렸다.

여학생은 설미 바로 옆에 멀뚱히 섰다. 사람이 옆에 서 있는 줄도 모르고 미친 듯이 타이핑을 하는 설미를 가만히 내려다보던 여학생은 무표정한 얼굴로 노트북을 닫아 버렸다.

"으악! 깜짝이야! 너 지금 뭐 하는 거야?"

화들짝 놀란 설미는 다시 노트북을 열고 작성하던 공문서가 날아갔는지부터 확인했다. 다행히 무사했다. 설미는 가슴을 쓸어내리며 고개를 들었다. 여학생은 잔뜩 화가 난 얼굴로 설미를 내려다보고 있었다.

육상부 2학년 정혜린. 종목은 단거리 100미터. 2년 전 전국소년체육대회에서 금메달을 딴 인재였다. 전국체전 예선이 얼마 남지 않은 상황이라 스트레스가 상당한지 혜린의 얼굴이 수척해져 있었다.

설미는 그런 혜린의 심정을 누구보다도 잘 알고 있었다. 그렇기 때문에 큰소리를 내지 않으려고 노력했다.

"육상부 때문에 온 거지? 혜린아. 선생님 5시까지 교육청에 공문 발송해야 해. 그러니까 나가서 애들한테 연습하고 있으라고 해."

말을 마친 설미는 다시 고개를 돌려 타이핑을 시작했다.

"언제까지요?"

"금방 나갈게."

"네. 금방 오시겠죠. 오셨다가 또 금방 가시겠죠. 한 달 내내 그러셨잖아요."

비아냥거리는 혜린의 말투에 설미는 타이핑을 멈추고 고개를 들었다. 혜린의 눈시울이 붉어져 있었다. 금방이라도 울 듯한 얼굴로 혜린은 설미를 향해 소리쳤다.

"저도 다 알아요! 선생님 체육 대회 때 교장 선생님한테 찍혀서 육상부 억지로 맡은 거."

설미는 '전국체전 대비 지도자 연수 신청'이라고 적힌 공문서가 띄워진 노트북 화면을 닫았다.

"혜린아. 오해가 있었던 것 같은데, 선생님은……."

"이럴 거면 차라리 그만두세요. 선생님은 그냥 교실에서 편하게 애들 가르치시고, 교장 선생님한테 얘기해서 우리 코치님 좀 채용해 달라고 해 주시라고요. 선생님 같은 분은 죽었다 깨어나도 저희들 맘 몰라요."

혜린이 울음을 꾹 참으며 말을 이었다.

"저요, 저녁 사 먹을 돈도 없어요. 당연히 개인 레슨은 무리고요. 근데 이번 전국체전 꼭 나가야 해요! 나가서 무조건 금메달 따야 한다고요! 그래야 벗어날 수 있단 말이에요! 이 지옥에서……."

혜린은 결국 눈물을 흘리고 말았다. 손등으로 눈물을 닦으며 소리치던 혜린은 그대로 뒤돌아 교무실을 나가 버렸다. 설미는 어쩐지 몸에 힘이 풀려 의자에 등을 푹 기댔다.

혜린의 말대로 교장에게 밉보여 억지로 맡은 육상부였다. 하지만 맡기 전에 얼마든지 도망갈 수 있는 자리였다. 담임 업무에, 학생부 업무, 거기에 육상부 코치 대리라니. 못 한다고 나자빠지면 충분히 발을 뺄 수도 있었다.

'하지만 결국 내가 육상부를 맡은 이유는…….'

저 아이 때문이었다. 정혜린. 밥 먹을 돈도 없는데 운동을 하겠다는, 자신과 많이 닮은 깡마른 저 녀석 때문에.

설미는 다시 마음을 다잡고 재빨리 공문서를 작성해 발송했다. 그러곤 운동화 끈을 단단히 조여 매고 운동장으로 향했다.

운동장엔 육상부원들이 모여서 연습이 아닌 수다를 열심히 떨고 있었다. 아이들을 집합시킨 설미는 작게 한숨을 내쉬었다. 하나같이 의욕이 없어 보이는 여자 육상부원들의 얼굴을 한 명씩 둘러보던 설미는 운동장 구석에서 홀로 스타트 연습을 하고 있는 혜린을 발견했다.

"누가 혜린이 좀 데리고 올래?"

부원 한 명이 달려가서 싫다는 혜린을 억지로 끌고 왔다.

"다 모였지? 그럼 이제 저녁 먹으러 가자."

부원들은 황당한 얼굴로 설미를 쳐다봤다.

"연습은 안 해요?"

"내일부터."

"네?"

"다들 각오하고 오는 게 좋을 거야. 내가 좋은 선수이긴 했는데, 좋은 스승이 될지는 아직 잘 모르겠거든."

여기서 좋은 선수라는 것은 올바른 인성과 성품을 말하는 것이 아니었다. 뛰어난 기록과 타고난 실력을 갖춘 선수를 의미했다. 한국 신기록을 보유하고 있는 설미는 좋은 선수임이 분명했다. 그 기록은 10년이 지난 지금도 깨지지 않고 있으니까.

씁쓸한 마음을 숨긴 채 설미가 애써 웃었다. 부원들은 아직도 영문을 모르겠다는 얼굴로 설미를 향해 질문을 쏟아 냈다.

"좋은 선수요? 선생님도 선수 생활 해 보셨어요?"

"응. 나 선수 출신이야. 그래서 교실보다 운동장이 더 좋아."

설미의 말에 혜린은 당황했다. 방금 전 설미에게 교실에서 편하게 학생들이나 가르치라며 소리쳤던 일이 떠오른 것이다.

"선생님! 종목이 뭐였어요?"

한 부원의 질문에 설미가 혜린을 애틋하게 바라보며 말했다.

"육상. 100미터."

엘리베이터에 탑승한 무리 속에 한 남자의 머리가 툭 튀어 올라와 있었다. 그뿐 아니라 남자 주변으로는 어느 정도 간격이 벌어져 있었다.

이 좁은 공간에 혼자만 다른 공간에 있는 듯 태홍의 주변으로는 보이지 않는 두꺼운 보호막이 쳐진 것 같았다. 얼핏 봐도 가까이하면 안 되는 존재라고, 그가 입은 옷의 브랜드와 차갑고도 수려한 외모가 말해 주고 있었다.

화이트 린넨 셔츠에 핏이 예술인 블랙 팬츠를 입은 남자는 특히 여자들의 로망인 등빨이 가히 환상적이었다.

1층에 멈춰 선 엘리베이터 문이 열리고 사람들이 탑승을 시작했다. 엘리베이터에 들어선 여자들의 시선은 자연스럽게 태홍의 얼굴로 향했다. 하지만 태홍의 서늘한 눈빛을 마주하자 이내 황급히 시선을 피할 수밖에 없었다.

삐이.

탑승을 마친 순간, 만원 표시등에 불이 들어왔다.

마지막으로 엘리베이터에 올라탄 중년 여성은 모르는 척 핸드폰으로 통화를 하고 있었다. 진주 목걸이와 금팔찌를 주렁주렁 매단 중년 여성은 일부러 자신의 지위를 자랑하듯 크게 떠들었다.

"교장 선생님. 우리 우석이 아버지, 국회 의원이에요. 그리고 또 제가 학교 운영 위원장이잖아요. 그동안 우리 부부가 문화고에 얼마나 큰 도움을 줬습니까. 아무튼 우석이 담임 교체해 주세요. 그 여자 미친 거 아니에요? 아니, 우리 애를 대안학교로 보내래요. 이게 말이 되냐고요. 이제 와 하는 말이지만, 저번 체육 대회 때도 저 상당히 불쾌했어요. 어디 감히 교사가 운영 위원장을 이겨 먹으려고 해? 아무리 눈치가 없어도 그렇지."

중년 여성이 내릴 생각을 하지 않자 옆에 서 있던 머리가 희끗희끗한 할머니 한 분이 내리려고 했다.

그때 태홍이 팔을 뻗어 할머니의 행동을 저지했다. 그러곤 통화를 하고 있는 중년 여성의 등을 밀어 밖으로 쫓아냈다. 밖으로 밀려난 중년 여성이 황당한 얼굴로 뒤를 돌아보자 태홍이 말했다.

"통화 다 끝내고 올라오세요. 시끄러우니까."

협박조에 가까운 그의 말투에 기가 죽은 중년 여성을 뒤로하고 태홍은 엘리베이터 닫힘 버튼을 눌러 문을 닫아 버렸다.

사이다가 따로 없었다. 탑승객들은 남녀노소 불문하고 태홍을 향해 호감의 눈빛을 보냈다.

레스토랑 층에 도착해 태홍이 엘리베이터에서 내리자 여자들의 시선이 절로 그의 등을 따라갔다. 도대체 저런 남자와 최고급 호텔 레스토랑에서 데이트를 하는 여자는 어떻게 생겼을까?

"형! 여기예요."

여자들의 궁금증도 잠시, 레스토랑 문 앞에 서 있던 한 남자가 태홍을 향해 눈웃음을 치며 손을 흔들었다. 멍뭉미를 발산하며 등장한 찬희의 외모 또한 여자들의 시선을 빼앗기 충분했다.

그렇게 사람들의 시선을 받으며 룸으로 들어간 두 남자는 자리에 앉기도 전에 일 얘기부터 시작했다. 두 사람의 표정이 꽤 심각했다.

"정석범 관련 자료 모두 카피 떠 왔어요."

태홍의 후배 찬희가 두꺼운 서류 봉투 여러 개를 테이블 위에 올려놓았다.

"오늘 이 호텔 VIP 클럽에서 마약 파티 첩보가 있었어요. 근데 형……."

서류를 살피던 태홍이 심상치 않은 찬희의 목소리에 고개를 들었다.

"정말 가는 거예요? 아니, 어떻게 형을 문화시로 보낼 수가 있어요? 거기 완전 변두리 시골이라고요. 그냥 정석범 사건 손 떼고 서장님한테 광수대로 복귀시켜 달라고 하는 건 어때요?"

"아주 별론데?"

부러지면 부러지지, 휘어지진 않으리.

자리를 두고 윗사람에게 고개 숙이고 부탁하는 일은 검거율 전국 1위에 빛나는 광역수사대 마약팀 서태홍 경위에게 어울리지 않다는 건 찬희가 누구보다도 잘 알고 있었다.

하지만 이번 좌천은 너무 억울했기에 한마디 하지 않을 수가 없었다.

"형은 열 안 받아요? 1년 전 그 일 때문에 승진에서 밀려난 것도 분한데, 이제 와서 갑자기 좌천이라니. 혹시 저 몰래 서장님이랑 한판 붙었어요?"

"한판만 붙었겠냐? 신경 끄고 하던 얘기나 계속해."

자기 일인데도 남 얘기 하듯 말하는 태홍의 무표정한 얼굴을 찬희는 빤히 바라보았다. 그러다 문득 수십 명의 여성을 인질로 잡고 있는 인신매매 일당을 제압하던 태홍의 모습이 떠올랐다.

아직도 믿기지 않았다. 한 명도 아닌 다섯 명이 넘는 건장한 사내들이 이마에 총구를 겨누어도 태홍은 눈 하나 깜짝하지 않았다. 오히려 그들을 향해 태연히 말했다.

'쏘든가.'

어떻게 그 상황에서 그런 말을 내뱉을 수 있을까? 도대체 저 사람은 왜 저렇게까지 하지? 찬희는 태홍이 쉽게 이해되지 않았었다.

정답은 쉽지만 어려운 거였다. 찬희 역시 시민의 안전을 위해 경찰이 된 건 맞지만, 그 안전을 위해 제 목숨까지 던질 각오는 하지 않았던 것이다.

하지만 그날 인신매매 일당들을 자극하며 시간을 끈 뒤 결국 인질 구출 작전을 성공시킨 태홍을 보며 생각이 바뀌었다. 자신보다 약한 사람을 위해 목숨 던질 날이 오면 기꺼이 던지리라.

"그런 눈으로 보지 말라고."

찬희가 자신을 느끼하게 바라보자 태홍은 페이퍼에 시선을 고정한 채 말했다.

"제발 나 좀 그만 좋아해라."

"왜요? 좋아하면 안 돼요?"

"너 눈만 높아지니까 하는 말이야."

"제 눈 원래 높아요. 그러니까 형이 제 맘에 들어온 거죠."

"농담은 농담으로 받아라? 까불지 말고."

웃으며 받아 줄 때 닥치라는 일종의 경고였다. 찬희는 재빨리 웃음기를 거두고 태홍이 보고 있는 자료에 부연 설명을 덧붙였다.

"정석범 똘마니들 최근에 총기 거래까지 했어요."

총기 거래 내역과 권총 사진들을 유심히 보고 있는 태홍을 향해 찬희가 힘주어 말했다.

"딴생각하지 마세요. 혼자는 위험해요. 총 쏘는 거 아직 힘들잖아요."

"다 나았어."

"정말이에요?"

태홍이 고개를 끄덕이자, 찬희가 어깨를 으쓱이며 속아 넘어가 준다는 제스처를 취했다. 그러다 갑자기 얼굴에 화색이 돌며 테이블 앞으로 바짝 다가앉았다.

"맞다. 저번에 부탁한 거 말인데요. 선희 씨 행적이요."

'선희'라는 여자의 이름을 듣는 순간, 태홍의 표정이 묘하게 굳어졌다. 그것을 알아차리지 못한 찬희는 말을 계속했다.

"그 여자분 지금 교도소 수감 중이에요. 작년에 들어갔고, 두 달 후면 출소라던데……. 근데 누구예요?"

태홍은 아무런 말 없이 다시 페이퍼를 들여다보았다. 그런 그를 물끄러미 바라보던 찬희가 조심스럽게 물었다.

"형이랑 같은 고등학교 출신이던데……. 혹시, 첫사랑?"

찬희의 물음에도 태홍은 여전히 무심한 눈길로 정석범과 관련된 보고서를 검토했다. 하지만 답을 기다리는 찬희의 끈질긴 눈빛이 부담스러웠는지, 그가 잠시 후 입을 열었다.

"너 100미터 몇 초냐?"

찬희가 김빠진 얼굴로 투덜거렸다.

"에이, 뭐예요, 진짜! 갑자기 100미터는 왜요? 말 돌리지 말고, 첫사랑 얘기 해 달라고요."

"그딴 거 없어. 앞으로도 없고."

정석범을 잡을 때까진 자는 것도, 먹는 것도, 심지어 사랑까지 포기했다.

현재 서태홍 인생은 N포가 아닌 A포였다.

정석범을 잡을 때까지 All 포기 상태.

□　■　□

"독한 계집애. 어떻게 면회 한 번을 안 오냐?"

교도소 접견실 유리창을 사이에 두고 두 자매가 서로를 노려보고 있었다. 설미는 삭막한 접견실 안을 두려움 가득한 얼굴로 둘러보다가 이를 악물고 언니 선희를 향해 소리쳤다.

"도대체 무슨 생각이야? 학교로 편지는 왜 보내! 거기 내 직장이라고!"

청주 교도소의 주소가 대문짝만하게 박힌 편지를 하마터면 학생들이 볼 뻔했다.

교칙을 어기면 안 된다, 어른이 하지 말라는 건 하지 마라, 법을 잘 지켜야 한다, 착한 사람이 되어야 한다, 바르게 살아야 한다.

매일같이 교과서적인 잔소리를 해 대던 선생의 언니가 마약 사범으로 교도소에 수감 중이라는 사실을 제자들이 알게 된다면, 어느 누가 그녀를 믿고 따르겠는가.

"언니가 동생한테 편지도 못 쓰니? 너 설마, 내가 부끄러워? 얘. 전혀 그럴 거 없어. 내가 무슨 나라를 팔아먹었니, 사람을 죽였니?"

"그래서 지금 아무 잘못도 없다는 거야?"

"어. 출소하면 변호사 고용해서 소송할 거야. 죄도 없는 사람, 억울하게 1년씩이나 때려 놓고. 누구는 발 뻗고 잘 먹고 잘 살고 있겠지. 나 억울하단 말이야."

설미가 헛웃음을 내뱉으며 선희를 원망스레 바라보았다.

"도대체 뭐가 억울한데? 잘못한 거 맞잖아. 아니야? 왜 나라에서 하지 말라는 걸 하냐고! 왜! 그거 지키는 게 그렇게 힘들어? 제발 평범하게 살자. 나도…… 평범하게 살고 싶단 말이야."

"그 남자 때문에?"

설미는 놀란 얼굴로 선희를 쳐다보았다. 살면서 힘들거나, 슬프거나, 죽고 싶을 땐 언니를 생각하며 버텼다. 안타깝게도 좋은 의미로 생각한 건 아니었다.

'언니 보란 듯이 잘 살아야지. 여기서 무너지면 안 돼.'

설미에게 언니는 그런 존재였다. 다른 자매들과 달리 두 사람은 한 번도 대화다운 대화를 해 본 적이 없다. 그래서 그녀는 언니에 대해 제대로 아는 것이 하나도 없었다.

그런데 언니는 그녀에 대해 모든 걸 다 알고 있는 얼굴이었다. 그게 왜 이렇게 자존심이 상하는지. 설미는 아랫입술을 꼭 깨물었다.

"그 남자랑은 어떻게 됐어? 헤어졌어?"

"뭘 헤어져? 선생님이랑 나 그런 사이 아니야."

"아니야? 뭐, 그럼 다행이고. 그 의사 선생은 잊어. 그 남자 엄마 성격 보통이 아니더라. 내 뒷조사를 한 모양인지 내 전과를 줄줄 읊어 대는데 소름이 돋더라니까?"

"사모님 만났어?"

설미가 기막힌 얼굴로 묻자 선희가 태연하게 고개를 끄덕였다.

"작년에 교도소로 찾아왔어. 난 또 누군가 했네. 두 사람 헤어지게 해 줄 테니까 돈 주세요, 했지. 그때 한 1억 불렀나? 그랬더니 그 아줌마 바로 도망가던데?"

"뭐? 돈을 달라고 했다고? 야! 니가 그러고도 언니야? 뭐 1억? 내 사랑이 고작 1억짜리였냐?"

"그런 사이 아니라더니."

"아니야! 아니라고! 나 혼자 좋아한 거란 말이야!"

결국 자신의 입으로 그를 좋아한다는 말을 내뱉고 말았다. 죄스러워서 짐스러워서 그 누구에게도 말하지 못하고 꼭꼭 숨겨 왔던 마음을 하필 언니에게 보이고 말았다.

순간, 그동안 잊으려 애썼던 그 사람의 해사한 미소가 떠올라 누군가 심장을 쥐어짜는 것처럼 아팠다.

'3년 정도 걸릴 거야. 그때 돌아오면 우리 설미 진짜 어른이 되어 있겠네? 기다려진다.'

1년 전 미국으로 연수를 떠나며 그가 그녀에게 남긴 말은, 어른이 된 그녀의 모습이 기다려진다는 거였다.

그 말을 듣는 순간 목구멍까지 차올랐던 뜨거운 고백은 차갑게 얼어붙고 말았다. 3년, 30년, 아니 300년이 지나도 자신은 그에게 중학생 소녀일 뿐 여자일 수 없다는 사실을 깨달았기 때문이다.

그땐 그저 속상한 마음에 그 사람이 자신이 고백할 걸 미리 알고 '어른'이라는 직설적인 단어까지 사용해 가며 자신의 마음을 거절한 건 아닐까? 하는 오해를 하기도 했었다.

하지만 시간이 지날수록 오해는 미안함으로 바뀌었다. 설미가 아는 그 사람은 그렇게 계산적인 사람이 아니었다.

그녀가 올림픽 출전을 목전에 두고 부상으로 인해 선수 생활을 접어야만 했을 때, 삶의 목표를 잃고 모든 걸 포기하려고 했을 때, 그는 그녀의 다리는 물론 마음까지 치료해 주었던 사람이다. 그녀가 어른이 되어 혼자서 자립할 수 있기를 누구보다도 간절히 바랐던 사람.

설미는 그의 바람대로, 그가 떠났던 그해에 죽기 살기로 공부해 단번에 임용 고시에 붙었고, 그렇게 선생이 된 지 벌써 한 학기가 지났다.

"그건 사랑이 아니야."

선희의 차가운 목소리에 설미는 뒤늦게 정신을 차리고 고개를 들었다.

"무슨 소리야?"

"동경을 사랑이라고 착각하지 말라고. 동정을 사랑이라고도 착각하지 말고. 그 사람은 부모도 없이 혼자 사는 네가 가여웠을 뿐이고, 너는 살면서 제대로 된 어른을 만나 본 적이 없어서 그 의사 선생을 동경하고 있을 뿐이야. 그거 사랑 아니야. 나중에 니가 진짜 사랑을 해 보면 알 거야. 내가 지금 무슨 말을 하는지."

"언니가 뭘 안다고 그런 말을 해?"

"다른 건 몰라도, 내 동생 임설미는 잘 알지."

"나 웃어도 돼?"

"응. 좋아. 너 웃는 모습 보면 나야 좋지."

조롱하는 듯한 선희의 말투에 더는 못 참고 설미가 소리를 질러 버렸다.

"내가 이래서 안 오려고 한 거야! 난 언니만 보면 화가 나고 두려워. 언니 사는 꼴을 보면 화가 나고, 나도 언니처럼 살게 될까 봐 두렵다고. 그러니까 제발 정신 좀 차려!"

설미를 잠시 무표정한 얼굴로 바라보던 선희가 피식 웃었다.

"얘. '정. 숙.' 안 보여?"

선희가 푯말을 가리켰다. 화가 난 설미는 들은 척도 하지 않고 가방을 들고 자리에서 벌떡 일어났다. 그러자 선희가 다급하게 외쳤다.

"혹시 최근에 나 찾아온 사람 없었어?"

"누가 나한테서 언니를 찾아?"

"경찰…… 이콜 형사."

"경찰이라니……. 또 무슨 짓을 한 건데!"

설미는 지친 얼굴로 소리쳤다. 잠시 동생을 올려다보던 선희의 얼굴이 사뭇 진지해졌다.

"혹시라도 누가 찾아와서 나에 대해 물으면 어렸을 적에 헤어지고 한 번도 만난 적 없다고 말해. 뭐, 그게 사실이기도 하잖아. 우리가 자매의 정을 나눌 시간이 많이 있었다면 좋았을 텐데……. 그랬다면 나도, 그리고 너도 이렇게 살진 않았을 텐데……."

갑작스러운 언니의 쓸쓸한 미소에 설미는 또 금세 마음이 약해졌다. 잠시 머뭇거리다 설미가 인사를 건넸다.

"잘 있어. 또 올게."

나가려고 문손잡이를 잡은 설미는 언니가 잘 들어갔는지 걱정되는 마음에 고개를 돌렸다. 하지만 벌써 들어간 줄 알았던 선희는 예상과 달리 여전히 그 자리에 앉아 동생을 지켜보고 있었다. 설미와 눈이 마주친 선희가 어깨를 으쓱하며 뒤늦게 자리에서 일어났다.

"오늘부터 여름 방학이랬지? 다리는 괜찮아? 너 이맘때만 되면 많이 아프잖아."

"……."

"몸 건강해라. 그리고…… 이젠 오라고 안 할게. 오늘이 마지막이야. 선생이 이런 곳 자주 오면 안 되지. 그럼 먼저 갈게."

이번엔 선희가 먼저 뒤를 돌아 교도관과 함께 접견실을 나가 버렸다.

설미는 온몸에 기운이 빠져 한참 동안 멍한 얼굴로 서 있었다. 어렸을 적부터 언니는 그녀의 거울이었다. 그 거울을 보며 항상 다짐했었다.

'나는 절대로 저렇게 살지 말아야지.'

그런데 어쩐지 오늘 그 거울이 산산조각 난 것 같은 기분이 들었다. 교도소 안은 여름인데도 체감 온도는 겨울처럼 서늘하고 추웠다.

몸을 떨며 교도소를 나온 설미는 버스 정류장으로 향했다.

그때 마침 핸드폰 벨소리가 울렸다. 육상부 주장 은정이었다. 언니를 만나러 청주에 내려오느라 오늘 육상부 연습은 주장에게 맡긴 터였다. 무슨 일이 생긴 건 아닌지 걱정부터 앞섰다. 설미는 재빨리 전화를 받았다.

"어, 은정아."

— 쌤! 혜린이가요…….

"혜린이가 왜?"

— 학교 그만둔대요!

"뭐? 뭘 그만둬?"

— 육상도 그만두고, 돈 벌겠대요.

설미는 저도 모르게 뒷목을 잡았다. 하필 이 중요한 시점에…….
속된 말로 개성실하던 혜린이 연습을 쨌다. 게다가 학교를 그만두고 돈을 벌겠다니.

그놈의 돈! 돈! 사람들은 그놈의 돈 때문에 사랑하는 사람이 아닌 조건 맞는 사람과 결혼을 하고, 돈을 좇느라 누군가의 절실한 꿈을 짓밟으려 하고, 돈이 없어서 10년 세월의 노력을 쓰레기통에 처박아 버린다. 도대체 돈이 뭐길래.

설미는 황급히 도로로 나가 손을 번쩍 들었다.

"택시!"

□　■　□

문화시 S나이트클럽 앞.

차 안에서 잠복 수사 중이던 40대 권 팀장은 입이 찢어져라 하품을 하며 기지개를 켰다. 그때 뒷좌석에서 나이트클럽 입구를 주시하던 신참 형사 강회철의 두 눈이 번쩍 떠졌다.

"팀장님! 철식이 입장했습니다."

"가자."

권 팀장의 한마디에 뒷좌석에 앉아 있던 세 명의 형사들이 수갑을 챙기는 등 바삐 움직이기 시작했다.

권 팀장도 차에서 내려 허리띠를 꽉 졸라맸다. 호기롭게 차 문을 닫으려던 권 팀장은 순간 어이없는 표정으로 헛웃음을 내뱉었다. 가만히 운전석에 앉아 핸드폰을 들여다보고 있는 서태홍 경위 때문이었다.

"야, 인마. 너 뭐 하냐?"

태홍은 무표정한 얼굴로 권 팀장을 바라보며 말했다.

"잡범 잡는 데 다섯이나 출동한 거, 인력 낭비라는 생각 안 하십니까?"

열받아서 얼굴이 붉으락푸르락해진 권 팀장은 아랑곳없이 태홍은 귀에 이어폰을 꽂았다.

"저 새끼를 내가 아주 그냥!"

발을 들어 올리는 권 팀장을 동료 형사들이 말리며 재빨리 차 문을 닫았다.

"팀장님. 참으세요! 저 자식 원래 우리를 식구로 생각 안 하잖아요."

"쟤 어디서 왔다고?"

"광수대 마약팀이요. 꽤 날렸나 봐요."

"근데 왜 좌천당해서 우리 문화서로 온 거야?"

소문에 둔감한 권 팀장은 이제야 태홍의 정체가 궁금했는지 넌지시 물었다. 그러자 김 형사가 작게 속삭였다.

"과잉 진압 하다가 사람이 죽었대요. 그것도 일반인이."

"가자."

권 팀장은 곧바로 몸을 틀어 클럽으로 향했다. 그리고 앞으로도 될 수 있으면 저놈은 현장에 달고 다니지 말아야겠다고 다짐을 했다.

그렇게 네 명의 형사들이 클럽 앞에 서자 안에서 가드들이 올라와 형사들을 막아섰다. 신참 형사답게 회철은 자랑하듯 주머니에서 경찰 신분증을 꺼내 가드의 눈앞에 내밀며 외쳤다.

"비켜!"

뒤이어 권 팀장이 가드의 어깨를 밀치고 위풍당당하게 안으로 들어갔다.

한편 형사들이 클럽 안으로 들어가는 모습을 보고 놀란 설미는 후다닥 옆으로 숨었다. 혜린을 찾기 위해 클럽으로 가던 참이었다.

'경찰? 설마…… 미성년자 단속?'

만약 저 클럽 안에 혜린이가 있다면? 걸리면 최소 정학이다. 까딱 잘못하면 혜린의 전국체전 출전이 불투명해질 수도 있었다.

설미는 초조한 얼굴로 등에 멘 백팩 끈을 단단히 조여서 고쳐 멨다. 그리고 재빨리 클럽 안으로 달려 들어갔다. 곧장 스테이지로 향한 설미는 미친 듯이 혜린을 찾아 뛰어다녔다.

"얘가 도대체 어디에 있는 거야? 설마……."

설미는 룸 쪽으로 달려갔다. 그녀의 두 눈이 휘둥그레졌다.

'세상에. 도대체 룸이 몇 개야?'

끝이 보이지 않는 긴 복도 양쪽으로 수십 개의 룸이 있었다.

'여기서 혜린이를 어떻게 찾지? 경찰이 오기 전에 빨리 찾아서 데리고 나가야 하는데…….'

서둘러야 한다. 설미는 바로 앞에 있는 룸부터 문을 열어 몰래 안을 훔쳐보기로 했다.

그런데 하필 그 순간, 덩치 큰 남자가 안에서 문을 열고 나왔다. 설미는 그대로 남자에게 밀려 바닥에 나뒹굴었다.

"아얏. 내 엉덩이."

"이년은 또 뭐야."

남자는 욕설을 내뱉으며, 바닥에 주저앉아 있는 설미의 가방을 잡아당겼다. 그 힘에 그녀는 가방과 함께 자리에서 벌떡 일으켜 세워졌다. 인상이 험악한 남자가 윽박질렀다.

"눈 똑바로 뜨고 다녀!"

설미가 너무 놀라 딸꾹질을 하자, 남자는 그녀를 벽 쪽으로 세게 밀쳤다. 그러곤 무슨 급한 일이 있는지 바로 비상구로 달려 나갔다. 잠시 얼이 빠져 있던 설미는 이내 정신을 차렸다.

'이러고 있을 때가 아니야. 혜린이를 빨리 찾아야 해!'

이왕 봉변당한 거 될 대로 되라! 설미는 닥치는 대로 문을 열고 룸 안에 있는 사람들의 얼굴을 확인하기 시작했다. 폭탄주를 말던 사람들, 진한 스킨십을 하던 남녀, 여자의 가슴을 주무르며 애무하던 남자 등 다들 놀라 그녀를 향해 욕과 안주를 집어 던졌다.

다행인지 불행인지 혜린의 모습은 아직 보이지 않았다. 그리고 그녀는 마지막 하나 남은 룸의 문을 열며 속으로 기도했다.

'제발…… 없어라. 제발.'

하지만 설미의 간절한 바람은 처참히 무너져 버렸다. 룸 안에는 짧은 치마에 진한 화장을 한 혜린이 중년 남성에게 술을 따르고 있었다.

"혜린아……."

설미의 목소리에 고개를 든 혜린은 수치스러움에 다시 고개를 숙였다. 충격을 받아 멍한 표정으로 서 있던 설미는 밖에서 들리는 소란스러운 소리에 정신을 차리고 얼른 주변을 살폈다. 반대편 복도

끝에서 형사들이 설미처럼 룸을 뒤지며 점점 그녀가 있는 쪽으로 다가오고 있었다.

설미는 다시 룸 안으로 고개를 돌렸다. 거나하게 술에 취한 남자는 상황을 제대로 이해하지 못한 듯 그저 어리둥절한 표정이었고, 혜린은 그 옆에서 어쩔 줄을 몰라 하고 있었다. 옷차림만 어른일 뿐이지 앳된 얼굴은 딱 봐도 미성년자인 혜린이었다.

겁먹은 얼굴로 앉아 있는 혜린을 보며 설미는 형사들을 피해 도망갈 방법을 궁리했다. 순간 설미의 시야에 소화전이 들어왔다. 그녀는 법이고 나발이고 무작정 주먹으로 비상벨을 때리며 외쳤다.

"불이야!"

요란한 벨소리와 함께 룸에서 사람들이 뛰어나오기 시작했다. 순식간에 아수라장이 된 틈을 타 설미는 혜린의 손을 잡고 비상구로 향했다.

아이의 손이 차가웠다. 처연하게 흔들리는 눈동자로 자신을 올려다보는 혜린에게 설미가 소리쳤다.

"누구한테든 잡히면 진짜 죽는다, 너! 뛰어! 빨리!"

육상 선수답게 혜린은 짧은 치마를 입고도 제법 잘 달렸다.

'이러라고 육상 가르친 건 아닌데……'

하지만 빠른 발 덕분에 스승과 제자는 누구보다도 빨리 비상구를 탈출할 수 있었다.

밖으로 나온 설미와 혜린은 잠시 호흡을 가다듬었다. 그리고 다시 달리려는데 누군가 두 사람 앞을 가로막았다.

큰 키와 다부진 체격……. 하지만 곱상하게 생긴 외모의 남자였다.

남자를 빤히 노려보던 설미가 혜린의 손을 꼭 붙잡고 그를 지나쳐 달리려는…… 그 순간! 남자가 순식간에 설미의 손목을 비틀어

벽 쪽으로 밀어붙였다. 그 바람에 설미는 혜린의 손을 놓쳐 버렸다.

이러지도 저러지도 못하고 서 있는 혜린을 향해 설미가 도망치라는 무언의 눈빛을 보냈다. 혜린은 스승의 바람대로 엄청난 속도로 골목 끝으로 달려 사라져 버렸다. 새삼 혜린의 속도에 감탄하던 설미는 뒤늦게 남자에게서 벗어나기 위해 안간힘을 쓰며 소리쳤다.

"이거 놔! 놔요! 도대체 누구신데 이러세요?!"

설미의 질문에 대답할 생각이 없는 듯 남자는 여전히 무표정한 얼굴로 설미의 백팩을 벗겼다. 그리고 가방을 찢듯이 열어 내용물을 바닥에 쏟아 버렸다. 가방 안에서 하얀 가루가 담긴 팩들이 쏟아져 바닥에 수북이 쌓였다.

설미는 휘둥그레진 눈으로 남자와 정체불명의 팩을 번갈아 바라보며 물었다.

"이게 뭐예요?"

남자는 주머니에서 수갑을 꺼내 설미의 팔목에 채우며 드디어 입을 열었다.

"당신을 마약류 관리에 관한 법률 위반 혐의로 긴급 체포 합니다."

"네? 마…… 마약이요? 말도 안 돼. 뭔가 잘못됐어요. 이거 제 물건 아니에요! 아닌데……. 아니라고요! 그러니까 이것 좀 풀어 주세요!"

마약이니 체포니, 남자의 고압적인 태도에 설미는 겁에 질렸다. 눈에 눈물이 핑 돌았다. 하지만 설미를 체포한 태홍은 눈물 고인 그녀의 얼굴을 빤히 바라보기만 할 뿐이었다.

그때 달려온 동료 형사들이 팩을 들어 킁킁 냄새를 맡았다. 권 팀장이 설미를 향해 소리쳤다.

"아가씨! 아까 일부러 비상벨 눌렀지? 공범이 있는 게 분명해. 얼른 서로 연행해! 이거 이거 잡범 잡으러 왔다가 대어 건졌네?"

권 팀장이 콧노래를 부르며 차에 올라탔다.

"저 진짜 아니에요! 제발 이것 좀 풀어 주세요!"

설미가 수갑을 찬 손으로 태홍의 팔을 꽉 붙잡으며 애원했다. 하지만 태홍은 요지부동이었다. 다시 한번 애원하려던 설미는 차디찬 그의 모습을 보고 마음을 바꿨다.

"이봐요! 아니다. 됐어요. 우리 서에 가서 얘기해요. 나 아닌 거 밝혀지기만 해 봐, 진짜. 내가 너 가만 안 둬!"

태홍을 향해 윽박지른 설미는 자신을 연행하려는 회철의 팔을 뿌리치며 자진해서 차에 올라탔다.

겉으론 씩씩한 척했지만 사실 지금 그녀는 심리적으로 굉장히 불안한 상태였다. 손목에 닿은 차가운 쇠의 느낌만으로도 저절로 몸서리가 쳐질 정도다.

하필 이 순간 언니가 생각났다. 잘못을 하고도 억울하다고 큰소리치던 언니의 얼굴이……. 정말 누구의 말처럼 아무 잘못도 없는데 마약범으로 몰려 감옥에 들어가게 되면 어떡하지? 만에 하나 자신에게 그런 일이 생긴다면…….

'우이씨. 무서워……. 모든 게 다 저 자식 때문이야!'

설미는 고개를 들어 운전석에 앉아 있는 태홍의 뒤통수를 노려보았다. 그러다 백미러에 비친 태홍과 눈이 마주쳤다. 설미는 피하지 않고 눈에 더욱 힘을 줬다.

베일 듯 날이 선 설미의 눈빛에도 태홍은 너무도 태연했다. 그는 백미러를 통해 설미의 얼굴을 빤히 쳐다보다가 곧 아무렇지 않은 척 다른 곳으로 시선을 옮겼다. 하지만 이를 악물고 울음을 참고 있는 그녀의 얼굴이 묘하게 신경 쓰였다.

'분명 어디서 본 얼굴인데…… 어디서 봤더라?'

□　■　□

회철의 부축을 받으며 차에서 내려 끌려가던 그녀는 잠시 멈춰서서 경찰서 건물을 올려다보았다.

'내가 어쩌다 이런 곳에 와 있는 거지?'

그녀는 아랫입술을 꽉 깨물고 고개를 뒤로 돌렸다. 마침 운전석에서 태홍이 내리고 있었다. 설미는 한껏 그를 노려보았다.

태홍은 짧게 한숨을 내뱉더니 그녀의 시선을 피해 버렸다. 아까도 그렇고 계속해서 자신의 시선을 노골적으로 피하는 태홍을 설미는 계속 원망스레 쳐다봤다. 그녀는 반드시 자신의 결백을 밝혀내리라 다짐하며 당당한 걸음으로 경찰서 안으로 들어갔다.

"야! 서 경위."

경찰서 안으로 들어가려는 태홍을 권 팀장이 불러 세웠다. 권 팀장은 담배 한 개비를 내밀었다. 가만히 담배를 내려다보던 태홍이 무뚝뚝하게 대답했다.

"끊었습니다."

"하여간 이 새끼. 술도 안 마셔, 담배도 안 태워. 재미없는 놈. 간만에 칭찬 좀 해 주려고 했더니. 어른이 주면 그냥 받아, 인마!"

권 팀장은 막무가내로 태홍의 셔츠 주머니에 담배를 꽂았다. 태홍은 권 팀장의 호의를 대놓고 거절하듯 곧바로 주머니에서 담배를 빼 손에 쥐었다.

'저 버릇없는 새끼!'

권 팀장은 욕을 꾸역꾸역 삼키며 부글거리는 속을 억지로 달랬다. 저런 놈은 건드려 봤자 괜히 골치만 아프니까. 권 팀장이 라이터를

35

꺼내는데, 태홍이 다부진 얼굴로 말했다.

"팀장님. 이 사건 무조건 우리 서에서 담당해야 합니다."

"당연하지. 간만에 발바닥에 땀 좀 나겠는걸? 그나저나 넌 저 아가씨 가방 안에 마약이 들었다는 건 어떻게 알았냐?"

권 팀장은 무심한 척하면서도 태홍을 살피는 눈빛으로 담배에 불을 붙였다. 하지만 대답할 생각이 없었던 태홍은 아무 말 없이 뒤로 돌았다.

"저 싸가지. 야! 어떻게 알았냐고!"

끼이익—

건물 쪽으로 향하던 태홍의 앞으로 차 한 대가 급정거했다. 차가 조금만 늦게 정차했어도 부딪쳐 사고가 날 뻔했다. 그러나 태홍의 표정은 덤덤하기 그지없었다.

차 문이 거칠게 열리더니 안에서 건장한 체격의 남자들이 내려 우르르 경찰서 안으로 달려 들어갔다. 그리고 마지막으로 차에서 내린 남자가 태홍의 앞에 섰다.

순식간에 벌어진 상황에 놀란 건 뒤에서 담배를 피우던 권 팀장뿐이었다. 태홍은 이런 상황을 예상이라도 한 듯 제 앞에 선 남자를 차가운 눈빛으로 쳐다봤다. 두 사람의 분위기가 심상치 않자 권 팀장이 경계의 눈빛으로 남자 쪽을 보며 물었다.

"뭡니까? 누구신데 주차를 이렇게 개떡같이……."

"광수대 마약팀 성민우입니다."

성민우가 권 팀장에게 짧게 자신을 소개한 뒤, 태홍을 향해 피식 웃으며 악수를 청했다.

"서 경위는 내가 올 줄 알았다는 표정이네? 어쨌든 반갑다. 오래간만이야."

성민우는 태홍의 오랜 라이벌이었다. 좀 더 정확히 말하면 태홍을 라이벌로 생각하는 건 성민우 혼자였다. 경찰대는 물론 광수대 시절에도 태홍은 성민우 따위 안중에도 없었다. 때문에 성민우는 더더욱 라이벌 의식을 불태웠고, 늘 자신을 무시하는 태도로 일관하는 태홍을 언젠가는 발아래에 두고 짓밟을 날만 기다리며 살아왔다.

아마도 오늘이 그날인 것 같았다.

하지만 좌천까지 당한 주제에 태홍은 여전히 여유롭고 당당했다. 그 모습에 성민우는 속이 더욱 뒤틀렸다.

"팔 떨어지겠네. 야, 서태홍. 나 승진한 소식 못 들었어? 내가 네 상급자라고!"

태홍은 성민우가 내민 손을 무시한 채 손바닥에 쥐고 있던 담배를 입에 물었다. 그러곤 주머니에서 라이터를 꺼내 능숙하게 불을 붙였다.

뒤에 있던 권 팀장이 "저 새끼, 담배 안 피운다면서⋯⋯." 하고 중얼거리며 배신감이 깃든 얼굴로 태홍을 노려보았다.

잠시 아무런 말 없이 담배만 피우던 태홍이 입을 열었다.

"이 사건 가로채면, 내가 너 죽여 버린다?"

성민우는 살벌한 표정의 태홍에게서 저도 모르게 뒤로 한 발자국 물러났다. 하지만 이내 피식, 가볍게 웃더니 깐족거렸다.

"이거 원래 우리 사건이거든? 정석범 끄나풀이 문화시에서 마약 거래한다는 거 알고 증거 확보하느라 며칠 동안 고생했다고."

"우리 관할에서 벌어진 일이야."

"말은 바로 하자. 너 지금 네 관할에서 벌어진 사건이라 맡겠다는 게 아니라, 정석범 사건이라 미친놈처럼 날뛰는 거잖아. 무고한 시민까지 이용하면서."

정곡을 찌르는 성민우의 말에 태홍은 주먹을 움켜쥐었다. 성민우가 이번엔 제법 진지한 표정으로 말했다.

"오늘 잡힌 끄나풀이 제가 마약 운반책이라고 자백했어. 그것도 모르는 똘마니들은 갑자기 경찰들이 들이닥치는 바람에 어떤 일반 인 여자 가방에 증거품을 숨겼고, 그래서 CCTV 확인했고, 우린 그 증거품 찾으러 왔고. 이래도 이게 네 사건이야?"

성민우의 말이 끝나기도 전에 경찰서 안에서 회철이 달려 나왔다. 회철은 권 팀장과 태홍을 향해 외쳤다.

"서장님께서 S나이트클럽 사건 광수대로 넘기라는데요? 증거는 이미……."

회철의 말끝이 흐려졌다. 광수대 소속 형사들이 어느새 마약이 담 긴 바구니를 들고 나와 차에 싣고 있었기 때문이다.

태홍은 욕을 읊조리며 성민우를 노려보았다. 그 눈빛에 흡족해하 며 성민우는 비웃음을 흘렸다.

"정신 차려. 정석범은 내가 잡아. 네가 놓친 놈, 내가 잡는다고. 반드시. 그러니까 양심 있으면 정석범 사건에서 손 떼. 너 때문에 죽은 피해자를 생각해서라도."

"닥쳐!"

태홍이 성민우의 멱살을 잡아끌었다. 하지만 그와 동시에 1년 전 사고 현장이 떠올라 고통이 밀려왔다. 태홍의 손에서 점점 힘이 빠 져나갔다.

그것을 알아차린 성민우는 재빨리 태홍의 손을 뿌리쳤다. 동료 형 사들이 보는 앞에서 태홍에게 힘으로 제압당한 것이 쪽팔렸지만, 애 써 태연한 척 옷매무새를 바로 하며 너스레를 떨었다.

"하여간 싸가지 없는 건 여전하네. 아무튼 만나서 반가웠다. 근데 앞으로 두 번 다시는 얼굴 볼 일 없었으면 좋겠다."

성민우는 아직도 넋이 나가 있는 태홍의 어깨를 두드린 후 얼른 차에 올라탔다.

광수대 차가 경찰서 정문을 빠져나가고, 뒤늦게 정신을 차린 태홍은 마른세수를 했다. 성민우의 말대로 모든 것이 자신의 책임이었다.

1년 전, 인질을 잡고 있는 정석범에게 총을 쐈고, 처음으로 실수를 했다. 조준에 실패한 것이다. 그 바람에 놀란 정석범은 칼로 인질을 찌른 후 도주했고 그로 인해 무고한 시민이 사망했다.

그 뒤 태홍은 전력을 다해 정석범의 뒤를 쫓았지만 그의 행적을 찾을 만한 그 어떤 단서도 발견하지 못하였고, 결국 좌천까지 당하고 말았다.

그런데 그날 이후 행방이 묘연하던 정석범이 최근 신분을 세탁해서 마약 거래상으로 활동한다는 첩보가 있었다. 불행인지 다행인지 태홍이 좌천당한 문화시에서 말이다.

좌천을 당했지만 아직까지 광수대엔 찬희처럼 태홍을 지지하는 세력이 남아 있었다. 그들을 통해 정보를 입수한 태홍은 문화시에서 근무하는 동안에도 남몰래 정석범을 쫓고 있었던 것이다.

"이거 완전 미친놈이네?"

본의 아니게 옆에서 태홍과 성민우의 대화를 엿듣게 된 권 팀장이 비난조로 태홍에게 큰소리를 쳤다.

"어쩐지 오늘 순순히 따라 나올 때부터 이상하다 했어. 그러니까 보이스 피싱 사기범 잡으러 출동한 게 아니라 마약 밀수범을 잡으려고 했다? 그것도 1년 전에 니가 놓친 살인범이 연루된 사건 때문에?"

"그럴 만한 사정이 있었습니다."

"사정? 지극히 개인적인 사정이겠지. 그럼 아까 그 아가씨 아무 죄 없는 거 알면서도 서로 끌고 온 거야? 이 사건 맡을라고? 와. 또라이도 이런 또라이가 없네. 무고한 시민을 미끼로 사용해?"

"내가 미끼?"

마침 무혐의로 경찰서에서 나오던 설미가 '미끼'라는 권 팀장의 말을 들었다. 그녀는 두 주먹을 꽉 움켜쥐었다. 어떻게 돌아가는 상황인지는 정확히 모르겠지만, 저 남자는 처음부터 내가 마약범이 아니라는 것을 알고 있었다는 것, 그게 팩트였다.

"이 나쁜 새끼!"

권 팀장의 비난에도 끄떡없이 태연히 서 있던 태홍은 저도 모르게 뒷걸음질 쳤다. 갑자기 문제의 그 백팩을 머리 위로 들고 자신에게로 미친 듯이 달려오는 설미 때문이었다. 설미는 가방으로 태홍의 머리와 몸을 마구잡이로 내리쳤다.

"씨! 미친놈! 개자식!"

"……."

"아무 죄도 없는 사람을. 뭐? 미끼? 너, 내가 자세한 건 모르겠지만 나 이용해서 실적 올리려고 꼼수 부린 거 다 알아, 이 새끼야! 이 나쁜 놈아! 씨…… 으앙……! 억울해! 억울하다고!"

가방으로 태홍의 머리며 등이며 가슴팍이며 마구 내리치던 설미는 갑자기 바닥에 주저앉아 대성통곡을 했다. 긴장이 풀린 탓인지 그녀의 눈에선 눈물이 쉴 새 없이 쏟아졌다.

권 팀장은 귀를 틀어막으며 경찰서 안으로 피신했고, 태홍은 바닥에 내팽개쳐진 백팩을 들어 먼지를 털어 낸 후 그녀의 어깨에 걸쳐 주었다.

"미안합니다."

"미안하면 다예요? 내가 나 아니랬잖아! 아니라고 그렇게 말해도, 들은 척도 안 하고! 내가 얼마나 놀랐는데, 이 나쁜 새끼야! 책임져! 책임지라고!"

"뭘 어떻게 책임져 줄까요? 원하는 거 있으면 얘기해요. 다 들어 줄 테니까. 대신 오늘은 일단 집에 가세요. 여기서 시끄럽게 굴지 말고."

"……뭐……라고? 시……끄러워?"

설미는 눈물을 줄줄 흘리면서도 자신의 귀를 의심했다. 이게 정녕 사과하는 사람의 태도인가? 설미는 하도 기가 막혀서 말문까지 막혀 버렸다.

그러다 이번엔 제 두 눈을 의심했다. 태홍이 미안해하는 표정은커녕 잔뜩 귀찮은 얼굴로 설미의 팔을 잡아당겨 억지로 일으키는 게 아닌가.

"오늘 일은 내가 실수했어요. 미안해요. 그러니까 제발 그냥 조용히 가세요. 그렇지 않아도 오늘 일 나도 많이 후회하고 있으니까."

설미가 태홍을 원망스레 쳐다보며 소리쳤다.

"미안하다고 말만 하면 다예요? 지금 그게 사과하는 사람의 태도냐고! 나요, 준법정신이 투철한 여자라고요. 살면서 단 한 번도 법의 테두리에서 벗어난 행동 같은 거 해 본 적 없어요! 세금도 꼬박꼬박 내고, 나 그런 사람이라고요! 근데 마약? 거기다 수갑까지……."

수갑을 찼던 팔목을 내려다보던 설미는 설움이 북받쳐 더 크게 울어 버렸다. 태홍은 좀 전에 설미에게 맞은 이마를 매만지며 시큰둥하게 말했다.

"아까 같이 있던 여자애. 미성년자 맞죠?"

"네?"

태홍의 말에 설미가 울음을 뚝 그쳤다. 그녀는 놀란 눈으로 태홍을 바라보았다.

"미성년자 데리고 클럽엔 왜 갔어요? 그렇게 준법정신이 투철한 사람이."

"그, 그건…… 누구요? 아, 아까 그 여자애요? 저는 모르는 앤데요?"

설미가 횡설수설하자 태홍은 더욱더 세게 밀어붙였다.

"모르는 사람을 그렇게 필사적으로 도망치게 하나? 뭐, 경찰이 알면 안 되는, 아주 피치 못할 사정이 있었겠죠?"

"이봐요! 지금 나 협박하는 거예요? 아니, 적반하장도 유분수지!"

"그러니까 그냥 가랬잖아. 곱게 보내 줄 때 그냥 가세요."

잠시 망설이던 설미는 자신의 이 분하고 억울한 마음을 풀기보단 혜린을 지키는 쪽을 택했다. 그녀는 바로 손등으로 눈물을 닦고 아무 일도 없었던 것처럼 뒤를 돌아 경찰서 정문을 빠져나갔다.

경보하듯 빠른 걸음으로 뒤도 한 번 돌아보지 않고 도망치는 여자의 뒷모습을 물끄러미 바라보던 태홍은, 성민우에게 무기력하게 사건을 빼앗긴 것이 떠오르자 짧게 한숨을 내뱉었다.

그가 맨 처음 정석범 사건을 맡게 된 건 2년 전이었다. 태홍에게는 친형이나 다름없었던 선배 이상윤 경위가 정석범을 쫓다 의문의 교통사고를 당해 사망했다. 태홍은 교통사고를 가장한 타살이라고 확신했다. 범인은 정석범.

하지만 심증만 있을 뿐 물증이 없었다.

그렇게 사고의 원인을 밝혀내기 위해 정석범을 쫓다가, 1년 전 무리하게 총까지 사용하게 된 것이다. 그리고 또 다른 피해자가 발생하고 말았다.

그때 실수만 하지 않았더라면…….

깊은 죄책감으로 모든 걸 놓아 버리고 싶었지만, 그가 죽지 않고 이제껏 살아 있는 이유는 오직 정석범을 검거하기 위해서였다. 죽어도 좋다. 그놈만 잡을 수 있다면.

열대야 때문에 낮만큼 더운 여름밤. 그의 불쾌지수는 한층 높아졌다.

경찰서 안으로 들어가려던 태홍은 여자가 서 있던 자리에 카드지갑이 떨어져 있는 것을 발견했다. 지갑을 주워 든 그는 좀 전에 억울하다고 대성통곡을 하던 여자의 우스꽝스러운 얼굴이 떠올랐다. 왠지 호기심이 일어 지갑을 열어 안을 살폈다.

지갑 안엔 문화고등학교 소속이라는 교사공무원증이 꽂혀 있었다. 가만히 설미의 증명사진을 내려다보던 태홍이 피식 웃었다.

"선생이었군⋯⋯."

여자는 교사였고, 클럽에서 여자가 필사적으로 도망치게 한 소녀는 제자인 모양이었다. 이제야 여자의 행동이 납득됐다.

태홍은 지갑을 분실물센터에 맡기려고 민원실로 향했다. 그러다 문득 뭔가 큰 충격을 받은 듯한 얼굴로 멈춰 섰다. 그는 재빨리 지갑을 다시 열어 그녀의 이름을 확인했다.

"⋯⋯임설미?"

잠시 생각에 잠겨 있던 태홍은 서둘러 정문을 향해 달려갔다.

□　■　□

"이모! 한 병 더요!"

설미는 빈 소주병을 머리 위로 들어 흔들었다. 포장마차 주인아주머니가 국수 국물을 리필해 주며 맥주 한 병과 맥주잔을 테이블 위에 올려놓았다.

"이건 서비스. 그나저나 아가씨. 많이 취했어. 그만 먹고 맥주로 입가심하고 집에 가면 딱이겠네."

"아니, 저요, 억울해서 집에 못 가요. 아줌마. 세상에 제가 오늘 무슨 일을 당한 줄 아세요? 우이씨⋯⋯ 개싸가지⋯⋯. 그게 미안한 사람의 태도냐고. 미안한 기색 하나 없이⋯⋯. 무슨, 지가 로봇도 아니고, 설마…… 소시오패스? 오, 소름!"

범인이 아닌 자신의 팔목에 수갑을 채우던 남자의 뻔뻔한 얼굴, 미안하다고 하더니 나중엔 혜린을 들먹이며 협박하던 남자의 재수 없는 얼굴이 떠올랐다. 울화가 치밀어 설미는 맥주를 벌컥벌컥 들이켰다.

"형사면 다야? 도대체 학교 다닐 때 뭘 배운 거야? 예의라곤……. 우이씨. 어디 밥 말아 드셨나? 신고해야 해. 내일 민원 넣을 거야!"

이까지 바득바득 갈며 맥주 한 병을 깔끔하게 비운 설미는 비틀거리며 자리에서 일어났다. 계산대 앞에 서서 가방 옆 주머니에 넣어 둔 카드 지갑을 찾던 설미는 고개를 갸웃거렸다.

"분명 여기에 넣었는데……. 이상하다……. 경찰서에서 떨어뜨렸나?"

설미가 난처한 표정을 짓고 있는데, 주인아주머니가 앞치마에서 지갑을 꺼내 내밀었다.

"이거 찾아?"

"네! 근데 그걸 어떻게 아줌마가……."

"아까 어떤 총각이 아가씨 지갑이라고, 계산할 때 전해 주라고 맡겨 놨어."

"누구요?"

"몰라. 잘생겼던데. 키도 훤칠하니. 그 누구야, 아무튼 연예인 닮았던데."

설마…… 아니겠지? 설미는 그 순간 누군가가 떠오르긴 했지만 곧바로 부정했다. 잘생기긴 개뿔!

"그 총각이 계산도 하고 갔어."

그건 잘했네. 설미는 어쩐지 횡재했다는 생각에 기분 좋게 포장마차를 나왔다.

그래도 양심은 있군. 이럴 줄 알았으면 안주 비싼 거 먹을걸. 아쉬워하던 설미는 근처 편의점에서 컵라면과 맥주를 사서 집으로 향했다.

그녀의 집은 번화가와 멀리 떨어져 인적이 드문 외진 곳에 자리했다. 월세도 비교적 저렴하고, 취객들이 득실득실한 다른 곳보다는 낫겠다 싶어 선택한 곳이었지만, 오늘같이 일진이 사나운 날이면 땅을 치고 후회하곤 한다. 사람 하나 없이 어두컴컴한 골목은 꽤나 무서웠기 때문이다. 하필 가로등 불빛까지 금방이라도 꺼질 것처럼 불안하게 떨리고 있었다.

으흐, 무서워. 그나저나 혜린이는 집에 잘 들어갔으려나?

설미는 두려움을 떨쳐 내려 핸드폰을 꺼내 혜린에게 전화를 걸었다. 하지만 착신이 금지됐다는 안내 음성만 들릴 뿐이었다. 요금 미납으로 핸드폰이 정지된 모양이다. 설미는 힘없이 전화를 끊고, 어린 제자를 걱정하며 걸었다.

문득 고개를 드니 오늘따라 골목이 한층 스산해 보였다. 으스스한 느낌에 설미의 걸음이 빨라졌다.

그때였다. 뒤에서 누군가 따라오는 발걸음 소리가 들려왔다. 그 발걸음 소리가 점점 가까워지더니…… 그림자가 그녀의 몸 위를 덮치려고 하던 그 순간!

설미는 메고 있던 가방을 잽싸게 풀어 뒤따라온 정체 모를 사람에게 내던졌다. 그러곤 냅다 도망가려는데, 돌연 설미가 걸음을 멈췄다. 그녀는 의아한 표정으로 고개를 돌렸다.

그녀가 던진 가방에 얼굴을 정통으로 맞은 태홍이 벌게진 뺨을 문지르며 욕을 읊조리고 있었다.

"씨, 이놈의 가방 진짜."

"어? 그쪽은……."

설미가 그에게 가까이 다가섰다. 그러곤 그의 얼굴을 자세히 들여다보았다.

"수갑? 맞죠?"

그녀와 눈이 마주친 태홍은 잔뜩 인상을 구겼다. 수갑이라니.

"서태홍입니다. 그쪽은 임설미 맞습니까?"

태홍이 그녀를 빤히 쳐다봤다. 설미는 경계하는 눈빛으로 그를 향해 물었다.

"왜 그렇게 봐요?"

"임설미 본인 맞느냐고 물었습니다."

"맞는데, 왜요? 내 이름은 어떻게 알았어요? 내 지갑 훔쳐봤어요?"

"그러니까 지갑을 왜 흘리고 다녀요?"

그는 무뚝뚝한 얼굴로 대꾸했다. 그 얼굴을 본 설미는 또다시 경찰서에서의 일이 떠올라 울화가 치밀었다.

'저 뻔뻔한 얼굴! 아우! 열받아……!'

삐딱하게 서 있는 태홍을 향해 설미가 공격적인 말투로 따졌다.

"그나저나 그쪽이 여긴 어쩐 일이에요? 왜 내 뒤를 따라오냐구요! 아직도 나 의심하는 거예요? 아니면 뭐 이제야 제대로 사과할 마음이 들었어요? 하긴, 인간이라면……."

"집 가는 길입니다."

태홍이 골목 끝 빌라를 가리켰다. 설미가 살고 있는 빌라 바로 옆에 있는 건물이었다.

아, 진짜 어디 숨어 버리고 싶다.

멀쩡히 집에 가는 사람을 자신의 뒤를 쫓아온다고 오해한 것이 창피했다. 설미의 뺨이 붉어졌다. 애써 아무렇지 않은 척 설미는 태홍이 들고 있는 자신의 가방을 뺏어 들었다.

"그럼 가시던 길 가세요. 그리고 아까 술값 계산해 준 걸로 오늘 일 퉁칠 테니까, 다신 마주치지 않았으면 좋겠네요."

"그걸로 되겠어요?"

"네?"

"아깐 나라 잃은 것처럼 울더니, 고작 삼만 오천 원으로 퉁치는 겁니까?"

"그럼 뭐 어쩌라고요! 그래요! 나 사실 내일 민원 넣을 생각이에요! 선량한 시민을 자기 실적 때문에 마약 거래상으로 몰아넣었다고 다 까발리고, 그리고 그 뭐지…… 네이트판! 페이스북! 각종 SNS에도 다 올려 버릴 거예요! 오늘 일 내가 진짜 절대 그냥 안 넘어가요!"

"좋을 대로."

"서태홍 씨라고 했죠? 실명은 거론하지 않을게요. 내가 그 정도 매너는 있으니까."

"맘대로."

"아무튼 나중에 나한테 복수한다, 어쩐다 하면 진짜 인간도 아닌 거 알죠? 오늘 본인이 나한테 한 짓을 생각해 봐요!"

"이 정도면 오늘 일 충분히 만회했다고 생각하는데……."

태홍은 그녀가 사는 음침한 동네를 두리번거리며 혼잣말을 했다.

"만회라니……. 그게 지금 할 소리예요?"

오늘 무고한 시민에게 그런 엄청난 짓을 한 주제에, 고작 술값 삼만 오천 원으로 만회를 했다고 생각하다니. 설미는 너무 기가 막혔다. 게다가 이런 와중에도 그는 아주 태연한 얼굴로 빌라 외관을 올려다보고 있었다.

저 남자 지금 뭐 하는 거야? 상대방이 화를 내는데도 여전히 무감각한 그의 행동에 설미는 말해 봤자 소용없겠다고 생각했다.

"남의 집을 왜 그렇게 빤히 보고 서 있어요? 얼른 가세요!"

"갈 겁니다."

"조심히 가지 마세요!"

설미는 가방을 품에 안고 총총걸음으로 빌라 안으로 들어가 버렸다.

그녀가 건물 안으로 들어가는 것을 확인한 뒤 태홍은 빌라 뒤쪽으로 급히 달려갔다. 그리고 얼마 지나지 않아 어두컴컴한 골목 안에서 웬 남자의 목덜미를 거칠게 잡고 개처럼 질질 끌고 나왔다.

아까 포장마차에서부터 설미의 주변을 맴돌던 남자였다. 갑자기 사라져서 어디 갔나 했더니, 역시나 그녀의 집 근처에 숨어 있었다.

남자의 머리를 벽에 밀어 꼼짝도 못 하게 만든 태홍은 남자의 뒷주머니에서 지갑을 꺼내 신원을 확인하고 어디론가 전화를 걸었다.

"801019-1****** 조회해 봐."

상대방이 전화를 받자마자 태홍이 지시를 내렸다. 곧 수화기 너머 회철의 다급한 목소리가 들려왔다.

— 경위님! 그 자식 여자 강간한 후 금품까지 갈취하고 도주한 놈인데요?

"차 보내라."

— 잡으신 겁니까? 저기…… 근데…… 차는 어디로 보내면 됩니까?

잠시 생각에 잠겨 있던 태홍은 남자의 머리채를 잡아 뒤로 젖히며 물었다.

"여기가 어디냐?"

2화

　"방학이니까 청소는 대충 쓰레기만 줍고, 집에 가서 방 청소나 깨끗하게 해라."

　2학년 3반 학생들이 환호했다. 다른 반은 대걸레질에 복도 청소까지 끝마쳐야 집에 갈 수 있는 데 반해 3반의 종례는 담임의 성격을 닮아 화끈했다. 아이들은 빛보다 빠른 속도로 쓰레기를 줍고 교실을 빠져나갔다.

　빈 교실을 대충 정리하고 나온 설미는 갑자기 뭔가를 떠올리곤 과학실로 달려갔다.

　과학실 문을 열자, 물리 김윤지 선생이 커피를 마시며 책을 보고 있었다. 그녀의 우아한 자태를 보며 설미는 고개를 절레절레 흔들었다. 자신과는 절대로 친해질 수 없는 부류다. 설미는 헛기침을 했다.

　"흠흠, 윤지 쌤?"

　김윤지 선생이 그제야 고개를 들었다. 그녀는 콧소리로 "으흠?"

하며 설미를 향해 눈으로 왜 왔느냐고 물었다. 그런 김윤지 선생을 조금 탐탁지 않은 표정으로 바라보던 설미가 조심스레 입을 열었다.

"혜린이 말인데요. 최근 주소 좀 알려 주세요. 제가 가지고 있는 건 예전 주소더라고요."

"주소는 왜요?"

혜린의 담임인 김윤지 선생은 귀찮다는 얼굴로 설미를 향해 물었다.

"육상부 일 때문에요. 어제오늘 혜린이가 연습에도 안 나오고 무슨 일이 있는 것 같아요. 한 번도 이런 적 없었거든요. 혹시 뭐 아는 거 있으세요?"

김윤지 선생이 책을 덮으며 자리에서 일어났다.

"혜린이 그냥 놔두는 게 어때요?"

"놔두라니, 그게 무슨 말씀이세요?"

"솔직히 걔한테 운동은 사치예요. 방학 내내 알바해도 먹고살기 힘든데, 연습이니 그런 거 할 시간이 어디 있겠어요? 그나마 운동할 수 있게 지원해 주던 엄마도 남자 생겨서 애 버리고 도망간 것 같던데."

"도망이요?"

"진로 문제로 어머님께 전화했더니 웬 남자가 받더라고요. 혜린이 버리고 자기랑 살기로 했다고 그 남자가 그러던데요? 다시는 전화하지 말라고."

설미의 얼굴이 충격으로 굳어졌다. 어떻게든 아이를 훌륭한 육상 선수로 만들기 위해 누구보다도 적극적이던 혜린의 모친이었다. 그런데 왜……

"그래서 내가 혜린이한테 하루라도 빨리 다른 길 찾아보라고 권유했어요. 솔직히 우리나라에서 육상 선수로 밥 벌어 먹고살기 힘들잖아요."

"이봐요! 김윤지 선생님!"

설미가 발끈해서 소리쳤다.

"······이······봐요?"

김윤지 선생은 열이 오르는 듯 손부채질을 하며 황당한 표정으로 설미를 흘겨보았다. 설미는 씩씩거리며 간신히 화를 억누른 채 입을 열었다.

"그래요. 선생님 말대로 우리나라에서 육상 선수로 밥 벌어 먹고 살기 힘들어요. 근데요, 그래도 애한테 그런 소릴 하면 안 되죠. 윤지 쌤. 혜린이 연습용 운동화 본 적 있어요? 뒤축이 다 닳아서 너덜너덜해요. 신발이 그 지경이 되려면 얼마나 달려야 하는지 아세요?"

따져 묻는 설미의 기세에 눌린 김윤지 선생이 고개를 절레절레 흔들었다.

"혜린이 달리는 거 한 번이라도 본 적 있어요?"

이번에도 그녀가 고개를 절레절레 흔들자, 설미는 한숨을 길게 내뱉었다. 잔뜩 안쓰러워하는 얼굴로 설미가 말했다.

"걔 진짜 죽을힘을 다해서 뛰어요. 근데 그런 애한테 밥 벌어 먹고살기 힘드니 그만둬라? 이거 너무 잔인하잖아요. 혜린이, 초등학생 때부터 운동만 하던 애예요. 연습이며 시합이며 나가느라 교육 과정 뒤처져서 일반 학생 따라가는 거 솔직히 힘들어요."

말을 하면 할수록 설미의 감정이 복받쳤다.

"거기에 대한 대안 있으세요? 윤지 쌤이 방과 후에 애 붙잡고 보충해 주실 거예요? 아니잖아요. 책임질 생각 없잖아요. 운동 안 하면, 그럼 걔보고 뭐 어쩌라고 그런 말을 해요? 혜린이 지금 아마 눈앞이 깜깜할 거예요. 거기까진 생각 안 해 봤죠? 담임이시면서, 너무 무책임하네요."

"……"

"그리고! 물리보단 육상이 현실에서 더 쓸모 있거든요? 저기 봐요."

설미가 창밖을 가리켰다. 친구들끼리 장난을 치는 모양인지 학생들이 뛰어다니고 있었다. 그리고 다른 한쪽에선 수학 선생이 출장 가는 교감 선생님에게 결재를 받기 위해 결재판을 들고 열심히 달려가고 있었다.

"뛰어야 살아요."

"……"

"그리고 세상에 쓸모없는 배움은 없어요. 전 그렇게 생각해요."

아무런 반박도 못 하고 난처한 얼굴로 설미를 바라보던 김윤지 선생은 핸드폰을 들어 열심히 키패드를 두드렸다. 곧 설미의 핸드폰이 카톡! 하고 울렸다. 김윤지 선생이 책을 들어 옆구리에 끼며 말했다.

"주소 보냈어요."

설미는 핸드폰 액정을 터치해 주소를 확인했다. 일어서서 한 걸음 내딛던 김윤지 선생이 물었다.

"혜린이 운동화 사이즈가 어떻게 돼요?"

"250이요."

"그래요, 그럼. 수고."

김윤지 선생이 과학실을 나가자 설미는 머리를 쥐어뜯었다.

"너무 심했나? 이놈의 입! 입!"

설미는 자신의 입을 손바닥으로 찰싹찰싹 때리며 학생부실로 향했다. 퇴근 준비를 마치고 가방을 둘러메는 설미를 학생부장이 황당한 얼굴로 쳐다봤다.

"퇴근하게?"

"네! 부장님은 퇴근 안 하세요?"

학생부장이 인상을 찌푸렸다.

"임 선생. 오늘 근무조잖아. 까먹을 게 따로 있지. 정신 좀 차리고 살아."

"네? 제가요? 오늘이요?"

"그래. 몰랐어? 교장 선생님께서 방학 때 각자 별실에서 근무하는 거 전력 낭비라면서 교무실에 모여 있으라고 교직원 회의 때 강조한 것도 기억 안 나지? 빨리 올라가 봐! 교장 선생님께서 정확히 2시에 선생님들 자리에 있는지 확인한다니까."

"네. 알겠습니다."

설미는 허둥지둥 노트북을 챙겨 들고 2층으로 향했다. 오늘만큼은 교장의 잔소리를 듣지 않는 것이 목표였다.

방학이라 텅텅 빈 교무실엔 오늘 근무조인 다섯 명의 선생님들이 가운데 모여 수박을 먹고 있었다. 그렇지 않아도 목이 탔던 설미는 조심스레 그 자리에 끼어 앉아 수박을 하나 집어 들었다.

"설미 쌤!"

설미가 크게 한입 베어 무는데, 윤리 선생이 심각한 표정으로 설미를 불렀다. 설미가 수박씨를 뱉으며 눈으로 대답하자, 그녀가 걱정스러운 얼굴로 물었다.

"집이 문화2동 맞지?"

"네. 근데 왜요?"

"조심하라고. 문화2동 근처에서 강간 사건 발생했잖아. 범인 잡았나 모르겠네. 그거 때문에 인터넷에서 난리도 아니었다니까? 설미 쌤은 혼자 사니까 특별히 더 조심하라고. 요새 혼자 사는 여자들만 노리는 범죄자들이 그렇게 많대."

설미는 입안 가득 베어 문 수박을 급히 삼키며 되물었다.

"강간이요?"

"그렇대도."

"아직…… 안…… 잡혔다고요?"

"글쎄, 그건 잘 모르겠고. 어머, 괜찮아? 손 떠는 것 좀 봐. 너무 걱정하지 마. 금방 잡히겠지. 하여튼 경찰들이 문제야. 그런 범인들은 빨리빨리 잡아야지. 어디 불안해서 살겠어?"

딸이 셋이나 있는 윤리 선생은 우리나라 치안 상태를 비롯하여 현 교육 세태를 비판하기 시작했다. 경찰공무원은 물론이고 교육공무원인 교사들까지 모두 반성해야 한다 부르짖더니 피날레는 나라 욕으로 마무리했다.

설미는 경찰이라는 단어에 어제 자신의 팔목에 수갑을 채우던 남자의 얼굴이 떠올랐다. 잘생기면 뭐 해. 싸가지 없는 말투와 서늘한 인상이 다 깎아 먹는데.

'맞다! 민원 넣어야지.'

책상에 가서 앉은 설미는 노트북을 열어 의기양양하게 경찰서 사이트에 접속했다. 하지만 자유 게시판 글쓰기 버튼을 눌렀는데 느닷없이 실명 인증을 하라는 창이 뜨자 좌절했다.

익명으로 올릴 순 없나? 분명 그 인간 성격에 가만있진 않을 것 같은데. 보복이라도 당하면 어떡해? 음. 어제 일로 크게 피해 입은 것도 없었고, 이웃 주민이라 오며 가며 종종 마주칠 텐데, 그냥 한 번 봐줄까?

설미는 혼자서 이런저런 핑계를 대며 민원 넣겠다는 의지를 결국 접고 말았다.

접속한 김에 경찰서 홈페이지 이곳저곳을 탐방하던 그녀는 졸음이 밀려오기 시작해 눈꺼풀이 점차 무거워졌다. 설미가 꾸벅꾸벅 눈을 떴다 감았다, 졸음을 참으려고 무던히도 애를 쓰고 있는데…….

“근무 시간에 잠이 옵니까? 임설미 선생!”

화들짝 놀란 설미가 자리에서 벌떡 일어났다. 언제 들어왔는지 박 교장이 뒷짐을 진 채 그녀를 날카로운 눈매로 흘겨보고 있었다.

“오늘 교외 생활 지도 임설미 선생이죠?”

“네? 아닌데요. 전 내일인데요?”

“근무표 수정 파일 안 열어 봤나요? 메신저 좀 제때 확인하라고 그렇게 얘기했건만. 방학식 날 교무부장이 보낸 근무표 수정본 열어 보세요. 오늘 이지영 선생이랑 임설미 선생이 교외 생활 지도하는 날입니다. 내가 또 말 안 했으면 그냥 퇴근했겠군요.”

“죄송합니다.”

“그리고 임 선생.”

“네?”

“우석이 어머님한테 애를 대안학교로 보내라고 했어요?”

“네. 지난번 진로 상담 때 우석이는 하고 싶은 것도 없고, 대학 진학에 관심이 없다고 하더라고요. 근데 우리 학교에서는 우석이의 꿈을 찾아 줄 수 없을 것 같아서요. 그래서 좀 더 자유롭게 다양한 것들을 배우고, 특기를 살릴 수 있는 학교를 찾아보는 것이 어떻겠냐고 말씀…….”

“그걸 왜 임 선생이 판단을 해요? 부모가 대학을 보내겠다잖아요. 그러니까 앞으로 우석이 진학 문제에 개입하지 마세요. 쓸데없이 운영 위원장 심기 불편하게 해서 학교 입장 곤란하게 만들지 말고. 아셨죠?”

“네. 알겠습니다. 내년부터 그렇게 하도록 하겠습니다.”

“뭐라고요?”

“이번 연도까지는 어쩔 수 없어요. 제가 우석이 담임이잖아요.”

당당한 설미의 말에 박 교장은 뒷목을 잡았다. 그는 더 이상 뭐라

할 말이 없는지 씩씩거리며 나가 버렸다.

박 교장이 그러든지 말든지 설미는 생각난 김에 우석의 생활 기록부를 검토하며 성장 배경이나 좋아하는 것은 무엇인지 아이의 성향은 어떤지 다시 들여다보았다.

그리고 퇴근 시간 무렵. 설미는 교외 생활 지도 파일을 챙겨 들고 윤리 선생의 자리로 향했다.

"선생님. 우리 언제 나갈까요?"

윤리 선생이 주변을 살피더니 속삭였다.

"설미 쌤. 우리 그거 가라로 하자. 대신 내가 담임 쌤들한테 애들 무슨 일 생기면 바로 연락하라고 단톡 보낼게."

"안 돼요."

"어? 왜?"

"공문서 조작이잖아요."

"조작이라니! 어떻게 그런 무시무시한 말을······. 있잖아. 작년엔 다들 그렇게 했어."

"그거 잘못된 거잖아요. 그러다 애들이 밖에서 나쁜 일에 휘말려 사고라도 나면 어떡해요. 저는 그렇게 안 할래요. 여기 계획서 보면 5시부터니까, 요 앞 시내 주변이랑 나머지 구역들 제가 맡을게요. 선생님은 아파트 단지 근처만 좀 둘러봐 주세요."

신임 교사에게 야단맞은 15년 차 윤리 선생의 표정이 떨떠름하게 굳어졌다. 부장들이 임설미 선생 눈치 없다고 하던데 왜 그러는지 알 것 같았다.

"선생님, 아파트 단지 괜찮으시죠?"

설미가 해맑게 웃었다. 사람이 왜 그렇게 꽉 막혔느냐며 한마디 하려던 윤리 선생은 그녀의 천진한 미소를 마주하곤 하는 수 없이 고개를 끄덕였다.

□ ■ □

설미는 교외 생활 지도 구역에 속한 문화시 로데오거리에 도착했다. 열심히 순찰을 돌다 보면, 혹시 혜린을 찾을 수 있지 않을까? 일거양득을 바라며 골목에 들어섰다.

눈에 불을 켜고 탈선하려는 학생은 없는지 살피던 설미가 제자리에 우뚝 멈춰 섰다. 멀리 보이는 S나이트클럽의 휘황찬란한 간판을 보자 몸이 먼저 반응한 것이다.

'당신을 마약류 관리에 관한 법률 위반 혐의로 긴급 체포 합니다.'

그 말을 하던 남자의 차가운 얼굴이 떠오르자, 온몸에 소름이 오소소 돋았다. 역시 삼만 오천 원으로 봐줄 일이 아니었어. 지금이라도 정신적 손해 배상 청구를 하는 게 좋지 않을까?

마음속으로 태홍을 향한 원망을 읊조리던 설미는 전방 20미터 앞에 낯익은 남학생 두 명을 발견했다.

"저것들이!"

트러블 메이커 '쌍석' 지석과 우석이 막 호프집 안으로 들어가고 있었다. 설미는 재빨리 달려가 두 녀석의 목덜미를 낚아챘다.

"이거 놔!"

"뭐야, 어떤 새끼야!"

"담임이다."

지석과 우석은 고개를 돌려 설미의 얼굴을 확인하더니 놀라지도 않고 능청스럽게 손을 흔들었다.

"어우, 우리 쌤 오래간만에 보니까 더 예쁘네요?"

"그래? 그럼 예쁜 내 얼굴 보러 학교 좀 오지 그래?"

"에이, 자신감 너무 넘치신다. 그 정도까지는 아니죠."

설미는 한숨을 길게 내뱉으며 녀석들을 위아래로 훑어보았다. 두 녀석은 학생 용돈으론 살 수 없는 비싼 옷과 구두를 쫙 빼입고 있었다. 지석의 부모님 직업은 의사, 우석의 아버지 직업은 문화시 국회의원이었다.

하여튼 너무 잘살아도 문제야. 돈이 없어 학교를 다니고 싶어도 못 다니는 혜린이 생각난 설미는 순간 울컥하고 속에서 뭔가가 치밀어 올랐다.

갑자기 굳어진 담임의 얼굴에 쌍석은 서로 눈치를 보며 도망갈 타이밍을 찾고 있었다. 하지만 쌍석이 한 발 내디디려는 그때, 설미가 두 팔을 벌리고 녀석들의 앞을 막아섰다.

"너희들 이번 방학 내내 여기서 놀 거야?"

"……아마도?"

"그럼 부탁 하나만 하자."

학생부 운운하며 혼낼 거라고 예상했던 담임이 부탁을 한단다. 녀석들은 어리둥절한 표정으로 설미를 바라보았다.

"정혜린이라고 알지?"

"알죠. 육상부."

혜린과 초, 중, 고 같은 학교를 다닌 우석은 특히나 잘 알고 있었다. 우석이 지각해서 홀로 교문을 통과할 때, 땡땡이치느라 홀로 교문을 통과할 때도, 항상 학교 운동장을 달리고 있는 여자애가 있었다. 그게 정혜린이었다.

"돌아다니다가 혜린이 보면 쌤한테 연락 좀 해 줄래?"

"왜요? 걔 무슨 일 있어요?"

우석은 사뭇 진지해진 얼굴로 물었다. 말투에는 관심과 걱정이 묻어나 있었다.

"운동장에 없어요? 거기 있을 텐데."

"그러게. 거기 있어야 할 애가 없네……."

설미는 지석과 우석에게 다시 한번 부탁했다.

"쌤이 부탁 좀 할게. 혜린이 보면 꼭 연락 줘. 그리고 너희들도 너무 늦게까지 돌아다니지 말고, 잠은 집에서 자라. 알았지? 그럼 쌤 간다."

설미는 먼저 자리를 떠났다.

하지만 얼마 지나지 않아 방향을 틀어 음식점 입간판 뒤로 몸을 숨겼다. 그러곤 호프집으로 들어갈까 말까 고민하는 녀석들을 지켜보았다. 결국, 망설이던 녀석들은 화려한 간판을 등지고 골목을 빠져나갔다.

무려 두 명의 학생을 선도한 것이 기뻐 설미는 작게 어퍼컷을 날렸다. 그녀의 입가에 미소가 번졌다.

□ ■ □

설미는 교외 생활 지도를 마치고 바로 집으로 향했다.

골목 어귀에 우뚝 멈춰 선 설미는 발등 위에 무거운 쇳덩이가 내려앉은 것처럼 바닥에서 발이 떨어지지 않았다. 집으로 가는 골목 한가운데에 있던 유일한 가로등의 불이 꺼져 있었다. 고장이 난 모양이다.

'어두운 건 질색인데…….'

핸드폰 플래시로 앞을 비추며 빠른 걸음으로 걷던 설미는 전봇대 밑에 사람 몸뚱이만 한 검은 봉지가 놓여 있는 걸 발견하곤 얼굴이 하얗게 질려 버렸다.

'문화2동 근처에서 강간 사건 발생했잖아.'

심장이 쿵쾅거리고 두려운 마음이 들기 시작했다.

그런데 그때, 봉지가 부스럭거리며 움직였다. 설미는 화들짝 놀라 다시 골목을 뛰어 내려왔다. 골목 입구에 서서 어두운 길을 멍하니 바라보던 설미는 봉지 근처에서 고양이를 뒤늦게 발견하곤 안도의 한숨을 내쉬었다.

10년이 지나 어른이 된 지금까지도 그날의 악몽에서 벗어나지 못하고 있었다.

까만 봉지, 어둠, 그리고……

설미는 욱신거리는 왼쪽 무릎을 내려다보며 쓸쓸한 미소를 지었다. 잠시 고민하던 그녀는 일단 편의점으로 피신했다. 컵라면이 익을 동안 삼각김밥을 먹으며 경찰서에 전화를 걸었다.

— 네. 문화서 형사2팀 강회철입니다.

상대방이 생각보다 전화를 빨리 받는 바람에 놀라, 입속에 가득 찬 김밥을 억지로 삼켰다.

꿀꺽.

— 여보세요?

"네! 안녕하세요. 저는 문화2동에 거주하는 주민인데요."

— 네. 말씀하세요.

"문화2동에서 강간 사건이 발생했다고 들었는데…… 혹시 범인 잡혔나요?"

제발, 제발. 설미는 두 손 모아 기도했다. 제발 잡혔기를.

— 아하! 2동 강간범이요? 네! 어제 우리 형사2팀에서 검거했습

니다. 서태홍 경위님이라고 우리 문화서 에이스인데요, 서 경위님께서 직접 검거하셨어요. 그러니 이제 걱정하지 않으셔도 됩니다.

"에이스…… 누구요?"

잘못 들은 건가? 어제 그 수갑이 분명 자기 이름이 서태홍이라고 했는데. 설미는 수갑과 강간범을 잡은 두 명의 서태홍이 동일 인물인지 의심되었다.

― 저기요. 여보세요? 문화2동 주민님?

"아, 네!"

― 주민들의 안전을 위해 목숨을 아끼지 않고 강간범을 때려잡으신 서태홍 경위님은 형사2팀 소속이랍니다. 형사1팀 아니고 2팀입니다. 시간 되시면, 저희 문화경찰서 홈페이지에 '칭찬합시다' 라는 게시판이 있는데요…….

회철은 신입답게 아주 정석대로 경찰서 홈페이지 '칭찬합시다' 게시판 이용법을 상세히 설명했다. 아무래도 형사2팀의 팀장이라는 사람의 압박이 있었던 모양이다. 형사의 말을 열심히 들어 주던 설미는 불어 터진 라면을 보며 울상을 지었다.

"네. 그렇게 할게요. 꼭 올릴게요. 됐죠? 그럼 이만 끊겠습니다."

그녀는 서둘러 전화를 끊고 라면을 먹기 시작했다. 어쨌든 나쁜 놈이 잡혔다니, 마음이 한결 가벼워졌다.

설미는 팅팅 불은 라면을 먹으며 골목 입구를 뚫어져라 바라보았다. 제발 한 명만 나타나라. 그녀는 같은 길로 올라가는 이웃 주민을 애타게 기다리고 있었다. 하지만 30분이 지나도록 골목에 진입하는 사람이 단 한 명도 나타나지 않았다.

이러다가 밤새우는 거 아니야?

죽을상을 하고 창밖을 내다보고 있던 그때. 그때였다. 마침내 남자 사람 하나가 골목 입구에 들어섰다. 잽싸게 밖으로 뛰쳐나간 설미는 걸음을 멈추고 고개를 갸웃거리며 남자 사람을 올려다보았다.

길게 쭉 뻗은 다리, 탄탄한 몸매와 그 몸매에 쉽게 매칭이 되지 않는 얼굴선이 고운 남자. 수갑, 서태홍이었다.

심리적인 중압감에서 해방된 덕분일까? 왜 저 사람이 빛나 보이는 걸까? 그를 빤히 쳐다보다 태홍과 눈이 마주친 설미는 민망해서 배시시 웃어 버렸다. 그런 그녀를 물끄러미 바라보던 태홍은 이내 가던 길을 계속 걷기 시작했다.

알은체도 하지 않고 긴 다리로 성큼성큼 골목을 올라가는 태홍을 어안이 벙벙한 얼굴로 쳐다보던 설미는 그를 놓칠세라 총총걸음으로 태홍의 뒤를 따라갔다. 혼자가 아니라 그런지 아까는 그렇게 암흑 같았던 길이 밝아진 느낌이 들었다.

전봇대 옆을 지나며 그 밑에 놓인 커다란 봉지가 또다시 눈에 들어왔다. 설미는 불안한 눈빛으로 잠시 생각에 잠겼다가 퍼뜩 정신을 차렸다. 그사이 태홍은 벌써 저만치 걸어가고 있었다. 설미는 놀라 허둥지둥 달려갔다.

"헉헉…… 저, 저기……."

태홍은 자신의 등을 콕콕 찌르는 설미의 손길에 걸음을 멈추고 퉁명스럽게 말했다.

"뭡니까."

"아니, 그게…… 저기……. 왜 사람을 모른 척해요?"

"알은척해 줬으면 좋겠어요?"

"아니요! 절대 아니요!"

설미는 고개를 절레절레 흔들며 강한 부정을 했다. 엮여 봤자 좋을 게 하나도 없는 남자라고 생각했다. 단, 지금은 예외였다.

"그래도 인사 정도는 하는 게 어때요? 안녕하세요?"

멋쩍게 웃으며 인사를 건네는 그녀를 한심한 듯 보던 태홍은 대꾸 한마디 없이 다시 앞을 보고 걸었다. 태홍의 걸음이 아까보단 느렸다. 그것을 알아차리지 못한 설미는 어색한 분위기가 싫어 괜히 떠들어 대기 시작했다.

"지금 퇴근하세요?"

"네."

"일찍 끝나셨네요?"

"네."

"드라마나 영화에서 보면 형사님들은 경찰서에서 먹고 자고 하잖아요. 실제론 안 그런가 봐요?"

"……."

"근데 언제 이사 오셨어요? 저 여기서 꽤 살았는데, 이 골목에서 그쪽 한 번도 본 적 없는데."

단답형이나마 답해 주던 태홍은 일일이 다 대꾸해 주다가는 끝이 없을 것 같아 입을 다물었다. 하지만 대답을 듣기 위해 떠드는 것이 아니었던 설미는 계속해서 수다를 떨었다.

"혹시 어제 강간범 잡으신 서태홍 씨가 그쪽이에요?"

"……."

"맞죠? 우와, 대단하시다. 근데 범인 잡을 때마다 수당 같은 거 받아요? 아니, 어제 막 거짓말까지 해 가면서 저 잡아넣으려고 한 것도 그렇고…… 뭐 있나 해서요."

참다못한 태홍이 시비조로 물었다.

"원래 그렇게 궁금한 게 많아요? 그것도 쓸데없는 것만?"

"씨……."

"지금 욕했어요?"

"아니요! 아닌데요?"

"뭐가 아닙니까. 내가 들었는데."

"입에서 나온 소리가 아니에요. 마음에서 나온 소리지."

태홍은 하도 어이가 없어서 순간 웃음이 나올 뻔했다. 애써 웃음을 참고 그녀를 날카롭게 쳐다보는데, 그 순간 설미의 얼굴이 환해졌다. 떠들다 보니 벌써 집 앞에 도착한 것이다.

함께 멈춰 선 태홍은 별안간 환해진 설미의 얼굴을 빤히 바라보았다. 태홍과 눈이 마주친 설미는 어색하게 웃으며 물었다.

"왜, 왜 그렇게 봐요? 욕한 거 때문에 그래요?"

"……."

"아이고, 미안해요! 됐죠? 그러니까 그만 봐요."

사과를 했음에도 태홍의 눈빛은 여전히 뜨거웠다. 설미는 벌게진 얼굴로 밤하늘을 올려다보며 딴청을 피웠다.

이 남자 왜 이러지? 우씨……. 가까이서 보니까 잘생겨 보여. 미친 거 아니야? 피부가 나보다 더 좋아. 아, 자존심 상해. 안 되겠다. 도망가자!

"그럼 먼저 들어가 보겠습니다. 안녕히 가세요."

"잠깐."

태홍이 다급한 목소리로 불러 세우자, 설미가 의아한 표정으로 뒤돌았다. 잠시 생각에 잠겨 있던 그가 대뜸 물었다.

"혼자 살아요?"

질문의 의도를 곰곰이 생각해 보던 설미는 반사적으로 외쳤다.

"아니요! 가족들이랑 같이 살아요."

"가족 몇 명?"

"다……섯이요! 남동생도 있어요. 덩치가 얼마나 큰데요. 종합격투기 선수예요. 까불면 뼈도 못 추려요. 저기 봐요. 불 켜져 있죠? 안에 사람이 있다는 거죠."

설미는 손가락으로 불이 켜져 있는 자신의 방을 가리켰다. 그 모습을 어이가 없는 얼굴로 보던 태홍은 한숨을 길게 내뱉었다.

그런 그를 의심의 눈초리로 바라보며 설미가 조심스레 입을 열었다.

"근데 그런 건 왜 물어봐요?"

"임설미 씨."

"네?"

"다음부턴 방금 나처럼 누가 혼자 사냐고 물으면 그냥 닥쳐요."

"뭐, 뭐라고요? 다, 닥치라고요?"

"402호에 혼자 사는 거 광고합니까?"

"어떻게 알았어요? 나 402호에 혼자 사……. 아, 아닌데요? 저 혼자 안 살아요!"

이러지도 저러지도 못하고 허둥지둥하는 설미를 한심스럽게 보던 태홍은 주머니에서 핸드폰을 꺼내 내밀었다.

"번호."

설미가 당황스러운 얼굴로 물었다.

"무슨 번호요? 민증 번호요? 왜요? 저 잘못한 거 없는데……."

"이 상황에서 민증 번호가 왜 나옵니까. 그쪽 핸드폰 번호 누르라고. 빨리. 나 바빠요."

정말 급한 일이 있는 사람처럼 그가 재촉했다. 설미는 얼떨결에 자신의 핸드폰 번호를 찍어 그에게 돌려주었다. 그가 통화 버튼을 누르자 곧 설미의 가방 속에서 핸드폰이 울렸다. 그것을 확인하고 태홍이 말했다.

"전화해요."

"네?"

"집에 혼자 들어가기 무서울 때 전화하라고."

"제가 왜요? 저 무서운 거 없는 사람이에요."

"없다고?"

"네! 없어요. 근데 혹시 지금 작업 거시는 거예요? 그런 거라면 사양할게요. 솔직히 저 그쪽 별로거든요? 그것도 엄—청!"

"입술에 묻은 김이나 떼요."

설미가 화들짝 놀라 손으로 입을 가렸다. 얼굴이 화끈거렸다.

아, 쪽팔려. 이게 무슨 개망신이야. 쥐구멍에라도, 아니 개미구멍에라도 숨고 싶은 심정이었지만, 서태홍이라는 남자에겐 자비란 없었다.

"나도 삼각김밥 세 개, 라면 하나, 소시지 다섯 개 먹는 여잔 별롭니다."

"아니, 무슨 근거도 없이……. 저 그렇게 많이 안 먹거든요? 진짜 이상한 사람이야!"

설미는 얼굴이 벌게진 채로 재빨리 건물 안으로 달려 들어갔다. 4층에 도착한 그녀는 주머니에서 영수증을 꺼내 확인하며 현관문을 열었다.

"내가 무슨 돼지도 아니고, 삼각김밥 세 개에 라면 하나에 소시지 다섯 개를 먹었다고 난리……. 먹었네? 아, 나 많이 먹었구나."

태홍이 읊어 댄 품목과 개수가 편의점 영수증과 정확하게 일치했다.

저 인간 뭐야? 어떻게 알았지? 역시 형사는 형사네. 강간범은 아무나 잡는 게 아니었어.

설미는 거실 소파에 앉아 가방 속에서 핸드폰을 꺼냈다. 가만히 액정에 찍힌 태홍의 번호를 노려보다가 결국 저장 버튼을 눌렀다. 이름은 '수갑'.

설미는 다시 일어나 창가에 서서 몰래 아래를 내려다보았다. 그가 골목을 걸어 내려가고 있었다. 설미가 창밖으로 목을 길게 뺐다.

왜 저쪽으로 가지? 그는 거주하고 있다는 빌라 쪽과 반대 방향으로 향하고 있었다. 한 손에는 커다란 검은 봉지를 쥔 채로 말이다.

□　■　□

경찰서 근처 흡연 구역에서 담배를 피우던 회철은 주차장 쪽에서 걸어오는 태홍을 발견하곤 얼른 담배를 껐다. 건물 안으로 들어가는 태홍의 뒤를 쫓아 회철이 달려갔다.

"경위님! 근무 중에 어디 갔다 오셨어요?"

"순찰."

"무슨 순찰요?"

회철이 고개를 갸웃대며 물었지만 태홍은 대꾸 없이 사무실로 향했다. 하지만 그의 뒤를 끈질기게 쫓은 회철이 심각한 얼굴로 말했다.

"누가 경위님 찾아오셨어요. 서장실에 계시던데……."

회철의 말이 다 끝나기도 전에 태홍의 얼굴이 무섭게 굳어졌다. 태홍을 만나러 온 손님 중에 서장실에 있을 법한 사람은 한 명뿐이었다.

서장실 문이 벌컥 열렸다. 퇴근길에 소환당한 김 서장이 헐레벌떡 달려 들어왔다.

"아이고. 많이 기다리셨죠? 죄송합니다."

김 서장은 소파에 앉아 있는 머리가 희끗희끗한 노인을 향해 연신 허리 숙여 사죄했다. 느긋하게 차를 마시고 있던 전 법무부 장관 서남길이 사람 좋게 웃으며 말했다.

"괜찮으니, 어서 앉으세요."

"네!"

기합이 잔뜩 들어간 김 서장은 조신하게 자리에 앉았다.

서남길 장관은 역대 법무부 장관 중 '최고'라는 수식어가 붙을 정도로 청렴하고 검소하기로 덕망이 높았다. 거기다 장관직에서 내려온 지 오랜 세월이 지났는데도 불구하고 아직까지도 법조계에선 수시로 업적이 회자되고 있는 인물이었다.

김 서장은 오는 길에 소식통에게서 전해 들은 얘기를 떠올리며 얼떨떨한 표정으로 입을 열었다.

"서태홍 경위가 장관님 손주시라고요……. 전혀 몰랐습니다."

"애가 워낙 과묵해서. 큰일입니다."

"어휴, 아닙니다. 가벼운 것보단 훨씬 낫지 않습니까. 요새 그런 청년 보기 드뭅니다. 그나저나 장관님께서 이곳까진 어쩐 일로?"

김 서장이 조심스레 묻자, 서 장관이 찻잔을 내려놓으며 살며시 웃음을 지었다.

"내가 왜 왔는지는 김 서장이 잘 알 거라 믿고 나는 말을 아낄까 하는데. 그래도 될까요?"

몰라도 안다고 해야 하고, 안 돼도 된다고 해야 할 판이었다. 김 서장은 잽싸게 대답했다.

"네. 그럼요. 잘 알겠습니다. 오신 김에 저녁 식사라도 대접하고 싶은데, 같이 나가시죠."

쾅.

순간 누군가에 의해 문이 거칠게 열렸다. 김 서장이 놀라 문 쪽을 바라보았다. 문을 열고 들어온 건 바로 태홍이었다.

태홍은 김 서장을 향해 대충 고개 숙여 인사한 후, 싸늘한 표정으로 할아버지 앞에 섰다.

"일어나세요."

태홍에겐 눈길도 주지 않고 서 장관은 태연한 얼굴로 김 서장을 향해 말했다.

"나중에 자리 한번 만들 테니 저녁은 다음에 하죠. 오늘은 오래간만에 손주 녀석과 둘이 오붓하게 식사를 해야 할 것 같네요. 그럼 김 서장. 다음에 내 연락할 테니 자세한 얘기는 그때 합시다."

"네. 알겠습니다! 장관님 살펴 가십시오."

김 서장의 인사가 끝나기도 전에 자리에서 일어난 서 장관은 태홍을 지나쳐 밖으로 나갔다. 태홍은 애써 화를 억누르며 김 서장을 향해 건성으로 인사를 하고 서 장관의 뒤를 따라 나갔다.

태홍이 복도로 나오자 서장실 밖에 숨어 염탐하던 팀원들이 하나둘 모습을 드러냈다.

"서 경위님! 진짜 서남길 장관님 손주 맞습니까?"

회철의 질문에 태홍은 잔뜩 굳은 얼굴을 한 채, 아직까지도 자판기 뒤에 숨어 있는 권 팀장 쪽으로 향했다.

"팀장님. 잠깐 나갔다 오겠습니다."

권 팀장은 괜히 멀쩡한 자판기를 두드렸다. 그리고 "씨불. 동전 먹었네." 하고 중얼거리더니 뒤늦게 태홍의 말을 들은 척 너스레를 떨었다.

"어? 나갔다 온다고? 그래. 되고말고. 나간 김에 천천히 쉬다 와. 아니다. 그냥 바로 퇴근해도 돼."

"다시 복귀하겠습니다."

태홍은 갑자기 태도가 달라진 권 팀장을 짜증이 섞인 얼굴로 보다가 서 장관이 나간 쪽으로 달려 나갔다. 권 팀장이 혀를 찼다.

"과묵해도 정도가 있지. 장관 손주인 건 왜 숨겨? 누굴 엿 먹이려고."

"근데 팀장님. 서 경위님은 법무부 장관 손주인데 왜 경찰을 하고 있을까요? 검사나 변호사도 아니고?"

"그러게. 검사나 변호사를 하지, 왜 이 촌구석까지 떠내려와서 내 앞길을 막느냐 이거야. 저 금수저 새끼 때문에 이번 연도 승진도 물 먹게 생겼구만. 제길."

권 팀장은 신세 한탄을 하며 사무실 안으로 들어갔다.

□　■　□

경찰서 정문에 대기하고 있던 차에 태홍이 올라탔다. 그가 차에 타자마자 비서가 곧바로 차를 출발시켰다.

태홍은 서늘한 눈빛으로 옆자리에 앉은 할아버지를 향해 윽박지르듯 소리쳤다.

"미치셨어요? 여긴 왜 오셨어요?"

"나 좋으라고 온 거 아니다."

부들부들 화를 주체하지 못하는 자신과 달리 너무나도 태연한 할아버지를 보니 태홍은 속이 더 꼬여만 갔다. 그는 비아냥거리는 말투로 분노를 표출했다.

"요새 많이 심심하시죠? 그럼 저 밑에 가서 할아버지 전관예우해 주는 사람들 데리고 골프나 치세요. 남의 일에 신경 끄시고. 안 그럼 저도 부모님처럼 할아버지랑 인연 끊고 외국으로 도망가 버리는 수가 있으니까."

'도망'이라는 단어에 결국 서 장관도 태홍의 도발에 넘어가 발끈했다.

"그래, 그거 좋구나. 차라리 너도 도망가 버려! 어디 내 핏줄이 이런 변두리에서 잡범 뒤치다꺼리나 해? 쯧쯧. 제 할애비 얼굴에 먹칠하고 앉아 있는 줄도 모르고."

"먹칠할 얼굴이 남아 있긴 해요?"

"뭐? 이 녀석이! 에미랑 애비는 너 이러고 다니는 거 아는 게야?"

"네. 더 열심히 해서 할아버지 감시 잘하래요. 여차하면 잡아넣고."

"네가 무슨 수로 날 잡아? 아무 죄도 없는 사람을. 없는 죄 만들어 넣는 거라면 모를까? 그렇게 할 수 있는 방법 알려 줄까?"

"……."

"법을 만들면 돼. 너한테 유리한 법 말이야. 지금이라도 늦지 않았다. 총 버리고 검사 배지 달아."

법대에 가거라. 검사가 되거라. 판사가 되거라. 서 장관이 매일같이 하는 말이었다.

태홍은 인상을 구기며 운전석 쪽을 향해 외쳤다.

"차 세우세요."

차가 멈췄다. 인사도 없이 무작정 차에서 내리려는 태홍을 서 장관이 잡았다. 태홍은 자신의 팔을 잡은 할아버지의 손을 가만히 내려다보았다.

"놓으세요."

"이 녀석이! 밥은 먹고 가!"

"싫습니다."

"너 이 할애비 말 똑똑히 들어. 정석범이 사건에서 당장 손 떼. 그 사건 공개로 전환되면 언론은 널 물어뜯을 거야. 그리고 정석범을 놓친 너를 향해 사람들은 손가락질하겠지."

정석범이라는 소리에 태홍의 눈빛이 얼어붙었다. 그런 손자의 얼굴을 확인한 서 장관이 무섭게 다그쳤다.

"너도 알다시피 날 전관예우해 주는 사람들이 아주 많아."

"……."

"한 번만 더 나서면…… 좌천이 아니라, 아예 경찰복 벗게 해 줄 테니 그렇게 알 거라."

역시 이번 좌천은 서 장관의 입김이 작용한 것이었다. 예상은 했지만 직접 할아버지 입으로 들으니 태홍은 분노에 휩싸였다.

"도대체 이렇게까지 하시는 이유가 뭐예요? 왜 자꾸 제 인생에 간섭하시냐고요."

"대선까지만 조용히 있어. 그 뒤에 네 인생은 이 할애비가 황금으로 준비해 놓을 테니."

"뭐라고요?"

어이가 없다는 얼굴로 헛웃음을 내뱉는 태홍을 향해 서 장관이 다시 한번 경고했다.

"피해자 유족들은 내가 충분히 위로했다. 더 이상 죄책감 따위 가질 필요 없어. 그게 어디 네 책임뿐이냐? 그 나약한 마음도 고쳐먹어. 그래야 큰사람이 될 수 있어."

"큰사람? 그냥 솔직하게 말하세요. 지금 겁나시죠? 악질 마약 사범을 검거 중에 놓쳐 사람까지 죽이고 달아나게 만든 현직 경찰이 서남길 장관 손주인 거 밝혀질까 봐. 그렇게 되면 대선도 물 건너가는 거잖아요. 그래서 미리 유족들도 돈으로 입막음하셨나요? 정석범 사건 덮고, 나 옷 벗기고, 신분 세탁이라도 해 주시려고요?"

"못 할 것도 없지. 이왕 하는 거 깨끗하게 세탁해서 내 뒤를 이을 판사로 만들어야겠구나. 경찰 손주보단 판사 손주가 더 보기 좋지 않겠니?"

서 장관도 지지 않고 대꾸했다. 자신을 이용해 야욕을 채우려는 할아버지를 노려보던 태홍은 문을 열고 차에서 내렸다. 그리고 간신히 화를 억누르며 차창을 두드렸다. 곧 창문이 내려가자 태홍이 서 장관을 향해 말했다.

"제가 경찰이 된 이유가 뭔지 아세요?"

"……."

"10년 전 그날, 저도 그곳에 있었습니다."

"도대체 지금 무슨 소릴 하는 건지 모르겠구나."

"10년 전에도 같은 대답을 하셨죠. 난 모르는 일이다."

"헛소리 그만하……."

"제가 지금 정석범 다음으로 잡고 싶은 사람이 누군지 아세요?"

"……."

"아셨으면, 그냥 조용히 기다리세요. 이번엔 안 도망가요."

태홍의 표정은 참담했다. 이를 악문 태홍의 얼굴을 마주한 서 장관은 조용히 시선을 피했다. 그가 비서를 향해 출발하라고 지시하자 창문이 올라가고 차가 출발했다.

10년 전 그날의 기억 조각들이 불현듯 태홍의 머릿속을 스쳐 지나갔다. 어렸을 적부터 늘 집에 없는 부모님보다 곁에 있는 할아버지를 더 신뢰하고 존경했다. 할아버지 같은 법관이 되는 것이 그의 꿈이었다.

그런데 그날, 밀실에서 여고생을 추행하는 할아버지의 모습을 보고야 말았다. 그날 이후, 그의 하늘이 무너졌다. 한없이 높고 푸르던 그의 하늘은 추악한 민낯을 드러내며 흉악하게 산산조각 나 버렸다.

꿈에서조차 떠올리기 싫었던 과거를 회상하며 태홍은 문득, 법대 진학을 포기하고 할아버지를 피해 미국으로 도망가려던 날 밤 목격한 사고 현장을 떠올렸다. 밑창이 너덜너덜해진 운동화를 신은 여자아이의 피 흘리는 다리, 서럽게 울던 그 아이의 얼굴이 떠오르자 마음이 착잡해졌다.

태홍은 한참 동안이나 그 자리에 그대로 서서 상념에 젖어 있었다.

□ ■ □

"396……번지……."

번지수를 중얼거리며 설미는 어느 골목 초입에 들어섰다. 골목을 오르며 혜린의 집을 찾던 그녀는 난감한 표정으로 윗동네를 올려다보았다. 이곳부터는 번지수조차 없는 판자촌이었다.

"어떻게 찾지?"

낡고 허름한 집들을 절망스러운 얼굴로 바라보던 설미는 하는 데까지 해 보자며 다시 열심히 걷기 시작했다. 매직으로 문 앞에 드문드문 적혀 있는 번지수를 단서로 해서 부지런히 걷던 설미의 눈에 드디어 '396'이라는 숫자가 들어왔다.

대문도 없는 집 마당에 들어선 설미는 헛기침을 여러 번 하다가 큰 소리로 제자의 이름을 불렀다.

"혜린아! 정혜린!"

바깥에 따로 마련된 화장실 안에서 인기척이 들렸다. 설미는 바로 그쪽으로 향했다. 그러곤 조심스레 문을 두드리며 외쳤다.

"혜린이니? 잠깐만 나와 볼래? 선생님이야."

끼이익.

문이 삐거덕거리며 열렸다. 하지만 화장실 안에서 나온 건 혜린이 아닌 낯선 남자였다. 놀란 설미가 뒷걸음질 쳤다.

"누구세요?"

"그건 내가 할 말이고. 아무튼…… 혜린이 선생이라고요?"

설미는 굳은 얼굴로 고개를 끄덕였다. 비쩍 마른 남자는 수염이 덥수룩했고, 눈이 퀭했다. 혜린이나 혜린의 모친처럼 선한 인상은 아니었다. 경계심을 풀지 않고 설미가 다시 물었다.

"혜린이를 어떻게 아세요?"

잠깐 머뭇거리던 남자가 말했다.

"혜린이 삼촌 되는 사람입니다. 그러니까…… 그 애 아빠 되는 사람의 동생."

"아…… 그러시구나. 안녕하세요."

"근데 혜린이는 왜 찾습니까?"

설미는 순간, 10년 전에 이혼하고 남편의 생사조차 모른다고 하던 혜린 모친의 말이 떠올랐다. 모친은 남편의 생사조차 모른다던데, 남편의 동생이 갑자기 왜 나타난 거지? 시동생하곤 원래 왕래가 있었나? 의문스럽게 남자를 바라보던 설미는 조심스레 입을 열었다.

"저는 혜린이가 다니는 고등학교 육상부 지도 교사인데요."

"육상부?"

남자가 헛웃음을 내뱉었다. 설미가 의아한 듯 바라보자 남자가 조금 부드러워진 어조로 말했다.

"혜린이 아빠도 중학생 때 육상 선수였거든."

남자의 말에 설미가 그제야 경계심을 풀고 신이 난 얼굴로 맞장구를 쳤다.

"정말요? 우와. 그럼 혜린이가 아버님을 닮아서……."

"그깟 거 닮아서 뭐에 써먹는다고! 혜린이 운동이고 뭐고 학교도 다 관두게 할 생각이니까 이만 돌아가요."

그녀의 말을 갑자기 끊고 남자가 윽박질렀다. 설미는 남자의 행동에 당황스러워하며 되물었다.

"그게 무슨 말씀이세요? 학교를 관두다니요……."

"이사 갈 겁니다."

"갑자기 이사라니요. 혜린이도 같이 결정한 문제인가요? 저기, 삼촌분! 제가 직접 혜린이를 만나서 얘기를 듣고 싶은데요. 혜린이 지금 어디 있어요?"

"나가고 없어요."

마당을 눈으로 쭉 훑어보던 설미는 구석 바닥에 널브러진 혜린의 운동화를 발견했다. 설미가 집 안을 향해 소리쳤다.

"혜린아! 선생님 말 들리지? 내가 삼촌 설득해서 학교도 다시 다니고, 너 운동도 계속하게 도와줄 테니까 절대 포기하면 안 돼! 응? 너무 걱정하지 말고!"

남자가 험악한 표정으로 설미의 팔을 잡아끌어 바깥으로 밀어 냈다. 그 바람에 설미는 바닥에 철퍼덕 넘어지고 말았다. 하지만 까진 무릎을 문지르며 이내 자리에서 벌떡 일어났다. 남자는 설미를 때릴 기세로 주먹을 들어 올리며 협박했다.

"꺼져! 한 번만 더 찾아오면 죽을 줄 알아!"

남자의 협박에도 설미는 물러서지 않았다. 그 자리에 그대로 서서 절실한 표정으로 애원하듯 말했다.

"저기, 삼촌분……. 혜린이 학교는 계속 다니게 해 주세요. 그리고 육상도……. 혜린이요, 누구보다도 열심히 했어요. 이번 전국체전 정말 중요해요. 국가 대표로 선발될 기회도 얻을 수 있고, 실업팀 스카우트되면 졸업 후에 대우받으면서 좋은 선수로 성장할 수 있어요. 다시 한번만 잘 생각해 보시고……. 제가 내일 다시 올 테니까 그때 더 자세히 얘기하시죠. 제발 부탁드려요."

90도로 허리까지 숙여 인사하고 돌아가려는 설미를 향해 남자가 소리를 질렀다.

"이봐, 당신! 경고했어. 내일 오지 마. 후회하게 될 테니까!"

하지만 설미가 더 큰 소리로 소리쳤다.

"내일 뵙겠습니다!"

남자의 표정이 험악해지자 설미는 재빨리 뒤를 돌아 빠른 걸음으로 골목을 내려갔다. 모퉁이를 돌자마자 그녀는 가슴 언저리에 손을 얹었다.

"으…… 무서워."

설미는 후들거리는 다리를 간신히 붙잡고, 버스 정류장까지 겨우겨우 내려갔다. 마침 도착한 버스에 냉큼 올라탄 설미는 빈자리에 앉았다.

"아가씨, 내가 눈이 침침해서 그런데 문화경찰서 도착하려면 몇 정거장이나 남았는지 확인 좀 해 줄래요?"

앞에 앉아 있던 한 할머니가 정류장 안내판을 가리키며 물었다. 설미는 안내판을 살펴보곤 상냥하게 대답했다.

"열 정거장 정도 남았어요. 혹시 모르니까 안내 방송 나오면 제가 알려 드릴게요. 너무 걱정하지 마시고 편히 앉아 계세요."

"고마워요."

할머니는 힘없이 미소를 지으며 등을 보였다. 할머니 얼굴에 깊게 팬 주름과 서글퍼 보이는 눈동자가 잔상으로 남았다. 초라하게 굽은 등과 왜소한 어깨를 보니 설미는 더욱 가슴이 아팠다.

근데 문화경찰서는 무슨 일로 가시는 걸까? 표정이 좋지 않은 걸 보니 안 좋은 일이겠지? 하긴, 경찰서를 좋은 일로 가는 사람은 거의 없으니까……. 그래서 그 남자 성격이 그런 걸까? 고압적이고, 이기적이고, 차갑고, 자기 멋대로…….

'집에 혼자 들어가기 무서울 때 전화하라고.'

전화하면 어쩔 건데? 달려와 주기라도 한다는 거야 뭐야? 지가 뭔데? 아무튼 이상한 남자야.

자신도 모르게 또 태홍의 생각을 하고 만 설미는 뒤늦게 문화경찰서 도착을 알리는 안내 방송을 듣고는 벨을 누른 후 할머니를 향해 말했다.

"할머니. 여기서 내리셔야 해요."

조급해진 할머니가 무거운 짐 가방을 들고 일어나려다 비틀거렸다. 설미가 재빨리 할머니를 부축했다.

"제가 들어 드릴게요."

설미는 짐 가방을 들고 할머니와 함께 버스에서 내렸다.

"나 때문에 아가씨까지 내려서 어쩌누……."

"괜찮아요. 집이 이 근처예요. 할머니는 어디까지 가세요? 같이 가 드릴게요."

머뭇거리던 할머니는 가방에서 봉투 하나를 꺼내 들곤 부탁했다.

"그럼 내가 잠깐 볼일 보고 나올 테니까, 가방 좀 맡아 줄 수 있어요?"

"네. 그럼요. 다녀오세요. 여기서 기다릴……."

설미의 말이 끝나기도 전에 할머니가 경찰서 안으로 달려갔다. 건물 안에서 태홍을 비롯한 형사들 몇 명이 우르르 나오고 있었다. 자신을 향해 달려오는 할머니를 보곤 태홍의 눈빛이 흔들렸다.

설미도 그런 태홍의 표정을 발견했다. 웬만한 일로는 크게 동요하지 않을 것 같던 그의 경직된 모습은 설미의 호기심을 자극했다. 도대체 무슨 일이지?

그런데 그때였다. 할머니가 들고 있던 봉투를 태홍의 얼굴에 던져 버렸다. 그리고 조금의 망설임도 없이 손을 번쩍 들어 태홍의 뺨을 내리쳤다. 설미의 두 눈이 휘둥그레졌다.

"이렇게 도망치면 내가 못 찾을 줄 알았어? 내 새끼 죽인 놈, 죽게 만든 놈, 둘 다 내가 지옥에 가서도 저주할 거야!"

할머니가 태홍을 향해 악다구니를 썼다.

"이 돈도 가져가서 당신 할아버지라는 인간한테 돌려줘! 이딴 거 다 필요 없고, 그 자식 잡아 와! 정석범이 그 천하의 죽일 놈, 그놈 잡아 오란 말이야!"

"……."

절규하는 할머니 앞에 태홍은 무릎을 꿇었다. 멀리서 지켜보던 설미는 물론 주변에 있던 동료 형사들도 놀라 태홍에게서 한 발자국 뒤로 물러섰다. 그러다 어서 출동하라는 권 팀장의 불호령에 형사들이 경찰차에 올라탔다.

경찰서 앞엔 무릎을 꿇고 앉아 있는 태홍과 금방이라도 쓰러질 듯한 할머니, 두 사람뿐이었다. 태홍을 죽일 듯 노려보던 할머니가 바닥에 주저앉아 통곡을 시작했다.

"내 새끼 살려 내. 내 새끼……."

땅을 치며 괴로워하는 할머니를 더 이상 지켜보기 힘들었는지 그의 고개가 푹 숙여졌다. 그…… 빳빳하던 남자의 고개가 꺾여 땅 쪽으로 향해 있었다. 태홍의 뜻밖의 행동에 설미는 어쩐지 마음이 무거워졌다. 이상하게 가슴 한구석이 아려 왔다.

저 남자…… 도대체 무슨 사연이 있는 걸까?

"일어나! 일어나서 정석범이 잡아 와! 네가 사람이고 경찰이면……. 네가 놓친 그놈……. 내 새끼 죽인 그놈……. 잡아서 내 앞에 끌어다 놔! 누구 맘대로 수사를 종결해! 누구 맘대로!"

사실 정석범 사건은 태홍에게도 책임이 있었지만, 경찰의 초기 대응 미비에 더 큰 책임이 있었다. 그래서 경찰은 그 사건을 덮으려 했고, 거기다 사건의 중심에 태홍이 있었던 사실이 알려질까 우려한 서 장관이 비서를 통해 할머니에게 돈까지 쥐여 줬던 것이다.

아들을 죽인 그놈이 버젓이 살아 거리를 활보하고 다닐 텐데, 수사 종결이라니. 거기에 불안을 느낀 할머니는 결국 이곳까지 오게 되었다.

　사실 할머니도 아들의 죽음이 태홍의 잘못만은 아니라는 것을 알고 있었다. 그가 자신의 아들을 살리려고 필사의 노력을 하다가 일어난 사고라는 것도. 할머니는 홧김에 손찌검을 했지만, 벌겋게 달아오른 태홍의 뺨을 보니 마음이 좋지 않았다.

　"죄송합니다."

　태홍의 떨리는 목소리에 할머니는 잠시 가만히 있더니 자리에서 일어나 쓸쓸히 정문으로 나왔다. 정문 밖에 서 있던 설미가 할머니에게 다가가 안색을 살폈다.

　"괜찮으세요?"

　"아가씨 오늘 고마웠어요. 얼른 집에 가 봐요."

　할머니는 주르륵 흐르고 있는 눈물을 황급히 손으로 닦아 냈다. 설미가 건넨 가방을 받은 할머니는 천천히 버스 정류장으로 향했다. 다행히 바로 버스가 도착했다.

　할머니를 태우고 떠나가는 버스를 착잡한 마음으로 바라보던 설미는 조심스레 뒤를 돌았다. 한동안 무릎을 꿇고 앉아 있던 태홍이 어느새 자리에서 일어나 정문 쪽으로 걸어오고 있었다. 설미는 화들짝 놀라 얼른 가로수 뒤에 몸을 숨겼다.

　태홍은 설미를 보지 못한 듯 그녀를 지나쳐 걸어갔다. 설미는 그의 뒷모습을 눈으로 좇다가 저도 모르게 그를 조심스레 뒤쫓아 갔다.

　얼마쯤 걸었을까. 갑자기 그가 제자리에 멈춰 섰다. 설미도 얼른 멈춰 쓰레기통 뒤로 숨었다.

　"술 한잔합시다."

　태홍의 낮은 목소리가 들려왔다. 납작 엎드려 숨어 있던 설미가 고개를 빼꼼 내밀었다. 그는 여전히 그 자리에 그대로 서 있었다.

"따라와요."

그가 다시 어디론가 향하자 설미는 재빨리 그를 따라가며 물었다.

"저요? 지금 저한테 말하신 거예요?"

설미가 자신을 가리키며 의아한 표정으로 묻자 태홍은 그녀를 바라보며 무덤덤한 얼굴로 말했다.

"그래. 너."

짧게 답한 그는 다시 고개를 돌려 앞을 보고 직진했다.

"뭐야. 갑자기 왜 반말을 하고 그래요?"

대꾸 없는 태홍의 뒤를 총총걸음으로 따라가며 설미가 입을 삐죽 내밀었다.

"사람이 물어보면 대꾸 좀 해 줘요. 왜 반말하냐고요. 그쪽 나이가 어떻게 되는데요?"

"너보단 많아."

아깐 다 죽어 가더니, 서태홍의 싸가지 없는 말투는 여전했다. 울컥한 설미는 그를 따라갈까 말까 고민에 빠졌다. 우두커니 서 있는 설미를 묵묵히 바라보던 태홍이 물었다.

"싫어?"

머뭇거리던 설미가 입을 열었다.

"술값은 그쪽이 내는 거죠?"

□　■　□

"저번에 그 잘생긴 총각이네."

포장마차 주인아주머니가 안주를 내려놓으며 태홍의 외모를 칭찬했다. 설미는 소주병을 흔들어 따며 작게 우웩거렸다.

잘생기면 다야? 성격이 그지 같은데! 에잇.

설미는 속내를 숨긴 채 태홍의 잔에 소주를 따랐다.

"주사 없죠?"

"큰 소리로 남 욕하고 떠들고 뭐, 그런 주사를 말하는 거라면. 없어."

설미가 헛기침을 했다.

"제가 언제 그랬어요!"

"너라고 안 했어."

"아니……. 저…… 그게…….."

설미가 태홍의 눈치를 보며 조심스럽게 입을 열었다.

"저번에 제가 여기서 그쪽 욕한 거……."

"다 들었어. 처음부터 끝까지. 전부."

"자, 짠! 건배! 마시죠!"

설미가 급하게 잔을 들어 셀프 건배를 하며 소주를 원샷했다.

"캬. 조오타!"

설미의 요란한 추임새를 한심하다는 듯 보던 태홍도 한발 늦게 잔을 비웠다.

그는 그 뒤로 연거푸 넉 잔째 아무런 말 없이 잔만 비웠다. 그런 그를 뚱한 얼굴로 바라보던 설미는 공연히 어색해서 주저리주저리 아무 얘기나 내뱉었다. 그러다 그녀가 툭 물었다.

"100미터 몇 초예요?"

"너보단 빨라."

"풉!"

설미가 크게 웃어 버렸다. 자신을 비웃는 그녀의 모습이 몹시 거슬린 태홍이 시비조로 되물었다.

"왜 웃어?"

"웃기니까 웃죠. 제가 이래 봬도 100미터 선수였어요. 한국 신기록 보유자라고요. 그런데 나보다 빠르긴. 아무튼 저랑 이렇게 술 마시는 거 영광인 줄 아세요. 서태홍 씨가 언제 또 한국 신기록 보유자랑 대작을 하겠어요."

들은 척도 하지 않고 내내 묵묵히 소주만 마시던 태홍이 설미의 말에 그녀의 다리를 물끄러미 내려다보았다.

"어머, 어딜 봐요?"

설미는 갑자기 자신의 다리를 훑어보는 태홍을 경계하며 옆으로 돌아앉았다.

"내 눈 가지고 뭘 보든 무슨 상관이야?"

"우와, 이 남자 진짜 뻔뻔하네. 내가 말을 말아야지. 됐어요. 술이나 드세요."

자신의 빈 잔에 술을 채워 주는 설미를 흘끔 보던 태홍이 넌지시 물었다.

"한국 신기록 보유자씩이나 되면서 선수는 왜 그만둔 거야? 부상 때문에?"

"어떻게 알았어요? 하긴……. 선수가 선수 생활 접는 이유야 뻔하죠, 뭐. 맞아요. 부상 때문에 그만뒀어요."

"어쩌다?"

"그냥, 어쩌다……."

그렇게 수다스럽던 여자가 말을 아끼기 시작했다. 태홍은 포기하지 않고 또다시 질문을 던졌다.

"어떤 사고였는데?"

"그런 건 왜 물어요? 그쪽이야말로 무슨 일인데요? 아까 그 할머니 말이에요."

"……."

"이것 봐, 본인도 얘기 안 해 줄 거면서……."

"마약범을 검거하는 과정에서 조준 사격에 실패했어. 막다른 길에 몰린 놈은 인질을 살해했고. 그러니까 나 때문에…… 사람이 죽었어……."

"……."

절대 본인의 약점은 입 밖으로 꺼낼 것 같지 않던 남자였다. 하지만 자조 섞인 말투로 자신의 약점이자 상처를 꺼내 보여 주었다. 설미는 깜짝 놀랐다.

'이런 엄청난 얘기를 왜 나한테 하는 거야?'

그녀는 괜히 멋쩍어서 이마를 긁적였다. 그러다 사뭇 진지해진 얼굴로 그를 바라보았다.

그는 많이 지쳐 보였고, 슬퍼 보였다.

하긴, 몇 번 만나지도 않은 자신에게 이렇게 털어놓을 정도면 엄청 힘들다는 건데. 마약범을 검거하다 그렇게 됐다니……. 그래서 저번에 S나이트클럽에서 벌어진 마약 사건에 눈에 불을 켜고 달려든 거였어? 수당 때문이 아니라?

어쩐지 그가 다르게 느껴졌다. 설미는 태홍의 잔에 다시 소주를 따르며 말했다.

"죄책감에 얽매여 자신을 너무 괴롭히지 마세요. 그렇게 살면 당신 인생이 너무 불쌍하잖아. 하고 싶은 일도 많고, 아직 해 보지 않은 일들도 많을 텐데……."

그녀는 걱정이 가득 담긴 눈으로 그를 바라봤다. 설미의 얼굴을 멍하니 마주 보던 태홍은 잠시 다른 세계에 와 있는 듯한 느낌이 들었다. 정신이 몽롱한 가운데 그녀의 얼굴이 점차 시야 가득 들어왔다.

조명 아래 반짝거리는 눈망울과 오뚝한 콧날……. 그리고 살짝 열린 핑크빛 입술이 그의 침샘을 자극했다.

취했군.

재빨리 그녀에게서 시선을 뗀 태홍은 자리에서 벌떡 일어나 계산대로 향했다. 술값을 계산하고 나가는 태홍의 뒷모습을 안타깝게 바라보던 설미는 행여 그가 자신을 버리고 혼자 갈까 봐 잽싸게 그를 쫓아 포장마차를 뛰어나갔다.

앞서 골목을 올라가는 태홍의 뒤를 졸졸 따라가던 설미는 어쩐지 묘하게 편안한 느낌이 들었다. 혼자 걸을 땐 끝이 보이지 않는 터널 속을 걷는 것처럼 막막하고 두려웠는데…….

그렇게 조용히 그를 따라 걷다 보니 어느새 집 앞에 도착해 있었다.

"어? 가로등 고쳤네? 다행이다……."

불이 환하게 들어온 가로등 불빛을 올려다보는 설미를 태홍이 조금 떨어진 곳에서 지켜봤다. 그는 왠지 머쓱해져 평소보다 더 무뚝뚝한 말투로 말했다.

"들어가."

그가 턱 끝으로 설미의 빌라 입구를 가리켰다. 뒤늦게 정신을 차린 설미가 그를 향해 물었다.

"근데 성월빌라 몇 호예요?"

"……602호."

"네? 저기 5층까지밖에 없……."

"502호. 왜?"

태홍은 자신이 내뱉은 말을 재빨리 정정했다. 그런 그를 이상하게 바라보던 설미가 성월빌라를 올려다보며 말했다.

"아니, 그냥……. 저 위쪽은 월세가 얼마예요?"

"나 따라서 이사 올 생각이면 접어."

"그……런 거 아니거든요? 그리고 제가 서태홍 씨를 왜 따라가요? 자뻑이 너무 심하신 거 아니에요? 그쪽 내 스타일 아니라니까요?"

태홍은 괜히 무안해서 시선을 피해 그녀가 사는 빌라를 쳐다보았다. 오늘도 402호엔 불이 켜져 있었다. 그사이 잠시 생각에 잠겨 있던 설미가 한쪽 손을 번쩍 들었다.

"저 질문 있어요."

"들어가라."

"아니, 사람이 질문이 있다는데 뭘 들어가래?"

"지금 반말했냐?"

"니가 먼저 했잖아."

"어쭈?"

"미안해요. 취했나 봐요. 그러니까 제 얘기 좀 들어 줘요."

태홍은 대답 대신 움직이지 않고 가만히 서 있었다. 말하라는 거였다. 설미는 재빨리 입을 열었다.

"혹시 법에 대해 좀 아세요? 청소년 관련 법이요."

뜬금없이, 하필이면……. 법에 대해 묻는 설미를 태홍은 귀찮은 얼굴로 바라보았다.

"법은 왜?"

"사실 제가 고등학교 교사거든요."

"그래? 안 어울리네."

"아, 진짜. 참자. 참아. 예쁜 내가 참아야지."

설미가 씩씩거리며 겨우 화를 억눌렀다. 태홍은 너무 심했나 싶어 이번엔 가만히 그녀의 얘기를 들어 줄 요량으로 입을 다물었다. 잠시 그를 쳐다보던 설미가 다시 말을 이었다.

"아까 물었죠? 선수 생활 왜 접었냐고……."

"……."

"할 수 있는 게 달리는 것밖에 없어서, 멈추는 방법을 몰라서…… 그렇게 계속 달리다 몸도 마음도 망가져 버렸어요. 그랬던 저의 어린 시절을 닮은 제자가 있어요. 그 애가 육상 선수인 것도, 자라 온 환경도, 처지나 상황까지도…… 저랑 정말 많이 닮았어요. 그래서 그 애만 보면 마음이 많이 아파요."

그녀의 진지한 고백에 태홍은 아무런 말 없이 그녀의 이야기를 경청했다.

"지금이 그 애 인생에 있어 가장 중요한 순간이거든요. 제가 잘 알아요. 똑같은 길을 걸어 봤으니까. 근데 갑자기 삼촌이라는 사람이 나타났어요. 그러더니 학교도 운동도 관두게 한대요."

"그 애 부모는?"

"편모 가정이에요. 어머니는 현재 연락 두절이고요."

"애는?"

"아직 만나지 못했어요. 아무래도 삼촌이 애를 밖에 못 나가게 가둔 것 같은데……."

"왜?"

"모르겠어요. 도대체 어떻게 된 상황인지……."

"진짜 삼촌은 맞아?"

"네?"

"그것부터 확인해 봐야 할 것 같으니까 그 애 인적 사항 문자로 보내."

"자료가 학교에 있는데……. 내일 보내 드릴게요. 그럼 바로 조회해 주시는 거죠?"

"그럼 바로 하지, 내일모레 할까?"

설미는 목구멍까지 차올랐던 고맙다는 말을 꾸역꾸역 삼켰다.

"말을 정말 예쁘게 하시네요."

"들어가."

"치이!"

들어가지 말래도 들어갈 거거든. 토라진 얼굴로 그를 흘겨보던 설미는 빌라 안으로 들어가 버렸다.

태홍은 고개를 들어 402호를 올려다보았다. 불 켜진 창문을 보고 있는데, 문득 자신을 위로하던 여자의 진지한 얼굴이 떠올랐다.

'죄책감에 얽매여 자신을 너무 괴롭히지 마세요. 그렇게 살면 당신 인생이 너무 불쌍하잖아.'

어쩐지…… 누군가 자신을 불쌍히 여겨 주고 있다는 사실이 이상하게 위로가 되었다. 누군가 알아주길 바랐던 건 아니지만, 요즘 들어 지독히 외롭고…… 도망가고 싶을 때가 한두 번이 아니었다. 그런데 그녀의 진심이 담긴 말 한마디가 그의 가슴을 파고들었다.

골목을 내려가던 태홍의 발걸음이 점점 느려졌다. 그는 걸음을 완전히 멈추고, 뼹 돌아 다시 위로 올라갔다. 혹시 수상한 사람은 없는지, 그녀가 사는 빌라 주변을 한 바퀴 순찰 돈 후, 한참 뒤에야 그는 집으로 향했다.

□　■　□

침대 옆 스탠드의 불이 켜졌다. 은은한 불빛이 태홍의 얼굴을 비추었다. 그는 잠이 오지 않아 멍한 눈으로 천장을 바라보고 있었다. 그러다 결국 상체를 벌떡 일으켜 잠시 앉아 있다가 거실로 나갔다.

그는 거실 맨 끝에 있는 창고로 들어가 쌓여 있는 물건들을 눈으로 훑었다. 그리고 구석에 놓인 박스 하나를 들고 나와 테이블 위에 올려놓았다.

태홍은 박스 뚜껑을 열어 먼지가 앉은 작은 운동화 한 짝을 꺼내 들었다. 밑창이 너덜너덜해진 운동화를 먹먹한 눈빛으로 바라보던 그가 박스 안에서 뭔가를 하나 더 꺼냈다.

노란색 명찰이었다.

"……임설미."

명찰에 새겨진 이름 석 자를 가만히 내려다보던 태홍은 자신을 위로해 주던 설미의 얼굴을 또 한 번 떠올렸다. 그의 입가에 서서히 미소가 번졌다.

3화

"우리 임 선생 애인 생겼어?"

채소 가게 아줌마가 봉지에 콩나물을 가득 담으며 의미심장한 미소를 지었다. 그러자 설미는 아줌마가 내미는 봉지를 받으며 손사래를 쳤다.

"어우. 그런 거 아니에요."

"아니긴 뭐가 아니야. 콩나물도 평소보다 두 배나 사고. 왜, 애인 해장국 끓여 주려고?"

"애인이 아니라……. 엣취!"

"얼씨구. 어젯밤에 애인이랑 뭐 했길래 감기에 걸렸어?"

"아줌마 농담도 참."

"부끄러워하긴. 아직 사귀는 단계는 아닌가 봐? 요새 젊은 사람들은 그런 걸 썸이라 하던가? 그런 거야? 썸?"

"썸이 아니라 쌈일걸요?"

"썸?"

아줌마가 고개를 갸웃거렸다.

썸이 아니라 싸움을 부르는 상대. 어젯밤 포장마차에서 소주 두 병을 쉬지도 않고 들이켜던 태홍의 모습이 떠오른 설미는 고개를 절레절레 흔들며 가게를 나왔다.

"사장님! 생수 두 박스 배달이요. 성월빌라 502호."

어디선가 들려온 소리에 집으로 향하던 설미가 걸음을 멈췄다. 소리의 근원지는 바로 옆, 마트였다.

글래머러스한 몸매에 핫팬츠를 입은 여자가 마트에서 나오고 있었다. 순간 설미의 머릿속이 복잡해졌다. 어제 그 남자도 성월빌라 502호에 산다고 했는데.

"응. 자기야. 나 잠깐 장 보러 나왔어. 자기 어제 과음한 것 같아서 해장국 끓여 주려고. 금방 갈 테니까 기다려. 쪽."

여자는 쪽쪽거리며 설미를 지나쳐 갔다. 늘씬하게 잘 뻗은 각선미. 여자의 뒤태에 설미는 왠지 입안이 쓰게 느껴졌다. 이유는 모르겠지만 배신감이 들었다.

'애인이 있었구나. 그것도 동거하는……'

성월빌라로 들어가는 여자를 황당한 얼굴로 보고 서 있던 설미는 손에 든 장바구니를 허무하게 쳐다봤다. 하긴, 그 얼굴에 애인이 없는 것도 이상하지. 그녀는 재빨리 성월빌라로 향해 있던 시선을 거두었다. 그러곤 정신 차리라는 의미에서 뺨을 찰싹찰싹 때리며 자신의 빌라 안으로 들어갔다.

집에 도착한 설미는 해장국을 끓이기 위해 주방에서 분주하게 움직였다. 금세 냄비 안에 콩나물국이 보글보글 끓어 넘쳤다.

"으, 시원하다!"

국에 밥을 말아서 한 그릇 뚝딱 흡입한 설미는 시간을 확인하곤 서둘러 출근 준비를 시작했다.

지이잉. 지이잉.

준비를 끝내고 나가려는데 핸드폰이 진동했다.

[수갑]

받을까 말까 망설이던 설미가 어제저녁 혜린과 관련해 그에게 부탁한 것이 떠올라 전화를 받았다.

"여보세요."

— 어디야?

"그게 왜 궁금하신데요?"

애인도 있으신 분이.

설미는 퉁명스럽게 말했다.

"전화하신 용건이나 말씀하세요. 출근해야 해요."

— 아침 안 먹었지? 나와. 같이 먹게.

설미가 곰곰이 생각에 잠겨 있다 대답했다.

"어제는 그쪽이 하도 사정을 해서 같이 술 마셔 드렸는데요. 애인 있는 분인 줄 알았으면 거절했을 거예요."

— 뭔 소리야.

"그쪽이랑 같이 아침 안 먹는다구요. 거절."

— 왜?

"왜긴요! 서태홍 씨 아침 먹었잖아요."

— 안 먹었어.

"참나, 왜 그런 거짓말을 해요? 아침부터 서태홍 씨 해장국 끓여 주겠다고 장까지 본 애인이 알면 엄청 섭섭하겠어요."

— 아, 나한테 그런 애인이 있었어? 근데 나도 모르는 내 애인을 니가 어떻게 알아?

"아침에 장 보러 나갔다가 다 봤거든요? 성월빌라 502호에 사시는 여자분……. 잠깐! 혹시 그쪽 유부남이에요?"

그 생각을 왜 못 했을까. 설미의 입이 떡 벌어졌다. 잠시 동안 수화기 너머로 아무 소리도 들리지 않았다.

맞네, 맞아. 유부남!

"서태홍 씨 그렇게 안 봤는데 진짜 저질이네요. 먼저 끊겠습니다."

— 잠깐.

"왜요!"

— 유부남 아니고, 애인도 없으면 나랑 같이 아침 먹을 거야?

도대체 무슨 소릴 하는 건지.

— 502호가 아니라 501호야.

"네?"

— 어젠 술 취해서 잘못 말한 거라고. 일단 나와. 집 앞이니까.

집 앞이라고? 설미가 후다닥 창가로 달려갔다. 밑을 내려다보니 정말 태홍이 차에 기댄 채 삐딱하게 서 있었다. 평소 블랙 팬츠에 화이트 셔츠, 늘 경직된 차림이던 그가 베이지색 바지에 블루 톤의 리넨 소재 셔츠를 입은 채 팔짱을 끼고 있었다.

그는 무슨 기분 안 좋은 일이라도 있는지, 먹구름 낀 오늘 날씨보다 더 어두운 표정이었다.

"어? 저 여자는…… 502호!"

태홍을 관찰하던 설미의 두 눈이 휘둥그레졌다. 마침 성월빌라에서 502호 여자가 낯선 남자와 팔짱을 낀 채 나오고 있었기 때문이다. 두 커플은 그대로 태홍을 지나쳐 골목을 내려갔다.

설미는 낭패감으로 물든 얼굴을 한 채 다시 태홍 쪽을 바라봤다. 태홍이 설미를 노려보고 있었다. 화들짝 놀란 설미는 그를 바람둥이 유부남으로 오해한 것이 미안해서 멋쩍은 웃음만 흘렸다.

태홍이 무표정한 얼굴로 손가락을 까닥거렸다. 얼른 내려오라는 것 같았다. 잽싸게 현관으로 달려 나가려던 설미는 다시 주방으로 가서 보온병에 국을 담았다.

그 인간 표정이 어두운 걸 보니, 술병 난 게 분명해. 하긴 어제 그렇게 마셨으니 해장이 절실할 거야.

보온병을 품에 꽉 안은 채 건물 밖으로 나온 설미는 쭈뼛거리며 태홍 앞에 섰다. 그러곤 그에게 보온병을 불쑥 내밀었다.

"이게 뭐야?"

"아침 안 먹었다면서요. 그게 그러니까…… 원래 먹던 양보다 조금 많이 했더니…… 남았어요."

"너 먹다 남은 걸 나보고 먹으라는 거야?"

그의 재수 없는 말투는 익숙함을 넘어 이제는 친숙하기까지 했다. 기껏 생각해서 가지고 나왔더니. 그녀는 이를 바득바득 갈았다.

"먹기 싫음 말아요. 그럼 저는 이만 가 볼게요. 출근해야 해요."

설미가 그대로 뒤돌아 골목을 내려갔다. 근데 왠지 뒤통수가 따가웠다. 귓가로 엔진 소리가 들렸다. 참다못한 설미가 고개를 돌리니 태홍이 탄 차가 따라오고 있었다. 설미의 보폭과 같은 속도로.

그나저나 아까 성월빌라 앞에서 이런 좋은 차는 못 봤는데……. 설미는 의심 가득한 얼굴로 태홍의 차를 바라보았다. 곧 차가 멈췄다. 차에서 내린 태홍은 자신을 빤히 보고 서 있는 설미를 향해 물었다.

"뭘 봐?"

"이거 본인 차 맞아요?"

"그럼 훔쳤겠나?"

"그건 모르는 거죠."

"내놔."

"뭘요?"

태홍이 턱 끝으로 보온병을 가리켰다.

"이미 버스 떠났거든요?"

"태워다 줄게. 타."

잠시 갈등하는 표정을 짓던 설미는 재빨리 보온병을 그에게 넘기고 조수석에 올라탔다. 태홍은 그녀의 시야를 피해 빙그레 미소 짓고는 뒷좌석에 보온병을 안전하게 내려놓은 후 차를 출발시켰다.

설미가 그를 흘끔거리며 살며시 물었다.

"진짜 501호 사는 거 맞아요? 유부남도 아니고?"

"등본이라도 떼서 확인시켜 줘?"

"뭐, 그럴 필요까진 없구요. 근데 오늘 출근 안 하셨어요? 출근 복장이 아닌데……."

"그쪽 복장도 만만치 않아. 집에서 뒹굴다 나온 것 같아."

그가 핑크색 트레이닝복을 입은 설미를 위아래로 훑어보았다. 설미는 당당하게 말했다.

"이거 작업복이거든요? 오늘부터 제대로 육상부 훈련 시작할 거라서."

"뉴스 안 보지?"

"갑자기 뉴스는 왜요?"

"오후부터 비 온다잖아. 야외 훈련이면 실내로 바꾸는 게 좋을 거야. 그리고 제발 뉴스도 좀 보고, 세상일에 관심 좀 갖고 살아."

"어제 그쪽이랑 술 먹느라 뉴스 못 봤잖아요! 저 원래 뉴스 애청자예요."

"방송 3사 각각 저녁 뉴스 몇 시에 하는지 말해 봐."

진지하게 따져 묻는 태홍을 흘겨보며 설미가 중얼거렸다.

"농담한 걸 가지고 갑자기 웬 취조. 직업병인가."

그는 뭐라 대꾸하려다가 입을 다물어 버렸다. 어색한 침묵이 견디기 힘들었던 설미는 라디오 쪽으로 손을 뻗었다. 그러다 같은 이유로 라디오를 켜려던 태홍의 손과 부딪쳤다.

설미가 화들짝 놀라 먼저 손을 뗐다. 태홍은 그녀의 격한 반응에 어쩐지 기분이 나빠졌다. 그는 아래턱에 힘을 준 채 앞을 보며 운전에 집중했다.

그의 기분과는 어울리지 않게 라디오에선 경쾌한 음악이 흘러나왔다. 가만히 노래를 듣던 설미가 콧노래를 흥얼거리기 시작했다.

그런 설미를 태홍은 신기하다는 얼굴로 바라봤다. 뭐가 좋다고 콧노래까지 부르는 건지. 태홍이 남몰래 피식 웃었다. 그는 아침 라디오의 음악 소리와 불협화음인 설미의 허밍을 듣는 게 나쁘지 않았다.

그렇게 두 사람은 별다른 대화를 나누지 않고도 전혀 어색함 없이 목적지에 도착했다.

"고마워요! 덕분에 편하게 왔어요. 종종 출퇴근 시간 맞으면 같이 다녀요. 콜할게요!"

"내 차가 택시냐?"

"뭘 또 그렇게 눈에 쌍심지를 켜고 말해요? 이웃끼리 상부상조하자는 건데."

"넌 나한테 뭐 해 줄 건데?"

"해장국!"

설미가 뒷좌석에 놓인 보온병을 가리켰다.

"저요, 기브 앤 테이크의 미덕을 아는 사람이에요. 저 원래 웬만하면 남의 차 잘 안 타거든요. 근데 제가 오늘 해장국 대접했잖아요. 그래서 그쪽 호의 받아 준 거예요."

"가라."

그가 시끄럽다는 표정으로 운전대를 다시 잡았다.

"알았어요. 가요. 가! 아, 맞다! 조금 이따가 어제 말한 제자 인적 사항 보내 드릴게요."

"그게 뭔데?"

"그 애 삼촌에 대해 알아봐 주신다고 하셨잖아요."

"기억 안 나는데?"

"나한테 진짜 한 대 맞아 볼래요?"

그녀가 심통이 난 얼굴로 주먹을 쥐었다.

탁!

태홍이 대답 대신 도어록을 풀었다. 내리라는 뜻이었다. 설미가 그를 잔뜩 흘겨보았다.

"가라."

"가지 말래도 갈 거거든요?"

얼른 차에서 내린 설미는 허공에 발길질을 했다.

아니, 누가 데려다 달랬어? 지가 타라고 사정사정해서 탔더니. 우이 씨.

중얼거리며 정문으로 향하던 설미의 가방을 누군가 거칠게 잡아당겨 순식간에 무언가를 집어넣었다. 놀란 설미가 뒤를 돌자 언제 차에서 내렸는지 태홍이 서 있었다. 그녀는 의심에 찬 얼굴로 그를 흘겨봤다.

"방금 뭐 한 거예요? 가방에 또 뭐 이상한 거 넣은 건 아니죠?"

"나도 기브 앤 테이크의 미덕을 아는 사람이야. 들어가라."

태홍은 말을 마치고 다시 차에 올라타 그대로 떠나 버렸다. 그가 순식간에 사라지는 것을 어이없는 표정으로 지켜보던 설미는 가방을 어깨에서 풀어 품에 안으며 투덜댔다.

"도대체 뭘 넣은 거야? 아무튼 이상한 사람이야."

가방 안을 뒤적이던 설미가 손에 잡히는 뭔가를 꺼내 들었다. 검은색 우산이었다.

"뭐야, 저 남자 왜 저래?"

설미의 눈이 휘둥그레졌다. 이미 큰 도로로 나간 그의 차 뒤꽁무니를 바라보는 설미의 가슴이 갑자기 콩닥거리기 시작했다.

□　■　□

"쌤! 비 안 그칠 것 같은데요?"

운동장 천막 밑에 옹기종기 모여 앉아 있는 육상부원들의 시선이 설미에게로 향했다. 그녀는 걱정스러운 얼굴로 하늘을 올려다보았다. 빗줄기는 그치긴커녕 점점 더 거세지고 있었다. 설미는 하는 수 없이 연습을 취소하고 학생들을 귀가시켰다.

힘없이 학생부실로 향한 설미는 자신의 책상 위에 놓인 정체불명의 쇼핑백을 발견했다. 쇼핑백 안에는 새 운동화가 들어 있었다.

설미는 고개를 들어 맞은편에 앉아 있는 김윤지 선생을 바라보았다. 설미의 시선을 눈치채고서도 김윤지 선생은 머쓱한지 노트북을 열어 업무를 보는 척하고 있었다.

"윤지 쌤. 고마워요. 혜린이가 엄청 좋아하겠어요."

그녀는 그제야 고개를 들어 한 번 웃어 보이더니 설미를 걱정스레 쳐다봤다.

"근데 괜찮겠어요? 어제도 문전 박대 당했다면서요. 오늘은 비도 오는데 그냥 다음에 가는 게 어때요?"

"삼촌분한테 오늘 간다고 해 버렸어요. 약속 지켜야죠. 그리고 하루라도 빨리 혜린이 훈련에 복귀시켜야 할 것 같아서요. 윤지 쌤. 같이 갈래요?"

"미안해요. 오늘까지 교재 연구 끝내고 집에 들어가 봐야 해요. 내일 유럽으로 떠나거든요. 저기, 일부러 안 가려고 거짓말하는 거 아니에요. 제가 3주 전에 올린 국외 연수 계획서 확인해 보세요. 저 정말 피치 못할 사정이 있어서 못 가는 거예요."

"알았어요. 알았어."

변명하는 김윤지 선생이 어쩐지 귀여워 설미는 피식 웃어 버렸다.

"맞다. 근데 혜린이 인적 사항은 갑자기 왜요? 오늘 서버 점검이라 조회가 불가능한데……. 게다가 하필 교무 수첩도 집에 두고 왔거든요."

"그래요? 그럼 어쩔 수 없죠. 저녁에라도 부탁할게요. 그냥 좀 알아볼 게 있어서요."

고개를 끄덕이던 김윤지 선생은 설미의 차림새를 위아래로 훑어보더니 떨떠름한 표정으로 입을 열었다.

"근데 그 차림으로 가게요?"

"네. 좀 그런가요?"

"집에 가서 갈아입고 가는 게 어때요?"

"그럼 너무 늦을 것 같아서요. 거기가 밤엔 좀 무서워서……."

트레이닝복 차림의 설미를 다시 찬찬히 보던 김윤지 선생이 자리에서 벌떡 일어났다.

"화장실로 가요. 저랑 바꿔 입어요."

"네?"

"아무리 체육 교사라고 해도 학부모 만나서 설득해야 하는 자린데, 그 차림은 좀 아닌 것 같아요."

"그 옷 비싸 보이는데……. 새 옷 아니에요? 괜찮겠어요?"

"네. 괜찮아요. 대신 꼭 성공하고 오세요."

쉽지 않은 호의를 베푸는 김윤지 선생을 보며 설미는 어쩌면 그녀와 조금은 친해질 수 있지 않을까, 하는 가능성을 느꼈다. 기분이 좋아진 설미는 화장실로 향하는 김윤지 선생의 뒤를 가볍게 따라갔다.

□ ■ □

보온병을 어깨에 메고 마당에 들어선 태홍은 갑자기 내리는 비에 서둘러 현관으로 달려갔다.

수건으로 젖은 머리를 말리며 주방으로 향한 태홍은 보온병을 열어 국을 국그릇에 따랐다. 맑은 콩나물국의 색깔을 가만히 내려다보던 그는 수저로 한입 맛보더니 그릇째 벌컥벌컥 마셔 버렸다. 칼칼하고 개운한 국물 맛이 어제의 숙취를 단번에 해결해 주었다.

"잘하는 것도 있네……."

태홍이 피식 웃었다.

식사를 마치고, 넓은 창문 너머로 내리는 비를 바라보며 여유를 즐기던 그를 방해한 건 핸드폰 벨소리였다. 전화를 건 사람은 찬희였다. 태홍이 얼른 통화 버튼을 눌렀다.

"어. 말해."

— 형. 정석범한테 딸이 하나 있는 건 알죠? 10년 전 이혼한 전처가 키우고 있는 딸이요.

"그 앤 그냥 놔둬. 아직 어리던데……."

— 근데 무시할 수 없는 게요. 아무래도 정석범이 딸을 찾아간 것 같아요.

한숨을 내뱉던 태홍은 문득, 어제 만났던 피해자 모친의 절규가 떠올랐다.

'일어나! 일어나서 정석범이 잡아 와! 네가 사람이고 경찰이

면……. 네가 놓친 그놈……. 내 새끼 죽인 그놈……. 잡아서 내 앞에 끌어다 놔!'

하루아침에 아들을 잃은 피해자 모친의 주름진 얼굴이 눈에 밟혔다. 하지만 정석범을 잡는 것이 아무리 중요해도, 그 딸은 제 아버지가 살인범인 줄은 꿈에도 모를 텐데. 어린 딸의 평화로운 일상을 깨뜨려도 되는 건지에 대한 판단이 쉽게 서지 않았다.

잠시 고민에 빠졌던 그가 입을 열었다.

"딸 소재지는?"

— 형. 오늘 휴가 냈다고 했죠? 시간 되면 저 대신 문화고 좀 다녀와 줄 수 있어요?

"문화고?"

— 네. 정석범 딸 정혜린이 문화고에 재학 중이에요. 근데 지금 문제가, 정석범 전 부인도 행적이 묘연하고 딸도 마찬가지예요. 주소지로 찾아가 보니까 아무도 없더라고요. 이사를 간 모양인데, 그 애가 지금 어디 있는지 담임이나 친구들은 알지 않을까요?

"알았어. 내가 갔다 올게."

— 모처럼 만에 형 쉬는 날이라 웬만하면 제가 가려고 했는데요. 어제도 전화로 말했지만, 광수대 쪽은 정석범 사건 완전히 접으려는 모양이에요. 인력도 대폭 줄였어요. 저도 수사에서 빠지라는 상부 명령이 있었고…….

"그래. 알았다."

— 네. 그럼 저는 이쪽 움직임 수시로 체크해서 보고할게요.

전화를 끊은 태홍은 뭔가 께름칙한 기분이 들었다. 왜 하필 문화고……. 태홍은 짧게 한숨을 내뱉으며 옷을 갈아입고 다시 밖으로 나갔다.

문화고, 오늘만 벌써 두 번째 방문이다.

교무실로 향하던 태홍의 시선이 정문 바로 옆 별실 쪽에 닿았다. 창문 너머로 핑크색 트레이닝복 차림의 여자를 발견한 태홍은 그쪽으로 발걸음을 돌렸다.

그는 노크를 한 뒤 학생부실이라고 쓰인 문을 열고 안으로 들어갔다. 그곳엔 핑크색 트레이닝복을 입은 낯선 여자가 노트북으로 문서를 작성하고 있었다. 옷만 같을 뿐 태홍이 생각한 그녀가 아니었다. 어쩐지 실망하는 제 자신을 깨닫곤 태홍은 헛웃음을 지었다.

그가 들어왔음에도 여자는 업무에 깊이 몰두한 나머지 그것을 알아채지 못한 모양이었다. 놀라지 않도록 천천히 다가가던 태홍의 시야에 책상 위에 놓인 빨간색 백팩이 들어왔다. 설미의 가방이었다.

이곳이 그녀의 사무실인가 보군.

"누구세요?"

뒤늦게 태홍을 발견한 김윤지 선생이 조심스레 물었다. 그는 태연한 얼굴로 경찰공무원증을 꺼내 내밀었다. 김윤지 선생이 호기심 가득한 눈빛으로 그를 바라봤다.

"형사님이세요?"

"정혜린 학생 담임 선생님을 만나고 싶은데 어디로 가면 됩니까?"

"제가 혜린이 담임인데요. 근데 경찰이 혜린이를 왜……."

"별거 아닙니다. 서에 작은 사고가 하나 접수됐는데, 정혜린 학생한테 간단히 물어볼 게 있어서 그렇습니다. 집 주소나 친한 친구라든지 학생을 만날 수 있을 만한 곳 좀 알려 주실 수 있겠습니까?"

"아…… 그러시군요. 근데 정말 별일 아니죠?"

태홍이 고개를 끄덕이자, 김윤지 선생은 지난번 설미에게 보냈던 혜린의 집 주소를 찾기 위해 핸드폰을 뒤적였다.

정혜린을 예상보다 금방 찾을 수 있겠다는 생각에 안도한 태홍은 설미의 자리를 물끄러미 내려다보았다. 책상 위는 정리가 안 되어 꽤나 지저분했다.

주인처럼 책상도 정신없군. 그나저나 운동장에도 없던데, 비가 이렇게 오니 연습도 취소됐을 테고……. 가방도 두고 이 여잔 도대체 어딜 그렇게 돌아다니는 거야? 혹시, 실내 체육관 같은 데서 훈련하나?

태홍이 설미의 위치를 머릿속으로 추적하는데 김윤지 선생이 주소를 불러 주었다.

"찾았다. 강변동 396번지예요. 근데 지금 애가 집에 있을지는 모르겠어요. 그리고 혼자 가시기보다 누가 같이……. 맞다! 지금 혜린이 만나러 저희 학교 선생님 한 분이 가셨거든요? 그 선생님께서 어제도 갔다가 학생은 못 만나고 그냥 돌아오셨어요. 형사님 괜히 헛걸음하실 수도 있으니까 제가 그 선생님한테 전화 한번 해 볼게요. 혜린이 만났는지."

태홍이 다시 고개를 끄덕였다. 김윤지 선생은 태홍의 수려한 외모를 흘끔 훔쳐보며 친절한 미소를 띠었다. 우아하게 손가락으로 설미의 번호를 찾아 통화 버튼을 누른 그녀가 핸드폰을 귀에 가져다 댔다.

그와 동시에 어디선가 핸드폰 벨소리가 울렸다. 소리의 근원지는 설미의 가방 안이었다. 전화를 걸고 있는 김윤지 선생과 설미의 가방을 번갈아 본 태홍은 재빨리 가방을 열어 핸드폰을 꺼냈다.

"어? 으휴. 설미 쌤 또 핸드폰 버리고 갔네."

의상에 맞춰 핸드백까지 빌려 급하게 나가느라 가방 속 핸드폰을 잊어버린 모양이었다.

태홍의 표정이 굳어졌다. 그는 설미의 핸드폰을 손에 든 채로 김윤지 선생을 향해 물었다.

"정혜린 학생을 만나러 간 게 혹시 임설미 선생입니까?"

"네. 맞아요! 근데 어떻게 아셨어요?"

"……."

대답이 없는 태홍을 의아하게 생각하며 그녀는 계속 말을 이었다.

"임설미 선생님이 육상부 지도 교사거든요. 혜린이는 육상부고. 근데 집에서 애가 육상 하는 걸 반대하는 모양이에요. 어제는 그 애 아버지 동생까지 나타나서 절대 안 된다고 노발대발했나 봐요. 그래서 설미 쌤이 오늘 그분 설득하러 갔어요."

"방금 뭐라고 했습니까? 누굴 만나러 가요?"

"혜린이 아버지 동생이요."

정석범은 외동이다. 동생 따위 있을 리가 없다. 그렇다면 그 남자는 정혜린의 삼촌이 아니라, 정석범이 분명했다. 근데 지금 임설미가 그놈을 만나러 갔다고?

"그 여자 언제 나갔어요? 나간 지 얼마나 됐냐고!"

갑자기 소리를 지르며 무섭게 달려드는 태홍을 김윤지 선생이 휘둥그레진 눈으로 올려다봤다. 그녀는 태어나 처음으로 말까지 더듬었다.

"하, 한…… 시간…… 정도 지났을……."

그녀의 말을 끝까지 듣지도 않고 태홍은 학생부실 문을 박차고 달려 나갔다.

'저의 어린 시절을 닮은 제자가 있어요. 그 애가 육상 선수인 것도, 자라 온 환경도, 처지나 상황까지도…… 저랑 정말 많이 닮았어요. 그래서 그 애만 보면 마음이 많이 아파요.'

어제저녁 그녀가 했던 말이 떠올랐다. 하필 그 애가……. 그때 좀더 귀를 기울였다면……. 제자의 이름이 뭐냐고 물어만 봤어도 그 위험한 곳으로 그녀를 보내지 않을 수 있었는데…….

태홍은 죄책감이 가득한 얼굴로 건물 밖으로 뛰어나갔다. 아까보다 더욱 거세진 비를 온몸으로 맞으며 미친 듯이 주차장으로 달려간 태홍은 차에 올라타자마자 시동을 켜고 속력을 높여 도로를 질주했다.

□ ■ □

"문자로 주소 보냈으니까, 20분 뒤에 나랑 연락 안 되면 바로 출발해."

비에 쫄딱 젖은 태홍은 담벼락 뒤에 몸을 숨긴 채 통화를 하고 있었다. 비장한 얼굴을 한 그의 시선은 '396'이라고 적힌 허름한 집에 고정되어 있었다.

수화기 너머로 걱정이 가득 담긴 찬희의 목소리가 들려왔다.

— 혹시…… 정석범 그 자식 나타난 거예요?

"그런 것 같아."

태홍이 정석범이라면 물불 안 가리고 죽을 각오로 뛰어든다는 것을 누구보다도 잘 아는 찬희가 떨리는 목소리로 당부했다.

— 형! 조심해요! 제발…….

"그래. 조금 이따 전화할게."

전화를 끊은 태홍은 핸드폰을 주머니에 넣고선 몸을 낮춘 채 396번지로 향했다. 그는 혹여 발소리가 들릴까 조심히 마당에 들어섰다. 빗소리 때문에 주변 또는 방 안에 사람이 있는지 없는지 소리로는 판단할 수가 없었다. 일일이 확인하는 수밖에.

태홍은 일단 마당에 따로 마련된 화장실 문을 열었다. 아무도 없었다. 그리고 천천히 방문 앞으로 향했다. 허름한 이 집과 어울리지 않는 하이힐 한 켤레가 문 앞에 놓여 있었다.

태홍은 아까 학교에서 만났던 여선생이 설미의 운동화를 신고 있던 모습이 떠올랐다. 두 사람이 옷을 바꿔 입은 것 같았으니, 거기다 신발까지 바꿔 신었다면……. 이 하이힐은 그녀가 신고 온 것이 분명했다.

태홍은 그대로 방문을 열고 안으로 뛰어들어 갔다. 그의 예상대로 안에는 설미가 있었다.

하지만 설미를 발견한 태홍은 심장이 덜컹 내려앉았다. 그녀는 방 구석에 핏기 없는 하얀 얼굴로 죽은 듯이 누워 있었다.

잠시 굳어 있던 태홍은 그녀의 얼굴에서 아래쪽으로 시선을 내렸다. 흰 블라우스를 입은 그녀의 가슴 언저리가 붉게 물들어 있었다. 태홍의 눈동자가 심하게 흔들렸다.

사색이 된 태홍은 서둘러 그녀에게 다가갔다. 그리고 응급 처치를 하기 위해 앞뒤 가리지 않고 설미의 블라우스를 뜯어 버렸다. 단추가 사방으로 튕겨 나가고, 살구색 브래지어 안에 가득 찬 희고 예쁜 그녀의 봉긋한 가슴이 드러났다.

그녀의 가슴이 의외로 크다는 것보다 더 큰 문제는…….

"……!"

그녀의 가슴엔 그 어떤 자상도 없었다.

이게 어떻게 된 일이지?

태홍이 당황스러운 표정으로 그녀를 내려다보는데, 설미가 갑자기 눈을 번쩍 떴다. 두 사람의 눈이 정면에서 마주쳤다.

태홍은 순간 놀라 멈칫했다. 설미가 멍한 두 눈을 깜빡이며 그를 올려다봤다.

"까아악!"

그러다 뒤늦게 자신의 모습을 확인하곤 비명을 지르며 상체를 벌떡 일으켰다. 그녀는 곧바로 태홍의 몸을 있는 힘껏 밀쳤다. 어리둥절해하던 태홍은 균형을 잃고 바닥에 주저앉아 버렸다.

"지금 뭐 하는 거예요! 당신 미쳤어요? 왜 남의 옷을 찢어 버리고…… 이게 지금…… 아, 황당해……. 당신 이거 성추행이라고!"

멀쩡하게 살아서 소리 지르는 설미를 보며 태홍은 안도의 한숨을 내뱉었다. 정신을 차리고 나니 이제야 그녀 뒤에 놓인 토마토 주스 병이 눈에 들어왔다.

제길! 피와 토마토 주스를 착각하다니. 너무 어이가 없어 헛웃음이 나왔다. 다행이다 싶으면서도 한편으론 어이없고, 화도 나고……. 그러다가도 살아서 움직이는 설미를 보니 안도감이 들었다. 도대체 어떤 표정을 지어야 할지 태홍은 알 수 없었다.

"미치겠네, 진짜."

혼잣말을 하며 갑자기 실실 웃음까지 흘리는 태홍을 설미가 진짜 미친 사람 보듯 쳐다봤다. 그녀는 찢긴 블라우스를 여미며 두 팔로 가슴을 가렸다. 어딘가 머릿속이 멍했고 지금 이 상황이 쉽게 이해되지 않았다.

도대체 무슨 일이야? 여기 혜린이네 집 맞지? 저 남자가 왜 여기에 있고, 날 왜 이런 꼴로 만들어 놓은 거냐고. 게다가…… 저 사람 꼴은 왜 저래?

설미는 비에 쫄딱 젖은 태홍의 모습을 바라보며 고개를 갸웃거렸다.

"당신, 여긴 어떻게 알고 왔어요? 왜 온 거예요? 설마……."

"……."

"우리 혜린이한테 무슨 일 있는 거예요?"

"지금 그게 문제야? 너 도대체 뭐야!"

태홍이 갑자기 표정을 굳히고 무섭게 다그쳤다.

"왜 아무 데서나 자? 죽고 싶어서 환장했어? 미쳤냐고!"

버럭 소리 지르는 태홍의 섬뜩한 얼굴을 마주한 설미는 너무 놀라 말문이 막혀 버렸다. 태홍이 빈 주스병을 가리켰다.

"남의 집에서 저딴 걸 왜 먹느냐고!"

"……."

"뭐가 들은 줄 알고!"

"그게……."

"거기다 왜 옷에 흘리고 먹느냐 말이야! 네가 애야?"

"아니, 이봐요. 듣다 보니까 기분 나쁘네. 내가 뭘 먹든, 어디서 자빠져 자든, 그쪽이 무슨 상관이에요? 그리고 내가 아무 데서나 자고 싶어서 잔 줄 알아요? 나도 나름 불가피한 사정이 있었다구요!"

학교에서 출발하기 직전 감기약을 먹은 설미는 혜린의 집에 도착하자마자 졸음이 몰려왔다. 아무리 기다려도 집주인은 나타날 기미조차 보이지 않았다. 방 안에서 허벅지를 꼬집으며 기다리던 설미는 문제의 그 토마토 주스를 발견했다. 그렇게 잠도 깰 겸 주스를 마셨는데…….

그다음은 기억이 나지 않았다. 옷을 보니 주스를 마시다 흘린 듯한데, 어떻게 그렇게 쓰러져 잠이 든 거지? 요새 많이 피곤했나?

이런저런 생각을 하던 설미는 여전히 자신을 노려보고 있는 태홍과 눈이 마주쳤다. 괜히 민망해서 그를 향해 다시 따지듯 쏘아붙였다.

"아무튼 그쪽이 막 뭐라고 할 정도로 제가 엄청나게 큰 잘못을 한 것도 아니잖아요!"

여전히 두 팔로 가슴을 가린 채 두 눈을 동그랗게 뜨고 종알종알하는 설미의 얼굴을 가만히 바라보다 태홍이 손을 뻗었다. 그의 손이 자신의 얼굴 쪽으로 점점 가까이 다가오자 설미는 이것이 꿈인지 현실인지 순간 혼란스러웠다.

잠시 머뭇거리며 그를 바라보던 설미는 태홍의 눈길을 피하며 말을 더듬었다.

"지, 지금 뭐…… 하는 거예요……."

설미는 저도 모르게 질끈 눈을 감아 버렸다. 그의 손끝이 뺨에 닿았다 느껴진 순간.

"으악! 왜 이래요! 이 남자가 미쳤나!"

설미는 경악했다. 태홍이 자신의 볼을 꼬집어 당겼기 때문이다. 설미는 그런 태홍의 손을 찰싹찰싹 세게 때렸다.

태홍은 벌게진 손을 놓고 설미를 노려보다가 아래턱에 힘을 주었다.

"아…… 열받아."

태홍은 말 그대로 속이 부글부글 끓었다. 몇 분 전까지만 해도 저 여자가 칼에 찔린 줄 알고 속이 타들어 갔던 걸 생각하면……. 이런 자신의 마음도 모르고 속 편한 얼굴로 앉아 있는 그녀가 얄미웠다. 또 한 번 버럭 소리를 지르려다가 간신히 화를 억누르며 자리에서 일어났다.

찢긴 블라우스 때문에 속살이 보일까 봐 전전긍긍하는 그녀를 가만히 내려다보던 태홍은 입고 있던 티셔츠를 벗었다. 갑자기 드러난 태홍의 단단한 몸을 보고 놀란 설미가 두 눈을 감아 버렸다.

"갑자기 오, 옷은 왜 벗어요?"

태홍은 젖은 티셔츠를 손으로 꽉 짜서 몇 번 털어 물기를 제거한 뒤 설미의 얼굴 위로 던졌다.

"입고 나와."

설미는 얼굴에 닿은 차가운 티셔츠를 손으로 치워 내며 살며시 눈을 떴다. 방을 나가는 그의 뒷모습…… 특히 등 근육을 홀린 듯 바라보다가, 그의 몸 군데군데 난 상처와 칼자국을 보곤 정신이 확 돌아왔다.

설미는 벌떡 일어나서 그가 건넨 티셔츠를 대충 입고는 밖으로 달려 나갔다. 밖엔 여전히 비가 내리고 있었다. 그녀는 학교에서 챙겨 왔던 검은색 우산을 펼쳤다.

우산을 쓰고 대문을 나선 설미의 눈에 상의를 탈의한 채 비를 맞으며 걸어가고 있는 태홍의 뒷모습이 들어왔다. 그녀는 고개를 절레절레 흔들었다.

"이상해. 정말 이상한 남자야……."

넓디넓은 남자의 등에 크게 작게 새겨진 상처 위로 비가 거세게 쏟아졌다.

생긴 지 얼마 안 된 상처들 같은데…… 아프진 않을까? 더는 못 보겠다.

설미는 시선을 거두고, 그에게 우산을 씌워 주기 위해 뛰어갔다. 평소 거들떠보지도 않는 하이힐을 신은 탓에 뒤뚱거리며 가까스로 그를 따라잡았다. 하지만 보란 듯이 그의 머리 위에 우산을 씌워 준다는 게 그만 그의 머리통을 우산으로 찍어 버렸다.

뒷머리를 매만지며 그가 뒤를 돌아 그녀를 노려보았다.

"왜 때려?"

"때린 게 아니라…… 우산 쓰라고요!"

"필요 없어. 이미 다 젖었어."

그는 고집스럽게 말하며 혼자 골목을 걸어 내려갔다. 설미는 입을 삐죽 내밀며 그를 뒤따라갔다.

"근데 여긴 왜 왔어요?"

"……."

"나 만나러 왔어요?"

"……."

"내가 여기 있는 건 어떻게 알고 왔어요?"

그녀의 수많은 질문에도 그는 아무런 대답 없이 걸을 뿐이었다. 결국 설미도 입을 다물었다. 두 사람 사이의 정적을 채운 건 거세게 쏟아지는 빗소리였다.

동네 아래 주차해 둔 차 앞에 도착한 그가 차 문을 열었다. 그리고 그녀에게 타라는 손짓을 했다.

하지만 설미는 차에 타지 않고 골이 난 얼굴로 물었다.

"대답해 줘요. 안 그럼 저 안 가요."

설미가 진짜로 몸을 돌려 혜린의 집으로 다시 가려고 하자 그가 그녀의 손목을 잡았다.

"거기 가면 너 죽어."

"네?"

"내가 지금 쫓고 있는 마약범이 있는데, 그놈이 정혜린 부친 정석범이야. 그놈 외동이야. 동생 같은 거 없다고."

"……!"

"네가 어제 만난 남자는 그 애 삼촌이 아니라 아빠 정석범일 가능성이 높아."

"그게 무슨 말이에요? 근데 그 남자는 왜 저한테 그런 거짓말을……."

"도주 중이니까."

"······!"

"정석범은 1년 전 사람을 죽이고 도주했어. 거기엔 내 책임도 있고."

설미는 머릿속이 뒤죽박죽이었다. 차근차근 태홍의 말을 종합해 보던 설미가 불현듯 떠오른 생각에 놀란 눈으로 그를 바라보았다.

"그렇다면 어제 그 할머니······."

"맞아. 정석범이 죽였어. 그분 아들을······."

우산을 잡고 있는 설미의 손이 부들부들 떨렸다.

어제 마주친 그 남자가, 범죄자······ 그것도 살인자였다니. 만약 오늘도 마주쳤다면······. 아님, 자신이 잠든 사이 그 남자가 나타났다면······. 그리고 우리 혜린이. 혜린이는 어떡하지. 만약······ 그 남자가 혜린이를 데려간 거라면······.

설미는 온몸에 한기가 느껴졌다. 그런 그녀를 걱정스레 쳐다보던 태홍은 그녀가 들고 있는 우산을 뺏어 들고, 그녀를 조수석에 태운 후 문을 닫았다. 그리고 뒷좌석에서 원래 가지고 다니던 티셔츠를 꺼내 입고 운전석에 올라탔다.

마침 태홍의 핸드폰이 울리기 시작했다. 겁에 질린 설미가 작은 진동음에도 화들짝 놀랐다. 그녀는 애써 진정하려 아랫입술을 꽉 깨물었다.

핸드폰은 계속 울렸고, 설미는 불안하게 흔들리는 눈빛으로 그를 바라보았다. 태홍이 주머니에서 핸드폰을 꺼내 전화를 받았다.

— 형! 괜찮아요?

"어."

— 어떻게 됐어요? 정석범 잡았어요?

"아니. 미안한데, 내가 다시 전화할게."

태홍은 넋이 나가 있는 설미의 얼굴을 확인하곤 재빨리 전화를 끊었다.

괜히 말했나? 하지만 사실대로 말하지 않으면 그녀는 정석범을 만나려고 이 집을 또다시 찾아올 것이다. 태홍은 이왕 이렇게 된 거 단단히 경고를 줘야겠다는 생각에 무겁게 입을 열었다.

"내 말 알아들었으면, 다시는 여기 찾아오지 마."

"혜린이는요? 위험한 거예요? 설마 자식까지 어떻게 하진 않겠죠? 아닐 거야…… 아니죠? 아니라고 해 주세요. 괜찮다고……."

"지금 네가 그 애 걱정할 때야? 그 새끼가 네 얼굴 봤어. 이제 어떡할 거야?"

"저는 제가 알아서 해요. 것보다 우리 혜린이 어떡하냐구요. 이럴 줄 알았으면 어제 억지로 데리고 나왔어야 했는데…… 내가 그 사람 무서워서 그냥 왔어요. 내가 애를 버리고 혼자 왔어요……."

어쩌면 혜린은 방 안에서 구해 달라고, 제발 도와 달라고 두려움에 떨었을지도 모른다. 어린 제자를 생각하니 설미는 억장이 무너졌다. 그녀는 울먹이며 손등으로 눈물을 훔쳤다.

부들부들 몸까지 떨며 우는 그녀를 흘끔 본 태홍은 에어컨이 아닌 열선을 켜고 조용히 차를 출발시켰다.

설미는 죄책감이 가득한 얼굴로 창에 이마를 기댄 채, 비 내리는 거리를 의미 없이 바라봤다. 그러다 앞이 막막해 두 눈을 꽉 감아 버렸다.

그때 창에 부딪히는 빗소리에 섞여 태홍의 목소리가 들려왔다.

"내가 찾아 줄게."

설미가 눈을 떴다. 그녀는 창에 비친 그의 옆모습을 물끄러미 바라보다가 고개를 돌렸다. 그녀의 눈길을 느낀 그는 머쓱해져 괜스레 투덜거렸다.

"그러니까 그만 울어. 누가 죽었냐? 너 우니까 진짜 못 봐 주겠다."

"……씨."

"너 지금 나한테 욕했냐?"

"네! 아니 사람이 말이야. 그걸 지금 위로라고 하는 거예요?"

"내가 뭘."

"됐어요. 아무튼…… 꼭 지켜요. 혜린이 찾아 준다는 말……."

"대신 너도 지켜. 지금 이 시간 이후부터 그 애 찾는 일 그만둬."

"같이 찾으면 안 돼요?"

태홍이 대답 대신 그녀를 노려보았다. 설미는 그의 시선을 피해 다시 창밖을 내다보았다.

두 사람은 각자 다른 생각에 잠겨 아무 말이 없었다. 어느덧 집 앞에 도착했다.

"데려다줘서 고마워요. 그리고 저기, 오늘…… 혹시 와 준 건…… 나…… 걱정해서……."

아니겠지? 맞나?

긴가민가하며 설미가 태홍의 눈치를 살피자 그가 망설임 없이 대답했다.

"아니야."

태홍의 단호한 대답에 설미가 떨떠름한 표정으로 꾸벅 인사했다.

"뭐, 어쨌든, 고마워요. 그럼 들어가세요."

차에서 내린 설미는 하늘을 올려다보았다. 비가 그쳐 있었다. 껌 껌한 하늘을 멍하니 보던 설미는 뒤에서 들리는 차 소리에 그제야 뒤를 돌아봤다. 태홍의 차가 빠른 속도로 골목을 빠져나가고 있었 다.

어쩐지 섭섭한 얼굴로 차 뒤꽁무니를 바라보던 설미는 얼른 집으 로 뛰어들어 갔다.

그녀는 욕실에서 따뜻한 물로 샤워를 하고 나와, 창고 방에서 전기장판을 꺼내 침대 위에 깔았다. 전원을 켜고 그 위에 누워 이불을 덮었지만, 여전히 몸이 덜덜 떨렸다.

한여름에 웬 감기란 말인가. 약이라도 먹어야 하나 고민에 빠져 있는데 현관 벨이 울렸다. 뭉그적거리며 간신히 몸을 일으킨 설미는 힘없는 목소리로 방문객을 향해 소리쳤다.

"누구세요?"

"나."

"나가 누군데요?"

"까분다?"

태홍의 목소리였다. 설미는 잠시 고민하다가 문을 열었다. 그런데 문이 다 열리기도 전에 그 틈새를 비집고 태홍의 손이 불쑥 들어왔다. 그의 손엔 빨간색 백팩이 들려 있었다.

설미가 놀라 문을 활짝 열었다.

"내 가방……."

그녀는 태홍이 들고 있는 가방을 얼른 받아 들었다.

"어디서 가져온 거예요?"

"학교."

"우리 학교 갔다 왔어요? 지금? 이 시간에? 왜요?"

태홍은 대답 없이 주머니에서 핸드폰을 꺼내 내밀었다. 그것도 설미의 것이었다.

"핸드폰 아무 데나 버리고 다니지 좀 마."

"원래 안 그래요……."

무안해진 설미는 핸드폰을 받아 옷에 문대며 변명을 했다. 그런 그녀를 물끄러미 바라보던 태홍은 문을 잡고 있던 손을 놓고 계단을 내려갔다. 하지만 몇 걸음 떼지도 않고 바로 다시 뛰어 올라와 닫히려는 문을 잡았다.

다시 문을 여는 태홍을 설미가 이상하게 바라보았다. 설미와 눈이 마주친 그는 머뭇거리다가 마침내 입을 열었다.

"내가 진짜 마지막으로 경고하는데, 너 혼자 정혜린 찾을 생각 하지 마라? 절대."

"그 말 하려고 온 거예요? 나 협박하러?"

설미의 물음에 잠시 당황한 기색을 보이던 그는 곧장 무뚝뚝한 얼굴로 돌아왔다. 그러곤 무표정한 얼굴로 말했다.

"내일부터 아침 점심 저녁으로 나한테 전화해."

설미는 자신의 귀를 의심했다.

이 남자 지금 뭐라는 거야?

"저기, 이봐요. 서태홍 씨. 그 말은 엄청난 오해의 소지가 있는데요?"

"왜?"

"저 좋아하세요?"

"아니."

"근데 왜 전화하래요? 그것도 하루에 세 번씩이나?"

"난 내가 아는 사람이 위험에 빠지거나 다치는 꼴 절대 못 봐."

태홍은 그녀의 안색을 살폈다. 그녀는 여전히 하얗게 질려 있었다. 내색하진 않았지만 잔뜩 겁먹은 게 분명했다.

"그렇게 안 생겨 가지고, 엄청난 오지랖이네요. 내가 다치든지 말든지, 애인도 아닌데 뭘 그렇게 신경 써요?"

"네가 신경 쓰이게 만들잖아."

"내가 뭘 어쨌다고……."

이 여자 자꾸만 말을 돌리는 거 보니, 분명 내일 또 혼자 정혜린을 찾으러 다닐 기세였다. 설미의 태도에 화가 난 태홍은 버럭 소리를 질렀다.

"빨리 대답해. 정혜린 안 찾겠다고. 대답하라고!"

갑작스러운 태홍의 반응에 놀란 설미는 얼떨결에 고개를 끄덕였다.

"……알……았어요. 알았으니까 이만 가 보세요."

미심쩍은 얼굴로 그녀를 바라보던 태홍은 다시 계단을 내려가기 시작했다. 문을 잡고 서서 그의 뒷모습을 가만히 지켜보던 설미가 조심스레 그를 향해 물었다.

"근데 진짜 저 좋아하는 거 아니죠?"

그는 걸음을 멈추고 홱 뒤를 돌더니 어이없다는 표정으로 그녀를 올려다봤다.

"머리가 많이 아픈가 봐? 들어가서 약이나 먹어."

또 헛다리 짚은 건가. 쪽팔려서 얼굴이 벌게진 설미는 재빨리 문을 닫고 거실 소파에 앉았다.

뭐? 약이나 먹어? 아니면 아니지, 사람을 왜 미친 사람 취급이야? 먼저 오해하게 만든 게 누군데!

설미는 투덜거리며 들고 있던 가방을 소파 위에 내던졌다. 거의 텅 비었을 가방 안에서 뭔가 부스럭대는 소리가 들렸다. 그 소리가 거슬린 그녀는 다시 가방을 들어 지퍼를 열었다.

가방 안을 뒤적거리던 설미가 무언가를 꺼내 들었다. 감기약이었다.

"뭐야? 저 남자……."

설미는 자리에서 벌떡 일어나 창가로 달려갔다. 그리고 아래를 내려다보았다. 태홍이 빌라 앞에 주차해 놓은 차에 기대서 담배를 피우며 위를 올려다보고 있었다. 하필이면 그와 두 눈이 딱 마주쳤다.

설미는 애써 아무렇지 않은 척 어색하게 웃으며 손을 흔들었다.

가로등 불빛 아래 빼딱하게 서 있던 그는 그녀를 빤히 쳐다보더니 담배를 끄고 차에 올라탔다.

설미는 얼른 방으로 들어가 전기장판 위에 누웠다.

저릿저릿. 심장이 따끔거렸다.

왜 이러지? 임설미. 정신 차려!

하지만 시간이 지날수록 정신을 차리긴커녕 어제오늘 태홍과 있었던 일들이 파노라마처럼 스쳐 지나가며 설미의 심장은 더욱더 세게 요동쳤다.

감기 때문인지 태홍 때문인지 얼굴까지 빨개진 설미는 이불을 머리끝까지 뒤집어썼다.

Hot Vacation

4화

위이이잉. 위잉. 쾅쾅. 쿵쾅쿵쾅.

앞집에 누가 이사를 오는 모양인지 아침부터 소란스러웠다. 커다란 소음에 몸서리치며 괴로워하던 설미는 상체를 벌떡 일으켰다.

도대체 내 황금 같은 주말을 방해하는 놈들이 누구야!

부스스한 머리를 끈으로 질끈 동여매고 거실로 나온 설미는 밖에서 들려오는 소리에 귀를 기울였다.

"그게 지금 말이 됩니까?"

익숙한 목소리가 들렸다. 설미는 현관 쪽으로 달려가 조심스레 문을 열었다. 그러곤 빼꼼 고개를 내밀어 문 앞에 서 있는 남자의 얼굴을 확인했다.

아니, 저 남자가 왜 우리 집 앞에 있는 거야?

설미는 이삿짐센터 아저씨와 대화 중인 태홍을 어안이 벙벙한 얼굴로 바라보았다. 뒤늦게 설미를 발견한 태홍은 그녀를 향해 대충 눈인사를 건네더니 다시 아저씨 쪽을 쳐다봤다.

"그럼 어떡합니까."

"지금 이 집에 들어갈 수 있는 짐은 매트리스 정도? 매트리스는 구겨 넣으면 들어갈 것 같네요. 나머지는 사다리로도 안 돼요. 창문도 워낙 작고, 총각이 가지고 있는 물건들이 기본적으로 너무 커서……."

태홍은 현재 자신의 방보다도 더 작은 집 안을 들여다봤다. 그는 골치가 아파 작게 한숨을 내쉬었다.

"그럼 매트만 빼고, 전부 다 원래 집으로 옮겨 주세요."

"그래요 그럼. 아니, 근데 그 좋은 집 두고 왜 이런 곳으로……."

이삿짐 아저씨가 이해가 안 된다는 표정으로 태홍을 보았다. 그러다 곧, 얼굴을 빼꼼 내밀고 있는 설미를 보더니 알겠다는 듯 고개를 끄덕였다.

"애인 때문이구먼. 아무튼 총각 말대로 매트리스만 빼고 원위치 시킵니다?"

"네."

아저씨가 급히 계단을 내려가고, 설미는 앞집으로 들어가려는 태홍을 불러 세웠다.

"저기요!"

태홍이 뒤를 돌더니 퉁명스러운 어조로 말했다.

"왜?"

잠시 머뭇거리던 설미가 조심스럽게 입을 열었다.

"……아니죠?"

"뭐가?"

"설마…… 일부러 우리 집 앞으로 이사 온 건 아니죠?"

"맞는데?"

"왜요? 도대체 왜요?"

날 좋아하는 것도 아니라면서. 도대체 이 남자 왜 이러는 거야?

설미는 영문을 모르겠다는 얼굴로 그를 바라보았다. 그러자 그는 피곤한 기색으로 대답했다.

"너 때문에 잠이 안 와."

설미의 두 눈이 커다래졌다. 저 남자가 지금 뭐라는 거야. 설미는 그를 의심스러운 눈초리로 바라보며 물었다.

"그 말도 오해의 소지가 있는데, 또 아니라고 하겠죠?"

"어. 아니야."

그가 단호하게 말했다. 하지만 설미가 고개를 갸웃거리며 계속 의심하는 얼굴로 쳐다보자 태홍이 발끈했다.

"지금 무슨 생각을 하는 거야? 너 때문에 '정석범 놓칠까 봐' 잠이 안 온다고. 못 믿겠으면 들어가서 거울이나 봐. 오해가 아주 말끔히 풀릴 거야."

"네? 거울이요?"

설미는 그제야 눈 뜨자마자 눈곱도 떼지 않고 민낯으로 달려 나온 게 떠올랐다. 화들짝 놀라 두 손으로 얼굴을 가리고 얼른 문을 닫았다. 얼굴이 화끈거렸다. 거기다 쓸데없이 아침부터 잘생긴 태홍의 얼굴이 떠오르자 망신 플러스 초라함까지 그녀의 몫이 되었다. 설미의 어깨가 축 늘어졌다.

"씻고 내려와. 10분 줄게."

밖에서 자비 없는 목소리가 들려왔다. 그가 아직도 안 가고 서 있는 모양이었다.

설미는 이 문 바로 너머에 그가 있다고 생각하니 어쩐지 가슴이 두근거렸다. 그 바람에 머릿속이 하얘졌다. 지금 자신이 무슨 말을 하고 있는지도 모를 정도로.

"10분 안에 남자는 꼬셔도 씻는 건 불가능해요."

"뭐라고?"

"농담이에요."

"밥 사 줄 테니까 나오라고."

밥 사 준다. 술 사 준다. 도대체 저 남자 나한테 왜 이래?

꼬르륵, 꼬르르륵.

하지만 정직하고 눈치 없는 위장은 요란한 소리를 내며 자신의 존재감을 과시했다. 순간적으로 배를 움켜쥐는 그때, 밖에서 헛웃음 소리가 들려왔다.

"씻을 필요 없이 그냥 지금 빨리 나와. 배 많이 고픈 것 같은데."

대문 방음을 탓하며 설미가 잔뜩 울상을 지었다.

"빨리 나오라고."

태홍의 재촉에 나갈까 말까 잠시 고민하고 있는데, 그걸 못 참고 그가 퉁명스럽게 말했다.

"싫음 말아."

곧이어 쾅! 문 닫히는 소리가 들렸다. 태홍이 집으로 들어가 버린 모양이다.

"삐졌나? 아님 애초에 밥 사 줄 생각이 없었던 거 아니야?"

설미는 괜히 서운한 마음이 들어 툴툴거리며 욕실로 향했다.

거울을 보니 그의 말대로 꼴이 가관이었다. 팅팅 부은 눈에 실종된 눈썹과 부스스한 머리까지. 밥 사 준다는 말에 넘어가 이 꼴을 하고 그냥 나갔다면 평생 후회할 뻔했다.

머리를 쥐어뜯던 설미는 옷을 벗어 던지고 샤워기 아래 섰다. 그리고 서둘러 샤워를 마쳤다.

덕분에 새로운 사실을 알게 됐다. 10분 안에 남자는 못 꼬셔도 씻을 순 있었다.

욕실에서 나와 뭐 먹을까? 고민하며 설미는 배달 책자를 들고 벌러덩 소파에 누웠다. 막 TV를 트는데, 누군가 문을 두드렸다.

쾅. 쾅.

소리의 근원지가 문 아래쪽인 걸로 봐선, 발로 걷어차고 있는 게 분명했다.

저 남자가 진짜!

"TV 볼 시간 있으면 나와."

벌떡 일어난 설미는 재빨리 현관으로 달려갔다. 문을 열어 보니 그는 벌써 계단을 내려가고 있었다. 태홍의 뒤를 쫓아가며 설미가 종알거렸다.

"손 없어요? 왜 노크를 발로 해요?"

"내 맘."

"그리고 남의 집 소리는 왜 엿듣고 그래요?"

"듣고 싶지 않아도 들려."

"청각이 예민해요?"

"후각도 예민해."

태홍이 설미를 빤히 쳐다봤다.

"왜 그렇게 봐요? 나한테 이상한 냄새 나요? 나 방금 씻었는데……."

태홍은 종알거리는 설미가 왠지 낯설게 느껴졌다. 물기가 남아 있는 긴 머리카락, 뽀얀 피부, 핑크빛 입술, 후각을 자극하는 달콤한 샴푸 향. 그는 시선을 어디에 둬야 할지 몰라 잠시 방황하다 걸음을 빨리하는 것을 택했다.

그런 태홍의 속도 모르고 설미는 그의 발걸음 속도에 맞춰 뛰다시피 걸었다.

"갑자기 밥은 왜 사 준다는 거예요?"

"그런 게 있어."

"뭐, 어쨌든 사 준다니까 마다하진 않을게요. 근데 우리 뭐 먹어요?"

옆에 바짝 붙은 그녀와 자꾸만 몸이 닿자 태홍은 귀까지 빨개졌다. 그런 줄도 모르고 설미가 들뜬 목소리로 외쳤다.

"이사 온 날은 자장면이죠!"

뭐가 그렇게 신이 나는지 설미는 어깨까지 들썩였다. 밀가루 음식을 싫어하는 태홍은 떨떠름한 표정으로 그녀를 따라 중국집으로 향했다.

"자장면 먹을 거죠?"

"볶음밥."

"입맛 까다롭죠?"

"어."

"아주머니! 여기 자장 하나, 볶음밥 하나요!"

그럴 줄 알았다는 얼굴로 설미가 물컵에 물을 따르며 주문했다.

"잘 먹겠습니다!"

곧이어 음식이 나오자 설미가 단무지에 식초를 잔뜩 뿌렸다. 코를 찌르는 식초 냄새에 태홍이 미간을 찌푸렸다. 태홍이 그러든 말든 설미는 그릇에 얼굴을 처박고 열심히 자장면을 먹기 시작했다.

한창 자장면을 흡입하던 설미는 단무지를 집기 위해 고개를 들었다가 자신을 빤히 보고 있던 태홍과 시선이 마주쳤다. 갑자기 시무룩해진 설미는 티슈로 입 주위를 닦은 후 조심스레 입을 열었다.

"저…… 뭐 하나만 물어볼게요."

"꼭 하나만 물어라."

곰곰이 생각에 잠겨 있던 그녀는 손가락을 하나씩 접으며 질문의 개수를 세기 시작했다.

"정정할게요. 하나가 아니라 한 열 개 정도만 물어봐도 돼요?"

"나도 정정할게. 그냥 아무것도 묻지 마."

"농담하지 말고, 저 지금 완전 진지하다구요."

"내가 지금 농담하는 걸로 보여?"

그는 평소보다 더 차가운 표정으로 설미를 바라보았다.

"네가 무슨 질문을 할지 알겠는데, 내 대답은 네가 상상하는 그이상일 거야. 그리고 너는 후회할 테고."

설미는 순간 두려움이 앞섰다. 그가 일부러 겁을 주려고 하는 말이 아님을 알고 있었다. 서태홍이라는 남자는 상대방을 위해 단어를 고르고 말을 포장할 만큼 배려나 매너가 몸에 밴 남자가 아니었다.

그러니까 이 남자가 하는 말에는 조금의 거짓도 없다. 그냥 보이는 그대로, 들리는 그대로를 믿어야 한다.

그의 말처럼 후회하게 될지도 모른다. 하지만 이대로 그냥 모른척할 순 없었다.

설미는 마음을 다잡고 첫 번째 질문을 던졌다.

"인터넷에 '정석범'을 검색해 봤어요. 아무것도 안 나오던데……. 어떻게 된 거죠?"

예상대로 정석범과 관련된 질문을 거침없이 하는 설미를 보며 태홍은 작게 한숨을 내쉬었다.

"괜찮아요. 솔직하게 얘기해 주세요."

"비공개 수사 중이야."

그가 정말 솔직하게 대답했다. 잠시 주춤하던 설미가 다시 입을 열었다.

"그 정도로 위험한 사람이에요?"

"어."

"……."

"어쨌든 정혜린은 정석범의 친딸이 맞아. 그러니까 걱정할 거 없어."

"정석범이 그 정도 악질이라면…… 혜린이가 아무리 친딸이라고 해도 안전을 보장할 순 없는 거 아니에요? 부모가 자식을 때리고, 죽이고…… 그런 일들이 허다한데. 어떻게 믿어요?"

"날 믿어."

"네?"

설미는 놀라 자신도 모르게 그를 빤히 바라봤다. 그는 태연한 얼굴로 그녀를 똑바로 마주하고 있었다. 설미는 괜히 양 볼이 화끈거렸다.

"내가 내 목숨 걸고 너랑 네 제자 지켜 줄 테니까. 나 믿으라고."

불안해하는 자신을 안정시키기 위해 하는 말이라는 것은 알겠다. 하지만 말투와 목소리가 그와는 어울리지 않게 너무 다정해서 심장이 덜컹 내려앉았다.

그러다 문득 궁금해졌다.

"근데 왜 이렇게까지 하세요?"

"뭐가."

그가 본래의 무뚝뚝한 말투로 돌아왔다. 그래, 차라리 이게 낫다. 설미는 한숨을 픽 내뱉었다.

"정석범 잡으려고 우리 앞집으로 이사 온 거 맞죠?"

"……."

"저 다 알아요. 그냥 솔직하게 얘기해 주세요. 위장 잠입? 뭐 그런 거죠?"

"위장 잠입?"

"정석범의 얼굴을 봤으니 저 위험한 거 맞잖아요. 정석범의 다음 타깃이 저예요? 그런 게 아니라면, 경찰이 이렇게까지 따라다니진 않을 거 아니에요."

"자장면이나 먹어."

"그래요. 그래야죠. 불면 맛없으니까……."

잔뜩 풀이 죽은 설미는 다시 열심히 자장면을 먹었다. 그녀는 앞으로 내려와 걸리적거리는 머리카락을 목 뒤로 넘겼다.

그녀의 하얀 티가 물기를 머금은 머리카락 때문에 젖어 있었다. 정확히 가슴 언저리가 젖어 브래지어가 비친 것을 본 태홍은 재빨리 시선을 돌렸다. 하지만 지난번 토마토 주스 사건 때 보았던 흰 살결의 봉긋한 가슴이 떠올라 아래로 피가 몰렸다. 이러다 정말 10분 안에 넘어가 버릴 것만 같았다.

결국 태홍은 밥을 먹다 말고 자리에서 일어나 주방으로 향했다. 설미는 느닷없는 그의 행보를 의아한 눈길로 지켜보았다.

주방에서 뭔가를 받아 온 그가 그녀에게 다가가 앞치마를 목에 걸어 주었다.

"넌 여자가 왜 이렇게 조심성이 없냐?"

"또 왜 시비예요?"

"밥 사 준다고 하면 아무 놈이나 다 따라와?"

"네?"

아니, 지가 나오래 놓고 왜 따라왔느냐고 물으면 뭐라고 대답을 해야 하는 거야?

당황한 나머지 설미의 표정이 굳어졌다.

"그리고 아까. 밖에 누가 있는지 확인도 안 하고, 혼자 사는 여자가 잠옷 입고 나와서 나대면 되냐, 안 되냐?"

발끈하려던 설미는 다시 마음을 가라앉힌 뒤 자장면 그릇에 코를 박고 열심히 흡입하고 있는데.

지이잉. 지이잉.

설미의 핸드폰이 울렸다.

"여보세요. 네? 뭐라고요?"

놀란 눈으로 전화를 받는 설미를 가만히 바라보며 태홍은 숟가락
으로 볶음밥을 뒤적거리기만 했다.

"대포 통장이요? 다량의 대포 통장이 발견됐는데, 거기 제 명의
로 된 것도 있단 말이죠? 네. 제가 그럼 뭘 해야 하나요?"

설미의 표정이 한층 심각해졌다. 태홍이 한숨을 푹 쉬더니 손을
내밀었다.

"핸드폰 내놔."

통화 중이던 설미는 고개를 절레절레 흔들었다.

"지금 심각해요. 사기꾼들한테 통장 빌려주고 돈 받냐고, 경찰
이 다른 통장도 조회해 봐야 한다고 제 계좌 번호랑…… 앗!"

태홍이 설미의 핸드폰을 낚아챘다. 그러곤 잔뜩 귀찮은 표정으로
입을 열었다.

"너 어디 소속이야?"

— 누구신데요?

"너 같은 새끼 잡아 처넣는 사람."

뚝.

상대방은 잽싸게 전화를 끊어 버렸다. 겁을 먹은 듯했다.

태홍이 핸드폰을 설미에게 돌려주었다. 설미는 이제야 상황 파악
이 됐는지 그를 향해 조심스레 물었다.

"설마…… 말로만 듣던 보이스 피싱?"

태홍은 한심한 눈빛으로 설미를 쳐다봤다.

"왜 그렇게 봐요? 저 원래 그런 거 잘 안 속아요! 근데 방금 건
진짜 같았다니까요!"

"너……"

"또 왜요. 왜!"

"자꾸 내 신경 거슬리게 하지 마라."

그는 무뚝뚝하게 한마디 내뱉고, 자리에서 일어나 계산을 하고 밖으로 나가 버렸다.

설미가 급히 태홍을 뒤쫓아 나갔다. 그는 벌써 골목을 저만치 올라가고 있었다.

"같이 좀 가요."

"……"

"혜린이는 어떻게 찾을 생각이에요?"

"신경 꺼."

"믿으라면서요. 그쪽이 믿을 만하게 행동을 해야 제가 믿죠."

"그럼 믿지 마."

태홍의 차가운 옆모습을 흘끔 올려다보던 설미가 심통이 난 얼굴로 중얼거렸다.

"아니, 뭐 이런 인간이 다 있어?"

"그런 건 속으로 말해라. 학교 다닐 때 안 배웠어?"

"그런 거 가르쳐 주는 학교도 있어요? 그 학교 안 다니길 잘했네. 사람이 하고 싶은 말은 하면서 살아야죠. 안 그럼 마음에 병 생겨요."

"그래서 넌 어떤데?"

"뭐가요?"

"병 없냐고. 마음의 병."

어느새 태홍이 고개를 돌려 그녀를 바라보고 있었다. 설미는 질문의 의도를 도통 모르겠다는 얼굴로 그를 쳐다봤다.

어쩐지 둘 사이에 어색한 기류가 흘렀다. 그게 불편했던 설미가 급하게 입을 열었다.

"제가 생각해 봤는데, 혜린이 엄마를 먼저 찾아보는 게 어때요?"

"그거 마음의 병에서 비롯된 거야."

"……."

"사람과 사람 사이의 침묵. 그걸 견디지 못하는 병."

설미는 마치 민낯을 들킨 듯 얼굴이 화끈거렸다. 그녀가 잔뜩 굳은 표정으로 그를 노려보았다.

"못됐어요."

"알아."

"그래서 더 못됐어요."

남의 약점을 아무렇지도 않게 후벼 파는 못된 남자. 이런 남자가 자신의 목숨을 걸고 나와 내 제자를 지켜 준다고? 믿을 수가 없다.

그런 그녀의 마음을 들여다보기라도 한 듯 태홍이 말했다.

"정혜린 일은 나한테 맡기고, 넌 지금 이 순간부터 그 애 생각하지 마."

"그게 말이 쉽지, 어떻게 그래요? 걔, 내 제자예요. 걱정되는 게 당연하잖아요."

"그럼, 네 자신에 대한 걱정은? 너 솔직히 말해 봐. 무섭고 두렵지? 밤에 잠도 잘 못 자잖아."

정곡을 찌른 모양인지 그녀가 태홍의 시선을 피했다. 태홍은 그게 안타까워 더 세게 말했다.

"제발 남의 일에 신경 끄고. 너나 챙겨."

"……."

"오지랖도 병이야."

태홍은 빌라 안으로 먼저 들어갔다가 다시 뒤로 돌아 밖으로 나왔다. 빌라 앞에 시무룩한 얼굴로 서 있는 설미를 보고 있자니 한숨이 절로 나왔다. 태홍은 성큼성큼 걸어가 설미의 손목을 잡아끌었다.

"밥값 해야지. 따라와."

□ ■ □

"아이고, 허리야."

설미는 걸레로 바닥을 닦다가 자리에서 일어나 허리를 겨우 폈다. 거실 중앙에 신문지를 깔고 앉아 책을 읽고 있는 태홍을 흘겨보던 설미가 현관으로 향했다.

"어디 가?"

그가 뻔뻔스럽게 물으며 책을 덮었다.

"자장면 한 그릇에 너무한 거 아니에요?"

"메뉴는 네가 골랐어."

"이렇게 부려 먹으려고 밥 사 준다고 한 건 줄 몰랐으니까 그랬죠!"

"그럼 뭔지 알았는데?"

"모, 몰라요! 저 갈래요!"

썸은 개뿔.

걸레를 바닥에 던지듯 내려놓고 나가려던 설미의 시선이 벽지에 핀 곰팡이에 닿았다.

"콜록. 콜록."

피를 토하듯 기침을 하던 태홍이 다시 책을 펼쳤다.

기관지가 예민한가? 왜 저래? 짠하게…….

이러지도 저러지도 못 하고 서 있던 설미가 조심스레 입을 열었다.

"청소 용역 불러요. 전화번호 알려 줘요?"

"됐어. 가 봐. 콜록콜록."

연신 기침을 해 대는 태홍을 걱정스레 보다가 설미는 문을 닫고 나갔다. 그녀가 나가고서도 한동안 태홍은 기침을 했다. 일부러 더 크게.

방음이 취약한 이곳의 단점을 이용한 전술이 먹힌 모양인지 얼마 지나지 않아 설미가 다시 문을 열고 들어왔다. 그녀의 손엔 고무장갑과 수세미, 세제가 들려 있었다.

태홍은 책을 보는 척하며 애써 웃음을 참았다.

"저녁은 비싼 거 먹을 거예요."

설미는 구석에 쭈그리고 앉더니 곰팡이를 열심히 닦아 내기 시작했다. 구석구석 열심히 돌아다니며 청소하는 그녀의 작은 몸을 태홍은 몰래 훔쳐봤다. 그 후로 책은 눈에 들어오지도 않았다.

책이 아닌 그녀를 열심히 보고 있던 그때, 갑자기 그녀가 뒤를 돌았다. 흠칫 놀란 태홍은 책을 읽는 척했다.

다행히 그녀는 그런 그를 눈치채지 못하고 화장실로 향했다.

청소를 다 끝낸 모양인지 설미가 화장실에서 손을 닦고 나와 깨끗해진 집 안을 둘러보았다.

"이제 좀 깨끗해졌네. 근데 짐은 이게 다예요? TV, 세탁기, 냉장고는요?"

"필요 없어."

"밥 안 해 먹어요?"

"굶어 죽지만 않으면 돼."

"그러다 병나요! 사람은 밥심으로 사는데……. 그런 의미에서 저녁엔 한정식?"

청소는 힘들었지만 저녁 먹을 생각을 하니 설미는 절로 기분이 좋아졌다. 그녀는 태홍의 유일한 살림살이인 매트리스 위에 털퍼덕 앉아 엉덩이를 들썩거렸다.

"오. 폭신하고 완전 좋다. 이런 건 얼마예요?"

"삼천만 원."

"삼천 원이요? 우와! 엄청 싸네요. 어디서 샀어요?"

듣고 싶은 대로 들리는 모양이다.

테스트를 핑계 삼아 대놓고 매트리스 위에 누워 데굴데굴 굴러다니는 설미를 보며 태홍은 저절로 애먼 상상을 하게 됐다.

한창 몸에 열이 오르던 태홍은 갑자기 울리는 핸드폰 진동음에 화들짝 놀랐다. 그는 전화를 받자마자 죄 없는 상대방에게 화풀이를 했다.

"왜!"

— 깜놀. 왜 소리를 지르고 그래요? 형. 지금 어디예요?

찬희였다. 태홍은 전화를 핑계 삼아, 편한 자세로 매트리스 위에 누워 있는 설미를 내버려 두고 밖으로 나왔다.

— 제가 지금 문화시로 갈까요? 내려간 김에 화영 선배랑 다 같이 저녁이나 먹어요. 곧 있으면 상윤 선배 기일이잖아요.

화영과 상윤은 태홍의 경찰대 한 학번 선배였다. 두 사람은 경찰대 재학 당시 결혼했을 정도로 서로 죽고 못 사는 사이였다.

그러다 상윤이 2년 전 의문의 교통사고로 사망하고, 화영은 문화시에 정착해 홀로 네 살 된 딸아이를 키우고 있었다.

"화영 선배, 친정에서 오늘 올라온다던데. 아마 정신없을 거야. 다음에 보자."

— 그래요? 그럼 어쩔 수 없죠. 형 뭐 해요? 주말인데.

"그냥 있어."

— 잘하셨어요. 쉴 때 좀 쉬세요. 잠도 푹 자고, 맛있는 것도 사 먹고, 여자도 좀 만나고. 솔직히 말해 봐요. 외롭지 않아요?

"끊어라."

태홍은 바로 전화를 끊어 버렸다.

외롭기는……. 지금 누구 덕분에 그런 거 생각할 겨를도 없다.

아무튼 밥도 먹었고, 청소하는 동안 쉬었고, 설미가 남자는 아니니 여자도 만났고, 찬희의 말대로라면 오늘만큼은 정말 제대로 휴식한 셈이다.

태홍이 집으로 돌아와 보니, 설미가 매트리스 위에 눈을 감고 누워 있었다.

설마 자는 건 아니겠지?

하지만 새근새근 들려오는 숨소리가 너무 자연스러웠다. 진짜 자는 모양이었다.

"아무 데서나 자지 말라니까. 말도 더럽게 안 듣네."

진짜 대책 없는 여자다. 태홍은 투덜거리며 이불을 가져와 그녀의 작은 몸 위에 덮어 주었다.

그런데 그때.

"……살……려 주세요……."

그녀가 이불을 꽉 움켜쥐며 몸을 움츠렸다. 울먹이는 얼굴. 악몽을 꾸는 모양이었다.

급기야 설미의 감은 두 눈에서 눈물이 흘러내렸다. 항상 밝게 웃던 얼굴에는 미소가 사라진 지 오래였다. 두려움과 고통 그리고 슬픔만 남아 있었다. 태홍은 가슴이 먹먹해졌다.

그는 저도 모르게 손을 뻗어 그녀의 눈물을 닦아 주었다. 그리고 그녀의 작은 얼굴을 천천히 쓰다듬었다.

눈, 코, 입…….

그녀의 이목구비를 하나하나 조심스럽게 어루만지는 손끝이 불에 덴 듯 뜨거웠다. 그는 가느다랗게 떨리는 그녀의 어깨를 토닥여 주었다. 그의 손길에 점차 안정을 되찾아 가는 설미를 내려다보며 태홍은 작게 한숨을 내뱉었다.

낮이고 밤이고 항상 불이 켜져 있는 그녀의 집. 길을 가다 검은 봉지만 봐도 경기를 일으키고, 사람과 사람 사이에 흐르는 침묵을 극도로 두려워하는 그녀의 행동은, 어쩌면 10년 전 그 사건 때문이 아닐까? 도대체 그날 무슨 일이 있었던 걸까?

생각이 거기에 닿자 태홍의 표정이 급격히 어두워졌다.

□ ■ □

'학생. 언니 있지?'

하굣길에 낯선 남자가 따라와 물었다. 고아원에서 못 살겠다고 뛰쳐나간 언니는 도대체 서울에서 무슨 일을 하고 다니는 건지, 낯선 사람들이 종종 찾아와 언니의 행방을 물었다.

그래서 10년 전 그날도 대수롭지 않게 여겼고, 대답했다.

'언니 어디 있는지 몰라요. 딴 데 가서 알아보세요.'
'선희가 네 언니는 맞는다는 거지?'

순간, 남자가 뒤에서 목을 졸랐다. 너무 놀라 소리 지를 생각도 하지 못했다. 그야말로 순식간에 벌어진 일이었다.

차에서 내린 또 다른 남자가 커다란 검정 비닐봉지를 바스락거리며 펼쳤고, 그 봉지를 몸에 덮어씌웠다. 봉지 안에서는 지독한 냄새가 났다. 그 위험한 향에 취해 순간 정신을 잃고 말았다.

자동차 엔진 소리, 거친 숨소리, 분명 옆에 혹은 앞에 사람이 있는 건 분명한데 그들은 내내 침묵하고 있었다. 그 어떤 단서라도 남기면 안 되는 사람들처럼 한마디도 하지 않고 어디론가 향했다. 차가 급제동 급정거를 할 때마다 몸이 움직이며 봉지가 바스락거렸다.

그 소리가 날카롭게 귓가를 파고들었다. 머리가 깨질 듯 아팠다.

'살려 줘…….'

설미의 두 눈이 번쩍 떠졌다. 멍한 눈으로 천장을 바라보던 그녀는 기진맥진한 얼굴로 울음을 삼켰다. 매일 밤 꾸는 악몽이었다.

그녀는 억지로 몸을 일으켜 앉았다. 머리가 띵했다.

쏴아—

어디선가 물소리가 났다.

잠시 후 욕실 문이 열리고 태홍이 나왔다. 아래에 트레이닝 바지만 입고 위는 벗은 채였다. 그는 그 상태로 수건으로 툭툭, 머리를 말리며 설미 옆을 태연히 지나쳐 갔다.

멍한 눈빛으로 태홍을 보던 설미의 두 눈이 한순간 크게 떠졌다.

"그쪽이 왜 여기 있어요? 여기 우리 집인데……. 어? 아니네? 여기 어디예요?"

설미가 자리에서 벌떡 일어나 주변을 두리번거렸다. 태홍은 캐리어에서 티를 꺼내 입으며 그녀의 머리 위로 수건을 던졌다.

"침이나 닦아."

설미는 순순히 수건으로 침을 닦으며 괜히 부끄러워 큰소리를 쳤다.

"저녁은 언제 사 줄 거예요? 나 배고픈데."

"정신 차려."

"네?"

"지금 아침 7시야. 너 몇 시간 잔 줄 알아? 난 너 죽은 줄 알았어."

"에이. 말도 안 돼. 농담하지 마세요. 지금이…… 아침이라고요?"

자느라 떨어뜨린 모양인지 그녀의 핸드폰은 바닥에 굴러다니고 있었다. 설미는 핸드폰을 주워 얼른 날짜와 시간을 확인했다.

태홍의 말대로 월요일 오전 7시였다. 설미는 비명을 지르며 머리를 쥐어뜯었다.

"꺅! 이게 어떻게 된 거지? 내 휴일……. 으악. 아, 진짜! 나 좀 깨우지 왜 그냥 뒀어요?"

"내가 안 깨웠을 것 같아?"

하긴, 제 잠자리 뺏기고 가만히 있을 성격이 아니지. 때리지나 않았음 다행이라고 생각하는데, 어쩐지 온몸 구석구석에서 통증이 느껴졌다.

"혹시 나 때렸어요? 왜 이렇게 몸이 아프지?"

"장난하냐?"

퉁명스럽게 말하며 태홍은 그녀를 위아래로 훑어보았다. 밤새 악몽을 꾸는지 뒤척이며 몸을 잔뜩 움츠리던 그녀가 떠올라 마음이 쓰였다.

"여기가 잠이 잘 오는 모양인데. 더 자. 난 출근할 거니까."

"저도 출근하거든요? 오전에 훈련 있어요."

"아프다며?"

"농담이었어요. 안 아파요. 아무튼 이사 첫날부터 잠자리 뺏어서 미안해요."

민망해서 얼른 인사하고 나가려는 설미를 태홍이 붙잡았다.

"학교 몇 시까지 가야 해?"

"왜요?"

"준비하고 내려와. 태워다 줄게."

"저기……."

"왜?"

"솔직히 너무 티 나지 않아요?"

설미의 발언에 태홍의 얼굴이 경직됐다.

"뭐가?"

설미가 심각한 표정으로 말했다.

"위장 잠입이라면서요. 근데 이렇게 붙어 다니면 안 되는 거 아니에요? 드라마나 영화에서 보면 남자 주인공이 숨어 있다가 여자가 위험에 처하면 그때, 막 온몸을 던져서 지켜 주고 그러던데……."

"그런 건 영화에서나 많이 보고. 나가."

태홍은 설미의 등을 밀어 밖으로 내보냈다. 그리고 문을 닫으려는데, 설미가 문 틈새로 잽싸게 팔을 집어넣었다. 태홍이 다시 문을 활짝 열며 소리쳤다.

"뭐야? 그러다 다친다!"

"저…… 진짜 학교까지 태워다 줄 거예요?"

"싫다며."

"제가 언제 싫다고 했어요? 그냥 너무 티 나지 않을까, 걱정한 거지. 그나저나 어제부터 느낀 건데 사람이 왜 그렇게 야박해요? 설사 내가 아니라고 했어도 예의상 두 번 정돈 물어봐야 하는 거 아니에요?"

태홍은 잠시 머뭇거리다가 입을 열었다.

"천천히 준비하고 내려와. 주차장에서 기다릴 테니까."

설미가 배시시 웃으며 자신의 볼을 꼬집었다. 그런 그녀를 태홍이 황당하게 쳐다봤다. 그러곤 시비조로 그녀를 향해 물었다.

"뭐 하냐?"

"꿈인가 해서요. 갑자기 왜 이렇게 고분고분해요?"

"10분 준다."

"10분이요? 안 돼요, 안 돼! 20분! 딱, 20분만! 오케이?"

그녀는 정신없이 발을 동동거리며 후다닥 집으로 들어가 버렸다.

태홍은 먹먹해진 귀를 어루만지며 생각에 잠겼다. 밤새 안쓰러울 정도로 몸을 움츠린 채 잠을 자던 여자와 방금 전 여자가 동일 인물인지 헷갈렸다. 이것이 의도된 밝음이라면, 어쩐지 그녀가 가엽게 느껴졌다.

그래. 앞으론 잘해 주자.

하지만 태홍의 다짐은 20분 후 그녀의 얼굴을 보자마자 달아나 버렸다.

차 앞에서 그녀를 기다리던 태홍은 달려 나오는 그녀를 향해 저도 모르게 고함을 질렀다.

"야! 들어가서 머리 말리고 나와."

"늦었어요. 그냥 가요."

태홍은 차 문손잡이를 잡으려는 설미의 손을 막았다.

"옷이라도 갈아입고 나오든가."

"옷은 왜요?"

"속옷 다 비치잖아. 이 멍청아."

"어멋!"

하필 오늘도 흰 티를 입은 탓에 물기가 묻은 쪽에 브래지어가 살짝 비치고 있었다. 설미는 재빨리 가슴을 가리고 다시 건물 안으로 뛰어들어 갔다.

□　■　□

"쌤! 남친 생겼어요?"

"저도 봤어요. 아침에 남친이 정문까지 데려다줬죠?"

마무리 스트레칭을 마친 육상부원들이 스탠드에서 기록 분석을 하고 있는 설미 근처로 모여들었다.

"멀리서 봐도 딱 보이던데요? 잘생김이!"

"그게 잘생긴 거니?"

"네! 근데 뭐 하는 분이세요?"

"궁금해?"

아이들이 열심히 고개를 끄덕였다. 그러자 설미가 분석지를 들고 일어났다.

"희진아. 스타트 반응 속도가 느려진 이유는 안 궁금해?"

설미의 날카로운 한마디에 좀 전까지 재잘재잘 잘도 떠들던 아이들이 순식간에 꿀 먹은 벙어리가 됐다.

"희진이는 햄스트링 상태가 별론 거 같으니까 내일부터 이틀간 가볍게 러닝만 해. 끝나고 마사지 충분히 해 주고."

안 그래도 허벅지 뒤쪽이 조금 이상하다 느꼈던 희진은 허벅지를 주물럭거리며 새삼 스승의 세심함에 감탄했다. 평소 허점투성이 여교사의 모습은 온데간데없이 오늘따라 설미의 눈빛이 날카로웠다.

설미는 학생들 이름을 한 명씩 호명하며 오늘 훈련에서 잘못된 지점들을 프로페셔널하게 지적하고 바로잡아 갔다.

"장거리 애들은 일단 스피드 생각하지 마. 내일부턴 스피드에 대한 부담감 버리고, 근지구력 향상에 포커스를 둘 거니까 그 점 염두에 두고. 단거리도 마찬가지야. 너희도 스피드는 나중 일이야. 중요한 건 자세라는 거 명심해. 마음만 급하고, 원하는 속도가 나오질 않으니 발만 빨라지고 중심이 계속 흔들리잖아. 그렇게 하면 절대 속도 안 나온다. 자. 질문 있는 사람?"

"쌤! 혜린이는 만나 봤어요? 진짜 육상 관둔대요?"

혜린의 이름이 나오자 아이들이 웅성거리기 시작했다. 설미는 착잡한 마음을 숨기고, 애써 태연한 척 웃었다.

"혜린이 곧 올 거니까 우린 연습 열심히 하고 있자. 그럼 한 명씩 순서대로 나와. 자세 교정받고 집에 가자."

뒤돌아선 설미는 작게 한숨을 내쉬었다. 지금으로선 자신이 할 수 있는 일은 단 하나였다. 그저 서태홍이라는 남자를 믿고 기다리는 일.

□ ■ □

어느덧 하늘이 주황빛으로 물들고 있었다. 오후 훈련을 마치고 제일 마지막으로 학교 정문을 벗어나는 설미의 등을 누군가 노크하듯 두드렸다.

설미가 화들짝 놀라 뒤를 돌자 커트 머리에 귀엽게 생긴 여자가 빙긋 웃고 있었다. 여자가 설미를 향해 물었다.

"문화고 체육 선생님 맞으시죠?"

"네? 네. 어떻게 아셨어요?"

여자는 설미가 신은 흙 묻은 운동화를 가리켰다.

"찍었어요."

"아, 네……."

설미는 수긍하면서도 고개를 갸웃거렸다. 갑자기 나타난 이 여자는 뭐지? 궁금증이 가득한 얼굴로 설미가 여자의 차림새를 훑어보았다.

노란색 트레이닝복에 리본이 달린 분홍색 슬리퍼. 걸걸한 말투나 행동과 달리 여자의 취향은 굉장히 여성스러웠다.

"선생님. 실례지만, 학생들은 언제 끝나요? 요새도 야자 그런 거 하나?"

"네? 지금 여름 방학인데요."

"어머, 내가 그 생각을 못 했네. 방학이구나. 어쩐지 조용하더라. 그럼 개학은 언제예요?"

"저기, 근데 무슨 일이세요?"

"아!"

여자는 품에 끼고 있던 종이 뭉텅이에서 전단지 한 장을 빼내 설미에게 내밀었다. 종이에 적힌 문구를 설미가 눈으로 읽었다.

「금메달 체육관」

전단지 한가운데 큼지막하게 박힌 금메달을 가만히 내려다보던 설미가 고개를 들었다.

"체육관 관장님이세요?"

"네! 오픈한 지 얼마 안 됐어요. 체대입시반도 있고요, 일반인들은 킥복싱, 주짓수, 격투기, 맞다! 호신술도 가르쳐 드려요. 요즘 여성분들 자기 자신을 지킬 수 있는 호신술 몇 개쯤 배워 놓으면 좋잖아요."

"아. 호신술! 그렇죠. 필요하죠."

입질이 왔다. 진지한 자세로 자신의 얘기를 귀담아듣는 설미를 향해 화영은 더 열심히 낚시질을 시작했다.

"한번 배워 보세요. 물론 그런 일이 생기면 안 되는 거지만, 사람 일은 모르는 거잖아요. 배워 두면 분명 쓸모가 있을 거예요."

"옛날에 호신술 배우긴 했었는데……."

"실전에 써먹을 수 있는 걸 배우셨어야죠. 제가 전직 경찰 출신이거든요. 제대로 알려 드릴게요! 일대일 맞춤형으로다가."

운동과는 담쌓게 생긴 여자의 야리야리한 몸과 말간 얼굴을 설미가 어색한 웃음을 흘리며 바라보았다. 전직 경찰이라는 얘기는 신빙성이 조금 떨어져 보였다.

"……네. 그럼 생각해 볼게요."

설미는 대놓고 거절은 못 하고, 화영을 향해 눈으로 인사를 한 후 도망가려 뒤로 돌았다. 그러자 화영이 설미의 뒤통수에 대고 급하게 외쳤다.

"교직원은 50퍼센트 DC 해 드립니다!"

□ ■ □

"금메달 체육관? 이름 한번 참."

건물 2층에 내걸린 체육관 간판을 올려다보자 태홍은 한숨이 절로 나왔다. 하는 사업마다 족족 말아먹는 화영이 걱정된 것이다. 옷가게, 호프집, 곱창집, 체육사 등등 돌고 돌아 이번엔 체육관이었다.

"삼촌!"

그때 체육관 바로 위 3층 창문이 열리고 화영과 그녀의 딸 하랑이 꺄르르 웃으며 손을 흔들었다. 태홍도 아이를 향해 손을 흔들어 웃어 주곤 건물 안으로 들어갔다.

체육관 위층이 화영의 자택이었다. 3층에 올라가 현관문을 열자 하랑이 달려와 태홍의 품에 덥석 안겼다. 태홍은 아이를 번쩍 안아 들고 거실에 들어섰다.

"삼촌. 엄마 좀 혼내 줘."

"왜? 또 밥 태워 먹었어? 아님 화장실 물 틀어 놓고 낮잠 잤나?"

"아니. 그런 거 말고. 아빠한테 전화 못 하게 해. 보고 싶은데……."

칭얼대는 아이의 말에 태홍의 시선이 화영에게로 향했다. 화영은 모르는 척 태홍의 시선을 피했다.

"이하랑! 삼촌 얼굴 봤으니까 이제 얼른 자야지."

"삼촌이랑 놀고 싶은데."

"태홍아. 하랑이 좀 재워 봐. 쟤 내일 유치원 가야 해."

"싫어. 안 갈래. 삼촌. 우리 놀자."

하랑이 태홍의 품에 얼굴을 비비적거리며 파고들었다. 칭얼대는 걸 보니 졸린 모양이다.

태홍은 그런 아이의 등을 토닥이며 방으로 들어갔다. 그리고 얼마 지나지 않아 그가 방에서 혼자 나왔다.

화영이 커피 잔을 내밀며 작게 속삭였다.

"하랑이 자니?"

"어. 들어가자마자 바로."

"하여튼 으휴. 쟨 왜 내 말만 안 듣지?"

화영은 툴툴거리며 발코니로 나가 의자에 앉았다. 태홍도 맞은편에 앉았다.

"애한테 뭐라고 거짓말을 한 거야?"

질책하는 태홍의 어투에 화영은 괜히 속이 상했다.

"거짓말이 아니라, 그냥 지 아빠 죽었다고 아직 얘기를 안 한 것뿐이야. 나, 못 하겠어……."

잔뜩 기가 죽은 화영을 보니 태홍은 착잡했다. 하지만 자신이 나설 문제가 아니라는 생각에 조용히 커피를 한 모금 마셨다.

"태홍아."

"왜."

"이제 그만해라……."

"뭘."

"정석범 잡는 거."

태홍은 굳은 표정으로 탁, 커피 잔을 내려놓았다.

"선배. 하나만 묻자. 내가 진짜 이해가 안 돼서 그래. 사람들은 도대체 왜 자꾸 나한테 그만하라는 거야? 그 새끼 그냥 그렇게 둬? 지금도 신분 위장해서! 마약 팔아서! 잘 먹고 잘 살고 있다고! 그런 새끼를 왜 잡지 말래? 선배가 대표로 얘기해 봐."

태홍의 얼굴은 잔뜩 화가 나 있었다. 그를 똑바로 마주한 화영이 강단 있게 말했다.

"이래서 그만하라는 거야. 정석범, 이름 석 자만 들어도 이렇게 눈 뒤집히잖아. 지금도 이런데 실제로 정석범을 만나게 되면, 너 어떻게 될지 안 봐도 뻔해. 네가 진다고, 이 새끼야."

"그럴 일 없어."

"찬희한테 들었어. 정석범 총기 소유하고 있다더라. 근데 그렇게 쉽게 이길 수 있다고? 너 목숨 두 개야? 아님 죽고 싶어서 환장했어? 제발 그냥 네 인생 살아. 너 정석범 잡으려는 거 상윤이 때문인 거 알아. 근데 내가 말했잖아. 상윤이 죽은 거 그냥 단순 교통사고라고."

"나도 말했잖아. 아니라고. 분명 정석범 짓이야."

매사 냉철하고 이성적이던 태홍의 모습은 온데간데없었다.

"정석범 잡으면, 상윤 선배 사고 재수사 요청할 거야."

화영은 고개를 절레절레 흔들었다.

"아니. 난 안 할 거야."

"해."

"싫다고. 이제 그만하고 싶어. 그러니까 너도 제발 그만해. 나 상

145

윤이 생각만 하면 억장이 무너져. 이제…… 그만 잊고 싶어. 그러니까 나한테도 잊을 권리를 달라고. 네가 이렇게 한 번씩 헤집고 가면 나, 그 사람 보고 싶어서 미칠 것 같아. 이젠 못 견디겠단 말이야."

말을 마친 화영은 테이블 위에 엎드려 버렸다. 어깨가 들썩였다. 결국 울리고 말았다.

그녀를 무표정한 얼굴로 바라보던 태홍은 자리에서 일어났다. 그 소리에 화영이 눈물범벅인 채로 고개를 들었다.

"밥 먹고 가……."

"됐어."

"화났어? 그래도 재수사 요청은 안 할 거야."

화영은 미안함과 걱정이 뒤섞인 눈빛으로 태홍을 올려다보았다.

"태홍아. 그러니까 너도 우리 상윤이 그만 잊어."

"선배."

"응."

"다른 사람은 다 잊어도 선배랑 나는 상윤이 형 잊으면 안 되지. 잊고 싶다니……. 고작 2년밖에 안 지났는데……."

"……."

"사랑이란 게 그런 거야? 진짜 시시하네."

"……."

"나 오늘 처음으로 인간 유화영한테 실망했어."

태홍의 말에 화영은 어딘가 한 대 맞은 듯 경직되었다.

오죽 힘들었으면 그런 말까지 했을까? 그녀를 이해 못 하는 건 아니지만, 그렇게 죽고 못 살던 사랑하는 남편이 죽은 지 겨우 2년 만에, 잊고 싶다는 게 말이 되는 건지. 평소 자신이 알던 화영이 맞나 싶을 정도로 어울리지 않았다.

혹시, 모르는 새 무슨 일이 있었나? 예를 들면…… 남자가 생겼다든가.

하지만 그늘이 잔뜩 진 화영의 얼굴은 사랑에 빠진 여자의 얼굴과는 거리가 멀었다. 분명 뭔가 있는데…….

고개 숙인 채 앉아 있는 그녀를 홀로 버려두고 태홍은 화영의 집을 나왔다.

□　■　□

형사2팀 팀원들과 권 팀장이 사격장으로 우르르 달려갔다. 팀원들은 문에 매달린 채 숨죽이며 사격장 안을 지켜보았다.

탕. 탕탕. 탕.

쏘는 족족 총알이 과녁을 비껴가고 있었다. 팀원들의 시선이 홀로 사격 연습을 하고 있는 태홍에게로 향했다.

"서 경위도 못하는 게 있네?"

"그러게요. 서 경위 손 떠는 것 좀 보세요."

태홍의 모습을 유심히 보던 권 팀장이 팀원들을 물리고 안으로 들어갔다. 권 팀장이 들어왔는데도 태홍의 시선은 오로지 과녁을 향해 있었다.

하지만 태홍의 시야는 이미 오래전부터 흐릿해진 상태였다. 손에 이어 몸까지 떨려 왔다. 간신히 총구를 겨누고 정신을 차리려 노력했지만 쉽지 않았다.

"죽이려고 쏘니까, 죽어라 안 맞는 거야."

권 팀장이 방탄복을 착용하고 총을 들었다. 그리고 여유로운 자세로 과녁을 향해 총을 쐈다. 명중이다.

계속 한 치의 흔들림 없이 총을 쏘며 권 팀장이 말을 이었다.

"정석범도 죽어라 쫓아다니니까 못 잡는 거고."

태홍은 차갑게 얼어붙은 눈동자로 권 팀장 쪽으로 시선을 돌렸다. 그러자 권 팀장은 사격을 멈추고 특유의 익살스러운 표정으로 대꾸했다.

　"왜? 내 말이 틀렸어?"

　"……."

　"인마, 내려놓으라고. 총도 죄책감도. 그냥 맘 편히 살아. 그게 최고야."

　"내려놓을 수 있는 무게였다면, 그렇게 했을 겁니다."

　권 팀장이 총을 내려놓고 태홍을 향해 고개를 돌렸다. 태홍의 눈동자가 흔들리고 있었다. 그런 태홍의 눈동자를 처음 마주한 권 팀장은 할 말이 없어서 괜히 뒷머리를 긁적였다.

　그때 권 팀장의 핸드폰이 진동했다. 핸드폰을 꺼내 발신인을 확인한 권 팀장이 흘끔 태홍의 눈치를 살폈다. 그러더니 계속해서 울리는 핸드폰을 억지로 주머니에 넣었다.

　태홍은 누군지 다 알고 있는 듯한 눈빛으로 권 팀장을 노려보았다.

　"아시다시피 저, 그 일에 목숨 건 놈입니다. 그러니까 방해하려면 팀장님도 목숨 걸고 하세요."

　"그게 무슨 말이야? 내가 널 왜 방해해?"

　"다음부턴 경고 사격 따위 없습니다."

　"……."

　"그럼 먼저 들어가 보겠습니다. 전화받으시죠."

　무겁게 한마디를 내뱉고, 태홍은 사격장을 나갔다.

　"저 새끼가……."

　태홍이 나가자마자 권 팀장이 얼른 전화를 받았다.

　"아무래도 들킨 것 같습니다. 아니, 그게 아니라 저 자식 처음부터 알고 있었던 것 같은데요? 근데 서 경위 감시하라는 건 도대체 누구 지시입니까?"

상대에게 이름을 들은 권 팀장의 몸이 경직되었다.

5화

"아침부터 푹푹 찌네."

빌라를 나온 설미는 뜨겁게 내리쬐는 햇빛을 원망스레 올려다보며 손부채질을 했다. 그러다 맞은편에 주차되어 있는 태홍의 차를 발견하곤 의아한 얼굴로 고개를 갸웃거렸다.

"아직 출근 안 했나?"

요새 많이 바쁜 모양인지 태홍의 모습을 통 볼 수가 없었다.

그렇다고 그 사람의 안부가 궁금한 건 절대 아니었다. 절대 사심은 없었다. 그저 혜린이 찾는 일은 어떻게 되어 가고 있는지 알고 싶을 뿐이다.

지이이잉.

그런데 갑자기 그의 차 조수석 창문이 열렸다. 설미는 화들짝 놀라 뒷걸음질 쳤다.

창문 너머로 운전석에 누워 있는 사람의 형태가 보였다. 그녀가 가까이 다가가자 차가운 에어컨 바람이 얼굴에 닿았다. 팔에 오소소 소름이 돋을 만큼 찬바람이었다.

"언제부터 거기 있었어요?"

"……."

그녀의 물음에도 태홍은 아무런 대답 없이 눈을 감고 있었다. 그를 걱정스레 바라보던 설미는 조수석 문을 열고 올라탔다.

"누가 타래?"

태홍이 눈을 뜨고 그녀를 쳐다봤다. 민망해진 설미는 괜스레 큰소리로 따져 물었다.

"저 타라고, 창문 연 거 아니었어요?"

"답답해서 연 거야."

"네네. 잘 알겠습니다. 근데 어디 아파요? 왜 누워 있어요? 그리고 에어컨을 왜 이렇게 세게 틀고 있어요? 그러다 감기 걸려요. 여름 감기가 얼마나 지독한데."

"상관 말고, 내려."

"아, 진짜 엄청 야박하네. 출근하는 길이면 좀 태워 줘요. 방향도 같은데……."

"퇴근하는 길이야."

"아, 그래요? 알겠어요. 근데 저기……."

설미는 태홍을 흘끔 훔쳐보았다.

"아니에요. 됐어요. 그럼 쉬세요."

며칠 사이 더 까칠해진 태홍의 말투와 안쓰러울 정도로 피곤해 보이는 그의 얼굴. 그 얼굴에 대고 차마 혜린의 일은 어떻게 되어 가냐고 닦달할 순 없었다. 설미는 묻기를 포기한 채 문을 열었다.

그런데 차에서 내리려는 설미의 손목을 태홍이 잡았다.

"앗, 차가워!"

설미가 놀라 뒤를 돌자 태홍은 잡고 있던 그녀의 손목을 놓았다.

"냉방병 걸린 거 아니에요? 손이 왜 이렇게 차요?"

"문 닫아."

설미가 문을 닫으며 조심스럽게 얘기했다.

"태워다 주시게요? 전 괜찮은데……."

그렇게 말하면서도 조신하게 안전벨트까지 착용하는 설미를 보며 태홍은 피식 웃곤 차를 출발시켰다.

묵묵히 운전하는 태홍을 힐끔 보던 설미가 조용히 말문을 열었다.

"요새 많이 바쁘시죠?"

"정혜린 일은 신경 꺼라."

"혜린이 얘기 꺼낼 생각 없었거든요? 그쪽한테 맡겼으니까, 믿으니까……."

그녀의 말에 태홍은 마음이 무거워졌다.

갑자기 무겁게 가라앉는 그의 표정을 보자 설미는 불안한 기색으로 물었다.

"우리 혜린이 찾고 있는 거 맞죠?"

"어."

오, 무서워. 오늘따라 왜 저렇게 저기압이야? 그냥 조용히 있어야 겠다.

태홍의 눈치를 보던 설미는 입을 꾹 다물었다.

순간 정적이 흐르자 태홍은 침묵을 두려워하는 설미를 위해 라디오를 켰다. 그런 그의 배려를 아는지 모르는지 설미는 라디오에서 흘러나오는 노래를 흥얼거리며 따라 부르기 시작했다.

그녀는 녹음이 진 여름 풍경을 바라보다 창문에 비친 태홍의 뾰족한 옆얼굴이 눈에 들어왔다. 밥은 먹고 다니나? 설미는 고개를 돌려 그를 향해 진지하게 말했다.

"너무 무리하지는 마세요. 혜린이 찾는 것도 중요하지만, 무엇보다 자기 자신이 먼저예요."

"……."

아무런 대답도 하지 않던 그가 한참 후에 입을 열었다.

"마음에도 없는 소리 하지 마."

저런! 나쁜 놈보다 더 나쁜 놈!

설미가 조용히 주먹을 움켜쥐며 중얼거렸다.

"그게 걱정해 주는 사람한테 할 소린가?"

뾰로통해진 설미는 창문에 얼굴을 기대느라 보지 못했다. 태홍의 입가에 엷게 미소가 번지는 것을.

요새 문화서 업무부터 정혜린을 찾는 일, 그리고 상윤의 교통사고 재수사까지 몸이 열 개라도 모자랄 판이었다. 출퇴근 시간도 아까워 숙직실에서 생활하다가, 문득 그녀의 안부가 궁금해 아침부터 달려온 태홍이었다.

"창문에서 얼굴 떼. 화장품 묻잖아."

하지만 그는 제 속내를 들킬까 일부러 더 툴툴거렸다.

□　■　□

설미는 육상부 지도를 끝내고 퇴근길에 '금메달 체육관'에 들렀다. 등록을 하기 위해서였다.

그런데 체육관 안이 텅 비어 있었다. 설미는 당황스러운 얼굴로 두리번거리다가 구석에 앉아 혼자 놀고 있는 여자아이의 작은 뒷모습을 발견했다. 설미는 아이에게로 다가갔다.

"꼬마야. 혼자 뭐 하니?"

귀엽게 생긴 여자아이는 어울리지 않게 장난감 경찰차를 가지고 놀고 있었다. 환하게 웃는 아이의 미소가 이곳 관장이라던 여자와 많이 닮아 있었다.

"엄마는 화장실 갔어요. 응가 싸러."

마치 비밀을 얘기하듯 아이가 속삭였다. 그 모습이 너무 예뻐 설미가 웃으며 장난감을 가리켰다.

"그건 뭐야?"

"삐용이요. 아빠가 타고 있어요."

"진짜? 그거 경찰찬데. 혹시 아빠가 경찰이니?"

"네! 지금은 비행기 타고 나쁜 놈 잡으러 갔어요."

"정말? 아빠가 훌륭하신 분이구나. 언니가 아는 사람도 경찰인데, 나쁜 놈 잡느라 잠도 못 자고 밥도 제대로 못 먹어. 착한 사람들 지켜 주려고. 지금 생각해 보니까…… 참, 고맙다. 그치?"

아이가 고개를 끄덕이며 방긋 웃었다.

설미는 아침에 보았던 날 선 태홍의 얼굴이 떠올라 새삼 신경이 쓰였다.

내일 아침에 도시락이라도 좀 싸다 줄까? 아니다. 내가 뭔데 그런 것까지 해 줘. 또 무슨 소리를 들으려고. 그가 뭐라고 할지 안 봐도 뻔했다.

'너나 먹어.'

무뚝뚝하게 내뱉을 그의 목소리가 귓가에 생생했다.

그때 뒤에서 인기척이 들렸다.

"어머, 선생님! 미안해요."

화영이 호들갑을 떨며 달려왔다.

"많이 기다리셨죠?"

"아니요. 방금 왔어요."

"차 한잔하고 시작할까요?"

"네. 감사합니다."

화영이 커피포트 전원을 켰다.

"근데 호신술은 정확히 어디에 쓰시려고 하는 거예요?"

설미는 어디서부터 어디까지 얘기를 해야 할지 몰라 머뭇거렸다. 그러자 눈치 빠른 화영이 커피 잔을 내밀며 말했다.

"단순히 치한 퇴치를 위해 호신술을 배우려고 하는 건 아닌 것 같네요?"

날카로운 질문에 설미는 흠칫 당황했다.

"미안해요. 얘기하기 곤란하면 하지 않으셔도 돼요."

화영이 싱긋 웃자, 잠시 생각에 잠겨 있던 설미가 조심스레 입을 열었다.

"제가…… 10년 전에 납치를 당한 적이 있어요……."

당시의 상황을 떠올리자 설미의 얼굴이 급격히 어두워졌다. 설미의 안색에 놀란 화영이 그녀의 손을 꽉 잡아 주었다.

"어머, 세상에. 제가 도와드릴게요! 호신술도 가르쳐 드리고, 트라우마 극복하는 방법도…… 전부 다 알려 드리겠습니다. 저만 믿고 따라오시면 돼요! 아셨죠?"

강단 있는 화영의 눈빛에 이끌려 설미는 얼떨결에 고개를 끄덕였다.

"그럼, 시작해 볼까요?"

지이잉. 지이잉.

화영의 말이 끝나기도 전에 설미의 핸드폰이 울렸다.

"죄송해요. 우리 반 학생인데, 잠깐 전화 좀 받을게요."

양해를 구하는 설미에게 화영은 흔쾌히 고개를 끄덕였다.

설미가 핸드폰 통화 버튼을 누르자, 우렁찬 남학생의 목소리가 스피커 밖으로 새어 나왔다.

— 쌤! 도와주세요! 큰일 났어요!

우석의 목소리였다. 설미의 두 눈이 휘둥그레졌다.

□　■　□

결국 호신술 강습은 다음으로 미루고 체육관을 나온 설미는 급히 택시에 올라탔다.

"기사님! 문화역 사거리요! 빨리 좀 부탁드려요."

설미는 초조한 기색으로 다리를 떨었다. 학교도 자주 안 나오는 우석이 도와 달라며 전화를 걸었다. 무슨 일이냐고 물어도 문화역 사거리로 빨리 좀 와 달라는 말뿐이었다.

도대체 무슨 일이지? 우석은 남한테 먼저 도와 달라고 손 내밀 만한 캐릭터가 아니었다. 게다가 집이 아닌 자신에게 연락한 걸로 봐선……. 혹시 지석이랑 싸웠나? 아님 무슨 사고라도? 멀쩡히 전화한 걸로 봐선 다친 건 아닌 것 같고, 아님 지석이가 다친 건가? 아, 제발 다치지만 말아라.

오만 가지 생각들로 머릿속이 뒤죽박죽이었다.

그러는 동안 택시가 문화역 근처에 도착했다. 설미가 황급히 택시에서 내리자, 우석이 그녀를 발견하고 달려왔다. 설미가 다급한 목소리로 물었다.

"도대체 무슨 일이야?"

"사고가 났어요."

뒤쪽을 가리키는 우석의 손가락을 따라 설미가 시선을 옮겼다. 그가 가리킨 곳엔 오토바이와 외제차 한 대가 서 있었고, 그 옆으로 지석과 외제차 주인인 듯한 남자가 실랑이를 벌이고 있었다. 설미는 멀쩡해 보이는 지석의 몸 상태를 확인하곤 가슴을 쓸어내렸다.

"다친 데는 없지? 부모님한테 연락은 했어?"

"연락하면 안 되죠. 부모님이 알면 외국으로 쫓겨난다고요. 조용히 합의하고 끝내고 싶은데, 저 새끼가 수리비로 천만 원을 달라잖아요. 그래서 말인데, 쌤!"

우석이 설미의 손을 덥석 잡았다.

"돈 좀 빌려주세요. 천만 원만."

"야! 내가 그렇게 큰돈이 어디 있어!"

"통장에 천만 원도 없어요? 그러지 말고 빌려줘요. 갚을게요."

돈을 빌려 달라 사정하는 우석을 황당한 얼굴로 바라보던 설미가 그의 어깨를 두드렸다.

"비켜 봐. 내가 차주랑 얘기해 볼게."

설미는 우석을 지나쳐, 지석과 실랑이 중인 남자에게로 향했다.

"저기, 안녕하세요."

지석에게 언성을 높이던 남자의 시선이 설미에게로 향했다.

"그쪽은 누구세요?"

"누나예요. 아는 누나!"

지석이 먼저 선수를 쳤다. 설미는 팔꿈치로 지석의 옆구리를 퍽 찔렀다. 지석이 옆구리를 움켜잡고 괴로워하는 동안 설미가 해명했다.

"누나가 아니라, 저는……."

이 녀석들의 담임이라고 자신을 소개하려는 설미의 입을 누군가 틀어막았다. 우석이었다. 우석은 설미의 귀에 작게 속삭였다.

"우리 미성년자인 거 들키면 골치 아파요."

이것들이! 설미는 우석의 손을 치워 내고 주먹을 들어 보였다. 하지만 제발 한 번만 도와 달라는 쌍석의 간절한 눈빛에 설미는 화를 꾹 눌러 참았다. 그녀는 환하게 웃는 얼굴로 돌아서서 남자를 향해 말했다.

"네. 맞아요. 저는 이 녀석들의 아는 누나예요."

"그래서, 뭐 어쩌라고요? 나 바쁜 사람이에요. 이거 어떻게 할 거예요? 빨리 합의하시죠."

다그치는 남자의 말에 설미가 외제차를 한 바퀴 뺑 둘러보더니 살짝 흠집이 난 부분을 가리키며 말했다.

"이 정도로 천만 원은 아니지 않나요?"

"그럼 보험 처리 하세요."

핸드폰을 꺼내 보험 회사에 전화를 걸려는 남자의 팔을 설미가 덥석 잡았다. 그러곤 비굴한 얼굴로 외쳤다.

"자, 잠깐만요! 저기 사장님. 조금만 깎아 주세요."

갑자기 태도를 바꾼 설미와 얘기가 통하겠다고 생각했는지 남자가 핸드폰을 주머니에 넣었다.

긴 협상 끝에 겨우 오백만 원에 합의를 본 설미는 남자에게서 계좌 번호가 적힌 명함을 받아 들곤 한숨을 길게 내쉬었다. 요란한 소리를 내며 외제차가 길을 빠져나가자, 설미는 우석과 지석의 등을 세게 내리쳤다.

"으악! 아파요!"

두 녀석이 아프다고 호들갑을 떨자 머리끝까지 화가 난 설미가 소리쳤다.

"이것들이, 아주 선생이 봉이지? 너희 오백 꼭 갚아야 해. 어? 쌤 그 돈 없음 진짜 큰일 나거든?"

"알겠어요. 알바를 해서라도 꼭 갚을게요. 대신 부모님한테는 비밀이에요."

"으휴. 너흰 엄마 아빠가 그렇게 무섭냐? 그럼 말을 들어야지, 왜 이렇게 안 들어? 부모님이 오토바이 타지 말라고 한 데는 다 이유가 있는 거야. 이렇게 너희들 사고 날까 봐 타지 말라는 거잖아. 응? 너희 어디 보니? 선생님 말씀하시는데……."

"어? 정혜린이다!"

지석과 우석이 설미 뒤쪽으로 지나가는 차를 가리키며 외쳤다. 하지만 설미는 돌아보긴커녕 녀석들을 날카롭게 노려보았다.

"안 속아."

"진짠데? 빨리요. 저기 봐요. 뒷좌석에 정혜린이잖아요."

"안 되겠다. 너희들 오늘 이 시간부터 오토바이 압수야!"

오토바이를 끌고 가려던 설미의 눈에 쌍석의 말대로 신호에 걸려 멈춰 선 검은색 승용차 한 대가 보였다.

"어? 혜린아!"

정말 승용차 뒷좌석에 혜린이 타고 있었다. 그 순간 신호가 바뀌고 차가 출발했다. 설미가 다급한 목소리로 쌍석을 향해 외쳤다.

"누가 오토바이 운전 좀 해 봐!"

"타지 말라면서요."

"빨리!"

설미가 재촉하자 우석이 달려와 오토바이에 올라탔다. 그리고 그 뒤에 설미가 올라타자마자 부릉부릉 요란스러운 엔진음을 내며 오토바이가 출발했다.

"우석아. 더 밟아! 절대 놓치면 안 돼!"

오토바이를 타지 말라고 신신당부하던 선생이 속도를 높이라고, 더 밟으라고 소리치자 우석은 당황스러웠다. 하지만 우석 역시 혜린이 탄 승용차를 놓치지 않겠다는 일념으로 속력을 높였다.

그런데 갑자기 뒤에서 경찰차가 오토바이를 쫓아오기 시작했다.

— 아아, 헬멧 미착용. 4775 멈추세요.

끼이이익.

빨간 신호에 걸려 오토바이가 멈춰 서자, 경찰차에서 경찰이 내려 다가왔다. 설미는 절망스러운 얼굴로 멀리 사라져 가는 승용차를 바라보았다.

□　■　□

"무면허요?"

설미가 놀라 우석을 바라보았다. 우석은 어깨를 으쓱거렸다.

"조만간 따려고 했어요."

"야! 난 너 당연히 면허 있는 줄 알았지."

면허도 없는 제자에게 달리라고 외친 꼴이라니. 너무 수치스러워 얼굴까지 벌게진 설미는 벌써 두 번째 방문인 문화경찰서 사무실을 두리번거렸다. 다행인지 불행인지 그 사람은 없었다.

혜린을 놓친 일도 그렇고, 제자들과 함께 경찰서에 끌려온 자신의 모습을 태홍에게 들키기 싫었던 설미는 얼굴을 가리며 형사를 향해 조용히 말했다.

"형사님. 한 번만 봐주시면 안 될까요? 얘네 원래 진짜 착한 아이들이거든요."

"이 학생 담임이시라고요? 선생님께서는 오토바이에 왜 타신 겁니까?"

"그게, 저……."

쾅!

그때 경찰서 문이 거칠게 열리고, 태홍이 나타났다. 태홍은 건장한 체격의 남자를 질질 끌고 들어왔다. 체포 과정에서 다친 모양인지 남자의 이마와 태홍의 손에 붕대가 감겨 있었다.

"이거 놔! 안 놔? 놔! 나 아니라고! 형사님! 제발 내 말 좀 들어 보라구! 씨발!"

남자가 고함을 질렀다. 짐승처럼 몸부림을 치는 남자의 등장으로 경찰서 안은 묘한 긴장감이 맴돌았다. 설미는 태홍의 살벌한 얼굴에 저도 모르게 몸을 움츠렸다.

태홍은 남자를 끌어다 의자에 앉혔다. 그러곤 신경질적으로 맞은 편 책상 의자에 앉아 노트북을 열었다.

"이름."

"죽여 버릴 거야."

"잘됐네. 어디 한번 죽여 봐."

살기 가득한 범죄자의 눈빛과 협박에도 태홍은 덤덤한 얼굴로 나직이 욕을 읊조렸다. 단지 한마디 했을 뿐인데 앞에 앉은 범죄자는 물론 주변에서 조사를 받던 사람들까지도 위축될 만큼 그에게서 뿜어져 나오는 위압감은 대단했다.

그 모습을 뒤쪽에서 지켜보던 설미는 자신의 눈을 의심했다. 자신이 알고 지내던 앞집 남자가 아닌 것 같았다. 기분이 이상했다.

"임설미 씨!"

정적이 흐르던 그때, 하필이면 앞에 있던 형사가 설미의 이름을 크게 불렀다. 태홍의 시선이 저절로 설미에게로 향했다. 태홍과 두 눈이 딱 마주쳐 버린 설미는 어설픈 미소를 지었다. 태홍은 그런 그녀를 빤히 바라볼 뿐이었다.

"제자 오토바이는 왜 얻어 타셨는지 대답을 좀 해 주시죠."

"저기 그러니까, 그게……."

선뜻 말을 꺼내지 못하는 설미를 대신해 우석이 당당한 태도로 입을 열었다.

"형사님. 선생님이랑 저 잘못 없어요. 가출한 친구 쫓아가다가 이렇게 된 거예요."

"가출한 친구?"

"네. 맞다, 쌤! 그냥 형사님한테 말해요. 정혜린 찾아 달라고."

정혜린, 이름 석 자에 태홍의 눈빛이 얼어붙었다. 그 눈빛을 마주한 설미는 뭔가 일이 잘못되어 가고 있다는 느낌이 들었다.

그리고 그때였다. 태홍이 잡아 온 남자가 자리에서 벌떡 일어나 도주를 시도했다. 하지만 순식간에 책상을 밟고 뛰어내린 태홍이 남자의 등을 발로 걷어차 버렸다.

픽! 쿵!

남자의 큰 몸이 바닥으로 힘없이 엎어졌다. 거기서 멈추지 않고 태홍은 무표정한 얼굴로 남자의 목덜미를 발로 짓밟았다.

"으윽……!"

남자가 금방이라도 죽을 듯이 괴로워하는데도 불구하고 태홍은 발에 힘을 주어 남자의 목을 더 세게 밟았다.

"저러다 사람 잡겠네. 누가 좀 말려라."

"서 경위를 어떻게 말려요."

다들 그를 피하는 분위기였다. 설미는 낯선 태홍의 모습을 더 이상 보지 못하고, 그만 고개를 돌려 버렸다. 금방이라도 숨이 넘어갈 듯 남자의 신음 소리가 점점 더 가늘어졌다. 그제야 목을 밟고 있던 발을 내린 태홍이 다시 책상에 가서 앉았다.

"일어나."

태홍의 싸늘한 목소리에 남자는 캑캑거리며 휘청휘청 자리에서 일어나 의자에 앉았다. 남자는 아까완 다르게 태홍의 질문에 바로바로 대답했다.

그 상황에 덩달아 기가 죽은 설미도 담당 형사의 질문에 순순히 대답을 했고, 결국 우석의 부모님이 소환을 당했다. 변호사까지 대동하고 온 우석의 모친은 설미를 한껏 노려보고는 우석을 데리고 사라져 버렸다.

경찰서 마당에 홀로 남은 설미는 땅이 꺼져라 한숨을 쉬었다. 태홍이 경찰서에서 나와 그런 그녀를 지나쳐 가며 말했다.

"따라와."

설미는 주차장으로 향하는 태홍의 뒤를 따라갔다. 차 앞에 도착하자마자 태홍이 뒤로 돌았다.

"내가 정혜린 찾지 말라고 경고했을 텐데?"

"그게 어쩌다 보니까……."

"너 내 말이 우습지?"

태홍의 위협적인 말투에 설미는 눈물이 핑 돌았다. 순간 그가 무자비하게 범죄자를 대하던 모습이 떠오른 것이다.

갑자기 설미의 눈동자가 젖어 들자 태홍은 당황스러웠지만, 그 마음을 숨긴 채 큰소리쳤다.

"왜 울어!"

"안 울어요!"

설미가 손등으로 눈물을 닦으며 대꾸했다.

"서태홍 씨 경찰 맞아요? 깡패 같아요!"

"뭐?"

"그쪽 경찰 자격 없다구요! 경찰이라면 시민의 불안한 마음을 따뜻하게 보듬어 주고, 위로해 주고 그래야 하는 거 아니에요? 왜 내 말은 듣지도 않고 소리부터 질러요?"

"그래서 네가 지금 잘했다는 거야? 혼자 정혜린 쫓아갔다가 무슨 일이라도 생겼으면 어쩔 뻔했어? 놓친 게 천만다행이지."

"뭐라구요? 놓친 게 다행이라고요?"

"그래! 도대체 생각이 있는 거야 없는 거야? 무슨 일 생기면 나한테 연락하라고 했잖아!"

"쫓아가기 바쁜데 그 와중에 전화를 어떻게 해요? 그리고 제가 이 말까지는 안 하려고 했는데요……."

"……."

"서태홍 씨, 혜린이 찾고 있는 거 맞아요? 저요, 혜린이 대로 한 가운데서 봤어요. 혜린이 아직 문화시에 있다구요! 그것도 백주 대낮에 차 타고요. 근데 문화서 에이스이신 서태홍 경위님께선 도대체 왜 못 찾는 거예요? 혹시 지난번에 정석범 잡으려고 저 미끼로 사용한 것처럼 이번에도 뒤로 무슨 짓 꾸미고 있는 거 아니에요?"

"뭐라고?"

"정석범 잡으려고 혜린이 미끼 삼는 거 아니냐고요!"

"……."

"당신 머릿속엔 온통 정석범 잡는 일밖에 없죠? 혜린이의 안전 따위 서태홍 씨의 머릿속엔 없는 거죠? 혜린이가 다치든 말든 정석범만 잡으면 되는 거냐고요."

"입 다물어."

"……."

설미가 그를 원망스레 노려보았다.

"나 당신 못 믿어. 혜린이 내가 찾을 거야!"

그녀는 이를 악물고 소리를 질렀다. 그러곤 한 치의 망설임도 없이 정문을 향해 달렸다. 하지만 태홍이 재빨리 달려가 그녀의 팔을 낚아챘다.

"놔요!"

"태워 줄게, 타. 이 시간에 위험해."

"나한텐 그쪽이 더 위험하거든요?"

설미는 태홍의 팔을 뿌리치고 정문 밖으로 달려 나가 버렸다. 다시 그녀를 따라가려던 태홍은 핸드폰이 울리자 발신자를 확인하곤 급히 전화를 받았다.

"어. 말해."

― 정석범 패거리 아지트 찾았어요. 문자로 주소 보내 드릴게요. 절대 단독 행동 하지 마시고요. 제가 금방 갈 테니까 같이 움직여요.

"찬희야."

― 네. 형.

"끝나고 술 한잔하자."

태홍은 전화를 끊고 차에 올라탔다. 조수석 서랍에서 총을 꺼내며 그는 비장하게 다짐했다.

오늘 반드시, 정석범과의 악연의 고리를 끊어 내고야 말겠다고.

□　■　□

그들의 아지트는 문화시에서 서울시로 넘어가는 경계 부근에 자리 잡고 있었다. 산속이나 GPS에도 나오지 않는 인적이 드문 외진 곳이 아니었다. 이동이 편리한 고속도로 근방에 그대로 노출되어 있는 폐건물이었다.

녀석들의 대담함과 자신들의 무능함에 태홍은 피가 거꾸로 솟았다.

고속도로 근처에 차를 세워 두고 폐건물 뒤에 잠복한 태홍은 동태를 살폈다. 다섯 명 정도 되는 조직원들이 주변을 어슬렁거리고 있었다. 그중 정석범은 없었다.

일단 정혜린을 찾는 것이 급선무였다. 정석범이 이곳 어딘가에 있다면, 그 아이도 함께 있을 것이 분명했다.

"손 들어."

그때, 태홍의 머리에 차가운 것이 닿았다.

"내 말 안 들려? 손 들고 뒤로 빠지라고."

총구를 겨누고 협박하는 남자의 말에도 태홍의 시선은 폐건물 입구에 고정되어 있었다. 그러자 뒤에 서 있던 남자가 욕을 읊조리며 태홍의 옆에 몸을 움츠리고 앉았다.

"야, 이 새끼야. 네가 왜 여기 있어? 내가 너 정석범 사건에서 빠지라고 했을 텐데?"

광수대 성민우가 태홍을 노려보았다. 찬희와 태홍이 통화하는 것을 엿들은 성민우가 찬희보다 더 빨리 도착한 것이다.

그때, 폐건물에서 인기척이 났다. 태홍이 성민우를 향해 윽박질렀다.

"입 닥치고, 방해하지 마."

말을 마치자마자 태홍은 재빨리 맞은편으로 달려갔다. 잠시 그를 노려보던 성민우도 질세라 태홍을 따라 달려갔다.

고철 폐기물 더미 뒤에 매복한 두 사람은 상황이 상황이니만큼 싸움은 접어 두고, 급습할 시점을 기다리고 있었다. 좀 더 가까이 다가가니, 검은 모자를 쓴 한 남자가 폐건물에서 나오고 있는 것이 보였다. 인상착의가 정석범 같았다.

성민우는 태홍보다 먼저 정석범을 잡아야 한다는 일념으로 두 눈을 번뜩이고는, 갑자기 달려 나가 자신의 존재를 드러냈다.

탕.

어두운 밤하늘에 경고 사격을 하고 성민우가 호기롭게 외쳤다.

"정석범! 스톱! 손 머리 위로 올리고 뒤돌아!"

차로 향하던 정석범이 가만히 뒤로 돌았다. 태홍은 정석범의 도주 경로를 차단할 궁리를 하며 매복한 상태로 그를 지켜봤다. 마음 같아선 당장 뛰어나가고 싶었지만, 아직까진 이성적인 판단이 먼저였다.

모자 아래로 놈의 입꼬리가 올라가 있는 것을 보기 전까진 말이다.

성민우가 나타났음에도 놈은 태연히 웃고 있었다.

순간, 태홍의 눈빛이 매섭게 얼어붙었다. 1년 전 자신의 눈앞에서 사람을 칼로 찌르고 도주한 정석범. 꽤 덩치가 있던 몸은 1년 사이 형편없이 말라 있었다. 거기다 퀭한 눈과 팔뚝에 난 수십 개의 주삿바늘 흔적을 보니 놈은 여전히 마약에 중독되어 나쁜 놈들을 등에 업고 범죄를 저지르고 다닌 것이 분명했다.

태홍은 손에 쥔 총을 가만히 내려다보았다. 오늘은 반드시 정석범을 잡고야 말겠다는 굳은 각오를 다지며 매복한 곳에서 나와 모습을 드러냈다.

살인마 정석범과 그를 쫓는 경찰 서태홍. 둘은 드디어 1년 만에 마주했다.

정석범도 태홍을 한눈에 알아봤다. 정석범은 태홍을 보고 잠시 멈칫하는가 싶더니 돌연 코웃음을 치며 재빨리 차로 향했다. 성민우와 태홍 모두 정석범을 쫓기 시작했다.

그 순간 태홍은 의문의 교통사고를 당한 선배 상윤의 모습과 정석범이 죽인 피해자, 그리고 그 모친의 절규가 떠올랐다. 피가 거꾸로 솟을 것 같은 분노를 느끼며 태홍은 정석범을 향해 달렸다.

"빨리 차에 실어!"

그런데 그때, 갑자기 뒤쪽에서 차 시동 소리와 함께 요란한 소리가 났다.

태홍은 달리면서도 반사적으로 뒤를 돌아보았다. 덩치 큰 남자가 정신을 잃은 여자애를 하나 둘러업고 어디론가 향하고 있었다. 설미에게 들었던 인상착의와 비슷한 것이 분명 정혜린이었다.

태홍의 눈빛이 흔들렸다. 정석범과 정혜린, 그 갈림길에서 태홍은 멈칫했다. 그가 망설이는 사이 정혜린을 업은 남자 앞으로 차 한 대가 멈춰 섰다.

"서태홍! 뭐 하고 있어, 정석범 막아!"

정석범을 미처 따라잡지 못한 성민우가 태홍에게 도움을 요청했다. 그러는 사이 정석범이 차에 올라탔다.

하지만 태홍은 정석범이 탄 차와 반대쪽으로 달려갔다. 성민우는 황당한 얼굴로 태홍을 보다가, 재빨리 정신을 차리곤 정석범이 탄 차 바퀴에 총을 쏘며 계속 뒤따라갔다.

태홍이 혜린을 구하기 위해 다른 차로 달려가는데 폐건물에서 대여섯 명의 거구들이 뒤늦게 뛰어나와 태홍을 빙 둘러쌌다. 남자들은 칼로 태홍을 위협했다.

"총 내려놓으시지."

덩치들이 칼을 들고 태홍에게로 점점 가까이 다가섰다. 하지만 태홍은 조금의 두려움이나 망설임도 없이 총을 들어 덩치 중 우두머리로 보이는 녀석의 머리를 조준했다.

당장이라도 방아쇠를 당길 듯한 태홍의 기세에 눌린 우두머리가 뒷걸음질 쳤다.

"잠깐만, ……쏘지 마, 마세요. 사…… 살려 주세요."

사고 이후 사람을 향해 총을 겨누는 건 처음이었다. 살려 달라고 애원하는 남자의 말을 듣는 순간, 1년 전 죽은 인질의 마지막 절규가 태홍의 머릿속에 울려 퍼졌다.

'형사님…… 살……려 주세요……. 제발…… 쏘지 마세요. 저

살고 싶어요…….'

애원하는 인질을 보며 재미난 구경이라도 하듯 비웃던 정석범. 그
땐 당장에라도 정석범의 머리를 쏴 그를 죽여 버리고 싶었다. 하지
만 태홍은 정석범을 죽이겠다는 마음보단, 인질을 살리겠다는 절실
한 마음으로 총을 쐈다. 칼을 들고 있는 정석범의 오른쪽 어깨를 명
중할 자신이 있었다.

그런데 불행히도 탕, 소리와 함께 날아간 총알은 정석범의 팔을
살짝 비껴갔다. 놀란 정석범은 경찰력을 분산시킬 의도로 한 치의
망설임도 없이 칼로 인질의 경동맥을 끊은 후, 건물 밑으로 뛰어내
려 도주했다.

그리고 피범벅이 되어 쓰러진 인질은 태홍을 향해 살려 달라고
손을 뻗었지만…….

그날 일이 떠오르자 태홍은 정신이 아찔해졌다.

그때, 덩치들 뒤로 혜린을 태운 차가 출발하는 게 보였다. 그는
혜린을 꼭 찾아 주겠다며, 자신을 믿으라고 설미와 약속했던 것이
떠올랐다.

정신 차리자.

태홍은 초조한 마음을 다잡고 냉정을 되찾으려 애썼다. 그리고 다
시 총구를 우두머리의 이마에 겨누었다.

"비켜."

그의 협박에 덩치들이 하나씩 비켜나기 시작했다. 그런데 갑자기
우두머리가 태세를 전환해 피식 웃으며 오히려 머리를 들이밀었다.

"너 총 못 쏘지?"

미세하게 떨리고 있는 태홍의 손을 알아챈 우두머리가 비웃듯이
말했다. 정신을 차리려 노력했지만 이미 태홍의 초점은 흐릿해져 있

었다. 혜린을 태운 차가 시야에서 사라져 가고 있는 것을 보며, 그는 고개를 절레절레 흔들며 이를 악물고 버티려 노력했다.

하지만.

"얘들아. 이 새끼 총은 폼이다. 시작해!"

우두머리의 지시에 덩치 중 한 명이 칼을 휘둘렀다. 태홍은 본능적으로 팔을 들어 막았다. 칼에 베인 팔에서 피가 흘렀다. 피를 보자 또다시, 목에서 분수처럼 피가 쏟아지던 인질의 모습과 경동맥을 맨손으로 지혈하느라 온몸이 피로 물들었던 자신의 모습이 떠올랐다.

눈앞에서 사람이 죽어 가고 있는 것을 지켜볼 수밖에 없었다.

자신의 실수로 인해······.

태홍은 자꾸만 선명해지는 1년 전 사고의 기억 때문에 순간, 눈앞이 컴컴해졌다. 금세 피범벅이 된 팔은 서서히 힘을 잃어 갔다. 태홍은 결국 손에 쥔 총을 바닥에 떨어뜨리고 말았다.

총을 잃은 태홍을 향해 덩치들이 한꺼번에 달려들었다. 날아오는 무자비한 주먹과 발길질에 태홍의 얼굴과 몸은 점점 엉망으로 변해 가고 있었다.

"형!"

멀리서 경찰차 사이렌 소리가 울리자 덩치들은 사방으로 흩어져 도망가기 시작했다. 간신히 버티고 서 있던 태홍의 몸이 앞으로 고꾸라졌다.

풀썩.

바닥에 쓰러진 태홍을 향해 찬희가 달려왔다.

"형! 괜찮아요?"

찬희는 황급히 자신의 옷을 찢어 출혈이 심한 태홍의 팔을 지혈한 후 그를 둘러업었다.

□ ■ □

병원 응급실로 이송된 태홍은 응급 처치를 받고 병실로 옮겨졌다.

그렇게 하루가 지나고 이틀이 지났다. 정석범을 놓친 그날 밤 이후부터 태홍은 밥도 먹지 않았고, 잠도 자지 않았다. 그리고 오늘도 아무런 말 없이 창밖만 내다보고 있었다.

그런 태홍을 옆에서 불안한 얼굴로 지켜보던 찬희는 한숨을 길게 내쉬었다.

"뭐라도 좀 먹어요. 영양제라도 맞든가."

"정석범은?"

"성민우 팀장이 계속 쫓고 있어요. 부산까지 내려갔다던데⋯⋯."

그때, 병실 문이 열리더니 갑자기 성민우가 달려와 주먹으로 태홍의 얼굴을 날려 버렸다. 찬희가 놀라 성민우를 막아섰다.

"지금 뭐 하시는 거예요! 형 많이 다쳤다고요!"

"다쳐? 그냥 뒈져 버리지 왜?"

"말이 너무 심하잖아요!"

"뭐가 심해? 더한 말도 할 수 있어. 서태홍 이 새끼 때문에 정석범 놓쳤다고!"

"그게 왜 태홍이 형 때문이에요!"

"저 새끼가 정석범 잡으랬더니 애먼 놈 쫓아가다 놓쳤잖아! 서태홍 니가 그때 내 명령 무시만 안 했어도! 너 때문에 내가 부산까지 내려가서 허탕 치고 왔겠느냐고! 야, 이 새끼야. 말해 봐. 너 일부러 그랬지? 나 엿 먹으라고."

성민우가 태홍의 멱살을 잡아끌었다.

"너, 옷 벗을 각오하는 게 좋을 거야. 이번엔 내가 진짜 가만 안 둬."

피 묻은 손등을 태홍의 옷에 문지르곤 성민우는 병실을 나가 버렸다.

태홍은 아무 일도 없었다는 듯 입가에 묻은 피를 닦아 낸 후, 천천히 옷을 갈아입었다. 그러곤 밖으로 나갔다. 찬희가 그런 그를 얼른 뒤따라갔다.

"형! 아직 퇴원하면 안 돼요!"

"술이나 한잔하자."

평소 같았으면 아픈 주제에 무슨 술이냐고 잔소리 폭격을 날렸을 것이다. 하지만 많이 지쳐 보이는 태홍의 얼굴을 보니 차마 말릴 수 없었다.

찬희는 태홍의 차를 운전해서 근처 조용한 bar로 향했다.

bar에 들어서자 주변 사람들이 웅성거렸다. 그도 그럴 것이 팔에 두른 붕대와 커다란 거즈가 붙어 있는 태홍의 얼굴은, 얼핏 조직에 몸담고 있는 사람처럼 보였다.

사람들이 그러거나 말거나 두 사람은 룸으로 들어갔다.

아무 말 없이 술만 들이켜는 태홍을 향해 찬희가 조심스레 물었다.

"그날…… 정석범이 아니라, 정석범의 딸 정혜린을 쫓아간 거죠?"

태홍은 헛웃음을 내뱉었다. 오로지 정석범을 잡기 위해 지금껏 달려온 자신이 정석범 검거를 목전에 두고 정혜린을 쫓아가다니.

"너무 자책하지 말아요. 범인을 잡는 것보다 아이를 먼저 구하는 게 맞는 거잖아요."

"……."

"하지만…… 조금 의문이 드는 것도 사실이에요. 저도 형이라면 당연히 정석범을 쫓아갈 거라고 생각했거든요. 하나만 물을게요. 정혜린이라는 애, 형이 직접 아는 애예요?"

찬희의 말에 태홍은 어딘가 한 대 맞은 듯한 느낌이 들었다. 그러니까 그동안 서태홍이라는 인간은 '어린 여자애'를 구하는 일보다 '정석범'을 잡는 것이 먼저라고 생각하며 살아왔던 것이다. 부정하고 싶었지만 가장 가까운 찬희가 그렇게 생각할 정도면 확실했다.

'당신 머릿속엔 온통 정석범 잡는 일밖에 없죠?'

설미의 말대로 다른 사람의 안전 따위, 사정 따위 상관없이 오로지 정석범 잡는 일에만 매달리며 살아왔다.

이제야 알겠다. 자신은 애초부터 경찰 될 자격이 없는 놈이었다.

할아버지에 대한 반감으로 법 공부를 접고, 할아버지가 늘 우습게 여기던 경찰이 되었다. 또다시 할아버지가 죄를 저질렀을 땐 가차 없이 그 금테 두른 손목에 수갑을 채우리라. 그게 전부였다. 사명감 따위 전혀 없었다.

경찰이 된 목적은 누군가를 지키기 위함이 아니라, 누군가에게 복수를 하고 짓밟기 위해서였다. 정말 최악이었다. 태홍은 자신이 너무도 혐오스러웠다.

"그만해야겠다."

지독히 낮은 태홍의 목소리에 찬희가 놀라 물었다.

"뭘 그만해요?"

"전부 다. 정석범도, 경찰도."

"형……."

"마지막으로 하나만 부탁하자."

찬희가 고개를 절레절레 흔들었다.

"마지막이라니요. 형!"

"정혜린 실종 건은 네가 맡아서 처리해 줘. 그다음엔 너도 정석범 사건에서 손 떼. 지금까지 작성한 정석범 관련 수사 일지는 다 성민우한테 넘기고."

"정석범 사건에서 손 떼는 건 이해하지만, 왜 경찰까지 그만둔다는 거예요! 갑자기 왜 이러냐고요. 형!"

"간다. 따라오지 마."

태홍은 자리에서 일어났다. 난생처음 보는 태홍의 허탈한 표정에 찬희는 도저히 그를 붙잡을 수가 없었다.

홀로 남은 찬희는 답답한 마음에 술병에 남은 술을 병째로 들이켰다.

□　■　□

퍽. 퍽퍽. 퍼억!

금메달 체육관 구석에 매달린 샌드백을 설미가 미친 듯이 때리고 있었다. 화영과 하랑은 슬금슬금 뒷걸음을 치다 구석에 풀썩 주저앉았다.

"엄마. 저 이모 왜 저래?"

"그러게……."

화영은 의아한 얼굴로 설미가 있는 쪽을 바라보았다. 주먹을 마구 날리던 설미는 샌드백을 끌어안고 거친 숨을 몰아쉬었다.

'정석범 잡으려고 혜린이 미끼 삼는 거 아니냐고요!'

이틀 전 태홍과 나눴던 대화가 떠오르자 어쩐지 가슴이 답답했다. 혹시라도 지나가다 태홍과 마주친다면 그날의 오해를 풀고 싶었다.

아니, 정확히 말하면 태홍의 변명을 듣고 싶었다. 그가 직접 자신의 입으로, 목적을 위해 아무 죄 없는 아이를 미끼로 삼을 만큼 냉혈한은 아니라고 말해 주기를 바랐다.

하지만 마주치기는커녕 어제오늘 앞집에선 아무런 인기척도 들리지 않았다.

'혹시 무슨 일 있는 건 아니겠지? 아니야. 내가 지금 누굴 걱정하고 있는 거야? 아우. 스트레스! 신경 쓰여 죽겠네! 그나저나 혜린이는 내가 찾겠다고 큰소리를 쳤는데, 어떻게 찾지? 설마 내가 그런 말을 했다고. 그 사람 홧김에 혜린이 찾는 일에서 손 뗀 건 아니겠지? 그래. 아니야, 아닐 거야. 그렇게 못된 사람은 아니야.'

설미는 이런저런 걱정을 하며 샌드백에 이마를 쿵쿵 박았다. 그런 설미를 멀찍이 지켜보던 화영이 조심스레 옆으로 다가와 물었다.

"애인이랑 싸웠어요?"

설미가 울상을 지었다.

"아니요. 애인도 아닌 남자가 자꾸 짜증 나게 하네요."

"좋아해요?"

"아니요!"

설미는 두 눈을 크게 뜨고 손사래까지 쳤다.

"세상에 그런 남자를 누가 좋아해요. 소리만 버럭버럭 지르고, 매번 자기 멋대로!"

"좋아하는 거 맞네, 뭐. 자꾸 신경 쓰이고, 생각나고 그러죠? 안 보이면 궁금하고."

신경 쓰이고, 자꾸 생각나고, 안 보이면 궁금한 건 맞았다. 하지만 그건 혜린이 때문이었다. 그 남자가 안 보이면 혜린이한테 무슨 일이 생긴 건 아닐까 궁금했고, 생각났고, 신경이 쓰였다.

하지만 서태홍, 그 인간이 뭘 하고 돌아다니든 관심 없다고.

"맥주 한잔할래요?"

설미가 그러겠다고 대답도 안 했는데 화영은 체육관 냉장고에서 맥주를 꺼내 와 내밀었다.

"짠!"

캔을 따며 화영은 매트 위에 털썩 주저앉아 맥주를 벌컥벌컥 마셨다. 그런 화영을 보며 설미도 마음을 풀고 맥주를 입안에 들이부었다.

"으아, 시원해. 역시 운동 후에 먹는 맥주가 최고라니까!"

설미가 행복한 표정을 짓자, 하랑이 달려와 자신이 먹던 바나나 과자를 설미의 입속에 넣어 주었다.

"안주! 헤헤."

안주라는 말은 어디서 배운 건지. 설미가 화영을 슬쩍 바라보았다. 그러자 화영은 머쓱해하더니 큰 소리로 웃어 버렸다.

"하랑아. 누가 보면 엄마가 맨날 술만 마시는 줄 알겠어."

"우리 엄마 술 맨날 안 마셔요. 월, 화, 수, 목, 금만 마셔요."

하랑이 월, 화, 수, 목, 금에 맞춰 손가락을 접은 후 주먹을 쥔 채 크게 소리쳤다.

"다섯 개!"

화영은 민망한지 배시시 웃으며 딸아이를 껴안고 엉덩이를 토닥였다.

"아이고, 우리 딸내미 씩씩하네! 가서 노세요. 자, 출발!"

스타트를 외치는 엄마의 목소리에 하랑이 총총거리며 놀던 곳으로 달려갔다. 알콩달콩한 모녀의 모습에 설미의 입가에 절로 미소가 번졌다.

"근데 남편분도 경찰이시라면서요? 하랑이가 그러더라고요. 그래서 그런지 하랑이는 여자앤데도 엄청 씩씩한 것 같아요. 나중에 엄마 아빠 따라서 경찰 되겠다고 하겠어요."

자동차를 들고 이리저리 뛰어다니는 하랑을 보며 설미가 밝게 말했다. 하지만 화영은 아무런 말이 없었다.

설미는 의아한 눈길로 그녀를 바라보았다. 화영은 여전히 말없이 맥주를 마시며 딸아이를 바라보기만 했다. 그런데 그녀의 눈가가 촉촉이 젖어 있었다. 설미는 행여 자신이 말실수를 한 건 아닐까, 걱정하며 조용히 맥주를 들이켰다.

얼마 지나지 않아 화영이 가라앉은 목소리로 말했다.

"그 사람…… 2년 전에 사고로 죽었어요. 아이는 아직 몰라요."

"죄송해요."

설미가 자신의 머리를 쥐어박으며 자책하자 그 모습을 보곤 화영이 빙긋 웃었다.

"아무튼 그래서 결론은 아이가 나중에 커서 경찰이 되겠다고 하면…… 나는 반대."

화영은 양손으로 엑스 자를 그렸다. 뜻밖의 대답이었다. 경찰에 대한 자부심이 커 보였던 그녀였던지라 설미는 의아했다.

"언제 어디서, 어떤 위험이 닥칠지 모를 그런 일터에 내 아이를 보내고 싶진 않아요. 잃은 건 남편 하나로 족해요."

자세한 건 모르겠지만, 화영의 말로 미루어 그녀의 남편은 경찰 임무를 수행하다가 목숨을 잃은 것 같았다.

황급히 손등으로 눈물을 닦아 낸 화영은 남은 맥주를 단번에 들이켰다. 그녀를 말없이 안타깝게 바라보던 설미는 바나나 과자를 그녀의 입속에 넣어 주며 애써 빙긋 웃었다.

"안주!"

설미의 애교에 화영도 웃어 버렸다.

"설미 쌤은 진짜 애인 없어요?"

"네."

"좋아하는 사람도?"

이번엔 설미가 대답을 머뭇거렸다. 문득 누군가의 눈부시게 하얀 의사 가운과 해사한 미소가 떠올랐지만, 애써 기억을 떨쳐 냈다.

"없어요."

"내가 누굴 소개시켜 주려고 해도 주변에 경찰밖에 없어서……. 혹시 괜찮으면 소개시켜 줄까요?"

"아니요! 사실, 저는 그냥 평범한 사람 만나고 싶어요."

"평범한 사람이라……."

"네. 너무 부자도 싫고, 직업이 너무 좋아도 싫고, 너무 잘생겨도 싫어요. 그리고…… 비공개 수사 같은 걸 한다든지, 자기 목숨 내놓고 살인범을 죽어라 쫓는다든지, 범죄자라면 인정사정 봐주지 않고 몰아붙이는 무자비한 사람……. 그런 위험한 직업을 가진 남자는 더욱 싫어요. 살 떨려서 못 만날 것 같아요."

"어머, 혹시 전 남친이 경찰이었어요? 어떻게 그렇게 잘 알아요?"

"아, 그냥…… 앞집 사는 경찰 아저씨가 그러고 살고 있더라고요."

범죄자의 목을 짓밟던 태홍의 무표정한 얼굴이 떠올랐다. 그땐 그가 그저 잔인하고 무서웠는데, 지금은 그가 불쌍하다는 생각이 들었다. 그렇게밖에 할 수 없는 그가 안타깝고, 괜히 가슴이 먹먹하고 아렸다.

"어머, 어머! 아이고. 거기도 그러고 사는 사람이 있어요?"

화영의 호들갑에 설미가 고개를 들었다.

"내가 아는 사람이랑 엄청 닮았네. 근데요, 설미 쌤. 그 사람이 그렇게 된 이유가 있지 않을까요? 살인범이 두렵지 않은 사람이 어디 있겠어요. 자기 목숨 내놓는 일이 쉬운 사람도 어디 있고. 그래서 전 제가 아는 그 녀석이 가여워요. 설미 쌤도 앞집 사는 경찰 아저씨가 무섭고 싫은 게 아니라……."

"네. 가여워요……."

설미가 시무룩한 얼굴로 말했다. 화영은 그녀를 흥미롭게 바라보며 맥주를 한 캔 더 따서 마셨다.

취기가 오른 탓인지 설미가 솔직한 마음을 털어놓았다.

"그 사람이 한 번만 웃어 줬으면 좋겠어요. 진짜 그냥 별 뜻 없어요. 궁금해서 그래요. 마음 편히 웃는 그 사람의 모습이……."

화영이 조용히 읊조리는 설미를 바라보며 소리 내어 웃었다. 그 바람에 그제야 정신을 차린 설미가 자신의 뺨을 찰싹찰싹 때리며 고개를 흔들었다.

"제가 지금 무슨 말을 했죠?"

"별말 안 했어요."

"취했나 봐요."

"설미 쌤."

"네?"

"많이 웃어 줘요. 그 경찰 아저씨 앞에서. 그러다 보면 따라 웃을 수도 있잖아요."

"에이, 절대 그럴 일 없을걸요. 그럴 사람이 아니에요."

자신이 웃으면 그는 아마 이렇게 얘기할 것이다.

'웃으니까 진짜 못 봐 주겠다. 얼굴 치워. 당장.'

상상만으로도 입안이 썼다. 설미는 마지막 남은 맥주 한 모금으로 쓴맛을 달래고, 얼른 자리에서 일어났다. 구석 소파 위에서 어느새 잠들어 있는 하랑을 안고 화영도 따라 일어섰다.

"어머. 비 오네?"

화영의 말에 설미도 창밖을 내다보았다. 비가 시원하게 쏟아지고 있었다.

문득, 지난번 자신을 구하러 혜린의 집으로 비를 맞으며 달려왔던 태홍이 떠올랐다. 벗은 몸에 난 상처들도 머릿속에 선명하게 그려졌다.

그 상처들…… 분명 일을 하다가 다친 거겠지?

그런 남자에게 당신이 경찰 맞느냐며, 깡패 같다고 소리쳤다. 설미는 후회가 밀려오기 시작했다. 화영의 말대로 그가 그런 행동을 한 데에는 분명 이유가 있었을 텐데.

'이놈의 입방정……'

어느새 공기는 축축해졌고, 무거워졌다.

그녀의 마음도 마찬가지였다. 축축하고 무거웠다.

□　■　□

화영에게 빌린 우산을 쓰고 집으로 향하던 설미는 골목 입구에 들어서다 말고 걸음을 멈췄다. 맞은편에서 태홍이 비를 맞으며 걸어오고 있었다.

'뭐야, 저 사람…… 왜 비를 맞고 다녀?'

잔뜩 걱정스러운 얼굴로 그를 바라보던 설미가 사색이 되었다. 태홍의 얼굴을 뒤늦게 확인한 것이다. 그의 얼굴은 상처투성이였다. 이마에 붙은 거즈와 터진 입술, 그리고 팔에 두른 붕대까지 어디 하나 멀쩡한 곳이 없어 보였다. 특히 초점 없이 공허한 저 눈빛은.

설미는 우산을 든 채 그를 향해 달려갔다. 그러곤 재빨리 태홍의 머리 위에 우산을 씌워 주었다.

"왜 비를 맞고 다녀요?"

"……."

"어디서 이렇게 다친 거예요? 혹시…… 싸웠어요? 어휴. 미쳤어, 진짜. 비 맞아서 상처 덧나겠어요!"

엉망인 태홍의 꼴을 보며 설미가 소리쳤다. 하지만 태홍은 무표정한 얼굴로 설미가 들고 있는 우산을 치워 내고 홀로 골목을 올라갔다.

"저 사람이 진짜!"

설미는 재빨리 따라가 다시 태홍의 머리 위에 우산을 씌웠다. 그리고 속상한 마음에 잔소리를 퍼부었다.

"저번에 내가 말 심하게 해서 화난 건 알겠는데요. 그래도 그렇지 왜 사람을 무시해요? 그리고 우산 좀 쓰라고요! 비 맞지 말고."

설미는 아예 우산을 태홍의 손에 쥐여 주었다. 그러자 태홍이 걸음을 멈추고, 그녀를 무섭게 노려보았다. 그 눈빛이 너무 차가워 설미는 순간 너무 놀라 숨까지 멈추고 말았다.

그녀는 잔뜩 겁먹은 얼굴로 그를 올려다보았다. 태홍은 여전히 차가운 태도로 그녀의 어깨 위에 우산을 올려놓은 채 그대로 가 버렸다.

비를 맞으며 혼자 걸어가는 태홍의 처량한 뒷모습을 보며, 설미는 누군가 가슴을 쥐어짜듯 아파 왔다. 세상에서 가장 무서운 얼굴을 하고 돌아선 남자의 등은 세상에서 가장 약해 보였다. 금방이라도 무너질 듯 한없이 위태로워 보였다.

□　■　□

벌써 며칠째 거센 바람과 함께 장맛비가 내렸다.

강당에서 육상부 아이들과 함께 스타트 훈련을 하며 땀을 흘리던 설미는 문득 창밖으로 내리는 비를 바라보며 생각에 잠겼다.

비가 오기 시작했던 그날 밤 이후부터 그 사람의 모습을 볼 수가 없었다. 빌라 앞에 몇 날 며칠 그 자리 그대로 주차된 채 비를 맞고 있는 그 사람의 차. 확실히 그는 며칠째 출근도 하지 않고 칩거 생활을 하고 있는 게 분명했다.

혹시 출근을 못 할 정도로 어디가 많이 아픈 건 아닐까? 많이 다친 것 같았는데…….

또 그 사람의 걱정을 하고 말았다. 설미는 고개를 절레절레 흔들며 머릿속을 둥둥 떠다니는 태홍의 잔영을 지우려고 노력했다.

그때 마침 화영에게서 문자가 도착했다.

[설미 쌤. 오늘 중복인데, 퇴근 후에 같이 닭 한 마리 하실래요?]

설미는 귀여운 치킨 이모티콘과 함께 문자를 보내온 화영에게 오케이 답장을 한 후, 다시 훈련에 매진했다.

이후 훈련을 마친 설미는 하랑이 좋아하는 과자를 잔뜩 사서 금메달 체육관 위 화영의 자택으로 향했다.

건물에 들어서자 벌써 구수한 삼계탕 냄새가 코끝에 스며들었다. 설미가 계단을 올라 3층에 도착하니 현관문이 살짝 열려 있었다. 현관문 사이로 하랑이 설미를 발견하곤 달려 나왔다.

"이모!"

설미는 하랑을 안아 들고 집 안으로 들어갔다.

화영은 누군가와 통화를 하며 눈빛으로 설미를 향해 조금만 기다려 달라고 양해를 구했다. 표정을 보아하니 중요한 통화인 듯했다. 설미는 고개를 끄덕이며 입 모양으로 괜찮다고 말했다. 설미에게 고맙다고 웃어 보인 화영은 주방으로 향하며 통화를 계속했다.

"그래서 아직 못 찾았다고?"

화영의 심각한 목소리에 설미가 그녀 쪽을 걱정스레 바라보았다.

"이모! 이거 가져요. 우리 엄마가 만들었어요."

하랑이 설미에게 기린 인형을 건넸다.

"어머, 예쁘다. 이거 정말 하랑이 엄마가 만들어 준 거야?"

"네! 우리 집에 많아요."

하랑이 방긋 웃었다. 설미는 아이의 손을 잡고 천천히 거실을 돌아다니며 집을 구경했다.

"여기 있는 거 다 우리 엄마가 만들었어요. 하랑이가 아빠 보고 싶어 할 때마다 이런 거 만들어서 하랑이 줘요."

하랑의 말대로 집 안 곳곳엔 직접 만든 듯한 동물 인형부터 시작해서 다양한 퀼트 장식품, 꽃 모양의 커다란 손뜨개 소파 커버까지, 아기자기하고 귀여운 수제 소품들로 가득했다.

화영의 털털한 성격과는 어울리지 않는 소품들을 보며 설미는 왠지 안타까운 마음이 들었다. 아이가 아빠를 보고 싶어 할 때마다 만들어 줬다고는 하지만, 어쩌면 그건 화영 자신이 남편이 그리울 때마다가 아니었을까. 인형뿐만 아니라 다른 소품에서도 남편을 잃은 슬픔을 떨쳐 내기 위한 화영의 몸부림이 느껴졌다.

"이모! 여기 우리 아빠 있어요!"

액자를 들고 방에서 뛰어나온 하랑이 자랑했다.

"이거는 우리 아빠. 이거는 우리 엄마. 이거는 삼촌들!"

설미는 액자 속 사진을 가만히 들여다보았다. 제복을 입은 화영 그리고 그 옆으로 같은 제복을 입은 남자 셋이 서 있었다.

그런데 남자 셋 중 제일 끝에 있는 남자의 얼굴이 익숙했다. 설미의 두 눈이 휘둥그레졌다.

"서태홍?"

"네! 우리 태홍이 삼촌이에요! 방에 사진 더 많이 있어요!"

태홍의 이름에 하랑이 까르르 웃으며 방으로 뛰어들어 갔다.

설미는 허리를 숙여 사진을 가까이 들여다보았다. 아무리 봐도, 이리 보고 저리 봐도 앞집 사는 그 남자, 서태홍이 맞았다. 억지로 끌려와 찍은 듯, 밝게 웃는 세 사람과 상반되게 혼자만 무표정이었다. 하지만 지금처럼 그렇게 서늘한 인상은 아니었다.

그나저나 관장님이랑 그 사람이 아는 사이였다니……. 세상 참 좁다.

"태홍이 그 녀석, 경찰까지 그만둔다고 한 거 보면 많이 힘들긴 한가 보네."

태홍? 서태홍?

태홍이라는 이름에 설미가 화들짝 놀라 뒤로 돌았다. 그리고 통화 내용에 귀를 기울였다.

경찰을 그만둔다고? 누가? 그 사람이? 왜…….

제 귀를 의심하던 설미는 혼란스러웠다. 문득 비 오는 날 봤던 그 남자의 차가운 눈빛과 지독히도 쓸쓸해 보였던 뒷모습이 떠올랐다. 도대체 무슨 일이 있었던 건지 걱정돼서 미칠 것 같았다.

설미는 넋을 잃은 얼굴로 화영의 근처를 배회했다. 뒤에서 어슬렁거리는 설미를 보지 못한 화영은 국자로 삼계탕을 저으며 연신 한숨을 내쉬고 있었다.

"그래. 태홍이 찾으면 나한테도 연락 주고. 응. 너도 수고해라."

전화를 끊고서야 화영은 뒤에 서 있는 설미를 발견했다.

"미안해요. 중요한 전화라서……. 저기, 설미 쌤?"

설미가 멍하니 서 있자 화영이 그녀의 이름을 크게 불렀다. 설미는 뒤늦게 정신을 차렸다.

"네? 네."

"왜 그러고 있어요?"

"아, 저기……."

"읏차. 무거워. 이모 도와주세요!"

"이하랑! 너 지금 뭐 하는 거야?"

하랑이 액자와 앨범이 가득 쌓인 장난감 수레를 끌고 오고 있었다. 화영이 아이를 야단쳤다.

"그거 빨리 방에 도로 갖다 놓고, 정리해라? 엄마가 검사할 거야."

설미에게 사진을 보여 주며 아빠의 멋진 모습을 자랑하고 싶었던 하랑은 입을 삐죽이며 다시 수레를 끌고 방으로 들어갔다.

"애가 하나에 꽂히면 정신을 못 차려요. 근데 설미 쌤이 그건 왜 들고 있어요?"

화영은 설미가 손에 들고 있는 액자를 가리키며 물었다.

"네? 아, 그게…… 관장님. 혹시 여기 사진 속…… 제일 끝에 있는 분. 서태홍 씨 아닌가요?"

"어머! 맞아요! 설미 쌤이 우리 태홍이를 어떻게 알아요?"

"그게…… 사실은 서태홍 씨가 저희 앞집에 사세요."

"네? 그럼 저번에 자기 목숨 내던지고, 살인범 쫓아다닌다는 앞집 사는 경찰 아저씨가?"

설미가 고개를 끄덕이자 화영이 진지한 표정으로 다시 물었다.

"근데 그건 어떻게 알았어요? 살인범 얘기요. 그 사건은 비공개 수사로 진행 중인데……."

"관장님도 정석범을 아세요?"

"그럼요. 잘 알죠. 우리 남편이 마지막으로 맡았던 사건이니까요."

"네? 그럼……."

설미는 말끝을 흐렸다. 화영도 작게 한숨을 내뱉으며 고개를 끄덕였다.

"네. 정석범을 수사하던 중에 교통사고를 당했어요. 태홍이는 정석범 때문에 남편이 그렇게 됐다고 생각해요. 그래서 더 정석범에게 집착했고, 놈을 잡기 위해 수단과 방법을 가리지 않았어요."

"……."

설미는 아무 말도 할 수 없었다. 화영은 담담한 어조로 말을 계속했다.

"이것까지 아실진 모르겠는데, 그러다가 사고가 났어요. 정석범 검거를 목전에 두고 조준 사격에 실패해 인질이 사망한 거죠. 정석범이 인질을 죽이고 도망쳐 버렸거든요. 그 사건 이후로 태홍이는 더 망가지기 시작했어요."

화영의 말투는 어느새 안타깝게 변해 있었다.

"어쩌면…… 앞으로 더 망가지고 다칠지도 몰라요. 정석범에 집착하는 한."

망가졌다. 그 말에 설미는 큰 충격을 받았다.

"……아까 들어 보니까, 서태홍 씨가 경찰을 그만둔다고 했다던데……. 정말이에요? 갑자기 왜요?"

"얼마 전에 일이 있었나 봐요."

"무슨 일이요?"

"정석범을 눈앞에서 놓쳤대요."

"네?"

"하필 정석범을 잡으러 간 그곳에 정석범의 딸이 있었대요. 둘 중 하난 포기해야 하는 상황이었는데, 딸을 구하는 쪽을 택한 거죠. 근데 그마저도 잘 안 됐으니 그 성격에 용납이 안 됐을 거예요."

"……."

"그나저나 그 딸아이를 구하려다 태홍이가 칼을 맞았다던데……. 설미 쌤 혹시 최근에 태홍이 본 적 있어요?"

설미는 순간 태홍의 엉망이었던 얼굴과 붕대 감긴 팔이 떠올랐다. 위태로워 보였던 그의 젖은 등까지도.

멍하니 있는 설미를 바라보던 화영은 다른 질문이 떠올랐다.

"근데 설미 쌤은 정석범을 어떻게 알아요?"

"정석범의 딸이…… 제 제자예요."

"아. 그래서 태홍이가……."

굳이 뒷말은 하지 않았다. 화영은 이제야 태홍이 왜 그랬는지 알 것 같았다.

"아무래도 저 때문인 것 같아요."

"뭐가요?"

"서태홍 씨가 경찰 그만두겠다고 한 거요. 저 때문인 것 같아요. 제가 그 사람한테 경찰 자격 없다고, 다른 사람 안전 따위 안중에도 없는 당신 같은 경찰은 못 믿는다고……. 아, 또 뭐라고 했더라? 아무튼 못된 말만 했어요. 어떡하죠? 저 때문에 그런 거면……."

그래서 비 오던 그날 밤 나를 그렇게 무섭게 쳐다본 거였어? 어떡하지, 홧김에 한 말인데……. 그런다고 정말 그렇게 쉽게 관둬 버릴 줄은 몰랐어.

설미가 어쩔 줄 몰라 하며 바라보자 화영이 그녀의 어깨를 두드리며 위로했다.

"설미 쌤 때문은 아닐 거예요. 태홍이 그 녀석 지칠 때도 됐어요. 그동안 자기 인생 다 내던지고 정석범만 쫓아 앞만 보고 달렸으니……. 이제는 자신이 어디까지 왔는지 뒤를 돌아볼 때도 된 거예요. 저는 태홍이한테 그럴 시간이 필요하다고 생각해요. 그래서 말인데, 부탁 하나만 해도 될까요?"

"네. 그럼요."

"태홍이 앞집 사신다고요?"

설미가 고개를 끄덕이자, 화영이 말했다.

"삼계탕 포장해 줄 테니까, 가지고 가서 태홍이랑 같이 좀 먹어 줄래요?"

□　■　□

태홍과 삼계탕을 같이 먹어 달라는 화영의 부탁에 설미는 호기롭 게 그러겠노라 대답했다.

하지만 막상 태홍의 집 앞에 서자 물 없이 고구마를 먹은 것처럼 가슴이 답답했다. 오죽 힘들었으면 경찰까지 그만두고 며칠째 집에 만 틀어박혀 있겠는가.

그런 남자에게 삼계탕을 먹여야 한다. 그 사람 입맛도 까다로운 데……. 또 지난번처럼 노려보면서 아무 말도 하지 않으면 어떡하 지? 차라리 욕이라도 하는 게 덜 무섭다고.

발을 동동거리며 이리저리 왔다 갔다 하던 설미는 마침내 용기 내어 초인종을 눌렀다.

딩동.

"서태홍 씨! 안에 있는 거 다 알아요. 잠깐만 나와 봐요. 진짜 급 하게 할 얘기가 있어서 그래요."

정적. 안에서는 아무런 인기척도 들리지 않았다.

창문이라도 깨고 들어가야 하나? 아니야, 날 주거 침입죄로 신고 할지도 몰라. 그러고도 남을 인간이야.

그 후로도 여러 번 초인종을 누르고 문을 두드리며 태홍을 부르 던 설미는 결국 포기하고 자신의 집으로 들어갔다.

가스레인지에 불을 켜고 삼계탕을 데우던 설미는 불현듯 좋은 방법이 떠올랐다.

설미는 양손으로 귀를 틀어막고, 마음속으로 '하나, 둘, 셋!'을 세고 크게 소리쳤다.

"꺄아! 살려 주세요! 사람 살려!"

설미는 조심스레 귀에서 손을 뗐지만 여전히 보글보글, 삼계탕 끓는 소리만 들려왔다. 그녀는 시무룩한 얼굴로 철퍼덕 바닥에 주저앉아 버렸다.

하긴, 내가 뭐라고 그 사람이 달려와?

그런데 그때였다.

쿵, 쾅.

앞집 현관문이 거칠게 열리는 소리가 들리더니, 곧이어 설미네 집 현관 비밀번호 네 자리를 누르는 소리가 들려왔다. 주방에 앉아 있던 설미는 놀라 엉금엉금 기어 현관 쪽으로 고개를 내밀었다.

그 순간 문이 열리고 태홍이 달려 들어왔다. 태홍은 주저앉아 있는 설미를 향해 다급하게 물었다.

"무슨 일이야!"

"저기, 그게…… 저…… 그러니까……. 근데 우리 집 현관 비밀번호는 어떻게 알았어요?"

설미가 멀쩡한 것을 확인한 태홍이 그녀를 노려보았다. 싸늘해진 분위기에 설미는 어색하게 웃으며 자리에서 슬그머니 일어났다.

"오신 김에 삼계탕 좀 드시고 가세요!"

"너 지금 나랑 장난하냐?"

태홍은 한숨을 길게 내뱉으며 돌아가려 했다. 하지만 설미가 후다닥 달려와 태홍의 팔을 붙잡았다.

"잠깐만요! 어? 앗, 뜨거! 몸이 왜 이렇게 뜨거워요?"

설미가 놀라 태홍의 이마를 비롯해 몸 이곳저곳을 더듬거리며 만졌다. 온몸이 불덩이였다. 설미는 태홍의 앞을 막아서고 그를 올려다보았다.

며칠 사이 많이 야위어 안 그래도 날카로운 턱선이 뾰족해진 데다 열 때문인지 눈의 초점이 흐렸다.

"비켜."

설미의 팔을 치워 내고 나가려던 태홍은 그대로 힘을 잃고 설미의 몸 위로 엎어졌다.

"으악!"

태홍의 무거운 몸을 이기지 못하고 같이 뒤로 자빠진 설미는 그와 몸이 포개진 채로 밑에 깔려 발버둥을 쳤다.

"서태홍 씨! 정신 차려요!"

당황한 설미가 태홍의 얼굴을 찰싹찰싹 때렸다. 하지만 태홍은 두 눈을 감은 채 꼼짝도 하지 않았다. 그저 색색거리며 뜨거운 숨을 내뱉을 뿐이었다.

어떡해. 진짜 많이 아픈가 봐. 감기인가?

젖 먹던 힘까지 발휘해 겨우 태홍의 밑에서 빠져나온 설미는 그의 옆구리에 팔을 집어넣고 질질 끌다 거실 소파 위에 간신히 눕혔다.

태홍의 팔에 길게 새겨진 상처는 치료를 제대로 하지 않은 모양인지 붉게 덧나 있었다. 티셔츠 아래 쏙 들어간 배를 보니 며칠 동안 제대로 먹지도 않은 게 분명했다.

"이 남자가 진짜……."

엉망이 된 태홍의 모습을 보니 너무 속상했다.

그녀는 전투적인 얼굴로 일어나 삼계탕으로 닭죽을 만들었다. 그리고 죽을 식히는 동안 소독약과 연고를 가지고 와서 태홍의 팔에 난 상처를 치료해 주었다.

"서태홍 씨, 도대체 왜 이러고 살아요?"

그녀가 타박하는 게 들린 모양인지 태홍의 미간이 살짝 구겨졌다. 꿈틀거리며 일어나려는 태홍을 설미가 힘으로 제압했다.

"움직이지 마세요! 묶어 버리는 수가 있어요."

"……까불……지 마라…….."

그는 두 눈을 감은 채로 힘없이 말했다. 하지만 설미는 들은 척도 안 하고 태홍의 양쪽 볼을 눌러 억지로 입을 벌리게 했다. 반항할 힘도 없는지 태홍은 축 늘어진 몸으로 간신히 눈을 뜨고 그녀를 노려보았다.

그러든지 말든지 설미는 태홍의 시선을 무시하고, 죽을 뜬 수저를 그의 입속에 쑤셔 넣었다.

"이거 다 먹을 때까지 안 보내 줄 거예요."

설미가 다부진 표정으로 고집을 부렸다. 태홍은 하는 수 없이 죽을 꿀꺽 삼켰다. 그가 죽을 먹고 미간을 찌푸리자 설미가 걱정스레 물었다.

"표정이 왜 그래요? 죽이 너무 뜨거워요?"

"그만해라."

"뭘요?"

"너…… 왜 자꾸 내 걱정 하냐?"

그의 질문에 설미는 자기 스스로에게 되물었다.

'나는 왜 자꾸 이 사람이 걱정되는 거지?'

잠시 고민하던 그녀는 자신 있게 대답했다.

"혜린이 구하려다가 이렇게 다친 거라면서요?"

"누가 그래?"

"그냥 지나가다가 들었어요. 아무튼 내 제자 구하려다가 다친 거니까, 걱정해도 되는 거잖아요."

"그게 다야?"

"네? 네……."

"그런 거라면 너랑 상관없으니까 나한테 신경 꺼."

"뭐라고요?"

말을 해도 어쩜 저렇게 정나미가 뚝 떨어지게 할 수 있지?

설미는 씩씩거리며 그를 흘겨보았다.

아픈 사람을 쫓아낼 수도 없고. 참자, 참어.

결국 죽을 마저 다 먹이고, 이번엔 감기약과 물을 가지고 와 태홍
에게 내밀었다.

"이건 혼자 먹을 수 있죠?"

"아니."

가만히 누운 채로 꼼짝도 안 하는 태홍을 설미가 의심스럽게 내
려다봤다. 그가 좀처럼 움직일 기미가 없자 그녀는 하는 수 없이 약
을 태홍의 입에 넣어 주고 물컵을 대 주었다.

얌전히 물과 약을 꼴깍 삼키더니 태홍이 두 눈을 감았다. 설미가
어리둥절한 얼굴로 물었다.

"눈은 왜 감아요? 이제 집에 가셔도 되는데……."

"못 가."

"왜요?"

"조용히 해."

"여기 우리 집이거든요?"

"너도 저번에 우리 집에서 잤잖아. 그것도 이사 첫날."

"의도적으로 그런 건 아니거든요?"

"그건 모르는 일이지."

아예 이불 속으로 파고드는 태홍을 설미가 황당하게 쳐다봤다.

너무 어이가 없어서 아무것도 못 하고 서 있던 그때, 그가 다시 눈을 떴다. 태홍과 눈이 마주친 설미는 어쩐지 민망해서 괜스레 뚱한 표정으로 물었다.

"왜 그렇게 봐요?"

"저번에 나보고 경찰 자격 없다고 했었지?"

"그건……."

홧김에 한 말이라고 설미가 변명을 하려는데, 태홍의 낮은 목소리가 들려왔다.

"한 번만 더 얘기해 줘. 너 같은 거 자격 없으니 때려치우라고."

태홍의 부탁에 설미는 그를 안타깝게 바라보았다. 온몸에 상처를 입고, 제대로 먹지도 자지도 못하고 타인을 지키기 위해 필사적으로 노력하는 남자였다. 설미는 그런 그에게 모진 말을 해 버린 자신한테 화가 났다.

"저번엔 미안했어요. 경찰 자격 없다고 한 말…… 그거 진심 아니었어요."

"아니. 네 말이 맞아. 그동안 정석범 잡는 거에 눈이 멀어서 많은 사람을 다치게 했고…… 죽게 만들었어. 그러니까 난 자격 없는 게 맞고, 그만두는 게 맞아."

"이렇게 다친 주제에! 남을 위해 죽을 뻔한 주제에! 왜 자격이 없어요? 왜!"

설미가 갑자기 소리를 버럭 질렀다. 갑작스러운 반응에 놀란 태홍은 의아한 얼굴로 그녀를 올려다보았다. 설미는 재차 말했다.

"자격 충분해요! 그러니까 그만두지 말고, 계속하세요! 경찰 그만두면 뭐 할 건데요? 그 성격에 어디, 직장 들어가서 남 밑에서 일할 수나 있겠어요? 그렇다고 사업을 할 것도 아니고, 모아 놓은 돈은 있어요? 딱 봐도 없어 보이는데……."

"뭐?"

"아니, 그게 아니라…… 내 말은. 아무튼 빨리 나아서 출근하세요. 이러다 진짜 잘리면 어떡해요. 그쪽 백수 돼서 매일 아침 얼굴 볼 생각하면 갑갑해요. 제가 봤을 땐 서태홍 씨는 경찰이 딱이에요!"

위로인지 디스인지 분간이 되지 않았다. 하지만 표정을 보아하니 놀리는 것 같진 않았다. 그녀의 진심 어린 표정에 태홍은 헛웃음만 나왔다. 그러다 또다시 두 눈을 감아 버렸다. 약 기운이 스멀스멀 올라오는지 눈꺼풀이 무거웠다.

잠시 후 그의 귓가로 조심스럽게 움직이는 발소리, 주방에서 달그락거리며 설거지하는 소리가 들렸다.

우당탕.

그릇을 세 번 정도 떨어뜨렸고, 하수구가 자주 막히는 모양인지 두 번 정도 뚫느라 낑낑거렸다.

고무장갑을 벗어서 탈탈 터는 소리 다음에 그녀의 발걸음 소리가 점점 가까워졌다. 기분까지도 편안하게 만들어 주는 상큼한 향기가 났다. 그녀가 바로 옆에 서 있는 게 분명했다.

"자요?"

"……."

그냥 자는 척했다. 눈치 없는 여자는 정말 잔다고 믿은 모양인지 이불을 그의 목까지 끌어당겨 주며 혼잣말인 양 작게 말했다.

"서태홍 씨. 어느 순간에도 자기 자신을 포기하지 마세요. 잠도 좀 자고, 밥도 잘 챙겨 먹고, 건강하란 말이에요. 이게 뭐예요. 이렇게 빌빌대는 거 서태홍 씨랑 완전 안 어울려요."

귓가로 그녀의 다정한 목소리가 스며들었다.

"잘 자요."

그녀의 잘 자라는 말은 수면제보다 더 강력한 처방이었다. 지쳐 있던 마음속까지도 어루만져 주는 그녀의 목소리를 간직한 채 태홍의 머릿속은 점차 아득해졌다.

□　■　□

오래간만의 숙면이었다.

태홍은 눈을 뜨고 환하게 켜져 있는 형광등을 올려다보았다. 그녀가 늘 집에 불을 켜고 다니는 것은 이미 알고 있었다. 어둠 공포증 같은 트라우마가 있는 것이 확실했다.

문득 지난번 자신의 집에서 몸을 잔뜩 움츠리고 자던 그녀의 모습이 떠올랐다. 악몽을 꾸는지 힘겨워하던 모습까지도.

태홍은 몸을 일으켜 소파에서 내려와 침실로 향했다. 그녀가 잘 자고 있는지 확인만 하고 나가려고 했다.

그런데…… 문이 잠겨 있었다. 아파서 힘이 약해진 건 아닐까 싶어 문손잡이를 세게 돌려 봤다. 하지만 꼼짝도 하지 않았다. 안에서 문을 잠근 것이 확실했다.

'이 여자가 날 뭐로 보고.'

그는 어이가 없어서 방문을 노려보다가 현관으로 향했다. 신발을 신으려는데 아무렇게나 놓여 있는 그녀의 운동화가 눈길을 끌었다.

운동화를 들어 가지런히 정렬하며 태홍은 상념에 젖었다. 10년 전에도 그렇고, 이번에도 도망치려던 자신의 발목을 잡은 건 그녀였다.

'이렇게 다친 주제에! 남을 위해 죽을 뻔한 주제에! 왜 자격이 없어요? 왜!'

어제저녁 자신을 향해 그만두지 말라고 필사적으로 소리치던 그녀의 말간 얼굴이 떠올라 저도 모르게 입가에 미소가 그려졌다.

□ ■ □

"팀장님. 저기 보세요! 서 경위님 출근하셨는데요?"

"뭐?"

어제 당직을 선 권 팀장과 회철은 아침 식사를 하기 위해 건물에서 나오고 있었다. 그런데 주차장 쪽에서 걸어오는 태홍이 보였다.

연락도 없이 며칠째 무단결근을 한 태홍을 어이없다는 표정으로 바라보던 권 팀장이 버럭 소리를 질렀다.

"야, 인마! 여기가 니네 집 안방이냐? 아무 때나 나갔다 들어오게?"

"죄송합니다."

권 팀장은 자신의 눈을 의심했다. 천하의 서태홍이 허리까지 숙여 가며 죄송하다고 인사를 하고 있었다. 당황한 권 팀장의 목소리가 더욱 커졌다.

"너 도대체 뭐 하고 돌아다니는 거야? 또 정석범 쫓아댕겼냐? 아직도 정신 못……."

권 팀장의 말끝이 흐려졌다. 가만 보니 태홍의 얼굴은 상처투성이였고, 팔에는 붕대를 감고 있었다.

그래, 이 녀석도 참 딱하다. 금수저면 뭐 해. 수저질할 힘도 없어 보이는데.

권 팀장은 한숨을 짧게 내쉬었다.

"아침 먹으러 갈 건데, 갈 거냐? 아니다. 넌 우리랑 밥 안 먹……."

"먹습니다."

권 팀장이 이번엔 자신의 귀를 의심했다. 평소 아무리 권해도 자신들과 밥을 먹는 대신 빵이나 우유로 간단히 끼니를 때우던 서태홍이 밥을 먹겠단다.

갑자기 무슨 심경의 변화가 생긴 거지? 무섭게 왜 저래?

근처 밥집으로 앞장서는 태홍을 따라가며 권 팀장과 회철은 그저 태홍의 눈치를 보기 바빴다.

화영이 주먹으로 마네킹의 눈 부위를 가격한 후 소리쳤다.

"그리고 다음! 바로 이때! 급소를 올려 차는 거예요!"

근처 옷 가게에서 빌려 온 마네킹의 중요 부위를 발로 올려 차며 화영은 호신술 시범을 보이고 있었다.

체육관엔 수강생은 특강을 해 주겠다는 성화에 주말에 쉬지도 못하고 불려 나온 설미와 과자를 먹으며 엄마의 희한한 행동을 지켜보고 있는 하랑, 둘뿐이었다.

다시 한번 급소 올려 차기를 선보이던 화영은 영 마뜩잖은 표정으로 고개를 갸웃거렸다.

"이건 진짜 남자를 놓고 한번 해 봐야 하는데. 설미 쌤! 태홍이 오늘 출근 안 했죠?"

"네? 서태홍 씨요?"

태홍의 이름이 나오자 설미가 놀라 화영을 쳐다봤다. 화영은 이미 핸드폰을 꺼내 어디론가 전화를 걸고 있었다.

"중요하게 할 말이 있다니까? 지금 당장 체육관으로 와."

자기 할 말만 하고 끊어 버리는 화영을 향해 설미가 물었다.

"설마 서태홍 씨를 마네킹 대신 쓰려고 하는 건 아니죠?"

"맞는데요?"

"에이, 그 사람은 급소를 두 번 찔려도 안 쓰러질 것 같은데⋯⋯."

"풉! 푸하하하."

"왜 웃으세요?"

"걔가 무슨 로봇도 아니고. 지도 남잔데 이건 못 버텨요."

"하긴⋯⋯. 로봇은 아니더라고요."

설미는 문득 지난번 저녁, 자신의 품으로 쓰러지던 태홍이 떠올랐다.

그나저나 그 사람은 아픈 건 다 나았나? 또 안 보이던데, 집에도 없는 것 같고⋯⋯.

"맞다. 저번엔 고마웠어요. 태홍이 다시 출근한 건 알죠?"

"출근했어요?"

설미의 얼굴이 별안간 환해졌다.

"경찰 계속하기로 한 거예요?"

"네. 이게 다 설미 씨 덕분이에요."

"저요? 어우, 아니에요. 그분이 누가 하라고 등 떠민다고 할 성격도 아니고."

"그러니까요? 그 녀석이 그럴 성격이 아닌데⋯⋯ 왜 그랬지? 왜 그랬을까?"

화영은 놀리는 듯한 눈초리로 설미를 바라보았다. 그런 줄도 모르고 설미는 하랑이 가지고 놀다 망가뜨린 로봇을 조립해 주고 있었다.

화영이 설미를 향해 넌지시 물었다.

"설미 쌤. 우리 태홍이 어때요? 잘생기지 않았어요?"

"네. 잘생겼죠."

설미는 조립 설명서를 꼼꼼히 읽어 내려가며 건성으로 대답했다. 화영은 아예 설미 앞에 앉으며 진지한 얼굴로 말했다.

"한번 만나 봐요."

"앞집 살아서, 가끔 보는데⋯⋯."

"그런 거 말고. 남자 대 여자로 만나 보라고요."

"네? 말도 안 돼요!"

"왜 말이 안 돼요? 내가 진짜 보증할게요. 우리 태홍이 직업이 경찰인 것만 빼고는 진짜 최고예요."

"글쎄요, 어디가 최고인지 저는 잘⋯⋯."

갑자기 부담스러운 눈빛으로 저를 쳐다보는 화영 때문에 설미는 더 이상 조립 설명서가 눈에 들어오지 않았다.

그 남자와 만나 보라니. 뭐, 솔직히 잘생긴 건 인정. 연인이 되면 그 얼굴을 매일 볼 수 있는 것이 최고의 장점이자, 유일한 장점이었다. 거기에 식스팩은 추가 옵션. 그 남자 벗은 몸 보니까 복근이 장난 아니던데, 사귀면 만져 볼 수 있으려나?

'옴마얏, 나 미쳤나 봐!'

결국 애먼 상상까지 해 버린 설미는 고개를 세차게 흔들었다.

정신 차려야 해. 잘생긴 것과 몸 좋은 거 빼곤 단점이 훨씬 많은 남자라고. 성격도, 입맛도, 모든 게 까다로운 남자. 애인으로선 영 꽝이었다.

하지만 다 부질없는 고민이었다. 무엇보다 그는 여자한텐 전혀 관심이 없어 보였으니까. 결국 혼자 김칫국 시원하게 들이마신 꼴이 되어 버린 설미는 괜히 시무룩해졌다.

설미의 속도 모르고 화영은 계속해서 태홍의 장점을 어필하며 신이 나서 떠들어 댔다.

"우리 태홍이 힘 진짜 세요. 밤에 걱정은 안 해도 될걸요?"

"관장님. 저기…… 아이도 있는데 그런 말을……."

"밤에 도둑 걱정 안 해도 된다고요."

"아하. 네네. 죄송합니다."

이런 몹쓸 음란마귀.

설미는 민망해서 얼굴이 달아올랐다. 귀까지 빨개진 설미가 귀여워 화영은 계속해서 그녀를 놀렸다.

"태홍이랑 헤어지고도 못 잊고 따라다니는 여자애들 엄청 많았어요. 왜 그랬겠어요?"

"그걸 선배가 어떻게 알아?"

갑자기 뒤에서 태홍의 목소리가 들렸다. 화영과 설미가 화들짝 놀라 뒤를 돌아보았다.

어느새 그에게로 달려가 품에 안긴 하랑을 태홍이 번쩍 안아 들고 두 여자를 한심스럽게 내려다보고 있었다. 태홍이 미간을 찌푸리며 설미를 향해 말했다.

"뭐 한다고 이런 데를 다녀?"

"이런 데라니요! 얼마나 유익한 곳인데. 운동도 하고……."

"술도 마시고."

"네. 술도 마시……. 아니거든요!"

"안 봐도 뻔하네. 둘이 밤마다 만나서 술이나 마시겠지. 하랑아, 그치?"

"네!"

아이다운 솔직한 대답에 태홍이 웃으며 하랑의 머리를 쓰다듬어 주었다. 처음 보는 태홍의 밝은 미소에 설미는 저도 모르게 태홍의 얼굴에 시선을 고정했다.

자신을 빤히 바라보고 있는 설미와 눈이 마주치자 태홍은 곧바로 웃음을 거두었다.

"뭘 봐?"

"네? 아니, 그……. 내 맘이거든요? 내 눈으로 뭘 보든 말든."

티격태격 싸우는 두 사람을 흐뭇하게 지켜보던 화영은 좋은 생각이 떠올라 태홍에게서 하랑을 뺏어 안았다.

"하랑아! 엄마랑 아이스크림 사러 가자."

"어? 제가 사 올게요!"

설미가 자리에서 벌떡 일어났다. 하지만 화영이 그녀의 옆구리를 쿡 찌르며 속삭였다.

"그냥 앉아 있어요."

"네?"

설미를 다시 앉힌 화영은 태홍을 향해 짐짓 오버하며 떠들어 댔다.

"태홍아! 나 아이스크림 사 올 테니까 설미 쌤 호신술 좀 가르쳐 주고 있어. 친절하게! 알았지?"

화영은 빤히 들여다보이는 자신의 속셈을 능구렁이 같은 서태홍이 모를 리가 없다고 생각했다. 그래서 그가 싫다고 노려보거나 버럭 소리 지를 것까지 예상하며 긴장하고 있었다.

그런데 웬일인지 태홍은 무표정한 얼굴로 그저 고개만 끄덕일 뿐이었다.

이게 무슨 일이래? 드디어 우리 태홍이가! 태홍이가!

너무 기쁜 나머지 화영은 감격스러운 얼굴이 되었다. 그녀는 두 사람을 번갈아 보다가 하랑을 데리고 황급히 체육관을 나갔다.

모녀가 떠나고 나자 순간 정적이 흘렀다. 설미는 갑자기 어색해진 분위기에 헛기침을 하며 공연히 태홍을 향해 큰소리쳤다.

"너무한 거 아니에요?"

"다짜고짜 뭐야."

"아니, 왜 고맙다는 소리도 없어요? 저번에 그쪽 아팠을 때 제가 죽도 끓……."

"그거 선배가 만든 거지?"

"네. 그렇죠. 그렇긴 한데, 관장님이 만든 삼계탕을 아픈 서태홍 씨가 먹기 편하게 제가 죽으로 재탄생시킨 거죠."

"어쩐지 평소보다 맛있더라."

"으응?"

갑자기 그의 입에서 칭찬이 흘러나오자 적응이 되지 않았다. 설미는 멋쩍은 웃음을 지었다.

태홍 역시 저도 모르게 속마음을 내뱉어 당황스러웠다. 그는 애꿎은 마네킹을 발로 걷어찼다.

펙!

그러나 힘 조절에 실패하고 말았다. 그 바람에 설미가 화들짝 놀라 움찔거리자, 미안해진 태홍은 얼른 마네킹을 제자리에 세웠다.

어수선한 태홍의 행동을 유심히 보던 설미가 그를 향해 걱정스레 물었다.

"혹시 어디 불편하세요? 아직도 아파요?"

설미는 손을 뻗어 태홍의 이마를 짚어 보았다.

"어? 열 있는데요?"

태홍은 자신의 이마에 닿은 작은 손을 이러지도 저러지도 못하고 벌게진 얼굴로 서 있었다. 그러다 설미를 내려다보며 괜히 더 무뚝뚝하게 말했다.

"내가 열이 있든 없든. 네가 무슨 상관인데?"

이번엔 단어 선택에 실패했다. 태홍은 속으로 자신을 원망했다. 하지만 이미 내뱉은 말, 주워 담을 순 없었다.

태홍의 시비조에 설미는 어이없어하며 얼른 손을 떼어 냈다.

"왜 상관이 없어요? 우린 이웃 주민이고! 그리고 그쪽이 빨리 나아야 우리 혜린이……."

"정혜린 얘기 왜 안 하나 했다."

칼까지 맞아 가며 혜린을 구하려고 했다는 사실을 안 이상 설미도 차마 그를 닦달할 수 없었다. 그래서 그동안 궁금해도 아무것도 묻지 않고 꾹 참고 있었다.

설미는 힐끔거리며 태홍의 눈치를 보다가 조심스레 입을 열었다.

"혹시…… 물어봐도 돼요?"

"아니."

단호한 대답에 설미가 그를 흘겨보았다. 그러거나 말거나 태홍은 마네킹을 그녀 앞에 세우며 호신술을 가르쳐 주려고 했다.

"이렇게 낯선 사람이 앞을 가로막고 위협할 땐……."

설미는 코웃음을 치며 방금 전 화영에게 배운 호신술을 떠올리곤 주먹으로 마네킹의 눈을 날려 버렸다. 동시에 발로 마네킹의 중심부를 힘껏 걷어찼다.

퍽!

마네킹이 멀리 날아가 바닥을 나뒹굴었다. 태홍은 놀랐지만 짐짓 아무렇지도 않은 척 설미를 바라보았다.

설미가 쪼르르 달려가 얼른 마네킹을 세우며 빙긋 웃었다.

"나 체대 나온 여자거든요? 앞으로 까불지 마세요."

뻐기듯이 말하는 설미의 시선이 자신의 중심부로 향해 있자 태홍은 슬쩍 몸을 옆으로 돌렸다.

"지금 너, 그 시선 상당히 위험하다?"

"뭐, 뭘요! 아…… 아윽!"

설미가 갑자기 자리에 주저앉았다. 그러곤 그대로 고개를 숙인 채 신음을 흘리자 태홍이 놀라 황급히 달려갔다.

태홍은 상체를 숙여 그녀와 눈높이를 맞춘 후 걱정스레 물었다.

"왜 그래? 다리 아파?"

설미가 고개를 들더니 괴로워 죽을 것 같은 표정으로 말했다.

"쥐 났어요……."

"에이 씨. 놀랐잖아!"

"으악. 어뜩해……."

괴성을 지르며 괴로워하는 그녀를 잔뜩 화가 난 얼굴로 내려다보던 태홍은 그녀의 다리를 들어 올려 쥐를 풀어 주기 시작했다. 발목을 꺾어 발바닥을 지압해 주는 태홍의 손길에 설미는 이제야 살 것 같다는 표정으로 헤벌쭉 웃었다.

"완전 시원해요! 나중에 경찰 잘리면 마사지숍 차리면 되겠어요."

"죽을래?"

미간을 찌푸리며 발 마사지를 해 주던 태홍이 갑자기 그녀의 왼쪽 바지를 무릎까지 걷어 올렸다.

"거, 거긴 됐어요!"

발버둥 치는 설미를 무시하고 태홍은 이번엔 그녀의 왼쪽 다리를 마사지하며 무릎에 새겨진 상처를 유심히 들여다보았다.

"그만! 그만할래요!"

민망해진 설미가 자리에서 벌떡 일어났다. 태홍은 여전히 그녀의 다리를 유심히 보며 물었다.

"정말 괜찮아?"

"지금 그쪽 시선도 상당히 위험하거든요?"

"까불지 말고. 괜찮으냐고."

"네. 괜찮고말고요. 쥐 난 거 가지고 왜 이렇게 유난이에요? 저 잠깐 화장실 좀 갔다 올게요."

설미는 어색하게 웃으며 황급히 뒤로 돌았다. 서둘러 체육관 밖으로 나가는 그녀의 걸음걸이가 심상치 않았다. 발에 쥐가 나서 절뚝이는 거치곤 상태가 많이 안 좋아 보였다.

잠시 고민하던 태홍은 걱정되는 마음에 문 쪽으로 걸음을 옮겼다.

때마침 화영이 잠이 든 하랑을 업은 채로 들어오고 있었다. 설미가 보이지 않자 화영은 휘둥그레진 눈으로 태홍을 향해 물었다.

"설미 쌤은?"

"잠깐 밖에."

"정말이지? 너 때문에 도망간 건 아니지?"

"오다가 못 봤어?"

"응. 못 봤는데……. 설미 쌤 호신술은 잘 가르쳐 줬어?"

"근데 도대체 저 여자는 갑자기 호신술은 왜 배우는 거야?"

"음……. 이거 얘기해도 되나?"

"돼."

화영은 태홍을 째려보다가 하랑을 소파 위에 눕히며 무거운 목소리로 말을 꺼냈다.

"중학교 때…… 납치를 당했었대."

"……."

태홍은 이미 알고 있다는 얼굴이었다. 그런 태홍을 보며 화영이 놀란 얼굴로 물었다.

"너 알고 있었어?"

"……."

"그럼 나도 하나만 묻자. 너 설미 쌤이랑 무슨 사이야? 아니다.

다시 물을게."

"……."

"너 설미 쌤 좋아하지?"

"갈게."

긍정도 부정도 하지 않은 채로 태홍은 밖으로 나가 버렸다.

□　■　□

'너 설미 쌤 좋아하지?'

설미를 찾아 화장실로 향하는 사이 태홍은 화영의 질문이 머릿속에서 떠나지 않았다. 왜 아니라고 말을 못 했을까? 오늘 일로 화영이 두고두고 자신을 놀릴 걸 생각하니 벌써부터 속이 갑갑했다.

그런데 지금은 그게 문제가 아니었다. 화장실 문이 활짝 열려 있었다. 안에는 아무도 없었다.

도대체 어디 간 거야?

태홍은 건물 복도를 둘러보다 설미가 없자, 창밖을 내려다보았다.

그때 태홍의 귓가에 아주 작은 소리가 들려왔다. 태홍은 화장실 바로 옆 비상구 문을 열었다. 비상계단 구석에 설미가 왼쪽 무릎을 꽉 쥐고 몸을 웅크린 채 앉아 신음하고 있었다.

재빨리 안으로 들어가려던 태홍은 마음을 바꿔 다시 밖으로 나와 조심스레 문을 닫았다. 이런 곳에 숨어 있는 것을 보면 고통스러워하는 자신의 모습을 보이고 싶어 하지 않는 것 같았기 때문이다.

그는 문에 등을 기댄 채 그녀의 안타까운 신음 소리를 묵묵히 듣고 있었다. 그러나 통증이 쉽게 가라앉지 않는 모양인지, 그녀의 고통 섞인 신음은 멈출 줄을 몰랐다.

더 이상 내버려 둘 수 없었다. 태홍은 다시 문을 활짝 열고 들어가 그녀를 번쩍 안아 들었다. 설미가 깜짝 놀란 얼굴로 고개를 들어 태홍을 올려다보았다. 하지만 반항할 힘도 없는지 그의 품에 안긴 채 설미는 이를 악물고 통증을 견뎌 내고 있었다.

이마에 송골송골 맺힌 식은땀과 하얗게 질린 얼굴을 안타깝게 내려다보던 태홍은 그녀를 더욱 꽉 안고서 건물 밖으로 나왔다.

차 뒷좌석에 그녀를 눕힌 후 운전석에 올라탄 태홍은 시동을 걸며 그녀를 향해 나직하게 말했다.

"왼쪽 무릎에 있는 수술 자국 봤어."

흉터의 부위나 크기를 봤을 때 한 번으로 끝났을 수술이 아니었다.

"도대체 수술을 몇 번 한 거야?"

조금씩 통증이 잦아들기 시작하자, 설미는 그가 묻는 질문에 솔직하게 대답했다.

"열한 번이요……."

운전대를 잡은 태홍의 손에 힘이 들어갔다.

열한 번이라니. 예상을 뛰어넘는 대답에 태홍은 말문이 막혀 버렸다. 그리고 약간 화가 난 목소리로 물었다.

"왜 그렇게까지 한 건데?"

"다시 달리고 싶어서요."

그녀의 대답은 의외로 간단했다. 설미는 상체를 간신히 일으켜 왼쪽 무릎을 내려다보았다.

태홍은 백미러를 통해 그녀의 쓸쓸한 얼굴을 바라보았다. 어쩐지 마음 한구석이 심하게 아렸다. 지난번 그녀가 저를 위로해 줬던 것처럼 자신도 그녀를 위로해 주고 싶다는 생각이 들었다.

"임설미."

설미가 고개를 들자 태홍은 차를 출발시키며 무뚝뚝한 어조로 말했다.

"넌 선수보다 교사가 더 어울려."

□　■　□

클럽 BB.

거물급 정치인들의 비자금 세탁과 은밀한 거래가 이루어지는 이곳의 삼엄한 경비를 뚫고 차 한 대가 들어섰다. 차에서 내린 정석범은 곧장 지하로 내려가 제일 끝 방으로 들어갔다. 그가 문을 열자 초조한 얼굴로 앉아 있던 혜린이 자리에서 벌떡 일어났다.

"아빠……."

정석범은 혜린과 마주 보고 앉으며 들고 있던 쇼핑백에서 치킨을 꺼냈다.

"아빠가 너 좋아하는 치킨 사 왔어. 먹자."

정석범이 혜린에게 닭다리를 건넸다. 혜린은 아무 의심 없이 치킨을 받아 맛있게 먹기 시작했다. 잔에 콜라를 따라 주며 정석범이 혜린을 향해 말했다.

"어제 아빠가 얘기한 건 생각해 봤어?"

혜린이 고개를 끄덕였다.

정석범은 감격스러운 표정을 지으며 혜린을 와락 안았다. 그러곤 머리를 쓰다듬으며 딸아이의 귓가에 속삭였다.

"그래. 혜린아…… 이제 아빠 목숨은 네 손에 달렸어. 실수 없이 잘할 수 있지? 착하다. 내 딸……."

처음 느껴 보는 아빠의 따뜻한 품에 현혹된 혜린은 그의 검은 속내를 알지 못하고 눈시울을 붉혔다.

훈련을 마친 육상부원들이 모두 귀가한 뒤 설미는 홀로 남아 뒷정리를 했다. 그리고 강당에서 나와 아무도 없는 트랙 위를 망연히 바라보았다. 매일 보고, 매일 걷는 장소인데도 트랙 위가 항상 그리웠다.

그러다 문득, 어제 집으로 돌아가는 차 안에서 자신을 위로해 주던 태홍의 목소리가 귓가에 울렸다.

'넌 선수보다 교사가 더 어울려.'

그 남자가 그런 위로도 할 수 있는 사람이라는 것에 한 번 놀라고, 그게 정말 큰 위로가 되어 통증이 눈 녹듯 사라져 버린 자신에게 또 한 번 놀랐다.

집 앞에 도착하자 그도 부끄러웠는지 금세 원래 모습으로 돌아가 인사도 없이 쌩하니 집으로 들어가 버렸다. 그 모습이 떠오르자 설미는 입가에 미소가 번졌다. 그 남자에게 그런 귀여운 구석이 있다니, 의외였다.

설미는 고개를 들어 내리쬐는 태양을 두 눈을 찡그리며 바라보았다. 그렇게 한참 동안 운동장 한가운데 서 있었다.

"선생님……."

얼마나 지났을까. 등 뒤에서 익숙한 목소리가 들렸다. 설미가 재빨리 뒤로 돌자 시야에 한 아이가 흐릿하게 들어왔다.

잠시 후, 햇빛에 길들어 있던 시야가 정상으로 돌아오고서야 혜린의 얼굴을 알아볼 수 있었다. 아이는 죄지은 사람처럼 몸을 잔뜩 움츠리고 서 있었다.

"혜린아!"

화들짝 놀란 설미는 두리번거리며 주변을 확인했다. 다행인지 불행인지 아무도 없었다. 설미는 혜린을 데리고 아무도 없는 학생부실로 향했다.

뭐라고 말을 해야 할지, 뭐부터 물어야 좋을지 몰라서, 설미는 일단 달콤한 코코아를 한 잔 타서 혜린에게 내밀었다.

컵을 든 혜린의 손이 작게 떨리고 있었다. 설미는 혜린을 안타깝게 바라보며 그 손을 잡아 주었다.

"혜린아. 선생님이 걱정 많이 했어."

"⋯⋯."

"그동안 누구랑 어디에서 뭘 하고 지냈는지 선생님한테 말해 줄 수 있니?"

"몰라요⋯⋯."

혜린의 눈동자가 흔들렸다. 뭔가 있는 게 분명했다. 어쩌면 정석범이 지금 어디에 있는지 혜린은 알고 있지 않을까? 불안에 떠는 제자가 가여웠지만, 혜린을 위해서도 그리고 목숨 걸고 정석범을 잡으러 돌아다니는 태홍을 위해서라도 혜린을 설득해야 한다.

"선생님이 너 걱정돼서, 아는 경찰 아저씨한테 너 좀 찾아 달라고 부탁을 했어. 근데 네가 이렇게 무사히 나타났으니까, 그분한테 더 이상 널 찾지 않아도 된다고 얘기를 해 줘야 하거든. 괜찮으면 네가 한번 만나 볼래? 경찰 아저씨한테 무슨 일이 있었는지 직접 만나서 얘기하⋯⋯."

"싫어요!"

혜린이 잔뜩 겁에 질린 얼굴로 소리쳤다. 견디기 힘든 고강도 훈련에도 단 한 번도 자리를 이탈한 적 없었고, 누구보다도 잘 견뎌

오던 혜린이 이렇게 거부감을 드러내는 모습은 처음이었다.

설미가 당황스러워하자 혜린이 재빨리 사과했다.

"죄송해요. 근데 경찰은 싫어요. 아무도 못 믿겠어요. 무서워요……. 그냥 저 봤다고 아무한테도 얘기하지 말아 주세요. 당분간만이라도 그냥 쉬고 싶어요. 그리고 그다음에 운동 다시 시작하고 싶어요. 선생님, 저요…… 전국체전 나가고 싶어요. 금메달 목에 걸어서…… 그래서……."

"……."

"벗어나고 싶어요. 이 지옥에서……."

"……."

"저 좀 달릴 수 있게 해 주세요. 도와주세요. 선생님……."

달릴 수 있게 도와 달라는 혜린의 말에 설미의 가슴이 철렁 내려앉았다. 순간, 눈물이 핑 돌았다. 하지만 설미는 두 주먹을 꽉 쥐고 울음을 참았다. 마찬가지로 울음을 참느라 눈까지 충혈되어 있는 혜린의 앞에서 먼저 눈물을 보일 순 없었다.

제자의 도와 달란 간절한 부탁에 설미는 고개를 끄덕이며 말했다.

"그래. 알았어. 일단 선생님 집으로 가자."

"……."

설미가 혜린의 머리를 쓰다듬으며 일부러 밝게 웃어 주었다.

"괜찮아. 내가 도와줄게."

□　■　□

금메달 체육관 앞에 소형차 한 대가 멈춰 섰다. 운전석에서 내린 찬희는 트렁크에서 화분 하나를 꺼내 안고 건물을 올려다보았다.

"역시 화영 선배! 대단하네."

노후에 체육관 차려서 제자를 양성하겠다는 것이 상윤의 꿈이었다. 찬희는 건물 안으로 들어서며 상윤의 생전 모습을 떠올렸다. 저절로 눈시울이 촉촉해졌다. 자신도 이런데 화영 선배의 심정은 오죽할까? 그는 애써 밝은 표정으로 체육관 문을 열었다.

그런데 체육관이 텅 비어 있었다. 찬희는 일단 안으로 들어가 화분을 내려놓았다. 그리고 집으로 올라가 볼까 고민하는데 문이 열렸다.

체육관 안으로 성큼성큼 들어서는 태홍을 보며 찬희가 고개를 갸웃거렸다.

"형도 화영 선배가 불렀어요?"

태홍은 잠시 머뭇거리다 고개를 끄덕였다. 그러자 찬희의 두 눈이 가늘어졌다.

"이거 무슨 냄새가 나지 않아요? 무슨 날도 아닌데, 우리 둘을 왜 같이 불렀을까?"

"몰라. 어쨌든 잘 만났다. 정석범 말인데, 도주 경로 확실히 차단한 거 맞지?"

"네. 계속 주시하고 있으니까, 그건 걱정하지 마세요. 근데 하나만 물어봐도 돼요?"

"아니."

"에이, 하나만!"

태홍은 애교를 부리는 찬희를 떨떠름한 얼굴로 바라보았다. 찬희가 그 틈을 타 재빨리 질문을 던졌다.

"다시 돌아온 이유가 뭐예요? 나 진짜 줄 알고 엄청 쫄았다구요. 그러니까 얘기 좀 해 봐요. 돌아온 결정적인 이유가 뭔지."

찬희의 물음에 태홍은 많이 아팠던 그날 밤, 자신에게 죽과 약을 먹여 주던 설미의 얼굴을 떠올렸다. 누군가 자신의 옆을 지켜 가며 정성껏 보살펴 준 것은 처음이었다.

어렸을 적부터 태홍은 대부분 혼자였다. 법의관이었던 태홍의 부모는 늘 정신없이 바빴고, 그가 아프면 부모 대신 주치의가 먼저 달려왔다.

자나 깨나 장손 걱정인 서 장관 덕분에 매달 정기 검진팀이 집으로 방문했지만, 그럼에도 불구하고 태홍은 매년 겨울만 되면 독감에 걸렸고, 봄철만 되면 꽃가루 알레르기로 고생을 했다. 현대 의학이 제아무리 발전했어도 독감과 알레르기는 쉽게 막을 수 없듯이, 그렇게 제아무리 냉정한 태홍이라도 사람의 온기가 그리운 건 어쩔 수 없었다.

그날 밤, 몇 천만 원짜리 푹신한 침대보다 삐거덕거리는 낡은 소파 위가 더 편했고, 잠이 들 동안 귓가로 들려오던 그녀의 걱정 섞인 잔소리가 큰 위로가 되었다. 그 따뜻함이 아직도 기억에 남아 태홍은 어쩐지 가슴이 뜨거워졌다.

"돌아온 이유가 뭐냐니까요?"

찬희가 포기를 모르고 또다시 물었다. 그러자 태홍이 나직이 대답했다.

"정석범 잡는 일 말고도 내가 해야 할 일이 많더라."

"네? 그게 무슨 말이에요?"

"문화2동 순찰도 돌아야 하고, 가로등 불도 갈아야 하고, 무단 투기 쓰레기도 치워야 하고……."

도통 무슨 말인지 모르겠다는 얼굴로 찬희가 그를 바라보았다. 태홍도 자신이 내뱉은 말이 쑥스러워 재빨리 화제를 돌렸다.

"정석범이 문화시에 나타난 이유가 정혜린 때문만은 아닌 것 같아. 네 생각은?"

"저도 동의해요. 정혜린 사라진 거 보고 처음엔 딸 때문이라고 확신했는데, 정석범의 행적을 보면 그건 아닌 것 같더라고요. 역시 마약 밀매 때문인 것 같아요. 조만간 큰 건이 하나 있는 게 아닐까요? 그것만 성사되면 도주해서 평생 먹고살 정도로 큰 건이요. 그렇지 않고서야 이렇게 겁도 없이 모습을 드러낼 리가 없어요."

"그 큰 건이 뭘 것 같아?"

"글쎄요……. 그것까진 잘……."

"정석범이 지금 여기저기 똘마니들 다 만나고 돌아다니고 있는 걸로 봐선, 궁지에 몰린 게 분명해. 본인 얼굴까지 노출시켜 가며 돌아다니는 이유는, 본인이 반드시 해야 할 일이 있기 때문일 거야."

"정혜린을 데리고 다니는 이유는요?"

"그 일에 정혜린이 필요한 거겠지."

"그럼 다행이네요. 정석범한테 정혜린이 필요한 존재라면 적어도 해치진 않을 테니까. 근데 도대체 무슨 일을 꾸미려는 걸까요?"

"광수대 쪽은?"

"그게 이상해요. 성민우 팀장도 이번에 정석범 사건에서 발 빼려 하고 있어요."

"왜?"

"그걸 모르겠어요. 수사 인력 늘리고, 조금만 더 압박하면 정석범 검거는 시간문제인데……. 광수대는 마치 일부러 놓아주려는 것처럼 태평하니까 미칠 노릇이에요."

찬희는 생각할수록 답답하고 열이 받아 얼굴이 벌게졌다.

한편 태홍은 묵묵히 생각에 잠겼다. 광수대의 봐주기식 수사라? 도대체 누가 뭐 때문에 정석범을 빼돌리려고 하는 걸까? 도무지 짐작이 가지 않았다. 태홍은 창밖을 내려다보며 한숨을 길게 내뱉었다.

"찬찬찬!"

그때 문이 열리고 찬희의 애칭을 부르며 화영이 뛰어들어 왔다. 화영의 하이톤 음성에 태홍은 미간을 찌푸렸다. 그러거나 말거나 화영은 태홍에게 건성으로 손 인사를 하곤, 찬희에게 향했다.

"많이 기다렸지? 미안. 형광등 좀 사 오느라고. 찬! 어두워지기 전에 얼른 이것 좀."

화영이 찬희의 손에 형광등을 쥐여 줬다.

"이게 뭐예요?"

"불이 깜빡깜빡하더라고. 이러다 그냥 나가 버리면 어떡해. 저녁에 수강생도 있는데."

"벌써 수강생이 있어요?"

"응. 그것도 엄청 예쁜 수강생."

"대박. 진짜? 얼마나 예쁜데요?"

"태홍아. 네가 말해 봐. 설미 쌤 진짜 예쁘지 않냐?"

화영의 물음에 태홍은 딴청을 피우다가 찬희와 눈이 마주쳤다.

"뭘 봐. 넌 빨리 형광등이나 갈아."

그가 찬희의 등을 떠밀며 재촉하자 찬희는 순순히 의자를 밟고 올라가 금세 형광등을 갈고 내려왔다.

"화영 선배. 설마 이것 때문에 부른 건 아니죠?"

"맞는데?"

화영의 말에 찬희는 황당한 얼굴로 서울 제집에서 문화시까지 걸리는 왕복 시간과 차비를 계산했다.

"와. 진짜 너무하네. 그럼 밥이라도 좀 줘요."

"그럴까? 근처에 죽이는 곱창집 있는데. 가자! 오래간만에 한잔하자고. 고고!"

좋다고 뛰어나가는 화영의 팔목을 태홍이 붙잡았다.

"어딜 가? 수강생 올 때 됐잖아."

그가 시계를 올려다보며 말하자, 화영이 피식 웃었다. 태홍의 말대로 곧 설미가 올 시간이었다.

"설미 쌤 오늘 못 온대. 몰랐어? 아하. 너, 그래서 체육관에 온 거구나?"

태홍은 낭패감이 깃든 얼굴로 입을 다물었다. 옆에서 찬희가 끼어들었다.

"이게 무슨 소리예요? 선배가 태홍이 형 부른 거 아니었어요?"

"전혀. 난 부른 적 없는데?"

그럼 태홍이 형은 왜 화영 선배가 불러서 왔다고 거짓말을 한 거지? 설마?

찬희의 두 눈이 휘둥그레졌다.

"설미 쌤이 누구예요?"

"있어. 태홍이가 좋아하는 여자."

"좋아하긴 누가! 입 함부로 놀리지 마!"

태홍이 눈을 부릅떴다. 하지만 거기에 기죽을 화영이 아니었다.

"맞잖아! 야. 요즘 대세는 돌직구야. 그리고 내가 설미 쌤을 좀 겪어 봐서 아는데, 눈치가 없더라고. 네가 직접적으로 고백 안 하면 아마 평생 모를걸?"

"뭐예요! 나만 모르는 이야기. 아, 진짜 너무하네. 형! 도대체 언제 나 몰래 연애 시작한 거예요?"

찬희가 배신감이 가득한 얼굴을 들이밀며 태홍을 바라보았다. 태홍은 그런 찬희의 이마를 손가락으로 밀어 멀리 떨어뜨리며 부정했다.

"아니라고."

"에이! 그러지 말고 저도 형수님 얼굴 좀 보여 줘요! 곱창집으로 부르는 건 어때요?"

"안 될걸? 목소리가 안 좋던데?"

"왜? 어떻게 안 좋은데? 얼마나? 어디 아프대?"

화영의 말이 끝나기가 무섭게 태홍이 달려들어 질문을 쏟아 냈다.

이러고도 안 좋아한다고? 코웃음 치던 화영은 태홍의 숨이 넘어가기 전에 얼른 설미와의 통화 내용을 떠올렸다.

— 관장님…… 그게, 그러니까……. 맞다! 오늘은 교재 연구 때문에 바빠서 못 갈 것 같아요. 죄송해요.

그냥 바빠서 못 온다고 하면 될 것을……. 설미는 굳이 교재 연구를 해야 한다는 핑계를 대며 못 온다고 했다. 그리고 횡설수설하는 말투와 떨리는 목소리. 무슨 일이 있는 게 분명했다.

갑자기 화영의 표정이 굳어지자, 뭔가 있음을 직감한 태홍은 가만히 핸드폰을 내려다보다가 갑자기 밖으로 달려 나갔다.

화영 못지않게 당황스러운 얼굴로 서 있던 찬희가 고개를 갸웃거렸다.

"형 저런 모습 처음 봐요. 지금 여자 때문에 달려 나간 거 맞죠?"

"아마도?"

찬희는 태홍을 저렇게 만든 설미 쌤이라는 인물이 도대체 어떤 여자인지 궁금해 미칠 것 같았다. 한번 결정 내린 일은 번복하지 않기로 유명한 태홍이었다. 그런데 그가 경찰을 그만두겠다고 선언하고 며칠 지나지 않아 바로 복귀했다. 아무래도 그의 마음을 움직인 건 여자인 것 같다는 촉이 와서 물어봤건만.

"역시, 사랑은 위대해. 그나저나 그 여자 진짜 예뻐요?"

"인마, 남의 연애사 그만 궁금해하고 밥이나 먹으러 가자!"

화영은 찬희의 목에 헤드록을 걸어 질질 끌고 체육관 밖으로 나갔다.

□ ■ □

그동안 뭘 하고 다녔는지 많이 지친 혜린을 침대 위에 눕힌 설미는 이불을 덮어 주며 아이를 진정시키려고 노력했다.

"일단 한숨 푹 자. 쌤이 떡볶이 만들어 줄게! 아니다. 밥을 먹어야 하나? 김치찌개 어때?"

"아무거나 다 좋아요."

혜린이 희미하게 웃었다. 처음 봤을 때 경직되어 있던 얼굴과 경계 가득했던 눈빛이 그나마 풀어져 있었다. 설미는 이제야 조금 마음이 놓였다.

조용히 방문을 닫고 나온 그녀는 주방으로 향했다. 김치를 썰어 찌개를 끓인 후 밥통을 열었는데, 밥이 없었다. 쌀통을 열어 보니 하필 쌀도 다 떨어졌다.

"혜린아, 선생님 잠깐 마트 좀 다녀올게."

방 안에 있는 혜린을 향해 소리쳤지만 잠든 모양인지 대답이 없었다. 설미는 지갑을 챙겨 서둘러 마트로 향했다.

쌀을 계산대에 올려놓은 뒤 설미는 생각에 잠겼다.

그 사람한테는 얘기해 줘야겠지?

핸드폰 주소록에서 태홍의 번호를 찾아 통화 버튼을 누르려던 설미의 손가락이 멈칫했다.

'근데 경찰은 싫어요. 아무도 못 믿겠어요. 무서워요……'

겁에 질린 얼굴로 자신에게 간절히 부탁하던 혜린의 모습이 떠올랐다. 설미는 고민에 빠졌다.

혜린의 얘기를 꺼냈을 때 태홍의 행동이 어떨지는 충분히 예상 가능했다. 그는 분명 당장 날아와 혜린에게 정석범과 그동안 무슨 일이 있었고, 정석범이 어디 있는지 유도 신문을 하거나 무섭게 다그칠 것이다. 그는 정석범 일이라면 눈이 뒤집히는 사람이니, 어린 혜린에게도 자비는 없을 것이다.

어쨌든 그에게 있어 최종 목표는 정석범을 잡는 것이었다. 동료 형사를 죽음으로 몰아넣고, 제 눈앞에서 사람을 죽이고 달아난 놈을 잡는 것.

그가 정석범 일이라면 물불 가리지 않고 달려드는 것도 이해가 된다. 태홍을 생각한다면 당장이라도 전화를 걸어 혜린을 찾았다고 말해야 하지만, 경찰에겐 알리지 말아 달라는 혜린의 간절한 부탁을 무시할 수도 없었다.

그래, 조금만 이따가 얘기하자. 그동안 혜린을 설득해 보자. 설마 그동안 무슨 일이야 생기겠어?

"손님. 계산이요."

"네? 네……."

"손님!"

마트 직원이 황당하다는 얼굴로 소리쳤다. 놀란 설미가 직원을 쳐다보자 직원이 그녀의 손을 가리켰다. 설미의 손엔 카드가 아닌 핸드폰이 들려 있었다.

"아, 죄송합니다."

설미는 얼른 다시 카드를 내밀어 정신없이 계산을 하고 마트 밖으로 나왔는데, 어쩐지 한 손이 허전했다.

'아차! 쌀!'

급히 뒤로 돌아선 그녀는 바로 뒤에 서 있던 누군가의 가슴에 얼굴을 쿵 부딪쳤다. 설미가 코를 매만지며 천천히 고개를 들었다.

"죄송…… 으헉!"

상대를 확인한 설미는 너무 놀라 하마터면 뒤로 자빠질 뻔했다. 오늘만큼은 무슨 일이 있어도 피하고 싶었던 태홍과 딱 마주친 것이다. 태홍의 손엔 그녀가 계산대에 버리고 간 쌀이 들려 있었다.

"으하하하, 안녕하세요!"

설미가 오버스럽게 인사하자 태홍이 미간을 찌푸렸다.

설미는 혜린을 집에 숨겨 둔 사실을 혹여 태홍에게 들킬까 불안했다. 꼬리가 길면 잡히는 법이랬다. 이럴 땐 말을 아껴야 해. 설미는 이마에 맺힌 식은땀을 닦으며 입을 꾹 다물었다.

그런 그녀를 빤히 내려다보던 태홍이 대뜸 물었다.

"너 무슨 일 있지?"

설미가 격하게 고개를 흔들었다. 그러자 태홍의 표정이 굳어졌다.

"왜 그렇게 봐요? 미안하지만 오늘은 제가 무지 바쁘거든요. 그럼 전 이만 먼저 가 보겠습니다."

태홍이 도망가려는 그녀의 손목을 덥석 잡았다. 설미가 화들짝 놀랐다.

"왜, 왜요?"

"밥 아직 안 먹었지?"

"집에서 먹으려고요."

"나랑 먹자. 따라와."

태홍은 그녀의 손목을 잡아끌고 걸음을 옮겼다. 설미가 당황한 기색으로 재빨리 태홍의 앞을 막아섰다.

"저기, 정말 죄송한데요. 오늘은 집에서 먹을래요."

"누구랑?"

"네? 누구요? 그게, 저 혼자……."

"임설미."

"네……."

설미는 그만 고개를 푹 숙여 버렸다. 태홍에게 거짓말은 하기 싫었다. 그렇다고 혜린과의 약속을 어기는 건 더더욱 싫었다.

제발, 그냥 아무것도 묻지 말아 주세요…….

설미는 한숨을 길게 내쉬며 천천히 고개를 들었다. 태홍이 그녀의 눈을 한참 들여다보더니 말했다.

"알았어."

그는 마치 설미의 속마음을 읽기라도 한 듯 아무것도 묻지 않고 설미를 지나쳐 골목을 올라갔다.

그의 뒷모습을 보자 한차례 고비를 넘겼다는 안도감보다, 어쩐지 그에게 미안한 마음이 더 컸다. 설미는 죄지은 사람처럼 고개를 숙인 채 그의 뒤를 따라갔다.

빌라 앞에 도착한 태홍은 그녀의 품에 쌀을 안겼다. 그러더니 인사도 없이 건물 안으로 먼저 들어가 버렸다.

설미는 한숨을 길게 내뿜으며 가슴을 쓸어내렸다. 그래도 오늘은 안 들키고 무사히 넘어갔다. 그녀는 무거운 발걸음으로 터벅터벅 계단을 올라가 현관문을 열고 집으로 들어섰다.

그리고 신발을 벗고 있는데…….

문이 닫히는 소리가 들리지 않았다. 뒤를 돌아보니 태홍이 문을 잡고 서 있었다.

"어? 지금 뭐 하는 거예요?"

태홍은 주인 허락도 없이 설미보다 먼저 안으로 들어갔다. 화들짝 놀란 그녀는 재빨리 신발을 벗고 달려가 태홍의 팔을 잡아끌었다. 하지만 그는 그녀의 손을 뿌리치더니 덜컥 방문을 열었다. 그리고 설미가 말릴 새도 없이 무작정 방으로 들어갔다.

"왜 남의 방에 함부로 들어가요!"

태홍을 따라 방으로 들어간 설미의 눈에 비어 있는 침대가 들어왔다. 그녀는 얼굴이 당황스럽게 굳어진 채로 태홍을 바라보았다.

태홍의 시선은 구석에 있는 옷장으로 향해 있었다. 설미가 태홍의 앞을 막아섰다. 그리고 제발 그만하라는 눈빛으로 고개를 절레절레 흔들며 애원했다. 하지만 태홍은 그녀를 무시한 채 그저 무표정한 얼굴로 옷장 문을 벌컥 열었다.

예상대로 옷장 안에는 혜린이 겁에 질린 모습으로 숨어 있었다. 설미는 얼른 달려가 태홍을 밀치고, 혜린을 부축해 옷장에서 꺼냈다.

지난번 나이트클럽 앞에서 봤던 태홍의 얼굴을 기억해 낸 혜린의 눈빛이 한층 불안하게 흔들렸다.

"선생님…… 이 아저씨 경찰 맞죠?"

태연한 얼굴로 서 있는 태홍을 본 설미는 기가 막혔다. 어쩌면 이 남자…… 마트에서 마주쳤을 때부터 이 모든 상황을 예상했는지도 모른다는 생각이 들었다. 그런데도 그런 눈치 한 번 보이지 않고, 한마디 상의도 없이 갑자기 집으로 들이닥친 그가 원망스러웠다.

"나가요! 당장!"

설미가 태홍의 몸을 밀며 소리쳤다. 하지만 태홍은 꼼짝 않고 서서 설미를 향해 물었다.

"내 얘기 안 했어?"

"네?"

"제자한테 내 얘기 안 했냐고."

설미는 자포자기한 심정으로 혜린에게 고백했다.

"혜린아. 이분은 내가 아까 말한……"

"애인이야."

"애인이야……. 으응?"

화들짝 놀란 설미가 고개를 획 돌려 태홍을 바라보았다. 그리고 눈으로 물었다.

'애인이라니! 미쳤어요?'

설미의 눈빛을 읽었음에도 그러거나 말거나, 태홍은 설미의 어깨에 팔을 둘렀다. 그리고 혜린을 향해 다시 한번 자신을 소개했다.

"만나서 반갑다. 내 이름은 서태홍. 네 선생님 애인."

혜린이 놀란 얼굴로 설미를 바라봤지만, 설미는 마냥 어안이 벙벙해진 상태였다. 지금 이 상황을 어떻게 받아들여야 하는 것인지 혼란스러웠다.

멘붕에 빠진 설미와 달리, 태홍은 혜린을 의식하며 설미를 향해 부드러운 목소리로 말했다.

"설미야, 오빠 밖에서 기다릴 테니까 나와. 얘기 좀 하자."

□　■　□

뒤늦게 건물 밖으로 뛰쳐나온 설미가 주변을 두리번거렸다. 그러다 벤치에 앉아 있는 태홍을 발견하곤 주먹을 말아 쥐었다. 그런 그녀를 태연하게 바라보던 태홍은 자리에서 일어나 손가락을 까딱거렸다.

설미가 전투적인 얼굴로 달려가 소리쳤다.

"내가 왜 서태홍 씨 애인이에요?"

"싫어?"

"네? 다, 당연하죠!"

"그럼 사실대로 말하든가. 나 경찰이라고."

태홍의 말에 잠시 생각에 잠겨 있던 그녀가 조심스레 물었다.

"혹시…… 혜린이 겁먹을까 봐 내 애인이라고 거짓말해 준 거예요?"

이제야 그가 왜 그런 비정상적인 행동을 했는지 이해가 됐다.

태홍은 갑자기 반짝거리는 눈으로 자신을 바라보는 설미가 부담스러워 괜히 면박을 줬다.

"넌 내 말이 말 같지 않냐? 정혜린 나타나면 나한테 바로 얘기하라고 했잖아! 왜 이렇게 말을 안 들어?"

"그건 미안해요. 근데 어쩔 수가 없었어요. 혜린이가 경찰 얘기만 꺼내도 막 몸을 부들부들 떨더라고요. 그동안 무슨 일이 있었는진 모르겠지만……. 아무튼 그게 너무 마음에 걸려서, 일단 제가 먼저 알아보고 그쪽한테 얘기하려고 했어요."

"됐고. 지금부터라도 내 말 잘 들어."

아무리 아끼는 제자라지만 사람을 죽이고 달아난 정석범과 관련이 있는 혜린을 받아들이는 건 쉽지 않은 문제였다. 솔직히 두려웠던 것도 사실이었다. 하지만 이제는 같이 사건을 공유하고, 기댈 수 있는 든든한 상대가 생겼다.

태홍의 존재가 새삼 고맙게 느껴진 그녀는 이제 무조건 그의 말에 따르겠다고 다짐하며 고개를 끄덕였다. 그러자 그가 다부진 눈빛으로 말했다.

"내보내."

"네?"

"정혜린 당장 집에서 내보내라고."

하지만 다짐은 금세 산산조각이 났다. 조금의 망설임도 없이 그녀가 이번엔 고개를 절레절레 흔들었다.

"안 돼요! 갈 데도 없는 애를 어떻게 내보내요?"

"갈 데가 왜 없어? 보호 시설 알아봐 줄 테니까 그쪽으로 보내. 저 애, 네가 평생 책임질 거 아니면 내 말 들어."

"……."

"정신 차려! 정혜린은 정석범의 딸이야."

그녀가 굳은 채 서 있자, 그가 다시 힘주어 얘기했다.

"정석범은 아무 죄도 없는 사람을 칼로 찔러 죽인 놈이야. 정혜린이랑 같이 있으면 너도 위험해."

"저요, 호신술……도 배웠고……."

겁먹은 얼굴……. 그녀의 눈동자가 불안하게 흔들렸다. 너무 몰아붙인 건 아닐까?

잠시 걱정하던 태홍은 이렇게 하지 않으면 그녀가 말을 듣지 않을 것을 알기에 더 큰 소리로 다그쳤다.

"너 지금 내가 장난하는 걸로 보여?"

설미는 울음을 꾹 참고 고개를 좌우로 흔들었다. 태홍은 그녀를 안타깝게 바라보았지만 달래진 않았다.

아무런 말도 없이 생각에 잠겨 있던 그녀가 한참 후에 입을 열었다.

"도와주세요……."

태홍은 말없이 그녀를 주시했다. 설미는 조금 더 솔직하게, 간절하게 자신의 마음을 털어놓았다.

"서태홍 씨가 나랑 혜린이 좀 지켜 주세요. 저요…… 솔직히 무서워요. 근데 혜린이 손을 놓을 순 없어요. 그건 더 무서우니까……."

태홍은 설미를 이해할 수 없었다.

"도대체 정혜린한테 이렇게까지 애정을 쏟는 이유가 뭐야?"

"나밖에 없어요. 지금 혜린이 마음이 어떨지 들여다봐 주고, 이해해 줄 사람……."

애원하듯 말하는 설미의 얼굴을 지그시 바라보던 태홍은 여전히 단호한 목소리로 말했다.

"올라가서 정혜린 데리고 내려와."

"……."

역시 그에게 혜린은 범죄자의 딸일 뿐인 걸까? 그렇다면 더 이상 그를 설득할 재간이 없었다. 설미는 고개를 숙인 채 한숨을 길게 내뱉었다.

그런데 그때, 조금은 부드러워진 태홍의 목소리가 들려왔다.

"밥 안 먹을 거야? 애 데리고 내려오라고."

설미가 놀란 눈으로 고개를 번쩍 들었다. 그녀는 감격에 찬 얼굴로 태홍을 바라보았다. 그가 헛기침을 몇 번 내뱉더니 변명하듯 말했다.

"오해할까 봐 미리 얘기하는데. 난 누굴 지키려고 경찰이 된 놈이 아니야."

"그럼 왜 경찰이 됐어요?"

"그건 알 거 없잖아."

여전히 말은 참 예쁘게도 하네.

"뭐, 아무튼 너무 고마워요. 역시 서태홍 씨는 좋은 사람인 것 같아요."

"좋은 사람이면 좋은 사람이지, 좋은 사람인 것 같은 건 뭐냐?"

"근데, 우리 뭐 먹을까요?"

설미가 재빨리 말을 돌렸다. 태홍은 금세 생기가 돌아온 그녀의 얼굴을 보자 헛웃음이 나왔다.

뭐가 저렇게 좋을까? 어쨌든 자신이 위험한 상황에 노출된 건 변하지 않는 사실인데……. 그 사실을 그녀에게 다시 한번 상기시킬 필요가 있다는 생각이 들어 태홍은 굳은 표정으로 주의를 줬다.

"정석범이 정혜린을 찾아올 수도 있어."

"서태홍 씨가 앞집 사는데 무슨 걱정이에요."

"정석범이 지금 어디 있는지 정혜린이 알 수도 있고."

"그건 제가 천천히 혜린이 달래서 알아내 볼게요. 저 진짜 앞으로 서태홍 씨가 하라는 대로 다 할게요. 그러니까 혜린이 내보내라는 말만 하지 말아 주세요. 네?"

"내가 하라는 대로 다 한다고?"

설미가 열심히 고개를 끄덕였다.

"그럼 하나만 협조해."

태홍의 뜬금없는 말에 설미가 되물었다.

"무슨 협조요?"

"어떤 직업의 남자를 원해?"

"갑자기 그런 건 왜 물어요? 딱히 생각해 본 적은 없는데, 굳이 말하자면……."

잠시 고민하던 설미의 입가에 미소가 떠올랐다.

"그냥 지금 생각나는 건…… 의사요. 흰 가운이 잘 어울리는 남자."

"없다더니. 꽤 디테일하네? 첫사랑이 의사였나?"

첫사랑이라는 단어에 설미의 뺨이 붉어졌다. 그런 그녀의 모습을 보자 태홍은 갑자기 짜증이 일었다. 그는 설미에게 다시 한번 주지시켰다.

"너랑 나 지금부터 애인 사이야. 정혜린 앞에서만."

"근데 꼭 그렇게까지 해야 해요?"

"내가 하라는 대로 다 한다며."

"알았어요. 근데 나 거짓말 잘 못 하는데……."

"그러니까 잘 들어. 너랑 나는 어렸을 적부터 한동네에서 같이 자랐고, 오빠 동생 하다가 최근에 연인 관계로 발전했어. 내 직업은 의사."

"뭐가 그렇게 디테일해요?"

"너 까먹지 말라고 스토리텔링 해 준 거야. 내 직업이 뭐라고?"

"의사요."

의사라는 말을 하며 설미는 또 얼굴이 발그레해졌다. 어떤 새끼를 떠올리는 거야? 삐딱하게 서서 설미를 흘겨보던 태홍은 괜히 심술이 났다.

"의사 말고 그냥 교사로 하자. 과목은 너랑 같은 체육."

"갑자기 왜 바꿔요? 의사 좋은데……."

"내 맘이야."

"알았어요. 어차피 가짜니까."

'가짜'라는 단어를 속으로 곱씹던 태홍은 그녀를 빤히 바라보았다. 왠지 그 단어가 마음에 들지 않았다.

"왜 그렇게 봐요?"

"저녁 뭐 먹을래?"

"고기요!"

"알았어. 올라가서 빨리 정혜린이나 데리고 내려와."

태홍의 말이 끝나기가 무섭게 건물 안으로 뛰어들어 간 설미가 이내 다시 밖으로 달려 나왔다. 그녀는 태홍을 바라보며 활짝 웃었다.

"가짜든 뭐든, 아무튼 옆에 있어 줘서 고마워요!"

속마음을 내비친 것이 쑥스러웠던 모양인지 그녀의 얼굴이 붉어졌다. 설미는 손으로 얼굴을 가린 채 급히 뒤를 돌아 건물 안으로 들어갔다.

태홍은 그녀가 서 있던 자리를 멍한 얼굴로 바라봤다. 설미의 발그레한 볼과 해맑은 미소가 떠오르자, 그는 저도 모르게 웃어 버리고 말았다.

할아버지를 향한 원망으로 선택한 직업이었다. 그러니 당연히 직업의식 따윈 없었다. 그런데 오늘, 처음으로 경찰이 되길 잘했다는 생각이 들었다. 누군가를 마음 편히 웃게 해 줄 수 있는 것만으로도 충분히 의미 있는 일이라는 것도…….

그리고 행복은 멀리 있지 않다는 것도…….

□　■　□

"아저씨는 뭐 하는 사람이에요?"

혜린이 태홍을 향해 물었다. 도둑이 제 발 저리다고 고기를 굽던 설미가 저도 모르게 태홍의 대답을 가로챘다.

"의…… 의사!"

저런 씨, 의사 아니라니까. 태홍의 아래턱에 힘이 들어갔다. 이 여자 학교 다닐 때 분명 공부 못했을 거야. 태홍은 설미를 찌릿, 노려보았다.

긴장한 탓에 손까지 덜덜 떨며 고기를 자르는 설미를 한심스럽게 바라보던 태홍은 속이 탄 나머지 물을 벌컥벌컥 마셔 댔다.

혜린은 평소답지 않게 말까지 더듬는 설미를 의아하게 바라보았다. 그러다 두 사람의 관계가 무척이나 궁금했는지 이것저것 질문 공세를 펼쳤다.

"두 분은 어디서 만나셨어요?"

"마, 맞선!"

"쌤 결혼해요?"

"어? 어!"

"진짜요?"

"응? 그게, 그러니까……. 오……빠? 우리 결혼해요?"

입에서 나오는 대로 엉뚱한 대답만 늘어놓던 설미는 이마에 흐르는 식은땀을 닦으며 태홍에게 구원의 눈길을 보냈다.

태홍은 피식, 한 번 웃고는 설미의 이마에 맺힌 땀을 닦아 주었다. 그러곤 흘러내려 온 머리카락도 귀 뒤로 넘겨 주었다.

"할 때 되면 해야지. 고기 그만 굽고 너도 좀 먹어."

태홍은 일부러 쌈을 크게 싸서 설미의 입에 구겨 넣었다.

그냥 입 좀 다물어라.

쌈 때문에 입이 터질 것 같은 설미를 보며 웃던 혜린은 이번엔 태홍을 향해 물었다.

"아저씨. 우리 쌤 많이 좋아하죠?"

"그게 보여?"

"네! 아저씨 계속 우리 쌤만 보고 있잖아요."

"예쁘잖아. 눈을 뗄 수가 없네."

"근데 저번에 클럽 앞에선 왜 그런 거예요? 엄청 살벌했는데……."

"애정 표현. 가끔 그렇게 놀아."

이 남자 뭐지? 왜 저렇게 자연스러워?

설미는 쌈을 꾸역꾸역 씹어 삼키며 태홍의 연기력에 감탄했다.

"저 화장실 좀 다녀올게요."

혜린이 일어나 화장실로 향하자마자, 설미가 울상을 지었다.

"어떡해요. 나 떨려서 못 하겠어요."

"우리 결혼 언제 할래?"

"네? 결혼이요?"

"나랑 결혼한다며."

"제가요? 미치겠다. 몰라요, 기억 안 나요. 나 술 마셔도 돼요?"

"미쳤냐? 술 취해서 실수하면 어쩌려고?"

"좀 취하면 자연스럽게 잘할 수 있을 것 같은데……."

"넌 그냥 입 다물고 가만히 있어."

"딱 한 잔만……."

"안 돼."

설미는 잔뜩 시무룩한 표정으로 술 대신 물을 들이켰다. 불안해서 고기도 안 먹히는지 다 익은 고기를 뒤적거리기만 했다. 그런 설미를 언짢은 눈빛으로 보던 태홍이 손을 들어 아주머니를 불렀다.

"여기, 소주 한 병이요."

아주머니가 곧바로 소주를 가져다주자 태홍은 설미의 잔에 소주를 따르며 매섭게 경고했다.

"취해서 헛소리하면 죽는다."

"네!"

설미가 소주를 홀짝홀짝 마시기 시작했다.

그러는 사이 혜린이 돌아오고 잠시 후.

쾅!

설미는 테이블 위에 머리를 박고 그대로 잠이 들었다. 결국 혜린 앞에서 한마디도 못 하고 술만 마시다가 뻗어 버린 것이다.

태홍은 길게 한숨을 내뱉었다. 그러자 혜린이 작게 웃었다.

"왜 웃어?"

"우리 쌤 귀엽지 않아요?"

"그러게. 귀여워 죽겠네."

"행복하게 해 주세요. 저한텐 친언니 같고 엄마 같은 분이에요. 제 롤모델이기도 하고요. 저도 나중에 커서 쌤처럼 좋은 어른이 되고 싶거든요⋯⋯."

"이런 건 배우지 마라."

자면서도 입이 찢어져라 연거푸 하품하는 설미를 가리키며 태홍이 말했다. 혜린도 설미를 보고 웃음을 터뜨렸다. 태홍은 고개를 절레절레 흔들며 설미가 마시다 만 술잔을 입속에 털어 버렸다.

설미가 잠들자 긴장이 됐는지 혜린이 손톱을 물어뜯었다. 태홍은 혜린을 유심히 바라보다가 넌지시 물었다.

"100미터 선수라고?"

태홍의 물음에 혜린은 천천히 고개를 끄덕이며 물을 마셨다.

"마라톤 해 본 적 있어?"

"아니요. 훈련 때 장거리 몇 번 달려 본 적은 있지만, 정식으로 마라톤 해 본 적은 없어요."

"마라톤에는 사점(死點)이라고 하는 데드 포인트가 있어. 데드 포인트는 말 그대로 죽을 것 같은 순간이야. 이 데드 포인트를 잘 넘기면 모든 통증과 피로가 사라지면서 다시 편안한 상태로 회복하게 돼. 그렇게 몇 번의 고비를 넘겨야만 마라톤을 완주할 수 있는 거지."

"⋯⋯."

"너무 꼰대 같았나? 이거 엄청 교과서적인 얘기 같지만⋯⋯."

태홍이 헛웃음을 내뱉다가 진지한 목소리로 말을 잇자 혜린은 그를 의아한 얼굴로 바라보았다. 그리고 그는 힘주어 말을 마쳤다.

"안 죽어."

"⋯⋯!"

"죽을 것 같은 순간과 삶을 포기해 버리고 싶은 고비만 있을 뿐, 계속 달려도 안 죽는다고. 그러니까 너 하고 싶은 대로 하면서 살아. 네 인생이잖아."

무심한 듯 따뜻한 말투와 목소리였다. 혜린의 눈빛이 흔들렸다. 태홍은 모른 척 자리에서 일어났다.

"가자."

계산을 하고 다시 테이블로 온 태홍이 설미를 흔들어 깨웠다.

"일어나."

"으으음⋯⋯."

"야, 너 내가 아무 데서나 자지 말랬지. 안 일어나?"

저도 모르게 평소처럼 소리를 버럭 지르던 태홍은 혜린이 자신을 보고 있다는 사실을 뒤늦게 깨달았다. 잠시 당황한 그는 망설이다 설미를 둘러업고 밖으로 나갔다.

혜린은 설미를 업은 태홍의 뒷모습을 가만히 바라보다가 천천히 자리에서 일어섰다.

□ ■ □

조심스럽게 방문이 열리고, 혜린이 거실로 나왔다. 혜린은 설미가 자고 있는 침실을 죄책감이 깃든 눈으로 흘끗 바라보다가, 서둘러 거실 서랍장을 뒤지기 시작했다.

닥치는 대로 서랍 속 물건들을 가방 안에 쑤셔 넣던 혜린이 동작을 멈췄다. 그리고 가만히 생각에 잠겼다.

하지만 그것도 잠시, 가방을 메고 차마 떨어지지 않는 발걸음을 억지로 옮겨 집을 나섰다. 혜린은 무거운 마음으로 걸음을 옮겨 건물 밖으로 나갔다. 그때였다.

"데드 포인트가 중요한 이유가 뭔지 알아?"

누군가의 목소리에 화들짝 놀란 혜린은 옆으로 고개를 돌렸다. 태홍이 건물 벽에 기대서서 담배를 피우고 있었다.

혜린은 대답 없이 태홍에게 고개 숙여 인사를 하곤 그를 지나쳐 갔다.

"그 고통을 견디지 못하고 멈춰 버리면 얼마 지나지 않아 데드 포인트가 또 오거든. 극복하지 못한 채 겪는 고통은 처음보다 더 큰 고통이 따르는 법이지."

걸음을 멈춘 혜린이 뒤로 돌았다.

"선생님한텐 저 봤다고 얘기하지 말아 주세요."

태홍은 담배를 끄고 혜린이 메고 있는 설미의 가방을 보며 차가운 표정으로 말했다.

"아니. 할 건데? '네 제자가 네 물건이랑 가방까지 훔쳐 메고 새벽에 도망가더라.' 이렇게 얘기할 생각이야."

"네?"

"그렇게 얘기해도 내 착한 애인은 너 찾겠다고 울면서 뛰어다니겠지?"

잠시 고민하던 혜린은 다시 걸음을 움직여 골목을 내려갔다. 태홍은 달려가 혜린의 앞을 막아섰다.

"네가 이러면 안 되지."

'목숨 걸고 널 받아 준 여자한테.' 라는 말은 생략했다.

"돌아가. 난 내 애인 우는 꼴 못 보겠으니까."

Hot Vacation

7화

냄비 안에서 보글보글 끓는 미역국을 한 숟가락 가득 떠서 맛을 본 설미가 호들갑을 떨었다.

"캬! 죽인다."

목구멍을 타고 내려가는 뜨거운 국물 덕분에 숙취가 단번에 해결되는 듯한 느낌이 들었다.

그나저나 어제 너무 긴장한 탓인지, 평소 주량보다 적게 마셨는데도 필름이 끊겨 버렸다. 설미는 미역국을 마시며 어제 있었던 일들을 떠올려 보았다.

일단 어제의 가장 큰 사건은 태홍과 애인인 척 연기하기로 했다는 거였다. 그것만으로도 머릿속에 지진이 날 것 같았다.

많이 피곤했는지 방에서 세상모르고 잠들어 있는 혜린을 생각하니 한숨이 절로 나왔다. 앞으로 같이 사는 동안 혜린에게 태홍과 애인 사이라고 거짓말을 해야 한다.

그러다 들키면 어떡하지? 그 사람이 경찰인 걸 알고 우리 혜린이 충격받으면 어떡하지? 그래서 엇나가 버리면? 상처받으면 어떡해?

이런저런 생각에 골이 흔들렸다. 이 고충을 함께 나눌 사람은 한 명뿐이었다. 설미는 미역국을 그릇에 담아 앞집으로 향했다.

딩동.

역시나 답이 없었다. 그래, 한 번에 나오면 서태홍이 아니지.

쾅쾅.

문을 두드리자 그제야 태홍이 잠이 덜 깬 모습으로 문을 열고 나왔다. 설미가 빙긋 웃으며 명랑하게 외쳤다.

"오빠! 안녕?"

오빠 소리에 태홍의 얼굴이 단박에 굳어졌다. 설미의 얼굴에 만개해 있던 웃음꽃도 점점 시들어 갔다.

"농담한 건데, 사람 무안하게 표정이 왜 그래요?"

"어디 가서 그딴 농담 하지 마."

저렇게 해맑은 얼굴로 오빠라니……. 태홍은 저도 모르게 얼굴이 벌게졌다. 그리고 그 모습을 들키기 싫어 괜히 더 쌀쌀맞게 굴었다.

"아침부터 또 뭐야?"

"쉿. 혜린이 들으면 어떡해요. 우리 위장 애인이잖아요."

설미가 바짝 다가와 귓가에 속삭이니 태홍은 화들짝 놀라 그녀의 어깨를 밀쳤다.

주르륵.

그 바람에 설미가 들고 있던 미역국이 바닥에 쏟아졌다. 그녀가 그를 원망스럽게 쳐다보았다.

"뭐예요, 진짜! 왜 사람을 밀고 그래요?"

태홍은 몹시 미안했다. 하지만 어떻게 표현을 해야 할지 몰라 가만히 서 있을 수밖에 없었다.

그의 마음을 알 리 없는 설미는 사과 한마디 없이 무표정한 얼굴로 서 있는 태홍에게 화가 머리끝까지 났다.

"서태홍 씨는 내가 우습죠? 왜 항상 잘못하고도 사과를 안 해요?"

"너 우습게 생각한 적 없고. 사과는 하려고 했어. 지금."

태홍은 얼른 집 안에서 수건을 꺼내 와 설미의 팔을 닦아 주었다. 거기서 그치지 않고 몸을 숙여 슬리퍼 위에 쏟아진 국물도 닦아 주었다.

그런 태홍의 행동에 놀란 설미는 굳은 채 그를 가만히 내려다보았다.

"거긴 안 닦아도 되는데……."

태홍은 고개를 들어 그녀를 빤히 올려다보았다. 그와 눈이 마주친 설미는 침을 꼴깍 삼켰다.

"왜요? 왜 그렇게 봐요."

"나 미역국 싫어해. 그러니까 다음부턴 가져오지 마."

그릇을 들고 있던 그녀의 손이 부들부들 떨렸다.

저 인간을 아주 그냥! 속 쓰릴까 봐 생각해서 가져왔더니, 뭐? 미역국 싫어하니까 다음부턴 가져오지 마? 언젠간 저 목구멍에 미역을 처넣어 주고 말 거야!

국물을 다 닦은 태홍은 허리를 펴고 그녀의 차림새를 위아래로 훑었다. 골반 라인이 노골적으로 다 드러나는 회색 레깅스에 상체를 조금만 숙이면 속이 다 보이는 헐렁한 티셔츠 차림이었다. 태홍은 한숨을 크게 내쉬었다.

"넌 내가 편하냐?"

"그럴 리가 없잖아요."

"근데 왜 매번 잠옷 차림으로 내 앞에서 알짱거리냐?"

"그럼 앞집에 국 한 그릇 갖다주는데 정장 차려입고 나올까요?"

"어. 앞으론 그러는 게 좋을 거야. 내가 원래 참을성이 없거든? 다음에 또 이러고 오면 혼난다?"

"뭐래……."

설미가 도대체 무슨 소린지 모르겠다는 표정으로 서 있자, 태홍이 그녀를 빙 돌려세우더니 집 쪽으로 밀었다.

"가."

쾅!

그리고 문을 닫고 안으로 들어가 버렸다. 설미는 너무 황당해서 말문이 막혔다.

집으로 돌아온 그녀는 고개를 절레절레 흔들었다.

"와. 완전 어이없어."

"쌤. 무슨 일 있어요?"

마침 방에서 나온 혜린이 물었다. 혜린은 혹시라도 태홍이 어젯밤 일을 설미에게 말한 건 아닌지 불안한 기색이었다.

하지만 그것을 눈치채지 못한 설미는 마냥 밝게 웃으며 상냥하게 말을 건넸다.

"아무것도 아니야. 잘 잤어? 배고프지? 빨리 밥 먹자."

설미는 얼른 주방으로 가서 밥솥을 열었다. 그러곤 그릇에 밥을 가득 눌러 담았다.

혜린은 따뜻한 국과 계란말이, 소시지, 김치 등이 정갈하게 차려진 밥상을 내려다보며 감격스러워했다. 설미가 식탁 위에 밥을 내려놓으며 혜린과 마주 보고 앉았다.

"혜린아, 잠자리 불편하지는 않았어?"

새벽에 거실은 물론 방에도 환하게 불이 켜져 있던 것이 떠오른

혜린은 의아한 눈길로 설미를 향해 물었다.

"괜찮았어요. 근데 쌤…… 밤에도 불을 켜고 주무세요?"

"아, 미안. 습관이라. 불편하면 오늘 밤부터는 불 꺼 줄게."

"아니요. 저는 괜찮아요. 그러니까 저 신경 쓰지 마시고 원래대로 생활하시면 좋겠어요. 그리고 빨리 돈 모아서 금방 나갈게요. 그때까지만 지내게 해 주세요. 그리고 생활비도 드려야 할 것 같은데, 얼마를……."

"혜린아……."

설미가 무섭게 표정을 굳히며 혜린을 불렀다. 이런 상황에서도 돈 걱정부터 하는 혜린의 마음을 이해 못 하는 건 아니지만, 그게 너무 안타까웠다. 답답한 마음까지 들었다.

"당분간 육상에만 전념하면 안 될까? 돈 걱정은 하지 말고. 응? 여기서 얼마든지 계속 지내도 되니까, 먹고 자는 문제는 걱정하지 마. 쌤이 그 정도는 돼요, 응?"

설미가 너스레를 떨자 혜린도 작게 웃으며 고개를 끄덕였다.

"그럼 오늘부터 훈련 나가는 거다? 괜찮지?"

"네. 그럴게요."

미역국에 밥을 말아서 반찬과 함께 맛있게 먹는 혜린을 보며 설미는 뿌듯해했다.

"근데 쌤은 안 드세요?"

"난 아까 음식 하면서 먹었지. 국 더 줄까?"

혜린이 고개를 끄덕이자 설미는 국을 더 퍼 왔다. 김이 모락모락 나는 미역국을 가만히 보던 혜린이 뭔가 망설이다가 뒤늦게 입을 열었다.

"쌤…… 저한테 왜 이렇게까지 해 주세요?"

혜린은 솔직히 설미가 잘 이해되지 않았다.

살면서 머물 곳이 없어 떠돌았던 날은 오늘 말고도 수없이 많았다. 엄마와 연락이 되지 않아 세상에 혼자 버려졌을 때도, 월세가 밀려 차가운 거리로 쫓겨났을 때에도, 주변 어른들에게 도와 달라고 손을 내밀었지만, 번번이 무시당하고 여기저기 떠넘겨지기 일쑤였다.

그래서 혜린은 부탁하면서도, 행여 설미가 자신을 받아 주지 않더라도 충분히 이해할 수 있었다. 사람은 원래 그러니까. 그리고 그게 당연하다고 생각했다.

하지만 설미는 아주 당연하게 자신을 받아 주었다. 혜린은 정말 궁금했다. 도대체 선생님은 자신에게 왜 이렇게까지 해 주는 걸까? 자신이 어디서 뭘 하다 왔는지 알고? 정말 자신을 믿는 걸까?

"너한테 좋은 어른이 되고 싶어. 나한테도 좋은 어른이 있었거든……."

설미가 천천히 입을 열자 혜린은 그녀의 말에 귀를 기울였다.

"사고로 다리가 망가지고 더 이상 선수 생활을 할 수 없게 됐을 때. 부모님도 없고, 집도 없고, 돈도 없는 내게 유일하게 손을 내밀어 준 어른이 있었어."

"……."

"그 사람을 보면서 나도 나중에 커서 저런 어른이 되어야지 했어. 그 힘으로 지금까지 왔고. 그러니까 혜린아…… 내가 너한테 좋은 어른으로 남을 수 있게 도와줘. 힘들겠지만…… 네가 좀 더 힘을 내 줘. 그래서 너도 좋은 어른이 되어 줬으면 좋겠어. 그래 줄 수 있지?"

설미의 물음에 혜린의 눈빛이 흔들렸다. 갑자기 혜린의 고개가 숙여졌다. 식탁 위로 눈물이 뚝뚝 떨어졌다.

설미는 숨죽여 우는 혜린의 머리를 부드럽게 쓰다듬어 주었다.

□ ■ □

출근 준비를 마친 태홍은 창가에 서서 커피를 마시며 찬희와 통화를 하고 있었다.

— 언제 보여 줄 거예요?

"뭘, 인마."

— 설미 쌤! 문화고 체육 교사에 키는 168. 긴 생머리. 몸매가 아주 죽인다던데요?

화영에게서 설미의 프로필을 전해 들은 찬희는 이제껏 자신에게 설미의 시옷 자도 꺼내지 않은 태홍에게 깊은 배신감을 느꼈다.

"정혜린 찾았다."

— 말 돌리지 마시고요.

"진짜야."

— 정말요? 지금 어디 있는데요? 정석범은요?

"정혜린은 지금 우리 앞집에 있고. 정석범은 아직."

— 앞집이라면……. 잠깐! 그 설미 쌤이 형 앞집에 산다고 하지 않았어요?

"맞아. 정혜린이 임설미를 찾아왔어."

— 왜요?

"이제 알아봐야지."

태홍은 창밖을 내려다보았다. 설미와 혜린이 비슷한 트레이닝복을 입고 골목을 내려가고 있었다. 방도 내어 주더니, 이번엔 자기 옷도 줬나 보다. 저러다가 정혜린을 위해서 집도 팔 기세였다.

"저 여자 도대체 왜 저러지? 아주 다 퍼 줘."

— 네? 뭘 퍼요?

태홍은 각설하고 다시 일 얘기를 했다.

"오늘부터 정혜린 감시 좀 해. 경찰 무서워한다니까, 절대 신분 들켜선 안 돼."

― 신분을 속이라고요? 그럼 형은요? 앞집 사니까 얼굴 봤을 거 아니에요. 형도 속였어요? 뭐라고 하고 속였어요?

태홍은 어제 일을 떠올렸다. 남자 친구의 직업으로 어떤 직종이 좋으냐고 물었을 때, 흰 가운 운운하며 의사라고 대답하던 설미의 발그레한 얼굴이 떠오르자 태홍의 아래턱에 힘이 들어갔다.

혹시, 그 여자 좋아하는 남자 있나? 그 남자가 의산가?

거기까지 생각이 닿자, 태홍은 다 식어 버린 커피를 화풀이하듯 원샷해 버렸다.

□　■　□

"11초 56!"

설미가 다시 한번 스톱워치를 확인했다.

스탠드에 앉아 있던 육상부원들이 트랙으로 우르르 달려 나왔다. 그동안의 울분을 토해 내듯 트랙 위를 질주한 혜린의 주변으로 부원들이 모여들었다.

"정혜린! 넌 양심도 없냐? 훈련도 빠진 주제에 이 기록이 말이 돼?"

"맞아. 네가 이렇게 빠르면 우린 뭐가 되냐?"

호들갑을 떠는 부원들과 달리 혜린의 표정은 어두웠다. 친구가 건넨 물을 마시며 숨을 고르던 혜린이 고개를 들었다. 그리고 기록지를 꼼꼼히 살펴보고 있는 설미에게로 향했다.

"쌤, 뭐가 문제인지 모르겠어요. 몇 달 동안 기록이 그대로예요."

혜린은 금방이라도 울 듯한 얼굴로 말했다. 설미는 혜린의 얼굴에서 초조함을 읽었다. 이 순간 혜린이 어떤 마음인지 누구보다도 잘 아는 사람이 그녀였다.

잠시 생각에 잠겨 있던 설미는 기록지를 내려놓고 자리에서 일어났다. 트랙 위로 내려온 그녀는 혜린이 쓰던 블록의 위치를 바꿨다.

"스타트 왼발부터 해 봐."

설미는 지난번 나이트클럽 앞에서 도망치던 혜린의 모습을 떠올렸다. 분명 왼발이 먼저 나갔었다. 하지만 시합 때마다 늘 오른발이 먼저였던 혜린은 내키지 않는 모양인지 망설이고 있었다.

"한번 해 보자."

자신감에 찬 설미의 표정에 혜린은 바뀐 블록 앞에 섰다. 스타트 자세가 갑자기 바뀌어 영 불편했지만 혜린은 설미를 믿고 출발을 기다렸다.

탕.

출발음이 울리자 혜린이 트랙 위를 달려 나갔다. 혜린은 좀 전과는 확연히 다른 속도를 보였다. 육상부원들은 물론이고 설미도 혜린의 스피드에 감탄했다.

설미는 혜린이 결승선을 통과하자 바로 스톱워치를 확인했다.

"11초 52!"

한동안 정적이 흘렀다. 운동장엔 매미 소리에 섞인 혜린의 거친 숨소리만 들릴 뿐이었다.

"대박! 말도 안 돼……. 지금 여자 100미터 한국 기록이 몇 초지?"

"11초 49잖아. 넌 육상 선수가 그런 것도 모르냐? 근데 그거 누가 세운 거지?"

"2005년도인가? 선수 이름은 모르겠네. 검색해 보자!"

부원들이 수군거렸다. 부원 중 한 명이 스마트폰으로 검색을 해 보더니 자리에서 벌떡 일어났다.

"말도 안 돼……."

"왜 그래?"

"선수 이름이…… 설미 쌤이랑 같아."

"흔한…… 이름은 아닌데."

부원들의 시선이 일제히 설미에게로 향했다. 설미는 기록지에 뭔가를 열심히 적으며 학교 안으로 향하고 있었다. 그런 설미의 뒷모습을 멍하니 바라보며 부원들은 고개를 갸웃거렸다.

"설마, 아니겠지?"

"맞아. 그거 쌤이 세운 기록이야."

스타트 자세를 연습하던 혜린이 덤덤히 대답하자, 부원들의 두 눈이 휘둥그레졌다.

□　■　□

훈련이 모두 끝나고 아이들이 각자 자유롭게 체력 단련실에서 근력 운동 하는 것을 지켜보던 설미는 조용히 학생부실로 향했다. 그리고 자리에 앉아 미뤄 놓았던 2학기 교과 연구와 담임 업무를 차분히 시작했다.

한창 집중하고 있는데 핸드폰이 울렸다. 핸드폰 액정에 찍힌 발신자 번호를 확인한 그녀의 눈빛이 흔들렸다. 국제 전화번호였기 때문이다. 해외에서 자신에게 전화를 걸 사람은 한 사람뿐이었다.

1년 전 미국으로 훌쩍 연수를 떠났던 사람. 존재만으로도 위안이 되고, 죽고 싶을 만큼 괴롭고 힘들 때 자신에게 손을 내밀어 준 유일한 어른.

그리고 그녀가 혼자 좋아했던 남자.

그리고 이제는 좋아하면 안 되는 남자.

설미는 핸드폰을 손에 쥔 채로 일어나 학생부실을 빙빙 돌았다. 그래도 핸드폰 진동음은 끊기지 않고 계속 울렸다.

망설이던 설미는 결국 통화 버튼을 누르고야 말았다.

"여보세요……."

— 설미야. 나야. 그동안 잘 지냈어?

1년 만에 온 연락이었다. 그의 목소리를 듣는 순간, 그녀는 역시 전화를 받기 잘했다는 생각이 들었다. 부드럽고 편안한 차윤의 목소리는 듣고 있는 것만으로도 힐링이 되는 느낌이었다.

— 임용 고시 붙었다는 소식은 들었어. 그럼 지금 학교겠네?

"네. 학교예요. 교무실."

— 교무실? 우와. 우리 설미 대단한데?

"대단하긴요. 근데 선생님은요? 잘 지내세요?"

— 아니.

"왜요? 무슨 일 있으세요?"

— 너 보고 싶어서…….

심장이 덜컹 내려앉았다. 설미는 저도 모르게 심장 가까이 손을 가져다 댔다.

쿵쾅쿵쾅.

심장이 미친 듯이 뛰고 있었다. 핸드폰 너머로 들려오는 다정한 목소리에 그녀는 다시 사춘기 소녀로 돌아간 것 같았다.

이 목소리 덕분에 열한 번의 수술과 지옥 같았던 재활을 견뎌 내고 다시 일어설 수 있었다. 비록 선수 재기는 불가능했지만, 일상생활을 하는 데는 전혀 문제가 없을 정도로 회복했다.

여름만 되면 찾아오는 그 통증만 빼고…….

— 설미야. 나 다음 주에 귀국해. 귀국하면 제일 먼저 너 만나러 갈 거야. 너한테 꼭 해야 할 말이 있거든…….

연수는 어쩌고 갑자기 왜 이렇게 빨리 돌아오는 거냐고 물으려는데, 차윤이 다급한 목소리로 말했다.

— 설미야. 미안한데, 지금 급한 수술이 생겨서 가 봐야 해. 한국에 도착하면 다시 연락할게. 그때 보자.

정말 급한 일이 있는지, 차윤은 설미의 대답은 듣지도 않고 전화를 끊어 버렸다.

멍한 얼굴로 액정을 들여다보던 설미는 갑자기 무릎이 아파 오기 시작했다. 저번에 체육관에서도 그렇고 요즘 시도 때도 없이 통증에 시달렸다. 아무래도 진통제 처방을 받아야겠다는 생각으로 설미는 병원에 전화를 걸어 진료 예약을 했다.

"설미 쌤. 어디 아파?"

어느샌가 교무실에 들어온 남정우 선생이 걱정스레 물었다. 병원에 예약 전화를 걸 때부터 있었던 모양이다.

"미안. 통화 내용을 들어 버렸네. 한국대 병원 3시 예약."

"아, 그냥 좀……. 근데 오늘 근무조세요?"

"아니. 오늘 우리 반 애들 소집일. 이제 다 끝났는데, 내가 병원까지 데려다줄까?"

"아니요. 괜찮아요. 학교 앞에서 버스 타면 돼요."

"한 번에 가는 버스 없잖아. 서울까지 어느 세월에 가. 지하철도 세 번 환승해야 하고. 어차피 나도 집에 가는 길이야. 주차장에서 기다릴 테니까 준비하고 천천히 나와."

남정우 선생은 막무가내로 자기 할 말만 하고 얼른 학생부실을 나가 버렸다. 설미는 하는 수 없이 짐을 챙겨 교무실을 나왔다.

운동장으로 나온 설미는 스탠드에서 친구들과 수다를 떨고 있는 혜린을 발견했다. 환하게 웃으며 친구들과 어울려 노는 혜린을 보니 마음이 한결 가벼워졌다.

설미는 혜린을 향해 손짓하며 그녀를 불렀다. 혜린이 한걸음에 달려왔다.

"혜린아. 쌤이 서울에 볼일이 있거든? 그러니까 늦으면 먼저 저녁 챙겨 먹어. 냉장고에 반찬 있……."

"쌤. 저 어린애 아니거든요? 제가 알아서 잘 챙겨 먹을 테니까 걱정 말고 다녀오세요."

"그래. 그럼 이따가 보자."

주차장으로 향하는 설미를 지켜보던 혜린은 설미가 남정우 선생의 차에 올라타자 고개를 갸웃거렸다.

"대박! 설미 쌤이랑 정우 쌤이랑 사귀나 봐!"

"아니거든. 설미 쌤 남친 완전 잘생겼어. 내가 저번에 정문에서 봤어."

옆으로 다가온 친구들이 호들갑을 떨었다. 태홍과 남정우 선생 둘 중 누가 설미의 애인인지 궁금해하는 친구들의 시선이 혜린에게로 향했다.

"혜린아! 넌 알지? 둘 중 누가 남친이야? 너 설미 쌤이랑 친하잖아."

친구들의 물음에 혜린은 어제저녁 자신의 앞을 가로막던 태홍의 모습이 떠올랐다.

'돌아가. 난 내 애인 우는 꼴 못 보겠으니까.'

그때 태홍의 모습은 정말로 멋있었다. 혜린은 어젯밤 자신의 행동을 설미에게 말하지 않고 눈감아 준 태홍에게 고마운 마음이 들었다. 그리고 자신을 믿고 받아 준 설미를 앞으로 두 번 다시 배신하고 싶지 않았다.

"은지야. 너 혹시 핸드폰 공기계 가지고 있는 거 있어? 나 그것 좀 빌려줄 수 있을까?"

은지는 흔쾌히 알았다며 내일 가져오겠다고 했다.

친구들이 가방을 챙기느라 정신없을 때 혜린은 주머니에서 아빠가 건네준 명함을 꺼내 가만히 내려다보며 생각에 잠겼다.

한편, 운동장 담 너머에서 찬희가 이 모습을 지켜보고 있었다.

스탠드에 앉아 생각에 잠겨 있는 혜린을 유심히 보던 찬희는 핸드폰 카메라로 혜린을 찍어 줌을 당겼다.

"도대체 뭘 그렇게 보는 걸까?"

워낙 작아서 손에 든 것이 뭔지 자세히 보이지 않았다. 서에 돌아가서 제대로 확대해 봐야겠다고 생각하며 찬희는 조금 전에 찍었던 또 한 장의 사진을 클릭했다.

남정우 선생의 차에 올라타는 설미의 사진이었다.

"이건 필히 보고 올려야겠네."

찬희는 장난기 가득한 얼굴로 태홍에게 사진을 첨부해 문자를 보냈다.

□　■　□

그 시각, 문화1동에서는 30대 남성이 20미터 높이 크레인에 올라가 고공 시위를 벌이고 있었다. 먼저 도착한 구급대원들은 크레인 주변에 에어매트를 설치해 만일의 사태를 대비하고 있었다.

구급대원에게서 사건 경위를 전해 들은 회철은 크레인을 올려다보고 있는 권 팀장과 태홍에게 달려갔다.

회철이 브리핑을 시작하려는데, 태홍의 핸드폰이 진동했다. 태홍은 핸드폰을 꺼내 문자 메시지를 확인했다.

찬희가 보내온 사진엔 설미가 찍혀 있었다. 문제는 그녀 혼자가 아니라는 거였다. 운전석에 앉은 낯선 남자를 보며 태홍의 표정이 굳어졌다.

이 새끼는 또 뭐야.

태홍은 사진 아래 찬희가 보낸 문자 내용을 확인했다.

[이름: 남정우
소속: 문화고(윤리 교사)
특징: 학기 초부터 임설미 선생을 죽어라 따라다녔다고 함]

어쩐 일인지 저기압이 된 태홍의 눈치를 보며 회철은 계속해서 브리핑을 했다.

"어제 여자 친구에게 이별 통보를 받고 홧김에 올라간 것 같다고 합니다."

"하여튼 요즘 젊은것들이란……. 회철! 너는 저 새끼 부모랑 여자 친구 연락해서 불러. 그리고 서 경위는……. 저 자식 뭐야? 야! 서 경위!"

갑자기 크레인으로 달려가는 태홍을 권 팀장이 황당한 얼굴로 바라보며 소리쳤다. 태홍은 그러거나 말거나 크레인 위를 올라가기 시작했다. 누가 말릴 새도 없었다.

밑에서 대기 중이던 구급대원이 놀라 권 팀장을 향해 달려갔다.

"저분 지금 뭐 하시는 겁니까? 보호 장비도 없이, 저러다 다치면 어쩌려고……."

"일단 지켜보시죠. 다쳐도 지가 다치지 시민 다치게는 안 합니다."

권 팀장은 자신의 턱을 손가락으로 문지르며 크레인 위를 쳐다보았다.

"저 또라이⋯⋯."

올려다보기만 해도 아찔한 높이였다. 금세 꼭대기까지 올라간 태홍은 시위 중인 남성과 이야기를 나누고 있었다.

"지금 둘이 무슨 얘기를 하고 있는 겁니까?"

구급대원의 질문에 권 팀장이 고개를 들었다. 무표정한 얼굴로 윽박지르는 듯 보이는 태홍을 올려다보며 권 팀장이 답했다.

"뛰어내려, 이 새끼야."

"네?"

권 팀장이 태홍의 입 모양을 따라 말을 내뱉던 그때.

펑!

에어매트 위로 태홍과 남성이 떨어졌다. 그리고 곧장 구급대원들이 우르르 몰려갔다.

태홍은 여전히 무표정한 얼굴로 주머니에서 수갑을 꺼내 남성의 팔에 채웠다. 그리고 남성을 질질 끌고 매트에서 내려왔다.

권 팀장이 태홍의 어깨를 두드리며 말했다.

"수고했⋯⋯."

"제 몸에 손대지 마세요."

태홍은 권 팀장의 팔을 뿌리치고 남성을 끌고 경찰차에 올라탔다. 저 새끼 또 왜 저렇게 저기압이야?

문화서에 도착해서도 태홍은 오늘따라 유독 히스테릭했다. 심지어 조서를 작성하던 중 책상 위에 있던 핸드폰을 집어 책상 서랍 안에 던져 버리기도 했다. 그 탓에 권 팀장과 회철을 비롯한 문화서 경찰들은 이유도 모른 채 태홍의 눈치를 살펴야 했다.

"일단 진통제 처방해 드릴게요. 근데 아시다시피 마약성 진통제라 부작용이 꽤 커요. 되도록이면 약 없이 견뎌 보라고 권유하고 싶지만……."

컴퓨터로 그녀의 수술 기록을 넘겨 보던 의사는 이 정도면 약을 처방해도 되겠다 싶었는지 시스템에 마약성 진통제 바우틴을 적어 넣었다.

진료를 끝내고 복도로 나온 설미를 누군가 기다리고 있었다.

"같이 가셔야겠습니다."

설미는 무덤덤한 표정으로 검은 양복을 입은 남자를 따라 이사장실로 향했다. 이 병원에 올 때부터 어느 정도 예상했던 상황이었다.

설미가 이사장실에 들어서자마자 차윤의 모친 표나숙 여사가 자리에서 벌떡 일어났다.

"여우 같은 년! 너 우리 차윤이 한국 온다는 소식 들었니? 그래서 온 거지? 감히 네가 여기가 어디라고 와! 병원이 여기밖에 없어?"

그렇지 않아도 병원에 도착하자마자 원무과에 들러 그동안의 진료 기록 카피를 신청해 놓았다. 오늘은 약 때문에 급해서 하는 수 없이 이곳에서 진료를 받기는 했지만, 설미 역시 다시는 이 병원에 오지 않을 생각이었다. 하지만 변명하는 것도 이제는 지쳤다.

"차윤이 다음 달에 약혼할 거야. 한국에 들어오는 것도 약혼 때문이고. 그러니까 괜히 싸구려 동정심 자극해서 애 혼란스럽게 하지 않는 게 좋을 거야. 알아들었니?"

그가 서둘러 귀국하려는 이유는 약혼 때문이었나 보다. 설미는 차윤의 상대가 좋은 여자였으면 좋겠다는 생각을 했다. 그 상대가 자신이 되고 싶다는 생각은 전혀 없었다. 표 여사의 말대로 선생님에게 자신은 불쌍한 여자애일 뿐이니까.

"충분히 알아들었어요. 그럼 이만 가 보겠습니다."

설미는 표 여사를 향해 정중히 인사를 하고 이사장실을 나왔다.

이사장실이라고 쓰인 푯말을 잠시 올려다보던 설미의 표정이 어두워졌다.

몇 년 전 표 여사를 통해 들었다. 그동안 선생님이 가족들 몰래 자신의 수술비와 재활비를 지원하느라 집을 팔고, 차를 팔고, 심지어 땅까지 내놓았다고. 그러니 어느 부모 속이 안 뒤집히겠는가. 그런 생각을 할 때면 설미는 가끔 한 번씩 자신을 찾아와 악다구니 써 대는 표 여사를 용서하고 만다.

그래, 잘 참았어. 선생님이 나한테 해 준 것들을 생각하면 이 정도는 아무것도 아니야.

설미는 작게 한숨을 내쉬었다. 그러곤 지하에 있는 약국에서 약을 받아 병원 로비로 향했다.

"설미 쌤!"

어디서 많이 듣던 하이톤의 목소리에 설미가 뒤로 돌았다. 화영이 손을 흔들며 달려오고 있었다.

설미는 뜻밖의 인물을 만나 반갑기보다는 당혹스러웠다. 그래서 재빨리 약 봉투를 가방 안에 숨겼다.

"관장님! 여긴 어쩐 일이세요? 혹시 어디 아프세요?"

"나 말고 아버지요. 이가 안 좋으셔서…… 병원 모셔다드리고 가는 길이에요. 설미 쌤은요?"

"저는 그냥, 몸이 조금……."

"아…… 다리?"

"어떻게 아셨어요?"

"저번에 체육관에서 태홍이가 설미 쌤 안고 가는 거 봤어요."

"네? 뭘 보셨다고요?"

갑자기 설미의 얼굴이 달아올랐다. 화영은 뭘 그런 거 가지고 부끄러워하느냐며 설미의 어깨를 두드렸다.

"근데 많이 안 좋아요?"

"아니요. 그렇게 심각한 건 아니에요. 근데 하랑이는요?"

"친정에 맡겨 놨어요. 오늘 간만에 자유예요!"

신이 난 화영에게 설미는 애써 웃어 보였다. 하지만 어쩐지 많이 지친 듯 보이는 설미가 화영은 마음에 걸렸다.

"근처에 맛있는 샤브샤브집 있는데 저녁 먹고 갈래요?"

□　■　□

그냥 문화시로 돌아가겠다는 설미를 끌고 샤브샤브집에 온 화영은 익힌 고기를 라이스페이퍼에 돌돌 말아 소스를 찍어 내밀었다.

"먹어 봐요. 기분 안 좋을 땐 먹는 게 최고야."

"네. 감사합니다."

화영이 내민 쌈을 받으며 설미가 조심스레 입을 열었다.

"관장님……."

"네?"

"맥주 시켜도 돼요?"

"여기요! 맥주 두 잔 주세요."

설미의 말이 끝나자마자 화영은 맥주를 주문했다.

맥주가 도착하자마자 두 여자는 잔을 들었다.

"자, 건배!"

"캬. 시원하다!"

알코올이 들어가자, 설미의 얼굴에 조금씩 홍조가 돌았다. 그런 설미를 향해 화영이 진지한 얼굴로 말했다.

"설미 쌤은 웃는 게 예뻐요."

설미는 순간 차윤과 함께했던 추억들이 떠올랐다. 그 사람도 그렇게 말했다. 넌 웃는 게 예쁘다고. 그래서 죽어라 노력했다. 어떤 순간에서도 밝게 웃으려고. 그러지 않으면 그가 걱정할 테니까.

"관장님. 누군가를 잊으려면 어떻게 해야 할까요?"

"글쎄요. 그런 방법이 있으면 나도 좀 알고 싶네?"

화영의 쓸쓸한 눈동자를 보며 설미는 자신이 말실수했다는 사실을 깨달았다. 설미가 잔뜩 미안한 얼굴로 고개를 숙이자 화영이 호탕하게 웃으며 잔을 내밀었다.

"자, 미안하면 원샷!"

설미는 미안한 만큼 아주 빠른 속도로 잔을 열심히 비웠다.

그 뒤로도 맥주를 부어라 마셔라 하던 두 여자는 결국 2차까지 갔다. 포장마차 구석에 앉아 두 여자는 이번엔 소주잔을 기울였다.

"근데 설미 쌤은 누굴 잊고 싶은데요?"

"사랑할 수 없는 사람이요."

"그건 반대. 세상에 사랑할 수 없는 사람이 어디 있어? 사랑하는 건 내 자유인데. 그냥 사랑해요! 잊긴 뭘 잊어. 그냥 사랑하면 되지."

"아. 다시, 다시 말할게요. 나를 사랑하지 않는 사람이요."

"아…… 짝사랑?"

"네. 10년 됐어요. 곧 약혼한대요. 근데 저는 진짜 괜찮거든요? 선생님이 좋은 여자 만났으면 좋겠어요. 진심으로. 그런데도……."

"진짜? 아무렇지 않다고? 10년이나 좋아했던 남자가 다른 여자랑 약혼한다는데?"

설미는 애써 웃으며 고개를 끄덕였다. 하지만 동그란 눈동자에는 이미 눈물이 차올랐다.

"누군가는 그저 사랑 아니라고, 동경하는 거라고 말해요. 근데요, 그게 뭐가 됐든 선생님은 정말 저한테 고마운 사람이거든요. 선생님 없었으면 저 벌써 옛날에 죽었어요……."

"……."

"그러니까 좋은 여자 만나야죠. 나 같은 애 말고, 좋은 여자……."

술에 잔뜩 취한 채 중얼거리던 설미가 테이블 위에 머리를 쿵! 하고 박았다. 마찬가지로 술에 취한 화영은 게슴츠레 뜬 눈으로 설미의 어깨를 흔들어 댔다.

"설미 쌤! 일어나 봐요. 짝사랑 얘기 마저 해 줘야지."

널브러진 설미를 바라보던 화영은 머리를 긁적이며 소주를 들이켰다.

"10년 짝사랑에, 선생님이라? 우리 태흥이 큰일 났네……."

태흥의 강력한 라이벌 등장에 괜히 화영의 마음이 조급해졌다. 취한 정신에도 팔은 안으로 굽는다고 어느새 화영은 태흥에게 전화를 걸고 있었다.

□　■　□

하늘을 붕붕 날고 있었다. 허공 위에 뜬 발은 무중력 공간에 있는 것 같은 느낌이 들었다. 코끝으로는 좋은 향기가 스며들었다.

아, 이 향…… 굉장히 익숙한데, 어디서 맡아 봤더라?

킁킁거리며 냄새를 맡았다. 그런데 그때 귓가로 향기만큼이나 익숙한 목소리가 들려왔다.

"야. 숨 쉬지 마. 무거우니까."

이 목소리는 생각할 것도 없이, 고민할 것도 없이 그 남자였다.

설미는 두 눈을 번쩍 떴다. 자신이 누군가에게 업혀 어디론가 향하고 있었다. 그래서 조심스레 고개를 모로 돌려 목소리의 주인공을 확인했다.

날카로운 턱선과 잘 뻗은 코. 그리고 짙은 눈매. 역시나 서태홍이었다.

"서태홍 씨가 여긴 왜? 제가 왜? 아니다. 일단 내려 주세요!"

설미가 얼른 태홍의 등에서 내렸다. 술이 덜 깬 모양인지 비틀거리는 설미의 어깨를 태홍이 얼른 잡아끌었다.

"너 진짜 죽을래?"

"또 왜요? 내가 뭘 잘못했다고……."

"술 마시고 왜 아무 데서나 뻗어?"

"그건…… 관장님이 너무 편해서, 기분 좋게 마시다 보니까. 근데 관장님은 어디 가셨어요?"

"집에 가셨다, 왜!"

"아니, 왜 화를 내요? 근데, 여기 어디예요?"

주위를 돌아보니 뒤쪽으로 멀리 포장마차가 보였다. 그렇다면 이곳은 아직 서울이었다.

태홍은 포장마차에서부터 설미를 업고 주차장으로 향하던 중이었다. 반듯한 이마에 땀이 송골송골 맺혀 있었다.

더워 죽겠는지 인상을 잔뜩 찡그린 채 땀을 삐질삐질 흘리고 서 있는 태홍을 보니 설미는 몹시 미안해졌다.

"근데 서태홍 씨가 서울까진 어쩐 일이세요?"

"그러는 넌 서울까지 뭐 타고 왔어?"

"동료 선생님 차 얻어 타고 왔죠. 저기, 근데 혹시 차 가지고 오셨어요? 그럼 가는 길에 저 좀 태워 주세요."

"남의 차 얻어 타는 게 특기야? 차 태워 준다고 하면 아무 놈이나 다 따라가지?"

이 남자가 더위 먹었나? 왜 또 시비야.

"됐어요! 싫으면 싫다고 하면 되지."

설미는 비틀거리며 버스 정류장으로 향했다. 그러자 태홍이 달려와 설미의 가방을 붙잡았다.

"어? 이거 놔요!"

아직 술기운이 남은 설미가 중심을 잃고 넘어지려 하자 태홍이 얼른 그녀의 허리를 잡아당겨 품에 안았다. 졸지에 태홍에게 안겨 버린 설미는 술이 확 깨는 느낌이었다. 그녀는 어색한 얼굴로 얼른 그의 품에서 떨어졌다.

"따라와."

설미를 잠시 쳐다보던 태홍이 성큼성큼 주차장 쪽으로 향했다.

총총걸음으로 그를 따라가던 설미는 도로 한편에 사격 게임기 노점상이 있는 것을 발견했다. 그것을 흥미롭게 바라보던 설미가 태홍을 향해 소리쳤다.

"서태홍 씨! 저 이거 한 판만 하고 갈게요!"

술도 깰 겸 가볍게 한 판 하자는 생각으로 설미는 돈을 내고 총을 건네받았다. 가벼운 마음으로 시작했는데 눈앞에 서 있는 큰 곰 인형을 보니, 잘하면 넘어뜨릴 수도 있겠다는 욕심이 생겼다. 설미는 곰 인형을 조준해 총을 쏘기 시작했다.

탕. 탕탕. 탕.

하지만 계속해서 총알이 비껴 나갔다.

"으악. 아까워."

결국 돈은 돈대로 잃고, 경품도 얻지 못했다. 금방이라도 뒤로 넘어갈 듯 아슬아슬하게 서 있는 곰 인형을 보니 괜히 안달이 났다. 한 번만 더 하면 넘어갈 것 같은데…….

"서태홍 씨, 돈 좀 빌려주세요!"

자금이 떨어진 설미는 고개를 돌려 태홍에게 SOS를 요청했다. 하지만 그는 멀리서 설미를 한심하게 바라보고만 있었다.

치사하긴. 결국 설미는 포기하고 돌아설 수밖에 없었다. 그녀는 입을 삐죽 내밀며 태홍에게로 향했다.

"아우. 아까워. 저 곰탱이 완전 내 거 될 뻔했는데……. 그러고 보니까 서태홍 씨 경찰이니까 총 잘 쏘겠네요? 아……. 미안해요."

그가 조준 사격에 실패하는 바람에 정석범이 사람을 찌르고 도주했다는 얘기가 뒤늦게 떠올랐다. 설미는 자신의 주둥이를 손바닥으로 철썩철썩 때렸다.

"진짜 미안해요."

하지만 그는 그녀를 무시한 채 주차장으로 향했다. 아무래도 화가 단단히 난 모양이다. 하여튼 이놈의 주둥이가 문제야 문제. 설미는 반성하는 의미로 입을 꾹 다물었다.

태홍이 조수석 문을 열자 설미는 죄지은 사람처럼 고개를 숙인 채 차에 올라탔다.

"잠깐만 기다려."

태홍은 차에 타지 않고 주차장을 나가 어디론가 향했다. 설미는 그에게 너무나 미안해서 한숨을 길게 내뱉었다.

내가 어쩌자고 그런 소리를 했을까. 그나저나 이 남잔 어딜 간 거야. 설마 이대로 안 오는 거 아니야?

그렇게 몇 분이 흘렀을까. 백미러를 통해 태홍이 걸어오는 것을 확인한 설미의 눈이 커다래졌다. 그의 손에 곰 인형이 하나 들려 있었다. 아까 설미가 총으로 죽어라 쏘던 그 커다란 곰 인형이었다.

태홍은 차 문을 열고 인형을 설미의 품에 던지듯 건네주고는 운전석에 올라탔다. 그리고 주머니에서 숙취해소제를 꺼내 그녀에게 내밀었다.

설미가 그 손을 가만히 내려다보고만 있자, 태홍이 미간을 찌푸렸다.

"뭘 봐? 빨리 받아. 팔 아프잖아."

"네? 네……."

설미는 인형을 품에 안은 채 그가 내민 숙취해소제를 받았다.

"빨리 마셔."

"네!"

설미는 꿀꺽꿀꺽 음료를 마시며 생각에 잠겼다.

이 남자, 이거 뭐지? 설마…….

"오해하지 마."

"뭐, 뭘요?"

"노점 주인이 불쌍해서 사 준 거야. 그 인형 네가 다 더럽혀 놨잖아. 팔지도 못하게."

"더럽긴요. 이거 완전 깨끗한데."

"……."

"뭐. 어쨌든 고마워요."

곰 인형의 머리를 쓰다듬으며 설미의 표정도 덩달아 부드러워졌다.

"저 이런 거 처음 받아 봐요. 상대가 서태홍 씨라 매우 유감이지만."

"좋은 의미로 준 거 아니야. 앞으로 걔가 너 감시할 거야. 그러니까 술 마시지 마. 알았어?"

"네네. 잘 알겠습니다."

설미는 건성으로 대답했다. 뭐라 말하려던 그는 묵묵히 시동을 켜고 라디오를 틀었다. 잔잔하게 흘러나오는 음악 소리에 설미는 졸음이 밀려오기 시작했다.

태홍은 포장마차에 도착했을 때 보았던 설미의 모습을 떠올렸다. 그녀는 테이블 위에 엎드린 채로 잠꼬대인지 술주정인지 모를 말들을 웅얼거리고 있었다. 급기야 울먹이기까지 하는 그녀의 모습에 태홍은 기분이 착잡했다.

그리고 화영의 말도…….

'엄청 좋아했나 봐. 상대는 의사래. 자그마치 10년이래. 태홍아, 너 분발해야겠다. 10년을 어떻게 이기냐?'

태홍은 인형을 안고 어느새 꾸벅꾸벅 졸고 있는 그녀의 머리를 손가락으로 조심스럽게 밀어 등받이에 기대게 했다. 그리고 라디오 볼륨을 줄이고, 차의 속도도 차츰 줄였다.

□　■　□

"우와. 쌤! 저 인형 뭐예요?"

다 죽어 가는 얼굴로 아침부터 콩나물국을 그릇째 들고 마시는 설미를 향해 혜린이 물었다. 혜린은 소파 위에 놓여 있던 인형을 들고 식탁으로 와서 앉으며 다시 물었다.

"아저씨가 사 줬어요?"

"어? 으응……."

"아저씨가 쌤 정말 많이 좋아하나 봐요."

"그래? 글쎄 난 잘 모르겠는데……."

"난 알겠던데……. 아침에도 우리 훈련 나갈 때 창문으로 지켜보고 계시잖아요. 어제도 퇴근하자마자 집에 와서 물어보던데. 쌤 왔냐고……."

설미가 어색한 웃음을 흘리며 속으로 생각했다.

이 남자가 이제 아예 대놓고 감시를 하네. 그러다 가짜 애인인 거 혜린에게 들키면 어쩌려고.

하지만 설미의 우려와 달리 혜린에게 태홍은 항상 설미의 주변을 지키는 듬직한 남자 친구로 보일 뿐이었다.

□　■　□

수건을 어깨에 두른 채 욕실에서 나온 태홍은 주스를 마시며 블루투스 이어폰을 귀에 꽂았다.

— 쌤. 근데 쌤은 아저씨가 왜 좋아요?

혜린의 목소리가 들렸다. 태홍은 만약을 대비해 어제 설미에게 준 곰 인형에 도청 장치를 넣어 놓았다. 혜린의 감시도 감시지만, 어디로 튈지 모르는 설미를 보호하기 위한 장치였다.

그런데 본의 아니게 그녀의 속마음을 들을 기회가 왔다. 태홍은 슬쩍 볼륨을 높였다.

— 그 사람은 정말 좋은 사람이야. 우리같이 약하고 힘없는 사람을 지키기 위해 자기 목숨을 바치거든…….

— 의사가 그렇게 위험한 직업이에요?

— 어? 그, 그렇지. 내 애인은 워낙 특별하니까.

이 여자, 거짓말이 제법 늘었다. 태홍은 피식 웃었다. 더 이상 엿듣는 건 양심에 찔려 블루투스 전원을 끄려고 하는데…….

— 아저씨가 쌤 이상형이에요?

― 아니.

그렇게 단번에 아니라고 할 것까지야. 태홍의 미간이 찌푸려졌다. 그는 조금만 더 들어 보자는 생각으로 가만히 귀를 기울였다.

― 혜린아. 짐 레드몬드라고 아니?

― 아니요. 외국 배우예요?

― 데릭 레드몬드는?

― 음. 들어 본 것 같은데……. 아! 누군지 알겠다. 육상 선수죠?

데릭 레드몬드는 영국의 육상 400미터 국가 대표였다. 하지만 부상으로 인해 스물두 번의 무릎 수술을 받아야 했고, 피나는 노력 끝에 다시 올림픽 무대에 설 수 있었다. 당시 데릭 레드몬드는 가장 유력한 금메달 후보였고, 그 자신도 올림픽 무대에서 금메달을 목에 거는 것이 간절한 꿈이었다.

― 올림픽 준결승전에서 선두로 달리던 데릭 레드몬드는 150미터 지점에서 트랙에 주저앉아 버렸다. 오른쪽 허벅지 힘줄이 끊어져 버린 거지. 달리기는커녕 걸을 수조차 없을 정도의 고통이었을 거야. 그래도 그는 끝까지 포기하지 않고 일어나 한쪽 발로 절뚝이며 달렸어.

태홍은 순간 그대로 얼어 버렸다.

알 것 같았다. 이 이야기가 데릭 레드몬드만의 이야기가 아니라는 것을…….

― 그때 데릭 레드몬드의 아버지가 트랙 위로 달려 나와서 아들에게 이만하면 됐다고 그를 만류했어. 하지만 데릭은 끝까지 달리고 싶다고 아버지한테 부탁했어. 그러자 아버지는 아들의 손을 잡고 결승선까지 함께 달려 줬지. 데릭 레드몬드의 아버지 짐 레드몬드……. 쌤 이상형은 짐 레드몬드 같은 사람이야. 어떤 힘들고 어려운 일이 닥쳐와도 나와 함께 달려 줄 수 있는 사람…….

태홍은 마시던 주스 잔을 내려놓고 귀에 꽂은 블루투스를 빼 버렸다. 그리고 10년 전 그날을 회상했다.

부상 때문에 트랙 위에 쓰러져 버린 중학생 소녀의 곁엔 의사 가운을 입은 남자가 있었다. 남자의 부축을 받으며 끝까지 트랙 위를 달리던 소녀. 그 소녀는 결승선에 도착하자마자 남자의 품에 안겨 아이처럼 엉엉 울어 버렸다.

"늦었다!"

잠시 후 밖에서 요란한 소리가 났다. 설미와 혜린이 아침 훈련을 가는 모양이었다.

태홍은 자연스레 창가에 섰다. 분명 평소처럼 밝고 기운이 넘치는 모습이건만, 이상하게 오늘따라 그녀의 미소 뒤에 가려진 그늘이 보였다.

그런 그녀를 걱정스레 바라보고 있는데, 갑자기 설미가 뒤를 돌아 위를 올려다보았다. 태홍은 황급히 옆으로 몸을 숨겼다. 그녀가 정확히 그의 집 쪽을 올려다보고 있었기 때문이다. 고개를 갸웃거리던 그녀는 다시 혜린과 함께 골목을 내려갔다.

잘못한 것도 없는데 내가 왜 숨었지?

그런 의문과 함께 태홍은 숨어 버린 자신의 꼴이 우스워 웃음이 나왔다. 그리고 그 와중에도 머릿속에는 한 사람의 이름이 계속 떠올랐다.

"짐 레드몬드라……."

□ ■ □

한국으로 돌아가기 위해 짐을 정리하던 차윤은 마지막으로 테이블 위에 놓인 액자를 가방 안에 담았다. 그리고 액자 속 사진을 애틋하게 바라보았다. 사진 속 주인공은 여전히 해맑은 미소를 짓고 있었다.

1년 전 그녀를 두고 떠났을 땐 몰랐다. 이토록 그리워질 거라고는……. 하지만 그녀와 떨어져 지내보니 이제야 확실히 알았다. 자신은 그 아이 없이는 살 수 없다는 것을…….

언제고 옆에 있어 주겠다는 약속을 이번에는 반드시 지켜야겠다는 다짐을 하며 차윤은 준비해 둔 반지 케이스를 꺼냈다.

"설미야. 조금만 기다려……. 다시는 네 옆을 떠나지 않을 거야."

ㅁ ■ ㅁ

오늘도 폭염 특보가 내려졌다.

훈련을 마친 육상부 아이들은 병든 닭처럼 시름시름 앓는 소리를 했다. 그렇다고 야외 훈련을 매일 실내 훈련으로 대체하는 것도 한계가 있고, 설미는 요즘 걱정이 이만저만이 아니었다. 거기에 매일 최고 기온을 갱신하며 열대야가 계속 이어지고 있었다.

이러다 대회 전에 우리 애들 병이라도 나면 어떡하지? 잠시 동안이라도 훈련을 쉬어야 하나?

집으로 돌아온 설미의 고민은 더욱 깊어졌다. 선풍기 앞에 앉아 있던 설미는 이 더위에도 불구하고 스트레칭을 하고 있는 혜린을 향해 넌지시 물었다.

"혜린아. 아이스크림 먹고 싶지 않니?"

"네! 제가 갔다 올게요."

"아니야. 쌤이 갔다 올게. 너 뭐 먹을래?"

"저는 초코요!"

"오케이!"

265

서둘러 지갑을 챙겨 밖으로 나오자 곧바로 숨이 턱 막혔다.

"어후, 더워."

그녀는 손으로 부채질을 하며 골목을 내려가 편의점으로 들어섰다.

혜린이 원하는 초콜릿 맛 아이스크림. 자신이 좋아하는 망고 맛 아이스크림. 그리고…… 그 사람 것도 살까? 그 사람은 무슨 맛 아이스크림을 좋아하려나?

아이스크림 냉장고 안을 가만히 들여다보던 설미는 태홍과 딱 어울리는 아이스크림을 찾아냈다.

바닐라 맛. 바닐라만이 낼 수 있는 진한 풍미가 떠올랐다. 고집 세고, 타협 없는 것이 어딘지 태홍과 닮은 것 같았다.

계산을 하고 편의점을 나온 설미는 봉지를 흔들며 신나게 골목을 뛰어 올라갔다.

"뛰지 마라. 또 넘어진다."

익숙한 목소리. 누군가 뒤에서 그녀의 손에 든 봉지를 뺏어 들었다.

설미가 고개를 돌렸다. 태홍이었다. 그는 봉지 안을 들여다보더니 아이스크림 하나를 꺼내 포장을 벗긴 후 바로 입에 물었다.

"뭐예요! 그거 내 건데!"

태홍의 한입에 망고 맛 아이스크림이 반이나 사라졌다. 태홍을 원망스레 올려다보던 설미는 봉지에서 바닐라 아이스크림을 꺼내 들이밀며 분노를 토해 냈다.

"이게 서태홍 씨 거라고요! 아, 진짜! 내가 망고 맛 먹고 싶어서 산 건데! 저 망고 좋아한단 말이에요! 그게 제일 비싼 건데!"

그녀는 정말 진심으로 속상해했다. 그런 그녀를 황당한 얼굴로 보던 태홍은 다시 골목을 내려가 편의점으로 들어갔다. 설미도 투덜거리며 태홍의 뒤를 따랐다.

　태홍은 아이스크림 냉장고 안에 있는 망고 맛 아이스크림을 몽땅 꺼내 장바구니에 담기 시작했다. 그 모습을 보고 설미가 놀라 황급히 말렸다.

　"그렇게 많이는 필요 없는데……."

　"너 줄 거 아니야."

　설미는 떨떠름한 표정으로 그를 바라보았다. 태홍은 아랑곳없이 장바구니 가득 아이스크림을 채워 넣고 계산대로 향했다.

　계산을 마치고 편의점을 나가는 태홍의 뒤를 설미가 재빨리 쫓아갔다.

　"그거 혼자 다 먹을 수 있어요?"

　"……."

　"서태홍 씨도 망고 맛 좋아해요? 전 진짜 좋아하거든요."

　종알거리며 따라오는 그녀의 목소리를 들으니 저번 날 아침 그녀가 언급했던 짐 레드몬드가 떠올라 태홍은 괜히 심술이 났다.

　10년 동안 한 남자를 짝사랑한 여자라……. 그 남자가 짐 레드몬드 같은 남자란 말이지.

　하지만 그녀 주변에서 단 한 번도 그 남자를 본 적이 없다. 태홍은 나쁜 놈 잡을 때 사용하던 직감을 바탕으로 그녀와 그 남자 사이를 유추했다. 아마 지금은 서로 왕래가 없거나, 한쪽이 아주 멀리에 있거나, 둘 중 하나라는 생각이 들었다.

　결론은, 아직까지는 내가 더 유리하다.

　태홍은 아이스크림 하나를 더 꺼내 입에 물더니 편의점 봉지를 그녀의 품에 안겼다. 단박에 설미의 표정이 밝아졌다.

　"역시, 저 주시는 거예요?"

　"아니. 들고 있으라고."

태홍의 주머니에서 핸드폰 진동음이 울리고 있었다.

좋다 말았네.

설미는 씁쓸한 얼굴로 입맛을 다셨다. 봉지 안에 가득 담긴 망고 맛 아이스크림을 선망의 눈빛으로 내려다보던 설미는 태홍을 잔뜩 흘겨보았다.

그런데 통화 중인 그의 표정이 꽤 심각했다.

"내일? 알았어. 내가 다시 전화할게."

그가 전화를 끊자 설미가 조심스레 물었다.

"무슨 일 있어요? 혹시 정석범?"

태홍은 고개를 끄덕였다. 찬희에게서 내일 밀항선을 타고 정석범이 외국으로 도주할 것 같다는 첩보를 전해 들었다.

태홍의 표정이 복잡해 보이자 설미는 분위기 전환용으로 가벼운 질문을 던졌다.

"서태홍 씨는 정석범 잡으면 앞으로 뭐 할 거예요?"

"더 나쁜 놈 잡아야지."

"멋있네요."

"영혼 없는 소리 하지 마라."

"들켰네……."

어색하게 웃는 설미를 가만히 내려다보던 태홍은 그녀가 던진 질문을 뒤늦게 곱씹어 보았다.

정석범을 잡으면 앞으로 뭘 할 거냐고?

그는 집 앞에 도착해서야 뒤늦게 답을 했다.

"하고 싶은 게 하나 있기는 해."

설미가 고개를 돌려 그를 바라보며 눈으로 물었다.

'그게 뭔데요?'

대답을 할까 말까 뜸을 들이던 태홍이 한참 후 입을 열었다.

"혼자는 못 하는 거야."

"혼자는 못 한다? 뭐지? 뭔데요?"

"말하면 같이해 줄 거야?"

"네! 정석범만 잡아 와요. 뭐든 다 해 줄게요!"

"내가 뭘 하자고 할 줄 알고?"

뭐든 상관없다는 표정으로 설미는 자신 있게 어깨를 으쓱였다. 그러자 태홍은 한숨을 길게 내뱉으며 그녀를 건물 안쪽으로 밀었다.

"들어가."

"어? 이거는요?"

설미가 봉지를 내밀었다. 태홍은 미간을 찌푸렸다.

"그 많은 걸 내가 먹으려고 샀겠냐?"

"네. 아까 그랬잖아요. 본인이 먹으려고 산 거라고. 아니에요?"

"어, 아니야."

"그럼요?"

정말 몰라서 묻는 걸까? 이쯤 되니 태홍은 그녀가 혹시 자신을 가지고 노는 건 아닐까 하는 의심이 들었다.

화영은 설미가 눈치가 없으니 직구를 던져야 한다고 했다. 그래서 태홍은 제 나름의 직구를 던졌건만, 아무래도 변화구였나 보다.

"정혜린 먹이라고. 됐냐?"

"아하! 고마워요. 우리 혜린이 챙겨 줘서."

활짝 웃는 그녀와 마주한 태홍은 순식간에 얼굴이 달아올랐다. 밤이라 다행이었다. 아니, 이 순간만큼은 그녀가 눈치가 없어서 다행이라는 생각이 들었다.

"근데 서태홍 씨는 안 들어가요?"

"출근해야 해."

"퇴근이 아니라 출근하던 길이었어요? 근데 여기까지는 왜 올라

왔어요?"

"넌 참 좋겠다."

"네? 뭐가요?"

"모르는 게 많아서 좋겠다고."

"우이씨. 지금 저 놀리는 거죠?"

설미는 툴툴거리며 그를 밉지 않게 흘겨보았다. 그러자 태홍은 인사도 없이 뒤를 돌았다.

하지만 그가 한 걸음 내딛기도 전에 설미가 황급히 그의 팔을 붙잡았다. 그리고 봉지 안에서 바닐라 아이스크림을 꺼내 불쑥 내밀었다.

"이거 서태홍 씨 거예요."

태홍은 얼떨결에 그녀가 건넨 아이스크림을 받았다. 설미가 진지한 얼굴로 말했다.

"내일…… 다치지 말고, 조심해요."

말을 마친 설미는 곧바로 건물로 뛰어들어 갔다.

남겨진 태홍은 바닐라 아이스크림의 포장을 벗겨 한입 베어 물었다. 입안 가득 진하게 퍼지는 바닐라의 달콤함과 부드러운 촉감은 그녀를 닮은 것 같았다.

다양한 맛과도 잘 어우러지고, 자극적이지 않고, 부드러운 맛. 사람을 편하게 해 주는 맛. 끝 맛이 강해 계속 생각나게 하는 맛.

혼자가 되면 왠지 더욱더 그녀가 생각났다.

그녀의 밝음이 벌써부터 그리워진 태홍은 애써 마음을 진정시키려 노력하며 골목 아래 주차해 둔 차로 향했다.

8화

충남 태안의 어느 항구.

낮부터 차 안에서 잠복 중이던 태홍은 항구로 들어오는 입구에 설치된 CCTV 화면을 노트북으로 확인하고 있었다.

하지만 그날 밤이 되고, 다음 날 새벽이 되도록 밀항선과 정석범은 모습을 드러내지 않았다.

결국 문화서로 복귀한 태홍의 충혈된 눈을 마주한 팀원들은 그를 피해 다니기 바빴다.

정보가 새어 나간 게 분명했다. 게다가 찬희가 연락 두절이었다. 태홍은 불안한 마음에 다른 광수대 후배에게 전화를 걸어 찬희의 행방을 물었다.

— 유 경위 괴한한테 피습당해서 지금 응급실에 있습니다.

태홍은 전화를 끊자마자 응급실로 달려가기 위해 자리에서 벌떡 일어났다. 그때, 때마침 찬희에게서 전화가 왔다.

태홍은 전화를 받는 동시에 다짜고짜 물었다.

"너 괜찮아?"

— 지금 그게 문제가 아니에요. 밀항선 급습 작전이 새어 나간 것 같아요.

"내부 소행이야?"

— 네. 아무래도요. 먼저 그것부터 알아내야 할 것 같아요. 누가 정석범을 돕고 있는지……. 일단 제가 이 모양이니까, 당분간은 형이 정혜린 쪽도 마크해 줘야 할 것 같아요.

"너 많이 다쳤지?"

태홍은 마른세수를 하며 잠시 생각에 잠겼다. 그러다 곧 결정을 내리고 무거운 목소리로 말했다.

"안 되겠다. 지금이라도 넌 이 일에서 손 떼는 게 좋겠어."

핸드폰 너머로 찬희의 한숨 섞인 목소리가 들렸다.

— 형. 형만 정석범 잡고 싶은 거 아니에요. 저도 잡고 싶다고요. 상윤이 형이 왜 죽었는지 그 진실 꼭 밝혀내고 말 거예요.

사실 찬희가 정석범을 꼭 잡고 싶은 가장 큰 이유는 태홍 때문이었다. 하루라도 빨리 정석범을 검거해서 태홍의 족쇄를 풀어 주고 싶었다.

— 앞으론 다치지 않을게요. 형…… 우리 조금만 더 힘내요. 이여름이 가기 전에 멋지게 정석범 검거해서, 여름휴가 한번 가 봅시다!

파이팅 넘치는 찬희의 목소리에도 태홍의 기분은 쉽게 풀리지 않았다.

"아무튼 넌 나을 때까지 푹 쉬고……. 조만간 들를게."

태홍의 마음이 한없이 무거웠다. 하마터면 또 아끼는 사람을 잃을 뻔했다. 그는 자신의 무능함에 화를 주체할 수 없었다.

며칠 전 정석범을 잡으러 나간 후로 모습을 보이지 않고 있는 태홍 때문에 설미는 걱정이 가득이었다. 혹시라도 작전 수행 중일까 봐, 방해될까 봐, 겁이 나서 문자도 못 하겠고……. 마냥 기다리는 일밖에 할 수 있는 게 없었다.

이왕 기다리는 거 그와 관련된 정보를 좀 더 빨리 얻을 수 있는 체육관에서 기다리는 건 어떨까? 그런 사심을 품고 오래간만에 체육관을 찾았다.

설미는 스트레칭을 하며 화영의 눈치를 살폈다.

"설미 쌤 나한테 무슨 할 말 있어요?"

역시 빠르고 정확하다. 화영에게 호신술이 아니라 눈치를 배워야겠다는 생각이 들었다. 하지만 설미는 왠지 부끄러워 태홍의 이름을 선뜻 내뱉지 못했다.

"저기, 그게…… 그……러니까……."

"태홍이?"

"우와. 어떻게 아셨어요? 제가 서태홍 씨 얘기 꺼내려는 거……."

화영이 두 눈을 가늘게 뜨며 설미에게 바짝 다가섰다.

"두 사람 뭐 있죠?"

"네? 뭐가 있다니요?"

"태홍이도 아까 나한테 전화했더라고요. 걔도 설미 쌤 찾던데."

"절요? 왜요?"

"설미 쌤이랑 같은 이유겠죠."

자신과 같은 이유라니. 설미는 고개를 갸웃하며 생각에 잠겼다. 그의 안부가 궁금한 건 그가 걱정되기 때문이었다. 혹시 저번처럼 다치진 않았을까, 그래서 또 경찰 그만둔다고 하진 않을까. 뭐 그런 걱정…….

그런데 그 사람도 자신을 걱정하고 있다고? 어째서? 왜? 난 그를 걱정시킬 만한 일을 한 적이 없는데.

어리둥절한 설미의 표정을 가만히 들여다보던 화영은 이대로 그냥 내버려 두면 안 되겠다는 생각을 했다. 아마 성격 급한 서태홍이 제명에 못 살지 싶었다.

"설미 쌤. 연애 한 번도 안 해 봤죠?"

설미가 쑥스러운지 이마를 긁적이며 작게 얘기했다.

"네. 짝사랑만 쭉……."

이런, 짝사랑 전문에 눈치도 없으니. 화영은 앞으로 태홍과 설미 두 사람의 앞날이 벌써부터 걱정되기 시작했다.

태홍은 분명 정석범을 잡기 전까지는 아무것도 하지 않으려 할 테고, 그가 아무것도 안 하면 눈치 없는 설미는 평생 가도 그의 마음을 알아줄 리 없지 않은가.

"짝사랑 그거 진짜 자기 자신한테 해로운 거예요. 왜냐면 사랑받는 방법을 잊어버리게 하거든……. 사랑받는 게 얼마나 행복하고, 나를 사랑해 주는 그 사람이 얼마나 소중한 사람인지 아무것도 안 보이게 만들어 버리거든요."

"아……."

"짝사랑한다던 그 사람…… 어떻게 하면 잊을 수 있냐고 물었었죠?"

화영의 질문에 설미는 부끄러워졌다. 저번 날 술에 취해 화영에게 차윤을 잊고 싶다고 술주정한 것이 떠오른 것이다. 그와 동시에 이제 곧 다른 여자와 약혼하는 그를 잊어야 한다는 현실이 무겁게 다가왔다.

"억지로 잊으려고 하지 말고 그냥 간직해요. 그러다 보면 희미해지고, 어떨 땐 그게 또 슬퍼지기도 할 거예요. 이렇게 금방 잊히는데 그땐 왜 그렇게 그 사람에게서 벗어나려고 애를 썼을까? 아마 그런 생각이 들 거예요. 그리고 이건 실례가 되는 말일 수도 있지만…… 설미 쌤은 벌써 그 사람을 잊었는지도 몰라요. 근데 그 감정을 너무 오래 품고 있다 보니까, 현재진행형이라고 착각하고 있는 걸 수도……."

내가 이미 선생님을 잊었다고?

화영의 말에 설미는 머리를 한 대 맞은 듯했다.

'그거 사랑 아니야. 나중에 니가 진짜 사랑을 해 보면 알 거야. 내가 지금 무슨 말을 하는지.'

문득 언니가 했던 말과 함께 태홍의 얼굴이 떠올라 설미는 난감했다.

사랑이라는 단어에 갑자기 왜 그 남자가 생각나는 거야?

□　■　□

운동을 마치고 집으로 돌아가는 길에도 설미는 태홍을 향한 걱정뿐이었다. 화영에게서 태홍이 무사하다는 사실을 전해 들었지만, 그래도 그를 직접 이 두 눈으로 봐야 마음을 놓을 수 있을 것 같다.

설미는 빌라 앞에 서서 불 꺼진 그 남자의 집을 올려다보았다.

도대체 이 남자는 어디서 무얼 하고 있는지, 왜 안 나타나는 건지, 혹시 다친 데는 없는지 걱정이 되었다. 하지만 그건 단순히 이

웃 주민, 그리고 제 몸을 던져 가며 자신과 혜린을 지켜 주겠다고 했던 남자에 대한 의리쯤이라고 믿고 싶었다.

"호신술 배우더니 겁도 없어졌네. 누가 이렇게 밤늦게 다니래?"

설미가 뒤로 돌았다. 피곤한 기색이 역력한 태홍이 바로 뒤에 서 있었다.

이제는 놀랍지도 않다. 그가 기척도 없이 와 있는 것이.

그나저나 잔뜩 충혈된 눈을 보아하니 며칠 동안 잠도 제대로 못 잔 모양이었다. 저러고 다니는데 어떻게 걱정을 안 하냐고.

"저녁은 먹었어요?"

태홍은 자신을 안쓰럽게 바라보는 설미의 시선이 싫지 않았다.

"안 먹었죠? 그럼 오늘 제일 마지막으로 먹은 게 뭐예요?"

그녀의 질문에 쉽게 답이 떠오르지 않았다. 태홍은 대답을 하지 못한 채 머뭇거렸다.

그런 태홍을 안타까운 눈빛으로 바라보던 그녀가 먼저 건물 안으로 들어갔다. 태홍이 가만히 서 있자 그녀가 뒤로 돌았다.

"따라와요!"

얼떨결에 그녀를 따라 그녀의 집까지 들어간 태홍은 닫힌 방문을 턱 끝으로 가리켰다.

"정혜린은 자?"

"네. 요즘 훈련이 힘들어서 일찍 자요."

"아침엔 몇 시에 일어나는데? 집에 와선 주로 뭐 해?"

마치 증거를 찾기 위해 눈에 불을 켜고 달려드는 감식반 형사처럼 태홍은 집 안 곳곳을 둘러보았다. 그러자 설미가 태홍을 억지로 끌어다 식탁 의자에 앉혔다.

"일 그만하고, 앉아 있어요. 금방 밥 차려 줄 테니까."

"나 배 안 고픈데."

퉁명스럽게 말했지만 태홍은 그녀가 어떤 음식을 해 줄지 은근히 기대가 되었다. 지난번 먹었던 콩나물국의 시원한 맛이 떠오르자 입맛이 돌았다.

하지만 자신의 마음을 들키기 싫어 괜히 그녀의 시선을 피했다.

"자. 다 됐어요!"

그녀는 몇 초도 지나지 않아 식탁 위에 냄비를 올려놓았다. 태홍은 기대에 찬 얼굴로 얼른 냄비 안을 들여다보았다. 참치와 고추장, 그리고 밥이 전부였다.

"개밥이냐?"

"개밥이라뇨! 이게 얼마나 맛있는데."

숟가락으로 열심히 밥을 비비던 그녀는 찬장에서 참기름을 꺼내왔다.

"냄새 죽이죠? 맛도 죽여요!"

"너 죽을래?"

"일단 먹어 봐요!"

그녀는 참기름까지 넣고 야무지게 비빈 밥을 한 숟가락 가득 떠서 태홍의 눈앞에 내밀었다. 가까이서 보니 비주얼은 그럭저럭 봐 줄 만했다. 하지만 뭐 이런 족보도 없는 음식을 먹어야 하나 싶었다.

"에잇! 싫음 말아요! 내가 다 먹을 거야."

설미는 정말 혼자 다 먹어 치울 기세로 숟가락을 제 입에 넣으려고 했다. 하지만 숟가락이 막 입술에 닿는 순간, 태홍이 그녀의 손목을 낚아챘다. 그러곤 숟가락을 뺏어 자신의 입안에 넣었다.

"어때요?"

"맛없진 않아."

서태홍에게서 이 정도면 최고의 칭찬이었다. 설미는 긍정적으로 생각하며 냉장고에서 오이냉국을 꺼내 왔다.

"이것도 같이 먹어요."

"됐어."

오이냉국 위에 떠 있는 미역을 본 태홍은 질색했다. 설미는 지난 번 미역국을 거부하던 태홍의 반응이 떠올랐다.

"미역을 왜 싫어해요? 무슨 트라우마 있어요?"

"살면서 가장 끔찍했던 날 아침에 미역국을 먹었어."

"끔찍했던 날이요? 어떤 날이었는데요?"

"내가 말해 줄 거라 생각하고 묻는 건 아니겠지?"

"네. 그럼요. 예의상 물어본 거예요."

이제 서태홍 패턴쯤은 간단히 읽을 수 있는 정도가 됐다. 설미는 그의 사연을 듣는 것은 일찌감치 포기하고 오이냉국을 그릇째 벌컥 벌컥 들이켰다.

"미역 얘기 말고 나한테 진짜 궁금한 건 따로 있을 텐데? 왜 안 물어봐?"

"뭘요?"

"그거 물어봐야지."

"그거?"

이 남자가 말하는 '그거'가 대체 뭘까? 설미는 곰곰이 생각에 잠겼다. 그리고 곧 그게 정석범이라는 걸 알 수 있었다. 아마 방에서 자고 있는 혜린 때문에 직접적인 언급을 피한 것 같았다.

설미는 왠지 섭섭한 마음이 들었다. 어제오늘 자신이 궁금했던 건 정석범의 검거 여부가 아니었다. 서태홍의 안전이었지.

"다친 덴 없어요?"

"……."

"난 그게 제일 궁금했어요."

순간 태홍의 눈빛이 크게 흔들렸다. 이 순간만큼은 정석범과 정석 범이 죽인 피해자와 유족들, 죽은 상윤 선배, 하랑이, 화영 선배, 다친 찬희까지……. 어깨 위에 가득 쌓아 올린 마음의 짐들이 하나도 무겁지 않게 느껴졌다.

"너…… 지금 내 걱정 하는 거야?"

"네."

"왜?"

"서태홍 씨가 본인 걱정을 안 하니까요."

"그게 다야?"

설미가 고개를 끄덕이자, 태홍은 식사를 중단하고 자리에서 일어났다. 어쩐지 그가 선을 긋는 느낌이 들어 설미는 의아한 얼굴로 그를 바라보았다.

"내 걱정 하기 전에 문단속이나 똑바로 해."

설미가 입을 삐죽 내밀었다.

미쳤지, 내가 저런 인간을 왜 걱정했을까.

"발코니 창문 저렇게 활짝 열어 놓고 잘 거야?"

무슨 창문이 열려 있다는 거야?

구시렁대며 그녀는 뒤돌아 발코니 쪽을 바라봤다. 그런데 정말 그의 말대로 창문이 반쯤 열려 있었다.

"이상하다……. 저게 왜 열려 있지? 혜린이가 열어 놨나?"

의아해하는 설미를 본 태홍은 성큼성큼 발코니로 향했다. 창문을 닫고 주변을 살펴보던 그는 소파 뒤쪽 전기 콘센트에 연결된 핸드폰 충전기를 발견했다.

설미가 다가와서 물었다.

"어? 그게 뭐예요?"

집주인도 모르는 핸드폰 충전기. 정혜린의 것이 분명했다.

"그거 핸드폰 충전기죠? 이상하다……. 혜린이 핸드폰 없는데."

"일단 모른 척하고 이대로 둬."

"네? 네……."

"그리고……."

'정혜린 너무 믿지 마.' 라는 말을 하려던 태홍은 제자를 아끼는 그녀에게 너무 잔인한 말 같아서 그냥 속으로 삼켰다. 대신 아까부터 줄곧 하고 싶었던 말을 내뱉었다.

"밥 잘 먹었어."

"네?"

"간다. 자라."

설미가 멍한 얼굴로 그를 올려다보았다. 가끔 그가 보통 사람들처럼 정상적인 언어를 사용하면 적응이 안 된다.

그녀가 어색한 미소를 짓자, 태홍은 미간을 구긴 후 그대로 집 밖으로 나가 버렸다.

거실에 홀로 남은 설미의 눈시울이 갑자기 붉어졌다. 밥 잘 먹었다는 그의 말이 자꾸만 떠올라 마음이 너무 아팠다.

죄책감에 짓눌려 밥 한 끼 먹는 것조차 사치라고 살아온 그가 가여워서.

내일도 목숨을 내놓고 위험한 길로 달려갈 준비를 하는 그의 마음이 너무나 이해가 돼서.

□　■　□

아침에 눈을 뜬 설미는 그대로 누워 생각에 잠겼다.

어느 날부터 악몽을 꾸지 않게 되었다. 언제부터인지 생각해 보았다. 인정하긴 싫지만, 그 사람이 앞집으로 이사를 온 이후부터, 그러니까 서태홍 그 남자가 자신과 혜린을 지켜 준다고 약속한 날 이후부터 악몽을 꾸지 않게 된 것 같다.

가끔 싸가지 없는 행동과 말로 머리털이 바짝바짝 설 만큼 짜증 날 때도 있지만, 그가 고마운 존재라는 것은 확실했다.

설미는 자리에서 일어나 기지개를 켰다. 그리고 옆을 보니, 침대 위에 혜린이 없었다. 아침 운동 나갔나? 거실로 나오니 발코니 창가에 혜린이 서 있었다.

설미가 혜린을 향해 아침 인사를 건네려는데, 혜린이 먼저 설미를 발견하곤 황급히 손에 들고 있던 것을 뒤로 숨겼다.

"굿…… 모닝?"

설미는 당황해 하는 혜린을 모른 척 욕실로 향했다. 그리고 양치를 하며 생각했다.

어젯밤 보았던 낯선 핸드폰 충전기.

'일단 모른 척하고 이대로 둬. 그리고…….'

자신에게 뭔가 얘기를 하려다가 만 태홍의 행동. 자신이 모르는 뭔가가 있는 걸까? 설미는 머릿속이 복잡한 상태로 욕실에서 나왔다.

"선생님. 아침 드세요."

"응. 땡큐."

설미와 혜린이 마주 보고 식탁에 앉았다.

"혜린아……."

설미가 먼저 조심스럽게 입을 열었다. 핸드폰에 대해 묻고 싶었지만 일단 모른 척하고 그냥 두라는 태홍의 말이 다시 떠올랐다.

역시 그의 말대로 우선은 그냥 모르는 척하는 게 좋을 것 같다고 판단했다.

"요즘 컨디션은 어때?"

"괜찮은 것 같아요. 스타트 자세를 바꿨더니 확실히 전보다 스피드도 빨라졌고⋯⋯."

"예선전 전까지 너무 무리하지 마. 알았지?"

"네. 저기, 쌤⋯⋯."

"응?"

머뭇거리는 혜린에게 기회를 주듯 설미는 조용히 기다렸다.

"아니에요."

하려던 말을 삼키고 혜린은 우유를 마셨다. 그 모습을 보며 내심 실망한 설미는 식탁을 정리하고 방으로 들어와 작게 한숨을 내쉬었다.

출근 준비를 마치고 건물 밖으로 나오자 태홍이 벽에 기대서서 담배를 피우고 있었다. 태홍은 혜린과 설미를 보곤 느긋하게 담배를 끄고 그들에게 다가왔다.

설미가 혜린의 눈치를 보며 또 발연기를 선보였다.

"어머, 오빠! 왜 나와 있어요?"

태홍은 턱 끝으로 자신의 차를 가리켰다.

"태워 주시게요? 고마워요. 그렇지 않아도 우리 늦었거든요. 혜린아, 빨리 타자!"

설미는 너무 신이 난 나머지 태홍과 연인 행세를 해야 한다는 사실도 잊고 혜린과 함께 차 뒷좌석에 올라타려고 했다. 태홍이 그런 그녀의 팔목을 잡아당겼다.

"왜, 왜요?"

그가 그녀의 귓가에 나직이 속삭였다.

"애인은 앞에 타야지."

간질간질.

그를 힐끔 올려다본 설미는 발그레해진 얼굴로 얼른 조수석에 올라탔다.

태홍도 운전석에 앉았다. 그는 시동을 켜고 차를 출발시키며 백미러로 혜린을 주시했다. 그의 옆모습을 물끄러미 바라보던 설미는 불안한 마음이 들었다.

혜린을 감시하려고 데려다주겠다고 한 건가?

태홍과 마찬가지로 설미도 백미러를 통해 혜린의 모습을 훔쳐보았다. 오늘따라 유독 그늘진 얼굴로 창밖을 내다보고 있는 제자를 보자 설미는 마음이 아팠다.

도대체 무슨 고민이 있길래 말도 못 하고 저렇게 혼자 끙끙대는 거지?

절로 한숨이 새어 나왔다.

그렇게 세 사람이 각자 다른 생각을 하는 사이 차는 어느새 문화고 정문 앞에 멈춰 섰다.

"잠깐."

내리려는 혜린을 태홍이 불렀다. 설미가 의아한 눈길로 태홍을 바라보자 그가 말했다.

"나 혜린이랑 할 얘기가 있는데."

"네?"

뭐지? 저 남자 또 왜 저래.

설미가 의심스러운 눈초리로 태홍을 쳐다봤다. 그러자 태홍이 자길 믿으라는 듯 고개를 끄덕였다. 설미는 애써 괜찮은 척 웃었다.

"아, 네. 그럼 저 먼저 내릴게요."

설미는 차에서 내려 강당으로 향하면서도 신경은 온통 차에 가 있었다. 행여 태홍이 정석범 관련해서 혜린을 추궁하며 몰아붙일까 봐 걱정되었다.

얼마나 시간이 지났을까. 훈련 준비를 위해 창고에서 운동 기구를 꺼내 옮기고 있는데 혜린이 들어왔다. 혜린의 얼굴은 설미의 예상과 달리 어쩐지 신이 나 보였다.

"쌤! 그거 제가 옮길게요. 가서 쉬세요."

혜린이 운동 기구를 뺏어 들었다. 열심히 기구를 옮기는 혜린을 향해 설미가 넌지시 물었다.

"둘이 무슨 얘기 했어?"

"아저씨가 쌤한테 얘기하지 말라고 했는데……."

도대체 무슨 얘기를 했길래…….

설미의 초조한 기색을 눈치챈 혜린이 가볍게 웃더니 바로 알려 주었다.

"아저씨가 쌤이랑 남정우 쌤 친하냐고 묻던데요?"

"남정우 쌤?"

"네. 그래서 아저씨한테 다 말했죠."

"뭘 말해?"

"남정우 쌤이 쌤 좋아하는 거요."

"얘는 왜 그런 쓸데없는 거짓말을 했어?"

"거짓말이라뇨. 남정우 쌤이 쌤 좋아하는 거 전교생이 다 아는 사실인데."

혜린이 진지한 얼굴로 말하자, 설미는 고개를 갸웃거리며 생각에 잠겼다.

혜린의 말을 듣고 보니 남정우 선생이 그동안 베풀었던 수많은 호의들이 그냥 호의가 아님을 뒤늦게 깨달았다. 그러자 그의 행동들이 갑자기 부담스럽게 느껴졌다.

"그래서 아저씨 화났나 봐요. 갑자기 저보고 빨리 내리라고 소리

질렀어요."

"소리를 질러? 왜?"

"질투하는 거죠. 다른 남자가 자기 애인을 좋아하고 있다는데 당연히 기분 안 좋죠."

그러니까 문제였다. 내가 진짜 본인 애인도 아닌데, 그 사람은 왜 화가 났을까?

□　■　□

태홍은 괜히 조바심이 났다. 설미가 자그마치 10년 동안이나 짝사랑한 남자가 있다는 소식에 이어, 이번엔 직장 동료가 그녀를 짝사랑하고 있단다. 자신을 포함해서 그녀 주변에 은근 많은 남자들이 포진해 있었다.

'남정우 쌤은 설미 쌤 솔로인 줄 알걸요? 아저씨, 그러다가 정우 쌤이 설미 쌤한테 고백이라도 하면 어떡해요?'

그래서 덜컥 그녀가 다른 남자와 사귀기라도 한다면? 가짜 애인 주제에 뭘 할 수 있겠는가. 태홍의 고민이 깊어졌다.

가짜 애인 행세나 하는 자신의 어중간한 포지션은 성격과 맞지도 않을뿐더러, 정말 마음에 들지 않았다.

태홍은 답답한 마음에 차에서 내려 문화고 건너편 편의점으로 향했다.

"정우 쌤! 아이스크림 사 주세요."

가는 날이 장날이라더니, 그녀를 짝사랑한다던 정우 쌤이 편의점에 있는 모양이다.

담배를 계산하고 나가려던 태홍이 고개를 돌렸다. 편의점 뒷문으로 들이닥친 여고생들이 구석에서 커피를 고르고 있던 남자에게로 달려갔다.

"쌤 돈 없다."

"에이, 그러지 말고 사 주세요. 한 통 가지고 나눠 먹을게요."

여고생들에게 삥 둘러싸인 남자는 평범한 인상이었다. 별 볼 일 없게 생겼네. 태홍은 왠지 안심이 되었다.

"대신 설미 쌤 이상형 알아다 드릴게요!"

"맞아요! 그러니까 아이스크림 사 주세요."

"설미 쌤은 망고 아이스크림 좋아한다던데. 저희가 대신 전해 드릴까요?"

밖으로 나갔던 태홍이 황급히 다시 들어왔다. 하필 여고생들의 마지막 말이 귀에 들어온 것이다.

태홍은 태연하게 바구니를 들고 아이스크림 냉장고로 향했다. 그는 마치 범죄 현장에 도착한 형사처럼 눈에 불을 켜고 증거를 찾듯, 냉장고에서 망고 맛 아이스크림을 찾는 데 혈안이 되었다.

그렇게 태홍은 바구니에 망고 아이스크림을 모조리 쓸어 담았다.

□ ■ □

설미는 아침부터 훈련하느라 고생하는 육상부 아이들을 위해 마트에서 커다란 수박을 두 덩이 사 왔다.

육상부를 그만두겠다고 했던 혜린이 다시 열심히 연습하는 모습에 자극을 받았는지, 아이들은 요즘 부쩍 열정적으로 연습에 임하고 있었다.

가사실에서 수박을 먹기 좋은 크기로 잘라 접시에 옮기던 설미가 동작을 멈췄다. 창밖에서 익숙한 목소리가 들렸기 때문이다.

"아직이에요. 그런 거 없었어요. 진짜예요."

분명 혜린의 목소리였다. 설미는 창밖을 내려다보았다. 누군가와 통화를 끝낸 혜린이 소각장을 벗어나고 있었다.

"선생님! 혹시 혜린이 못 봤어요?"

갑작스러운 부름에 설미가 화들짝 놀라 뒤로 돌았다. 육상부원 한 명이 혜린을 찾아 가사실까지 온 것이다.

"혜린이 운동장에 있는 것 같던데?"

"운동장이요? 네. 알겠습니다. 근데 웬 수박이에요?"

"너희들 먹으라고 사 왔지. 가지고 가서 먹어."

"우와. 정말요? 완전 맛있겠다! 잘 먹겠습니다."

"은지야! 잠깐만……."

접시를 들고 가사실을 나가려던 은지가 의아한 얼굴을 했다.

은지는 혜린과 친한 사이였다. 혹시 혜린이 가지고 있는 핸드폰의 출처를 알고 있지 않을까? 설미가 조심스레 물었다.

"학교 끝나고서도 혜린이랑 자주 연락하니?"

"아니요. 못 하죠. 걔 핸드폰 잃어버렸잖아요."

"그래? 그럼 혜린이 지금 가지고 있는 핸드폰은 뭐지?"

"혜린이 핸드폰 있어요? 어라? 어, 그게……."

모든 걸 다 알고 있다는 설미의 눈빛에 은지는 거짓말을 하려다 말고, 머쓱해서 배시시 웃어 버렸다.

"혜린이가 아무한테도 말하지 말랬는데……."

"괜찮아. 쌤이 모른 척할 테니까, 말해 봐."

은지는 어렵지 않게 입을 열었다. 혜린과 설미가 가깝다는 것을 잘 알기에 비밀을 말하는 데 크게 부담이 없었던 것이다.

"혜린이가 어디 연락할 데 있다고 공기계 좀 구해 달라고 해서,

제가 그냥 저희 오빠 핸드폰 빌려줬어요. 오빠가 군대 가면서 놓고 간 게 있거든요. 부모님이 아직 정지를 안 시켜서 당분간 전화도 돼요."

그동안 혜린과 연락이 안 되어 답답했던 은지는 이제 마음껏 혜린과 연락하며 지낼 수 있는 것이 내심 기뻐 들떠 있었다.

"연락할 데? 혜린이가 혹시 누구랑 연락하는지는 모르지?"

"네. 안 물어봤어요. 당연히 엄마랑 하지 않았을까요?"

혜린의 아빠가 살아 있다는 사실을 모르는 은지는 혜린이 연락을 주고받는 사람이 엄마일 거라고 대수롭지 않게 생각했다.

하지만 설미의 머릿속은 복잡해졌다. 혜린이 엄마와 연락을 하는 거라면, 자신에게까지 거짓말을 할 필요가 없었다. 그렇다면 혜린은 누구와 연락을 하기 위해 아무도 모르게 핸드폰까지 구한 걸까? 역시 정석범인 걸까?

"쌤! 그럼 저 먼저 나가 볼게요."

은지가 나가고 설미는 멍한 얼굴로 창밖을 내려다보았다. 오늘따라 유독 햇살이 따갑게 느껴졌다.

□ ■ □

"이거 해킹이 불가능한데요? 번호 조회해 보니까 피의자가 사용한 앱이 국내에서 만든 게 아니라 해외에서 만든 거예요. 근데 누구예요? 완전 치밀한데요?"

사이버 수사팀을 나온 태홍의 마음이 조급해졌다.

어제 새벽, 설미와 혜린이 곤히 잠들어 있을 무렵 설미의 집에 몰래 잠입한 태홍은 혜린이 가지고 있던 폰을 카피해 놓았다.

하지만 김 형사의 말대로 주로 사용한 흔적이 있는 앱이 해외에서 만든 데다 보안도 뛰어나 해킹이 불가능했다. 이 정도 치밀함은 정혜린이 할 수 있는 범위가 아니었다. 그렇다면 정석범의 지시대로 정혜린이 움직이고 있다는 뜻이었다.

도대체 무엇 때문에 정석범은 정혜린을 뒤에서 조종하고 있는 걸까? 역시 정혜린은 위험하다. 지금이라도 당장 그녀 옆에서 떼어 놔야 한다는 생각이 들었다.

하지만 과연 그녀가 이 사실을 순순히 받아들일까? 왜 하필 그녀가 이런 일에 엮여서 이토록 자신을 신경 쓰이게 만드는 것인지, 원망마저 들었다.

태홍은 복잡한 머리를 끌어안은 채 서울 근교에 있는 병원으로 향했다.

병실 문을 열고 태홍이 나타나자 찬희는 얼른 깁스한 다리를 이불로 덮었다. 태홍은 찬희를 무섭게 노려보았다.

"너 진짜 죽을래? 별로 안 다쳤다며."

"에헤이. 여긴 왜 왔어요? 안 와도 된다니까."

"어떻게 된 거야?"

"모르겠어요. 출근길에 갑자기 뒤에서 누가 머리를 그냥 내리치더라고요. 그다음엔 다리를……. 하하. 형, 표정이 왜 그래요? 내가 웃긴 거 보여 줄까요?"

찬희는 자랑하듯 뒷머리를 보여 줬다. 봉합하느라 머리를 살짝 밀어 땜빵이 나 있었다.

하지만 어떻게든 분위기를 좋게 만들어 보려는 찬희의 노력에도 불구하고 태홍의 얼굴은 잔뜩 굳어 있었다.

"CCTV는 확인했어?"

"사각지대였어요. 지금 주변에 주차되어 있던 차량 블랙박스 확인 중이에요."

"넌 당분간 움직이지 말고 가만있어."

"형. 형도 위험해요. 무슨 말인지 알죠? 그리고 정혜린 말인데요, 쭉 지켜봤는데 특별히 이상한 점은 없었어요. 근데 이해가 안 되는 게 하나 있었어요. 저러다 죽는 거 아니야? 싶을 정도로 애가 하루 종일 달리기만 하더라고요."

"그게 왜 이상한데?"

"너무 멀쩡하잖아요. 아무리 아빠라고 해도 정석범한테 납치됐다 돌아왔는데 페이스 그대로 유지하고 연습을 한다는 게 과연 정상일 까요? 그래서 갑자기 든 생각인데요, 정석범은 정혜린에게 좋은 아 빠였을까요? 나쁜 아빠였을까요?"

순간 태홍의 얼굴이 경직되었다. 그리고 주먹을 쥐었다.

"좋은 아빠였다면…… 가능해."

"뭐가요?"

"정혜린이 정석범한테 이용당하고 있는 거라고."

"뭐 때문에요?"

"사람이 사람을 이용하는 이유는 한 가지밖에 없잖아. 나는 하지 못하는 것을 그 사람을 통해 얻으려고 할 때."

태홍은 진작 눈치채지 못한 자신에게 화가 났다. 정석범이 딸까지 이용해서 얻으려는 것은 뭘까? 머릿속이 복잡해졌다.

병원을 나와 밤늦게 집 앞에 도착한 태홍은 잠시 차 안에서 눈을 감고 생각에 잠겼다.

설미를 불러내서 정혜린을 내보내라고 설득할 생각이었다. 아마 자신은 오늘 그녀를 울리고 말 것이다. 하지만 그 어떤 원망을 듣더 라도 그녀를 지켜야겠다고 다짐했다.

그는 작게 한숨을 내뱉으며 두 눈을 떴다. 그리고 차에서 내려 건 물 안으로 들어갔다가 이내 다시 나왔다. 건물 뒤쪽에서 핸드폰 불빛이 보였기 때문이다.

뭔가 좋지 않은 예감이 들었다. 태홍은 천천히 그쪽으로 발걸음을 옮겼다.

"아빠…… 너무 걱정하지 마세요."

혜린의 목소리였다. '아빠'라는 단어에 태홍은 걸음을 멈췄다.

"네. 끊을게요."

핸드폰을 끄고 모퉁이를 돌아 나온 혜린은 앞에 서 있는 태홍을 보곤 화들짝 놀라 뒤로 한 발자국 물러섰다.

"정혜린."

혜린은 얼른 핸드폰을 뒤로 감춘 채 태홍의 시선을 피했다. 그런 혜린을 가만히 내려다보던 태홍은 당장 힘으로 제압해 핸드폰을 뺏고 아이를 추궁하고 싶었지만 있는 힘껏 참았다.

그는 간신히 화를 억누르며 말했다.

"올라가서 네 선생님 좀 내려오라고 해."

재빨리 고개를 끄덕인 혜린이 얼른 건물 안으로 뛰어갔다.

태홍은 설미를 기다리다가 답답한 마음에 주먹으로 차를 내리쳤다. 하필 그 순간, 설미가 밖으로 나왔다. 그에게서 뿜어져 나오는 오라가 심상치 않자 설미는 쭈뼛거리며 그에게 다가갔다.

"왜 불렀어요?"

"일단 타."

태홍이 조수석 문을 열고 고갯짓을 했다. 설미는 불안한 얼굴로 차에 올라탔다.

운전석에 올라타는 태홍을 걱정스러운 눈빛으로 보던 그녀가 물었다.

"무슨 일 있어요?"

"정혜린 내보내."

"……."

갑자기 뜬금없이 혜린을 내보내라니……. 설미는 황당한 표정으로 태홍을 바라보다가, 반사적으로 고개를 흔들었다.

"싫어요. 그 얘긴 저번에 다 끝난 거 아니었어요? 서태홍 씨가 우리 지켜 주기로 했잖아요. 그럼 아무 일도 없을 거라고……. 그쪽 믿으라면서요."

"그러니까. 나 믿고 정혜린 내보내라고. 내가 알아본 시설이 있어. 문자로 주소 보낼 테니까, 내일 당장 내보내."

"갑자기 왜 이래요?"

"정혜린이 핸드폰 구해다가 누구랑 연락하는 줄 알아?"

"……."

태홍의 말에 설미는 소각장에서 누군가와 몰래 통화하고 있던 혜린의 모습이 떠올랐다. 태홍이 그런 그녀의 표정을 읽었다.

"너 혹시 알고 있었어?"

알면서도 자신에게 바로 얘기하지 않은 설미에게 배신감이 들었다. 태홍의 얼굴이 싸늘하게 굳어졌다.

"넌 내 말이 우습지?"

"저도 오늘 알았어요. 제가 혜린이한테 물어볼게요. 정석범이랑 전화로 무슨 얘기를 했는지……."

그녀의 말에 태홍이 헛웃음을 내뱉었다.

"정신 차려. 물어본다고 순순히 얘기해 줄 것 같아? 그런 애였다면 진작 이 집에 들어올 때부터, 본인이 지금 어떤 상황에 처했는지 너한테 솔직하게 얘기했겠지. 근데 그거 알아? 정혜린, 지금 아무도 안 믿어. 나는 물론이고 너도."

"……."

"제자의 원망이 두려운 거라면 내가 대신 얘기해 줄게. 넌 나를 말리는 척하고, 좋은 선생으로 남아. 그럼 됐지?"

말을 마친 태홍이 곧바로 차에서 내리려고 했다. 그러자 설미는 재빨리 그의 팔을 잡아당겼다.

태홍이 인상을 쓰며 고개를 돌렸다. 설미가 태홍의 팔을 꽉 붙잡고 고개를 숙인 채 두 눈을 감고 있었다.

"미안해요. 그렇게는 못 해요."

태홍은 화를 내려다가 말고 그녀를 바라보았다. 자신의 팔을 잡고 있는 그녀의 손이 떨리고 있었다. 놀란 태홍은 고개를 내려 그녀의 얼굴을 유심히 들여다보았다. 그녀는 여전히 두 눈을 감은 채 아랫입술을 꽉 깨물고 있었다.

"왜 그래? 어디 아파?"

그가 걱정이 가득한 목소리로 물었다. 설미는 갑자기 몰려온 다리 통증을 겨우 참아 내며 힘겹게 두 눈을 떴다.

"괜찮아요……."

말과는 달리 그녀는 전혀 괜찮아 보이지 않았다. 이마에는 송골송골 식은땀이 맺혀 있었다.

그녀를 안쓰럽게 바라보던 태홍은 약해지려는 마음을 다잡고 다시 표정을 굳혔다.

"경찰로서 명령이야. 수사에 협조해."

"……서태홍 씨는 사람 내쫓으라는 말을 정말 쉽게 하네요."

"넌 뭐가 그렇게 어려운데? 아무리 아끼는 제자라고 해도 결국엔 남이야. 어렵게 생각하지 말라고. 그렇게 정 마음에 걸리면 정석범을 잡은 후에 다시 데리고 오면 되잖아."

"가라고 했다가 오라고 했다가……. 그게 얼마나 큰 상처인 줄 알아요!"

눈에 눈물이 그렁그렁 맺힌 채로 그녀가 소리쳤다.

결국 울리고 말았다. 태홍은 할 말을 잃고 그녀를 바라보았다.

"저희 아버지도 전과자였어요. 정석범처럼 사람을 죽이진 않았지만…… 동네 사람들이 저만 보면 도망갈 정도로, 서태홍 씨의 표현을 빌려 말하자면 나쁜 놈이었죠. 아버지 때문에 시설에서도 따돌림 당하고 여러 번 쫓겨났어요. 그리고 우스운 얘기지만, 아버지를 미워하는 사람들에게서 도망 다니면서 제가 발이 빠르다는 걸 알았어요. 웬만해선 사람들한테 안 잡혔거든요……."

"……."

"혜린이한테 나가라고 못 하는 이유가 제자의 원망이 두려워서냐고 했죠? 아니에요. 저는 그저…… 똑같은 어른이 되고 싶지 않아요. 저를 외면했던 그들이랑 똑같이, 필요에 의해 오라고 했다가 조금이라도 피해 볼 것 같으면 가라고 하고 싶지 않다고요. 그들과 똑같아지기 싫어요. 그 상처가, 아직도 아물지 못하고 남아 있으니까……."

쓸쓸한 눈빛으로 그녀가 말을 맺었다.

"미안하지만 수사에 협조 못 해요."

설미는 단호하게 말하고 태홍의 반응을 기다렸다. 하지만 그녀의 말에 화를 내거나 큰소리칠 거라고 예상했던 그는 아무런 말도 없이, 그저 조금 당황스러워하는 기색으로 그녀를 바라보고 있었다.

범죄자인 아버지를 뒀다고 한 자신의 고백이 당황스러웠던 걸까? 하긴, 범죄자라면 치를 떠는 사람이니까.

그는 한참 동안 아무 말도 하지 않았다. 그런 그의 모습에 설미는 어쩐지 가슴께가 뻐근하게 아파 왔다. 괜히 속상한 마음에 인사도 없이 태홍을 버려두고 차에서 내려 건물 안으로 달려 들어왔다.

도대체 뭘 기대하고 그 사람한테 아버지 얘기까지 꺼낸 걸까? 위로를 바랐던 걸까? 괜찮다는 말을 듣고 싶었던 걸까?

집에 들어온 설미는 최대한 약을 먹지 않고 통증을 견뎌 보려고 노력했지만, 도저히 참을 수가 없었다. 그녀는 주방 찬장 속에 숨겨 둔 약을 꺼내 먹은 후 방으로 들어갔다.

침대 위엔 그사이 잠이 든 혜린이 웅크린 자세로 누워 있었다. 설미는 혜린을 안쓰럽게 바라보며 머리를 쓰다듬어 주었다.

그녀 역시 이불을 깔고 누웠지만 잠이 오지 않아 뒤척였다. 결국 답답한 마음에 다시 거실로 나갔다.

소파 위에 덩그러니 놓여 있는 곰 인형 옆에 앉은 설미는 죄 없는 곰 인형의 배를 툭툭 건드렸다.

그런데 그때, 핸드폰이 진동했다. 차윤에게서 온 전화였다.

잠시 고민하던 설미는 곰 인형을 품에 안은 채 핸드폰 통화 버튼을 조심스레 눌렀다.

— 설미야. 전화를 왜 이렇게 늦게 받아? 혹시 무슨 일 있는 건 아니지?

걱정이 잔뜩 묻어나는 그의 말투에 설미는 가슴이 먹먹했다. 선생님이라면 분명 내 편이 되어 줬을 텐데. 차윤에게 오늘 있었던 일들을 털어놓고 위로받고 싶었지만, 이젠 그러면 안 된다는 생각이 들었다.

"무슨 일은요. 아무 일도 없어요."

— 거짓말. 김 선생님한테 얘기 들었어. 병원 왔었다고? 통증이 심하다며. 갑자기 통증이 왜 그렇게 심해진 건데? 혹시 요즘 스트레스받는 일 있어?

"아니요. 그런 거 없어요. 너무 걱정 마세요."

— 너 정말 괜찮은 거지?

"선생님……."

— 응.

"10년 전 그날…… 저랑 왜 같이 뛰어 주신 거예요?"

교통사고 후 부상 사실을 숨긴 채 국가 대표 선발전이자 전국체전 예선 무대에 섰던 설미는 결국 트랙 위에서 쓰러지고 말았다.

의료진들의 만류에도 기어코 끝까지 달리겠다고 고집을 피우며 일어나 달렸다. 그러다 또 넘어지고, 일어나서 또 달리고, 넘어지고…….

결국 모든 걸 포기하려고 할 때 그녀를 다시 일으켜 세운 건 차윤이었다. 자원봉사로 의료 지원을 나왔던 차윤은 그녀의 손을 잡고 트랙 위를 같이 달려 주었다.

"그날이 제가 선수로서 마지막 시합인 거 알고 있었던 거죠?"

— 에이, 설미 넌 날 너무 과대평가한다. 10년 전에 난 겨우 의대생이었다고. 아, 그때로 돌아가고 싶다. 그땐 나도 참 젊었었는데.

쑥스러운 모양인지 차윤이 농담을 건넸다.

"선생님 고마워요. 그날 제 앞에 나타나 줘서……. 선생님 아니었으면 지금처럼 멀쩡하게 걷지도 못했을 거예요."

— 그 어려운 수술을 포기하지 않고 견뎌 낸 건 바로 너야. 내가 한 건 아무것도 없어. 다 네가 한 거야. 그러니까 설미야. 무슨 일이 있는지는 몰라도 좋은 쪽으로만 생각해. 그리고 미안하다. 이럴 때 옆에 있어 줘야 하는데……. 아, 우리 설미 보고 싶다. 너도 나 보고 싶지?

"네. 저도 선생님 보고 싶어요……."

핸드폰 너머로 차윤의 웃음소리가 기분 좋게 들려왔다. 여전히 웃음을 머금은 목소리로 그가 말했다.

— 그럼 잘 자고, 또 전화할게.

"네. 선생님도 안녕히 주무세요."

그렇게 통화를 끝마친 설미는 곰 인형을 베고 소파에 누웠다. 그러다 곰 인형과 눈이 마주치자 어쩐지 아까 자신을 당황스럽게 바라보던 태홍의 눈빛이 떠올랐다.

"그 눈빛은 도대체 뭔데……."

도통 속을 알 수 없는 그가 오늘따라 너무 미웠다.

잠꼬대처럼 중얼거리며 태홍을 씹어 대던 그녀의 몸에 약 기운이 퍼지며 통증이 멎어 갔다. 그리고 정신도 아득해졌다.

□　■　□

"쌤. 비 올 것 같아요. 올라가서 우산 가지고 올게요."

혜린이 건물 안으로 다시 들어가고, 설미는 하늘을 올려다보았다. 혜린의 말대로 금방이라도 비가 쏟아질 듯 먹구름이 짙게 깔려 있었다.

그때, 뒤에서 인기척이 들렸다. 당연히 혜린이라고 생각하고 뒤를 돌았는데, 아니었다. 오늘 날씨보다 더 저기압인 듯한 얼굴로 태홍이 서 있었다.

서로 원수를 진 사이도 아니고, 인사는 해야 할 것 같아서 설미는 가볍게 손을 흔들었다.

"안녕하……."

하지만 태홍은 그녀에게 눈길도 주지 않고 그대로 스쳐 지나 차에 올랐다. 그리고 그가 탄 차는 빠른 속도로 골목을 벗어났다.

도대체 내가 저 사람한테 뭘 그렇게 잘못한 거지? 이렇게 무시당할 정도로 잘못한 게 뭐가 있냐고.

설미는 억울한 마음이 들어 가슴을 툭툭 쳤다.

어느새 우산을 가지고 내려왔는지 혜린이 눈치를 보며 조심스레 입을 열었다.

"두 분 싸우셨어요?"

"어? 아니야. 빨리 가자. 늦겠다."

애써 웃으며 혜린과 함께 골목을 내려가는 설미의 마음도 금방이라도 비가 쏟아질 듯 먹먹했다.

한편, 혜린과 설미의 뒷모습을 멀리서 누군가가 지켜보고 있었다.

모자를 쓴 낯선 남자가 고개를 들어 불이 켜진 402호를 올려다보았다.

□　■　□

"오늘 회식인 거 다들 알고 있지?"

권 팀장의 말이 끝나기도 전에 팀원들은 휘파람을 불며 환호했다. 딱 한 사람만 제외하고 말이다.

팀원들의 시선이 묵묵히 컴퓨터 화면을 주시하고 있는 태흥에게로 향했다. 평소에도 그랬지만 오늘따라 그는 더욱 기분이 안 좋아 보였다.

태흥은 어젯밤 무릎 통증으로 괴로워하던 그녀가 걱정되어, 혹시나 싶어 자기 전에 도청 장치를 켰다. 그리고 듣지 말아야 할 것을 듣고 말았다.

― 네. 저도 선생님 보고 싶어요…….

평소 자신이 알던 그녀의 목소리가 맞는지 귀를 의심할 정도였다. 180도 달라진 설미의 말투가 묘하게 신경을 긁었다. 자신에겐 단 한 번도 그렇게 나긋나긋하고 다정한 목소리와 말투로 말한 적이 없다.

통화 상대는 보나 마나 그녀의 이상형이자, 10년 동안 짝사랑했다던 짐 레드몬드일 거다. 대체 언제부터 연락을 주고받은 걸까.

"야! 서 경위. 회식······."

"안 갑니다."

단호한 거부에 권 팀장이 뒷목을 잡았다. 그러자 옆에 있던 회철이 태홍을 향해 작게 얘기했다.

"오늘 권 팀장님 생신이세요. 웬만하면 같이 가시는 게 어떠세요? 팀장님 기러기 아빠라 집에 식구도 없고, 불쌍하잖아요."

"야, 인마. 다 들려!"

권 팀장의 불호령에 회철은 얼른 자리를 피해 도망갔다. 하지만 그럼에도 불구하고 여전히 회식 따위 참석할 의사가 전혀 없다고 태홍의 얼굴에 쓰여 있었다.

"서 경위! 할 얘기도 있으니까. 7시에 대충 정리하고 한강갈비로 와."

오기로 그러는 건지 아니면 정말 할 얘기가 있는 건지, 알 수 없는 표정으로 권 팀장이 한마디 하고 자리로 돌아갔다.

태홍은 귀찮아하며 밀린 조서를 작성하다가 울리는 핸드폰을 받았다. 찬희였다.

— 형. 오늘 퇴근 몇 시에 해요?

"늦을 것 같은데. 왜? 무슨 일 있어?"

— 아니요. 저 지금 퇴원해서 정혜린 미행 중인데요.

"퇴원? 너 미쳤냐?"

— 병원은 답답하기도 하고, 아무튼 지금 정혜린은 친구들이랑 찜질방 들어갔고, 형의 그분은 찜질방 앞 금메달 체육관으로 들어갔어요. 사진 찍어 보내 드릴까요?

"어."

— …….

태홍의 이런 대답을 전혀 예상하지 못한 듯 찬희는 잠시 할 말을 잃어버렸다.

— 이거 서태홍 씨 핸드폰 맞나요?

"죽을래?"

— 맞네. 아무튼 둘 다 집까지 잘 모실 테니까. 걱정 말아요.

"그래. 끊어라. 사진 꼭 보내고."

— 우와, 미치겠다. 형! 그 선생님 진짜 좋아하나 봐요?

"끊어."

태홍은 전화를 끊어 버렸다.

그리고 몇 초 후 사진 한 장이 도착했다. 금메달 체육관 구석에 앉아 화영과 함께 캔 맥주를 마시는 설미의 모습이 담겨 있었다. 사진을 보며 태홍은 미간을 찌푸렸다.

"또 술이야? 이 여자가 진짜……."

□　■　□

체육관 밖에 위치한 화장실에서 손을 씻고 나온 설미는 누군가 후다닥 계단을 올라가려다가 넘어진 것을 보곤 놀라 달려갔다.

"괜찮으세요?"

한쪽 다리에 깁스를 한 귀엽게 생긴 남자가 고개를 돌려 빙긋 웃으며 인사했다.

"설미 씨. 안녕하세요."

"네? 네. 안녕하세요. 근데 제 이름은 어떻게 아세요?"

"설미 쌤! 걔 내 후배야."

우당탕 소리를 듣고 밖으로 뛰어나온 화영이 찬희를 부축해서 일으켜 세우며 그를 소개했다.

이름은 유찬희. 태홍과 화영의 경찰대 후배이고, 현재 태홍과 함께 정석범을 잡는 데 매진하고 있다고 했다. 그리고 그가 혜린을 밀착 감시하고 있는 중이라는 사실도 알게 되었다.

"우리 형 좀 잘 부탁드립니다."

"형이요? 아, 서태홍 씨요? 그분은 뭐. 워낙 혼자서 잘하시니까. 그나저나 서태홍 씨 밑에서 일하느라 많이 힘드시겠어요."

"워낙 적응이 돼서. 하하."

찬희가 호탕하게 웃었다. 태홍과 다르게 붙임성도 있고 서글서글하니 성격이 참 좋아 보였다. 말이 많다는 것만 빼고 말이다.

"혜린이 잘 있는지 찜질방 한번 가 봐야 하는데, 다리가 이 모양이라 눈에 띌 것 같아서요. 설미 씨가 혜린이 친구들한테 문자로 확인 좀 해 주시겠어요?"

"네, 그럼요. 지금 바로 확인해 볼게요."

설미가 단체톡방에 생존 신고를 하라는 말을 남기기가 무섭게 아이들이 인증 사진을 보내왔다. 설미는 찜질방에서 찍은 아이들의 사진을 찬희에게 보여 주었다.

"우리 애들 다 잘 있는 것 같네요."

사진을 보며 흐뭇하게 웃는 설미의 얼굴을 찬희가 힐끔거리는데 화영이 안주를 가져왔다. 화영은 수박을 담은 쟁반을 내려놓으며 찬희의 뒤통수를 날렸다.

"야. 꿈 깨라. 태홍이가 먼저 찍었어."

"그런 거 아니거든요?"

"아니긴 뭐가 아니야! 이게 어디서 구라를 까."

티격태격하는 두 사람을 흥미롭게 바라보던 설미는 궁금한 것이 떠올라 손을 들었다.

"저 질문 있어요!"

찬희와 화영의 시선이 설미에게로 향했다.

"제가 하소연하려고 하는 것도 아니고, 편을 가르자는 것도 아닌데요. 제 얘기를 듣고, 두 분께서 누구의 말이 맞는지 객관적으로 판단을 좀 해 주시면 안 될까요?"

두 사람이 고개를 끄덕이자, 설미는 어젯밤에 혜린을 내보내라고 했던 태홍의 발언과 그렇게는 못 하겠다고 해서 그와 다툼이 있었던 일들을 털어놓았다.

설미의 말이 끝나자마자 먼저 화영이 시원스러운 말투로 말했다.

"아마 찬희도 지금 나랑 똑같은 생각을 했을 거야. 그치?"

찬희가 고개를 끄덕였다. 화영이 맥주를 마시며 눈짓을 하자 찬희가 먼저 말문을 열었다.

"일단 정석범 담당 형사 입장에서 말씀드리면, 설미 씨가 정혜린을 반드시 데리고 있어야 해요."

"데리고 있어야 한다고요?"

"네. 그게 수사에 협조하는 거예요. 왜냐면 정석범이 해외로 도주하기 전에 분명 정혜린을 만나러 올 거거든요. 정석범과 정혜린 부녀 사이에 분명 뭔가 있어요. 그게 뭔지 알아내면 정석범의 도주 경로도 밝혀낼 수 있어요."

설미의 표정이 굳어졌다.

"근데 서태홍 씨는 왜 저한테 혜린이를 내보내라고 한 거예요?"

"설미 씨가 위험해지니까요."

찬희의 말에 옆에 있던 화영이 고개를 끄덕였다. 약간 취기가 올라왔는지 화영의 목소리가 한 톤 높아졌다.

"나랑 찬희가 태홍이를 안 지 벌써 햇수로 8년이에요. 그러니까 설미 쌤보다 태홍이를 더 잘 알겠죠?"

설미가 고개를 끄덕였다.

"그래서 하는 말인데, 태홍이 지금 엄청 참고 있는 거예요. 평소 같았으면 정석범의 딸이 정석범과 몰래 연락을 주고받는다? 걔 성격에 가만 안 둬요. 서태홍이 광수대에서 범인 족치는 거 선수였거든. 범죄자라면 얼마나 치를 떠는데요, 걔가."

설미는 순간 어젯밤 아버지가 전과자라고 고백했을 때, 당황스러운 얼굴로 자신을 바라보던 태홍이 떠올랐다.

그래서 날 그렇게 쳐다본 건가? 내가 본인이 그렇게 치를 떠는 범죄자의 딸이라서?

"정혜린이 설미 쌤이 아끼는 제자라니까, 태홍이 지금 엄청 참고 봐주고 있는 거예요. 그건 좀 알아줬으면 좋겠어요. 솔직히 저도 정혜린 멱살 잡고 네 아빠 어디 있냐고 추궁하고 싶어요. 근데 걔한테 무슨 잘못이 있겠어요……."

맞다. 화영의 남편은 정석범 사건을 조사하다가 의문의 사고를 당해 죽었다고 했다. 뒤늦게 그 사실이 생각난 설미는 고개를 푹 숙여버렸다.

"죄송해요. 제가 괜히 혜린이 얘길 꺼내서……."

세 사람은 급격히 말이 없어졌고, 술자리는 어색해졌다.

"선배 많이 취했네. 올라가요. 여긴 내가 정리할 테니까."

찬희는 화영을 일으켜 위로 올려 보낸 후, 설미에게 믹스 커피를 한 잔 내밀었다.

"고마워요."

비가 내리기 시작하는 창밖을 내다보며 말없이 커피만 홀짝홀짝 마시는 그녀를 향해 찬희가 부드러운 목소리로 말했다.

"형은 아닌 건 아닌 사람이에요. 근데 지금 가만히 있는 건…… 설미 씨 의견을 존중한다는 거 아니겠어요?"

"……."

설미가 고개를 돌려 바라보자 찬희는 그녀를 향해 빙긋 웃어 주었다.

□ ■ □

"아니야! 나 멀쩡해. 더 마실 수 있어!"

부하 직원들의 만류에도 불구하고 권 팀장은 술병을 기울여 자신의 술잔에 술을 가득 따랐다. 그러곤 마주 보고 앉은 태홍의 술잔에도 술을 넘치게 따랐다. 태홍은 곧바로 잔을 입안에 털어 원샷했다.

"와. 이 자식 뭐냐? 집도 잘살고, 술도 잘 마시냐?"

"팀장님! 취했습니다. 서 경위님! 괜찮으시죠?"

태홍은 고개를 끄덕이며 이번엔 스스로 술병을 들어 다시 잔을 채웠다.

"너 인마. 왜 투잡 뛰냐?"

"그런 적 없습니다."

"없긴. 너 요즘에도 정석범인가 뭐시기 하는 그놈 쫓아다니느라 정신없는 거 내가 모를 줄 알아? 남의 관할서 일을 네가 왜 하냐고. 그거 다 내가 눈감아 주고 있는 거 모르지?"

태홍은 권 팀장의 말을 무시한 채 계속 술만 마셨다. 하지만 술김에 오기가 생겼는지 권 팀장이 그를 향해 계속해서 질문을 던졌다.

"너 애인 없지?"

"……."

"안 만드는 거냐? 아님 못 만드는 거냐?"

태홍은 이번에도 권 팀장의 말을 무시하려고 했지만, 어쩐지 그냥 넘어갈 수 없는 질문이었다. 그는 술잔을 바라보며 생각에 잠겼다.

"그 얼굴로 한창나이에 연애도 못 하고 시커먼 놈들이랑 엉켜서 너도 참 불쌍하다."

여전히 술잔을 응시하며 태홍이 자책하듯 말했다.

"제가…… 무슨 염치로 연애를 합니까."

"……."

때로는 자신에 대해 하나도 모르는 사람들 앞에서 예기치 못하게 속마음을 털어놓을 때가 있다. 오늘이 그런 날인가 보다. 상대가 권 팀장이라 유감스럽지만.

"저 때문에 사람이 죽었어요. 게다가 그놈은 아직 검거도 못 했고. 근데……."

"……."

"저 연애해도 됩니까?"

그녀에게 다가서려 할 때면 죄책감이 발목을 잡는다. 행복해지려는 순간마다, 행복해지고 싶은 순간마다, 피해자 모친의 절규가 들리고, 정석범의 조소가 떠올라 다시 멈추게 된다. 아니, 오히려 뒷걸음질 쳐서 불행해지고자 한다.

이런 자신이 과연 제대로 된 연애를 할 수 있을까?

"그건 말이지……."

"됐습니다."

한동안 고심하던 권 팀장은 조언해 줄 말이 떠올랐는지 어렵게 입을 열려고 했다. 하지만 태홍이 권 팀장의 말을 자르더니 자리에서 일어났다.

"저런, 씨. 야! 거기 안 서? 서 경위!"

권 팀장의 애타는 목소리가 들리지 않는지 태홍은 그대로 가게를 나가 버렸다.

설미와 혜린이 우산을 쓰고 나란히 집을 향해 걷고 있었다.

체육관에서 나온 뒤부터 계속 넋이 나가 있는 설미를 흘끔 본 혜린은 그녀의 옆구리를 손가락으로 툭툭 건드렸다. 설미가 뒤늦게 정신을 차리고 고개를 들었다.

"쌤. 저기 아저씨 같은데요?"

혜린의 손가락을 따라 설미도 빌라 앞으로 시선을 옮겼다. 혜린의 말대로 그곳엔 태홍이 있었다. 그는 우산을 쓴 채 멀뚱히 서서 설미를 바라보고 있었다.

"저 먼저 들어갈게요!"

아침부터 두 사람 사이의 이상기류를 느꼈던 혜린은 얼른 건물 안으로 달려 들어갔다.

어떻게 해야 할지 고민에 빠져 있는 설미를 향해 태홍이 먼저 다가왔다.

처벅, 처벅.

그렇게 그가 그녀에게로 왔다. 이윽고 발걸음 소리가 멈추고, 우산에 닿는 빗소리가 더욱 거세졌다. 진한 알코올 향이 코끝에 스며들자 설미가 놀란 얼굴로 고개를 들었다.

"술 마셨어요?"

그가 아무런 말 없이 빤히 바라보자 설미는 어색해서 괜히 크게 웃으며 너스레를 떨었다.

"하하. 왜 그렇게 봐요?"

"……."

"아, 맞다! 어제 일 말인데, 우리 화해해요. 저요, 서태홍 씨 마음다 알아요."

"네가 뭘 알아?"

"네?"

"내 마음을 네가 안다고?"

설미는 갑자기 시비조로 말하는 태홍을 당황한 얼굴로 올려다보았다.

"취했죠?"

"아니."

"취한 것 같은데? 아무튼 서태홍 씨가 저랑 혜린이 위해서 많이 참아 주고 있다는 거 알아요. 근데 정말 미안하지만 조금만 더 기다려 주세요. 네? 그래 줄 수 있죠?"

"기다리면 뭐 해 줄 건데?"

"맛있는 거 사 드릴게요!"

"언제?"

"그냥 예의상 한 소린데……."

태홍이 미간을 찌푸리자, 눈치를 보던 설미가 말을 바꿨다.

"알았어요, 사 줄게요. 언제 시간 되는데요?"

"내일 저녁."

"내일 저녁이요? 내일은 제가 안 되는데요?"

"왜?"

"약속 있어요."

"누구랑?"

"얘기해야 해요?"

"남자는 안 돼."

"네?"

남자는 안 된다는 그의 말에 설미는 그를 의아하게 쳐다봤다.

어색한 정적이 흐르던 그때, 신기하게도 비가 멈췄다.

"정혜린한테 우리 가짜인 거 들통나고 싶어?"

"아니요. 아…… 그래서?"

"어, 그래서. 그러니까 대답해. 남자 안 만나겠다고."

혜린이 안 보는 데서도 연기를 하라는 건가? 이 역시도 어딘가 조금 이상한 논리였지만, 그는 여전히 단호한 표정으로 대답을 강요했다.

"내가 정석범 잡을 때까지……."

"……."

"다른 남자 만나지 마."

이 남자, 술에 취한 탓인가? 그의 목소리는 얼핏 애원하는 것처럼 들렸다.

설미는 눈을 가늘게 뜨고 그를 쳐다보았다. 이 남자 취한 게 분명해. 그렇지 않고서야 서태홍 입에서 이런 비논리적인 말이 나올 수가 없었다.

"나 안 취했다고."

그녀의 속마음을 읽기라도 한 듯 태홍이 말했다. 설미는 민망해서 일부러 딴청을 피웠다.

"우리 포장마차 가서 국수 먹을래요?"

"갑자기 국수는 왜? 너 저녁 안 먹었어?"

"먹었죠. 근데 출출해서요. 맥주도 한잔하고 싶고."

"맥주가 목적이면서 왜 국수 먹으러 가재?"

"맥주 마시자고 하면 같이 안 가 줄 것 같으니까 그러죠."

"가."

그가 앞장서 골목을 내려갔다. 설미는 왠지 기분이 좋아서 쫄레쫄레 그의 뒤를 따라갔다.

포장마차에 들어선 설미와 태홍은 구석에 자리를 잡고 앉았다. 주인아주머니가 잔치국수와 함께 맥주를 테이블 위에 내려놓기가 무섭게 설미는 맥주병을 얼굴에 가져다 댔다.

"아, 시원해."

행복해하는 설미를 향해 태홍이 말했다.

"딱 한 잔만 마셔."

"한 병이요."

"죽을래?"

"알았어요. 한 잔."

칫, 이럴 줄 알았으면 집에 가서 혼자 마실걸. 괜히 같이 마시자고 했네.

설미는 시무룩한 얼굴로 잔을 내밀었다. 태홍은 병따개로 맥주를 따서 설미가 들고 있는 잔에 가득 따랐다. 마찬가지로 설미도 태홍의 잔에 맥주를 따라 주며 그가 묻기도 전에 말했다.

"요새 너무 더워서 잠이 잘 안 오더라고요. 그래서 맥주 마시고 푹 자려고요."

"핑계도 여러 가지다."

"자, 건배!"

태홍의 말을 무시하고 설미가 건배를 외쳤다. 그러곤 맥주를 원샷해 버렸다.

"크아, 시원해!"

말끔히 잔을 비운 설미의 손이 자연스럽게 맥주병으로 향했다. 그러자 태홍은 어디 한번 해 봐라 하는 눈빛으로 그녀를 쳐다봤다. 설미는 계속 그를 힐끔거리면서도 잔에 맥주를 가득 따랐다.

계속 눈치를 보는 그녀가 가여워 태홍은 인심 쓰듯 말했다.

"딱 한 병만 마셔."

그녀의 얼굴이 금세 환해졌다.

뭐가 저렇게 좋을까? 태홍이 맥주를 마시며 생각하는데 그녀가 말했다.

"밤늦게 이렇게 밖에 나와서 편하게 맥주 마시는 거 처음이에요."

"처음은 무슨. 내가 본 게 있는데? 그것도 여러 번."

"편하게라고 했잖아요. 편. 하. 게. 맥주 마시는 건 지금이 처음이라고요."

"나랑 있는 게 편하냐?"

"네. 서태홍 씨가 앞집 사니까 너무 편하고 좋아요. 이렇게 밤늦게 돌아다녀도 하나도 안 무섭고."

"아, 그래서?"

"네. 그래서."

설미가 맥주를 마시며 눈웃음을 쳤다.

오늘따라 저 여자가 왜 저리 웃음을 흘리는 걸까? 벌써 취한 건가?

태홍은 고개를 절레절레 흔들었다.

"전 친구가 없어요."

갑자기 그녀가 고해성사를 하듯 자신의 얘기를 시작했다.

"아주 어렸을 적엔 알코올 중독인 아버지 때문에 친구가 없었고요. 학창 시절엔 훈련하느라, 재활하느라 없었고, 커서는 사람 사귀는 방법을 몰라서 없었어요. 그리고 지난번 아버지 얘기 말인데요, 서태홍 씨한테 처음 한 거예요."

"왜 다 처음이래?"

"그러게요. 왜 다 처음이지? 근데 서태홍 씨는 괜찮아요?"

"뭐가?"

"서태홍 씨 범죄자라면 치를 떤다면서요. 근데 우리 아버지도 범죄자였으니까. 내가 좀 찝찝하지 않아요?"

"그게 무슨 상관이야?"

"다른 사람들은 상관있던데……."

설미는 전과자 아버지 때문에 친척 집을 전전했던 어린 시절이 떠올랐다. 그리고 전과자 아버지와 언니를 둔 주제에 어디 감히 차윤을 넘보느냐며 자기 아들한테서 떨어지라고 악다구니를 써 대던 표 여사도 떠올랐다.

"정석범이 아버지인 게 정혜린 탓은 아니잖아."

조금 극단적인 예였지만, 그가 무슨 말을 하려는지 알 것 같았다.

설미는 고개를 들었다. 그리고 맥주를 마시는 태홍을 멀거니 바라보았다. 맥주가 넘어가며 꿀렁이는 목울대와 턱선 그리고 쭉 뻗은 콧날. 오늘따라 왜 저렇게 잘생겨 보이지? 취했나?

설미는 아무래도 그만 마셔야겠다는 생각을 하며 맥주잔을 옆으로 치웠다.

"맞다. 저번에 정석범 잡으면 하고 싶은 거 있다고 했잖아요. 그게 뭔지 말해 주면 안 돼요? 궁금해요."

설미는 그가 정석범을 잡으면 하고 싶다는 것이 무엇인지 오늘은 기필코 밝혀내겠다는 의지를 다지며 질문 공세를 펼치기 시작했다.

"혼자는 못 하는 거라고 했죠? 그럼 몇 명이서 하는 거예요?"

"……둘."

"둘이요? 뭐지……. 혹시 운동이에요? 잠깐, 둘이서 하는 운동이 뭐가 있을까."

"운동?"

"아니에요?"

"뭐, 비슷하지."

"아, 궁금해. 그냥 빨리 말해 줘요."

"후회할 텐데?"

"제가 왜 후회를 해요?"

"말하면 지금 당장 해 줘야 해. 해 줄 거야?"

"내가 해 줘야 해요? 그게 뭔데요?"

"그냥 술이나 마셔."

이 능구렁이 같은 남자!

그는 교묘하게 질문을 피해 가며 말을 돌렸다. 아무래도 오늘 대답 듣기는 글렀다. 설미는 포기하고 다시 맥주를 마셨다.

"아무튼 뭐가 됐든 정석범 잡으면 내가 무조건 같이해 줄게요. 그쪽이 빨리 정석범 잡아야 나도 남자 만나서 연애도 하고 결혼도 하죠."

"……."

태홍이 그녀를 빤히 쳐다봤다.

"뭘 봐요? 그쪽이 정석범 잡을 때까지 나보고 남자 만나지 말라면서요."

"너, 만날 남자는 있냐?"

"이 사람이! 왜 없어요? 학교에도 저 좋아하는 남자 선생님들 엄청 많대요."

태홍은 찬희가 전해 준 정보가 생각났다.

남정우 선생이 설미가 부임했을 때부터 그녀를 좋아했다며, 전교생이 다 알 정도로 유명한데 이 여자 혼자만 모르고 있다고 했다. 남정우 선생 이야기가 남 일 같지 않아서 태홍은 왠지 가슴이 갑갑해졌다.

"저는요. 앞으론 진짜…… 저 좋아해 주는 남자 만날 거예요."

태홍은 애써 들뜬 표정을 숨긴 채 고개를 끄덕였다.

"그래. 곧 만날 거야. 기다려……."

"네! 고마워요. 그러니까 정석범 빨리 잡아 주세요. 대신…… 다치지 말고. 오케이?"

설미가 잔을 내밀어 태홍의 잔에 짠, 하고 부딪쳤다. 기분 좋게 웃는 얼굴로 맥주 마시는 설미를 보면서 태홍도 피식 웃어 버렸다.

9화

"장마가 또 오려나? 비가 왜 이렇게 많이 내려?"

1층 학생부실로 2학년 담임 선생들이 하나둘 모이기 시작했다. 오늘 2학년부 회식이 있기 때문이었다.

밀린 체육부 공문을 처리하느라 비가 오는 줄도 몰랐던 설미는 선생님들의 푸념에 고개를 들었다. 정말 또 비가 내리고 있었다. 어젯밤처럼…….

'다른 남자 만나지 마.'

순간, 축축한 공기에 섞여 들려왔던 그의 목소리가 귓가에 울렸다. 손끝이 저릿저릿, 심장이 쿵쾅거렸다.

미쳤나 봐. 갑자기 왜 그 말이 생각났지? 그리고 왜 이렇게 심장이 뛰고 난리야.

"설미 쌤!"

"으악!"

그녀가 화들짝 놀라 자리에서 벌떡 일어났다. 그 바람에 옆에 서 있던 남정우 선생이 덩달아 놀라 뒤로 물러났다.

"왜 그렇게 놀라?"

"네? 아, 아니에요."

"육상부 훈련 언제 끝나? 기다릴게. 내 차 타고 회식 장소로 같이 이동하자."

평소 같았으면 그의 호의를 거절하지 않고 받았을 것이다. 하지만 얼마 전 혜린에게서 남정우 선생이 줄곧 자신에게 마음이 있었다는 소리를 들은 이상 평소처럼 행동할 수만은 없었다.

주변에 있던 선생들이 키득거리며 수군댔다. 설미는 이제야 그들이 평소 왜 그렇게 남정우 선생과 자신을 같은 부서에, 그리고 같은 장소에 밀어 넣으려고 했는지 알 것 같았다. 혜린의 말대로 다들 알고 있는 듯했다. 설미의 얼굴이 화끈거렸다.

"미안해요. 아무래도 훈련이 조금 늦게 끝날 것 같아요. 다른 선생님들과 먼저 가세요. 그럼 저는 이만……."

도망치듯 교무실을 빠져나온 설미는 곧바로 강당으로 향했다.

그녀가 강당에 들어서자 삼삼오오 모여 수다를 떨던 아이들이 후다닥 각자 위치로 돌아가 열심히 훈련하는 척했다. 그 모습이 귀여웠던 설미는 피식 웃으며 호루라기를 불었다. 아이들이 달려와 그녀를 빙 둘러쌌다.

"힘들지?"

"네!"

"오늘은 이만 마무리 스트레칭 하고 정리하자."

아이들의 얼굴에 화색이 돌았다. 반면 설미의 표정이 굳어졌다.

혜린이 보이지 않았기 때문이다.

"은정아. 혜린이 어디 있니?"

"아까부터 없었는데요."

"어디 갔는지는 모르고?"

"네……."

어쩐지 불안한 마음에 설미는 바깥으로 달려 나갔다.

그때 마침 남정우 선생이 차 키를 들고 밖으로 나오고 있었다. 그는 비를 쫄딱 맞으며 달려오는 설미를 놀란 얼굴로 바라보았다.

"무슨 일 있어? 왜 비를 맞고 다녀."

"선생님! 정말 죄송한데요. 저, 차 좀 빌릴 수 있을까요?"

"어? 어, 그래. 근데 회식은?"

무슨 사정인지는 모르겠지만 몹시 절박해 보이는 그녀의 얼굴을 본 남정우 선생이 운전석 문을 열어 주었다.

"얼른 타고 가."

"감사합니다!"

남정우 선생에게서 차 키를 건네받은 그녀는 연신 고맙다고 인사를 하며 운전석에 올라탔다.

근데 시동을 어떻게 켰더라?

갑자기 머릿속이 새하얘졌다.

제발 정신 차리자. 혜린이를 찾아야 해.

그녀는 겨우 정신을 차리고, 자동차 연수 받았을 당시를 떠올렸다. 천천히 시동을 켜고, 액셀을 깊게 밟았다.

그 후 운전을 어떻게 했는지도 모를 정도로 정신없이 집 앞에 도착했다.

미친 듯이 뛰어 올라가 현관문을 열어 보니 집 안이 엉망이었다. 폭격이라도 맞은 듯 서랍이란 서랍은 죄다 열려 있고, 창고에 있던 박스와 짐들까지 여기저기 널브러져 있었다.

놀란 얼굴로 거실에 들어선 설미는 침실로 고개를 돌렸다. 침실 문 사이로 혜린의 뒷모습이 보였다.

"혜린아……."

그녀가 제자의 이름을 불렀다. 하지만 들리지 않는 모양인지 혜린 은 계속 침대 밑 서랍을 뒤지고 있었다.

설미는 달려가 혜린을 말렸다.

"혜린아! 너 도대체 왜 이래?"

바닥에 털썩 주저앉은 혜린은 넋이 나간 채 설미를 바라보다가 주머니에서 핸드폰을 꺼냈다. 그러곤 액정을 켜고 사진 한 장을 보 여 줬다. 그것은 2000년대 초반 한창 유행하던 디지털카메라였다.

"선생님. 혹시 이런 물건 가지고 계세요?"

"이게 뭔데? 카메라? 이런 걸 네가 왜 찾고 있는 건데?"

그녀의 질문에 아무 대답도 못 하고 눈물만 뚝뚝 흘리던 혜린은 한참 후에 젖은 얼굴로 고개를 들었다.

"이게 있어야 살 수 있대요. 우리 아빠요……."

"……"

"선생님. 도와주세요. 이 물건 찾아야 해요. 이 집에 있을 거라고 했어요. 아빠가…… 그랬어요. 시간이 없어요!"

설미는 이해할 수 없었다. 혜린이 찾는 이 카메라는 무엇이며, 정 석범은 왜 딸까지 이용해 우리 집에서 이런 물건을 찾으려고 하는 지. 정석범을 향한 원망마저 들었다.

그런데 그때 몸을 바들바들 떨고 있는 혜린이 눈에 들어왔다.

사람을 죽인 정석범. 그런 정석범을 살리려는 딸 정혜린.

설미는 안타까운 마음에 제자를 와락 끌어안았다. 그러곤 등을 토 닥여 주었다.

"혜린아, 진정해……."

"……."

"괜찮아. 괜찮을 거야."

설미의 따뜻한 품 안에서 혜린의 숨이 차츰 가라앉았다. 설미는 혜린이 어느 정도 진정된 듯하자 품에서 떼어 낸 후 굳은 얼굴로 입을 열었다.

"혜린아, 지금부터 선생님 말 잘 들어. 사실은 너희 아빠……."

설미가 말끝을 흐렸다. 혜린의 시선이 자신이 아닌 자신의 뒤쪽으로 향해 있었기 때문이다.

그 순간, 등 뒤에 누군가 서 있다는 느낌이 점점 선명해졌다. 온몸에 소름이 오소소 돋았다. 정적이 흘렀고, 자신과 혜린, 그리고 또 다른 낯선 이의 숨소리가 불협화음처럼 뒤섞였다.

이제야 이 공간에 둘이 아닌 세 사람이 존재함을 인식했다.

설미가 흔들리는 눈동자로 혜린을 바라보았다. 그러자 혜린의 작은 입술이 열렸다.

"아빠……."

설미는 감히 뒤를 돌아볼 용기가 나지 않았다. 살려 달라 소리쳐야겠다는 판단도 내릴 수 없을 정도로 머릿속이 하얘졌다.

그때였다. 뒤에 서 있던 정석범이 돌연 주머니 속에서 칼을 꺼내 설미의 옆구리에 가져다 댔다. 혜린은 그 광경을 믿을 수 없다는 얼굴로 바라보며 소리쳤다.

"아빠! 안 돼요! 선생님한테 그러지 말아요!"

혜린이 시끄럽게 굴자 정석범은 발로 혜린의 복부를 걷어찼다. 그 충격으로 혜린은 바닥을 뒹굴며 배를 부여잡은 채 신음했다.

"혜린아! ……으윽!"

설미가 혜린에게 달려가려 했지만 정석범이 설미의 머리카락을 움켜잡고 그녀를 강제로 일으켜 세웠다.

머리카락이 뽑힐 듯 아팠지만, 설미는 자신은 아무래도 상관이 없었다. 그저, 배를 세게 걷어차인 고통과 믿었던 아버지에게 배신당한 충격에 과호흡까지 하며 괴로워하는 어린 제자 걱정뿐이었다.

"혜린아. 쌤 괜찮아. 숨 쉬어. 천천히……."

"입 닥쳐. 죽여 버리기 전에."

정석범이 설미의 옆구리에 칼을 더 깊숙이 가져다 댔다. 그 모습을 본 혜린은 더더욱 숨을 가쁘게 쉬기 시작했다. 당장이라도 숨이 넘어갈 듯 위태로워 보였다.

하지만 겁에 질린 혜린을 향해 정석범은 오히려 더 윽박질렀다.

"뭐 하고 있어? 빨리 물건 찾지 않고! 네 선생 죽는 꼴 보고 싶어?"

혜린은 설미 쪽으로 시선을 돌렸다. 설미는 애써 웃으며 입 모양으로 말했다.

'쌤은 괜찮아. 도망가.'

혜린이 힘없이 고개를 흔들었다. 안 되겠다 싶어 설미는 일부러 정석범을 자극해 시선을 끌고자 했다.

"정석범 씨. 지금이라도 자수하세요. 오늘 있었던 일들은 없던 일로 해 드릴……."

짜악!

정석범이 그녀의 머리채를 잡은 채 커다란 손으로 뺨을 날려 버렸다. 그 바람에 설미는 입술이 터지고, 뺨뿐이 아니라 얼굴 전체가 벌게졌다.

"네년이 뭔데 자수를 하라 마라야? 내가 뭘 잘못했다고!"

사람을 죽였잖아. 너 때문에 사람이 죽었잖아!

설미는 속으로 악다구니를 써 댔다. 혜린이 보는 앞에서 정석범이 어떤 놈인지 차마 입 밖으로 내뱉을 수가 없었다.

"혜린이를 위해서라도 이제 그만하세요. 제발……."

"그 입 닥치라고!"

딸아이 앞에서 이게 무슨 짓이냐고 돌려 말하는 설미의 발언에 감정이 격해진 정석범은 발로 그녀의 배를 걷어찼다.

바닥에 널브러진 설미는 배를 움켜쥐고 괴로워했다. 하지만 정신을 놓지 않고 곧바로 정석범의 다리를 붙잡았다.

"이 미친년! 놔! 안 놔?"

정석범의 발길질이 계속됐다. 발에 걷어차이면서도 설미는 끝까지 정석범의 다리를 놓지 않았다.

손까지 덜덜 떨며 서랍장을 뒤지던 혜린은 설미를 폭행하는 정석범의 무자비한 행동을 보고 순간 온몸이 굳어 버렸다. 그러다 뭔가 결심했는지 두 사람이 실랑이를 벌이고 있는 때를 틈타 재빨리 바깥으로 달려 나갔다. 너무 순식간이라 정석범이 붙잡을 새도 없었다.

도망가 버린 혜린의 뒷모습을 보고 분노에 사로잡힌 정석범은 칼을 들어 설미의 턱 끝에 가져다 댔다.

□　■　□

혜린은 비를 맞으며 맨발로 거리를 질주했다.

10년 만에 나타난 아버지가 사실은 나쁜 사람이었다는 충격보다, 어려울 때 자신을 향해 손을 내밀어 준 선생님이 다치진 않을까 하는 걱정이 먼저였다.

아버지는 자신이 지금 누명을 쓰고 쫓기는 신세라고 했다. 그래서 경찰에게 발각되면 절대 안 된다고 신신당부를 했었다. 하지만 혜린은 지금 경찰서를 향해 전속력으로 달려가고 있었다.

"살려 주세요!"

혜린은 비에 쫄딱 젖은 채 경찰서에 들어서자마자 큰 소리로 외쳤다. 경찰서 안에 있던 형사들은 물론 피의자들도 놀라 혜린을 바라보았다.

권 팀장이 제일 먼저 달려와 물었다.

"학생. 뭐라고? 살려 달라고? 누굴?"

"저희 선생님 좀 살려 주세요! 저희 아빠가 선생님을 죽이려고 해요! 제발 저희 아빠 좀 잡아 주세요!"

혜린은 그만 제자리에 주저앉아 엉엉 울어 버렸다. 겉으론 어른스럽게 굴어도 고작 열여덟 살이었다. 자신의 은사를 죽이려는 아버지, 열여덟 살의 아이가 감당하기엔 너무 잔인한 일이었다.

마침 사무실에 들어서던 태홍은 주저앉아 울고 있는 혜린을 보고 놀라 달려갔다.

"정혜린! 무슨 일이야?"

갑자기 나타난 태홍을 보며 혜린은 의사라던 그가 왜 경찰서에 있는지 따윈 전혀 중요치 않았다. 그저 설미를 구해 줄 태홍이 나타났다는 사실에 안도했다. 하지만 마음이 너무 급한 탓에 횡설수설했다.

"선생님이…… 위험해요. 지금 그러니까 집에……."

"얘 아빠가 얘 선생을 죽이려고 한대. 이게 무슨 소리……."

입술이 경직되어 제대로 말을 못 하는 혜린을 대신해서 권 팀장이 설명했다.

그리고 권 팀장의 말이 끝나기도 전에 태홍은 서랍에서 총을 꺼내 들고 바깥으로 달려 나갔다. 권 팀장의 얼굴이 사색이 되었다.

"저 새끼 총……. 얘들아! 서 경위 따라가! 당장!"

몇몇 형사들이 태홍의 뒤를 쫓아갔고, 그 광경을 넋이 나간 얼굴로 바라보던 혜린은 긴장이 풀린 탓인지 그대로 기절하고 말았다.

권 팀장이 놀라 외쳤다.

"구급차 불러!"

□ ■ □

"제가 왔을 땐 이미……. 죄송해요, 형……."

널브러진 물건들로 엉망인 거실과 침실. 그리고 바닥에 묻은 핏자국을 보며 태홍은 이를 악물고 거칠게 얼굴을 쓸어내렸다.

"아무래도 정석범이 설미 씨를 데려간 것 같아요."

그때였다. 어디선가 핸드폰 벨소리가 들려왔다. 찬희가 구석에서 핸드폰을 들고 왔다. 혜린의 핸드폰이었다.

태홍이 곧장 전화를 받았다.

— 서태홍. 인질 살리고 싶나?

역시나 정석범이었다. 태홍은 분노가 치솟았지만. 주먹을 꽉 쥐고 최대한 평정심을 찾으려 노력했다.

"여자 바꿔."

— 9시 월구항. 혼자 나와. 이 여자도 죽이기 싫으면…….

"여자 바꿔."

— 대답부터 해.

"여자 바꿔!"

태홍이 소리쳤다. 핸드폰 너머로 잠시 정적이 흐르더니 곧 여자의 울먹임 소리가 들렸다.

"임설미……."

— 네…….

그녀가 울음을 참으려 애쓰고 있었다. 떨리는 호흡 소리만으로도 지금 그녀의 상태가 어떤지 짐작되었다. 태홍은 가슴이 무너졌다.

"울지 마."

— 네…….

"금방 갈게. 그러니까 기다려."

띠익.

그녀의 대답은 듣지도 못하고 전화가 끊어져 버렸다.

태홍의 표정이 고통스럽게 일그러졌다. 가뜩이나 겁도 많은 여자인데 지금 얼마나 무섭고 두려울까.

찬희가 죄책감 가득한 얼굴로 태홍의 옆으로 다가왔다.

"다 저 때문이에요. 제가 잠시 자리를 비우는 사이에……."

찬희는 뛰어오느라 깁스한 다리의 석고가 깨져 너덜너덜해져 있었다. 그 다리를 내려다본 태홍은 찬희의 어깨를 두드렸다.

"넌 병원부터 가라."

"괜찮아요. 근데 정석범이 뭐래요? 아니다. 일단 출발해요."

"혼자 가야겠다."

"혼자요? 위험해요!"

"그 여자는 지금 더 위험한 곳에 있어."

"형!"

"정석범도 혼자야. 걱정 마. 갔다 올게."

그렇게 그는 찬희를 두고 혼자 밖으로 달려 나갔다.

차에 올라탄 태홍은 자꾸만 그녀의 울먹임 소리가 귓가에 울려 가슴이 미어졌다.

전화는 갑자기 끊어졌다. 어쩌면 그녀가 자신과 정석범을 차단하려고 일부러 전화를 끊은 건 아닐까? 충분히 그러고도 남을 여자였다. 정석범의 검거보다 자신의 안부를 먼저 걱정해 주던 그녀였으니까.

그녀는 겁이 많지만, 제자를 위해서라면 목숨이 위태롭다 해도 포기하지 않을 만큼, 때로는 거침없고 용감했다.

제발, 그녀가 무사하기를……. 부디 이번만큼은 그녀를 지킬 수 있기를…….

태홍은 운전대를 잡은 손에 힘을 주었다. 그리고 속력을 높여 월구항으로 향했다.

□　■　□

월구항 근처, 인적이 드문 골목 끝에 폐건물 하나가 자리하고 있었다.

손발이 묶인 채 기절해 있던 설미는 제발 이 모든 일들이 꿈이길 바라며 눈을 떴다. 하지만 곧 절망했다. 바로 눈앞에 정석범이 앉아 있었기 때문이다.

정석범은 불안한지 손톱을 물어뜯으며 다리를 떨고 있었다. 그러다 설미가 깨어난 걸 보곤 황급히 의자에서 내려와 핸드폰을 들이밀었다.

"눈 똑바로 뜨고 봐."

정석범이 핸드폰으로 사진 한 장을 보여 줬다. 하지만 설미는 시야가 어지러워 사진이 제대로 보이지 않았다. 이러다가 또 쓰러지는 건 아닐까 겁이 나서 온 힘을 다해 정신을 차리려고 애썼다. 차츰 시야가 명확해졌다.

그리고 정석범이 보여 준 사진을 확인하니, 그것은 아까 집에서 혜린이 보여 줬던 사진과 동일했다.

2000년대 초 유행하던 디지털카메라.

도대체 이 카메라가 뭐길래 정석범이 딸까지 이용하고, 심지어 자신을 납치하면서까지 찾으려는 건지 설미는 도무지 이해할 수가 없었다.

설미가 대답을 않자 정석범은 다시 한번 사진을 가리키며 윽박질렀다.

"이 물건 본 적 있지? 어서 말해!"

그녀는 말할 기운도 없어 맥없이 고개를 흔들었다.

"없다고? 잘 봐. 잘 보라고!"

"……없어요. 도대체…… 저한테 왜 이러세요?"

설미가 울음을 참고 말했다. 그러자 정석범이 조소를 흘렸다.

"왜 이러냐고? 알려 주지."

"……."

"너 선희 동생이지?"

두려움으로 흔들리던 그녀의 눈빛이 순식간에 얼어붙었다.

죄질이 그냥 나쁜 것도 아닌, 정석범은 사람을 죽인 놈이었다. 그런 살인마의 입에서 언니의 이름이 언급되는 것만으로도 소름 끼치도록 무서웠다.

"내가 네 언니를 어떻게 아냐고?"

"……."

"네 언니와 난 아주 친한 사이야."

"거짓말……."

"왜 거짓말이라고 생각하지?"

정석범이 코웃음을 쳤다.

살인범의 입에서 언니 이름이 언급된 것만으로도 미칠 것 같은데, 두 사람이 친밀한 사이란다. 그 말을 듣자마자 설미는 차라리 이 자리에서 혀를 깨물고 죽고만 싶었다.

"다시 한번 묻는다. 카메라 어디 있어?"

"……카메라는 왜 찾는 건데요?"

"네 언니가 나한테 빌려 간 물건이니까."

그 말은, 즉 정석범이 혜린을 일부러 우리 집으로 보내고, 이렇게 나를 납치한 이유가 바로 언니 때문이라는 거였다. 언니가 또 내 인생을 방해하고 있었다. 내 인생뿐 아니라, 내 제자의 미래, 그리고 이곳으로 목숨 걸고 달려오고 있을 그 남자의 안전까지도 위협하고 있었다.

절망했던 설미는 언니를 향한 원망으로 마음이 독해졌다.

무슨 일이 있어도 이곳을 탈출하고 말리라. 언니 때문에 비롯된 이 일에서 그 누구도, 특히…… 그 사람이 다치지 않기를 바랐다.

설미는 그동안 체육관에서 배운 호신술을 머릿속으로 시뮬레이션했다.

팔과 다리가 묶였을 땐 어떻게 하라고 했더라? 그래, 일단 상대를 방심하게 만드는 것이 먼저였다.

"물건 찾고 싶으면 자수하세요."

그녀의 눈빛이 또렷해졌다. 정석범은 헛웃음 치며 설미의 턱을 잡아 얼굴을 들게 했다.

"네가 뭔데 아까부터 계속 나한테 자수하라, 마라야!"

"당신이 혜린이한테 이러면 안 되잖아! 엄마한테 버림받은 걸로 모자라서 당신까지 나타나 이런 식으로 애한테 상처 주면, 그 애가 어떻게 감당하냐고! 그 상처는 어떻게 할 건데! 왜 나타나서 또 상처를 줘! 왜!"

"정의로운 선생인 척하지 마. 너도 네 언니 버렸잖아."

"……."

"네 언니가 왜 그 모양 그 꼴로 사는지, 넌 모르지?"

정석범은 설미의 최대 약점인 선희 얘기를 꺼내며 비릿하게 웃었다. 그러자 설미의 표정이 그대로 경직되어 버렸다.

"진짜 마지막으로 묻는다. 카메라 어디 있어?"

정석범이 설미의 멱살을 잡아끌었다. 하지만 그녀는 입을 꾹 다문 채로 정석범을 노려보았다.

화가 난 정석범이 설미의 뺨을 치려는 순간, 설미가 정석범의 손을 이로 물어 버렸다. 살점이 떨어져 나갈 정도로 아주 세게.

갑작스러운 그녀의 공격에 당황한 정석범이 피가 나는 손을 움켜잡았다. 그 틈을 타서 설미는 화영에게 배웠던 대로 재빨리 결박당한 팔을 최대한 높이 들어 올렸다가 단숨에 세게 아래로 내렸다. 그러자 테이프가 끊어졌다.

설미는 자유로워진 손으로 발에 묶인 끈을 황급히 풀었다. 그리고 자리에서 벌떡 일어나 도망가려는데, 뒤늦게 정신을 차린 정석범이 그녀를 뒤에서 안고 팔로 목을 졸랐다.

"아윽! 읍!"

설미의 얼굴이 순식간에 하얗게 질렸다. 금방이라도 숨이 막혀 죽을 것 같았다. 그녀는 마지막으로 온 힘을 다해 팔꿈치로 정석범의 명치를 가격했다. 정석범이 몸을 움츠리는 찰나, 그녀는 뒤돌아 있는 힘껏 발로 그의 급소를 올려쳤다.

"크억!"

정석범이 그대로 앞으로 고꾸라졌다.

□　■　□

월구항 입구에 들어선 태홍은 급브레이크를 밟고 재빨리 차에서 내렸다. 멀리서 누군가에 쫓기고 있는 여자 실루엣이 보였기 때문이다.

멀리에서도 한눈에 알아볼 수 있었다. 그녀가 분명했다. 태홍은 총을 들고 그곳으로 미친 듯이 달려갔다.

설미는 정석범을 피해 방파제 쪽으로 정신없이 뛰었다. 하지만 방파제 끝에 다다르니 더 이상 도망갈 곳이 없었다. 한 발자국만 더 뒤로 걸음을 옮기면 바다에 빠지게 된다. 어찌할 바를 몰라 하는 사이, 어느새 정석범이 코앞까지 다가섰다.

"미친년. 죽고 싶어서 환장했구나? 그럼, 소원대로 해 주지."

정석범이 거친 숨을 몰아쉬며 주머니에서 총을 꺼내 그녀의 머리에 겨누었다. 이마에 닿은 차가운 총부리에 설미의 몸이 뻣뻣하게 굳어 버렸다.

다 끝났어…….

설미는 모든 걸 포기한 채 두 눈을 감았다. 그런데 그때였다.

"임설미!"

태홍의 목소리가 들려왔다. 설미가 눈을 떴다.

온몸으로 비를 맞으며 달려오는 태홍을 보자 눈물이 왈칵 쏟아졌다. 두 가지 감정이 교차했다. 이제 살았다는 안도감과 위험을 무릅쓰고 이곳까지 달려와 준 그를 향한 미안함이었다.

태홍의 등장으로 다급해진 정석범은 설미의 관자놀이에 총구를 겨눈 채 그녀를 인질로 삼았다.

"멈춰! 한 발자국만 더 움직이면 이 여자 죽여 버릴 거야."

태홍은 천천히 걸음을 멈추었다. 그리고 하얗게 질린 설미를 바라보았다. 그냥 바라보는 것만으로도 행복해지고 웃음이 나게 하던 그녀의 말간 얼굴이 피로 얼룩져 있었다.

총을 쥔 태홍의 손에 힘이 들어갔다. 그는 주저 없이 비가 거세게 쏟아지는 하늘에 대고 공포탄을 발사한 후 총을 장전했다.

이제 실탄이다. 총으로 정석범의 머리를 조준한 채 태홍이 설미를 향해 소리쳤다.

"눈 감아!"

설미는 태홍을 믿고 두 눈을 꽉 감았다.

하지만 정작 태홍의 시야가 자꾸만 흔들렸다. 1년 전 그날, 조준 사격에 실패했던 그날이 자꾸만 오버랩 되면서 앞이 흐려졌다. 태홍은 고개를 흔들며 정신을 차리려고 애썼다.

그 모습에 정석범이 코웃음을 치더니 갑자기 설미를 바닷속으로 밀어 버렸다. 그리고 그가 태홍을 향해 총을 겨누는 그 순간!

탕!

"으악!"

태홍이 먼저 총을 쐈다. 총알은 정석범의 팔을 정확히 맞췄다. 정석범의 총은 그대로 바닷속으로 빠졌고, 정석범은 도주하기 위해 자리에서 일어났다.

탕!

그 순간 또 한 발의 총알이 날아와 정석범의 허벅지를 관통했다.

"으아악! 악!"

피 흘리는 다리를 붙잡고 비명을 지르던 정석범은 자신에게로 달려오는 태홍을 죽일 듯 노려보았다. 하지만 태홍은 정석범을 지나쳐 그대로 바닷속에 뛰어들었다.

첨벙.

태홍은 물속을 헤엄치며 설미를 찾아 헤맸다.

제발. 제발!

1분이 마치 한 시간처럼 느껴졌다. 그러다 저 멀리 허우적거리는 그녀의 모습이 보였다. 그는 물살을 헤치고 재빨리 그녀에게로 향했다. 정신을 잃은 그녀는 물속으로 가라앉고 있었다.

태홍은 가까스로 설미를 구해 물 밖으로 나왔다.

"임설미! 정신 차려! 임설미!"

축 늘어진 그녀의 몸을 바닥에 눕힌 채 태홍은 인공호흡을 실시했다. 하지만 몇 번의 인공호흡 후에도 설미는 의식이 없었다. 태홍은 속이 까맣게 타들어 갔다.

"제발…… 임설미! 눈 떠!"

가슴 압박을 하며 태홍이 애원하듯 소리쳤다.

"콜록, 콜록."

마침내 설미가 기침을 하며 물을 토해 냈다. 속눈썹이 파르르 떨리며 힘겹게 두 눈이 떠졌다.

설미는 눈앞에 태홍의 얼굴이 보이자 왈칵 눈물이 터질 것만 같았다. 울먹이며 터져 나오려는 울음을 꾹 눌러 참던 그녀가 결국 울음을 터뜨렸다.

엉엉 우는 설미의 눈물을 닦아 주며 태홍이 그녀를 꼭 끌어안았다. 그녀의 작은 몸이 그의 품 안에서 부들부들 떨리고 있었다. 그녀가 얼마나 무서웠을지, 태홍은 너무나 안쓰럽고 또 미안했다. 그는 그녀의 등을 토닥이며 다정하게 위로했다.

"울지 마."

울지 말라는 소리에 설미는 태홍의 옷자락을 꽉 잡고 더 큰 소리로 울었다. 그가 옆에 있다는 것만으로도 안심이 되었다.

그렇게 얼마나 울었을까. 뒤늦게 자신이 태홍에게 안겨 있다는 사실을 깨달은 설미는 그의 품에서 조심스레 벗어났다.

훌쩍이며 손등으로 눈물을 닦아 내던 설미는 태홍의 뒤쪽을 보며 자신의 두 눈을 의심했다.

"서태홍 씨……. 저기 정석범이……."

설미가 태홍의 뒤쪽을 가리켰다. 정석범이 피 흘리는 다리를 질질 끌고 도주하려 했다. 하지만 일부러 도망치지 못하게 정석범의 허벅지를 쐈던 태홍은 느긋하게 자리에서 일어났다.

"잠깐만 기다려."

설미는 얌전히 고개를 끄덕였다.

태홍은 정석범에게로 달려가 뒷덜미를 낚아챘다. 그러곤 그대로 그의 얼굴에 주먹을 내리꽂았다.

퍼억!

바닥을 나뒹굴던 정석범은 다시 기어가려다 자포자기한 심정으로 그냥 누워 버렸다. 태홍은 그 모습에 더욱 피가 거꾸로 솟았다. 미칠 것 같았다.

이렇게 아무런 힘도 없는 놈 때문에 1년 동안 창살 없는 감옥에서 지냈다. 자신뿐만 아니라 피해자의 유족과 화영 선배, 그리고 앞으로 아빠 없이 자라야 하는 아이까지. 많은 사람을 고통 속에 몰아넣었다.

"일어나. 일어나라고!"

태홍은 누워 있는 정석범의 멱살을 잡아 일으켰다. 그리고 또다시 주먹을 날렸다. 아무리 때려도 도저히 분이 풀리지 않았다.

미친 듯이 주먹으로 정석범의 얼굴을 내려치던 태홍은 그가 정신을 잃고 나서야 마침내 수갑을 꺼내 손목에 채웠다.

"정석범. 박재성 살해 및 이상윤 경위 살인 교사, 그리고 마약 판매 혐의로 체포한다."

총상을 입은 팔과 다리 그리고 피범벅이 된 얼굴까지 만신창이가 되어 쓰러진 정석범을 향해 태홍이 말했다.

"이걸로 다 끝난 것 같지? 걱정하지 마. 네 불행은 이제부터 시작이니까."

태홍의 말이 끝나기가 무섭게 방파제 쪽으로 경찰차와 구급차가

요란한 사이렌 소리를 내며 진입했다.

"형!"

경찰차가 서고, 찬희가 절뚝이며 달려왔다. 태홍은 허탈하게 웃으며 수갑을 찬 정석범의 뒷덜미를 끌어 찬희에게 넘겼다.

"부탁한다."

찬희가 고개를 끄덕이자, 태홍은 그대로 뒤로 돌아 설미에게로 향했다.

설미는 온몸의 힘이 빠져 가만히 누워 숨을 고르고 있었다. 그런데 한순간 몸이 붕 떴다. 태홍이 그녀를 번쩍 안아 든 것이다.

그 상태로 태홍은 구급차에 함께 올라탔다. 베드 위에 조심스럽게 그녀를 눕힌 태홍은 담요를 덮어 주고, 구급대원이 건넨 수건으로 그녀의 얼굴에 묻은 피를 천천히 닦아 주었다.

그 손길이 너무 다정해서 그녀는 아픈 것도 잊은 채 태홍의 얼굴에서 눈을 떼지 못하고 있었다.

"뭘 봐."

말투는 여전했다. 그런데 오늘은 이상하게 그의 퉁명스러운 말투도 반가웠다.

"저 환자거든요? 여기저기 아파 죽겠단 말이에요."

"그러니까 왜 다쳐?"

"그걸 지금 질문이라고 하는 거예요? 대답해야 해요?"

눈을 흘기며 종알거리는 그녀의 얼굴을 태홍이 빤히 내려다보았다. 그러자 이번엔 그녀가 말했다.

"뭘 봐요?"

"입은 안 아픈가 봐? 그만 떠들고, 좀 자."

태홍은 손으로 그녀의 눈을 억지로 감겼다.

눈을 감은 설미는 조용히 속마음을 내비쳤다.

"오늘 구해 줘서 고마웠어요. 그리고…… 정석범 잡은 거…… 축하해요."

이 와중에 어떻게 축하한다는 말을 할 수가 있는지, 태홍은 조금 당황스러웠다.

눈을 감은 그녀의 얼굴은 평화로워 보였다. 그 모습을 지그시 내려다보던 태홍은 자신도 모르게 입가에 미소가 번졌다.

그러다 구급대원과 눈이 마주치자 금세 표정을 굳히고 창밖으로 시선을 돌렸다.

□　■　□

설미는 두 눈을 번쩍 떴다.

욱신거리는 얼굴과 터진 입가를 매만지며 오늘 있었던 일들이 꿈이 아니었다는 것을 실감했다. 팔에 꽂힌 주삿바늘과 링거액을 보아 하니 병실인 것 같았다.

창밖은 캄캄한 밤이었다. 그런데 밤이니 소등이 되어 있어야 할 병실 안이 환했다. 이유는 침대 머리맡에 놓인 스탠드 불빛 덕분이었다. 스탠드의 따뜻한 불빛은 그녀의 마음까지 포근하게 해 주었다.

누가 갖다 놓은 걸까?

궁금증은 바로 해결됐다. 창가 쪽 소파에서 태홍이 자고 있는 것을 발견했기 때문이다.

그는 앉은 채로 머리를 벽에 기대고 불편한 자세로 자고 있었다. 그가 이렇게 무방비한 상태로 그녀의 눈앞에 있는 것은 처음이었다.

이제 겨우 정석범이라는 족쇄에서 벗어났는데, 편하게 누워서 자지 왜 저러고 잔대?

어쩐지 그가 가엾게 느껴졌다.

설미는 병상에서 내려와 수액걸이를 끌고 태홍이 있는 곳으로 다가갔다. 그리고 조심스럽게 그의 몸 위에 담요를 덮어 준 후, 다시 침대로 돌아가려는데…….

태홍이 설미의 손을 덥석 잡았다. 설미가 놀란 눈으로 돌아보자 그가 어느새 두 눈을 뜨고 있었다.

"앗, 깨워서 미안해요."

설미의 사과에도 그는 그녀의 얼굴에서 시선을 떼지 않았다. 손도 잡은 채였다.

설미는 쑥스러워져서 화제를 돌렸다.

"저 스탠드 말인데요, 서태홍 씨가 가져다 놓은 거예요?"

"너 어두운 거 무서워하잖아."

"뭐예요. 나에 대해 너무 잘 아는 거 아니에요? 어떻게 알았어요?"

"너한테 관심 있으니까."

설미는 순간 굳었지만 곧바로 웃음으로 무마하려 했다.

"으하하. 서태홍 씨! 그 말은 엄청난 오해의 소지가…….."

어떻게든 이 어색함을 피해 보려 노력하는 설미를 태홍은 여전히 뚫어져라 바라보았다. 그런 태홍의 눈빛을 마주한 설미는 가슴이 철렁 내려앉았다.

설마…… 이 남자…… 나를?

"저기…… 서태홍 씨. 아니죠?"

"맞아."

"네? 뭐, 뭐가 맞아요?"

태홍은 대답 대신 그녀의 손목을 잡아당겨 제 무릎 위에 앉혔다. 놀란 설미가 다급히 일어나려고 하자 그녀의 허리를 꽉 잡아당기며 그가 나지막한 목소리로 말했다.

"정석범 잡으면 내가 하고 싶은 거 뭐든 들어주겠다고 했었지?"

그는 애초부터 설미의 대답은 들을 생각이 없었는지, 조금의 망설임도 없이 그녀의 입술로 향했다. 태홍은 설미의 입술에 짧게 입을 맞춘 후 얼굴을 떼어 냈다.

설미가 복잡한 감정을 담은 눈으로 놀란 듯 태홍을 바라보았다. 그녀의 뺨은 복숭앗빛이 되어 있었다. 태홍은 그런 그녀를 가만히 바라보다가 또다시 그녀에게 입술을 겹쳤다.

따뜻했던 스탠드 불빛이 뜨겁게 느껴질 만큼, 그의 키스는 점점 더 짙어졌다.

□　■　□

"혜린아 그만 울어. 쌤 진짜 괜찮다니까?"

병실을 찾아온 혜린은 설미의 위로에도 쉽게 울음을 그치지 않았다. 설미가 양손을 뻗어 혜린의 눈물을 닦아 주었다.

혜린은 울먹이며 말했다.

"경찰 아저씨들한테 들었어요. 아빠가 사람을…… 죽였다고……. 쌤이랑 태홍 아저씨는 처음부터 알고 있었던 거죠? 쌤은 그런 거 다 알면서도 절 받아 준 거였어요? 이렇게 위험해질 수도 있는 거…… 다 알면서……."

설미는 아무 말 없이 혜린을 안아 주었다. 그러자 혜린은 더 크게 울어 버렸다.

"죄송해요. 저는 아빠가 좋은 사람인지 알았어요. 그래서 아빠가 시키는 대로 했던 건데, 결국 저 때문에 선생님이 다치고……. 제가 선생님 집으로 들어가지만 않았어도……."

설미의 얼굴에 난 상처들을 보며 혜린은 깊이 자책했다. 그리고 이틀 전 있었던 일들을 떠올렸다. 자신을 발로 차고, 선생님을 향해 칼을 들이밀며 협박하던 아빠의 모습. 생각만으로도 구역질이 날 것만 같았다.

그 모습을 보며 설미는 작게 한숨을 내쉬었다. 결국 어린 혜린의 가슴에 평생 아물지 못할 상처가 새겨진 것이다.

"혜린아……. 누굴 미워하는 데 너무 많이 마음 쓰지 마."

"하지만 아빠가 너무 미워요. 아빠 딸인 것도 너무 싫고……."

아빠를 원망하는 혜린을 보며 설미는 자신의 어린 시절을 떠올렸다.

경찰서를 제집 드나들 듯 하던 아버지. 그리고 언니는 걸핏하면 아무 말도 없이 사라졌다가 어느 날 불쑥 나타나더니, 마지막엔 교도소에 수감됐다고 하질 않나.

그리고 이번엔…….

'네 언니와 난 아주 친한 사이야.'

살인범의 입에서 언니와 친한 사이라는 말이 나왔다.

설미는 머리가 아파 왔다. 더 이상 정석범과 언니 일은 생각하고 싶지도 않았다. 그녀는 애써 생각을 떨쳐 버리고 혜린을 향해 말했다.

"나도 어렸을 적엔 누군가를 미워하는 데 많은 시간을 할애했던 것 같아. 근데 돌이켜 생각해 보니까 그건 결국 나를 망치는 일이었어. 차라리 그때 그 시간에 연습이나 할걸. 그랬다면 좀 더 오랜 시간 동안 트랙 위를 달릴 수 있었을 텐데……. 후회되더라."

"……."

"혜린아. 힘들지 않은 인생은 내리막길이라는 말이 있어. 음……
너무 어렵나? 아무튼 뭐, 결론은 연습 열심히 하라는 거야. 알았
지?"

그렇게 말하며 설미가 먼저 환하게 웃었다. 그녀를 따라 혜린도
애써 웃어 보였다. 그러다 뭔가 떠올랐는지 두 눈이 커다래졌다.

"맞다. 쌤! 근데 태홍 아저씨 의사가 아니라 경찰인 거 알고 있었
어요?"

설미가 잔뜩 미안한 얼굴로 고개를 끄덕였다.

"미안해. 네가 경찰은 무섭다고 해서…… 거짓말을 해 버렸어."

"그럼 두 분이 애인 사이라는 것도 거짓말이에요?"

"미안…….."

혜린은 아쉬움이 가득한 표정으로 한숨을 내뱉었다.

"두 분 잘 어울렸는데……. 정말 아무 사이도 아니에요? 아저씨
는 진짜 쌤 좋아하는 것 같았는데…….."

혜린의 말에 설미는 어제 새벽 입술을 겹쳐 오던 태홍이 떠올라
괜히 식은땀이 났다.

"쌤. 어디 아파요? 얼굴이 빨개졌어요!"

"어? 아, 아니. 괜찮아…….."

설미는 시선을 돌려 머리맡에 놓인 스탠드를 뚫어져라 쳐다봤다.

서태홍 그 남자 혹시 이 조명에 뭔가 이상한 짓을 한 게 아닐까?
사람을 멍하게 만들어 버리는 조명의 채도나 명도 같은 게 있는 걸
까? 그렇지 않고서야 도대체 왜 그를 밀어 낼 생각조차 하지 못했던
걸까?

그것도…… 그렇게 무례하다 싶을 정도로 짙은 키스를 해 오던
그 사람을. 뒤늦게라도 정신을 차리고 화장실로 도망갔으니 망정이
지 조금만 더 늦었더라면…….

설미의 얼굴이 화끈거렸다. 코앞에서 본 그의 얼굴이 지금도 선명했다. 무뚝뚝함이 아니라 색기가 좔좔 흐르다 못해 넘치는 얼굴. 사람을 홀리는 그 얼굴로 그는 마치 작정이라도 한 사람처럼 계속, 뜨겁게 키스를 했다.

하지만 억울한 것은 자신은 첫 키스였는데, 그 사람은 분명 처음이 아닌 것 같았다는 점이다. 다각도로 얼굴을 틀어 가면서 혀로 입술과 입술 안을 훑는 스킬이 한두 번 해 본 솜씨가 아니었다. 모든 자세와 기술이 상급자 이상이었다.

망했어. 그 사람은 이 나이까지 키스도 한 번 못 해 본 나를 뭐라고 생각할까.

갑자기 밀려온 창피함에 설미는 머리를 쥐어뜯었다. 그런 설미를 혜린이 의아하게 바라보았다.

그때, 밖에서 이상한 소리가 들렸다.

"똑똑."

찬희가 입으로 노크 소리를 내며 들어왔다.

"설미 씨. 몸은 좀 괜찮아요?"

찬희의 물음에도 설미의 신경은 온통 문에 가 있었다. 혹시나 태홍이 같이 왔을까 싶은 마음에 가슴이 콩닥거리다 못해 식은땀까지 났다.

"어딜 그렇게 봐요? 태홍이 형 기다려요?"

"아니요! 제가 왜요? 아닌데요. 절대 아니요. 아닌데⋯⋯."

설미가 횡설수설하며 고개를 흔들었다. 온몸으로 강하게 부정하는 설미를 보며 찬희가 피식 웃었다.

그런 찬희를 혜린이 호기심 가득한 눈으로 보았다. 그것을 눈치챈 찬희가 먼저 혜린을 향해 인사를 건넸다.

"안녕?"

혜린은 대답 없이 고개만 꾸벅 숙여 인사했다.

"아, 맞다. 혜린아! 내가 너한테 꼭 해 주고 싶은 얘기가 있었는데. 너 뛸 때 보니까 무릎을 좀 더 올려야겠더라."

"네에⋯⋯. 근데 아저씨는 누구세요? 제 이름은 어떻게 아세요?"

혜린은 자신에 대해 잘 아는 듯 말하는 찬희를 어리둥절한 얼굴로 쳐다보았다.

"아, 나는 네 팬이야!"

"네?"

찬희가 배시시 웃었지만, 혜린은 그를 경계하며 자리에서 일어났다.

"쌤. 저 연습하러 가 볼게요."

"응. 혜린아 너무 무리하지는 말고. 쌤 금방 퇴원할 거니까, 그동안 애들 좀 부탁할게."

"네! 걱정 마세요. 그럼 푹 쉬세요."

인사를 하고 밖으로 나가는 혜린을 설미가 뿌듯하게 바라봤다. 찬희 역시 그런 둘을 흐뭇하게 보다 웃으며 말을 건넸다.

"다행이에요. 설미 씨랑 혜린이, 둘 다 생각보다 밝아서."

"운동이라는 도피처가 있다는 게 한편으론 다행이죠."

"도피처라⋯⋯."

"근데 무슨 일로 오셨어요?"

"아, 오늘은 정석범 사건 담당 형사로 왔어요. 설미 씨. 그날 있었던 일⋯⋯ 저한테 자세히 얘기해 줄 수 있어요? 정석범 진술에 조금 이상한 부분이 있어서요."

정석범 얘기에 설미의 표정이 조금 어두워졌다. 그래도 어쩔 수 없었다. 찬희는 말을 계속했다.

"정석범은 설미 씨 집을 찾아간 이유가 본인이 해외로 도주하기 전에 딸에게 마지막 인사를 하기 위해서라고 하더군요. 그러다가 경찰에 신고를 하려는 설미 씨를 충동적으로 납치한 거라고. 맞아요?"

"아니에요. 정석범은 일부러 우리 집에 온 거였어요. 구형 디지털카메라를 찾고 있었어요."

"디지털카메라요? 그걸 왜 설미 씨 집에서 찾죠?"

설미의 얼굴이 굳어졌다.

'네 언니가 나한테 빌려 간 물건이니까.'

정석범의 말을 떠올린 설미는 불안한 기색으로 찬희를 쳐다봤다.

"모르겠어요. 뭐가 어떻게 된 건지."

가만히 생각에 잠겨 있던 찬희가 입을 열었다.

"설미 씨, 혹시…… 정석범과 아는 사이예요?"

"아니요!"

설미가 정색을 하자, 찬희의 눈빛이 한층 날카로워졌다. 찬희가 질문을 바꿨다.

"아니면, 가족 중 누군가 정석범과 아는 사이예요?"

"……."

"설미 씨……."

대답하기를 한참 머뭇거리던 설미가 힘겹게 입을 열었다.

"언니랑 아는 사이인 것 같아요……."

"설미 씨 언니 있어요?"

"네……."

"그럼 언니분을 만나 볼 수 있을까요?"

설미는 순간 가슴이 철렁 내려앉았다. 교도소에서 선희가 했던 말이 떠오른 것이다.

'혹시라도 누가 찾아와서 나에 대해 물으면 어렸을 적에 헤어지고 한 번도 만난 적 없다고 말해.'

언니는 왜 그런 말을 한 걸까? 혹시 이런 날이 올 거라고 예상한 걸까? 도대체 정석범과는 어떤 사이인 걸까?

의심 가는 것이 한두 개가 아니었다. 하지만 설미는 마지막으로 한 번만 더 언니를 믿어 보고 싶었다. 그리고 무엇보다 문제는 언니가 경찰에 순순히 협조할 성격이 아니라는 점이었다.

"찬희 씨. 죄송한데요. 제가 직접 언니를 만나서 물어보고 얘기 드려도 될까요? 퇴원하는 대로 바로 가서 만나 볼게요."

전화로 물어보면 되는 걸 굳이 언니를 만나서 얘기를 해 보겠다니, 도대체 무슨 일이지? 찬희는 의심쩍었지만 설미를 배려해서 더 이상은 묻지 않고 기다려 주기로 했다.

"미안해요. 아직 몸도 불편하신데. 그럼 꼭 좀 부탁드릴게요."

"네. 이해해 주셔서 감사해요."

"그리고 태홍이 형한테는 설미 씨 언니 얘기나, 디지털카메라 얘기는 하지 말아 주세요."

"왜요?"

설미가 의아한 눈빛으로 찬희를 바라보았다. 찬희는 잠시 고민하다 어렵게 털어놓았다.

"이제 그만 정석범 사건에서 형을 자유롭게 해 주고 싶어요. 정석범을 잡았으니, 이후의 일은 모두 제가 감당하려고요. 형을 위해서도 그게 좋을 것 같아요. 그러니까 비밀로 해 주세요."

설미 또한 찬희의 심정이 충분히 이해가 됐다. 고작 만난 지 한 달밖에 안 된 자신도 서태홍 그 사람이 정석범 때문에 망가지고 힘들어하는 모습을 보며 가슴 아팠던 적이 한두 번이 아니었다. 그런데 바로 옆에서 그 모든 과정을 함께 겪고 그를 지켜봤을 찬희의 심정은 오죽하겠는가.

"알겠어요. 서태홍 씨한테는 아무 말도 안 할게요."

"고마워요. 근데, 저기 있는 저 스탠드…… 혹시 태홍이 형이 줬어요?"

"네? 네……."

"오, 저거 형이 엄청 아끼는 건데. 저걸 왜 줬을까? 혹시 두 사람……."

"아니에요! 아무것도 안 했어요!"

설미가 손사래를 치자 찬희가 능글맞은 얼굴로 씨익 웃었다.

"뭘 안 해요? 오호! 둘이 뭐 있었나 보네? 사귀기로 한 거예요?"

"아니요! 절대 아니거든요!"

"왜요? 왜 절대 아니에요? 우리 형 엄청 잘할 텐데!"

"뭐, 뭘 잘해요! 전 몰라요!"

그녀의 얼굴이 벌겋게 달아오르다 못해 터질 것 같았다. 태홍과의 키스가 다시 떠올랐기 때문이었다.

그래, 잘하긴 엄청 잘하더라. 키스를…….

"형이 자기 사람한텐 끝장나게 잘하거든요."

키스를 잘한다는 말이 아니라, 사람한테 잘한다는 말이었다. 이런 몹쓸 음란마귀. 설미는 속으로 자신의 머리를 쥐어박았다. 그러다 두 눈을 가늘게 뜨고 찬희를 향해 물었다.

"여자 많았죠?"

"누구요? 형이요?"

설미의 물음에 찬희는 뭐라고 대답을 해야 할지 난감해 머리를 긁적였다.

"음…… 글쎄요?"

"나한테 직접 물어봐."

"엄마얏!"

갑자기 나타난 태홍 때문에 설미는 화들짝 놀랐다. 설미가 왜 이렇게 경악하듯 놀라는 것인지 알 길이 없는 찬희는 그녀의 모습에 그저 크게 웃어 버렸다.

그러자 태홍이 찬희의 뒤통수를 때렸다.

"인마. 왜 웃어?"

"웃기니까 웃죠! 둘이 뭐 있었네, 있었어."

두 사람을 번갈아 가며 의심의 눈초리로 바라보던 찬희는 태홍의 손에 들린 쇼핑백을 물끄러미 내려다보았다.

"그게 뭐예요?"

"너 안 가냐?"

태홍이 쇼핑백을 몸 뒤로 숨기며 찬희에게 눈치를 줬다. 그의 따가운 눈빛에 밀려 찬희는 하는 수 없이 자리에서 일어났다.

"또 올게요! 두 분 좋은 시간 보내세요!"

찬희가 휘파람을 불며 요란스럽게 퇴장했다.

결국 병실엔 두 사람만 남았다. 설미는 어색함에 창밖을 보며 딴청을 피웠다. 하지만 그가 조용하자 고개를 돌려 그의 얼굴을 올려다보았다.

태홍은 무심한 시선으로 그녀의 발끝에서부터 얼굴까지 괜찮은지 상태를 체크하고 있었다.

잠시 후 체크가 다 끝났는지 태홍이 침대 바로 옆 의자에 털썩 앉았다. 그러더니 이번엔 그가 팔짱을 낀 채 창밖을 내다봤다.

저 남자 뭐야? 왜 한마디도 안 해? 키스는 저 남자가 했는데 민망함은 왜 당한 사람 몫이냐고!

그의 반응을 기다렸던 설미는 황당한 얼굴로 그를 바라보았다. 그래도 여전히 그의 시선은 창밖을 향해 있었다.

"흠흠!"

설미가 크게 헛기침을 했다. 그러자 그가 고개를 돌려 그녀를 빤히 바라보았다.

어떡해. 더 어색해졌어.

결국 숨 막히는 분위기를 못 견디고 설미가 먼저 입을 열었다.

"왜 아무것도 안 하고 그러고 앉아 있어요?"

"내가 뭘 했으면 좋겠어?"

그러면서 그의 시선이 그녀의 입술로 향했다. 설미는 황급히 손등으로 입술을 가렸다.

"안 돼요! 아무것도 하지 마요!"

그가 피식 웃으며 아까 뒤로 숨겼던 쇼핑백을 설미의 품에 안겼다. 그녀는 쇼핑백 안을 들여다보다가 노란색 과일 하나를 꺼냈다.

"이게 뭐예요?"

"보면 몰라?"

"설마 이거…… 망고예요?"

"망고 좋아한다더니 거짓말이었네?"

"망고 맛을 좋아한다고 했지, 망고를 좋아한다고 하진 않았거든요? 우와, 근데 저 망고 처음 봐요!"

설미가 신이 난 얼굴로 쇼핑백에 가득 담긴 망고를 황홀하게 쳐다보았다. 망고에서 나는 달달한 향에 취한 듯 그녀는 콧노래까지 불렀다.

"향 너무 좋다. 근데 이거 어떻게 먹어요?"

그녀의 질문에 태홍은 말없이 쇼핑백을 가져가더니 안에서 나이프를 꺼내 들고 망고를 반으로 잘랐다. 그러곤 능숙하게 격자 모양으로 과육에 칼집을 낸 후, 망고 껍질을 뒤집어 그녀에게 내밀었다.

"우와! 고마워요. 잘 먹을게요!"

네모난 형태로 먹기 좋게 잘린 망고를 보며 그녀가 감탄했다.

즙을 질질 흘리며 며칠 굶은 사람처럼 망고를 먹는 설미의 입가엔 어느새 노란 물이 들어 있었다.

아, 진짜 웃지도 못하겠고.

태홍은 고개를 돌려 억지로 웃음을 참았다.

그녀를 만난 이후 이유 없이 웃음이 났다. 아니, 생각해 보니 이유가 없진 않았다. 그녀가 바로 그 이유였으니까.

"서태홍 씨도 드셔 보세요!"

"일찍도 말한다? 됐어. 너나 많이 먹어."

"네!"

태홍은 그녀가 망고 하나를 순식간에 해치우자마자 연달아 망고를 더 잘라 주었다. 그것을 내일이 없는 사람처럼 허겁지겁 먹던 그녀는 한참 후 물휴지로 손을 닦더니 침대 등받이에 몸을 기댔다.

설미는 기분 좋은 포만감과 함께 눈꺼풀이 무거워지기 시작했다.

아, 왜 이렇게 졸리지?

"넌 내 앞에서 잠이 오냐?"

그는 꾸벅꾸벅 조는 설미를 한심하다는 얼굴로 바라보았다. 졸다가 그와 눈이 마주친 설미는 두 눈을 비비며 민망함에 배시시 웃었다.

"미안해요. 배불러서 그런가? 갑자기 너무 졸려서……. 근데 안 바빠요? 왜 안 가세요?"

"내 맘."

"출근 안 했어요?"

"잘렸어."

"네?"

설미는 화들짝 놀라 두 눈을 번쩍 떴다. 그리고 자기 일처럼 속상 해했다.

"어휴. 내가 그럴 줄 알았어……. 그럼 이제 어떡해요? 뭐 먹고 살아요? 마사지? 아님 과일 장사를 해 보는 건 어때요? 아까 망고 자르는 솜씨가 보통이 아니던데……."

"웃자고 한 농담을 디스로 받아치면 내가 뭐가 되냐?"

"우이씨. 왜 그런 농담을 해요! 진짜 잘린 줄 알았잖아요!"

설미가 가슴을 쓸어내렸다.

"어쨌든 다행이네요. 서태홍 씨는 경찰이 어울려요. 딱이에요, 딱!"

"언젠 때려치우라더니."

"이 남자 뒤끝 있네? 그 일은 저번에 사과했잖아요. 아무튼 저 피 곤한데……."

"나 너한테 할 말 있어."

태홍은 잠시 머뭇거리다 다시 입을 열었다

"어제……."

"아이고 졸려. 얼른 가세요. 전 자야겠어요."

'어제'라는 말에 그녀는 재빨리 발라당 누워 이불을 머리끝까지 뒤집어써 버렸다. 그와 겨우 편해졌는데 또다시 어색해지는 건 싫었 다.

그러자 태홍은 자리에서 일어나 티슈를 한 장 뽑아 들더니 그녀 가 뒤집어쓴 이불을 잡아당겼다. 그는 이불 밖으로 드러난 그녀의 얼굴을 가만히 내려다보았다.

"왜…… 왜 그렇게 봐요?"

"입 닦고 자라고."

태홍이 티슈를 그녀의 얼굴 위에 던졌다. 설미는 민망함에 얼굴이 발그레해졌다.

티슈로 입술을 벅벅 닦는 설미를 빤히 보던 태홍은 묘한 표정을 하고 뒤로 돌았다.

"자라. 간다."

어쩐지 그의 뒷모습이 쓸쓸해 보였다. 그를 이대로 보내면 안 될 것 같았다. 태홍을 향해 설미가 소리쳤다.

"어제 새벽에 나한테 왜 그랬어요?"

그가 다시 뒤돌아 빤히 설미를 쳐다봤다. 왠지 화가 난 듯한 얼굴이었다.

제가 불러 놓고도 그 기에 눌려 설미는 말까지 더듬었다.

"그, 그러니까…… 뭐, 대충 저한테 왜 그런 건지는 알겠는데요. 그러니까…… 왜요? 왜 저예요?"

"몰라. 너만 보면 그냥 기분이 좋아."

"죄송한데……. 혹시, 지금 그게 기분 좋은 표정이에요?"

설미의 산통 깨는 질문에 태홍은 미간을 찌푸렸다. 어떨 땐 머리 털이 쭈뼛 설 만큼 신경질 나게 엉뚱한 소리만 해 대고, 매일 다치고 넘어지고 울고, 자꾸만 위험해지는 그녀가 밉다.

미운데 자꾸만 시선은 그녀에게로 향한다. 온 신경이 자신의 의사와는 상관없이 제멋대로 그녀에게로 향한다.

"그러니까 너도 날 좋아해 줬으면 좋겠어."

흘끔 태홍의 눈치를 살피던 설미는 무언가 각오를 하고 어렵게 입을 열었다.

"서태홍 씨. 근데 저는요……."

"됐어."

"네?"

"대답은 필요 없다고."

"……."

"난 포기할 생각 없으니까."

그는 다부진 눈빛으로 그녀를 빤히 바라보다가 인사도 없이 나가 버렸다.

'저 태도가 정말 날 좋아하는 거라고?'

설미는 혼란스러운 표정으로 다시금 머리를 쥐어뜯었다.

10화

"제가 들게요!"

퇴원하는 설미의 가방을 냉큼 뺏어 든 혜린은 설미를 향해 걱정스레 물었다.

"몸은 괜찮으세요?"

"응. 완전 팔팔해. 며칠 먹고 자고 푹 쉬었더니, 나 살찐 것 같지 않니?"

"네. 조금 찌셨어요."

혜린의 솔직한 대답에 설미는 시무룩해졌다. 그러자 혜린은 농담이라며 활짝 웃었다.

이런저런 얘기를 나누며 병원 밖으로 나온 두 사람 앞에 차 한 대가 멈춰 섰다. 차 안에서 내리는 태홍을 혜린이 설미보다 먼저 발견하고 반가워했다.

"아저씨다!"

두 뺨이 발그레해진 혜린을 보니 설미의 입가에 저절로 미소가 번졌다. 그러다 태홍과 눈이 마주쳤다. 왠지 어색해서 헛기침을 몇 번 하다가 그녀는 퉁명스럽게 말했다.

"택시 타고 가면 되는데 왜 왔어요?"

"정혜린. 타."

태홍은 설미를 무시한 채 혜린을 향해 말했다. 빙긋 웃은 혜린은 설미의 팔을 끌어다 태홍에게 넘겨주곤 얼른 뒷좌석에 올라탔다.

얼떨결에 설미를 건네받은 태홍은 그녀의 팔을 잡고 조수석으로 향했다. 하지만 설미는 문 앞에서 걸음을 멈췄다.

"뒤에 탈게요."

"……."

"이제 연기 안 해도 돼요. 혜린이한테 우리 가짜 애인 사이였던 거 사실대로 다 말했어요."

"우리 키스한 것도 말했어?"

"이, 이 사람이! 미쳤나 봐! 혜린이 들어요!"

벌게진 얼굴로 팔짝팔짝 뛰는 설미를 흥미롭게 바라보던 태홍은 그녀를 억지로 밀어 조수석에 태웠다. 게다가 안전벨트까지 다정하게 채워 줬다. 평소답지 않은 태홍의 행동이 영 불편해 설미는 괜히 식은땀이 났다.

차가 출발하고, 서로 눈도 마주치지 않는 태홍과 설미를 번갈아 바라보던 혜린은 시무룩한 얼굴로 중얼거렸다.

"두 분 너무 잘 어울리는데……."

쟤가 갑자기 왜 저래?

설미는 혜린의 말을 못 들은 척 살며시 고개를 틀어 창밖을 내다보았다. 하지만 하필 창에 태홍의 모습이 비쳤다. 그녀는 창을 통해 태홍의 얼굴을 훔쳐보며 상념에 빠졌다.

이 남자는 지금 무슨 생각을 하고 있을까?

'그러니까 너도 날 좋아해 줬으면 좋겠어.'

이틀 전 병실에서 그가 했던 말과 그의 다부졌던 눈빛이 떠올랐다. 사랑 고백이라고 하기에는 말투가 거칠었지만, 그의 눈빛은 너무도 진지했다. 그 눈빛이 내내 떠올라 괴로웠던 설미는 저도 모르게 한숨을 길게 내뱉었다.

'근데 저 사람은 날 언제부터 좋아한 거야?'

이런저런 생각으로 머릿속이 복잡했다.

그러는 동안 차는 어느덧 집 앞에 도착했다.

"아저씨! 이거 받으세요."

차에서 내리려는 태홍을 향해 혜린이 영화 티켓 두 장을 내밀었다. 태홍은 그것을 받으며 뭐냐고 눈빛으로 물었다. 옆에 있던 설미도 궁금한 얼굴로 혜린을 바라보았다.

"사실 어제 10킬로미터 마라톤 대회에 나갔었거든요. 그건 참가 상품으로 받은 영화 티켓이에요. 제가 좋아하는 두 분이서 재밌게 보고 오셨으면 좋겠어요. 그럼 저 먼저 내릴게요! 얘기 나누고 오세요!"

혜린은 쑥스러운지 얼른 차에서 내려 건물 안으로 뛰어들어 갔다.

"제자가 참 훌륭하네? 누구 안 닮아서."

설미는 잠시 그를 흘겨보다가 조수석 문을 열었다. 그리고 내리려는 순간, 태홍이 그녀의 팔을 잡았다.

"밥 먹고 영화 볼래? 영화 보고 밥 먹을래?"

설미는 다시 차 문을 닫고 그를 향해 말했다.

"저 간다고 안 했는데요?"

"그럼 버려?"

무표정한 얼굴로 영화 티켓을 찢으려는 태흥의 손을 그녀가 황급히 막았다.

"지금 뭐 하는 거예요!"

"안 간다며."

"그래도 혜린이가 선물로 준 건데……."

"그러니까. 네 제자가 한 시간을 쉬지 않고 달려서 받은 티켓인데, 안 간다고?"

"누가 안 간대요? 그게 아니라 저 사실……."

설미는 살면서 영화관을 가 본 적이 한 번도 없었다. 어렸을 적엔 돈이 없고 시간이 없어서 못 갔고, 사고 이후엔 어둠 공포증 때문에 가지 않았다.

태흥은 머뭇거리는 설미를 바라보며 잠시 생각하다 단호하게 말했다.

"내일 7시. 문화역 앞으로 와. 밥 먹고 영화 보자."

"잠깐만요. 그 전에 몇 가지 물어볼 게 있어요."

"나 좋아하는 거 맞냐, 언제부터 좋아했냐, 등등의 질문은 사양이야."

그에게 속마음을 들켜 버린 설미는 괜히 아닌 척 큰소리쳤다.

"아니거든요! 그런 거 하나도 안 궁금하거든요?"

"그럼 뭐?"

"내일 밥은 뭐 먹을 거예요? 메뉴는 내가 골라도 되죠?"

그는 순순히 고개를 끄덕였다. 평소 같았으면 아무거나 먹으라고 윽박질렀을 텐데, 이런 모습을 보면 좋아하는 게 맞는 것도 같고……. 그럼에도 설미는 태흥이 자신을 좋아한다는 사실이 좀처럼 믿기지 않았다.

혼란스러워하는 설미를 향해 태홍이 말했다.

"받아들여."

"네? 뭘요?"

"내가 널 좋아한다는 사실."

"……."

"이 기막힌 사실을 너랑 나 둘 중 누가 더 믿기 힘들었겠냐?"

"뭐라고요?"

설미가 그를 노려보았다.

"눈에 힘 빼라? 키스해 버리기 전에."

말이 떨어지기가 무섭게 그녀가 황급히 손으로 입술을 가렸다. 그가 피식 웃었다.

"지금 웃음이 나와요? 그리고 이제 와서 하는 얘기지만, 저번에 말이에요! 왜 남의 허락도 없이 키스를 해요?"

"가만히 있길래 허락한 줄 알았지."

"그건, 야…… 약 기운 때문에! 맞아! 약 기운이 갑자기 몰려와서……."

"너 키스 처음이었지?"

"아니거든요!"

"아니야? 누구랑 했는데?"

태홍의 목소리가 조금 높아졌다. 설미는 눈알을 또르르 굴리며 궁리했다.

누구랑 했다고 하지? 갑자기 거짓말을 하려니 머릿속이 하얘졌다.

작은 거짓말 하나 못 해서 난처해하는 그녀를 보고 있자니 웃음이 절로 나왔다. 가볍게 웃은 태홍은 손을 뻗어 그녀의 왼쪽 뺨에 난 작은 흉터를 만졌다.

"약 안 발랐냐?"

태홍의 손길에 그녀가 화들짝 놀라 몸을 뒤로 뺐다.

"앗, 이, 이거 괜찮아요."

필사적으로 자신의 손길을 거부하는 그녀의 행동에 태홍은 기분이 상했다.

'내 손이 더럽나? 아니면 내가 그 정도로 싫은가?'

도대체 그녀의 마음을 모르겠다.

검은 오라를 내뿜는 태홍의 눈치를 힐끔 보다 설미는 재빨리 차에서 내렸다.

"먼저 들어갈게요."

곧바로 차 문을 닫으려다 설미는 뭔가 결심하고 그를 향해 다시 인사했다.

"내일 봐요!"

그녀는 상기된 얼굴로 차 문을 닫고 건물 안으로 달려 들어갔다. 그리고 얼마 지나지 않아 태홍의 차가 골목을 빠져나가고, 건물 안에서 다시 설미가 나왔다.

골목을 내려가는 차를 바라보며 설미는 왠지 가슴속이 뜨거워졌다. 말은 퉁명스럽게 해도 행동 하나하나가 자신을 위하고 있다는 것이 느껴졌다. 일도 바쁠 텐데 퇴원 시간에 맞춰 데리러 와 준 것도 그렇고, 걱정스러운 눈빛으로 상처를 쓰다듬어 주던 손길도……. 설미는 그의 손길이 닿았던 상처를 손으로 어루만지며 상념에 잠겼다.

딩동.

그때 눈치 없는 문자 메시지 알림음에 정신을 차린 설미는 핸드폰을 꺼내 액정을 켰다. 언니 선희가 있는 교도소에서 보내온 접견 예약 완료 문자였다. 그녀는 금세 다시 현실로 돌아왔다.

태홍이 목숨 걸고 잡으려고 했던 정석범이 어쩌면 언니와 밀접한 관계일 수도 있다는 사실은, 부정하고 싶었지만 부정할 수 없는 현실이었다.

그가 이 사실을 알게 되면 내게 뭐라고 할까?

정석범과 언니가 연관이 있다는 사실을 태홍에게 얘기하지 말아 달라고 찬희가 부탁했지만, 그의 부탁이 없었어도 설미는 태홍에게 언니 얘기를 선뜻 하지 못했을 것이다. 세상 사람 모두에게 범죄자의 동생이라고 손가락질당해도 상관없으니, 그 사람만큼은 영원히 몰랐으면 좋겠다는 생각이 들었다.

이유는 모르겠다. 그냥 그만큼 언니는 부끄럽고 싫은 존재였다.

언니의 존재를 떠올리니 방금 전 뜨겁게 올라왔던 감정은 어느새 차갑게 식어 가슴속 깊이 가라앉고 있었다.

□　■　□

"팀장님, 드릴 말씀이 있습니다."

태홍이 잔뜩 굳은 얼굴로 권 팀장 앞에 섰다. 권 팀장은 가슴이 철렁 내려앉았다.

"왜 그래? 무슨 사고 쳤어?"

"그런 거 아닙니다."

"그럼, 설마……."

사직서라도 제출하려는 건가? 내가 너무 갈궈서?

"내일 당직 좀 바꿔 주세요."

"뭐? 당직? 아우! 괜히 쫄았잖아."

"바꿔 주십시오."

"참나. 팀장한테 당직 바꿔 달라는 놈은 살다 살다 처음이네. 넌 내가 만만하냐?"

"오늘 당직이시죠? 오늘은 제가 설 테니, 팀장님은 내일 당직하시면 됩니다."

구시렁거리는 권 팀장을 뒤로한 채 태홍은 자리로 돌아갔다.

이제 뭘 해야 하나?

태홍은 가만히 생각에 잠겨 있다 고개를 돌렸다.

"회철."

"넵!"

조서를 작성하던 회철이 기합이 잔뜩 들어간 목소리로 대답했다.

"너 영화 좀 보냐?"

태홍이 회철을 향해 넌지시 물었다. 그러자 회철의 얼굴에 화색이 돌았다. 태홍과 사적인 대화는 처음이었기 때문이다.

"그럼요. 저 이래 봬도 영화광입니다."

알고 물어본 거다. 회철의 지갑 사이로 삐져나온 영화표와 인터넷 즐겨찾기에 추가된 영화 예매 사이트를 본 기억이 있었기 때문이다.

태홍은 최근 2년간 문화생활과는 담을 쌓고 지낸 터였다. 그녀에겐 밥 먹고 영화 보자고 자신 있게 데이트 신청을 했지만, 무슨 영화를 봐야 할지 밥은 무얼 먹어야 하는지 막막하기만 했다. 태홍은 여자와 데이트하는 것이 설미가 처음이었다.

"요즘 개봉한 영화 중에 뭐가 제일 재밌냐?"

태홍이 진지한 눈빛으로 회철의 대답을 기다렸다.

□ ■ □

낮 동안 내내 무슨 영화를 봐야 할지 고민하던 태홍은 저녁도 건너뛰고 휴게실로 향했다. 여러 고민 끝에 드디어 영화 예매를 마친 태홍은 당직 전에 잠시 눈을 붙이기로 했다.

지그시 눈을 감은 태홍의 얼굴에 미소가 번져 있었다.

빨리 오늘이 지나고 내일이 왔으면 좋겠다. 그녀와 영화를 보고, 마주 보고 앉아 밥 먹을 생각을 하니 가슴이 두근거려 미칠 것 같았다.

하지만 휴식을 마치고 기분 좋게 사무실 안으로 들어간 태홍의 표정이 점차 굳어졌다.

"사장님이 제 다리 만졌잖아요!"

편의점 근무복을 입은 여학생이 울먹이며 소리쳤다. 조서를 작성하던 회철이 중년 남성에게 물었다.

"아저씨! 이 학생 성추행했어요?"

"아니요! 이 도둑년이 자기 죄 나한테 뒤집어씌우려고 거짓말하는 겁니다! 이 도둑년아! 훔쳐 간 내 돈 내놔!"

남자가 삿대질을 하며 소리치자, 여학생은 몸을 부들부들 떨었다.

태홍은 자리로 돌아가며 겁먹은 여학생의 모습을 유심히 쳐다봤다.

문득 10년 전 할아버지 서재에서 봤던 한 여학생이 떠올랐다. 태홍은 그때의 충격을 아직도 잊을 수가 없었다. 그 여학생은 태홍과 같은 학교, 같은 반이었다.

이름은 선희.

원망으로 가득 찬 선희의 눈빛이 떠오르자 태홍은 애써 기억을 떨쳐 내려 노력했다. 하지만 한번 떠올린 기억은 쉽게 사라지지 않았다.

선희는 학교에서 공부하는 모습보다 시내에 있는 음식점, 카페, 편의점에서 일하고 있는 모습이 더 익숙할 정도로 알바에 목숨을 걸었던 애였다.

'실내화 살 돈 없어요.'

교내에서 실내화가 아닌 신발을 신고 다니던 선희를 담임이 꾸중하자 그녀가 대꾸했었다. 그때 우연히 교무실에 있던 태홍은 생각했다.

그렇게 알바를 하고도 돈이 없다니. 그 돈은 다 어디다 쓰는 거지?

부모님은 저명한 의사와 법의관, 할아버지는 장관이었던 태홍은 삼천 원짜리 실내화를 살 돈이 없는 선희가 상식적으로 이해가 되지 않았다. 그녀에게 돈은 어떤 의미였을까?

할아버지의 서재에서 나오던 선희는 수표 몇 장을 손에 쥐고 있었다. 돈을 쥔 손은 부들부들 떨렸고, 그 후로 그 애의 모습은 학교에서도 시내 어디에서도 볼 수 없었다.

"증거 있어? 증거 있느냐고!"

남자가 큰소리쳤다. 순간 태홍의 눈빛이 얼어붙었다.

'그런 여자애 본 적도 없다. 너 증거는 있는 게야? 증거도 없이 이 할애비를 여고생 성추행한 파렴치한으로 모는 게냐?'

아무것도 모른다고 잡아떼던 10년 전의 할아버지. 그 할아버지처럼 지금 옆에 있는 남자도 피식 웃으며 증거를 내놓으라고 형사들에게 큰소리치고 있었다.

회철은 난처한 얼굴로 여학생을 달랬다.

"학생, 증거가 없어서 고소는 불가능할……."

콰앙!

순식간이었다. 태홍이 남자가 앉아 있던 의자를 발로 걷어찼다. 의자와 함께 바닥을 나뒹군 남자가 욕설을 내뱉으며 일어났다.

"이 새낀 뭐야!"

남자가 태홍을 향해 주먹을 날렸다. 하지만 태홍은 가볍게 옆으로 피하며 남자의 팔을 붙잡고, 주먹으로 얼굴을 내리쳤다.

퍼억!

남자는 다시 바닥에 쓰러져 신음했다.

"컥컥! 무고한 시민을 주먹으로……. 너 고소할 거야!"

일어나려는 남자의 어깨를 발로 밟으며 태홍이 싸늘한 눈빛으로 말했다.

"증거 있어?"

"뭐? 저기 CCTV……."

남자가 CCTV를 가리켰다. 그러자 태홍이 피식 웃었다.

"저거 없애면 돼. 쉬워. 해 봐서 알지?"

"……여, 여기 증인들……."

"증인 매수하는 건 일도 아니지. 안 그래?"

그러면서 태홍이 더 세게 어깨를 밟았다. 남자는 악 소리도 못 낼 정도로 고통스러워했다.

"너 같은 새끼, 털어서 먼지 안 나오는 놈 못 봤거든? 내가 너 탈탈 털어 봐?"

"……서, 선생님. 죄송합니다!"

남자가 갑자기 사과를 했다. 역시 찔리는 게 많았던 듯했다.

"사과는 저쪽에 하고. 이봐, 학생!"

태홍은 여학생을 불렀다. 어느새 울음을 그친 여학생이 태홍을 바라보았다.

"이 새끼가 해코지하면 나한테 전화해. 알았어?"

여학생이 고개를 끄덕이면서 손등으로 눈가에 맺힌 눈물을 닦았다. 작게 한숨을 내뱉으며 그 모습을 보던 태홍은 회철에게 똑바로 하라고 윽박지르곤 밖으로 나갔다.

그는 열을 식히기 위해 차에 들어가 에어컨을 켰다. 잠시 두 눈을 감고 있다가 다시 뜬 그는 찬희에게 전화를 걸었다.

— 요 며칠 뜸하다 했어요. 정석범 일로 전화했죠?

"어디까지 진행됐어?"

— 정석범이 모든 혐의 인정했고, 어제 검찰로 송치됐어요.

"임설미 집엔 왜 간 거래? 납치한 이유는?"

잠시 말이 없던 찬희가 입을 열었다.

— 설미 씨 집에 간 이유는 정혜린을 만나러 간 거래요. 만나러 간 이유는 마지막 인사를 하기 위해서였고, 납치는 우발적으로…….

"그게 말이 되나?"

— …….

날카로운 태홍의 목소리에 찬희는 뜨끔한 듯 다시 침묵했다.

"너 사건 현장 못 봤어? 딸한테 마지막 인사를 하러 간 놈이 집을 그 지경으로 만들어? 너 나한테 뭐 숨기는 거 있지?"

수화기 너머로 찬희의 한숨 소리가 들려왔다.

— 그런 거 없어요. 현장은 정석범이 도주 전에 단순 강도로 위장하려고 일부러 그랬다고 하더라고요. 형…… 깊게 생각하지 마세요. 어쨌든 정석범 잡혔고, 설미 씨도 크게 다친 데 없이 돌아왔잖아요. 너무 예민하게 굴지 마시라고요.

모든 것이 의문투성이였다. 하지만 태홍은 말을 아끼기로 했다. 현재 이 사건의 담당 형사는 자신이 아니라 찬희였기 때문이다.

태홍은 찬희를 너무 닦달한 건 아닌가 싶어 이 문제는 잠시 보류하고 다음으로 넘어갔다.

"그럼, 상윤이 형 살인 교사는? 인정했어?"

— 아…… 그건 완강히 부인했어요. 절대 그런 일 없대요. 형도 알다시피 1년 전에 이미 검찰에서도 그 사고는 정석범과 관련이 없다고 결론 내렸었고, 저도 다시 사건 파일 봤는데 단순 교통사고가 맞는 것 같아요.

"그게 무슨 소리야! 그놈 짓이 분명해!"

— 증거가 없잖아요. 아무튼 검찰에선 그 혐의는 배제하고 살인, 도주, 마약 거래에 중점을 두고 조사 중이에요. 그러니까, 형…….

찬희의 부름에 태홍은 대답하지 않았다.

— 다 끝났어요. 이제 정말 다 끝났다고요.

"……."

— 형!

태홍이 뒤늦게 입을 열었다.

"그래. 그동안 수고했다. 미안하고……."

— 미안하긴요. 형이야말로 그동안 정말 수고 많았어요. 그런 의미에서 우리 내일 술 한잔 어때요?

"약속 있어."

— 누구요? 설미 씨요?

"알면서 왜 물어?"

— 두 사람 사귀는 거예요?

"아직."

— 왜요? 사귀자고 안 했어요?

"관심 꺼."

— 진도는 어디까지 뺐어요? 맞다. 아직 사귀는 게 아니라고 했지.

"끊는다."

— 잠깐! 형! 고백할 때 그냥 말로만 때우면 안 되는 거 알죠?

"……."

태홍은 가만히 찬희가 하는 말에 귀를 기울였다.

— 형 돈 많잖아요. 반지나 목걸이 같은 거 반짝이는 거 주면서 제대로 해요.

"끊어라."

뭐 대단한 비법이라도 있는 줄 알고 귀를 기울였던 태홍은 속으로 자신을 비웃었다.

하지만 찬희와의 전화를 끊고 사무실로 향하던 그의 표정이 꽤 심각해졌다.

'반지나 목걸이?'

그에겐 죽느냐 사느냐를 선택하는 것만큼 어려운 문제였다.

□　■　□

"뭘 입지?"

태홍과 영화 보기로 한 당일. 설미는 화장대 앞에서 30분째 고민하고 있었다.

너무 차려입고 나가면 괜히 데이트 같고, 그걸 의식하다 보면 분위기가 어색해질 것이 뻔했다.

한참 머리를 쥐어뜯다가 그녀는 평소 자주 입는 핑크색 트레이닝복을 입었다. 그때 마침 방으로 들어온 혜린이 어이없다는 듯 말했다.

"쌤…… 그러고 나가실 건 아니죠?"

"어? 왜? 나 원래 이러고 밖에 맨날 나가는데."

"그래도 오늘 같은 날 트레이닝복은 아니죠."

혜린의 단호한 핀잔에 설미는 무안해서 이마를 긁적였다.

"쌤. 저한테 쌤은 은인인 거 아시죠?"

"에이. 무슨 은인씩이나."

"은인이 한 명 더 있어요. 태홍 아저씨요. 그래서 두 분이 잘됐으면 좋겠어요."

"……"

혜린은 주머니에서 새 핸드폰을 꺼내 설미에게 보여 줬다. 설미는 의아한 눈으로 혜린을 바라보았다.

"핸드폰 샀어?"

"아침에 아저씨가 줬어요. 자기가 쓰던 거래요. 근데 이거, 어제 출시된 신상이에요."

설미는 그만 웃어 버렸다. 역시 서태홍답다는 생각이 들었다.

혜린은 핸드폰 액정을 톡톡 건드려 태홍이 보낸 문자를 보여 줬다. 피자와 스파게티를 먹을 수 있는 기프트콘과 함께 '먹어라.' 라는 딱 한마디가 달려 있었다.

"말은 조금 이상하게 하시는데, 좋은 어른인 것 같아요."

설미는 속으로 그 말에 동의했다. 지금 생각해 보면 가로등이 꺼진 골목이 무서워서 편의점에서 시간을 때울 때, 태홍이 나타난 건 우연이 아니었던 것 같다. 그 뒤로도 그는 종종 그녀의 퇴근 시간에 맞춰 나타나곤 했으니까…… 설미는 어쩐지 가슴이 콩닥거렸다.

혜린은 옷장을 열더니 원피스를 하나 꺼내 내밀었다.

"이거 예쁜데요?"

"야! 그건 오버다. 그거 학부모 상담 때만 입는 건데……"

"다른 건 입을 게 하나도 없는데, 그냥 이거 입으면 안 돼요?"

진짜 다른 옷은 없나? 설미도 옷장으로 다가가 뒤적거렸다.

없었다.

설미는 어쩔 수 없이 혜린이 건네준 원피스를 들고 화장실로 들어갔다. 옷을 갈아입고 나오자 이번엔 혜린이 커피색 스타킹을 내밀었다.

"이거 신으면 조금 가려질 것 같아서요."

혜린은 설미의 무릎에 새겨진 커다란 상처를 보며 안타까워했다. 설미는 말없이 스타킹을 신으며 애써 웃어 보였다.

"무릎, 아직도 아프세요?"

"아니. 전혀. 다 나았어. 짠! 됐지? 이제 마음에 들어?"

다 차려입은 설미가 한 바퀴 빙글 돌았다. 혜린은 그제야 웃으며 엄지를 치켜들었다.

"화장도 하실 거죠?"

"어? 어…… 당연하지!"

화장 역시 학부모 상담 때만 하는 건데. 설미는 울며 겨자 먹기로 방으로 들어가 화장대 앞에 앉았다. 그러곤 열심히 파우더를 찍어 바르기 시작했다.

화장을 거의 마쳐 갈 무렵, 전화가 울렸다. 액정 위에 뜬 발신인의 이름을 본 그녀의 눈동자가 흔들렸다. 립스틱을 바르던 손이 점점 느려졌다. 설미는 조심스럽게 전화를 받았다.

"선생님?"

— 응. 설미야. 나 지금 한국이야.

"네? 언제 오셨어요?"

— 어제.

세상에, 벌써 날짜가 그렇게 됐나? 차윤이 한국에 들어오는 날도 까맣게 잊고 있었다.

예상했던 반응이 아니었는지 그가 서운해했다.

— 연락 기다렸는데……. 많이 바빠?

"아니요. 바쁘긴요."

— 그럼 오늘 저녁에 볼래?

"오늘이요?"

— 응. 너한테 할 얘기가 있는데…….

"죄송하지만 제가 오늘 약속이 있어서요."

— 그 약속 미루면 안 될까? 정말…… 중요한 얘기야. 오늘 아니면 안 되는 얘기. 내가 7시까지 문화시로 갈게.

평소답지 않게 가라앉은 그의 목소리. 무슨 일이 있는 걸까?

차윤이 걱정되었지만 설미는 태홍과의 약속을 쉽게 저버릴 수가 없었다. 역시 오늘은 안 되겠다고 입을 떼려는 순간.

— 설미야, 나 지금 들어가 봐야 해서 끊을게. 이따 오후에 보자.

차윤이 무슨 급한 일이라도 있는지 황급히 전화를 끊었다.

결국 설미는 거절을 하지 못한 채 거울 속 자신을 한심하게 쳐다보았다. 그러곤 한숨을 길게 내쉬었다.

□　■　□

한국대 병원 재활의학과 의국이 소란스러웠다.

"강차윤 선생님 오늘부터 출근했다는데?"

"진짜? 지금 어디 계시는데?"

'강차윤'이라는 이름 세 글자는 당직 때문에 밤을 꼴딱 새운 여자 레지던트들의 멍한 눈도 단숨에 번쩍 뜨이게 만들었다. 한국대 병원에서 강차윤은 신적인 존재나 마찬가지였다.

재단 이사장의 아들인 그는 보통의 상속자들과는 달리 소탈했고, 집안 배경을 내세워 반칙을 하거나 상대방을 우습게 여긴 적이 단 한 번도 없었다. 그리고 언제 어디서나 젠틀함과 미소를 잃지 않았다.

그뿐 아니라 환자라면 누구나 자신의 몸을 맡기고 싶어 할 만큼 실력 또한 출중했다. 그리고 이익을 위해서 병원 사업을 무리하게 확장하거나 수익이 나지 않는 과를 축소하려는 표 여사를 막아 내는 역할도 차윤의 몫이었다.

그는 자고로 병원은 이익보다 공익이 우선이어야 한다는 확고한 신념을 가지고 있었다. 특히나 자본이 넉넉한 병원일수록 더 그래야 한다고 생각했다.

덕분에 한국대 병원은 몇 번의 위기를 극복하고 지금껏 버틸 수 있었다. 그 사실을 아는 동료들에게 차윤은 선망과 동경의 대상이었다.

이렇듯 그는 남녀노소, 환자와 동료 가리지 않고 인기가 높았고, 이 병원 전문의 중 유일하게 안티가 없었다.

분위기가 떠들썩한 가운데 차윤이 의국에 들어섰다. 팔과 다리가 쭉쭉 뻗은 데다 모델 뺨치게 비율이 좋아 하얀 가운이 무척 잘 어울렸다.

차윤은 트레이드 마크인 소년처럼 해맑게 웃는 얼굴로 인턴과 레지던트들에게 직접 초콜릿을 나눠 주었다.

"선생님. 연수받느라 고생하셨을 텐데, 무슨 이런 걸 다 사 오셨어요?"

그가 말없이 싱긋 웃었다. 여심은 물론 남심도 녹여 버렸다.

"선생님! 오늘 환영회 어떠세요?"

"1년 만에 오셨는데, 한잔하셔야죠."

"미안해요. 내가 오늘은 중요한 약속이 있어서."

"중요한 약속이요? 설마 애인?"

제발 아니기를 바라며 한 여자 레지던트가 물었다. 하지만 차윤은 웃기만 할 뿐 아무런 대답 없이 사무실로 들어갔다.

자리에 앉은 차윤은 손목에 찬 시계를 내려다보았다. 약속 시간까지 아직 꽤 남아 있었다. 오늘따라 시간은 왜 이리 더디게 가는 건지. 그래도 드디어 오늘 그녀를 만난다. 그 생각을 하니 벌써부터 심장이 두근거렸다.

차윤은 쇼핑백 안에서 고급스러운 케이스를 꺼내 들었다. 케이스를 열어 반지를 내려다보는 그의 얼굴에 미소가 잔잔하게 번져 나갔다.

▫ ◼ ▫

"죽고 싶냐? 두 번 말하게 하지 말라고. 이 미친 새끼야."

태홍이 피의자를 무섭게 다그쳤다. 살벌한 그의 기세에 눌린 피의자는 겁먹은 얼굴로 묻지도 않은 공범들의 은신처까지 자백했다.

그 모습을 뒤에서 지켜보던 권 팀장이 옆에 서 있던 김 형사에게 물었다.

"쟤 오늘 아침까지 기분 무지 좋지 않았냐?"

"그러게 말입니다. 점심엔 서 경위가 커피도 쐈잖아요. 한 잔에 오천 원짜리. 근데 강도나 살인범도 아니고, 보이스 피싱 잡범한테 왜 저런대?"

"보이스 피싱 당했었나?"

"에이. 서 경위가 그런 거 당할 사람이에요?"

"안 그럼 어젠 바꿔 달라던 당직까지 자처하고 왜 저러고 있냐?"

형사들은 자리를 오갈 때마다 살벌한 표정으로 앉아 있는 태홍을 피하기 바빴다.

조서 작성을 마친 태홍은 의자를 빙글 돌려 창밖을 내다보았다. 살짝 주홍빛이 감돌기 시작하는 하늘을 바라보며 그는 짜증이 가득

실린 얼굴로 핸드폰 액정을 켰다.

기분 좋게 점심을 먹고, 조기 퇴근을 위해 열심히 일을 하고 있는데 그녀에게서 문자 한 통이 도착했었다. 태홍은 그 문자를 다시 들여다보았다.

[서태홍 씨 미안해요. 영화는 다음에 봐요. 급한 볼일이 생겼어요. 정말 미안해요.]

몇 번을 미안하다고 강조하는 그녀의 문자에 화를 낼 수도 없었다. 도대체 무슨 급한 일이기에 약속 당일 예고도 없이 취소하느냐고 따져 물으려다가 유치해 보일까 봐 참았다. 그리고 과감히 문자를 씹어 버렸다.

그랬더니 이 여자 그 뒤로 연락 한 통 없다. 그녀 성격에 내 반응이 궁금해서라도 곧장 전화를 걸어 재차 미안하다고 할 법도 한데.

무슨 일 있나?

문득 걱정이 된 태홍은 혜린에게 문자를 보냈다.

[밥 먹었냐?]

[네! 아저씨는 울 쌤이랑 데이트 잘하고 계세요?]

이 여자, 혜린에게는 자신과 영화 보러 간다 하고 나간 모양이다. 핸드폰을 쥔 태홍의 손에 와락 힘이 들어갔다.

그런데 그때 옆에서 전화를 받던 회철이 벌떡 일어나 소리쳤다.

"문화역에서 취객이 칼 들고 난동을 부리는 중이랍니다!"

"내가 갈게."

그래. 일이나 하자.

태홍이 자리에서 벌떡 일어나자 권 팀장이 형사들에게 '따라가라'는 눈짓을 했다. 그러다 태홍과 눈이 마주친 권 팀장은 저도 모르게 말을 더듬었다.

"조, 조심히 갔다 와. 서 경위."

태홍은 고개를 까닥하며 인사를 한 후 밖으로 나가 버렸다.

그가 나가자마자 권 팀장이 외쳤다.

"야! 누가 따라가. 저 새끼 오늘 나가서 사고 치고 온다에 내 손모가지 건다!"

하지만 사무실 안에 있던 형사들은 괜히 바쁜 척하며 권 팀장의 시선을 피하고 있었다.

□　■　□

차윤은 문화역 근처에 주차를 하고 설미와 만나기로 한 장소로 향했다.

부지런히 걷던 차윤의 발걸음이 점점 느려졌다. 멀리서도 그녀를 한눈에 알아볼 수 있었다. 원피스 차림의 그녀는 처음 봤지만, 그녀가 어떤 모습을 하고 있건, 어디에 있건 차윤은 알아볼 자신이 있었다.

설미도 곧 차윤을 발견하곤 밝게 웃으며 뛰어왔다. 그 미소에 차윤의 가슴이 두근거렸다. 그녀는 모르겠지만, 그에게 설미는 더 이상 소녀가 아니었다.

"선생님!"

설미가 그를 부르며 손을 흔들자 차윤도 한걸음에 달려갔다. 그녀 앞에 선 차윤은 그녀를 와락 안아 버리고 싶은 것을 간신히 참았다. 대신 애정을 가득 담아 그녀의 머리를 쓰다듬어 주었다.

"잘 있었어?"

설미가 힘차게 고개를 끄덕였다.

"일단 들어가서 얘기하자. 내가 이 근처 맛집 예약해 뒀어."

"맛집이요? 어디요?"

"문화백화점 건너편 골목이랬으니까. 가 보자."

차윤이 앞장서 걸었다. 차윤의 뒤를 쫓아가던 설미는 때마침 역에서 올라오는 수많은 인파에 밀려 그와 점점 멀어졌다.

긴장한 탓에 뒤늦게 그것을 알아차린 차윤이 달려가 설미의 손을 잡아끌었다. 당황해 하는 설미의 표정을 마주한 차윤도 덩달아 당황해 괜히 큰 소리로 횡설수설했다.

"여기도 서울만큼 사람이 많네? 퇴근 시간이라 그런가? 너 잃어버리면 안 되니까. 식당까지만 잡고 갈게. 괜찮지?"

놀라서 두 눈이 동그래진 설미가 저도 모르게 고개를 끄덕였다. 오래간만에 차윤의 손을 잡으니 마치 학창 시절로 돌아간 것 같았다.

선수 생활이 끝나고 삶을 포기해 버리고 싶었을 때, 차윤은 유일하게 그녀를 향해 손을 내밀어 준 사람이었다. 그렇기 때문에 그가 이 세상에 존재한다는 이유만으로도 설미에겐 큰 위로와 안식이었다. 그 시절을 떠올리니 설미의 마음이 따뜻해졌다.

그렇게 두 사람은 손을 잡고 나란히 거리를 걸었다.

"선생님. 근데 어디 아프세요?"

"어? 아니. 왜?"

"손에서 땀이 많이 나는 것 같아서요. 더우세요? 더우면 손을 놓고……."

"아니야. 괜찮아."

차윤이 당황해 하며 황급히 말을 돌렸다.

"우리 저거 해 볼까?"

차윤은 문득 시야에 들어온 노점상을 손가락으로 가리켰다. 공기총으로 인형을 뽑는 노점이었다. 크기대로 일렬로 세워진 인형들을 가만히 바라보던 설미는 얼마 전 태홍이 준 곰 인형을 떠올렸다.

'그러고 보니 그 사람 그때도 날 좋아했으려나? 그럼 그 곰 인형 일부러 사다 준 건가?'

갑자기 태홍이 생각난 설미는 가방에서 핸드폰을 꺼내 액정을 들여다보았다. 하지만 문자 메시지함은 여전히 텅 비어 있었다. 몇 번을 썼다 지우기를 반복하며 어렵게 보낸 문자였는데, 답장은 오지 않았다.

괜히 전화했다가 근무하는 데 방해될까 봐 문자 보낸 거였는데. 역시 전화를 할 걸 그랬다. 궁금해서 미치겠다. 왜 답장이 없지? 전송 오류인가? 에이, 그럴 리가 없잖아. 혹시…… 무슨 일 있는 건 아니겠지?

설미는 고개를 절레절레 흔들며 앞을 봤다. 그러자 태홍이 사 준 인형과 똑같은 곰 인형이 선반에 앉아 그녀를 빤히 쳐다보고 있다. 흠칫 놀란 설미는 괜히 그 곰 인형을 흘겨보았다.

"저 인형 마음에 들면 하나 사 줄까?"

인형을 뚫어져라 보고 있는 설미를 바라보며 차윤이 물었다. 그러자 설미가 손사래를 쳤다.

"어우. 아니에요. 집에 똑같은 거 있어요."

차윤은 의아한 눈빛으로 그녀를 바라보았다. 그가 알기론 설미는 인형을 좋아하지 않았다. 그러니 인형을 제 돈 주고 사진 않았을 테고, 누군가에게 선물 받았을 확률이 컸다.

이 나이에 동성 친구에게 선물 받았을 리는 없고……. 혹시 설미에게 남자 친구가 생긴 걸까? 차윤은 갑자기 불안한 마음이 들었다.

"선물 받았구나? 누구한테?"

"그냥 앞집 사는 분이……. 하하. 선생님 근데 우리 뭐 먹으러 가는 거예요?"

설미가 어색한 웃음을 흘리며 말을 돌렸다. 저번 날 취한 자신에

게 곰 인형과 숙취해소제를 사다 주던 태홍의 얼굴이 떠오른 것이
다. 받을 땐 몰랐는데, 지나고 나서 생각해 보니 태홍의 모든 행동
엔 배려심이 넘쳤다. 말만 조금만 더 예쁘게 했어도 그의 마음을 금
방 알아차릴 수 있었을 것이라고 설미는 생각했다.

"설미야?"

차윤은 뭔가 생각이 많아 보이는 설미를 흘끔 보더니 고개를 갸
웃했다.

"고기 먹으러 갈 건데, 별론가?"

"네? 죄송해요. 못 들었어요."

"고기 먹자고."

"고기요? 좋아요!"

"식성은 그대로네. 다행이다. 근데 그동안 어떻게 지냈어? 얘기
좀 해 줘."

차윤의 말에 설미는 생각에 잠겼다.

마약범으로 몰려 경찰서에 끌려간 일, 비 오는 날 정석범 집에서
태홍과 마주친 일, 앞집으로 그가 이사 온 일, 정석범에게 납치당했
던 일, 태홍이 구해 줬던 일, 그리고…… 그 사람과의 키스.

거기까지 떠오르자 설미의 얼굴이 발그레해졌다. 또 그 사람 생각
을 하고 말았다.

'나 왜 이러지? 미쳤나 봐.'

설미는 혼란스러운 얼굴로 고개를 마구 흔들었다.

"설미야, 왜 그래?"

"네? 아니에요!"

차윤은 자꾸만 정신이 딴 데 가 있는 것 같은 설미를 걱정스레 바
라보았다.

"혹시 무슨 일 있어?"

"아니요. 그런 거 없어요."

"진짜지? 내가 그동안 미국에서도 네 걱정 얼마나 많이 했는지 알아? 네 목소리 들으면 당장이라도 달려오고 싶을까 봐 전화도 안 하고 꾹 참았는데……. 결국엔 못 참고 이렇게 와 버렸네……."

그렇게 말하며 차윤이 싱긋 웃자 설미도 그를 따라 웃었다. 그건 몸에 밴 습관과도 같았다.

열한 번의 수술 후 재활은 생살을 찢는 듯한 고통이었다. 하지만 차윤의 따뜻한 미소는 항상 설미를 웃게 했다.

"나 없는 동안 우리 설미 혼자 어떻게 지내나 엄청 걱정했다고."

"선생님도 참, 저 이제 어린애 아니거든요?"

"그러네……. 언제 이렇게 다 컸지? 세월 참 빠르다."

차윤은 10년 전 그날을 떠올렸다.

전국체전에 의료 지원 자원봉사를 나갔던 차윤은 그곳에서 여중생 설미를 만났다. 무릎 부상을 숨긴 채 달리다가 결국 트랙 위에서 쓰러져 버렸던 소녀의 얼굴이 떠오르자 차윤은 가슴이 먹먹해졌다.

"칼이야!"

차윤이 상념에 젖어 있던 그때였다. 연이어 사람들의 비명 소리가 들렸다. 차윤과 설미의 시선이 동시에 그쪽으로 향했다. 수많은 사람이 모여 있는 곳. 그 옆으로 경찰차가 막 도착하는 게 보였다.

"다들 비키세요!"

경찰차에서 내린 회철이 소리치며 사람들을 뚫고 안으로 들어갔다.

"사고가 났나 본데? 우리 다른 길로 가자."

차윤이 설미의 손을 끌어당겼다. 하지만 설미는 발이 떨어지지 않았다. 웅성거리며 모여 있는 사람들을 설미가 심각한 얼굴로 바라보고 서 있자 차윤이 물었다.

"왜 그래?"

"아니, 그게……."

사람들 사이로 언뜻언뜻 보이는 익숙한 얼굴. 태홍이 누군가와 격투 중이었다. 설미는 심장이 미친 듯이 뛰기 시작했다.

저 사람은 왜 또 저런 위험한 곳에 있는 거야? 저러다 다치면 어떡해…….

설미는 울먹이며 까치발을 들었다. 목까지 빼며 안을 들여다보려고 했지만 역부족이었다.

이대로 그냥 갈 순 없어.

그녀가 아예 인파 쪽으로 걸음을 옮기려던 그때, 사람들이 홍해처럼 갈라졌다. 그리고 그 길을 따라 태홍이 수갑을 찬 취객을 끌고 걸어 나왔다. 태홍의 손엔 피 묻은 칼이 들려 있었다. 칼에선 피가 뚝뚝 떨어졌다. 하지만 누구의 피인지 확인할 순 없었다.

설미는 놀라 그 자리에 굳어 버렸다.

인파 밖으로 나온 태홍은 설미를 발견했다. 그는 급히 칼을 든 오른팔을 뒤로 숨기다가, 그녀가 웬 남자와 손을 잡고 있는 것을 확인했다. 그의 표정이 순식간에 돌처럼 굳어졌다.

설미도 갑자기 태홍의 얼굴이 싸늘하게 굳은 것을 보았지만, 지금 그녀에게 중요한 것은 그게 아니었다. 그저 그가 어디 다친 데는 없는지 그 걱정뿐이었다.

'괜찮아요?'

설미가 눈으로 물었지만 그는 그녀를 노려보며 걸어오고 있을 뿐이었다.

알은척을 해야 하나? 말아야 하나…….

그녀가 고민하는 순간, 하필 그때 차윤이 설미를 끌어당겨 귓속말을 했다.

"설미야. 배 안 고파?"

설미가 차윤의 목소리에 반사적으로 귀를 기울이는 사이, 태홍이 두 사람을 지나쳐 갔다. 뒤늦게 설미가 뒤를 돌았을 땐, 그는 이미 경찰차에 올라탄 후였다.

요란한 사이렌 소리를 내며 사라지는 경찰차를 설미는 멍한 얼굴로 바라볼 수밖에 없었다. 어쩐지 가슴 한구석이 아파 왔다.

자신의 말엔 대답도 않고 반쯤 넋이 나가 있는 설미를 이상하게 여긴 차윤은 그녀의 양쪽 어깨를 잡아끌어 자신을 보게 했다.

"설미야! 너 오늘 진짜 이상해. 왜 그러는데?"

"그게…… 그러니까……."

대답을 해야 하는데, 어떤 말을 해야 할지 모르겠다. 머릿속에 하얘졌다. 설미는 그저 싸늘한 눈빛으로 자신을 바라보던 태홍의 얼굴만 떠올라 가슴이 먹먹했다.

□　■　□

"결국 일 쳤네. 병원으로 가지 여긴 왜 왔어?"

"경위님이 괜찮다고 하셔서요."

"어우. 독한 놈. 피를 저렇게 흘리고도 눈 하나 깜짝 안 하네."

권 팀장의 잔소리에도 태홍은 무표정한 얼굴로 화장실로 향했다. 취객을 제압하다 칼에 베인 손엔 피가 흥건했다.

세면대에서 피를 닦아 내던 태홍은 새삼 화가 치밀어 올랐다. 어느새 하얀 세면대가 피로 흥건했다. 생각보다 상처가 깊은 듯했다.

하지만 태홍은 아무렇지도 않았다. 그가 지금 아픈 곳은 따로 있었다.

"스테이크 별로야?"

설미는 먹음직스러운 스테이크를 앞에 두고 나이프로 스테이크가 아닌, 접시 바닥을 썰어 대고 있었다. 그런 설미를 당황스럽게 바라보며 차윤은 고개를 갸웃거렸다.

도대체 무슨 생각을 하는 걸까? 레스토랑에 도착해서도 계속 넋이 나가 있는 설미를 보며 차윤은 걱정이 앞섰다.

"설미야. 진짜 어디 아픈 건 아니지?"

"네?"

그녀는 뒤늦게 정신을 차리고 고개를 들었다. 자신을 걱정스레 바라보는 차윤의 얼굴을 보니 미안했다. 설미는 애써 밝게 웃으며 고기를 썰어 입에 넣었다.

"우와, 맛있다! 맛있긴 한데 너무…… 비싼 거 아녜요? 근처에 싸고 맛있는 삼겹살집 있는데 거기로 갈 걸 그랬어요."

"삼겹살집에서 할 얘기는 아니라서……."

"맞다. 저한테 할 얘기 있다고 하셨죠?"

"응. 중요한 얘기야. 일단 먹자. 먹고 얘기하자."

설미가 고개를 끄덕였다. 오랜만에 만난 그를 걱정시키고 싶지 않아 평소보다 더 과하게 음식을 먹기 시작했다.

설미는 고깃덩어리를 크게 썰어 입안에 구겨 넣었다. 고기를 씹으며 또다시 나이프로 고기를 썰었다. 그러다 나이프를 보니 칼을 들고 있던 태홍의 모습이 떠올랐다.

칼에 피가 묻어 있었어. 그 사람 표정도 안 좋던데, 다친 걸까?

설미는 초조한 얼굴로 이번엔 포크로 파스타를 돌돌 말아 입안에 넣었다.

하지만 도대체 무슨 맛인지 모르겠다. 심지어 목구멍이 꽉 막힌 것 같은 기분이 들었다. 그래도 설미는 차윤을 위해 맛있게 먹는 척 연기했다.

"음. 맛있다."

그 사실을 모르는 차윤은 흐뭇한 표정으로 설미를 바라보았다. 설미의 먹는 모습은 활짝 웃을 때 다음으로 예뻤다.

정신없이 파스타를 먹는 설미를 보며 남몰래 웃음을 참던 차윤은 손을 뻗어 그녀의 얼굴에 묻은 소스를 닦아 주었다. 그러자 설미가 당황해 하며 어색한 미소를 지었다.

"죄송해요. 제가 너무 지저분하게 먹었죠?"

"아니, 괜찮아."

차윤은 달콤한 시선으로 설미를 바라봤다. 설미는 그 시선이 어쩐지 부담스러워 서둘러 화제를 돌렸다.

"저기, 선생님! 할 얘기가 뭐예요? 그냥 지금 하시면 안 돼요? 저 궁금한데……."

"음……. 그게, 그러니까……."

차윤은 설미의 순진한 얼굴을 보니 도저히 입이 떨어지지 않아 머뭇거렸다. 수백 번도 더 연습한 말인데……. 차윤은 길게 한숨을 내쉬었다.

"우리 와인 마실래?"

설미가 피식 웃었다.

"왜 웃어?"

"술 못 드시잖아요."

"와인 정도는 괜찮아. 그리고 나 술 많이 늘었거든?"

"에이……. 선생님이 술이 늘었다고요? 못 믿겠는데요?"

설미의 반응에 발끈한 차윤은 호기롭게 와인을 주문했다.

웨이터가 잔에 와인을 따르는 동안 설미는 무심결에 창문 너머 야경을 내려다보았다. 멀리 보이는 화려한 간판들에 섞인 영화관 건물을 보니 괜히 마음이 아렸다.

원래대로라면 지금쯤 그 사람이랑 영화 보고 있었겠구나.

자꾸만 죄책감이 들었다. 자신이 오늘 약속을 취소하지만 않았어도 그가 위험에 노출될 일은 없었을 것이다.

그리고 그 눈빛……. 아까 그 사람의 그 눈빛은 뭔가 배신당한 남자의 눈빛이었다. 분명, 평소 화를 낼 때와는 다른 눈빛이었다. 그 눈빛을 떠올리자 가슴이 너무 아팠다.

미치겠다. 도저히 안 되겠다.

"선생님."

"설미야."

두 사람이 동시에 서로를 불렀다. 차윤은 설미를 향해 먼저 말하라며 고개를 끄덕였다. 설미는 얼른 그의 호의를 받아들였다.

"저, 화장실 좀 다녀올게요."

"응. 갔다 와. 디저트 주문해 놓을게."

설미는 차윤을 뒤로하고 레스토랑 밖으로 나왔다. 핸드폰을 손에 쥔 채 망설이던 설미는 비상구로 들어갔다.

'수갑'을 찾아 통화 버튼을 누르려던 설미가 멈칫했다.

근데 전화해서 뭐라고 하지? 아까 무슨 일이었냐고 물어볼까?

아니야. 다친 덴 없는지 먼저 물어봐야지.

그다음은? 왜 내 문자에 답장을 안 했느냐고 물을까? 아까는 왜 그런 눈으로 날 봤느냐고 물어볼까?

오늘따라 그 사람에게 궁금한 것투성이였다. 하지만 우선 자신의 궁금증을 풀기보다, 그에게 먼저 사과를 해야 한다는 생각이 들었다. 오늘 제멋대로 약속을 취소한 것에 대한 사죄부터 해야겠다는 생각으로 설미는 통화 버튼을 눌렀다.

하지만 연결음만 들릴 뿐, 그는 받지 않았다.

'일부러 내 전화를 피하는 건가?'

설미는 괜한 오기가 생겨 다시 한번 통화 버튼을 눌렀다. 하지만 여전히 연결음만 들렸다.

이번에도 실패가 싶어 끊으려는 순간, 드디어 상대방이 전화를 받았다.

— 여보세요?

그런데 태홍의 목소리가 아니었다.

"저기, 서태홍 씨 핸드폰 아닌가요?"

— 맞습니다. 저는 동료 형사 강회철입니다. 경위님께서 사무실에 핸드폰을 두고 가셨어요. 혹시, 경위님 여자 친구세요?

"네? 아니요. 그건 아니고요……."

— 아, 그런가요? 이름이 '긴급'이라고 떠서요.

회철은 원래 태홍의 전화를 받을 생각이 전혀 없었다. 하지만 '긴급'이라는 이름이 연달아 뜨자 받지 않을 수 없었다. 정말 뭔가 큰일이면 어쩌나 싶었던 것이다.

회철의 말을 들은 설미는 자신의 번호를 '긴급'이라고 저장해 놓은 태홍의 뇌 구조가 궁금했다.

"서태홍 씨는 퇴근했나요?"

— 네. 그러실 거예요. 손을 좀 다쳐서, 아까 병원 갔다가 바로 퇴근하신다고 했거든요.

"병원이요?"

설미가 화들짝 놀라 되물었다.

— 죄송한데요. 지금 배터리가 없어…….

뚝.

배터리 전원이 나간 모양인지 전화가 끊어져 버렸다.

병원에 갔다고? 설미는 문득 오른쪽 팔을 뒤로 숨기던 태홍이 떠올라 가슴이 철렁 내려앉았다. 또 앞뒤 가리지 않고 나쁜 놈 잡다가 다친 모양이다.

바보 같으니……. 왜 자꾸 다치는 거야.

한숨을 길게 내뱉은 설미는 다시 레스토랑 안으로 들어가 자리에 앉았다. 설미는 답답한 속을 달래려 와인을 벌컥벌컥 들이켰다. 그런데 진정이 되기는커녕 마음만 더 조급해졌다.

진짜 도저히 안 되겠다.

"선생님! 저 먼저 일어나 볼게요!"

자리에서 일어나려던 설미는 그제야 차윤의 벌게진 얼굴을 발견하곤 화들짝 놀랐다.

"……응?"

한 템포 느리게 반응하는 걸로 봐선 취한 게 분명했다. 와인병을 보니 텅 비어 있었다.

"설마 혼자 다 드신 거예요?"

차윤이 고개를 끄덕이며 배시시 웃었다.

"……간다고?"

"네. 정말 죄송해요, 선생님. 대리 불러 드릴 테니까, 조심히 들어 가세요. 도착하면 연락 주시고요. 꼭이요?"

설미는 허둥지둥 자리에서 일어나 가방을 어깨에 메고 그를 향해 인사했다. 그러곤 잽싸게 레스토랑을 나섰다.

그녀를 붙잡으려고 자리에서 일어난 차윤은 그대로 다시 털썩 의자에 주저앉아 버렸다. 테이블에 혼자 남겨진 차윤이 중얼거렸다.

"……가면 안 되는데, 나 할 말 있는데……."

정신을 차리려고 무던히 애를 쓰던 그는 결국 쿵! 하고 테이블 위에 머리를 박았다.

□ ■ □

택시에서 내린 설미는 빌라가 있는 골목을 향해 달렸다. 그러다 돌연 걸음을 멈췄다.

골목 초입에 위치한 편의점 앞 파라솔 아래, 서태홍으로 추정되는 남자가 엎드려 있었다. 붕대를 감은 손을 보니 그가 확실했다.

설미는 괜히 속상한 마음에 입을 삐죽 내밀고 그에게로 다가갔다.

아니, 이 남자는 왜 여기서 이러고 있는 거야?

태홍의 근처를 서성이던 설미는 손가락으로 조심스레 태홍의 등을 쿡쿡 찔렀다.

"이봐요! 서태홍 씨!"

그는 천천히 상체를 일으키더니 두 눈을 게슴츠레 뜨고 그녀를 바라봤다.

"설마 여기서 잔 거예요? 아픈 사람이 왜 밖에서 이러고 있어요."

걱정이 가득 묻어나는 그녀의 말투에 태홍의 눈빛이 약간 흔들렸다. 하지만 곧 낯선 남자와 손을 잡고 있던 그녀의 모습이 떠오르자 표정을 굳혔다. 그는 괜한 반발심에 아무런 말도 하지 않고 묵묵히 그녀를 쳐다보고만 있었다.

"오늘 멋대로 약속 취소해서 정말 미안했어요. 제가 문자 보냈는데 혹시 못 받으셨어요? 연락이 없어서 걱정했는데……."

설미가 잔뜩 미안한 얼굴로 말했다. 하지만 태홍은 싸늘한 얼굴로 입을 꾹 다문 채 자리에서 일어나 골목으로 향했다.

"아까 전화하니까 동료 형사분이 받던데, 손 다쳤다면서요. 많이 다쳤어요? 병원에선 뭐래요?"

"……."

자신을 투명 인간 취급하는 태홍의 태도에 기분이 상한 설미는 그의 뒤를 따라가며 속으로 중얼거렸다.

'나빴어. 걱정돼서 선생님이랑 저녁 식사도 제대로 못 하고 달려왔는데…….'

하지만 설미는 포기하지 않고 또다시 용기 내어 입을 열었다.

"서태홍 씨. 밥은 먹었어요? 안 먹었죠? 오늘 일 사죄의 의미로 제가 죽이라도 끓여 드릴……."

설미가 말끝을 흐렸다. 태홍이 자신을 매섭게 노려보고 있었기 때문이다.

"왜…… 왜 그렇게 봐요? 죽이 싫으면 밥을……."

"필요 없으니까 신경 꺼."

태홍이 싸늘하게 말했다. 설미가 두 눈이 동그래진 채 굳어 버리자 태홍은 그대로 뒤돌아 건물 안으로 들어가 버렸다.

혼자 골목 한가운데 덩그러니 남은 설미는 멍한 얼굴로 한참을 서 있다가 집으로 들어갔다.

"쌤! 늦으셨네요? 무슨 영화 봤어요?"

"어? 어…… 재밌는 거."

"밥은 뭐 드셨어요?"

"어? 맛있는 거……. 아, 피곤하다. 혜린아, 쌤 먼저 잘게."

설미는 가방을 벗어 던지고 침대 위에 쓰러지듯 엎드렸다. 그리고 손을 뻗어 머리맡에 있는 곰 인형을 끌어다 얼굴을 묻었다.

꼬르륵.

눈치 없는 배 속은 이 와중에도 스테이크 말고, 파스타 말고, 밥을 달라고 아우성이다. 설미는 모든 것이 속상했다. 배고픈 것도, 태홍의 차가운 눈빛도, 싸늘한 목소리도······.

"나쁜 놈······. 지 때문에 그 비싼 음식 제대로 먹지도 못하고 선생님도 버리고 달려왔더니, 나 좋아한다더니 순 개뻥이야. 좋아하는 여자를 누가 그렇게 살벌하게 쳐다보냐고. 속았어. 속은 게 분명해. 내가 너무 순진했지. 이제 안 믿을 거야. 아씨······ 왜 눈물이 나는 거야!"

괜히 억울한 마음에 설미는 자신도 모르게 눈물이 흘러내렸다. 눈물을 손으로 벅벅 닦고 상체를 일으킨 그녀는 인형을 구석으로 집어던져 버렸다. 하지만 바닥을 나뒹구는 인형을 보자 금세 마음이 약해졌다. 결국 그녀는 인형을 주워 들고 다시 침대에 걸터앉았다.

"그래. 네가 무슨 잘못이 있겠어. 미안."

그녀는 인형을 쓰다듬으며 자신의 마음도 함께 달랬다.

"쌤! 주무세요?"

"아니야. 들어와."

혜린이 조심스레 문을 열고 들어왔다.

"태홍 아저씨가 쌤 불러 달래요. 밖에서 기다리신대요."

"혜린아. 미안한데 쌤 잔다고 전해 줄래?"

"두 분 싸우셨어요?"

"그냥 피곤해서 그래. 부탁 좀 할게."

"네······."

혜린은 영 내키지 않은 얼굴로 밖으로 나갔다. 그리고 얼마 지나지 않아 혜린이 다시 문을 열었다.

"쌤. 아저씨가······ 나올 때까지 기다린대요."

그러든지 말든지. 신경 끄라고 할 땐 언제고. 쳇.

설미는 침대 위에 발라당 누워 버렸다.

"그럼 계속 기다리시라고 해. 난 안 나갈 거니까. 혜린아 너도 내일 아침 연습 있잖아. 피곤한데 얼른 자자."

설미는 두 눈을 질끈 감아 버렸다.

두 사람 사이에 무슨 일이 있었는지 전혀 알지 못하는 혜린은 설미를 복잡한 표정으로 보다가 거실로 나갔다.

그리고 얼마 후 또다시 문이 열렸다. 설미는 길게 한숨을 내뱉었다.

"왜. 서태홍 씨가 또 뭐라고 해? 이 야밤에 왜 애 잠도 못 자게 괴롭히는 거야? 하여튼 이기주의! 성격 파탄자! 혜린아, 신경 쓰지 말고 얼른 들어와서 누워. 빨리 자자."

태홍의 흉을 잔뜩 봤건만 혜린은 아무런 대꾸도 없었다. 애 앞에서 너무 심했나 싶어 설미는 살며시 눈을 떴다.

"으악!"

하지만 문 앞엔 혜린이 아닌, 태홍이 서 있었다. 설미는 상체를 벌떡 일으켰다.

"그, 그쪽이 왜 거기 있어요?"

"너한테 할 말 있어."

"듣고 싶지 않으니까 나가 주세요. 나도 더 이상 서태홍 씨 신경 쓰고 싶지 않아요."

하지만 그녀의 말을 무시하고 태홍은 방문을 닫았다. 그리고 천천히 그녀에게로 다가왔다.

"무, 문은 왜 닫아요? 그리고 스톱! 멈춰요. 오지 말라고요!"

당황스러워하는 그녀와 달리 태홍은 태연한 표정으로 손을 뻗어 설미의 얼굴을 어루만졌다.

이 남자가 미쳤나? 갑자기 왜 이래?

설미는 너무 놀라 피할 생각도 못 하고 그를 올려다보았다.

"지금 뭐 하시는 거예요? 왜 남의 얼굴을 막 만지고 그래요?"

"털 묻었어."

태홍은 설미의 얼굴과 눈썹에 묻은 인형 털을 떼어 보여 줬다.

에이 씨. 쪽팔려! 설미는 아랫입술을 꽉 깨물었다. 그런 그녀를 보며 그가 피식 웃었다.

이 남자, 이중인격자 아냐? 그가 웃자 설미는 그런 생각까지 들었다. 아깐 눈빛으로 사람 죽일 듯이 노려보더니, 갑자기 왜 웃어?

"손 다쳤다더니 머리가 어떻게 됐어요?"

"말 참 예쁘게 한다?"

"아무튼 할 말이 뭔데요? 얼른 하고 나가요."

"내일 저녁 6시 문화역으로 나와. 나 너랑 영화 볼 거야."

태홍은 안 나오면 죽여 버리겠다는 표정이었다.

무슨 영화 보자는 말을 저렇게 무섭게 해.

설미가 움찔했다. 그런 그녀를 빤히 쳐다보며 태홍이 하던 말을 계속했다.

"치마 입지 말고, 화장도 하지 말고, 그냥 평소처럼 거지같이 하고 나와."

"뭐……요? 거지? 이 사람이 진짜! 나 영화 안 볼래요."

그녀의 대답에 그가 단호하게 말했다.

"너 올 때까지 기다릴 거야."

아까 설미를 버려두고 집에 돌아온 태홍은 이제 정석범도 잡았으니 도청 장치를 없애려고 했다. 그러다 본의 아니게 도청기 전원이 켜져 그녀의 속마음을 들어 버리고 만 것이다.

설미가 아까 함께 있던 남자를 버려두고 달려왔다는 사실을 알게 되자 얼었던 마음이 눈 녹듯 녹아 버리고 말았다.

"임설미, 잘 들어."

"……."

"개뻥 아니야."

"……."

"나 너 좋아하는 거 맞아."

"지금 이거 고백하는 거예요?"

"아니. 경고하는 거야."

"……."

"앞으로 내 앞에서 딴 놈이랑 손잡고 돌아다니지 마."

경고라고 무섭게 말하던 그의 눈빛이 왠지 절실해 보였다.

11화

'나 너 좋아하는 거 맞아.'

그는 고백이 아니라 경고라고 했다. 하지만 경고라고 하기엔 무척 로맨틱한 말이었다. 어젯밤 자신을 바라보던 태홍의 눈빛과 그가 했던 모든 말들이 귓가에 수시로 울렸다.

하루 종일 넋이 나가 있는 설미를 육상부원들이 걱정스레 바라보며 수군거렸다.

"혜린아, 쌤 왜 저러는지 알아?"

혜린은 말없이 웃으며 스트레칭을 했다. 본의 아니게 어제 거실에서 두 사람이 나누는 대화를 들은 것이다. 혜린은 애타는 태홍의 마음도, 매번 핵직구를 날리는 태홍이 버거운 설미의 마음도 이해가 됐다.

"오늘은 오전 훈련만 하고 정리하자. 주장은 정리 끝내고 학생부실로 오고."

설미는 먼저 학생부실로 향하며 머리를 쥐어뜯었다. 자꾸만 어젯밤 일이 떠올라 미칠 것만 같았다.

그의 말투는 투박하고 거칠었지만 틀림없는 진심이었다.

'앞으로 내 앞에서 딴 놈이랑 손잡고 돌아다니지 마.'

어제 시내에서 차윤과 자신이 손잡고 있는 것을 태홍이 본 듯했다.

혹시 나랑 선생님 사이를 오해하고 질투한 건가? 하긴, 손까지 잡고 있었으니 오해할 법도 했다. 멋대로 약속을 깨서 이미 화가 잔뜩 났을 텐데, 불난 집에 기름을 끼얹은 격이었다.

어젯밤 집 앞에서 차갑게 굴던 태홍의 모습이 떠오르자 설미는 고개를 흔들었다. 질투를 무슨 그렇게 무섭게 하냐고. 그 얼굴은 다시는 떠올리고 싶지 않을 정도로 무서웠다.

그러다 문득 칼을 든 팔을 뒤로 감추며, 잔뜩 상처받은 눈빛으로 자신을 바라보던 그의 얼굴이 생각나 가슴이 따끔거렸다.

왜 이렇게 가슴이 답답하고 쓰리지? 눈물도 날 것 같아.

멍하니 학생부실에 들어온 설미는 책상 위에 엎드려 버렸다. 머릿속이 복잡해졌다.

"무슨 일 있어?"

설미가 고개를 들자 옆 테이블에 남정우 선생이 앉아 있었다.

"아, 맞다. 쌤! 저번엔 정말 죄송했어요."

설미는 문득 남정우 선생의 차를 빌려 빗속을 질주하던 그날이 떠올랐다.

그녀가 잔뜩 미안한 얼굴로 사과를 하자, 남정우 선생은 너그러운 표정으로 방긋 웃었다.

"괜찮아. 집에 급한 일 있었다며. 전화로도 그렇게 미안하다고 하더니. 그나저나 아픈 덴 괜찮아? 혜린이랑 설미 쌤 집으로 차 가지러 가면서 들었어. 많이 아팠다며. 설미 쌤 동네 간 김에 차라도 한잔할까 해서 전화했는데, 전화도 안 받고. 집에도 없고. 혜린이한테 물어봐도 말도 안 해 주고. 걱정 많이 했어."

"진짜 너무너무 죄송해요. 차도 직접 가져다드렸어야 했는데."

"괜찮아. 정 미안하면 나중에 크게 한턱 쏴."

"네. 꼭 그럴게요. 근데 오늘 학교엔 무슨 일로 나오셨어요?"

"무슨 일은. 설미 쌤 얼굴 보러 왔지."

"하하. 못난 얼굴을 뭐 하러……."

설미는 억지로 웃으며 농담을 건넸다. 하지만 그녀의 농담에도 남정우 선생의 표정은 진지했다.

"내가 설미 쌤 좋아하는 거 알지?"

"그럼요. 저도 쌤 조…… 존경해요."

말 많고 허세도 많은 남정우 선생을 존경할 리가 없었다. 가볍게 웃으면서 설미가 어떻게든 어색한 분위기를 넘겨 보려 했지만, 이번에도 역시 남정우 선생의 표정은 진지하기 짝이 없었다.

망했다…….

분위기 잔뜩 잡는 폼을 보니 눈치 없는 설미도 알 수 있었다. 이건 분명 고백각이었다. 어떡하지?

"내 차 있잖아. 그거 뽑은 지 얼마 안 된 차야. 근데 그 차 키를 설미 쌤한테 순순히 넘겨주는 내 자신을 보면서 이런 게 사랑이구나 했어."

갑자기 남정우 선생이 설미의 손을 덥석 잡았다.

"우리 진지하게 한번 만나 보는 게 어때?"

"저기…… 이 손 좀 놓고……."

설미는 최대한 남정우 선생이 기분 상하지 않도록 부드럽게 손을 빼냈다.

"정우 쌤. 미안해요……."

"왜? 혹시 애인 있어?"

"그건 아닌데요……."

"그럼? 좋아하는 사람이라도 있어?"

"……."

좋아하는 사람이 있냐는 남정우 선생의 물음에 왜 하필 어젯밤 딴 놈이랑 손잡지 말라던 태홍이 떠오른 것일까?

미쳤나 봐.

설미는 당황스러웠다.

반면 남정우 선생은 자신의 질문에 설미가 누군가를 떠올리며 얼굴이 발그레해지자 직감했다. 그녀에게 누군가가 있음을. 절망한 남정우 선생은 힘없이 자리에서 일어났다. 그리고 심통 난 얼굴로 설미를 향해 말했다.

"차에 흠집 났더라. 수리비 청구할게."

"네? 흠집이요? 거기다 수리비라니요? 아까는 그런 말 없으셨잖아요! 저기, 정우 쌤!"

쾅.

남정우 선생은 문을 부서져라 닫고 밖으로 나가 버렸다.

설미는 황당해서 말문이 막혔다. 아까는 차보다 내가 더 먼저였다며 사랑 어쩌고를 남발하던 사람이 차이자마자 갑자기 돌변해서 수리비를 청구한다.

이런 게 무슨 사랑이야!

아니다. 그것보다 지금 문제는 따로 있었다. 아까 좋아하는 사람이 있냐고 묻던 남정우 선생의 말에 차윤이 아닌 태홍이 먼저 떠오른 것이다.

설미는 도저히 이해할 수가 없었다. 분명 오래전부터 자신이 좋아해 온 건 차윤이었는데, 그것도 10년이나. 그런 차윤을 버리고 어젯밤 태홍에게로 달려간 것도 그렇고…….

'혹시…… 나도 그 남자를?'

설미는 책상 위에 엎드려 이마를 쿵쿵 찧었다.

"어떡해……. 맞나 봐. 미쳤어……. 난 뭐 이렇게 쉽게 넘어간 거야?"

드르륵. 드르륵.

그때 책상 위에 놓인 핸드폰이 진동했다. 화들짝 놀라 상체를 벌떡 일으킨 설미가 액정을 확인했다. '수갑'이라는 이름을 보자 심장이 미친 듯이 뛰기 시작했다.

설미는 고개를 절레절레 흔들며 간신히 정신을 가다듬은 후 통화 버튼을 눌렀다.

"여보세요?"

— 어디야?

"문화고 학생부실이요."

— 뭐 해?

"그냥 앉아서 쉬고 있어요. 근데 왜 전화하셨어요?"

— 오늘 6시에 뭐 할 거야?

"뭐 하긴요. 그쪽이 영화 보자면서요. 6시까지 문화역으로 나오라더니……. 우리 오늘 만나는 거 아니에요?"

— 맞아. 이따 봐.

뚝.

전화가 끊어졌다. 황당한 얼굴로 액정을 내려다보며 설미는 씩씩거렸다.

"뭐 이런 인간이 다 있어? 도대체 왜 전화한 거야? 설마…… 확인 전화 한 건가? 내가 까먹었을까 봐?"

"쌤!"

누가 자신을 부르는 소리에 설미가 돌아보자 은정이 뒤에서 걱정스러운 눈길로 그녀를 바라보고 있었다.

"무슨 일 있으세요? 웬 혼잣말을 그렇게 하세요?"

"어? 아니야. 정리는 다 했어?"

"네. 근데 밖에서 누가 쌤 찾는데요?"

"밖에? 누가……."

자리에서 일어나 창밖을 내다보던 설미의 표정이 굳어졌다. 화단 옆에 고급 세단이 주차되어 있었다. 몇 번이나 본 익숙한 차. 차윤의 모친 표나숙 여사의 차였다. 표 여사가 설미를 찾아올 때는 한가지 이유밖에 없었다.

때마침 핸드폰이 울렸다. 액정 속 '선생님' 세 글자를 가만히 내려다보던 설미는 그대로 핸드폰을 가방 속에 넣었다. 아무래도 차윤과 표 여사 사이에 문제가 있는 게 분명했다. 설미는 가느다랗게 한숨을 내쉬었다.

"은정아. 쌤이 일이 있어서 먼저 갈 테니까 애들 좀 부탁할게."

"네."

설미는 은정을 향해 애써 웃어 보이곤 밖으로 나갔다.

후텁지근한 날씨 때문인지 곧 마주할 표 여사의 표독스러운 얼굴 때문인지 숨이 턱 막혔다.

설미가 차 옆에 도착하자 차 문이 열렸다. 설미는 묵묵히 차에 올라탔다.

"너랑 어디 따로 가서 얘기할 시간도 아까우니까, 집으로 가면서 얘기하자."

표 여사의 말이 끝나기가 무섭게 곧 차가 출발했다.

"차윤이 귀국한 건 알고 있지?"

"네."

표 여사의 얼굴이 굳어졌다. 아들이 귀국하자마자 바로 병원에 출근해서 안심했더니, 어제 오후 갑자기 말도 없이 사라져 밤늦게 술이 떡이 된 채 집에 들어온 것이다.

"너 어제 우리 차윤이 만났니?"

"네."

설미의 솔직한 대답에 표 여사는 기가 차다는 표정으로 갑자기 흥분해서 소리쳤다.

"기어코 네가 우리 차윤이를 망칠 셈이지?"

"제가 무슨 수로 선생님을 망쳐요? 그럴 이유도 없고요."

"뭐? 무슨 수로 망쳐? 걔가 병원 그만두고 이 촌구석에 재활센터를 개원한다더라. 이러고도 네가 망친 게 아니야?"

파르르 떨며 소리를 지르는 표 여사의 말에 설미도 놀랐다. 문득 어제 중요하게 할 말이 있다며 머뭇거리던 차윤의 모습이 떠올랐다.

그게 개원 얘기였나? 근데 갑자기 개원은 왜…….

"너 때문이야!"

"……."

"또 불쌍한 척, 가여운 척 연기했겠지. 차윤이 걔가 그런 거 보고 지나칠 애가 아니라는 거 잘 알 테니까. 너! 정신 차려! 딱 거기까지야. 주제도 모르고 헛꿈 꾸지 말고, 차윤이 병원 그만두지 못하게 네가 설득해."

"제가 왜요?"

"왜라니? 이게 다 너 때문이잖아! 걔가 뭐가 아쉬워서 이런 곳에

센터…… 그것도 재활센터를 개원하겠어? 네 다리 고쳐 준다고 차 팔고, 땅 팔고……. 하다못해 이젠 병원까지 차린단다. 네가 부모라고 생각해 봐. 속이 안 터지겠어?"

표 여사는 복장이 터지는지 가슴을 치며 토로했다. 설미는 평소였다면 묵묵히 앉아 표 여사의 화풀이 대상이 되어 줬겠지만, 더는 참을 수 없었다. 설미는 주먹을 꽉 쥐고 말했다.

"저는 저 때문이라고 생각 안 해요. 분명 문화시에 재활센터를 개원하려는, 선생님 나름의 계획이 있으신 거라고 믿어요. 그리고 사모님, 저요, 이제 어린애 아니에요. 화나신다고 이렇게 집도 아닌 직장으로 찾아오시는 거 굉장히 불쾌해요."

설미가 다부진 얼굴로 말대꾸를 하자, 표 여사는 당황했는지 일부러 더 큰소리쳤다.

"너 옛날엔 안 그러더니, 크면 클수록 네 언니를 닮아 가는구나!"

'언니'라는 단어에 설미의 표정이 굳어졌다. 언니가 말했었다. 표 여사가 교도소까지 찾아왔었다고. 돈을 줄 테니 선생님에게서 나를 떨어뜨려 달라며 거래하려 했다고. 그때 언니는 표 여사에게 1억 원을 요구했고, 표 여사는 도망갔다고 했다.

설미는 돈이면 뭐든 다 될 거라고 생각하는 언니와 표 여사 두 사람 모두 상종도 하기 싫었다.

"똑같네. 어른한테 눈 동그랗게 뜨고 대드는 게 아주 똑 닮았어. 네 언니가 나 만난 얘기 했지?"

설미와 차윤을 떨어뜨려 주면 돈을 주겠다고 했더니 새파랗게 젊은 계집애가 꺼지라며 침을 뱉었다. 그날의 굴욕적인 순간이 떠오른 표 여사는 부들부들 떨었다.

"이래서 피는 못 속이지. 네 제자들은 아니? 네 애비랑 언니가 전과자인 거?"

"……."

"마지막 경고야. 우리 차운이 원래대로 돌려놔. 그러지 않으면 나도 가만 안 있어. 알았니? 황 기사. 당장 차 세워!"

차가 급정거했다. 갑자기 몸이 앞으로 쏠리자 표 여사가 잠시 당황하더니, 재빨리 옷매무새를 바로 하며 설미를 흘겨보았다.

"뭘 그렇게 보고 있어? 빨리 내리지 않고!"

"사모님. 저도 경고 하나 드릴게요. 선생님 일로 다시는 저 찾아오지 마세요. 안 그럼 저도 가만 안 있어요."

"가만 안 있으면 뭐!"

"선생님 진짜로 꼬셔 버릴 거예요. 사모님 그거 가장 무서워하시잖아요."

"뭐야? 이 미친 계집애가!"

표 여사가 손을 높이 들자 설미가 손날로 표 여사의 손목을 가볍게 쳐 냈다. 표 여사가 놀라 손목을 감싸 쥐었다.

"이게 감히 누구 몸에 손을 대! 어디 주제도 모르고!"

"그러니까요. 주제도 모르고 날뛰게 만들지 말아 주세요. 그럼 먼 길 오시느라 피곤하셨을 텐데 얼른 돌아가서 쉬세요. 그리고 건강하세요. 오래오래."

쾅!

설미는 문을 세게 닫고 차에서 내려 버렸다. 그리고 뒤도 돌아보지 않고 무작정 앞으로 걸었다. 그러다 골목 모퉁이를 돌자마자 걸음을 멈췄다. 벽에 몸을 기댄 채 설미는 두 눈을 꽉 감았다.

어떻게 보면 10년 세월 동안 차운과의 좋은 추억보다 표 여사와의 나쁜 기억이 더 많았다. 어렸을 적엔 표 여사가 이유도 없이 때리고, 수술을 앞두고 병원에서 쫓아내고, 다니던 대학까지 찾아와 개망신을 줘도 꾹 참았다.

표 여사가 차윤의 모친인 이유도 있었지만, 차윤과 별개로 설미에게 표 여사는 첫 번째 후원인이었다. 물론 아들 차윤의 성화에 못이겨 설미를 후원하게 된 거였겠지만, 어쨌든 표 여사가 처음부터 설미에게 악독했던 건 아니었다.

집에 도착한 설미는 소파에 앉아 다시 생각에 잠겼다.

표 여사의 태도가 어느 날부터 확 바뀌었는데, 그게 언제부터였더라? 아무리 생각해 봐도 그 시점이 떠오르지가 않았다.

아, 머리 아파. 그만 생각하자.

설미는 생각하기 싫은 일을 겪은 후엔 늘 잠이 쏟아졌다. 꿈속으로라도 도망치고 싶은 간절한 마음 덕분인가. 표 여사와의 만남에 몸과 마음이 지칠 대로 지친 설미는 그렇게 까무룩 잠이 들고 말았다.

□　■　□

"쌤! 들어가서 주무세요."

혜린이 소파에서 자고 있는 설미를 흔들어 깨웠다. 설미는 힘겹게 두 눈을 떴다가 안 되겠는지 다시 눈을 감고 중얼거렸다.

"혜린아. 지금 몇 시야?"

"6시 반이요."

"뭐? 으악. 어떡해!"

설미가 두 눈을 번쩍 떴다. 도대체 몇 시간을 잔 거야? 헐레벌떡 자리에서 일어난 그녀는 가방을 챙겨 들고 현관으로 달려 나갔다.

골목을 날듯이 내려와 택시에 올라타자마자 가방 속에서 핸드폰을 꺼냈다.

"앗. 뜨거!"

핸드폰이 뜨거워져 있었다. 액정을 켜서 확인해 보니, 부재중 전화 30통이 찍혀 있었다.

어떡하지? 이 남자 또 화난 거 아니야?

설미는 떨리는 마음으로 통화 버튼을 조심스레 눌렀다.

— 죽을래?

역시 그는 화가 잔뜩 나 있었다. 설미는 지은 죄가 있어 꿀 먹은 벙어리가 되었다.

— 지금 어디야.

이미 혜린에게 설미가 소파에서 퍼 자고 있었다는 정보를 입수한 태홍은 이를 악물고 다시 말했다.

— 어디냐고.

"문화역 근처예요. 이제 곧 내려요."

"아가씨. 문화역 도착하려면 한참 멀었어."

눈치 없는 택시 기사의 말을 스피커 너머로 들었는지 태홍이 한숨을 길게 내뱉었다.

— 너 왜 거짓말하냐? 이제 출발한 주제에, 뭐? 다 와 가?

"미안해요. 소파에 앉아 있다가 깜빡 잠이 들어서……. 대신 제가 저녁 살게요."

— 당연한 거 아니야?

"아무튼 미안해요. 어차피 기다릴 거 좋은 맘으로 좀 기다려 줘요. 인상 펴고."

태홍이 지금 어떤 표정을 하고 있을지 눈에 선했다. 보나 마나 잔뜩 인상 구기고 있겠지.

예상한 대로였던 듯 태홍은 뭔가 찔리는 듯한 어투로 툴툴거렸다.

— 너나 제대로 와. 괜히 뛰어오다 다쳐서 여러 사람한테 민폐 끼치지 말고.

"……."

설미는 오늘따라 태홍의 언어가 다르게 들렸다.

'난 괜찮으니까 걱정 말고 천천히 와. 괜히 빨리 오려다 넘어져서 다칠라.'

퉁명스러웠지만 그의 말엔 저를 걱정하는 마음이 듬뿍 담겨 있었다. 설미는 가슴이 두근거렸다.

"알았어요. 조심해서 갈게요. 이따가 봐요."

뚝.

말이 끝나기도 전에 전화가 끊겼다.

"하여튼 성격 급하다니까."

설미는 핸드폰 액정을 내려다보며 중얼거렸다. 그러다 낮에 온 문자 한 통을 발견했다. 발신자는 차윤이었다.

[통화하기 어렵네? 문자 보면 전화 좀 해 줄래?]

잠시 머뭇거리던 설미는 답장 버튼을 누르고 메시지를 작성했다.

[선생님 죄송해요. 지금 친구 만나러 밖에 나왔어요. 오늘 통화는 힘들 것 같아요. 내일 전화드릴게요.]

고민에 고민을 거듭하여 완성한 메시지를 전송하고서야 드디어 문화역에 도착했다. 택시에서 내린 설미는 두리번거리며 태홍을 찾기 바빴다.

"야."

그때 뒤에서 누군가 그녀의 어깨를 잡아당겼다. 그녀가 놀라 뒤로 돌았다.

"누……구세요?"

"장난하냐?"

왁스로 깔끔하게 넘긴 머리. 덕분에 태홍의 반듯한 이마가 보기 좋게 드러나 있었다. 거기다 왠지 그의 키가 평소보다 한층 더 커진 것 같았다.

가만 보니 그가 구두를 신었다. 그가 구두 신은 모습은 처음 봤다. 머리 스타일 바꾸고 구두 하나 신었을 뿐인데 마치 딴사람 같았다.

설미는 갑자기 자신이 초라하게 느껴졌다. 핑크색 트레이닝복에 흙 묻은 운동화를 내려다보던 설미는 태홍에게서 한 발자국 뒤로 물러섰다.

"정말 거지같이 하고 나왔네?"

"이 사람이! 어제부터 왜 자꾸 거지래? 이렇게 예쁜 거지 봤어요?"

"어. 여기."

태홍이 무표정한 얼굴을 한 채 손가락으로 설미를 가리켰다. 전혀 예상치 못한 태홍의 답변에 설미가 얼어 버렸다.

태홍도 민망했는지 휙 뒤로 돌아 성큼성큼 영화관 건물로 들어가 버렸다. 그녀는 뒤늦게 정신을 차리고 그의 뒤를 재빨리 쫓아갔다.

여기라는 게 '예쁘다'는 말이었을까, '거지' 같다는 말이었을까? 애매하다.

태홍은 기다리는 동안 미리 표를 받아 놨는지 상영관으로 바로 향했다. 뒤따라가던 설미가 그의 옷자락을 잡아끌었다.

"팝콘이랑 콜라는요?"

"난 영화 볼 때 뭐 안 먹어."

"난 먹고 싶은데……. 한 번도 안 먹어 봤어요."

상영관으로 들어가려던 태홍은 그녀의 말이 끝나기가 무섭게 방향을 바꿔 스낵 코너로 향했다. 잠시 후 팝콘과 콜라뿐 아니라 소시지, 나초, 핫바까지 골고루 트레이에 담아서 들고 오는 태홍을 설미가 반갑게 맞이했다.

"오예!"

트레이 위에 가득 쌓인 음식들을 보며 콧노래 부르는 설미를 태홍이 뿌듯하게 바라봤다. 그러다 그녀가 고개를 돌리자 재빨리 시선을 피하고 상영관으로 향하며 툭 던지듯 말했다.

"잡아."

"네?"

"잡을게."

태홍은 그녀의 손을 꽉 잡고 상영관 안으로 들어갔다. 거침없는 행동과 달리 태홍의 귀가 빨개져 있었다. 그런 그의 옆얼굴을 바라보던 설미의 얼굴도 덩달아 빨개졌다.

수줍은 얼굴로 태홍의 손에 이끌려 가던 설미의 표정이 갑자기 굳어졌다. 상영관 안은 앞이 간신히 보일 정도로 어두웠다. 영화가 곧 시작될 모양이었다.

폐쇄된 공간, 어둠……. 설미가 가장 두려워하는 것들이었다. 그 탓에 10년 전 사고 이후 한 번도 와 볼 엄두를 못 냈던 영화관에 누군가와, 그것도 이렇게 손을 잡고 오게 될 줄은 꿈에도 몰랐다.

그녀의 손에서 작은 떨림을 느낀 태홍은 손에 더욱 힘을 주었다. 그리고 그녀를 끌어당겨 자리에 앉혔다.

"괜찮아?"

"네. 그러니까 이제 손 좀 놓을까요?"

"싫어."

"저…… 팝콘 좀 먹게요."

하지만 태홍은 설미의 손을 놓지 않았다. 대신 반대쪽 손으로 팝콘을 한 움큼 쥐어 그녀의 입속에 쑤셔 넣어 주었다.

"으으읍……."

태홍을 노려보던 설미는 우걱우걱 팝콘을 먹으며 중얼거렸다.

"이 남자가 진짜……."

"조용히 해. 영화 시작한다."

태홍의 말이 끝나자마자 곧 영화가 시작되었다.

그녀는 어둠에 들어섰을 때의 긴장은 온데간데없이 영화를 보며 내내 박장대소했다. 어쩌면 코미디 영화를 고른 건 그의 배려였을지도 모른다는 생각이 들었다.

'도대체 이 남자 뭐야? 무슨 이런 식으로 감동을 주고 그러냐? 눈물 나게.'

설미는 태홍의 옆얼굴을 흘끔 훔쳐보았다. 스크린 조명을 받은 탓인지, 아니면 그에게 호감이 있어선지 태홍의 얼굴이 오늘따라 빛이 나 보였다. 이마를 시원스럽게 드러낸 그는 정말 매력적이었다. 너무 떨려서 눈도 제대로 못 마주칠 정도로.

콩닥콩닥.

설미는 심장이 터지기 일보 직전이었다. 급기야 손까지 덜덜 떨렸다. 이 떨림을 태홍에게 들키기 싫었던 설미는 태홍이 잡고 있는 자신의 오른쪽 손을 꼼지락거렸다.

이제 그만 놔줬으면 좋겠는데…….

하지만 그녀의 마음과 반대로 태홍이 고개를 돌려 그녀를 빤히 바라보더니, 손을 놓아주기는커녕 아예 손깍지를 껴 버렸다. 설미는 긴장해서 꼴깍 침을 삼켰다.

꽉 맞물린 손가락 사이가 간질거렸다. 뜨거운 열기가 손끝에서부터 얼굴까지 순식간에 피어올랐다. 금방이라도 가슴이 터져 버릴 것만 같았다.

쿵쿵쿵.

설미의 심장이 더 세게 뛰기 시작했다.

□　■　□

"왜 째려봐?"

스테이크를 썰던 태홍이 말했다. 그러자 설미가 그를 흘겨보며 투덜거렸다.

"너무한 거 아니에요?"

"뭘."

"이 스테이크 여기서 제일 비싼 건데……. 지각 한 번 했다고 이거 너무하잖아요. 교사 월급이 얼마나 된다고……."

"지각 한 번? 사람을 길에서 한 시간 넘게 기다리게 해 놓고선. 그리고 어제……."

"아아. 알았어요! 미안해요. 제가 쏠게요. 됐죠? 어서 많이 드세요."

설미는 태홍이 어제 일을 꺼낼까 봐 조바심이 났다. 셔츠 소매 사이로 상처를 덮은 흰색 거즈가 보여 괜히 죄책감이 밀려왔다.

소독은 제대로 했나? 여름이라 상처 덧나기 쉬운데.

설미는 걱정스러운 얼굴로 물을 들이켜다가, 통장에 잔고가 얼마나 남아 있는지, 코스 두 개에 부가세 포함 얼마인지 머릿속으로 계산했다. 그리고 먹지도 않고 생각에 잠긴 그녀의 모습에 태홍은 미간을 찌푸렸다.

"너한테 내라고 안 해. 빨리 먹어."

"아니에요. 제가 사기로 했잖아요. 제가 살게요……."

"마음에도 없는 소리 하지 말고, 넌 2차에서 내."

"우리 2차도 가요?"

"왜? 싫어?"

"아니요. 완전 좋죠! 그럼 2차는 제가 꼭 쏠게요!"

흙빛이던 그녀의 얼굴이 금세 환해졌다. 그제야 본격적으로 먹을 준비에 나선 설미는 양손에 나이프와 포크를 들었다. 고기를 한입 크기로 크게 썰어 입속에 넣자, 감탄사가 절로 나왔다.

"우와, 어제 먹었던 것보다 훨씬 맛있다."

입안에서 고기가 사르르 녹는 게 일품이었다. 감격에 찬 얼굴로 맛있다는 소리를 연발하며 설미는 콧노래까지 불렀다. 그러다 문득 시선이 느껴져 고개를 들었다.

무슨 일인지 태홍이 뭔가 잔뜩 불만이 있는 얼굴로 그녀를 빤히 쳐다보고 있었다.

"왜 그렇게 봐요? 아하. 조용히 먹으라고요?"

"너 어제 여기 왔었냐?"

"아, 네. 잠깐 왔다가……."

'그쪽 다쳤다는 소리에 걱정돼서 후식도 제대로 못 먹고 나왔다.' 라고 말하며 생색을 내려던 설미는 왠지 쑥스러워져서 말을 돌렸다.

"근데 서태홍 씨는 양식 안 좋아하잖아요. 이런 덴 어떻게 알고 온 거예요?"

검색했다. 문화시에서 가장 비싸고 분위기 좋은 음식점이 어디인지 검색하니까 이 레스토랑이 나왔다. 보나 마나 어제 그녀와 함께 밥을 먹은 그 남자도 같은 이유로 검색을 했을 테지.

태홍은 어쩐지 그 남자와 동급이 된 것 같은 기분이 들어 묘하게 자존심이 상했다.

"어제 그 남자랑은 무슨 사이야?"

고기를 맛있게 먹던 설미가 다시 고개를 들더니, 한 템포 늦게 대답했다.

"저한텐 은인 같은 분이세요."

"남자 대 여자는 아니다? 맞아?"

"지금 저 취조하는 거예요?"

"은인이랑 손은 왜 잡고 다니는데?"

"이봐요. 서태홍 씨."

"너 10년째 그 남자 짝사랑 중이라며."

설미의 두 눈이 휘둥그레졌다. 단 한 번도 태홍 앞에서 차윤을 언급한 적이 없었다. 하지만 그는 이미 모든 걸 다 알고 있는 눈치였다. 관장님에게 들은 걸까?

"대답해. 그 남자 아직도 좋아해?"

차윤을 아직도 좋아하냐고 묻는 태홍의 질문에 설미는 대답을 망설였다. 오랜 시간 좋아했던 사람이고, 현재는 아니라고 말해야 할까? 어쩐지 전자도 후자도 모두 거짓말같이 느껴졌다.

그녀의 대답을 기다리던 태홍은 작게 한숨을 내뱉었다.

"넌 다른 건 다 헐렁하고 실수도 많으면서, 왜 내 고백엔 실수도 안 하냐? 왜 그렇게 생각이 많으냐고. 내가 정말 별로야?"

"아니요!"

너무 솔직하게 반응하고 말았다. 설미는 자책하며 입을 꾹 다물었다.

'이러면 안 돼. 어차피 나와는 어울리지 않는 사람이야.'

그녀가 애써 마음을 다잡고 입을 열었다.

"서태홍 씨, 미안해요……."

태홍의 표정이 순식간에 굳어졌다.

"저도 서태홍 씨 좋아해요. 하지만 제 감정이…… 서태홍 씨랑 같은 것인지는 잘 모르겠어요."

충격을 받은 듯 태홍은 아무런 말이 없었다. 그래서 설미는 열심히 말을 덧붙였다. 마치 변명이라도 하듯이.

"저, 사실, 서태홍 씨한테 자꾸만 기대고 싶고 곁에 두고 싶고 그래요. 그치만, 그건…… 제가 위험하고 아플 때마다 서태홍 씨가 자꾸만 나타나서 구해 주고 도와주니까…… 그래서가 아닌가 싶어요. 저 너무 충동적이고 이기적이죠? 그러니까…… 서태홍 씨를 좋아하긴 하지만, 지금 제 마음은 서태홍 씨와 같은 색깔은 아닐 것 같아요. 그러니까……."

태홍이 한숨을 작게 내쉬었다. 희미하게 흔들리는 그의 눈빛에 설미의 머릿속이 하얘졌다.

상처받았나? 받았겠지?

"알았으니까 밥이나 먹어."

태홍의 이마에 '오늘 나 건드리면 죽어.'라고 쓰여 있었다. 그는 무섭게 얼어붙은 표정으로 물을 들이켰다.

설미는 죄지은 사람처럼 고개 숙인 채 고기를 먹기 시작했다. 아깐 그렇게 맛있던 고기가 어찌나 퍽퍽하고 질긴지, 이 레스토랑은 로맨틱하긴커녕 결국 두 번 모두 최악의 장소가 되고 말았다.

두 사람은 어색한 분위기 속에 겨우겨우 식사를 마치고 자리에서 일어났다.

"제가 계산할게요!"

설미는 직원을 향해 재빨리 카드를 내밀었다. 하지만 급하게 내미는 바람에 카드가 손에서 빠져 카운터 테이블 밑으로 들어가 버렸다.

"앗. 어떡해!"

설미는 황급히 쭈그리고 앉아 테이블 밑으로 손을 뻗어 카드를 찾았다. 그동안 태홍은 계산을 마치고 먼저 밖으로 나가 버렸다.

간신히 카드를 꺼낸 그녀는 총총걸음으로 그의 뒤를 따라갔다. 본의 아니게 태홍의 뒤태를 감상하며 걷게 됐다.

얇은 셔츠를 입어서 그런지 그가 움직일 때마다 등 근육이 적나라하게 드러났다. 운동으로 다져진 탄탄한 허벅지, 범죄자들을 짓밟거나 뒤쫓을 때만 쓰는 줄 알았던 길게 뻗은 다리가 오늘따라 왜 저렇게 섹시한지…….

'비율 한번 끝내주네.'

지금 뭐 하는 거야, 임설미! 정신 차려. 후회하면 안 돼.

설미는 고개를 절레절레 흔들었다. 그러곤 태홍을 불렀다.

"서태홍 씨! 저는 여기서 버스 타고 갈게요."

앞서 걸어가던 태홍이 걸음을 멈추고 돌아보자 설미가 어색하게 웃었다. 그가 미간을 찌푸리며 설미에게 다가왔다.

"갑자기 버스는 왜?"

"밥도 얻어먹고, 차까지 얻어 타고 가는 건 너무 양심이 없는 것 같아서요."

"너 원래 양심 없잖아."

설미가 그를 살짝 흘겨보았다.

"너 지금 나 째려보는 거냐? 날 찬 주제에?"

"아니요. 그럴 리가요."

그녀는 찢어진 눈을 재빨리 반달 모양으로 접었다. 배시시 웃는 그녀의 얼굴을 빤히 쳐다보던 태홍이 퉁명스럽게 대꾸했다.

"왜 웃어? 뭘 잘했다고 웃느냐고."

태홍의 반응에 금세 의기소침해진 설미가 개미 목소리로 말했다.

"미안해서요……."

"미안하면 술 한잔 사든가."

"술이요?"

"왜? 이것도 거절하게?"

"아니요! 좋아요. 제가 2차 쏘기로 했잖아요. 어서 가요!"

이내 그녀의 얼굴에 화색이 돌았다. 그런 그녀를 묘한 시선으로 바라보던 태홍은 다시 주차장 쪽으로 향했다. 설미는 그를 뒤따라가며 가슴을 쓸어내렸다.

사실, 내심 걱정했었다. 남정우 선생처럼 태홍도 차이고 나서 돌변하면 어쩌나, 하고. 정말 이기적인 생각이지만 태홍과는 그냥 평범한 이웃 주민으로 앞으로도 쭉 잘 지냈으면 했다.

좀 더 솔직하게 말하자면 태홍과 연애를 시작할 자신이 없었다. 그는 모르겠지만 그와 나 사이엔 넘지 못할 큰 산이 하나 있기 때문이다. 그 산을 떠올리니, 역시 거절하길 잘했다는 생각에 설미는 한숨을 길게 내쉬었다.

□ ■ □

"이모! 여기 소주 한 병 더요!"

설미는 내일이 없는 사람처럼 술을 마셨다. 좀 전에 허겁지겁 먹던 잔치국수 면발을 머리카락에 붙인 채 주문하는 설미를 보던 태홍은 웃음이 터져 버렸다.

설미는 태홍이 자신을 지그시 바라보다 웃자 괜히 가슴이 저렸다.

"서태홍 씨…… 괜찮아요? 내가 거절해서 기분 많이 상했……."

"괜찮아. 보면 몰라?"

설미는 태홍의 얼굴을 빤히 들여다보았다. 상처받은 얼굴을 기대한 건 아니지만, 너무 멀쩡하니까 묘하게 기분이 나빴다. 오히려 평소보다 더 혈색도 좋고, 머리도 스타일링해서 그런지, 잘생기긴 더럽게 잘생겼다.

어느 순간 태홍의 외모 감상을 하고 있던 설미는 어쩐지 자신이 초라하게 느껴졌다. 저도 모르게 머리카락을 쥐어뜯었더니, 덕분에 머리카락에 붙어 있던 면발이 테이블 위에 툭 털어졌다.

그 모습을 본 태홍은 또다시 웃음이 터지려 했다. 하지만 지금 이 타이밍에 웃을 순 없었다. 그는 웃음을 참으려 소주를 원샷했다.

반면 설미는 진지한 얼굴로 말했다.

"아무튼…… 서태홍 씨. 인생 길어요. 서태홍 씨라면 좋은 여자 만나실 거예요."

그러면서 설미는 소주를 제 잔에 가득 따랐다. 그 표정이 왠지 시무룩해 보였다. 그녀가 잔을 곧바로 입으로 가져가려는데, 태홍이 뺏어 들었다.

"너 그만 마셔."

"왜요?"

"여기서 더 취하면 위험할 텐데?"

"위험하긴 뭐가 위험해요. 그리고 술은 원래 취하려고 마시는 거예요."

"임설미, 잘 들어."

"뭘요?"

"남자가 여자한테 술을 마시자고 했어. 그것도 차인 남자가. 이 남자의 목적이 뭘 것 같아?"

곰곰이 생각에 잠겨 있던 설미가 크게 답했다.

"취하고 싶은 거죠! 차여서 속상하니까."

"넌 내가 속상해 보이냐?"

"아니요. 전혀요."

오히려 속상한 건 자신이었다. 왜 차인 건 저 남자인데, 속상해하는 것은 그를 찬 자신인지 설미는 알 수 없었다.

"마셔."

갑자기 태홍이 아까 뺏어 갔던 잔을 그녀에게 내밀었다. 좋다고 잔을 받아 드는 설미를 향해 그가 말했다.

"나 오늘 너 집에 안 보낼 거야."

"컥! 캑캑⋯⋯."

소주를 마시던 그녀가 황급히 잔을 내려놓았다. 입가를 타고 흘러내리는 소주를 손등으로 닦으며 설미는 그를 황당한 얼굴로 바라보았다.

꼿꼿한 자세로 앉아 있는 태홍의 표정이 한없이 진지했다. 그가 다부진 눈빛으로 설미를 빤히 쳐다봤다. 그 시선이 너무 뜨거워 설미의 얼굴이 빨개졌다.

"잘생긴 청년! 바닥에 뭐 떨어졌어."

두 사람 사이에 찬물을 끼얹은 건 포장마차 주인아주머니였다. 옆 테이블에 서빙을 하고 카운터로 향하던 아주머니가 태홍의 발밑에 떨어진 물건을 가리켰다.

설미가 상체를 숙여 물건을 주웠다. 작은 상자였다. 설미는 상자를 태홍에게 내밀었다.

"이게 뭐예요?"

"몰라."

"서태홍 씨 거 아니에요?"

"아니야."

웬일인지 귀까지 벌게진 그가 갑자기 자리에서 벌떡 일어났다.

"여긴 네가 산다고 했지? 계산하고 나와."

그는 황급히 밖으로 나가 버렸다. 설미는 황당한 표정으로 짐을 챙겨 카운터로 향했다. 그러곤 계산을 하며 아주머니에게 상자를 내밀었다.

"아줌마. 이거 저 사람 거 아니라는데요?"

"아니긴 뭐가 아니야. 내가 그 청년 주머니에서 떨어지는 거 똑똑히 봤는데."

그런데 저 남자는 왜 아니라고 했을까? 설미는 고개를 갸웃거리며 조심스레 상자를 열어 보았다. 반지였다. 설미는 순간 여러 생각이 들었다.

삼겹살이나 먹자는 자신의 말에 태홍은 바득바득 우겨서 고급 레스토랑으로 끌고 갔다. 식사를 하면서도 계속 주머니 속에서 뭔가 꺼내려다 말고 머뭇거리던 그의 모습도 떠올랐다.

아무래도 오늘 태홍은 자신에게 제대로 고백을 하려 했던 모양이다. 반지까지 주면서. 그것도 모르고 그가 반지를 꺼내기도 전에 거절해 버렸다. 설미는 태홍에게 더욱더 미안한 마음이 들었다.

설미가 밖으로 나오자 태홍은 담배를 태우며 기다리고 있었다. 수심이 가득한 얼굴로 서 있던 태홍은 설미를 발견하자 그제야 골목을 향해 걷기 시작했다. 설미는 달려가 태홍의 손에 상자를 쥐여 주었다.

"이거 서태홍 씨 거 맞잖아요."

태홍은 다시 상자를 그녀에게 내밀었다.

"가져."

"제가 이걸 어떻게 받아요. 못 받아요."

그녀가 손사래를 치자, 태홍은 망설임도 없이 상자를 가로등 밑 쓰레기 더미 속으로 던져 버렸다. 설미가 화들짝 놀라 소리쳤다.

"으악! 지금 뭐 하는 거예요?"

그녀는 가로등 밑으로 뛰어가 쓰레기 더미를 파헤쳤다. 그러곤 냉큼 상자를 주워 들어 옷으로 닦았다.

그 모습을 바라보던 태홍은 속에서 뭔가가 울컥했다. 그는 그것을 억누르며 낮은 목소리로 말했다.

"더럽게 그걸 왜 주워?"

"더럽다니요! 비싸게 주고 산 것 같은데……."

"그게 무슨 상관이야. 주인이 안 가지면 그냥 쓰레기야."

태홍이 쌀쌀맞게 말하곤 뒤돌아 걸었다.

아우씨. 저놈의 성질머리! 콱!

설미는 주먹을 쥐어 그를 향해 날리는 시늉을 했다. 그 순간, 태홍이 멈춰 섰다. 설미는 제 말이 들렸나 싶어 깜짝 놀랐다. 하지만 뭔가 이상해 당황해 하며 태홍의 앞쪽을 보니, 빌라 앞에 차윤이 서 있었다.

"설미야!"

차윤은 태홍을 지나쳐 설미에게로 달려왔다.

"선생님이 여긴 어쩐 일이세요?"

설미는 태홍의 눈치를 보며 차윤과 대화했다. 태홍이 삐딱하게 서서 자신을 빤히 노려보고 있었기 때문이다.

설미가 안절부절못하는 것을 본 차윤도 그녀의 시선을 따라 뒤쪽을 보았다. 조금 떨어진 곳에 낯선 남자가 서 있었다.

"누구야?"

차윤이 설미의 귓가에 속삭였다. 설미는 뭐라고 소개해야 할까 망설이다 작게 얘기했다.

"앞집에 사는 분이요."

설미의 대답을 듣자마자 차윤은 미소를 지으며 태홍에게 다가갔다.

"안녕하세요."

"……."

하지만 태홍은 아무런 대답도 하지 않았다. 차윤은 무안한 기색으로 설미를 향해 물었다.

"이 시간까지 같이 있었던 거야?"

"네. 같이 저녁 먹었어요."

차윤은 다시 태홍 쪽으로 시선을 돌렸다. 그러곤 손을 내밀어 악수를 청했다. 태홍은 그 손을 가만히 내려다보다가 인사도 없이 건물 안으로 들어가 버렸다. 차윤은 당황스러워하며 고개를 갸웃거렸다.

"왜 저러시지?"

"하하. 그게 그러니까, 저분이 오늘 기분이 좀 안 좋으시거든요. 이해해 주세요. 근데 선생님 이 시간에 무슨 일 있으세요?"

"그냥…… 너 원래 밤에 무서워서 밖에 잘 안 나가잖아. 근데 다 저녁때 친구 만나러 나왔다고 하니까, 무슨 일이 있는 건 아닐까 걱정돼서……. 혹시 술 마셨어?"

설미가 입을 가렸다.

"죄송해요. 술 냄새 나죠?"

"괜찮아. 그치만 이렇게 밤늦게 돌아다니지 마. 위험해."

"걱정하지 않으셔도 돼요. 앞집에 경찰 아저씨 살거든요."

"아까 그분?"

"네! 싸움 엄청 잘해요. 딱 봐도 그렇게 생기지 않았어요? 이 구역에 그분이 사는 한 도둑 걱정은 안 해도 돼요."

그녀가 자랑하듯 으스대자 차윤은 아까 봤던 남자를 떠올렸다. 딱 봐도 잘생겼다. 경찰이라더니 몸도 좋아 보였다. 괜히 경쟁의식을 느낀 차윤은 그래도 밤늦게 돌아다니면 위험하다며 재차 강조했다.

"알았어요. 조심할게요. 근데 선생님……."

"응?"

"병원 그만두신다면서요?"

잠시 아무 말도 없던 차윤이 무겁게 입을 열었다.

"어머니가 찾아가셨구나?"

"……."

"미안해. 다시는 그러시지 않도록 할게. 진짜 미안하다……."

설미는 짧게 한숨을 내쉰 후, 고개를 살짝 저었다.

"전 괜찮아요. 근데 선생님이야말로 무슨 일 있어요?"

설미는 걱정스레 그를 올려다보았다. 그는 평소처럼 해사하게 웃고 있었지만 어딘가 쓸쓸해 보였다.

"다음에 얘기하자. 일단 오늘은 너 무사히 집에 들어온 거 봤으니까 됐어. 이제 마음이 좀 놓이네. 근데 설미야……."

"네."

"나한테 화나거나 우리 어머니한테 섭섭한 일이 있더라도, 내 전화는 꼭 받아. 걱정했잖아."

하루 종일 설미와 연락이 안 되는 통에 차윤은 걱정돼 미칠 것 같았다. 결국 중요한 세미나도 미루고 달려온 차윤이었다.

차윤은 겉으로 티를 내지는 않았지만, 연락이 안 되는 동안 설미가 다른 남자와 함께 저녁을 먹고, 술까지 마시고 있었다는 사실에 충격을 받았다. 게다가 어제 설미는 자신과 같이 있는 동안에도 계속 딴생각을 하고, 자신을 레스토랑에 버려두고 중요한 일이 있다며 사라져 버렸다.

10년 동안 단 한 번도 그랬던 적 없던 그녀였다. 하지만 1년 만에 만난 그녀가 달라졌다. 그것도 많이.

차윤은 쓸쓸한 마음을 숨긴 채 애써 웃었다.

"그럼 먼저 갈게. 피곤할 텐데 너도 얼른 들어가."

"네. 선생님도 조심히 들어가세요."

결국 이곳에 왜 왔는지 한마디 말도 꺼내지 못한 채 차윤은 차에 올라탔다.

설미는 차가 골목 끝으로 사라지는 것을 가만히 바라보다가 빌라로 향했다.

"으악!"

건물 안에 서 있는 시커먼 그림자를 보고 설미가 화들짝 놀랐다. 자동 센서가 켜지며 그림자가 모습을 드러냈다. 태홍이었다. 설미는 그제야 가슴을 쓸어내렸다.

"깜짝 놀랐잖아요. 왜 거기 그러고 있어요?"

"앞집 사는 싸움 잘하는 경찰 아저씨가 여기 왜 있겠냐? 도둑 잡으려고 서 있지. 근데 너. 저 남자 어머니까지 만나는 사이야?"

태홍의 물음에 설미는 크게 한숨을 내뱉었다.

"그걸 또 엿들었어요? 아무튼 성격 진짜 이상해."

"원래 누굴 좋아하면 이상한 짓을 하게 되는 거야."

"……."

한여름의 태양과는 비교도 안 되게 태홍의 눈빛이 뜨거웠다. 그가 그녀를 지그시 바라보며 말했다.

"난 요즘 너 때문에 많이 이상해."

설미의 두 눈이 휘둥그레졌다.

거절한 지 얼마나 됐다고 또 왜 이러는 거야?

레스토랑에서 설미는 어렵사리 그의 고백을 거절했다. 그런데 고작 세 시간 만에 태홍은 또다시 고백 비슷한 말을 해 왔다. 결국 다시 원점으로 돌아온 셈이다.

"내가 저번에 말했잖아. 난 포기 안 한다고."

설미는 난처한 기색으로 이마를 긁적였다. 그런 그녀를 지그시 바라보던 태홍은 그녀의 어깨를 잡아당겨 건물 안쪽으로 밀었다.

"피곤해 보인다. 들어가서 얼른 자."

태홍은 설미를 들여보내곤 자신은 밖으로 향했다. 빌라 벽에 기대 담배를 꺼내 드는 태홍을 잠시 바라보던 설미는 그냥 집으로 들어갔다.

　이후 씻고 자리에 누웠지만, 좀처럼 잠이 오지 않았다. 설미는 계속 뒤척이다가 결국 일어나 앉았다.

　"쌤. 잠이 안 와요?"

　뒤척이는 소리에 깼는지 혜린이 물었다. 설미는 잔뜩 미안한 표정으로 사과했다.

　"미안. 나 때문에 깼지?"

　"아니에요. 저도 잠이 안 와서요……."

　혜린도 상체를 일으켜 앉았다.

　"잠이 왜 안 와? 무슨 일 있어?"

　"아니요. 그런 건 아니고요. 그냥 더워서 그런 것 같아요. 쌤. 수박화채 드실래요? 아까 만들어 놓은 거 있는데."

　"좋지!"

　둘은 누가 먼저랄 것도 없이 거실로 나갔다.

　거실 소파에 앉은 두 사람은 각자 대접 하나씩을 들고 화채를 먹기 시작했다. 설미의 입에서 감탄사가 쏟아졌다.

　"대박! 완전 맛있어!"

　"다행이다! 냉장고에 망고도 있길래 넣었어요."

　화채 위에 동동 떠 있는 샛노란 망고를 가만히 내려다보던 설미는 얼마 전 병원에서 망고 껍질을 벗겨 자신의 입에 넣어 주던 태흥의 모습이 떠올랐다. 정말 그의 말대로 언제부터인지는 모르겠지만 그가 이상해지긴 했다.

　'원래 누굴 좋아하면 이상한 짓을 하게 되는 거야.'

　그의 음성이 귓가에 울리자, 얼굴이 뜨겁게 달아올랐다. 망고에서 나는 다디단 향취가 코끝에 맴돌면서 저번 날 병실에서 그와 나눴던 키스가 생각나 버렸다.

짙고, 뜨겁고, 넋을 잃을 정도로 섹시하던…….

설미는 세차게 고개를 흔들었다.

'미쳤어……. 나 왜 자꾸만 그 남자 생각을 하는 거지? 제발 그만. 그만하자.'

그날 밤 그녀는 수없이 되뇌었다.

여기까지만 하자고.

더 이상 욕심내지 말자고.

□　■　□

교도관을 따라 선희가 방에 들어섰다. 소파에 앉아 있던 남자가 자리에서 일어나자 선희는 저도 모르게 뒷걸음질 쳤다.

교도관들은 강압적으로 선희의 양쪽 팔을 잡아끌어 의자에 앉혔다. 그 앞으로 남자가 다가섰다.

선희는 두려운 기색을 애써 감추며 고개를 들었다. 그러곤 남자의 턱 밑에 길게 난 상처를 혐오스럽게 바라보았다.

"정석범이 잡힌 건 당연히 모르겠지?"

"그게 나랑 무슨 상관인데?"

"힘 빼지 말고 물건 내놔."

"무슨 물건?"

선희가 남자를 향해 조소를 날렸다. 그러자 남자가 상체를 숙여 선희의 귓가에 속삭였다.

"이번엔 네 동생 오른쪽 다리를 망가뜨려 줄……."

남자의 말이 끝나기도 전에 선희가 그의 멱살을 잡고 발악했다.

"개새끼! 내 동생 건드리기만 해 봐!"

"많이 컸더라?"

멱살을 잡힌 상태로 남자가 섬뜩한 미소를 지었다. 동생 얘기에 선희가 이성을 잃고 날뛰기 시작했다.

"죽여 버릴 거야!"

죽기 살기로 남자의 목을 조르던 선희는 교도관에 의해 제압당했다. 바닥에 얼굴이 눌린 채 몸부림치는 선희를 같잖게 바라보던 남자는 교도관에게 눈짓하고는 방을 빠져나갔다.

12화

"갑자기 면회가 안 된다는 게 말이 돼요?"

설미가 교도관에게 항의했다. 하지만 교도관은 내부 사정상 언니의 면회는 금지되었다는 말만 반복했다. 하는 수 없이 교도소를 나온 설미는 한숨을 쉬며 터덜터덜 걸었다.

그 모습을 멀리서 지켜보던 한 중년 여성의 두 눈이 휘둥그레졌다. 중년 여성은 허둥지둥하며 설미가 있는 쪽으로 달려왔다.

"설미야!"

자신의 앞을 가로막은 중년 여성의 얼굴을 확인한 설미 역시 화들짝 놀랐다.

"원장님!"

어렸을 적 잠시 지냈던 고아원의 박 원장이었다. 너무 반가운 나머지 설미는 박 원장을 와락 끌어안았다.

"맞구나. 설미가 맞았어. 언제 이렇게 컸니?"

설미가 빙긋 웃었다.

열 살 무렵 아버지가 돌아가시고, 홀로 남은 설미는 친척 집을 전전하다가 스스로 고아원으로 들어갔다. 그렇게 박 원장과 인연을 맺게 됐다.

"근데 여긴 어쩐 일이세요?"

"선희가 부탁한 게 있어서……."

"언니가요?"

박 원장은 대답을 머뭇거리다 고개를 끄덕였다.

두 사람은 근처 작은 슈퍼 앞 평상으로 자리를 옮겨 다시 대화를 시작했다.

"언니랑은 계속 연락하면서 지내셨던 거예요?"

하지만 박 원장은 말을 아끼며 대답하지 않았다. 설미는 답답한 마음에 음료수를 들이켜며 생각에 잠겼다.

아버지가 돌아가시고, 친척들은 어린 설미를 서로에게 떠넘기기 바빴다. 이유는 하나였다. 바로 돈 때문. 그리고 핑계도 하나였다. 전과가 있는 아버지의 피를 물려받아 언제고 분명 사고를 칠 것이라는 논리였다.

이리저리 치이던 설미는 결국 제 발로 고아원에 들어갔다.

그런데 몇 개월 후, 말도 안 되는 일이 벌어졌다. 기억도 잘 나지 않을 만큼 아주 어렸을 적에, 엄마와 함께 집을 떠났던 언니가 나타난 것이다.

"설미야. 나는 네가 선희를 너무 미워하지 않았으면 좋겠어……."

한참 동안 말이 없던 박 원장이 어렵게 입을 열었다.

"선희도 우리 고아원에 버려졌었어. 네 엄마가 이혼하고 바로 버린 거지……."

처음 듣는 얘기였다. 엄마 얘기를 묻는 자신의 말에 언니는 항상

"어딘가에서 잘 먹고 잘 살고 있겠지."라고 말했다. 원망하는 투가 아니라 마치 자신이 엄마의 행복을 위해 놓아준 것처럼 말이다.

설미는 자신에겐 그리움의 대상이었던 엄마를 스스로 버렸다고 하는 언니를 도저히 이해할 수가 없었다. 그래서 언니가 더 미웠던 것 같다.

"선희가 우리 집에 버려지고 얼마 안 돼서 입양을 갔는데, 그 부부가 또 이혼하면서 파양을 당했어. 그 뒤로 계속 혼자 살다가…… 동생을 찾아야겠다는 생각을 했었나 봐."

음료수 캔을 잡고 있던 설미의 손이 가느다랗게 떨렸다. 눈동자도 흔들렸다.

"언니가 고아원으로 다시 들어온 게…… 저 때문이라는 거예요?"

"선희는 너를 데리고 나가고 싶어 했어. 넌 육상에 소질도 있고 서울에서 학교 다니면서 제대로 배우게 하고 싶었나 봐. 근데 그때 선희 나이도 고작 열일곱이었어."

다시 만난 지 1년도 안 돼서 언니는 고아원을 나가 버렸다. 당시 설미는 저 혼자 살겠다고 도망간 언니를 원망했었다.

하지만 박 원장의 말대로 그때 언니의 나이는 고작 열일곱이었다. 지금 자신이 가르치는 제자들과 같은 나이…….

"너 운동시킨다고 돈 벌러 서울 간다고 했을 때, 그때 내가 선희를 말렸어야 했는데……. 이게 다 내 탓이야."

박 원장이 자책하자 설미는 터져 나오려는 울음을 꾹 참았다.

또래 친구들과 어제 본 드라마 얘기로 수다를 떨고, 어떻게 하면 보충을 빼먹고 놀러 나갈까 궁리하고, 시험을 못 봐도 시험이 끝났다는 해방감에 팔짝팔짝 뛰는 평범한 여고생의 삶. 그 삶을 버리고 언니가 택한 것은 바로 동생이었다.

박 원장이 설미의 두 손을 잡고 어루만졌다.

"10년 전에 너 사고 났을 때도 네 언니…… 너 버리고 도망간 거 아니야."

"네?"

"그때 선희도 병원에 입원해 있었어……."

"그게 무슨 말씀이에요? 처음 들어요……. 언니가 왜요?"

박 원장은 그때 당시를 회상했다. 온몸에 화상을 입어 병실에 누워 있던 선희의 모습이 떠오르자 박 원장은 두 눈을 질끈 감아 버렸다.

"선희가 머물던 곳에 화재가 났던 모양이야. 그거 치료하느라 꽤 힘들었을 거야……."

화재라니. 이건 또 무슨 소리인가. 정말 자신은 언니에 대해 아는 게 하나도 없었다.

"도대체 언니는 서울에서 무슨 일을 했던 거예요?"

박 원장이 고개를 흔들었다. 박 원장도 선희가 무슨 일을 했는지는 알지 못했다.

"선희가 워낙 자기 얘길 잘 안 하니까. 뭔가 사정이 있어 보여 나도 더 이상 묻지 않았지."

"그래도 언니가 원장님이랑은 연락을 하고 지냈나 봐요. 전혀 몰랐어요. 그동안 면회 자주 오셨어요?"

"자주는 못 오고 두세 달에 한 번쯤? 사실 일주일 전에도 면회를 왔었는데, 그때 선희가 좀 이상했어. 그게 내내 맘에 걸려서 다시 왔는데 면회가 안 된다더구나."

박 원장의 말에 설미는 심장이 덜컹 내려앉았다. 한 달 전 면회를 왔을 때 보았던 선희의 쓸쓸한 얼굴, 다시는 이곳에 오지 말라고 말하던 모습이 생생했다.

"그때, 이제 다신 찾아오지 말라고 하더라고."

"……."

"너한테도 그랬니?"

"네……."

"어휴. 너무 걱정하지 말자. 교도소 안에서 별일이야 있겠어? 내가 괜히 바쁜 사람 붙잡고 미안하다. 이제 일어나자."

박 원장이 자리에서 일어났다.

"나는 여기서 택시 타고 버스 터미널로 갈 건데, 설미 너는 어디로 가니?"

"저는 여기 조금만 더 있다가 갈게요. 먼저 들어가세요. 다음에 제가 꼭 찾아뵐게요."

"아! 맞다. 이거……."

박 원장은 가방에서 작은 앨범 하나를 꺼내 내밀었다.

"이거 선희 물건인데, 소포로 보내 달라고 하길래 그냥 직접 가지고 왔어. 설미 네가 다음에 만나면 전해 줄래?"

"네. 감사합니다. 조심히 들어가세요."

설미가 고개 숙여 인사했다. 박 원장이 떠나고 잠시 후 설미도 일어나 버스 정류장으로 향했다.

버스 정류장은 한적한 도로에 덩그러니 놓여 있었다. 안내 표지판 옆 낡은 의자에 앉은 설미는 뜨겁게 쏟아지는 햇빛도 무감각하게 느껴졌다.

문득 지난번 정석범에게 납치당했을 때 놈이 자신에게 했던 말이 떠올랐다.

'네 언니가 왜 그 모양 그 꼴로 사는지, 넌 모르지?'

10년이 지난 지금에서야 언니가 어떻게 살아왔는지 궁금해졌다.

설미는 조심스러운 손길로 박 원장이 준 앨범을 펼쳤다. 첫 장에 꽂힌 사진을 보자마자 눈물이 왈칵 쏟아졌다.

사실 앨범을 펼치기 전까지도 이 안에 무엇이 담겨 있을지 감히 상상조차 하지 못했다. 그만큼 언니에 대해 아는 것이 없었다.

첫 장에는 가족사진이 꽂혀 있었다. 백일도 안 된 아기를 안고 있는 젊은 시절의 엄마와 그 옆에 환하게 웃고 있는 아빠. 그리고 여섯 살 난 꼬마 여자아이. 언니였다. 어느 공원에서 찍은 듯한 네 명의 단란한 가족사진.

찬찬히 생각해 보니 이 사진 속 행복했던 추억을 기억하는 이는 언니가 유일했다. 그때를 기억하기엔 자신은 너무 어렸고, 아빠는 돌아가셨고, 엄마는 생사를 알 수 없었다. 하지만 설사 살아 있다고 해도 아빠가 지긋지긋해서 도망간 엄마가 아빠를 좋게 추억할 리 만무했다.

그러니까 이 가족을 지키고 싶었던 건 한 사람뿐일 것이다. 그 시절로 돌아가고 싶은 사람도 한 사람뿐이었다.

뒷장을 넘겼다. 그리고 또 뒷장을 넘겼다. 온통 육상 대회에서 상을 타는 설미의 사진과 기사뿐이었다.

설미는 무너지고 말았다. 앨범에 얼굴을 묻고 오열했다.

"도대체 왜……."

그동안 자신이 아팠던 것의 몇 배는 더 힘들었을 언니를 생각하니 억장이 무너졌다.

설미는 철저히 저 혼자라고 생각하며 살아왔다. 지킬 것이 없어서 두려울 것도 없었다. 다리가 망가져도 죽으면 그만이라고 생각했던 적도 있었다.

하지만 언니는 아니었을 것이다. 하나뿐인 가족, 동생을 위해 악착같이 살아남으려고 했을 것이다. 정말 정석범 말대로 언니를 망가뜨린 건 자신이 아닐까? 그런 생각이 들자 심장을 쥐어짜는 듯한 고통이 찾아왔다.

한 번도 언니의 진심을 알아주려고 노력하지 않았다. 언니가 하는 말은 모두 거짓이라 여겼고, 언닌 원래 그런 사람인 줄 알았다.

근데 아닌 것 같다. 아닌 것 같은 게 아니라 분명 아니다. 이제라도 알아야겠다. 언니가 어떻게 살아왔는지, 언니에게 무슨 일이 있었는지…….

"임설미?"

울다 지칠 때쯤 익숙한 목소리가 들려왔다. 설미는 자신의 귀를 의심하며 천천히 고개를 들었다. 햇빛을 등지고 서 있는 남자의 얼굴이 천천히 시야에 들어왔다. 태홍이었다.

태홍은 고개를 든 설미의 얼굴을 보곤 놀란 눈치였다. 눈물이 그렁그렁 맺힌 모습을 안타깝게 바라보며 태홍이 물었다.

"왜 울어?"

"……."

그녀의 입술이 아래로 휘어지며 2차로 폭발했다. 왜인지는 모르겠지만 태홍의 얼굴을 보자 또다시 울음이 터져 버렸다. 엉망인 얼굴을 가릴 생각도 하지 못한 채로 설미는 크게 소리 내어 울어 버렸다.

갑자기 서럽게 우는 설미를 어쩔 줄 몰라 하며 지켜보던 태홍은 그녀를 와락 안았다. 그러곤 그녀의 머리를 부드럽게 쓰다듬어 주었다.

□ ■ □

이동하는 차 안에서도 설미는 계속 울었다.

태홍은 근처 호숫가에 차를 세우고 커피를 사러 갔다. 그런데 차에 돌아와 보니 설미가 없었다. 당황한 태홍이 주변을 둘러보는데 호숫가 벤치에 앉아 있는 그녀가 보였다. 그녀는 잔잔한 호수를 바라보며 상념에 젖어 있었다.

　무슨 일이 있는 게 분명한데 전혀 감을 못 잡겠다. 일단 그녀를 진정시키는 게 우선이었다. 태홍은 설미에게 다가가 아이스커피를 내밀었다.

　"고마워요⋯⋯."

　너무 울어서 그녀의 목소리가 갈라져 있었다.

　팅팅 부은 눈으로 커피를 홀짝홀짝 마시는 설미를 흘끔 보다가 태홍은 그녀 옆에 앉았다. 멍하니 호수를 바라보던 설미가 입을 열었다.

　"왜 아무것도 안 물어봐요?"

　"뭐부터 물어야 할지 생각 중."

　"⋯⋯."

　교도소엔 왜 왔는지, 왜 울고 있었는지⋯⋯. 궁금한 건 많았다. 하지만 조금 전 고통스러운 얼굴로 울던 그녀의 모습을 또다시 보고 싶지는 않았다.

　"말하기 곤란하면 안 해도 돼."

　"언니가 교도소에 있어요⋯⋯."

　"⋯⋯."

　태홍은 반응이 없었다. 하지만 설미는 덤덤하게 말을 이어 갔다.

　"아버지는 전과자에, 언니는 현재 교도소 복역 중⋯⋯이에요."

　"⋯⋯."

　"그러니까 내가 그쪽 고백 안 받아 준 거 고맙게 생각하세요."

　그랬다. 그를 거절한 가장 큰 이유는 교도소에 있는 언니의 존재였다. 그에게만큼은 들키고 싶지 않았는데, 결국 이렇게 돼 버리고 말았다. 설미는 횡설수설 말을 계속했다.

"저요. 서태홍 씨가 어떻게 자라 왔는지 잘 몰라요. 하지만 나와는 많이 달랐을 것 같아요. 서태홍 씨는 자신감 넘치고 자존감도 높고, 좋은 부모님 밑에서 사랑받으며 잘 컸을 것 같아요. 근데 전 아니에요. 누가 그러더라고요. 그런 건 어쩔 수 없이 다 티가 난다고. 그래서 그런지, 저는요, 사랑받는 게 어색하고 불편해요……."

"……."

"그래도 서태홍 씨가 저 좋다고 했을 때 솔직히 설레고 좋았어요. 처음이었거든요. 누가 나 좋다고 말해 준 거. 그치만…… 한편으론 두려웠어요. 내가 그럴 자격이 있을까, 괜히 넘보면 안 되는 거 넘보다 버려질까 봐……."

"임설미……."

"그러니까 더 이상 저한테 다가오지 마세요. 10년 동안 짝사랑했던 남자한테 좋아한다 말 한마디 못 하고 그 마음 접었어요. 저 그 정도로 용기도 없고 못났어요."

"그래서 좋아."

"……."

"난 네가 못나서 좋다고."

어디선가 시원한 바람이 불어왔다. 호수에 잔물결이 넘실거렸다. 그 파문처럼 그의 고백이 설미의 마음속 깊숙이 퍼져 나갔다.

"나 벌써 너한테 몇 번 차인 거냐?"

"……."

"계속 차이는데도 내가 너한테 왜 자꾸 고백하는지 알아?"

"……."

태홍이 양손으로 그녀의 얼굴을 잡았다.

"네 표정에 다 쓰여 있어. 내가 싫지 않다고."

"……."

태홍은 그녀의 얼굴을 어루만지며 눈가에 맺힌 눈물을 닦아 주었다.

울어서 멍한 데다 태홍의 부드러운 손길에 설미가 정신을 못 차리고 있는 그때. 태홍의 얼굴이 기울어지는가 싶더니, 순식간에 두 입술이 깊게 포개졌다. 곧바로 그의 말캉한 혀가 그녀의 안으로 밀려들어 왔다.

태홍이 그녀의 혀를 찾아 휘감았다. 그의 키스는 점점 더 짙어져만 갔다. 혀와 혀가 뜨겁게 엉키고, 서로의 달뜬 숨이 오가고 있었다.

나뭇가지 사이로 쏟아지는 햇살과 바람이 그와 그녀의 마음까지도 간질였다.

'위험해.'

태홍은 위험을 감지했다. 자제력이 무너지기 직전이었다. 그는 엄청난 인내심을 발휘해 그녀에게서 얼굴을 뗐다. 그리고 잠시 열기를 가라앉히기 위해 그녀를 품에 꽉 안았다.

태홍이 갑자기 키스를 멈추고 자신을 끌어안자 설미는 어리둥절한 표정으로 그를 올려다보았다. 태홍의 얼굴이 벌게져 있었다.

"어디 아파요?"

"말시키지 마."

퉁명스러운 말투가 어째서 다정하게 들리는 걸까? 그러고 보니 아까는 키스하느라 정신이 없어서 못 느꼈는데, 심장이 미친 듯이 뛰고 있었다. 이 떨림이 어디서 파생된 것인지 알 수 없었다. 그의 가슴에서부터인지, 자신의 가슴에서부터인지……. 그저 밀착된 서로의 몸을 통해 떨림이 가중되어 상대에게 전달되고 있었다.

그렇게 서로의 박동을 느끼며 포옹하고 있길 얼마 후, 두 사람은 자연스럽게 몸을 떼고 서로를 바라보았다.

설미를 지그시 응시하던 태홍이 그녀를 향해 대뜸 물었다.

"내일 훈련 없지?"

"훈련이요? 네. 없어요."

"나도 내일 휴가야."

"아, 그래요? 오래간만에 푹 쉬세요."

역시 돌려 말하는 것은 통하지 않았다. 태홍은 바로 직구를 던졌다.

"집에 내일 갈래?"

"네?"

"오늘 여기서 자고 내일 가자고."

"네? 뭐라고요?"

설미가 두 팔로 몸을 가리며 방어 자세를 취하곤 소리쳤다.

"미쳤어요?"

설미가 황당한 얼굴로 태홍을 바라보았다. 그녀의 격한 반응에 태홍은 민망해져 재빨리 뒷수습에 나섰다. 일부러 아무렇지 않은 척.

"싫음 말고."

"아니, 이 남자가……. 안 되겠네! 저 다시 생각해 볼래요!"

"뭘 다시 생각해?"

"그쪽이랑 만나는 거요."

"……."

태홍은 저도 모르게 놀란 눈으로 설미를 향해 물었다.

"나랑 만나기로 한 거야?"

"그러니까 키스했죠. 저 아무 남자랑 키스하는 여자 아니거든요?"

"어. 알아. 알지."

그녀가 발끈하자 태홍은 열심히 맞장구를 쳤다. 그게 먹혔는지 설미가 화를 가라앉히고 조심스레 자신의 속내를 내비쳤다.

"저도 서태홍 씨 싫지 않아요. 좋⋯⋯아해요. 어쩌면⋯⋯ 비슷한 색깔일지도 모른다는 생각이 들었어요."

"⋯⋯"

"그러니까 우리 만나 봐요."

태홍이 반쯤 멍해진 얼굴로 바라보니 설미가 발그레해진 볼을 손으로 감싸며 수줍게 말했다.

"하지만 오늘은 집에 갈 거예요."

설미는 작은 입술로 또박또박 태홍의 제안을 거절했다. 거절은 아쉬웠지만 그녀의 말간 얼굴을 보며 태홍은 웃음을 참을 수가 없었다.

미소가 번진 태홍의 얼굴을 올려다보던 설미는 또다시 가슴이 떨렸다. 항상 무섭게 굳은 얼굴이던 그를 이토록 웃게 만든 이가 저라는 사실이 어쩐지 감격스러웠다.

"가자."

태홍은 얼른 자리에서 일어났다. 자꾸만 웃음이 새어 나와 미칠 것만 같았다. 그런 모습을 들키기 싫어 급히 차로 향했다.

태홍을 뒤따라가며 설미가 당부하듯 말했다. 그녀의 얼굴엔 부끄러워하는 기색이 역력했다.

"저기요, 키스했다고 뭐, 다 허락한 건 아니거든요? 저 엄청 보수적인 여자예요. 그러니까 키스 이상은 절대 안 돼요. 알았죠? 대답해요!"

"알았어. 안 건드릴게."

태홍은 제 속내를 들킨 듯해 괜히 더 퉁명스럽게 말하며 차에 올라탔다. 설미가 조수석에 올라타자 태홍은 상체를 숙여 안전벨트를 매 주며 그녀를 지그시 쳐다보았다. 서로의 숨결이 느껴질 만큼 가까운 거리였다.

"왜 그렇게 봐요?"

설미의 말이 끝남과 동시에 태홍의 입술이 설미의 앙증맞은 입술 위에 닿았다 떨어졌다. 기습 뽀뽀였다. 또 당했다.

"뭐예요! 안 건드린다면서요?"

"입술만 빼고."

설미는 당황스러운 얼굴로 그를 쳐다봤다. 그는 뭔가 굉장히 아쉽다는 표정으로 그녀를 빤히 바라보고 있었다. 그 눈빛이 몹시 뜨거웠다. 설미는 심장이 두근거리다 못해 우주 밖으로 튕겨 나갈 것만 같았다.

"너 그냥 혼자 버스 타고 갈래?"

이건 또 무슨 소리인가. 설미는 의아한 눈빛으로 그를 쳐다봤다.

"솔직하게 말할게."

"아니요. 솔직하지 마세요. 제발."

그는 아까부터 계속 앞뒤 재는 것 없이 직구를 날려 댔다. 못나서 좋다질 않나, 기습 키스를 하질 않나, 집에 내일 가자는 말까지 서슴없이 하고. 이 남자 아무래도 오늘 날 잡은 모양이다. 설미는 그의 입에서 이 이상 어떤 말이 나올지 두려웠다.

"오늘 너를 얌전히 집에 데려다줄 자신이 없어."

"……."

"버스 정류장에 내려 줄게."

"무슨……."

이런 남자가 다 있어? 자기가 덮칠 것 같으니 버스 타고 가라고? 설미가 황당한 얼굴로 쏘아봤지만 태홍은 아랑곳없이 시동을 걸고 차를 출발시켰다. 설미가 정색하며 물었다.

"진짜예요? 진짜 나 버스 정류장에 버리고 갈 거예요? 아니죠? 지금 저 놀리는 거죠?"

"어."

그가 피식 웃으며 버스 정류장을 지나쳐 큰길로 진입했다. 설미는 안도의 한숨을 쉬며 태홍을 향해 버럭 소리쳤다.

"아무튼 성격 진짜 이상해!"

"내가 이상해진 건 다 너 때문이라니까?"

한마디도 지지 않는 그를 예쁘게 흘겨보던 설미는 창밖으로 시선을 던졌다. 큰길을 따라 달리던 차가 외곽으로 빠지더니 곧 녹음이 우거진 가로수 길에 들어섰다.

"우와."

그녀가 감탄사를 내뱉자 태홍이 창문을 내려 주었다. 그녀의 긴 머리카락이 바람에 날리며 달콤한 샴푸 향이 그의 코끝에 스며들었다. 그에겐 멋진 풍경보다 이 향기가 훨씬 좋았다.

"여기 너무 좋다……."

설미는 아름다운 풍경과 시원한 바람에 언니 때문에 무겁고 아팠던 마음을 위로받는 듯한 느낌이 들었다. 그녀는 작게 콧노래를 흥얼거렸다. 따뜻한 소리가 귓가에 스며들자, 태홍의 입가엔 어느새 미소가 어렸다.

"어? 근데 문화시 가려면 저쪽으로 빠져야 하는 거 아니에요?"

설미가 이정표를 가리키며 그를 바라보았다. 문화시와 반대 방향으로 향하고 있었기 때문이다.

"집에 안 가요?"

"어."

"아니 이 남자가! 약속한 지 얼마나 됐다고."

티격태격하는 사이 차가 멈추었다. 차 앞쪽으로 고풍스러운 건물이 시선을 사로잡았다. 간판을 보니 한정식집이었다.

태홍이 먼저 차에서 내리며 놀리듯 말했다.

"내려. 쉬었다 가자."

설미는 부끄러운 나머지 자신의 머리를 쥐어박으며 차에서 내렸다.

'저 남자 혹시 나 놀리는 재미로 사나?'

툴툴거리며 한정식집으로 들어간 설미는 음식이 나올 때마다 분했던 마음이 한 뼘씩 사르륵 녹아 버렸다.

"어떡해. 너무 맛있겠다. 뭐부터 먹지?"

활어회, 육회, 보쌈, 육전, 신선로까지. 그녀의 입이 떡 벌어졌다. 한 젓가락씩 음식 맛을 보며 몸을 부르르 떠는 설미를 태홍은 뿌듯한 기분으로 감상했다.

열심히 밥을 먹던 설미는 태홍이 먹지 않고 자신만 보고 있는 것을 깨달았다. 걸신스럽게 혼자만 먹고 있던 게 민망해 설미는 얼음이 띄워진 냉국을 국자로 떠서 대접에 담았다. 그리고 태홍에게 건네주려다 냉국 위에 동동 뜬 미역 줄기를 봤다.

지난번 미역국을 먹지 않는다는 그의 말이 생각난 설미는 새 대접에 조개탕을 떠서 태홍의 앞에 내려놓았다.

"조개는 먹죠?"

태홍이 고개를 끄덕이며 그녀를 흐뭇하게 바라봤다.

"내가 다른 건 몰라도 서태홍 씨 식성은 다 파악했어요."

태홍이 피식 웃자 설미도 그를 따라 배시시 웃었다.

"근데 서태홍 씨는 청주엔 무슨 일로 온 거예요?"

"친구 좀 만나러."

"어떤 친구요?"

그녀의 물음에 태홍의 시선이 냉국 위에 떠 있는 미역으로 향했다. 속이 메슥거렸다.

문득 10년 전 자신의 생일에 선희를 추행하던 할아버지의 모습이 떠올랐다.

사건이 벌어진 그날 아침, 할아버지와 마주 보고 앉아 미역국을 맛있게 먹었었다. 그리고 할아버지의 추악한 모습을 보고 충격을 받아 화장실에서 위액까지 모두 다 토해 냈다.

그날의 기억은 마치 어제 일처럼 생생했다.

"이렇게 멀리까지 만나러 온 거 보면, 많이 친했나 봐요?"

잠시 말이 없던 태홍은 어렵게 입을 열었다.

"내가 그 친구한테 빚이 많거든."

설미의 얼굴이 덩달아 심각해졌다.

"빚이요? 얼마나 많길래 표정이 그렇게 안 좋아요? 죽기 전에 다 갚을 순 있는 거죠? 그럼 너무 걱정하지 마세요. 저도 빚 많아요. 게다가 저는 죽기 전에 다 못 갚아요. 힘내세요."

태홍은 헛웃음을 내뱉었다. 그녀는 최악의 상황도 아무렇지 않게, 그리고 어쩐지 달콤하게 만들어 버리는 재주가 있다.

갑자기 그가 웃자 설미는 어리둥절한 얼굴로 그를 바라보았다.

"왜 웃어요?"

"넌 진짜 망고 같다."

"네? 갑자기 망고가 왜 나와요? 그거 욕이죠?"

"칭찬이겠냐?"

"역시, 괜히 사귄다고 했어……."

스킨십할 때만 다정하고, 태홍의 말투는 평소와 똑같이 퉁명스럽고 시비조였다. 설미는 투덜거리며 밥을 퍼 먹기 시작했다.

"너 그거 알아?"

"뭘요."

"나도 망고 좋아해. 그것도 엄청."

밥공기에 얼굴을 파묻고 열심히 먹던 설미가 태홍의 엉뚱한 말에 고개를 번쩍 들었다. 태홍은 고개를 옆으로 돌린 채 수저로 조개탕을 휘젓고 있었다.

설미는 태홍의 말을 곱씹어 봤다. 그의 말은 한 번 들어선 그 의미를 알 수 없었다. 항상 곱씹어 봐야 말뜻을 제대로 파악할 수 있었다. 마치 사골 국물 같았다. 우려낼수록 진국인 사골 국물처럼 그가 내뱉는 모든 말은 시간이 지날수록 의미가 남달리 다가왔다.

그가 자신보고 망고 같다고 했다. 그리고 본인은 망고를 좋아한다고 했다. 그 말은즉.

'나를 좋아한다는 거잖아?'

이 남자…… 좋아한다는 말을 참 다양하게 돌려 하는 재주가 있었다.

"진짜 궁금해서 그러는데…… 제가 언제부터 좋았어요?"

"그게 왜 궁금해?"

"궁금하죠. 요즘 제일 궁금한 건데."

"밥이나 먹어."

"쳇. 그럼 다른 질문 할게요. 저 궁금한 거 또 있어요!"

"뭐가 그렇게 궁금한 게 많아? 너 밥 좋아하잖아. 밥 먹으라니까?"

"누굴 좋아하면 궁금한 게 많아진대요."

"……."

"난 서태홍 씨가 많이 궁금하네요."

"……."

설미가 태홍의 어법을 따라 하자 태홍은 말을 잃은 표정이었다.

하지만 당황해 하는 것도 잠시. 그녀의 말이라면 뭐든 다! 심지어 팬티 색깔까지도 대답해 줄 기세로 그가 되물었다.

"궁금한 게 뭔데?"

"여자 친구 몇 명이나 사귀어 봤어요?"

"내가 너 그거 물어볼 줄 알았다. 패스."

"아, 왜요! 왜 패스해요? 패스 없어요!"

"그게 왜 궁금한데?"

"너무…… 너무…… 그러니까, 자…… 잘하잖아요!"

"뭘?"

"키……스요."

"넌 너무 못하더라. 앞으로 잘 배워."

태홍은 속으로 웃음을 참으며 그녀를 놀렸다. 그녀는 괜히 자존심이 상해 허세를 부렸다.

"왜 이래요? 저도 남자 많이 만나 봤어요."

"10년 동안 한 사람만 쭈욱, 짝사랑했다며."

"……."

망했다. 저 인간한테 과거를 말하는 게 아니었어.

설미는 자신의 입을 저주했다.

"그럼 다음 질문! 서태홍 씨는 가족 관계가 어떻게 돼요? 저는 아까 말했듯이 언니가 한 명 있어요. 아버지는 초등학생 때 돌아가셨고, 어머니는 어딘가에서 잘 살고 있을 거예요."

설미는 태연하게 말했지만 눈동자엔 쓸쓸함이 엿보였다. 그녀를 안쓰럽게 보며 태홍도 답했다.

"부모님 두 분 모두 살아 계시고, 형제는 없어. 그리고……."

다음 차례는 서 장관이었지만, 태홍은 서 장관을 가족으로 인정하고 싶지 않았다.

"……그리고 끝."

"역시."

"뭐가 역시야?"

"서태홍 씨는 딱 외동 같았어요."

"그거 욕이지?"

"칭찬이겠어요?"

어디서 많이 듣던 말이다. 그녀가 점점 서태홍화되어 가고 있었다.

"지금 싸우자는 거냐?"

"알았어요. 그만할게요. 근데 마지막으로 하나만 더! 부모님은 어떤 분들이세요?"

"평범한 분들은 아니야."

설미가 고개를 갸웃거렸다.

"서태홍 씨처럼 경찰?"

"경찰은 아니고, 국가를 위해 일을 하셨었지."

도통 감을 잡지 못하겠다는 얼굴을 하던 그녀가 갑자기 주변 눈치를 보며 작게 얘기했다.

"혹시 국가 정보원, 뭐 그런 거?"

"그런 거 아니니까 걱정 마. 아무튼 지금은 그냥 나라 밖 여기저기 떠돌면서 의료 봉사 하고 계셔."

"의료 봉사요? 의사 선생님이세요? 두 분 다? 우와, 부럽다."

설미가 반색하자 태홍이 미간을 찌푸렸다.

"너 의사 엄청 좋아한다?"

"네. 저 의사 엄청 좋아해요."

태홍의 아래턱에 힘이 들어갔다.

"사실 저도 의사가 꿈이었거든요. 수술하고 재활할 때 정말 죽을 만큼 힘들었는데…… 그때마다 절 치료해 준 선생님이 옆에서 넌 할 수 있다고 위로해 주고 보살펴 주셨어요. 그 힘으로 지금까지 왔어요. 의사가 돼서 생명을 살리는 것도 중요하지만, 나같이 꿈도 잃고, 희망도 없는 애한테 위로의 말을 건네고 격려해 주고 일으켜 세워 주는 선생님 보면서…… 사람의 마음을 살려 주는 일을 하고 싶었어요. 그래서 교사가 된 거예요. 의사는 못 됐지만요. 참, 선생님은 봉사도 많이 하시는……."

설미가 차윤에 대한 얘기를 줄줄 늘어놓는 내내 태홍은 아무 반응이 없었다. 설미는 말끝을 흐리며 그를 쳐다봤다. 그는 약간 상기된 얼굴로 굳어 있었다.

화가 난 모양이네.

설미가 힐끔힐끔 눈치를 보자 태홍이 먼저 말했다.

"그 선생이 10년간 짝사랑한 놈이냐?"

"놈이라뇨. 선생님은 저한테 아버지 같은 분이세요."

"말 바꾸지 마라. 어쨌든 첫사랑이 그 의사 맞다는 거잖아."

"첫사랑이긴 하죠. 정확히는 첫 번째 짝사랑. 선생님은 절 여자로 안 보거든요."

'그건 네 생각이고.'

태홍은 지난번 그 선생이라는 놈이 설미를 쳐다보던 눈빛을 떠올렸다. 그건 분명 좋아하는 여자를 바라보는 눈빛이었다. 하지만 태홍은 눈치 없는 그녀에게 그것을 알려 줄 생각은 추호도 없었다.

"앞으로 만나지 마."

"누구를요? 선생님이요? 그런 게 어디 있어요! 진짜 그런 사이 아니라니까요! 나 못 믿어요?"

설미가 강력하게 항의하자 태홍은 한발 물러서기로 했다.

"나한테 허락받고 만나."

"그것도 너무해요!"

"나도 그럴 거야."

"네?"

"다른 여자 만날 때 너한테 허락 맡을 거라고."

"여자 만나시려고요?"

"말이 그렇다는 거잖아."

"만날 여자가 있긴 있나 봐요?"

"까분다?"

태홍이 윽박지르듯 말하자 설미가 입을 삐죽 내밀고는 물을 벌컥 벌컥 마셨다.

그때 테이블 위에 놓인 그녀의 핸드폰이 크게 울렸다. 설미보다 먼저 태홍이 액정 속 문구를 확인했다.

[선생님]

한발 늦게 액정을 확인한 설미는 태홍의 눈치를 보다가 전화를 받았다.

"네. 선생님……."

태홍은 그녀가 자신과 대화할 때와는 달리 요조숙녀처럼 말하는 게 영 마음에 들지 않았다.

"오늘이요? 선생님 정말 죄송한데요. 제가 지금 밖이라 조금 이따가 다시 전화드릴게요. 네. 알겠어요."

설미가 전화를 끊고 머뭇거리다가 입을 열었다.

"저기……."

"안 돼."

그녀의 말을 듣지도 않고 단호하게 거부하는 그를 설미가 황당한 얼굴로 바라보았다.

"제가 뭐라고 할 줄 알고 다짜고짜 안 된대요?"

"그 의사가 만나자고 했지?"

어떻게 알았지? 역시 감이 남달라.

설미가 고개를 끄덕이자 그가 말했다.

"나도 같이 가."

"네? 아니…… 저기, 안 바쁘세요? 정석범 잡아서 좋긴 한데, 요즘 너무 느긋해지신 거 아녜요?"

"불만이야?"

"아니요. 너무 보기 좋아서요."

좋은 건 사실이었다. 뭔가에 쫓기지 않고 그와 여유롭게 밥을 먹고, 농담을 하고, 평범한 대화를 하는 이 시간이 무척 행복했다.

한 가지만 빼고 말이다.

"앞으로 그 의사 만날 때 무조건 나도 데리고 가."

태흥의 질투는 그녀가 상상하던 그 이상이었다.

□　■　□

슈트를 빼입고 나갈 준비를 마친 차윤은 핸드폰을 손에 쥔 채 거실 한가운데를 왔다 갔다 안절부절못하고 서 있었다. 도대체 왜 이렇게 불안한 마음이 드는 건지 알 수 없었다.

핸드폰이 울리자 그는 재빨리 통화 버튼을 눌렀다.

"어. 그래. 설미야. 그럼 내가 데리러……."

— 선생님…… 죄송해요.

"응?"

— 아무래도 오늘 못 만날 것 같아요. 선약이 있어서요. 죄송해요.

"혹시 무슨 일 있는 건 아니지?"

— 무슨 일이요? 아뇨……. 그런 거 전혀 없어요. 선생님. 그럼 제가 나중에 다시 연락드릴게요.

무슨 급한 일이 있는지 그녀는 서둘러 전화를 끊었다. 차윤은 멍한 얼굴로 핸드폰 액정을 내려다보다가 그대로 소파에 주저앉았다. 거절을 하면서도 어딘지 모르게 밝았던 그녀의 목소리가 계속 귓가에 맴돌았다.

그는 단정하게 맸던 넥타이를 아무렇게나 풀어 내던졌다. 그러곤 마른세수를 하며 생각에 잠겼다.

얼마나 그러고 있었을까. 도어록이 열리고 누군가 쿵쾅거리며 집 안으로 들어왔다. 걸음 소리만 들어도 알 수 있었다. 자신의 모친이 분명했다.

"출근 안 하고 뭐 하는 거니! 빨리 일어나."

표 여사가 차윤의 팔을 끌어당겼다. 하지만 그녀보다 몸이 두 배나 큰 아들은 꿈쩍도 하지 않았다.

"혼자 있고 싶어요."

차윤은 지친 얼굴로 말했다. 그러자 표 여사가 차윤의 어깨를 잡고 흔들었다.

"정신 차려! 그 애는 절대 안 돼!"

차윤의 얼굴이 무섭게 굳어졌다. 전에 없이 살벌한 기운을 내뿜는 아들을 보며 표 여사는 당황했다. 그녀는 노선을 바꾸기로 하고 아들의 손을 꼭 붙잡고 애원했다.

"엄마가 이렇게 부탁할게. 차윤아…… 제발 정신 좀 차려."

하지만 차윤은 표 여사의 손을 뿌리치고 자리에서 일어났다.

"어머니도 이미 다 아시잖아요. 저 설미랑 결혼하려고 귀국한 거예요."

"네가 미……쳤구나?"

"네. 미쳤으니까. 저 건드리지 마세요. 그리고 앞으로 설미 찾아가지도 마시고요."

차윤은 굳은 얼굴을 한 채 현관으로 향했다. 하지만 표 여사가 차윤의 앞을 막아섰다.

"못 가! 차라리 날 죽이고 가! 어디 여자가 없어서 그런 애를…… . 걔 죽은 애비는 전과자에, 교도소에 들어가 있는 언니는 마약범이란다. 콩가루도 그런 콩가루가 없어!"

"우리 집은 정상인 줄 아세요?"

표 여사의 눈빛이 흔들렸다.

"저요. 설미 아니었으면 의사 예전에 때려치웠어요. 어머니한테 효도하려고 의사 된 거 아닙니다. 그러니까 전, 어머니 다섯 번째 남편이 가지고 있는 병원 따위 물려받을 생각 조금도 없어요. 그게 제가 병원 관둔 이유예요. 설미 때문이 아니라. 아셨어요? 그러니까 더 이상 그 애 괴롭히지 마세요."

"차윤아 네가 어떻게 나한테 그런 말을…… ."

"어머니. 부탁드려요. 설미 건드리지 말아 주세요."

마치 남을 대하듯, 차윤은 자신의 모친에게 정중히 고개를 숙였다.

표 여사의 부들부들 떨리는 손을 안쓰럽게 보던 차윤은 모질게 마음먹고 밖으로 나가 버렸다.

□　■　□

오래간만에 체육관을 찾은 설미는 두 눈이 휘둥그레졌다.

체육관 안은 다이어트를 위해 복싱 배우는 아줌마 수강생들로 가득 차 있었다. 수강생들 사이를 오가며 열정적으로 지도하고 있는 화영을 설미는 존경심 가득한 눈빛으로 바라보았다.

얼마 전 정석범에게 납치당했을 때, 화영이 알려 준 호신술과 위기 대처법이 아니었다면 어떻게 됐을지……. 상상만으로도 끔찍했다.

설미가 눈인사를 건네니 화영은 밝게 웃으며 손을 흔들었다.

얼마 후 강습이 끝나고, 수강생들이 다 빠져나가자 화영이 설미를 향해 달려왔다.

"설미 쌤. 몸은 좀 어때요? 병문안 못 가서 진짜 미안해요."

"어우, 아니에요. 병문안 올 정도로 크게 다친 건 아니었어요. 그나저나 하랑이 아프다면서요? 어디가 아픈데요?"

"천식이요……."

화영의 얼굴이 시무룩해졌다.

"아……. 그럼 지금 병원에 있어요?"

"어제 퇴원했어요. 보시다시피 제가 돌볼 시간이 없어서 친정에 맡겼어요."

딸 생각에 한숨을 길게 내뱉던 화영의 얼굴이 별안간 장난기로 가득해졌다.

"설미 쌤. 태홍이랑 잘되고 있죠?"

"네? 어? 어떻게 아셨어요?"

화영은 손거울을 설미 앞에 내밀었다.

"봐요, 얼굴에 떡하니 쓰여 있어요. '나 연애해요.' 라고."

화영의 말에 거울 속을 들여다보니 붉어진 자신의 얼굴이 비쳤다. 설미는 쑥스러워 슬며시 웃다 거울 속에 가득 찬 보름달 같은 얼굴을 보며 볼을 잡아당겼다.

당직을 밥 먹듯 하는 태홍 때문에 데이트는 주로 한밤에 포차에서 야식 먹으며 하는 수밖에 없었다.

"관장님. 저 살찐 것 같지 않아요?"

"그러게. 좀 쪘네?"

솔직한 화영의 대답에 설미의 얼굴이 시무룩해졌다.

"태홍이랑 진도는 어디까지 나갔어요?"

"네?"

"태홍이 성격을 봐선……. 이미 했나?"

"뭐, 뭘 해요!"

"에이, 어때요. 나 알 거 다 아는 아줌만데. 반응 보니까 아직 안 했나 봐? 우리 태홍이 은근 매너 있네? 기다려 주는 건가?"

"매너라뇨. 그 매너 두 번만 있다간 제명에 못 살지 싶어요."

태홍은 틈만 나면 입술을 덮쳐 왔다. 그와의 키스가 떠오르자 설미는 몸이 후끈 달아올라 그 열기를 떨치기 위해 고개를 절레절레 흔들었다.

화영의 눈엔 그런 설미가 한없이 귀여워만 보였다. 계속 놀리고 싶었지만, 오늘은 여기까지만 하기로 했다.

"아무튼 궁금한 거 있으면 언제든지 물어봐요. 그리고 설미 쌤한 텐 곧 다가올 그날을 위해 복싱 다이어트 강추!"

화영이 복싱 다이어트 가격과 프로그램 일정이 담긴 전단지를 내밀었다. 설미는 진지한 얼굴로 전단지를 살폈다.

"설미 쌤은 특별히 지인 할인 들어가서 공짜!"

"네? 공짜요?"

"대신 우리 태홍이 잘 부탁해요."

화영은 가볍게 말했지만 눈빛엔 진심이 가득했다.

"태홍이 좋은 녀석이에요. 알죠?"

설미가 배시시 웃으며 답했다.

"네. 알죠. 서태홍 씨 진짜 멋지고 좋은 사람이에요."

"근데…… 저번에 그 짝사랑한다던 그 선생님은 다 잊은 건가?"

설미가 작게 고개를 끄덕였다.

"저번에 관장님이 저절로 잊히니까 억지로 잊을 필요 없다고 하셨잖아요. 그 감정을 너무 오래 품고 있어서 현재진행형이라고 착각하고 있는 걸지도 모른다고 하셨고요. 그 말이…… 맞았던 거 같아요."

화영은 흥미롭다는 눈빛으로 설미를 바라보았다.

그리고 설미는 한 달 전 교도소에서 선희와 나눴던 대화를 떠올렸다.

'그건 사랑이 아니야.'

'무슨 소리야?'

'동경을 사랑이라고 착각하지 말라고. 동정을 사랑이라고도 착각하지 말고. 그 사람은 부모도 없이 혼자 사는 네가 가여웠을 뿐이고, 너는 살면서 제대로 된 어른을 만나 본 적이 없어서 그 의사 선생을 동경하고 있을 뿐이야. 그거 사랑 아니야. 나중에 니가 진짜 사랑을 해 보면 알 거야. 내가 지금 무슨 말을 하는지.'

그땐 언니를 향해 말도 안 되는 소리 하지 말라며 큰소리쳤었다. 하지만 지금은 언니가 무슨 말을 하고 싶어 했는지 알 것 같았다.

"저희 언니도 관장님처럼 그랬거든요. 너는 그 사람을 동경하는 거지 사랑하는 게 아니라고. 착각하고 있는 거라고. 네가 사랑을 해 보면 알 거라고 했어요. 그때 저요, 비웃었어요. 화도 났고요. 어째서 이 마음이 사랑이 아닌 건지, 이해할 수 없었거든요. 근데…… 서태홍 씨를 만나면서 알게 됐어요. 아…… 다르구나."

설미는 태홍을 생각하며 미소를 지었다.

"선생님이 닮고 싶은 사람이라면, 서태홍 씨는 알고 싶은 사람이었어요."

화영은 무슨 말인지 알겠다는 얼굴로 고개를 끄덕였다.

"선생님이 밥을 먹지 않으면 저는 밥상을 차려 드리고 손에 수저를 쥐어 드렸을 거예요. 하지만 선생님이 왜 밥을 안 먹는지는 굳이 알려고 하지 않겠죠."

"……."

"근데 서태홍 씨가 밥을 안 먹고 돌아다니면…… 화가 났어요. 그리고 너무 궁금한 거예요. 도대체 왜 저렇게 살지? 정석범 잡기 전에 저 사람이 먼저 죽는 거 아니야? 밥도 안 먹고, 잠도 안 자고, 맨날 다치고, 상처도 제대로 치료 안 하고. 도대체 왜 저러는 거야?"

설미의 말에 화영이 격하게 공감하며 고개를 끄덕였다.

"그 녀석이 그렇다니까요."

설미가 진지한 얼굴로 계속 말했다.

"그래서 저요…… 그 사람한테 맨날 물어봤어요. 밥은 왜 안 먹어요? 왜 그렇게 살아요? 정석범 잡으면 뭐 할 거예요? 근데 서태홍 씨가 그런 거 대답해 줄 성격도 아니잖아요. 그러니까 더 미치겠는 거예요. 지금 생각해 보니까 그때부터였던 것 같아요. 그 사람이 비 맞고 돌아다닐 때……."

온몸이 만신창이가 된 채로 비를 맞으며 혼자 쓸쓸히 골목을 걸어 올라가던 그의 위태롭던 뒷모습. 그 모습이 다시금 떠오르자 가슴이 저릿했다.

"그날부터 서태홍 씨가 더 궁금해졌어요. 그리고 알고 싶어졌어요. 장점이건, 단점이건, 약점이건…… 상관없이 전부 다."

하지만 차윤은 달랐다. 설미는 차윤의 좋은 점만 보고 싶었다. 그리고 닮고 싶었다. 그래서 차윤처럼 멋진 어른이 되고 싶었다.

그녀는 그저 차윤이 가는 길을 따라가고 싶었을 뿐, 정작 그 길을 함께 걷고 싶은 사람은 태홍이었다.

드르륵, 드르륵.

그때 화영의 핸드폰이 울렸다. 태홍을 떠올리며 얼굴을 붉히고 있던 설미가 화들짝 놀랐다.

"미안. 전화 좀 받을게요."

화영이 양해를 구하고 얼른 전화를 받았다.

"설미 쌤 여기 왔냐고? 왜? 옆에 있는데 바꿔 줄까?"

설미가 화영의 통화 내용을 듣고는 손가락으로 자신을 가리켰다. 화영은 고개를 끄덕이며 설미에게 핸드폰을 넘겼다.

"찬희예요. 할 얘기가 있다는데요?"

"아!"

그렇지 않아도 화영에게 찬희 연락처를 물어보려고 체육관에 들른 터였다. 설미는 어두워진 얼굴로 전화를 받았다.

"찬희 씨. 저 임설미예요."

— 안녕하세요, 형수님.

"네? 형수라뇨. 아직 그 정도는 아닌데⋯⋯."

— 하하. 곧 그렇게 될 거예요. 원래 형이 한번 물면 절대 안 놔요. 이가 없으면 잇몸으로라도 설미 씨 물고 절대 안 놔줄 겁니다. 고생 좀 하시겠어요.

"농담이 참 살벌하네요. 근데 전화하신 이유가⋯⋯ 저번에 그 일 때문에 맞죠?"

— 네. 언니분은 만나 보셨어요?

"어⋯⋯ 저기 그러니까, 그게⋯⋯."

— 저한테 뭐 숨기는 거 있으세요?

"전화로 할 얘기는 아닌 것 같아서요. 만나서 얘기했으면 좋겠는데……."

— 그래요. 제가 내일 아침에 문화고에 들를게요. 그리고 저번에 제가 부탁한 거는…….

"네. 아무 얘기도 안 했어요."

— 네. 그럼 내일 봬요. 계속 부탁할게요.

무겁게 내려앉은 목소리로 찬희가 전화를 끊었다.

둘의 통화를 옆에서 지켜보던 화영이 한숨을 쉬며 말했다.

"대충 무슨 일인지 알겠네요. 찬희가 태홍이 정석범 사건에서 완전히 제외시키려고 하는 거죠?"

설미가 고개를 끄덕였다.

"그건 찬희가 잘했네. 내 생각에도 그게 좋을 것 같아요."

"정말 그럴까요? 나중에라도 서태홍 씨가 이 사실을 알면……."

불같이 화를 내겠지. 설미는 한숨을 길게 내쉬었다.

"너무 걱정 말아요. 일단 지금은 태홍이 좀 편히 쉬도록 두자고요."

"네. 그래서 저도 찬희 씨가 시키는 대로 하고 있어요."

"근데 나 궁금한 게 하나 있는데요. 그날 정석범이 왜 굳이 설미 쌤을 납치한 거예요?"

"사실은…… 정석범이 저희 언니한테 맡겨 놓은 물건이 있다면서 저희 집을 찾아왔어요."

"뭐라고요? 정석범이 설미 쌤 언니를 어떻게 알고?"

"그건 저도 잘 모르겠어요……."

예상 못 한 얘기에 화영은 크게 놀랐고, 곧이어 떠오른 여러 가지 생각들로 머릿속이 복잡해졌다.

화영은 뒤늦게 정신을 차리고 설미를 향해 다급히 물었다.

"혹시 언니분 이름이 뭔지 물어봐도 될까요?"

"선희요……."

"임선희?"

"아니요. 언니는 입양 갔다가 파양당한 후로 개명했어요. 성도 바꿀 수 있었나 봐요. 그래서 성은 선, 이름은 희. 그렇게 선희. 엄마가 지어 준 이름이었거든요."

"아…… 그래요. 언니분은 지금은 어디에 계세요?"

대답하기를 주저하던 설미는 솔직히 털어놓기로 했다.

"교도소에 있어요."

"어쩌다가? 아, 실례되는 질문이라면…… 미안해요."

"아니에요. 괜찮아요. 그러니까 저희 언니는……."

설미는 한참 동안 뜸을 들이다가 겨우 입을 열었다.

"마약 운반 혐의로……."

마약이라는 단어에 화영의 표정이 굳어졌다. 설미는 괜히 말했나 하는 걱정으로 화영을 바라보았다.

"관장님……."

"어? 아, 미안해요. 내가 잠시 딴생각을 하느라……. 설미 씨 언니 얘기 때문에 그런 거 아니니까 오해는 하지 말아요."

변명하듯 말하는 화영의 이마엔 식은땀이 송골송골 맺혀 있었다.

"나 잠깐 화장실 좀……."

그렇게 말하며 화영이 곧바로 문밖으로 나갔다.

홀로 남은 설미는 심심해서 운동 기구를 만지며 스트레칭을 했다. 그러다 갑자기 그의 얼굴이 보고 싶어졌다.

핸드폰을 꺼내 태홍에게 오늘 몇 시에 끝나느냐고 문자를 보내니 바로 그에게서 전화가 왔다.

"태홍 씨! 벌써 퇴근했어요? 오늘은 일찍 끝났네?"

― 넌 어디야?

"운동하러 체육관 왔어요."

― 술 마시고 있는 건 아니고?

"시비 걸 거면 끊어요."

― 데리러 갈게. 기다려.

"잠깐만!"

설미가 전화를 끊으려는 태홍을 잡았다.

― 왜?

"저기……."

― 뭔데?

"고마워요."

― …….

설미의 뜬금없는 말에 태홍은 잠시 아무 대답이 없었다. 그녀의 다음 말을 기다리는 듯했다.

"오늘 새삼 느낀 건데요. 저요…… 앞으로 서태홍 씨가 더 많이 좋아질 것 같아요."

― 반칙.

"네?"

― 그런 말은 전화로 하는 게 아니지. 이따 얼굴 보고 직접 해.

"됐어요. 안 해요. 부끄럽단 말이에요."

― 그래? 그럼 꼭 들어야지. 조금만 기다려. 금방 갈 테니까.

수화기 너머로 지직, 하는 잡음과 함께 휘잉― 바람 소리가 들렸다. 그리고 태홍의 목소리가 작게 흔들렸다.

통화 음질이 왜 이러지?

고개를 갸웃하던 그때, 약간 거칠어진 태홍의 숨소리가 들렸다. 설미는 이제야 알았다.

"태홍 씨, 혹시 뛰어오고 있어요?"

— 10분 내로 갈게.

태홍은 자기 할 말만 하고 전화를 뚝 끊어 버렸다.

뛰어올 필요까진 없는데……. 물론 그를 일분일초라도 빨리 만나고 싶은 마음은 설미도 마찬가지였다.

그녀는 거울 앞으로 쪼르르 가서 얼굴을 점검했다. 립스틱을 새로 덧바르던 설미가 풉, 하고 웃음을 터뜨렸다.

범인 잡을 때처럼 죽어라 뛰어오고 있을 태홍을 생각하니 귀엽다는 생각이 들었다. 그는 말보다 행동으로 먼저 설미를 향한 사랑을 여과 없이 보여 줬다. 어떨 땐 사랑에 서툰 자신이 벅찰 정도로 태홍은 무섭게 달려들었다.

하지만 설미는 그것이 싫지 않았다. 오히려 그가 보여 준 사랑에 보답하고 싶었다. 자신이 행복한 만큼 그도 행복했으면 좋겠다는 마음.

그를 웃게 만들고 싶어.

단 한 번도 남자에게 사랑을 표현해 본 적 없는 설미는 머뭇거리다가 조심스레 입을 열었다.

"좋아해요……. 서태홍 씨가 좋아……. 좋습니다? 사랑……해……. 아, 어색해."

입 밖으로 내뱉으면 내뱉을수록, 되뇌면 되뇔수록 가슴이 떨려 왔다.

말하면 말할수록 그가 더 좋아졌다.

□　■　□

화장실이 아닌 집으로 향한 화영은 서둘러 침실로 들어갔다. 그리고 침대 아래 서랍장을 열어 맨 밑바닥에서 서류 봉투 하나를 꺼내 들었다. 밀봉된 서류 봉투 끝을 찢어 내용물을 꺼낸 화영은, 제발 아니기를 간절히 바라는 마음으로 두 눈을 감았다 떴다.

「클럽 BB 조직도」

서류 헤드라인엔 그렇게 쓰여 있었다. 그 아래 작성자란에는 화영의 남편, 이상윤 경위의 이름이 적혀 있었다.

흔들리는 눈빛으로 천천히 서류를 읽어 내려가던 화영의 시선이 곧 한 곳에 머물렀다. 조직도 맨 위. 그러니까 보스 바로 밑에 설미의 언니 '선희'의 이름이 있었다.

뒷장엔 선희의 프로필도 있었다. 가족 관계에 파양 기록과 육상 선수 출신의 동생, 작성 당시 사범대 재학 중이었던 설미의 이름까지…….

순간, 사고가 있기 전날 상윤이 했던 말이 떠올랐다.

'태홍이를 위해서라도 이 사건 빨리 마무리 지어야 해. 태홍이가 이 사실을 알게 된다면…….'

화영의 입에서 울음이 터졌다.

이래서 태홍에게 정석범 사건을 접으라고 했던 것이다. 일선에서 물러난 자신이 봐도 남편의 죽음은 사고를 위장한 타살임이 분명했다. 증거는 없지만 정황상 확실했다. 화영은 그 배후가 누구인지도 짐작하고 있었다.

하지만 산 사람은 살아야 한다는 생각으로 남편의 사고 재조사를 반대했던 것이다. 그런데 도대체 어쩌다가 일이 여기까지 흘러온 것인지……. 화영은 앞으로 벌어질 수많은 경우의 수를 떠올려 보았다. 그중, 희망은 없었다.

"여보…… 태홍이 어떡해……."

이제야 겨우 무거운 짐을 벗어던지고 사랑을 시작한 태홍과 그를 웃게 만든 유일한 상대, 설미를 떠올리며 화영은 고개를 숙여 버렸다. 서류를 손에 쥔 채, 그대로 자리에 주저앉아 숨죽여 울었다.

ㅁ ■ ㅁ

체육관 창가에 매달려 있던 설미의 얼굴에 화색이 돌았다. 멀리서 태홍이 뛰어오는 게 보였기 때문이다. 설미는 다시 한번 거울 앞에 서서 제 모습을 점검했다.

때마침 화영이 들어왔다.

"어디 아프세요?"

화영의 얼굴이 하얗게 질려 있었다. 눈도 부은 것 같았다. 설미는 걱정스럽게 화영을 바라보았지만, 그녀는 애써 웃으며 둘러댔다.

"아무것도 아니에요. 근데 밖에 태홍이 온 거 아니에요? 내려가 봐요."

"태홍 씨 올라와서 관장님한테 인사하고 가라 해야죠."

"인사는 무슨. 그냥 가요. 사실 내가 몸이 좀 안 좋아서 일찍 들어가서 쉬려고요."

"아깐 괜찮으셨잖아요. 갑자기 몸 어디가……."

"그냥 수면 부족. 한숨 푹 자면 다 나을 거니까, 걱정 말고 가요."

화영이 설미의 등을 떠밀었다.

"네……. 그럼 먼저 가 볼게요. 몸조리 잘하시고, 많이 아프면 전화 주세요. 병원 같이 가 드릴게요."

설미의 마음 씀씀이에 화영은 미소를 지으며 고개를 끄덕였다. 설미는 마지막까지 화영을 걱정스레 바라보다 체육관을 나왔다.

"왜 나와 있어?"

잠시 후 가쁜 숨을 고르며 체육관 앞에 도착한 태홍이 그녀를 향해 묻자 그녀가 심각한 얼굴로 대답했다.

"관장님이 조금 편찮으신 것 같아요. 안색도 안 좋으시고, 오늘은 일찍 들어가서 주무신다고 저 먼저 내려보내셨어요."

설미의 말에 태홍이 체육관 위쪽을 올려다보았다.

"내일도 관장님 상태 안 좋으시면 내가 책임지고 병원 모시고 갈 거예요."

예쁘게도 말하네. 화영을 진심으로 걱정하는 설미가 태홍은 오늘따라 더더욱 예뻐 보였다.

태홍이 그녀의 손을 잡아끌었다.

"가자."

나란히 집을 향해 걸으며 태홍은 깍지 낀 그녀의 작은 손을 들어 이리저리 살펴보았다. 그러자 설미가 고개를 갸웃했다.

"왜요?"

"너 손가락 진짜 못생겼다."

"뭐요? 에잇!"

설미가 발끈하며 깍지 낀 손을 빼내자 태홍은 당황하며 손가락으로 옆에 있는 치킨집을 가리켰다.

"치킨 먹을래? 맥주도 사 줄게."

"됐어요! 손가락이 못생겨서 치킨 못 뜯어요."

설미는 툴툴거리며 골목으로 먼저 올라가 버렸다. 태홍은 재빨리 그런 그녀의 뒤를 따라갔다.

"삐졌어? 내가 하려던 말은 그게 아니라……."

왜 반지를 안 끼냐고 묻고 싶었다. 저번 날 자신이 길바닥에 버린 반지를 그녀가 주워 가고 아직 돌려받지 못했다. 물론 반지의 주인은 그녀니까 돌려받지 않는 게 당연했다. 그래서 태홍은 기다렸다. 그녀가 반지를 끼고 나오기를. 그런데 그녀는 반지의 존재를 까마득히 잊은 듯했다.

그게 아니면 반지가 마음에 안 들었나? 내일 다시 사러 갈까? 그래, 새로 사서 이번엔 직접 끼워 줘야겠어.

머릿속으로 계획을 세우던 태홍이 문득 서늘한 기운에 고개를 들어 보니, 설미가 무섭게 노려보고 있었다. 태홍은 흠칫 놀라 한 걸음 뒤로 물러났다. 하지만 설미가 쿵쾅쿵쾅 발걸음 소리를 내며 걸어왔다.

지이이익.

그의 앞에 멈춰 선 그녀는 갑자기 트레이닝복 지퍼를 내리더니 티셔츠 속으로 손을 집어넣었다.

"길거리에서 지금 뭐 하는 거야!"

태홍이 그녀를 말리려는데, 설미는 그를 한 번 흘겨보곤 목에 건 목걸이를 꺼내 흔들었다. 목걸이 줄에 매달린 반지가 가볍게 흔들리고 있었다. 태홍의 기분이 금세 풀어졌다.

하지만 그것도 잠시.

"서태홍 씨, 사실은 여자 한 번도 안 사귀어 봤죠?"

그녀의 갑작스러운 공격에 태홍은 움찔했다.

"제가 왜 반지를 손에 안 끼우고 목걸이에 끼웠을까요?"

"그, 글쎄……."

"나쁜 놈 잡는 감은 좋으면서, 왜 이런 감은 없으실까?"

설미는 엄지손가락에 반지를 끼운 후 손가락을 아래쪽으로 휙 뒤집었다. 그러자 반지가 툭, 하고 떨어지더니 다시 목걸이 줄에 걸려 달랑거렸다.

"엄지에 넣어도 빠지는 반지를 왜 준 거예요? 다른 여자 같았으면 서태홍 씨 바로 차였어요. 이런 것도 내가 봐줬는데, 뭐? 손가락이 못생겨? 와…… 황당해."

설미는 뒤로 휙 돌아 다시 집으로 향했다. 태홍은 낭패감에 이마를 긁적이다 달려가 그녀를 뒤에서 껴안았다.

"미안해. 내가 그런 걸 사 봤어야 알지. 처음이라 실수했어. 다시 사 줄게."

귓가에 울려 퍼지는 태홍의 진심 어린 음성에 설미의 마음은 금세 풀려 버렸다.

설미는 그런 자신의 마음을 숨긴 채 어깨 위에 내려앉은 태홍의 얼굴을 힐끔 보다가 그와 눈이 마주쳤다. 뜨겁게 바라보는 태홍의 시선에 양 볼이 후끈 달아올랐다.

"놔줘요. 누가 봐요……. 으흣!"

하지만 놓아주기는커녕 태홍은 뒤에서 그녀를 안은 채로 손을 잡아 올려 손등에 키스를 했다. 손등이 호강한다 싶을 정도로 정성스러운 키스였다.

천천히, 부드럽게, 입술의 움직임이 예민하게 느껴졌다. 입술에 하는 키스보다 훨씬 더 자극적이고, 머릿속까지 뒤흔들릴 정도로 온몸이 떨렸다.

그런데 그때였다.

"쌤!"

몸을 겹치고 있는 두 사람의 뒤에서 혜린의 목소리가 들렸다. 깜짝 놀란 설미는 엄청난 순발력을 발휘해서 태홍의 손을 잡아 꺾어 그대로 옆으로 밀어 버렸다. 이러려고 호신술을 배운 건 아니었지만, 유용하구나 싶었다.

퍼억!

홀린 듯 그녀의 손등에 키스하다가 기습 공격을 당한 태홍은 그만 뒤로 넘어지고 말았다. 설미는 자빠진 태홍을 보고 미안했지만, 애써 모르는 척하며 뒤로 돌았다.

그런데 순간 설미의 두 눈이 휘둥그레졌다.

"얘……들아?"

뒤에 있는 건 혜린만이 아니었다. 혜린을 포함한 육상부원 다섯 명이 어리둥절한, 혹은 야릇한 표정으로 서 있었다.

□ ■ □

"쌤이 요즘 호신술 배우잖아. 그래서 실전 대비를 위해 한번 해 본 거야. 정말이야."

거실 테이블을 두고 둥그렇게 모여 앉은 제자들을 향해 설미는 태홍과 백허그 자세로 있었던 것에 대해 열심히 변명했다. 하지만 제자들의 관심은 다른 데 있었다.

"아까 그 오빠 뒤에서 봤는데 모델인 줄……."

"앞에서 보니 배우인 줄……."

"혜린아! 그 오빠 경찰이라고 했지? 완전 더 멋있다."

그 어느 때보다도 아이들의 눈이 초롱초롱 빛났다.

"얘들아. 그 뒤태 죽이고 잘생긴 남자가 너희 선생님 애인이란 다."

설미는 허리를 곧게 펴고 당당한 자태로 앉아 머리카락을 귀 뒤로 넘겼다.

"쌤! 정말 아까 그 오빠가 쌤 남친이에요? 말도 안 돼."

"설미 쌤도 나쁘진 않지만…… 그 오빠는 완전……."

믿지 못하는 아이들의 반응에 설미는 씁쓸하며 입맛을 다셨다.

딩동.

그때 벨이 울렸다. 누구지? 하며 설미가 문을 열었다.

"피자 배달 왔습니다."

"네? 피자 안 시켰는데요?"

그런데 또 한 명의 배달원이 올라왔다.

"치킨 배달 왔습니다."

그리고 또 다른 배달원이 나타났다.

"아이스크림 배달 왔습니다."

설미가 어리둥절한 얼굴로 세 명의 배달원을 향해 말했다.

"저 안 시켰는데요?"

"여기 맞는데요. 앞집에서 보내셨다고 했어요."

"놓고 갑니다."

"맛있게 드세요!"

배달원들은 음식들을 놓고 후다닥 사라져 버렸다. 뒤쪽에서 아이들이 환호를 하며 달려 나왔다.

"쌤 남친이 보낸 거예요?"

"꺄! 대박! 완전 멋있어!"

아이들은 앞집을 향해 일제히 소리쳤다.

"잘 먹겠습니다!"

먹성 좋은 아이들은 순식간에 피자와 치킨을 다 먹어 치우고, 아이스크림을 먹기 위해 스푼을 들었다.

"너무 맛있다. 쌤은 좋겠어요. 디저트까지 챙겨 주는 남친이라니……."

"쌤! 너무 부러워요. 앞집에 살면, 혜린이 넌 저렇게 잘생긴 사람을 매일 아침마다 보는 거야?"

"나도 여기로 이사 올래!"

아이들은 부럽다고 난리를 치며 열심히 아이스크림을 먹었다. 아이스크림 통도 금세 바닥을 드러내기 시작했다.

"얘들아. 다음 주 전국체전 예선 있는 거 알지?"

설미의 말에 아이들의 얼굴이 곧바로 시무룩해졌다. 그중 유독 혜린의 표정이 좋지 않았다. 설미는 걱정스레 제자들을 바라보았다.

"에이. 표정들이 왜 그래?"

"어차피 혜린이 빼고 우린 예선 탈락일 텐데요, 뭘."

아이들의 대답에 설미는 그제야 유독 혜린의 표정이 좋지 않았던 이유를 알았다. 혜린은 사람들의 기대치에 부응하지 못할까 두려웠던 것이다. 자신에게 시선이 모이자 혜린은 조용히 자리에서 일어나 방으로 들어가 버렸다.

아이들이 걱정 어린 눈으로 방문을 바라보자 설미는 고개를 끄덕이며 괜찮을 거라고 안심시켰다. 급격히 분위기가 식자 아이들은 가야겠다며 주섬주섬 가방을 둘러멨다.

아이들을 데리고 설미는 버스 정류장으로 향했다.

"조심히 들어가고. 다들 집에 도착하면 쌤한테 문자 해라? 응?"

"네!"

"그리고 얘들아."

아이들의 시선이 설미에게로 향했다.

"예선에서 탈락해도 기록은 남아."

"……."

"너희들 이름 석 자에 기록이 남는다고."

당연한 이야기였지만 이번 대회에 별다른 기대감이 없었던 아이들에겐 새로운 의미로 다가왔다.

"쌤의 마지막 기록은 실격이야."

아이들의 두 눈이 휘둥그레졌다. 여자 육상 100미터 한국 신기록 보유자인 그녀의 마지막 기록이 실격이라니, 믿기지가 않았다.

"사실이야. 10년 전에 선생님은 부상을 입고 트랙 위에 섰었어. 하지만 결국 중간에 쓰러지는 바람에 다른 사람의 도움을 받아서 결 승선을 통과했지. 어떻게든 끝까지 달리고 싶었거든. 하지만 다른 사람의 도움을 받았기 때문에 실격이었어. 그 후에 다시 트랙 위에 서려고 열심히 수술하고 재활도 했는데, 결국 다시 서지 못했어."

설미의 얘기를 들은 아이들은 숙연해졌다.

"언제가 마지막 기록이 될지 모르잖아. 그러니까 예선이든 뭐든 그런 거 상관없이 자기 자신한테 부끄럽지 않게 최선을 다하자! 오 늘은 가서 푹 쉬고. 알았지?"

"네!"

아이들이 큰 목소리로 대답했다. 마침 버스가 도착하고, 아이들이 올라탔다.

멀어지는 버스를 바라보고 서 있는데 설미 옆으로 누군가 다가섰 다.

"임설미 멋있네?"

고개를 돌리자 태홍이 설미를 지그시 바라보고 있었다.

"내 생각보다 훨씬 더 멋있는 선생이었어."

"다 들었어요?"

태홍이 고개를 끄덕였다. 설미는 부끄러운 마음에 얼굴이 발그레 해져서 말을 돌렸다.

"참! 피자랑 치킨이랑 아이스크림 너무 잘 먹었어요. 돈 많이 썼 죠? 얼마 나왔어요? 내 제자들이니 제가 낼게요."

"아까 하던 거 마저 하는 걸로 퉁치자."

그러면서 태홍의 시선이 설미의 손으로 향했다. 설미는 아슬아슬

했던 아까의 그 감각들이 떠올랐다. 손등 키스가 그렇게 야한 스킨십인지 난생처음 알았다.

태홍도 그것을 떠올렸는지 그의 눈빛이 노골적으로 무언가를 갈구하는 듯했다.

위험해!

설미는 손으로 부채질을 하며 재빨리 뒤로 돌았다.

"어우, 더워. 우리 빨리 집에 가요."

하지만 태홍은 지지 않고 그녀를 뒤쫓아 가며 말했다. 그녀를 놀리는 것에 재미가 들린 듯했다.

"집에 가서 하자고?"

흐억.

순간 놀라서 경직됐던 설미는 태홍의 말은 못 들은 척 더욱더 빠른 걸음으로 골목을 올라갔다. 그런 그녀가 귀여워 죽겠다는 듯 태홍의 입가에 미소가 번졌다.

혜린과 설미는 훈련을 위해 아침 일찍 서둘러 학교로 향했다.

어제부터 계속 저기압이던 혜린은 체육관에 도착해서도 마찬가지였다. 혜린을 걱정스레 바라보던 설미는 그녀의 머리를 쓰다듬어 주었다.

"괜찮아……."

괜찮다는 설미의 한마디에 혜린의 눈에서 왈칵 눈물이 쏟아졌다. 설미는 혜린을 안아 주며 등을 토닥였다.

"혜린아, 너 그거 알아? 한바탕 울고 트랙 위를 달리면 속이 엄청 시원하다? 그러니까 실컷 울고, 가서 뛰어 봐. 쌤 말이 맞는지 틀린지."

"네……. 흐윽……. 으앙."

설미가 위로하자 혜린이 소리 내어 크게 울었다. 한동안 대성통곡하던 혜린은 더 이상 눈물이 나오지 않자 훌쩍이며 인사를 하고 밖으로 나갔다.

잠시 후 설미도 학생부실로 향했다. 학생부실 창문 밖으로 운동장을 질주하는 혜린을 볼 수 있었다. 혜린의 표정은 한결 가벼워 보였다.

다행이라는 생각을 하며 설미가 의자에 앉으려는데 학생부실 문이 열렸다.

"와우, 혜린이 더 빨라졌던데요?"

혜린을 봤는지 찬희가 학생부실에 들어서며 감탄했다.

"역시 노력은 배신을 하지 않아요."

찬희가 웃으며 말했다. 혜린은 정말 하루 종일 연습만 하는 아이였다. 그동안 혜린을 감시하느라 그 사실을 잘 알고 있던 찬희는 왠지 뿌듯했다.

설미는 찬희를 자리로 안내하곤 음료수를 내밀었다.

"죄송해요. 여기까지 오시게 만들어서……."

찬희는 괜찮다고 손사래를 치며 자리에 앉았다. 마주 보고 앉은 두 사람은 무겁게 이야기를 시작했다.

"언니분은 만나 보셨어요?"

"사실 저희 언니가…… 지금 교도소에 있어요……."

찬희가 놀란 눈으로 그녀를 바라보았다. 당연한 반응이었다. 설미는 애써 아무렇지도 않은 척 웃었다.

"언니가 교도소에 있는 건 태홍 씨도 알아요."

"아…… 그렇구나. 그래서 직접 만나서 얘기를 하겠다고 한 거였군요? 면회를 가야 하니까."

"네. 근데 만나지 못했어요. 면회 금지라고 하더라고요. 저뿐 아니라 다른 분도 못 만나셨대요. 어떡하죠?"

"그럼 제가 만나 봐야겠네요. 언니분 성함을 좀 알 수 있을까요?"

설미는 순간 선희가 경찰이 찾아오면 자신을 모른다고 하라고 신신당부했던 것이 떠올랐다. 하지만 상대는 태홍이 가장 아끼는 후배였다. 잠시 망설이다 설미가 대답했다.

"선희요."

"네?"

이름을 들은 찬희의 눈빛이 순간 크게 흔들렸다. 덩달아 설미의 표정에도 불안한 기색이 스쳤다. 그것을 알아챈 찬희는 다시 싱긋 웃으며 말했다.

"설미 씨. 지금부터 제가 이것저것 물어봐도 이해 좀 해 주세요. 혹시나 작은 단서라도 찾을 수 있지 않을까 해서요."

찬희의 반응이 의아했지만 설미는 고개를 끄덕였다. 이후 찬희는 선희에 대해 몇 가지 질문을 던졌고, 설미는 아는 선에서 성실히 답했다.

"마지막으로, 혹시 언니분…… 어느 고등학교 나왔나요?"

"아마 한국고일 거예요. 근데 그건 왜요?"

"아……니에요. 아무튼 언니분은 제가 직접 만나 볼 테니, 너무 신경 쓰지 마세요. 정석범이 언니분과 정말 관계가 있는지도 아직 모르는 거고, 아직까진 정석범의 증언만 있을 뿐이니까요. 제가 좀 더 알아보고 연락드릴게요."

"네. 부탁드려요. 그리고 언니 만나면…… 저한테 꼭 연락 좀 달라고 전해 주실 수 있으세요?"

"그럼요. 전해 드릴게요. 그럼, 바쁘실 텐데 가 보겠습니다. 수고하세요."

찬희는 급히 자리에서 일어나 밖으로 나갔고, 설미는 그대로 자리에 앉아 마지막으로 보았던 언니의 모습을 떠올렸다.

'몸 건강해라. 그리고…… 이젠 오라고 안 할게. 오늘이 마지막

이야. 선생이 이런 곳 자주 오면 안 되지. 그럼 먼저 갈게.'

쓸쓸해 보였던 언니의 뒷모습이 계속 눈앞에 아른거렸다.

언니에게 도대체 무슨 일이 있었던 걸까?

설미는 한숨을 길게 푹 내쉬곤, 속상한 마음에 핸드폰 액정을 손가락으로 툭툭 건드려 메시지 창을 띄웠다.

[바빠요?]

[응.]

바쁘다면서 답장은 칼이었다. 설미는 그를 방해하고 싶지 않아 메시지 창을 닫았다. 그 순간 핸드폰이 울렸다. 태홍이었다.

바쁜 사람이 전화는 왜 해?

설미는 투덜거리면서도 얼른 전화를 받았다.

"바쁘신데 왜 전화했어요?"

— 너한테 허락 맡을 게 있어서.

"뭔데요?"

— 나 지금 여자 만나러 가거든. 만나도 돼?

"죽을래요?"

— 아니.

"그럼 뭐예요? 여자를 왜 만나는데요? 벌써 양다리예요?"

— 일 때문에 검사를 만나야 하는데 여자라서 물어보는 거야.

설미가 어금니를 꽉 깨물었다.

"일 때문이면 당연히 만나셔야죠. 그런 걸 왜 물어봐요? 지금 나 놀리는 거죠!"

— 알았어. 그럼 만나도 된다는 거지?

"잠깐만요! 그 여자 검사 예뻐요?"

수화기 너머로 태홍의 웃음소리가 들리자, 설미의 얼굴이 발그레해졌다.

"아, 아무튼 한눈팔면 죽어요!"

태홍이 웃음을 머금은 목소리로 말했다.

— 기분 좋네.

"뭐가요!"

— 네가 화내니까.

"화를 낸 건 아닌데……."

질투하는 자신이 너무 어색하고 부끄러워서 괜히 더 퉁명스럽게 굴었다. 하지만 태홍의 밝은 목소리에 설미는 제 안에 가득 차 있던 질투심을 모두 거두었다. 설미가 다정한 목소리로 말했다.

"바쁘더라도 식사 거르지 말고 잘 챙겨 먹어요. 이따 저녁에 봐요."

— 어. 너도 밥 너무 많이 먹지 말고. 딴 남자랑 말도 섞지 말고, 눈도 마주치지 마.

"나 감시하려고 전화했어요?"

그가 전화를 한 진짜 용건은 마지막에 있었다.

— 그냥 전화해 봤어. 자꾸 보고 싶어서.

□　■　□

오늘의 날씨는 한 걸음 내딛는 것조차 힘겨울 정도로 더웠다. 하지만 푹푹 찌는 찜통더위 속에서도 태홍의 얼굴에선 미소가 떠나질 않았다.

이렇게 행복해도 되는 걸까?

심지어 이 행복이 언제 깨질까 두렵고 불안한 마음이 들기까지 했다. 정신 차리자. 어떻게 얻은 행복인데, 절대 쉽게 놓치지 않을 것이다. 자신을 위해서이기도 하지만, 그녀를 위해서이기도 했다. 태홍은 밝고 순수한 그녀의 미소를 오래도록 지켜 주고 싶었다.

검찰청 근처 카페에 들어선 태홍은 창가 쪽 구석에 자리를 잡고 앉았다. 그리고 얼마 지나지 않아 그레이 톤의 정장을 입은 여자 한 명이 또각또각 구두 소리를 내며 다가왔다.

"오래간만이다? 서태홍."

태홍과 마주 보고 앉은 차채경 검사는 약간 상기된 얼굴로 그를 향해 손을 내밀며 악수를 청했다. 그녀는 태홍과 동갑내기로 관계를 설명하자면, 쉽게 말해 엄마 친구의 딸이었다.

태홍은 가볍게 그녀의 손을 잡았다 놓은 후 들고 있던 서류 봉투를 내밀었다.

"만나자마자 일이야?"

채경은 얼마 전 골칫거리 사건을 맡은 탓에 며칠 동안 잠도 제대로 못 잤다. 당직실에서 겨우 눈을 붙이고 누워 있는데 태홍의 연락을 받았다. 그 후 부랴부랴 근처 사우나에서 씻고 옷도 최대한 단정히 갈아입고 달려 나왔는데 그는 인사도 없이 다짜고짜 서류부터 내밀었다.

채경은 몹시 서운했지만, 애써 그 마음을 감추고 태홍이 내민 봉투 속 서류들을 꺼냈다. 서류를 살피는 채경을 향해 태홍이 물었다.

"너 이번에 정석범 사건 맡았다며?"

사실 채경은 정석범 사건이 태홍과 관련되어 있음을 알고, 후배 검사가 맡으려던 사건을 일부러 가로챘다. 하지만 모르는 척 시치미를 뗐다.

"나도 놀랐어. 어쩌다 보니 이 사건을 맡게 됐는데, 정석범이더라. 근데 이 자료는 뭐야?"

"정석범이 저지른 최초의 살인이야. 그것부터 조사해 줘."

태홍이 가져온 서류는 상윤의 죽음과 관련된 자료들이었다. 교통사고를 위장한 타살임을 입증하는 스키드 마크라든지, 운전자와 정석범 똘마니와의 관계, 통장 내역, 증인들의 진술 등 각종 증거 자료들을 본 채경은 고개를 들어 태홍을 바라보았다.

"좋아. 이건 내가 접수할게. 근데 서태홍. 네가 알아야 할 것이 있어."

"말해."

"정석범 뒤를 봐주는 세력이 있어. 그것도 꽤 큰."

예상했던 바였다. 광수대 내에도 정보를 흘리는 자가 있어 정석범에게 도주 경로를 열어 주었고, 심지어 찬희를 기습 공격 하기까지 했다. 하지만 그 세력이 누구인지 광수대에서 쫓겨난 태홍이 알아내기에는 역부족이었다.

반면 사건을 담당하고 있는 채경은 뭔가 아는 눈치였다.

"정석범의 뒤에는 클럽 BB가 있어."

"그게 뭔데?"

"이 서류 보니까 이상윤 경위 사고 관련이네? 이상윤 경위 말인데, 2년 전 특수부랑 공조해서 비공개로 클럽 BB를 조사하고 있었어."

태홍은 죽기 몇 달 전 갑자기 말이 없어지고, 따로 행동하고, 부쩍 비밀이 많아졌던 상윤을 떠올렸다.

"클럽 BB는 정재계 고위직 인사들의 비자금을 관리해 주는 곳이야. 쉽게 말해 자금 세탁을 해 주는 곳이랄까. 2년 전 이상윤 경위가 죽고, 담당 검사들도 다 옷 벗고 나갔어. 결국 클럽 BB의 실체를 밝히지 못하고 흐지부지된 거야. 네 말대로 정석범의 최초 살인이 이상윤 경위라면, 정석범과 클럽 BB가 관계가 있다는 것을 입증한 셈이지."

"형이 정석범을 쫓았던 이유가 클럽 BB 때문이었다는 거야?"

"아마도 그럴 거야. 클럽 BB를 쫓던 이상윤 경위가 그 시기에 정석범 검거에 독이 올라 있었어. 단순히 마약범 검거 때문만은 아니라고 봐야겠지. 정석범과 이상윤 경위 일은, 모두 클럽 BB 때문에 벌어진 한 사건으로 봐야 해."

역시 검찰 쪽 정보력은 변두리 경찰서에 있는 자신의 발보다 빠르고 정확했다. 클럽 BB에 대해 설명하는 채경을 보며 태홍은 요새 자신이 많이 나태해진 건 아닌지 반성하게 되었다.

예상대로 정석범 사건은 끝난 게 아니었다. 오히려 이제 시작이었다.

"이번에 광수대 총경이 바뀐대. 광수대로 다시 복귀할 생각이 있다면 지금이 기회야."

"그건 내가 알아서 하니까 신경 쓰지 말고, 계속 얘기해 봐. 클럽 BB 조사는 어디까지 진행됐는데?"

"이제 겨우 시작 단계야. 일단 정석범 주변 인물부터 하나씩 조사 중이야."

채경은 태블릿 PC로 정석범 주변 인물 리스트를 보여 줬다.

"네가 정석범에 대해 나보다 더 잘 아니까, 이 중에 특히 주목해야 할 인물이 있나 한번 봐 줘."

명단을 눈으로 살펴보던 태홍의 시선이 어느 한 곳에 머물렀다.

「선희」

굵은 글씨로 쓰인 이름을 한참 동안 내려다보던 태홍은 '교도소 복역 중'이라고 쓰여 있는 특이 사항을 보는 순간 숨이 턱 막혔다.

그것을 눈치채지 못한 채경이 말했다.

"명단에 선희라는 여자 있지? 일단 그 여자부터 만나 보려고."

"왜?"

"왜라니. 정석범이 잡히기 전 마지막으로 찾아간 게 그 여자 동생이잖아."

"동생?"

태홍은 그대로 굳어 버렸다. 머릿속이 여러 가지 생각들로 뒤엉켰다. 그 사이로 언니가 교도소에 있다고 고백하던 설미가 떠올랐다.

'그 언니가…… 선희였어?'

그러니까 정석범은 설미를 우발적으로 납치한 게 아니라는 소리였다. 바로, 설미가 선희의 동생이었기 때문이다. 그 말은 다시, 정혜린이 설미의 집으로 들어온 것도 정석범의 사주였다는 뜻이다. 다행히 설미가 크게 다치지 않고 정석범을 검거했기에 망정이지, 그녀가 잘못되기라도 했다면……. 생각만으로도 끔찍하다.

태홍은 설미와 선희의 연결 고리를 전혀 알아차리지 못했다는 자책감이 밀려왔다.

"서태홍. 괜찮아? 왜 그래?"

태홍의 안색이 심상치 않자 채경이 걱정스럽게 물었다.

"아무것도 아니야."

"그래? 혹시…… 시간 괜찮으면 점심이나 같이 먹자."

"미안한데 다음에 하자. 약속이 있어서 먼저 갈게. 오늘 나와 줘서 고맙다."

태홍이 황급히 자리에서 일어나자, 레스토랑 예약까지 해 둔 채경은 당황스러웠다. 어떻게든 그를 설득해 같이 점심을 먹고 싶었지만, 그는 이미 카페를 빠져나간 뒤였다.

주차장으로 향한 태홍은 차 문을 열어 둔 채 어디론가 전화를 걸었다. 통화가 연결되자 그는 다짜고짜 소리부터 질렀다.

"유찬희! 죽고 싶어? 나한테 왜 말 안 했어? 왜!"

길게 내뱉는 찬희의 한숨 소리가 들렸다.

— 죄송해요. 제 선에서 해결하려고 했는데⋯⋯. 저도 일이 이렇게 꼬여 버릴 줄은 몰랐어요.

"설미가 선희 동생인 거 알고 있었어?"

— 저도 좀 전에 설미 씨 만나서 얘기 듣고 알았어요.

"이 시간에 네가 설미를 왜 만나? 그 여자도 알아? 자기 언니가 정석범과 관련 있는 거?"

— 네. 납치됐을 때 정석범이 언니 이름 들먹이면서 협박을 했대요. 언니한테 맡겨 놓은 물건이 있으니까 그거 내놓으라고.

"그걸 왜 이제야 말해!"

— 형. 제발 좀 진정해요. 제가 어떻게든 잘 마무리 지을게요. 별일 없을 거예요.

찬희는 정석범 뒤에 클럽 BB라는 커다란 배후가 있고, 거기에 상윤의 죽음마저 관련되어 있다는 사실을 아직 모르는 듯했다. 채경의 말이 사실이라면, 이건 찬희가 마무리 지을 수 있는 수준이 아니었다. 정석범은 클럽 BB 사건의 서막일 뿐이었다.

"유찬희. 이 시간 이후로 정석범 사건은 완전히 종료된 거야."

— 네? 그게 무슨 말이에요?

설미는 전과자인 아버지와 언니 때문에 불우한 어린 시절을 보냈다고 했다. 걸핏하면 찾아와 평화로운 일상을 들쑤시는 경찰들 때문에 친구도 없고, 더러운 유전자라고 친척들에게도 버림을 받았다고 했다. 그런 그녀를 또다시 이런 위험한 사건에 휘말리게 둘 순 없었다. 태홍은 그 어떤 대가를 치르더라도 그녀만큼은 지켜 주고 싶었다.

"설미가 만약 언니 일 물어보면 정석범과 전혀 관계가 없다고 말

해. 그리고 앞으로 정석범 일로 절대 설미 찾아가지 마. 알아야 할
게 있으면 나한테 말해. 내가 할 테니까."

□　■　□

설미가 퇴근 준비를 하는데 핸드폰이 울려 통화 버튼을 눌렀다.
발신인은 오늘 아침에 만났던 찬희였다.

벌써 언니를 만난 건가?

설미는 떨리는 마음으로 찬희를 향해 물었다.

"찬희 씨. 언니 만나셨어요?"

— 언니분은 아직 못 만났어요. 그게 아니라, 오늘 정석범을 만났
는데요.

"네……."

— 설미 씨 언니분이랑 아는 사이는 맞는데, 아주 예전에 사업하
다가 몇 번 본 게 전부래요. 찾고 있는 그 디카도 그때 빌려줬던 건
데, 최근에 다시 필요해져서 찾고 있었나 봐요. 그러니까 결론은, 이
번 저희 수사에 언니분은 전혀 관계가 없다는 거죠. 그러니 더 이상
신경 쓰지 않으셔도 될 것 같아요.

설미의 표정이 밝아졌다. 언니가 정석범이 저지른 사건들과 연관
이 없다고 하니 어느 정도 안심이 되었다. 하지만 한 가지 의문이
들었다.

"근데 정석범이 저희 언니에 대해 아주 잘 알고 있다는 듯이 말
했는데……."

— 겁주려고 그랬대요. 아무 말이나 막 내뱉은 거죠.

"아……."

어딘가 석연찮았지만 찬희가 자신에게 거짓말을 할 이유가 없었

다. 설미는 그를 믿기로 했다.

"알려 줘서 고마워요. 다음번에 제가 맛있는 거 사 드릴게요."

— 아니에요. 제가 사 드려야죠. 그나저나 형수님, 우리 형 잘 부탁드려요.

"네. 다음에 태홍 씨가 속 썩이면 전화할게요. 찬희 씨가 책임져야죠. 저번에 저한테 태홍 씨 좋은 사람이라고 그랬잖아요."

그녀의 농담에 찬희가 호탕하게 웃으며 그러겠다고 대답했다.

전화를 끊고 한결 가벼워진 마음으로 학생부실을 나오는데, 마침 정리를 끝낸 혜린이 다가왔다.

"선생님. 무슨 좋은 일 있으세요?"

"응. 아주 좋은 일. 저기, 혜린아."

"네."

"저녁 뭐 먹고 싶니? 쌤이 맛있는 거 해 줄게."

설미는 콧노래까지 불렀다. 기분이 몹시 좋아 보이는 설미를 혜린이 의아한 눈길로 바라봤다.

잠시 메뉴를 고민하던 혜린이 불쑥 물었다.

"아저씨는 무슨 음식 좋아해요?"

설미는 혜린의 질문에 곰곰이 생각에 잠겼다. 문득 저번 날 그가 아팠을 때 닭죽을 만들어 줬던 것이 생각났다. 떠먹여 주는 닭죽을 넙죽넙죽 잘도 받아먹던 태홍의 모습이 떠오른 설미가 자신 있게 소리쳤다.

"삼계탕으로 가자!"

설미와 혜린은 마트로 향했다. 생닭 두 마리와 안에 넣을 약재와 찹쌀 그리고 마늘 등을 잔뜩 샀다.

한 손에는 장바구니, 한 손에는 아이스크림을 들고 스승과 제자는 나란히 집으로 걸었다.

"쌤. 거실이랑 방에 형광등이 되게 오래가던데."

"어머, 그러고 보니 교체할 때가 한참 지났네? 혹시 네가 갈아 끼웠어?"

"아니요."

"그럼 누가?"

혜린이 다 먹은 아이스크림 막대로 어딘가를 가리켰다. 혜린의 손을 따라 설미가 시선을 옮기니 태홍이 빌라 앞에 서 있었다.

"저번에는 빌라 현관 자동 센서도 새벽에 고치고 계시던데……. 그리고 매일같이 저기서 쌤 올 때까지 기다리시잖아요. 쌤, 몰랐죠? 아저씨는 쌤이 정말 많이 좋은가 봐요."

부끄러워하는 설미를 향해 혜린은 부러운 눈빛을 보냈다.

"그럼 저 먼저 들어갈게요!"

혜린은 설미가 들고 있던 장바구니를 얼른 뺏어 들었다. 그러곤 태홍을 향해 꾸벅 인사를 하고 건물 안으로 뛰어들어 갔다.

설미는 막대에 남은 아이스크림을 마저 한입에 베어 물고 태홍에게로 다가갔다.

"여기서 뭐 해요?"

태홍은 그녀를 지그시 내려다보며 낮은 목소리로 말했다.

"너 기다리잖아."

"어머, 그랬어요? 그럼 혹시, 우리 사귀기 전에도 여기서 나 기다렸던 거였어요?"

"그럼 뭔 줄 알았는데?"

"저는 그냥 답답해서 나와 있나 했죠."

"나 더운 거 엄청 싫어하거든?"

설미가 웃으며 손으로 태홍의 얼굴을 향해 부채질을 해 주었다. 딸기 맛 아이스크림을 먹은 그녀의 달콤한 향이 바람과 함께 불어왔다. 태홍은 그 향에 홀려 그녀를 멍하니 바라보았다.

"서태홍 씨."

그러다 설미의 부름에 정신을 차렸다.

"왜?"

"여. 자. 검사님은 잘 만나고 왔어요?"

설미가 태홍을 흘겨보며 물었다. 태홍은 채경과의 대화가 떠오르자 이내 착잡해졌다.

"어? 지금 그 표정은 뭐예요? 그 여자 검사 떠올린 것 같은데? 이 남자 진짜 안 되겠네!"

"넌 오늘 무슨 기분 좋은 일 있어?"

그가 화제를 돌렸지만, 워낙 기분이 업되어 있던 설미는 방긋 웃으며 신나게 답했다.

"기분 좋은 일? 있었죠!"

"뭔데?"

"사실 오늘 아침에 찬희 씨를 만났어요."

"들었어."

"정말요? 그럼…… 언니 얘기도 들었어요?"

"어. 별일 아니던데? 수사 중인 사건이랑 아무 관련도 없고."

태홍은 태연한 얼굴로 거짓말을 했다. 설미는 그 사실을 꿈에도 모른 채, 태홍의 입을 통해 아무 일도 아니라는 것을 확인하자 마음이 편해졌다. 이제야 비로소 모든 문제가 해결된 것 같았다.

"미리 말 못 해서 미안해요."

"찬희가 나한테 말하지 말라고 시켰다며."

"네. 그렇긴 한데……. 사실 저도 두려웠어요. 그래서 숨겼어요. 정석범 같은 흉악범이랑 언니가 아는 사이라고 하니까, 서태홍 씨가 이 사실을 알면 나 싫다고 하진 않을까……."

"있잖아. 미안한데……."

갑자기 태홍이 굳은 얼굴로 미안하다는 말을 내뱉었다. 그런 그를 보며 설미는 불안함에 손가락을 만지작거렸다.

"뭐가 미안해요?"

태홍이 설미의 손을 잡으며 말했다.

"네 언니가 누구건…… 상관없어."

불안해하는 그녀를 달래기 위한 말이었고, 동시에 제 자신에게 하는 말이기도 했다.

"내가 말한 거 잊었어? 난 너 절대 포기 안 한다고."

태홍이 그녀를 애틋하게 바라봤다.

'네 언니가 누구건. 내 할아버지가 네 언니에게 무슨 짓을 했건. 나는 너 절대 안 놔. 무슨 일이 있어도…….'

태홍은 속으로 굳게 다짐했다.

그런 태홍을 설미가 걱정스레 바라보았다. 그가 평소답지 않게 어딘가 많이 불안해 보였다. 설미는 태홍의 기분을 풀어 주고자 애써 웃으며 입을 열었다.

"서태홍 씨 그거 알아요?"

"……."

"저 사실 여름만 되면 밤마다 악몽을 꿨어요. 근데 요즘은 좋은 꿈, 행복한 꿈을 꿔요. 그리고 그 꿈에 고정 출연 하시는 분이 계세요."

"누군데?"

"서태홍 씨요."

그녀의 갑작스러운 고백에 태홍은 얼떨떨한 얼굴로 그녀를 쳐다봤다.

"무슨 말 좀 해 봐요. 왜 그렇게 빤히 봐요? 부끄럽게……."

"미치겠다. 진짜……."

발그스레한 볼을 손등으로 톡톡 건드리며 부끄러워하는 그녀를 보자 태홍은 더는 참을 수 없었다. 그는 그녀를 와락 안아 버렸다. 그리고 그녀를 품에 안은 채 머리를 쓰다듬었다.

태홍의 넓은 가슴에 얼굴을 묻고 잠시 생각에 잠겨 있던 설미가 고개를 들었다.

"무슨 일인지는 모르겠지만, 힘내요! 서태홍 파이팅!"

설미가 태홍을 향해 불끈 주먹을 들어 보이며 기합을 넣었다. 그녀의 귀여운 동작에 태홍은 어쩔 수 없이 웃음을 터뜨렸다.

"아이스크림 무슨 맛 먹었어?"

"딸기요."

두 눈이 마주치자 두 사람은 자연스럽게 입술을 겹치며 키스를 시작했다.

□　■　□

한낮의 기온은 35℃를 웃돌았다. 내일은 비가 온다더니 축축하고 습한 공기가 불쾌지수를 높였다.

태홍은 계절 중 여름을 가장 싫어했다. 이유는 10년 전 자신의 인생을 뒤흔들었던 두 사건 모두 여름에 벌어졌기 때문이다. 오늘의 날씨는 유독 그날과 닮아 있었다. 소름 끼칠 만큼.

선희와 설미가 자매라는 사실을 안 순간부터 태홍은 자신의 감정을 컨트롤하기가 어려웠다. 자꾸만 머릿속에 한 사람이 떠올랐다.

아닐 거야. 아니겠지……. 절대 그래선 안 돼.

태홍은 단순한 기우일 거라고 생각하며 청주 교도소 접견실에 들어섰다. 그는 착잡한 마음을 뒤로하고 의자에 앉았다. 그러곤 유리창 너머로 재소자들이 들어오는 문을 주시했다. 한참이 지나서야 그 문이 열렸다.

문을 열고 접견실에 들어선 선희의 눈빛이 태홍을 보자 흔들렸다. 하지만 곧 마음을 굳게 먹은 모양인지 그녀는 빙긋 웃으며 의자에 앉았다.

"오래간만이야. 우리, 10년 만인가?"

태연한 척했지만 그녀의 목소리는 가느다랗게 떨렸다. 그것을 눈치챈 태홍은 선희의 얼굴을 찬찬히 살펴보았다. 그녀의 눈동자에 물기가 차올라 있었다. 이 문을 열고 들어오기 전 울었던 게 분명했다. 그리고…… 목 주위가 울긋불긋 부어 있었다.

하지만 태홍은 무심한 척 말했다.

"다른 사람 면회는 다 거절했다고 들었어."

"너는 특별하잖아."

"어떻게 특별한데?"

"학교 다닐 때 내가 너 좋아했잖아. 몰랐어?"

"……"

"어머, 몰랐나 보네?"

선희는 쓸쓸한 얼굴로 말했다.

"그래서 네 할아버지도 믿었던 건데……."

할아버지라는 말에 태홍의 눈동자가 얼어붙었다. 설미를 볼 때마다, 선희를 생각할 때마다 자꾸만 같이 떠오르는 사람은, 바로 할아버지였다.

"10년 전 그날 도대체 왜 도망간 거야? 내가 진술해 줄 테니까 같이 경찰서 가자고 했잖아!"

"왜 도망갔을 거라고 생각해?"

"무슨 말이야?"

"넌 아직도 네 할아버지에 대해 잘 모르는구나?"

선희는 그를 불쌍하다는 듯 바라보았다.

"오늘 날씨 진짜 좋지 않니?"

선희가 엉뚱한 소리를 했다.

"갑자기 날씨 얘기는 왜."

"서태홍."

선희가 자신의 이름을 힘주어 부르자 태홍은 복잡한 얼굴로 선희를 바라보았다. 그녀는 태홍의 표정은 아랑곳하지 않은 채 교도관의 눈치를 보며 아침은 뭘 먹었으며, 내일은 뭘 할 거며, 쉴 새 없이 떠들었다.

태홍은 뒤늦게 그녀가 손가락으로 허공에 뭔가를 적고 있는 것을 알아챘다.

'도와줘.'

글씨를 읽은 태홍은 놀란 눈으로 선희를 바라보았다. 선희는 분명 웃는 얼굴이었다. 하지만 눈은 울고 있었다. 그리고 자신감 넘치는 말투와는 어울리지 않게 떨리는 목소리. 웃고 있으면서 울고 있는 여자.

태홍은 선희의 모습이 이질적으로 다가왔다.

"나 동생 면회도 거부한 여자야. 알지?"

"동생 걱정은 하지 마."

태홍이 그녀의 속내를 읽자 선희는 잠시 멈칫하더니 너스레를 떨었다.

"어떻게 안 해? 나 없으면 걔 혼잔데……."

"혼자 아니야."

"무슨 말이야?"

태홍은 설미 옆엔 자신이 있다고 말하고 싶었지만 그럴 상황이 아니었다.

"너도, 그리고 네 동생도 혼자가 아니라고. 그러니까 이번엔 도망가지 말고 기다려."

"내가 널 왜 기다려?"

퉁명스럽게 말하면서도 선희는 눈으론 그러겠다고 대답했다. 그리고 손가락으로 '출소, 만나'라고 적고 있었다. 출소 후에 만나자는 얘기 같았다. 태홍은 짧게 고개를 끄덕였다.

면회 시간이 다 되었는지 교도관이 자리에서 일어났다. 그녀는 교도관을 따라 뒤도 돌아보지 않고 접견실을 나갔다. 접견실에 들어설 때처럼 당당한 자태로.

그 뒷모습을 지켜보던 태홍은 무거운 마음으로 교도소를 나왔다.

얼마 전 설미와 만났던 버스 정류장을 지나쳐 가며 태홍은 갑자기 설미가 너무 그리워졌다. 그녀를 빨리 만나야겠다는 생각으로 차의 속력을 높였다.

□ ■ □

문화고에 도착한 태홍은 근처 주차장에 차를 세운 뒤 담배를 꺼내 물고 차에서 내렸다. 시계를 보니 다행히 육상부 훈련이 끝나기 전이었다.

"이거 놔요!"

막 담배에 불을 붙이려는데 어디선가 여자의 비명 소리가 들려왔다. 목소리의 주인공은 설미였다!

태홍은 담배를 내던지고 즉시 소리가 나는 쪽으로 고개를 돌렸다. 멀지 않은 곳에서 검은 양복을 입은 남자들이 설미를 억지로 차에 태우고 있었다. 그리고 설미를 태우자마자 차는 빠른 속도로 골목을 빠져나갔다.

태홍은 서둘러 차에 올라타 핸들 중심부를 주먹으로 사정없이 내리쳤다. 요란한 클랙슨 소리와 함께 태홍의 차가 좁은 골목길을 후진했다. 골목을 빠져나온 태홍의 차는 이내 도로를 질주하기 시작했다.

도대체 누가 그녀를 납치한 걸까? 이유는? 목적은?

머릿속으로 용의자를 떠올려 봤다. 하지만 아무런 생각이 나지 않았다. 태홍은 속이 타들어 갔다.

그는 차량들을 피해 곡예 운전을 했다. 그 덕분에 순식간에 납치한 차를 따라잡을 수 있었다. 태홍은 더욱 속력을 높여 그대로 앞의 차를 들이박았다.

쾅!

충격을 받은 차는 얼마 못 가 멈추었다. 태홍은 재빨리 차에서 내려 납치한 차의 운전석 문을 열고 남자의 멱살을 잡아 끌어냈다. 그러곤 곧바로 남자의 얼굴에 주먹을 날렸다.

퍼억!

남자가 쓰러지고, 조수석에 탔던 또 다른 남자가 태홍을 향해 달려왔다. 태홍은 그 남자의 복부를 발로 걷어차 넘어뜨렸다. 남자들을 제압하면서도 태홍의 시선은 뒷좌석에 갇힌 설미에게로 향해 있었다. 설미가 겁에 질린 얼굴로 차에서 내렸다.

그리고 설미를 따라 차에서 내린 중년 여성이 부들부들 떨며 소리를 질렀다.

"저 깡패는 뭐야? 당장 경찰 불러!"

호들갑을 떠는 표 여사를 뒤로하고 설미는 태홍에게로 달려가 그의 팔을 붙들었다.

"태홍 씨, 그만해요."

태홍은 그녀의 어깨를 감싸며 머리부터 발끝까지 다친 곳은 없는지 살펴보았다.

"어떻게 된 거야?"

"그게⋯⋯."

설미가 대답을 머뭇거렸다.

"너 이 계집애. 이젠 하다못해 깡패까지 동원했니?"

표 여사가 달려와 설미의 뺨을 향해 손을 치켜들었다. 태홍은 무섭게 굳은 얼굴로 표 여사의 팔을 잡아 꺾어 버렸다.

"아악. 이거 놔!"

아프다고 난리 치는 표 여사를 노려보며 태홍이 살벌한 음성으로 말했다.

"아줌마 뭔데 내 여자 몸에 손을 대? 죽고 싶어?"

태홍의 매서운 눈빛에 기가 죽은 표 여사는 잠시 움찔했다가, 이내 주변으로 모여든 사람들을 향해 소리쳤다.

"아이고, 나 죽네. 누가 여기 경찰 좀 불러 줘요!"

사람들이 웅성거리자, 설미는 난처한 기색으로 태홍을 말렸다. 태홍이 표 여사의 팔을 던지듯 놓자 그녀가 균형을 잃고 비틀거려 설미가 부축했다.

"괜찮으세요?"

"이거 놔!"

표 여사가 설미의 손을 거칠게 뿌리쳤다. 보다 못한 태홍은 설미를 끌어다 자신의 뒤에 숨겼다. 표 여사는 두 사람의 모습을 기가 막힌다는 얼굴로 바라보며 혀를 찼다.

"너 남자가 있었구나? 하여튼 만나도 꼭 저 같은 깡패 새끼를. 뭐 잘됐네. 남자도 있겠다, 앞으로 내 아들 근처엔 얼씬도 하지 마! 알았니?"

태홍은 설미를 쳐다봤다. 상황을 설명해 달라는 눈빛이었다. 태홍

앞에서 이런 모습을 보이고 싶지 않았던 설미는 체념하듯 말했다.

"저번에 제가 말했던 그 선생님…… 모친이세요. 사모님께서 뭔가 오해를 하신 것 같아요."

설미의 말이 끝나기가 무섭게 표 여사가 삿대질을 했다.

"뭐? 오해? 얘가 또 사람 이상하게 만드네. 설미야, 이래서 내가 널 반대한 거야. 푼돈 뜯어내려다가 차에 치여 죽은 자해 공갈단 애비에, 마약 밀수범 언니에, 깡패 애인까지. 너랑 참 잘 어울리는……."

"아줌마."

더 이상 참지 못하고 태홍이 폭발하려는 순간, 사이렌을 울리며 경찰차가 섰다. 표 여사의 얼굴에 화색이 돌았다.

"경찰 왔네. 넌 죽었어. 여기요! 여기예요!"

경찰차에서 내리는 경찰들을 표 여사가 의기양양하게 불렀다. 하지만 그녀의 바람과는 달리 경찰들은 쪼르르 태홍에게 달려가 고개를 숙였다.

"경위님. 무슨 일이십니까? 사고 나셨습니까?"

"사고가 크게 날 뻔했지. 잘 왔다. 견인차나 불러."

회철이 태홍의 차 상태를 살펴보며 걱정스레 묻자, 태홍은 잔뜩 귀찮은 얼굴로 지시했다. 태홍의 지시에 바쁘게 움직이는 회철을 보며 표 여사는 자신의 귀를 의심했다.

경위? 이 깡패 같은 놈이 경찰이라고?

태홍은 경찰차로 가서 수갑을 꺼내 들었다. 그리고 다시 돌아오는 태홍을 본 설미는 표 여사를 향해 작게 속사포처럼 얘기했다.

"사모님, 저 사람 분명 사모님 경찰서로 끌고 갈 거예요. 그러니까 오늘은 그냥 가시는 게 좋을 것 같아요."

"뭐…… 뭐? 경찰서?"

태홍은 표 여사가 대동한 남자들에게 뭐라 한마디씩 했다. 남자들은 허리를 굽신거리더니 차로 돌아갔다. 그리고 태홍이 표 여사에게 다가와 차갑게 말했다.

"납치 미수로 체포하겠습니다. 건장한 남자를 둘이나 동원했고, 잘못을 인정하지도 않고, 협박까지 하셨죠? 죄질이 나쁘네. 자, 그렇게 원하시던 경찰이 왔으니 서로 가시죠."

"자, 잠깐만요! 무슨 오해가 있으신가 본데요."

표 여사가 갑자기 안색을 바꾸더니 저자세로 나왔다. 재단 이사장이 경찰서에 끌려갔다는 이야기가 퍼지면 큰일이었다. 게다가 설미를 억지로 끌고 가 협박하려던 것을 아들이 아는 날엔…… 모자의 연은 오늘부로 끝이었다. 표 여사가 설미를 향해 눈짓했다.

"설미야, 애! 우리 그냥 할 얘기가 있어서 그런 거잖아? 응?"

설미가 난처한 기색으로 태홍을 향해 말했다.

"태홍 씨. 저랑 얘기 좀 해요."

하지만 태홍은 들은 척도 않고 회철을 향해 표 여사를 경찰차에 태우라고 손으로 지시했다. 회철이 달려와 반항하는 표 여사를 억지로 경찰차에 태웠다.

설미가 태홍의 팔을 끌어당겼다.

"내 얘기 좀 들어 봐요!"

"알아. 무슨 얘기 할지. 근데 못 들어줘."

태홍은 설미를 막 대하던 저 아줌마를 용서할 생각이 없었다. 그대로 경찰차에 올라타려는 태홍의 앞을 설미가 막아섰다.

"제가 부탁해서 어쩔 수 없이 풀어 주는 것처럼 해 주세요."

뜻밖의 요구에 태홍은 설미를 빤히 바라보았다. 그러자 그녀가 다부진 얼굴로 말했다.

"경찰 애인 자랑 좀 하고 싶어서 그래요. 그동안 저 무시하신 사모님께 보란 듯이."

하지만 태홍은 냉정하게 뒤돌아섰다. 역시 아직까진 태홍에게 자신의 말은 먹히지 않는가 보다 하고 설미는 한숨을 길게 내뱉었다.

경찰차로 다가간 태홍은 문을 열고 회철을 향해 말했다.

"집까지 모셔다드려."

회철이 고개를 끄덕이자, 태홍은 표 여사를 향해 말했다.

"아줌마. 설미가 부탁해서 어쩔 수 없이 봐주는 거야. 알겠어요?"

그의 살벌한 눈빛에 표 여사는 아무 말도 못 하고 시선을 피해 버렸다.

쾅!

태홍은 차 문이 부서져라 세게 닫았다. 곧 차가 출발하고 태홍이 뒤돌아 설미 곁으로 다가왔다.

그녀는 비실비실 새어 나오려는 웃음을 간신히 참고 있다가 태홍을 마주 보는 순간, 크게 웃어 버렸다.

"풉. 푸하하."

"좋냐?"

"네! 완전 속이 다 시원하네."

그녀가 일부러 평소보다 더 밝게 웃었다. 그것을 알아차린 태홍은 설미가 자신의 폭주를 막기 위해 전전긍긍하며 애쓰는 모습에 미안해졌다. 그는 그녀의 손을 살며시 잡았다.

"가자."

둘은 차를 견인시켜 수리를 맡기고, 근처 공원으로 향했다.

분수대 바로 앞 벤치에 앉자 태홍이 물었다.

"그 아줌마가 너한테 했던 가장 못된 짓이 뭐야?"

"말하면 뭐 하게요?"

"복수하게."

"됐어요."

"되긴 뭐가 돼? 아까 보니까 너 때릴 기세던데. 너, 그 아줌마한테 많이 맞았지?"

"……아니에요."

설미가 한 템포 느리게 답하자 태홍이 주먹을 꽉 쥐었다.

"안 되겠다. 그 아줌마 주소 내놔."

태홍은 그 아줌마를 순순히 풀어 준 것이 급격히 후회되었다. 감히 설미를 때렸다니. 분을 참지 못한 그가 자리에서 벌떡 일어났다. 하지만 설미는 그의 팔목을 잡아끌어 다시 자리에 앉혔다.

"저도 맞고만 있진 않았거든요?"

"네가 퍽이나 그랬겠다. 아까 보니까 당하기만 하던데."

태홍의 말에 잠시 생각에 잠겨 있던 설미가 입을 열었다.

"저 10년 전에 사고가 나서 다리가…… 말 그대로 박살 났어요. 그때 돈 한 푼 없는 나를 수술대에 누울 수 있도록 도와준 사람이 바로 아까 그 사모님이에요."

태홍은 놀란 얼굴로 그녀의 말을 경청했다.

"그때 조금만 늦었어도 저는 평생 절름발이로 살았을 거예요. 그러니까…… 이 정도는 뭐, 괜찮아요."

설미는 다리를 쭉 펴고 제 무릎을 내려다보았다.

"그러고 보니 정말 신기해요. 원래 여름만 되면 진짜 매일 아팠거든요? 근데 요즘은 아주 가끔씩만 아파요."

아무리 가끔이라고 해도 아프다는 그녀의 말에 태홍의 마음이 좋지 않았다. 그녀가 다리 통증으로 괴로워하던 모습을 몇 번 목격했기 때문에 그 아픔이 더 크게 와닿았다.

"10년 전 사고 말인데……. 나한테 얘기해 줄 수 있어? 자세히 듣고 싶어."

설미가 잠시 망설이자, 태홍이 힘주어 다시 말했다.

"단순 교통사고 아니지?"

"단순 교통사고 맞아요. 근데…… 교통사고인 건 어떻게 알았어요? 내가 얘기했었나?"

"다리가 박살 날 만한 사고가 교통사고밖에 더 있어?"

역시 형사의 직감은 무섭다. 설미는 단순하게 생각했다.

하지만 아차 싶었던 태홍은 서둘러 말을 돌렸다.

"어쩌다가 사고가 난 거야?"

"도망치다가……."

"도망쳐? 누구한테서?"

"그게…… 언니 대신 누군가에게 납치를 당했어요."

설미는 10년 전 그날을 떠올렸다.

'학생. 언니 있지?'

턱에 길게 상처가 새겨진 남자의 얼굴. 검정 비닐을 들고 다가오던 남자의 얼굴이…… 섬광처럼 설미의 머릿속을 스쳤다. 그러자 갑자기 머리가 깨질 듯이 아팠다. 저도 모르게 두 눈을 감은 채 손바닥으로 이마를 누르며 고통을 삭이고 있는데, 손등 위에 부드러운 것이 닿았다가 멀어졌다.

설미는 손을 치우고 고개를 들었다. 태홍이 그녀를 한없이 안타깝게 바라보고 있었다. 걱정하는 태홍을 위해 설미는 애써 미소를 지었다.

태홍은 다시 한번 그녀의 이마에 입을 맞추었다. 그리고 그녀를 꼭 안아 주었다.

"미안. 괜한 걸 물어봤다. 그만 떠올려도 돼. 말하지 마."

태홍은 설미의 등을 가만히 토닥였다. 태홍의 단단하고 안전한 품속에서 안정을 되찾은 설미는 괜찮다며, 하던 얘기를 계속했다.

"그땐 무서워서 신고할 생각도 못 했어요."

"……"

"신고하면 그 사람들이 언니를 죽일까 봐……."

설미는 용기를 내어 그날의 기억을 다시 떠올렸다.

대형 비닐봉지 안에 갇혀 금방이라도 숨이 넘어갈 듯 고통스러웠던 그때, 들려왔던 남자의 목소리.

'물건 가지고 6시까지 이곳으로 와. 안 그럼 네 동생 다시는 못 볼 줄 알아.'

남자는 수시로 전화를 해서 언니를 협박했다. 그 목소리를 떠올리던 설미는 머릿속이 어지러웠다.

"지금 생각해 보니까 이상한 점이 한두 가지가 아니에요. 저는 절 납치한 사람들이 당연히 사채업자라고 생각했어요. 근데…… 그들은 언니한테 돈이 아니라 물건을 가져오라고 했어요."

물건을 가져오라고 했다?

설미의 말을 듣는 순간 태홍의 머릿속에 정석범이 떠올랐다. 정석범 또한 선희가 가지고 있던 디지털카메라를 손에 넣기 위해 설미를 찾아갔다. 어쩌면 10년 전 그놈들과 정석범이 같은 물건을 찾고 있는 게 아닐까? 문득 그런 생각이 들었다.

그런데 그놈들은 도대체 누구지?

"저를 납치한 남자는 턱에 상처가 있었어요. 턱 밑에서부터 귀까지 길게……."

납치범의 인상착의를 유심히 듣던 태홍의 눈동자가 순식간에 얼어붙었다. 턱 밑에서부터 귀까지 상처가 난 사람은 흔하지 않았다. 그리고 태홍은 그런 상처를 가진 남자를 한 명 알고 있었다.

"그 남자한테서 도망치다가 사고가 났어요."

끼이이익.

사고 당시 났던 굉음이 설미의 머릿속을 뒤흔들었다. 설미는 그것을 떨쳐 내려고 고개를 흔들었다. 하지만 계속해서 10년 전 일들이 뒤엉키기 시작했다.

그러다 정신을 잃기 직전 보았던 교복을 입은 한 남학생의 실루엣이 떠올랐다. 그게 꿈이었는지 현실이었는지 분간이 되지 않아 설미는 혼란스러웠다.

"사고가 났을 때 저를 병원까지 데려다준 사람이 있었는데…… 얼굴이 잘 기억 안 나요. 그때 정신이 없어서 고맙다고 말도 못 했는데……."

설미는 고개를 돌려 태홍을 보았다. 해를 등지고 서 있는 태홍의 실루엣이 어쩐지 익숙하게 느껴졌다. 방금 전 떠올렸던 남학생도 해를 등지고 있었던 탓에 얼굴이 잘 보이지 않았었다.

"괜찮아?"

그녀를 안쓰럽게 바라보던 태홍은 손으로 그녀의 이마에 맺힌 땀을 닦아 주었다. 설미는 애써 웃으며 고개를 끄덕였다.

□　■　□

"오래 살고 볼 일이구나. 네가 먼저 날 다 찾아오고?"

서초동 서 장관의 저택을 찾은 태홍은 집 안에 들어서는 순간부터 숨이 막혔다.

"반가워하지 마세요. 제가 할아버지를 좋은 일로 찾아왔겠어요?"

"허허."

손자의 가시 돋친 말에도 서 장관은 뭐가 그리 좋은지 웃으며 차를 마셨다.

태홍은 테이블 위에 놓인 찻잔을 내려다보았다. 낡아서 이가 나간 찻잔을 보자 헛웃음이 나왔다. 서초동에서 가장 오래되고 볼품없는 저택. 집 안에는 골동품들로만 가득 차 있었다.

어렸을 적엔 청렴한 할아버지가 존경스러웠다. 그래서 할아버지 같은 법관이 되고 싶었다. 아마도 10년 전 그 일을 목격하지 않았다면, 할아버지가 그렇게 원하던 검사나 판사가 되어 살고 있었을 것이다.

"제 앞에서까지 연기하실 필요 없어요. 별채로 갈까요? 거기가 진짜 장관님 집이잖아요."

"네가 무슨 목적으로 온 건지 알아야 자리를 옮기지. 내 손주로 온 거면 별채로 가겠지만, 네 표정을 보아하니 그건 아닌 것 같구나?"

"네. 그럴 리가 없잖아요."

태홍의 단호한 대답에, 애써 평정심을 유지하던 서 장관의 얼굴이 미묘하게 구겨졌다.

"파주 아저씨 지금 어디 계세요?"

"누구?"

"할아버지 운전기사였던 아저씨요. 홀어머니 모시고 파주에 살던, 할아버지 친구 아들."

"무슨 말을 하는지 당최 모르겠구나."

"아, 모르시겠어요?"

여전히 모른다고 잡아떼는 할아버지를 보며 태홍은 웃음밖에 안 나왔다.

"그럼 다시 설명해 드리죠."

태홍의 표정이 무섭게 굳어졌다.

"10년 전 할아버지 차로 여중생 치고 달아났던 할아버지 친구 아들이요. 경운기 사고로 턱에 흉터가 10센티가량 길게 있고, 할아버지가 경찰 매수해서 풀어 준 뺑소니범이요!"

"경찰 매수? 뺑소니? 난 처음 듣는 얘기다."

"그럼 이것도 모르셨겠네요. 그 뺑소니 신고한 사람이 저예요. 내가 그 사고 목격자라고요!"

유유히 경찰서를 빠져나가는 파주 아저씨를 보며 태홍은 절망했었다. 그래서 경찰이 되겠다고 결심했다. 수사권도 없는 경찰이라며 우습게 보는 서 장관의 독선과 아집을 깨부숴 버리고 싶었다.

"하나만 더 물을게요."

"됐다. 그만하거라."

"선희. 아시죠?"

"모른다."

"그만! 그놈의 모른다 소리 좀 그만하시라고요!"

태홍은 결국 자리에서 벌떡 일어나 악에 받쳐 소리를 질렀다. 그럼에도 서 장관의 표정은 평온했다.

"모른다. 난."

느긋하게 차를 마시며 창밖을 바라보는 서 장관을 태홍이 노려봤다.

"모르는 게 아니라, 알고 싶지 않은 거겠죠."

"앉아. 저녁은 먹고 가."

"혼자 드세요. 평생."

태홍은 그대로 밖으로 나가 버렸다.

넓은 거실에 덩그러니 혼자 남은 서 장관은 자리에서 일어나 창가에 섰다. 그러곤 마당을 지나 대문을 나가는 태홍의 뒷모습을 의미심장하게 쳐다봤다. 어느새 뒤로 다가온 비서를 향해 서 장관이 말했다.

"감시해."

□　■　□

창가에 턱을 괴고 앉아 바깥을 내려다보던 설미는 한숨을 길게 내뱉었다.

"아저씨 아직도 안 들어왔어요?"

"어. 연락도 안 되고. 이 남자가 진짜……. 확 차 버릴까 보다."

혜린이 작게 웃었다.

"12시 안에 안 들어오면 꼭 차 버리세요."

"그치? 그래야겠어. 근데 네가 웬일로 내 편을 들어?"

"쌤 편이 아니라, 쌤이 아저씨 차면 제가 주우려고요."

"뭐어? 야, 정혜린!"

"먼저 들어가 보겠습니다. 안녕히 주무세요."

혜린은 인사를 하고 방으로 쏙 들어가 버렸다.

쟨 도대체 누구 편이야?

설미는 구시렁거리며 핸드폰을 들어 통화 버튼을 세게 눌렀다. 하지만 신호 연결음만 들릴 뿐 태홍은 전화를 받지 않았다.

설마 무슨 일 생긴 건 아니겠지? 아니야, 그럴 리 없어. 조금만 더 기다려 보자.

하지만 시간은 흘러 흘러 12시를 훌쩍 넘어 버렸다. 기다리다 못

한 설미는 다시 핸드폰을 들어 이번엔 찬희에게 전화를 걸었다. 신
호가 한 번 울리자마자 찬희가 전화를 받았다.

"찬희 씨. 저 설미예요. 밤늦게 정말 죄송한데요."

— 아, 괜찮아요. 말씀하세요.

"혹시 태홍 씨랑 같이 있어요?"

— 아니요. 전 지금 당직 중인데, 왜요? 형한테 무슨 일 있어요?

"무슨 일인지는 모르겠지만, 서울 갔다 온다고 했는데 그 뒤로 계
속 연락이 안 돼서요."

— 아…… 서울이요?

찬희의 한숨 소리가 길게 들렸다. 말투로 미루어 태홍이 서울에
왜 갔는지 짐작하는 듯했다.

— 설미 씨 전화도 안 받는 거 보면, 아무래도 서초동에 간 것 같
은데…….

"서초동요?"

— 네. 거기 형네 친할아버지가 살고 계시거든요.

설미는 찬희가 무슨 말을 하는지 도통 이해할 수 없었다. 자신과
연락이 안 되는 거랑 그 사람이 서초동에서 할아버지를 만난 것과
무슨 상관이 있는 걸까?

— 할아버지랑 사이가 나쁘거든요. 굉장히……. 무슨 일로 갔는
진 모르지만 갈 때마다 엄청 싸우더라고요. 그래서 거기 가는 날이
면 아무 연락도 안 받아요.

"왜요?"

— 그건 저도 모르겠어요. 아무튼 오늘은 기다리지 마시고 주무
세요. 제가 형 어디 있는지 아니까, 당직 끝나고 가 볼게요.

"잠깐만요! 제가 갈게요."

— 네?

"제가 가면 안 돼요?"

잠시 머뭇거리던 찬희가 입을 열었다.

— 그래요, 그럼.

"그 사람 지금 어디 있어요?"

— 외조부모님 두 분 돌아가시고 형이 물려받은 별장이 하나 있어요. 뭐 안 좋은 일 있으면 거기서 종종 자더라고요. 오늘도 아마 거기 있을 거예요.

"주소 보내 주세요."

— 정말 가려고요? 가 봤자, 형 상태 별로일 텐데…….

"가서 혼내 줄 거예요!"

아무리 할아버지랑 싸우고 짜증이 나도 그렇지 연락도 다 씹고, 외박을 해? 두고 보자!

그녀의 엉뚱한 대답에 수화기 너머 찬희는 웃으며 생각했다. 그녀라면 얼어붙은 태홍의 마음도 녹여 버릴 수 있지 않을까, 하고. 마음이 놓인 찬희가 말했다.

— 그럼, 밤늦게 위험하니까 제가 안전한 택시로 보내 드릴게요. 그거 타고 가세요.

설미는 찬희에게 고맙다는 인사를 하고 전화를 끊었다. 그리고 얼마 지나지 않아 택시가 도착했다는 연락을 받고 밖으로 나왔다.

별장이라고 해서 지방에 있는 어느 시골일 거라고 생각했는데, 택시는 고속도로를 타고 서울로 진입했다.

택시가 멈춰 서자 설미의 두 눈이 휘둥그레졌다. 창밖으로 고급 저택이 보였다. 혹시 엉뚱한 곳에 내려 준 건 아닐까 걱정되는 마음에 설미는 기사를 향해 조심스레 물었다.

"기사님. 여기 맞아요?"

"맞아요. 부암동. 경찰 양반이 보내 준 주소."

"아…… 네. 알겠습니다. 감사합니다."

설미는 얼떨떨한 얼굴로 차에서 내렸다. 눈앞엔 잡지에서나 볼 법한 우아하고 고풍스러운 저택이 서 있었다. 북악산 자락에 위치한 저택 옆으론 계곡물이 졸졸 흐르고 있었다.

가로등 불빛은 밝았지만 낯선 곳이라 그런지 왠지 어둡게 느껴졌다. 설미는 몸을 잔뜩 움츠린 채 대문 앞에 섰다. 그리고 잠시 망설이다 벨을 눌렀다.

하지만 아무런 반응이 없었다. 저택에 불이 켜진 걸로 봐선 사람이 있는 게 분명한데……. 설미는 다시 한번 용기를 내서 벨을 눌렀다.

그리고 벨에 손이 닿는 그 순간.

파바밧.

정원에 있는 전등과 대문 옆 가로등의 불이 일시에 켜졌다. 순식간에 주변이 환해졌다. 동시에 쾅! 소리와 함께 현관문이 열리더니 누군가 마당을 달려 나오고 있었다.

철컹.

문이 열리고 태홍이 비틀거리며 나타났다. 그리고 설미가 뭐라 인사도 하기 전에 그대로 그녀의 몸 위로 쓰러져 버렸다.

설미의 코끝에 진한 알코올 향이 스며들었다. 태홍의 주량으로 미루어 짐작하건대, 족히 소주 다섯 병 이상은 마신 것 같았다. 태홍을 안고 간신히 선 설미는 태홍의 등짝을 마구 때렸다.

찰싹찰싹.

"일어나요! 무거워요!"

"미안……."

태홍은 정신을 차리려고 무던히 노력했지만, 쉽지 않았다. 그는 비틀거리다가 대문을 잡고 겨우 섰다. 그런 태홍을 향해 설미가 소리쳤다.

　"무슨 술을 이렇게 많이 마셨어요? 전화도 안 받고!"

　"미안해……."

　태홍이 고개를 절레절레 흔들며 사과하자 설미가 씩씩거리며 그를 흘겨봤다.

　"아무리 기분 안 좋은 일이 있어도, 문자 정도는 해 줄 수 있잖아요. 계속 걱정했단 말이에요! 그리고 왜 혼자 술 마셔요? 나도 술 좋아하는데!"

　"아…… 그렇지. 너 술 좋아하지. 들어가서…… 한잔할까?"

　설미는 대답 대신 태홍의 뒤쪽으로 보이는 저택을 스윽 보더니 중얼거렸다.

　"집이 왜 이렇게 좋아요? 태홍 씨 부자예요?"

　"응."

　망설임도 없이 그가 고개를 끄덕였다. 설미가 떨떠름한 얼굴로 그런 태홍을 바라보았다. 취한 것 같으면서도 안 취한 것 같단 말이야? 비틀거리는 걸 보니 취한 건 맞는데, 진지한 얼굴이 너무 멀쩡했다.

　설미는 태홍의 뒤를 따라 넓은 마당을 지났다. 집으로 들어가니, 안은 겉보다 더 화려했다. 천장에 매달린 샹들리에부터 딱 보기에도 고급스러운 가구들과 대리석 바닥. 그리고 테이블 위엔…… 양주병이 여러 개 뒹굴고 있었다.

　설미가 생전 처음 보는 모양의 양주병을 들어 라벨을 읽어 보는 사이, 태홍은 소파에 앉아 다시 술을 마시려 했다. 설미는 냉큼 태홍의 술잔을 뺏었다. 그러자 그가 초점 잃은 눈동자로 그녀를 바라보았다.

　"미안해……."

"뭐가 자꾸 미안해요? 혹시 이거 주사예요? 진짜, 정신 안 차릴
래요?"

화를 내는 그녀의 얼굴을 어루만지던 태홍이 갑자기 그녀의 작고
도톰한 입술을 덮쳤다. 그는 그녀의 아랫입술과 윗입술에 번갈아 키
스를 하면서 한 손으로는 설미의 허리를 끌어당겨 그대로 소파에 눕
혔다.

순식간에 그녀의 몸 위에 올라탄 그가 좀 더 진한 키스를 하며,
그녀의 가슴을 움켜잡았다.

"흐읏."

설미는 숨 쉬기가 곤란할 정도로 점점 더 강도가 높아지는 태홍
의 키스에 정신이 없었다. 가슴을 만지는 손길이 느껴졌지만, 키스
만으로 온몸에 힘이 빠져 그를 밀어 낼 수가 없었다.

하지만 그의 손이 티셔츠 안으로 들어오는 순간, 정신이 번쩍 들
었다.

"자…… 잠깐만요!"

설미가 다급하게 외치며 태홍의 얼굴을 밀었다. 한창 키스에 몰두
하던 그가 당황스러운 눈빛으로 설미를 쳐다보았다.

"싫어?"

"그, 그런 건 아닌데…… 으읍!"

망설이던 그녀의 입술에 태홍의 입술이 다시 맞붙었다. 아까는 예
고편에 불과했나 보다. 키스는 한층 더 농밀해졌다.

입술 사이로 밀려들어 온 혀가 그녀의 작은 입술 안을 훑었다. 혀
와 혀가 다소 격정적으로 엉키는 동안 태홍의 손도 바쁘게 움직였
다. 그녀의 봉긋한 가슴 위를 유영하듯 움직이던 그의 손은 어느새
티셔츠와 브래지어를 말아 올렸다. 그는 이로 그녀의 입술을 물고
혀를 빨아 당기며 그녀의 가슴을 부드럽게 주물렀다.

"훗."

그의 입술은 어느새 아래로 내려와 그녀의 하얀 목에 닿았다. 몇 번을 더 붙었다 떨어졌다 반복하던 입술은 더 아래로 내려가 새하얀 가슴을 혀로 핥았다.

설미가 움찔거리자 태홍은 그녀를 달래듯 천천히 가슴을 주무르며 애무했다. 그 자극에 유두가 꼿꼿하게 서 버렸다. 태홍은 탐스럽게 맺힌 유두를 입안에 물었다. 잇새로 젖꼭지를 끼워 물고 혀끝으로 원을 그리며 자극했다.

그의 뜨거운 타액으로 그녀의 몸이 젖어 가고 있었다. 설미는 이 감정이 좋은 건지 나쁜 건지 알 수 없었다. 배꼽 밑이 근질근질, 발끝이 오그라들었다. 이런 기분은 태어나 처음이었다. 난생처음 느껴 보는 몸의 반응에 설미는 어쩔 줄을 몰라 하고 있었다.

그때 그녀의 가슴에서 그의 입술이 멀어졌다.

"하아."

참았던 숨을 몰아쉬며 설미가 고개를 들었다. 그가 상의를 벗고 있었다. 그의 몸을 흘끔거리며 보던 설미의 얼굴이 빨개졌다.

헬스장에서 만든 작위적인 근육이 아니었다. 나쁜 놈 잡겠다고 매번 목숨 걸고 뛰어다니느라 생긴, 돈 주고도 못 사는 값비싼 근육을 장착한 그의 몸은 가히 환상적이었다.

설미는 태홍의 몸을 훔쳐보다가 그와 두 눈이 딱 마주쳤다. 그녀가 괜히 민망해서 배시시 웃었다.

"태홍 씨…… 근데 지금 너무 흥분하신 것 같은데, 조금만 천천히……."

"……설미야."

그의 표정이 한없이 진지했다. 그는 나직이 그녀의 이름을 불렀다. 설미도 덩달아 심각해졌다.

"왜 그래요? 무슨 일 있어요?"

"……."

태홍이 침묵하자 궁금증이 더욱 커졌다. 설미가 재차 물었다.

"무슨 일 있었던 거 맞죠? 무슨 일인데요?"

"미안. 말할 수 없어."

그가 단호하게 말했다. 설미는 순간 심장이 덜컹 내려앉았다. 그가 자신에게 아주 두꺼운 벽을 치고 있다는 기분이 들었다. 걱정돼서 이 밤중에 여기까지 달려온 자신에게도 말할 수 없다니. 설미의 얼굴이 굳어졌다.

그녀는 소파에서 내려가 옷매무새를 바로 했다. 자신이 이렇게 화가 났는데도, 그는 아무런 변명도 하지 않고 묵묵히 서 있었다. 그런 그를 원망스레 쳐다보던 설미가 자리에서 벌떡 일어났다.

"나 갈래요."

잔뜩 화가 난 설미는 현관으로 향했다. 잠시 고민하던 태홍은 달려가 그녀를 뒤에서 안았다.

"가지 마……."

절실한 목소리로 태홍이 말했다. 그답지 않은 말투와 목소리에 설미는 놀라 뒤로 돌았다. 항상 자신감이 넘치던 태홍의 눈동자가 연약하게 흔들리고 있었다. 태홍은 설미의 팔목을 꽉 잡고 말했다.

"자고 가."

□　■　□

맹세코, 자고 가라는 말에 뭘 기대한 건 아니었다. 하지만 설미는 그가 자신의 손을 잡고 침실로 밀어 넣으며 했던 말이 다시금 떠오르자, 어쩐지 가슴 언저리가 뻥 뚫린 기분이었다.

'아까는 미안했어. 내가 취해서 그만…… 실수했어. 잘 자.'

설미는 넓은 침대 위에 누워 몸을 뒤척이다가 상체를 벌떡 일으켰다.

"뭐? 취해서 실수? 취하면 그렇게 막…… 그러니까 그렇게 막……."

조금 전까지 자신의 몸 위에 올라타 농밀하게 키스를 해 오던 태홍의 뇌쇄적인 얼굴이 떠올랐다. 순간 몸이 후끈 달아올랐다.

"미쳤어! 정신 차려!"

설미는 제 머리를 쥐어박았다. 본의 아니게 오늘 또 한 번, 차윤을 좋아했던 마음과 현재 태홍을 좋아하는 마음이 어떻게 다른지 명확하게 알게 됐다.

그 차이는 바로 스킨십이었다. 저 사람과 섹스를 하면 어떤 기분일까? 살면서 단 한 번도 그런 상상을 해 본 적이 없었다. 오늘 밤이 처음이었다. 서태홍, 그 남자가 처음이었다. 설미는 자신이 마치 변태처럼 느껴졌다.

아랫입술을 꾹 깨물고 뒤로 벌러덩 누워 두 눈을 감고, 억지로 잠을 청했다. 그러다 몇 분도 채 되지 않아 다시 벌떡 일어났다.

미치겠다. 잠이 안 와.

어떻게 하면 좋을지 고민하던 그때, 거실 테이블에 놓여 있던 비싼 양주들이 떠올랐다.

그래. 잠도 안 오는데 그거라도 마시고 푹 자 버리자!

설미는 침대에서 내려와 방문을 열고 거실로 나갔다. 당연히 아무도 없을 줄 알았는데 거실 소파 위에 태홍이 누워서 자고 있었다.

방도 많은데 왜 저기서 저러고 자?

설미는 다시 침실로 돌아가 이불을 가져왔다. 그리고 태홍의 몸 위에 덮어 주고, 테이블 위에 놓인 양주를 품에 안았다. 혹시나 태홍이 깰까 살금살금 침실로 돌아가려는데…….

"너 미쳤냐? 술 이리 내놔."

설미가 놀라며 뒤를 돌아보자, 어느새 일어났는지 태홍이 한숨을 쉬면서 상체를 일으키고 있었다.

"안 잤어요?"

"잠이 오겠냐?"

"어? 술 다 깼나 보네요? 지금 완전 멀쩡해 보이는데요?"

설미의 말대로 태홍은 술이 깨끗이 깬 상태였다. 설미가 찾아왔을 때 깨기 시작했고, 그녀가 가겠다고 화를 냈을 때 반 정도 깼다. 그리고 설미를 침실로 들여보낸 후, 소파에 누워 자신이 그녀에게 한 짓을 되새기며, 자책과 인내와 고통의 시간을 보내는 사이 술은 완전히 깨 버렸다.

태홍의 번뇌는 전혀 모른 채 설미는 환하게 웃었다.

"우와, 벌써 다 깼어요? 내 애인 간 엄청 튼튼하네? 역시 미친 회복력!"

설미는 입에서 나오는 대로 아무 말이나 내뱉었다. 태홍을 보자 조금 전에 있었던 일이 떠올라 어색했기 때문이다.

"왜 나왔어?"

"이거 비싼 것 같은데, 한번 마셔 보고 싶어서요."

태홍은 미간을 찌푸리며 손을 내밀었다.

"내놔. 술 마시지 마."

"왜요? 내가 마시는 게 아까워요?"

"그런 게 아니고, 너라도 정신 차리고 있으라고."

지금 피가 밑으로 쏠려서 미칠 것 같으니까.

태흥은 될 수 있으면 그녀와 시선을 마주치지 않으려고 노력하며 고개를 모로 돌렸다. 그런데 그의 귓가로 꿀꺽꿀꺽 술 넘어가는 소리가 들렸다.

이게 무슨 소리야?

태흥이 놀라 고개를 번쩍 들었다. 설미가 양주를 내려놓기는커녕 병째로 들이마시고 있었다.

저 여자가 진짜!

"야!"

태흥은 자리에서 벌떡 일어나 술병을 뺏었다.

"크야."

설미는 입가에 흐른 양주를 손등으로 닦으며 오만상을 다 찌푸렸다.

"으악! 이거 술 맞아요? 독약 아니에요? 아우, 독해……."

양주가 꽤나 독했는지 설미는 발까지 동동거리며 괴로워했다. 그녀를 황당한 얼굴로 보던 태흥은 냉장고에서 오렌지 주스를 꺼내 왔다.

"마셔."

허겁지겁 주스를 받아 마신 설미는 이제야 살 것 같다며 소파에 털썩 주저앉았다. 금세 알코올 기운이 올라온 모양인지 얼굴이 벌게져 있었다. 그 모습이 너무 귀엽고 사랑스러워 태흥은 미칠 것만 같았다.

안 되겠다. 빨리 재우자.

"일어나. 빨리 들어가."

"잠이 안 와요."

"넌 왜?"

"태흥 씨도 잠이 안 온다면서요."

"당연한 거 아니야?"

"왜요?"

그가 아무런 대답이 없자, 설미가 그를 흘끔 보더니 작은 목소리로 속삭였다.

"나랑…… 하고 싶어서?"

태홍은 흠칫했지만 애서 태연한 척 무표정한 얼굴로 테이블 위를 정리하며 다시 힘주어 말했다.

"빨리 들어가."

"우리, 그냥 해요……."

설미의 말에 태홍이 고개를 들었다. 부끄러워서 자신과 눈도 못 마주치는 그녀를 지그시 바라보던 태홍의 목울대가 꿀렁였다. 지금 당장이라도 그녀를 침대 위에 눕히고, 그녀를 안고 싶었다.

하지만 마지막으로, 한 번만 더, 온 힘을 다해 참았다.

"까불지 말고, 들어가라고."

"싫어요."

설미가 다시 술병을 치우는 태홍의 손을 붙잡았다.

"아까 나한테 오늘 무슨 일이 있었는지 말 못 한다고 했죠?"

"……중요한 일 아니야. 마음에 담아 두지 마."

"이미 담았어요. 그래서 지금 불안하단 말이에요. 나는 아빠 얘기, 심지어 언니 얘기까지……. 살면서 내 치부라고 생각했던 것들 전부 다 태홍 씨한테 얘기했어요. 그 이유는, 당신을 믿으니까……. 근데 태홍 씨는 날 못 믿어요?"

태홍이 몸을 돌려 그녀의 양쪽 어깨를 잡았다. 무슨 말부터 꺼내야 할지 머릿속이 복잡했다.

10년 전 할아버지는 그녀의 언니를 추행했다. 그리고 설미가 납치를 당했고, 그녀를 납치한 일당 중 한 명은 당시 할아버지의 운전기사인 파주 아저씨였다. 파주 아저씨는 납치했던 설미가 도망치자, 차로 치고 달아난 뺑소니범이기도 했다. 그리고 경찰을 매수해 그 뺑소니 사건을 은폐한 사람은, 바로 할아버지.

할아버지가 그 사건을 은폐한 진짜 이유가 뭐였을까? 자신의 수하가 뺑소니범인 것이 언론에 알려지는 게 두려워서? 아니면 혹시 납치를 지시한 것도 할아버지였을까? 그 사실이 발각될까 봐 은폐했던 걸까?

후자라면 할아버지는 도대체 왜 설미를 납치하라고 지시했을까? 선희 때문이었을까?

알 수 없는 것투성이라 태홍은 너무나 답답했다. 이 모든 사건의 발단이 할아버지일 거라는 심증만 있을 뿐, 확실한 증거는 없었다. 이런 상태로 괜히 그녀의 마음까지 복잡하게 만들고 싶지 않았다.

"태홍 씨."

"……."

아무런 말이 없는 태홍을 올려다보며 설미는 아까와 달리 화가 나기보다는 안쓰러움을 느꼈다. 보통 일이 아닌 게 분명했다. 설미는 그가 너무 걱정됐다.

"말 못 하겠으면 그냥 안아 줘요."

태홍은 작게 한숨을 내뱉으며 그녀를 품에 안았다.

"이런 거 말고요……."

중얼중얼. 설미는 뭐라고 자꾸 중얼거렸다. 태홍은 자신의 귀를 의심하며 그녀를 품에서 떼어 냈다.

"뭐라고?"

"내가 알기론 남자들은 그거 참는 거 굉장히 힘들어한다던데. 근데 우리 아까 하다 말았는데, 서태홍 씨가 이렇게 너무 아무렇지도 않으니까…… 조금 자존심 상해요. 서태홍 씨는 내가 막 죽고 못 살

정도로 좋은 건 아닌가 봐요?"

이상한 포인트에서 토라진 설미를 복잡한 얼굴로 바라보다 태홍이 굳은 목소리로 말했다.

"너 지금 나 놀리는 건 아니지?"

"저 그렇게 한가한 사람 아니에요."

"근데 나한테 왜 이래?"

사력을 다해 참고 있는 나한테, 라는 말은 생략하고 태홍이 그녀를 빤히 쳐다봤다. 그러자 그녀가 몸을 배배 꼬며 말했다.

"내가 뭘요. 좋아하는 사람이랑 자고 싶다는데."

"너 보수적인 여자라며."

"오늘 개방하려고요."

"술 취했냐?"

태홍이 자꾸만 거부하는 반응을 보이자 설미는 창피했다. 결국 설미가 버럭 소리쳤다.

"아우씨! 됐어요! 안 해! 앞으로 내 몸에 손대기만 해 봐!"

미쳤나 봐. 쪽팔려. 취한 게 분명해. 세상에, 지금 누구한테 뭘 하자고 들이댄 거야?

설미는 자신의 행동을 뒤늦게 후회하며 후다닥 침실로 들어가 버렸다. 그리고 매트리스에 얼굴을 파묻고 몸부림을 쳤다.

돌았어. 미쳤어! 그래, 난 취한 거야. 주사 부린 거라고.

철컥.

그때 문이 열렸다 닫히는 소리가 났다.

"불 켜고 할까?"

태홍의 목소리에 설미가 고개를 돌렸다.

"조금 어두워도 괜찮지?"

문 앞에 선 태홍이 조명 스위치를 누르자 곧 무드등이 켜졌다. 은은한 조명 아래 태홍이 셔츠를 벗기 시작했다.

"뭐, 뭐 하세요?"

"개방하고 있잖아."

그녀가 내뱉었던 단어를 그대로 사용하며 태홍이 말했다.

"죽기 살기로 참고 있는 사람한테, 뭐라고?"

탄탄한 상반신을 드러낸 채 그가 점점 가까이 다가오고 있었다. 누워 있던 설미가 몸을 일으키려고 하자 태홍은 그녀의 어깨를 눌러 도로 눕혔다.

"내가 널 죽고 못 살 정도로 좋아하는 건 아니라고?"

"맞잖아요……."

"틀렸어."

"……."

"미안하지만, 틀렸다고."

"……."

"난 너 없었으면 이미 예전에 죽었어."

그가 애틋한 눈빛으로 그녀를 바라보았다.

"너 덕분에 이렇게 그럭저럭 잘 살고 있어."

"……."

"그러니까 나는 너 절대 포기 못 해. 무슨 일이 있어도 끝까지 네 옆에 있을 거야."

10년 전 그날의 사고와 할아버지가 관련이 있다고 해도, 태홍은 설미를 죽어도 포기할 수 없었다. 오늘 밤, 이렇게 찾아온 기회를 빌미로 평생 그녀를 자신의 옆에 둘 것이다. 이런 이기적인 마음도…… 사랑일까?

"임설미……."

"……."

"사랑해."

설미는 심장이 두근거려 밖으로 튀어나올 것만 같았다. 태홍의 뜨거운 눈빛이 닿는 곳마다 불에 덴 듯 화악 달아올랐다.

이런 엄청난 고백을 들으려고 오기를 부렸던 건 아니었다. 단지 좀 더 그와 가까워지고 싶었다. 남녀 간의 섹스에 대한 호기심보다, 서태홍이라는 남자…… 자신이 좋아하는 이 남자와 몸을 섞는다는 것은 어떤 의미일지 궁금했다.

이렇게 바라만 봐도 살이 떨릴 정도로 심장이 쿵쾅거리는데, 맨몸으로 그의 품에 안기는 건 어떤 기분일까?

설미가 두근거리는 마음을 진정시키려는 사이 태홍의 얼굴이 점점 더 가까이 다가왔다. 그의 뜨거운 숨결이 여린 피부에 와 닿았다. 설미는 견딜 수 없는 느낌에 그만 두 눈을 감아 버렸다. 동시에 그가 그녀의 입술에 진한 키스를 했다.

후두둑. 후두둑.

비가 내리는지 굵은 빗방울이 창문을 두드렸다.

경쾌한 빗소리, 부드러운 조명, 촉촉한 입술, 다정한 손길, 흔들리는 침대…….

그녀에게는 지금 이 방에서 일어나는 모든 일들이, 모든 몸짓이, 새롭고 의미가 깊었다. 그의 움직임이 더 격렬해질수록 설미 역시 그를 더욱 꽉 그러안았다.

14화

"계속 자는 척할 거야?"

태홍이 뒤에서 그녀를 꼭 끌어안았다. 설미는 흠칫 놀라 두 눈을 더 세게 감고 자는 척했다. 하지만 그럴수록 태홍은 더 가까이 몸을 겹쳐 왔다.

결국 설미는 포기하고 몸을 돌려, 태홍을 바라봤다. 그는 아침인데도 불구하고 흐트러짐 하나 없는 말끔한 얼굴이었다. 그에 반해 설미는 지금 자신의 몰골이 어떤지 보지 않아도 잘 알고 있었다.

팅팅 부은 눈에 머리는 산발이겠지? 기회를 봐서 욕실로 도망가야겠다. 대체 이 남자는 왜 아침에도 잘생기고 난리야. 아, 창피해!

그러다 태홍과 눈이 마주쳤다. 태홍은 뭔가 갈구하는 눈빛으로 그녀를 지그시 보고 있었다. 설미는 재빨리 그의 시선을 피했다.

"왜 내 눈을 피해?"

"싫어요."

"뭐가 싫은데?"

"너무하잖아요."

설미가 그를 흘겨보았다. 태홍은 그녀의 흘러내린 머리카락을 귀 뒤로 넘겨 주며 뻔뻔하게 말했다.

"한 번만."

"그 한 번만 소리, 지금 몇 번째인지 알아요?"

그는 새벽까지 그녀를 놓아줄 줄을 몰랐다. 폭주를 멈추지 않는 그를 간신히 진정시키고 겨우 잠이 들었는데, 이 남자는 잠도 없는 지 일찌감치 일어나 아까부터 계속 한 번만을 외치고 있었다.

"으악."

이젠 몸으로 들이댈 셈인지 그가 그녀의 허리를 안고 끌어당겼다. 설미가 그를 밀어 내려는데, 그는 움직임 없이 그녀를 안고 가만히 두 눈을 감았다.

"자게요?"

"응."

"이제 아침인데요?"

"오늘 토요일이잖아. 너도 훈련 없지? 조금만 더 자자."

하긴 당연히 피곤하겠지. 어제 술도 많이 마셨고, 새벽에 그렇게 무리를 하고서도 멀쩡하면 인간이 아니지. 아무리 천하의 서태홍이 라고 할지라도 말이다.

설미도 가만히 눈을 감으려 하는 그때, 그가 나지막한 목소리로 말했다.

"설미야."

"……"

"한 번만……."

설미의 생각이 틀렸다. 그는 인간이 아니었다.

똑똑. 똑똑똑.

설미가 욕실에서 씻고 있는데 노크 소리가 들렸다. 이 집엔 자신과 태홍 둘뿐이니 문밖에서 애타게 문을 두드리고 있는 사람이 누구일진 뻔했다.

벌거벗은 채 샤워 부스 안에 있던 설미는 화들짝 놀라 욕실 문이 제대로 잠겼는지 확인했다.

쾅쾅.

그가 또 한 번 문을 두드렸다. 설미는 물을 잠그고 소리쳤다.

"왜요!"

"갈아입을 옷 문 앞에 놓고 간다고."

"알았어요. 고마워요."

"고마우면 이따가 한 번만……"

"진짜, 이 남자가!"

"농담이야. 천천히 씻고 나와."

어쩐지 태홍의 목소리에 생기가 흘러넘쳤다. 웃음소리도 작게 들렸다. 뭐가 저렇게 좋을까? 설미는 고개를 절레절레 젓고 다시 몸을 닦기 시작했다.

목부터 시작해서 가슴 그리고 몸 이곳저곳이 울긋불긋했다. 그것을 보니 자신의 몸 위에서 열정적으로 움직이던 그가 떠올랐다. 그러자 또다시 온몸이 홧홧해졌다. 설미는 물의 온도를 낮춘 후 열기를 식히려 노력했다.

잠시 후 설미는 수건으로 몸을 감싸고 조심스레 욕실 문을 열었다. 문손잡이에 쇼핑백이 걸려 있었다. 그녀는 손을 뻗어 쇼핑백을 들고 욕실 안으로 다시 들어왔다.

쇼핑백 안에는 위아래 속옷과 트레이닝복 세트가 들어 있었다. 태그도 뜯지 않은 걸 보니 방금 사 온 모양이다.

"언제 나가서 이런 걸 사 온 거지?"

설미는 브래지어를 꺼내 가슴에 대보았다. 놀랍게도 딱 맞았다. 반지 사건 이후로 이런 쪽의 감을 키운 모양인지, 아니면 어젯밤 덕분인지 속옷부터 트레이닝복까지 사이즈가 모두 딱 맞았다.

옷을 입고 욕실에서 나온 설미는 달그락거리는 소리에 주방으로 향했다. 태홍이 배달 음식을 막 그릇에 옮겨 담고 있었다.

"어? 지금 딱 걸렸어요! 그거 만든 거라고 속이려고 그랬죠?"

"내가 너냐? 그냥 먹기 편하게 옮기는 거야. 앉아."

태홍은 초밥과 미소장국을 세팅해서 테이블 위에 내려놓았다. 설미는 침을 꼴깍 삼키며 재빨리 의자에 앉았다.

마주 앉은 태홍은 그녀에게 꼭 맞는 트레이닝복을 보며 흡족한 듯 고개를 끄덕였다.

"딱 맞네?"

"네. 근데 영화 같은 데서 보면 여자가 집에서 자고 나면 남자가 예쁜 원피스나 뭐, 그런 거 사다 주지 않나? 트레이닝복은 좀 심했어요."

"네 취향을 고려해서 사 온 건데, 마음에 안 들어?"

태홍이 비실비실 웃으며 말하는 게 아무래도 놀리는 것 같았다. 맨날 트레이닝복만 입는다고 돌려 까인 설미는 그를 흘겨보다가 은밀한 어조로 속삭였다.

"근데 속옷은 내 취향 아닌데요?"

"어. 그건 내 취향."

"변태……."

태홍이 사 온 것은 정렬의 레드. 거기다 망사까지 적절히 섞인 야시시한 속옷이었다. 어쩔 수 없이 입긴 했는데, 여간 불편한 게 아니었다.

"제가 사람을 잘못 봤나 봐요. 서태홍 씨가 이렇게 밝히는 남잔 줄 몰랐어요."

"이제 알았으면 됐네. 먹어. 배고플 텐데."

"네! 저 배 무지 고파요. 누구 때문에."

설미가 전투적인 얼굴로 초밥을 한입에 삼켰다.

"우와, 완전 맛있어!"

행복해하며 초밥을 먹는 설미를 보자 태홍의 입가에 절로 미소가 지어졌다. 그녀가 잠든 사이 갈아입을 옷을 사러 여기저기 매장을 돌아다니고, 아침이라 문을 연 음식점이 없어서 동네를 몇 바퀴나 돌았는지 모른다. 그래도 그녀가 맛있게 먹으니 뛰어다닌 보람이 있었다.

"근데 이렇게 좋은 집을 두고 왜 좁은 빌라로 이사 온 거예요?"

"왜겠어?"

저번에도 태홍에게 도대체 왜 자신의 앞집으로 이사를 온 거냐고 따져 물었던 적이 있었다. 그때 그녀의 물음에 그는 '너 때문에 잠이 안 와서' 이사 왔다고 했다. 무슨 소리냐고 다시 물으니, '너 때문에 정석범 놓칠까 봐 불안해서 잠이 안 와서'라고 했다.

지금 생각해 보니 그는 아마도 그녀가 걱정돼서 이사를 온 모양이었다.

'그때부터 날 좋아했나? 그땐 만난 지 정말 얼마 되지도 않았는데……'

곰곰이 생각에 잠겨 있던 설미가 그를 향해 조심스레 물었다.

"혹시 나한테 첫눈에 반한 거예요?"

"뭐라고?"

"나한테 첫눈에 반했냐고요."

"내가 뭐라고 대답할 것 같아?"

"아니라고 하겠죠."

역시 괜히 물어봤다. 예전부터 사심 있는 거냐, 혹시 자신을 좋아하는 거 아니냐고 물으면 태홍은 무조건 아니라고 딱 잡아떼면서 자신을 이상한 여자 취급 했었다. 그때가 떠오르자 설미는 분한 마음에 미소장국을 그릇째 들어 마시기 시작했다.

"첫눈에는 아니지만, 반한 건 맞아."

하마터면 국물을 뿜을 뻔했다. 설미는 입안에 든 국물을 얼른 꿀꺽 삼키고 고개를 들었다. 그는 자기 입으로 말하고도 민망했는지 젓가락으로 죄 없는 샐러드를 뒤적거리고 있었다.

설미가 계속 빤히 바라보자 시선을 느낀 듯, 태홍이 먼저 큰소리로 선수 쳤다.

"언제 반했냐고 물어보지 마!"

"왜요? 물어볼래요. 언제 반했어요?"

설미가 두 눈을 반짝거리며 묻자, 태홍은 초밥 하나를 들어 설미의 입속에 쏙 넣어 주었다. 오물오물 초밥을 먹는 그녀를 보며 태홍은 나지막한 목소리로 말했다.

"너 울면서 달릴 때."

설미는 초밥을 먹으며 곰곰이 생각에 잠겼다.

울면서 달렸을 때라? 아무리 생각해 봐도 이 남자 앞에서 울면서 달렸던 적은 없는데. 설미는 입술을 삐죽 내밀고 그를 흘겨보았다.

"괜히 할 말 없어서 지어낸 거죠?"

"왜 그렇게 생각해?"

"울면서 뛰면 눈물범벅에 막 볼살 흔들리고, 그게 얼마나 추한데 그 모습에 반했다는 게 말이 돼요?"

"밥 다 먹었어?"

태홍은 대꾸하지 않고 말을 돌리며 그릇을 치우기 시작했다. 설미는 봐준다는 제스처를 하며 태홍을 도와 식탁을 정리했다. 그러곤 설거지하는 태홍을 옆에서 구경하며 종알거렸다.

"집 구경시켜 줘요."

"무슨 구경씩이나. 그냥 봐."

설미는 뒤돌아 넓은 거실을 눈으로 스윽 훑어보았다. 혼자 살기엔 너무 큰 집이었다.

"외조부모님은 언제 돌아가셨어요?"

"오래됐지. 나 경찰대 입학한 해에 돌아가셨으니까."

"으흠……. 근데 서태홍 씨 나이가 어떻게 돼요?"

태홍은 황당한 얼굴로 그녀를 쳐다봤다.

"넌 네 애인 나이도 모르냐?"

"말을 해 줘야 알죠! 몇 살인데요? 나보다 많은 건 맞아요?"

"나한테 궁금한 거 많다더니, 이제껏 나이도 모르고. 너 내 이름은 제대로 아냐? '태' 자가 'ㅓ', 'ㅣ'인 건 알지?"

"네? 정말요? 몰랐어요. 전 당연히 'ㅏ', 'ㅣ'인 줄 알았어요. 말도 안 돼……. 정말이에요?"

설미는 충격을 받은 얼굴이었다. 그런 설미를 심드렁하게 보던 태홍은 손에 묻은 물기를 닦고 거실로 향했다.

설미는 미안한 기색으로 태홍의 뒤를 졸졸 따라가다가 테이블 위에 놓인 지갑을 발견했다. 태홍의 지갑을 열어 민증을 확인한 설미가 불만스럽게 소리쳤다.

"'ㅏ', 'ㅣ' 맞잖아요!"

모르는 척 소파에 앉는 그에게 설미는 민증을 들이대며 발끈했다.

"이 아저씨가 왜 이름 가지고 장난을 쳐요? 나이도 엄청 많으시면서."

"까분다? 그리고 내 나이가 뭐가 많아!"

"많은 거죠! 서른이면 나랑 다섯 살 차이에, 우리 언니랑 동갑이시거든요?"

저도 모르게 언니에 대한 얘기가 튀어나왔다. 순간 설미의 얼굴에 옅게 그늘이 졌다. 설미는 시선을 돌려 넓게 트인 창으로 계곡을 내려다보았다.

태홍이 일어나 창문을 열자 시원한 바람이 들어왔다. 새벽에 비가 내린 탓에 젖은 풀들이 진한 향을 내고 있었다.

"좀 걸을래?"

그녀가 고개를 끄덕이자 태홍은 신발장에서 그녀가 신고 온 운동화를 가지고 와 테라스에 내려놓았다.

정원으로 나간 두 사람은 한동안 말없이 나란히 걸었다.

"나, 너한테 할 말이 있는데……."

태홍이 조용히 말을 꺼내자 설미가 고개를 들어 그를 쳐다봤다. 그답지 않게 망설이는 걸 보니 뭔가 큰일이 분명했다. 설미는 입술이 바짝바짝 말라 와 초조한 심정으로 그를 향해 조심스레 물었다.

"헤어지자, 뭐 그런 건 아니죠?"

"넌 도대체 날 뭐로 보는 거냐?"

그가 미간을 잔뜩 찌푸리며 말하자, 설미는 괜히 미안해서 헛기침을 했다. 태홍은 작게 한숨을 내뱉더니 어렵게 입을 열었다.

"너희 언니 말인데……."

언니? 갑자기 언니는 왜?

생각지도 못한 얘기에 설미의 두 눈이 동그래졌다.

"선희. 나랑 같은 고등학교 나왔어."

"……."

"같은 반이었고."

그가 말할 때마다 그녀의 입술이 점점 더 벌어졌다.

"우리 저번에 청주에서 만났었지? 그때 나, 너희 언니 만나러 간 거였어."

"그럼 저번에 빚을 졌다는 친구가…… 우리 언니였어요?"

태홍이 고개를 끄덕였다. 하지만 설미는 이해할 수가 없었다. 부족할 거 하나 없는 태홍이 언니한테 도대체 무슨 빚을 졌단 말인가. 빚을 진 게 언니 쪽이라면 모를까.

'설마…… 아니겠지?'

설미는 불안한 눈빛으로 그를 향해 조심스레 물었다.

"혹시…… 우리 언니랑 가까운 사이였어요?"

질문의 의도를 알아차린 태홍은 설미의 머리카락을 헝클어뜨렸다.

"그런 거 아니야."

설미는 머리카락을 정리하며 속으로 안도의 한숨을 내쉬었다.

"근데 왜 이렇게 심각해요? 도대체 서태홍 씨가 우리 언니한테 무슨 빚을 졌는데요?"

"학교 다닐 때, 너희 언니가 나한테 돈을 빌려 달라고 했어. 근데 안 빌려줬어."

설미가 그게 어째서 빚을 진 거냐고 물으려는데, 먼저 그가 죄책감이 깃든 눈빛으로 말했다.

"그다음 날부터 학교를 안 나오더라."

그리고 그 애를 다시 만난 건 할아버지의 별채에서였다.

태홍은 차마 설미에게 그 얘기를 꺼낼 수가 없었다. 자신도 이렇게 끔찍한데, 그녀가 이 모든 사실을 알게 된다면……. 어쩌면 어젯밤 자신과 함께 밤을 보낸 것을 후회할지도 모른다.

이기적이지만, 그녀가 상처받으면 어쩌지? 그런 걱정보다, 그녀가 자신을 버리면 어쩌지? 하는 두려움이 앞섰다.

태홍이 말을 잇지 못하는 그때, 설미가 그를 향해 물었다. 그녀의 눈동자가 흔들리고 있었다.

"언니가 돈을 빌려 달라 했다고요? 혹시 그 돈이…… 왜 필요한지도 언니가 말했어요?"

태홍은 당시를 회상했다.

"동생이…… 홍콩에서 열리는 국제 대회에 나가야 하는데 경비가 없다고 그랬어. 난 솔직히 그때, 그 애가 거짓말하는 줄 알았어. 본인은 급식비 밀려서 밥도 못 먹고 다니면서, 동생을 국제 대회에 내보내겠다니, 말이 안 되잖아. 나한테서 돈 뜯어내려고 수작 부리는 줄 알았어. 근데……."

태홍이 말끝을 흐렸다. 설미가 아랫입술을 꽉 깨물고 눈물을 참으려 애쓰고 있었기 때문이다. 크고 맑은 그녀의 두 눈에 눈물이 가득 차올랐다. 설미는 더 이상은 못 참겠는지 손으로 두 눈을 가렸다. 둥근 얼굴선을 타고 눈물이 뚝뚝 떨어졌다.

우는 그녀를 안타깝게 바라보던 태홍은 설미의 손을 가만히 걷어내고 눈물을 닦아 주었다.

"울지 마."

태홍이 달랬지만 설미는 목이 메어 목소리가 나오지 않았다. 그렇게 한참을 훌쩍거리다 간신히 입을 열었다.

"제가 가지고 있는 신기록…… 그거 홍콩에서 만든 거예요."

"……."

"10년 전에 코치님이…… 대회 경비는 높은 사람한테서 후원받았다고 그랬는데, 거짓말……이었나 봐요. 경비 대 준 사람…… 언니였겠죠?"

"아마도……."

그리고 그 돈을 준 사람은 할아버지였겠지. 태홍은 더더욱 죄책감이 들었다.

10년 전, 선희가 돈 때문에 할아버지에게 그런 짓을 당하고도 신고도 하지 않고 도망쳐 버린 것을, 그저 어리석다 생각했었다. 그런데 잘못된 생각이었다. 그녀는 동생의 꿈을 위해서 자신을 희생한 거였다.

"저요, 언니에 대해 아는 게 별로 없어요. 솔직히 말하면…… 그동안은 알고 싶지 않았어요. 언니가 하는 말은 다 거짓말이고, 언니가 하는 모든 행동은 다 잘못된 거라고 생각했어요."

설미는 자책하며 말했다.

"근데 요즘 자꾸만 제가 틀린 것같이 느껴져요. 언니한테도 그럴만한 사정이 있었을 텐데, 제가 너무 외면만 했던 것 같아요. 늦었지만 지금이라도 언니가 어떤 사람이었는지 제대로 알고 싶어졌어요."

그녀의 까만 눈동자에 또 물기가 어렸다. 태홍은 말없이 그녀를 안아 주었다.

"근데 언니는 왜 하필 서태홍 씨한테 돈을 빌려 달라고 한 거예요?"

"그때 투병 중이셨던 외할아버지가 유산 정리하신다고 이 집이랑 뭐, 이것저것 주셨어. 그 소문을 어디서 들었나 봐."

언니와 태홍의 학창 시절 모습을 상상해 본 설미는 눈에 눈물이 맺힌 채로 작게 웃었다. 다짜고짜 돈을 빌려 달라고 했을 언니에게 태홍이 뭐라고 했을지 절로 그려졌다. 그는 아마도 이렇게 말했을 것이다.

'돌았나?'

그렇다면 언니는…….

'입 닥치고, 빌려줄 거야 말 거야?'

아마 이렇게 쏘아붙였겠지.

설미가 갑자기 실실 웃자 태홍은 설미의 이마에 손을 얹었다.

"열은 없는데……. 왜 그래? 무섭게."

"웃기잖아요. 생각해 보니까 둘이 진짜 안 친했을 것 같아요."

"아깐 사귄 거 아니냐고 의심하더니?"

"그건 서태홍 씨가 하도 무게 잡으니까 뭐 있었나 했죠. 근데 언니 얘기 또 없어요?"

"무슨 얘기?"

"그냥 이것저것, 학교 다닐 때 어땠는지."

"말하면 또 올 텐데?"

"안 울게요. 해 줘요. 응? 응? 해 줘요."

설미가 태홍의 팔을 잡고 흔들며 애교를 부렸다. 안쓰럽게 울다가, 또 기분 좋게 웃다가, 미치게 사랑스러운 애교까지……. 그녀의 애교에 태홍은 뇌 뚜껑을 열어서 선희와 관련된 모든 기억을 보여 주고 싶었다.

그는 학창 시절 곳곳에 숨어 있는 선희를 떠올려 보았다.

"선희는 학교보다 패스트푸드점, 편의점, 음식점 같은 곳에서 더 많이 봤던 것 같아. 학교에서도 무슨 설문지 알바 같은 걸 한 적이 있었어."

"그런 것도 다 기억나요?"

"어. 절대 못 잊지. 그때 설문지 받으러 돌아다니던 네 언니한테 잡상인이라고 했던 여자애가 어떻게 됐는지 알아?"

"어떻게 됐는데요?"

"네 언니가 설문지 뭉텅이를 입에 쑤셔 넣더라고."

그 뒤로도 태홍은 선희에 관한 에피소드를 몇 개 더 얘기해 줬다. 언니의 학창 시절 얘기는 들으면 들을수록 아름답게 마무리되는 건 별로 없었다. 설미의 표정이 씁쓸해졌다.

"부끄럽네요."

"그래도 그렇게 나쁜 애는 아니었어."

"위로해 주는 거예요?"

"아니야. 진짜 그랬어. 나쁜 애들 위에 있었지, 나쁜 애는 아니었어."

"그게 무슨 말이에요? 그거 칭찬이에요?"

"반반. 맞다. 걔 너랑은 다르게 공부 잘했어."

"잘했으면 잘한 거지, 나랑은 다르게라뇨! 서태홍 씨가 제 성적 알아요?"

"너 하는 거 보면 대충 알겠던데?"

태홍이 웃으며 말하자 설미가 발끈했다.

"저 공부 잘했어요!"

"진짜?"

"운동하는 애치고는……."

"알았어. 믿어 줄게."

설미가 그를 흘겨보며 물었다.

"그러는 서태홍 씨는 공부 잘했어요?"

"내가 1등. 네 언니가 2등."

"뒤에서요?"

"그럴 리가 없잖아."

"앞에서요? 말도 안 돼. 서태홍 씨가 1등인 것도 말이 안 되지만, 언니가 2등인 건 더더욱 말이 안 돼요."

믿기지 않는 얘기였다. 어쩌면 믿고 싶지 않았는지도 모르겠다. 그토록 공부를 잘했던 언니에게도 분명 꿈이 있었을 텐데, 그 좋은 학창 시절을 동생 뒷바라지하며 힘겹게 보냈을 언니를 생각하니 가슴이 너무나도 아팠다.

다시금 자책하던 설미는 문득 태홍의 가족에 대해서도 궁금해졌다. 부모님 두 분이 의료 봉사 중인 건 들었고, 외조부모님께선 돌아가셨고, 그리고…… 친할아버지 얘기도 했었나?

"맞다. 태홍 씨 친할아버지는 뭐 하시는 분이세요? 찬희 씨가 서초동에 사신다고 하던데."

할아버지 얘기에 태홍의 얼굴이 단박에 굳어졌다. 설미는 괜히 물어봤다는 생각을 했다.

그녀가 미안해하는 표정을 짓자, 태홍은 굳은 얼굴을 풀고 조금은 부드러운 목소리로 말했다.

"우리 얘기 하자."

"무슨 얘기요?"

"어제 어땠는지."

"뭐가 어때요?"

"아프진 않았는지, 어떻게 했을 때 좋았는지."

"뭐, 뭐요? 그, 그게 왜 궁금한데요?"

"앞으로 할 때 참고하려고."

"아우. 더워! 들어갈래요."

태홍의 노골적인 말에 후끈해진 설미는 후다닥 안으로 들어가 버렸다.

그녀를 따라 들어간 태홍은 자꾸만 자신의 눈을 피하는 설미를 지그시 바라보다 툭, 말을 던졌다.

"너 그거 알아?"

"또 뭘요? 제발 그냥 한 번에 말해요. 왜 맨날 나한테 유도 신문을 해요? 내가 범죄자도 아니고……."

툴툴거리는 설미를 향해 태홍이 호기롭게 말했다.

"우리, 집에 내일 갈 거야."

"우리요? 저랑 서태홍 씨요?"

"어. 아니다. 내일 일요일이니까, 그냥 내일모레 가자. 아침 일찍 출발하면 되잖아."

"누구 맘대로요! 전 지금 갈 건데요?"

"너야말로 누구 맘대로?"

"내 맘이요!"

"나 안 데려다줄 건데?"

"택시 부를 거거든요? 빨리 가야 해요. 혜린이 집에 혼자 있단 말이에요."

"눈치 없는 선생 만나서 정혜린이 고생이지. 주말엔 그냥 놀게 둬라. 네가 맨날 집에 있으니까 애가 놀지도 못하고. 그것도 고문이다."

태홍은 대충 둘러댔는데, 설미는 깨달음을 얻은 표정으로 고개를 끄덕였다.

"하긴, 저도 선수 시절에 어떻게 하면 코치님 눈 피해서 그늘에서 쉴 수 있을까 궁리했었거든요. 어휴, 여름 방학 내내 우리 혜린이 연습만 하느라 고생했네. 근데 우리 여기서 내일모레까지 뭐

해요?"

"나랑 있는 거 싫어?"

"아니요. 그건 아니고, 좋죠. 좋은데……."

"그럼 잘까?"

"방금 일어났는데 또 자요?"

"그거 말고."

한 박자 늦게 말뜻을 이해한 설미는 태홍에게서 한 발자국 뒤로 물러서며 두 팔로 가슴을 가렸다.

"이봐요, 서태홍 씨! 사귀기 전부터 막 손잡고, 키스하더니, 사귀자마자 막 자고 가라 그러고. 그러려고 나랑 사귀는 거예요?"

"어. 몰랐어? 이리 와 봐."

태홍이 두 팔을 벌려 손가락을 까딱거렸다.

"어? 가까이 오지 마요! 내 몸에 손대지 마요! 그런 불순한 의도였다면 사귀는 거 다시 생각해 볼래요."

"그러기엔 너무 늦지 않았나?"

태홍이 설미의 팔을 잡아당겼다. 태홍은 설미를 끌어안은 후 그녀의 목에 걸린 목걸이를 풀었다. 그런 태홍을 의아한 눈빛으로 바라보며 설미가 입을 삐죽 내밀었다.

"뭐예요? 왜 뺏어 가요?"

"오른쪽 주머니에 손 넣어 봐."

태홍이 가져간 목걸이를 보던 설미는 왠지 억울한 표정으로 오른쪽 주머니에 손을 넣었다. 그런데 주머니 안에서 뭔가가 만져졌다. 대충 만져 봐도 뭔지 알 것 같았다. 반지가 분명했다.

설미는 얼른 주머니 안에서 그것을 꺼내 들었다.

역시나!

그녀의 얼굴이 대번에 환해졌다. 그녀는 얼른 네 번째 손가락에 반지를 꼈다. 저번과 달리 이번엔 딱 맞는 반지였다.

이건 또 언제 준비했대.

설미가 감격스러운 얼굴로 태홍을 바라보았다. 그러자 그는 잠시 쑥스러워하더니 턱 끝으로 침실을 가리키며 말했다.

"들어갈까?"

설미는 잠시 망설이다 고개를 끄덕였다. 그 모습에 태홍이 밝게 웃음을 터뜨렸다. 햇살보다 더 밝고 청량한 태홍의 미소를 보는 설미의 얼굴에도 발그레한 빛이 내려앉았다.

"근데 왜 웃어요? 저 반지에 넘어간 거 아닌데……."

"알아."

"알면 빨리 들어가요."

설미가 부끄러워하며 후다닥 침실로 들어갔다.

□　■　□

두 사람은 점심엔 50년 전통 평양냉면집에 가서 냉면을 먹었다. 그리고 돌아오는 길에 북악스카이웨이를 따라 팔각정까지 드라이브했다. 누구나 다 해 봤을 법한 평범한 데이트였지만, 설미에겐 아주 특별했다.

"살면서 이렇게 맛있는 냉면은 처음 먹어 봐요."

"살면서 이렇게 높은 곳에서 서울의 야경을 내려다본 것도 처음이에요. 고마워요. 이런 멋진 곳에 데리고 와 줘서."

황홀해하는 설미를 보며 태홍은 왠지 미안해졌다. 그저 집 근처 냉면집에 데려가고, 집 근처 산책로를 돌았을 뿐인데……. 사소한 것 하나하나에 좋다고 하고, 고맙다고 하고, 기뻐하는 그녀가 예쁜 동시에 애틋했다.

그렇게 집에 돌아와 배달 치킨과 생맥주를 마시며 야구를 봤고, 야구가 다 끝나기도 전에 두 사람은 또 한 번의 뜨거운 밤을 보냈다.

그리고 일요일 저녁.

집으로 돌아가는 차 안에서 설미는 꾸벅꾸벅 졸았다. 토요일에 여기저기 돌아다녔으니, 일요일에는 집 안에서 쉬자고 해 놓고 두 사람은 내내 침실을 떠나지 못했다. 지칠 만도 했다.

몇 번씩 허공에 박치기를 해 대던 그녀는 멀쩡한 척 앞을 보다가 또 졸고를 반복하고 있었다. 태홍은 그런 설미를 보며 웃음을 참다 참다 결국 터뜨리고 말았다.

"미치겠다. 진짜."

귀여워서.

태홍의 웃음소리에 퍼뜩 정신을 차린 설미가 두 눈을 동그랗게 뜨고 그를 향해 말했다.

"저 배 안 고픈데요?"

묻지도 않은 소리에 엉뚱하게 대답하는 것을 보니 다시 웃음이 나왔다. 배고픈 모양이네. 태홍은 차의 속력을 높였다.

"금방 도착하니까 가서 먹자. 포장마차 갈까?"

"네네! 골뱅이무침에 소면 곱빼기! 맥주도 한잔해요. 제가 쏠게요."

"집 앞에 차 놓고 걸어가자."

"네. 아, 맞다!"

설미가 가방에서 목걸이를 꺼냈다.

"근데 이거 왜 제 가방에 넣어 놨어요?"

"너 그냥 가져."

"그럼 저, 이거 환불해도 돼요?"

"환불해서 뭐 하게? 나 골뱅이 사 주게?"

"골뱅이는 제 돈으로 사 드릴 거거든요?"

"비싼 거 아니니까 그냥 가지고 있어."

설미는 손에 낀 반지와 목걸이 줄에 걸린 반지를 나란히 놓고 보다가 목걸이를 다시 목에 걸었다.

얼마 지나지 않아 집 앞에 도착했다. 설미를 먼저 내려 주고 태홍은 주차한 뒤 뒤늦게 차에서 내렸다. 태홍이 설미를 눈으로 찾는데…….

그녀가 낯선 남자의 품에 안겨 있었다.

태홍의 눈빛이 순식간에 얼어붙었다. 태홍은 날듯이 달려가 설미를 안고 있는 남자의 팔을 잡아 꺾으며 두 사람을 떼어 냈다.

남자에게선 지독한 알코올 향이 났다. 비틀거리는 모습을 보니 많이 취한 모양이었다. 태홍이 남자의 팔을 풀어 주자 남자는 그대로 바닥에 쓰러져 버렸다.

"선생님!"

설미가 달려가 차윤의 어깨를 잡고 흔들었다.

"괜찮으세요?"

"설……미……?"

바닥을 나뒹굴던 차윤은 고개를 들어 설미를 향해 환하게 웃더니, 그대로 두 눈을 감고 잠이 들어 버렸다. 설미가 난처한 기색으로 태홍에게 물었다.

"어떡해요?"

"일단 그 손부터 내려놔."

태홍이 살벌한 얼굴로 말하자, 설미는 잡고 있던 차윤의 팔을 살며시 내려놓았다.

□　■　□

　"우웩!"

　화장실 변기통에 구토하고 있는 차윤을 태홍은 짜증이 가득 실린 얼굴로 내려다봤다. 졸지에 여자 친구의 첫사랑에게 잠자리까지 뺏기고, 새벽 내내 불편하게 구석에 앉아서 남자의 잠꼬대를 들어야만 했다.

　태홍은 차윤의 등짝을 주먹으로 퍽퍽 내리쳤다. 감정이 실린 주먹질이라 꽤 아플 법도 한데 차윤은 구토를 하느라 정신이 없는지 딱히 반응하지 않았다.

　속을 다 비워 낸 차윤은 이제야 살 것 같은 표정으로 태홍에게 인사를 건넸다.

　"고마워요."

　차윤은 민망해하며 배시시 웃었다. 태홍은 시큰둥한 얼굴로 그에게 수건을 내밀었다.

　"씻고 나오시죠."

　쾅!

　태홍은 화장실 문을 세게 닫아 버렸다.

　저렇게 웃으면 죽어라 등짝을 두들겨 팬 사람이 뭐가 되냐고. 아무튼 저 자식, 하나부터 열까지 다 마음에 안 든다. 특히 저 미소! 저놈의 미소에 설레 했을 설미를 생각하니 더욱더 마음에 안 들었다.

　태홍이 투덜대며 침대 위 이불을 정리하고 있는데, 현관 밖에서 누군가 태홍을 애타게 부르고 있었다.

　"서태홍 씨. 문 좀 열어 봐요."

설미의 목소리였다. 태홍이 얼른 현관문을 열자 두 손으로 쟁반을 들고 있는 설미가 보였다. 설미는 무겁다며 얼른 집 안으로 들어와 북어 해장국 두 그릇을 테이블 위에 내려놓았다.

태홍이 헛웃음을 치며 물었다.

"그거 누굴 위한 메뉴냐?"

"왜 또 이렇게 화가 났어요? 선생님 때문에 그래요? 그러게 우리 집에 눕히라니까, 왜 여기로 데리고 와서 고생을 해요."

"눕히긴 누굴 어디다 눕혀. 그리고 나 북엇국 싫어해. 도로 가져가."

"선생님은 좋아하시는데……. 그럼 한 그릇만 놓고 갈게요."

설미는 그릇 하나를 도로 들어 쟁반 위에 올려놓은 후, 주머니에서 숙취해소제를 꺼내 테이블 위에 놓았다.

"선생님한테 밥 못 드시겠으면, 이거라도 꼭 드시라고 해 주세요."

"야."

"네?"

설미가 천진한 얼굴로 반문하자 태홍은 화를 꾹 눌러 참고 말했다.

"나가."

"나가고 있잖아요. 아, 맞다! 어제 골뱅이 안 사 줘서 화났구나?"

그러고 보니 그것도 화날 일이었다.

태홍이 겨우 화를 억누르고 있는데, 차윤이 욕실 문을 열고 나왔다. 이틀간 설미와 함께했던 꿀맛 같던 시간을 막판에 망쳐 버린 그 남자가 말이다.

태홍의 속이 타들어 가는 줄도 모르고 설미는 숙취해소제를 들고 차윤에게로 쪼르르 달려갔다.

"선생님. 속은 좀 괜찮으세요? 이것 좀 드세요."

"고마워."

웃으며 음료를 받아 들던 차윤의 표정이 별안간 딱딱해졌다. 설미의 넷째 손가락에 끼워진 반지를 본 것이다.

"선생님. 그럼 해장국 드시고 천천히 나오세요. 아니다. 조금 빨리 나오세요. 여기 이분 출근해야 하거든요."

"어? 어…… 그래."

차윤이 반지에 대해 묻기도 전에 설미는 태홍의 눈치를 보며 후다닥 현관 밖으로 나가 버렸다.

문이 닫히고, 굳어 있는 차윤을 향해 태홍이 말했다.

"설미랑 저 사귑니다."

차윤이 고개를 돌렸다. 다부진 눈빛으로 서 있는 태홍을 바라보던 차윤의 얼굴에 당혹감이 번졌다. 말도 안 된다는 표정이 떠오르더니, 다음엔 '우리 설미가 너 같은 놈이랑 사귄다고?' 인정할 수 없다는 얼굴이었다.

차윤의 표정을 모두 읽은 태홍이 그를 향해 경고했다.

"그러니까 앞으로 조심해 주시죠. 한 번만 더 밤늦게 내 여자 찾아오면 가만 안 둘 테니까."

"설미한테 직접 들어야겠어요. 그쪽 말만 듣곤 못 믿겠으니까. 그럼 실례가 많았습니다."

차윤은 정중하게 인사를 하고 그대로 자기 짐을 챙겨 밖으로 나가 버렸다.

현관문을 노려보던 태홍은 어쩐지 불안해지기 시작했다.

저 남자가 10년이란 시간을 무기로 설미의 발목을 잡는다면, 그녀가 과연 은인으로 여겨 온 저 남자를 뿌리칠 수 있을까? 온전히 내게로 올 수 있을까?

혜린은 현관에 앉아 느릿느릿 운동화 끈을 매며 연신 뒤를 흘깃
거렸다. 그러다 소파에 앉아 있던 차윤과 눈이 마주치자 차윤이 혜
린을 향해 손을 흔들며 환하게 웃어 주었다.

심쿵.

해사한 미소에 심장이 내려앉았지만, 혜린은 태홍과의 의리로 표
정을 굳히고 자리에서 일어났다. 설미가 현관으로 다가왔다.

"혜린아. 쌤 조금 늦는다고 애들한테 말해 줄래?"

"네. 근데 쌤……."

"응?"

"혹시, 저 아저씨가 짐 레드몬드예요?"

혜린이 조심스럽게 물었다. 설미는 혜린의 목소리가 차윤에게 들
릴까 봐 헛기침을 하며 고개를 끄덕였다.

'태홍 아저씨의 라이벌이 나타난 건가? 쌤 이상형이 짐 레드몬드
랬는데, 태홍 아저씨 어떡해…….'

태홍을 좋아하는 혜린은 애가 탔다. 이상형을 이렇게 집까지 데려
온 설미가 원망스럽기도 했다.

"쌤! 태홍 아저씨 두고 바람피우면 안 돼요!"

혜린은 차윤이 듣도록 일부러 큰 소리로 말하고는 밖으로 달려
나갔다. 민망함은 설미의 몫이었다. 설미는 차윤의 눈을 피해 주방
으로 후다닥 도망갔다.

"선생님. 커피 드릴까요?"

"아니. 그냥 물 한 잔만 부탁해."

설미는 냉장고를 열어 시원한 생수를 꺼냈다. 그리고 잔에 가득

따라 차윤에게 가져다주었다. 하지만 차윤은 잔을 받는 대신 설미의 손가락에 끼워진 반지만 물끄러미 쳐다볼 뿐이었다. 설미는 고개를 갸웃거렸다.

"따뜻한 물로 드릴까요?"

"어? 아니야. 괜찮아."

뒤늦게 잔을 건네받은 차윤은 물을 마시며 잠시 생각에 잠겼다.

어머니의 간섭은 나날이 심해지고 있었다. 행여 그 불똥이 설미에게 튈까 봐 그녀가 보고 싶어도, 당장 달려가 자신의 마음을 고백하고 싶어도 참을 수밖에 없었다.

하지만 참는 것도 한계에 다다랐다. 어젠 너무 보고 싶어 술을 마셔 보았다. 잠깐이라도 잊을 수 있지 않을까 해서.

그러나 술을 마시니 오히려 더 보고 싶었다. 목소리라도 듣고 싶어 용기 내어 전화를 했지만, 설미와 연락이 닿지 않았다. 걱정도 되고, 더는 마음을 억누를 수 없어 이곳까지 무작정 달려왔는데, 그러지 말았어야 했다.

낯선 남자에게 이런 말을 듣게 될 줄 알았더라면…….

'설미랑 저 사귑니다.'

남자의 말이 계속 마음에 걸렸다. 무슨 말부터 꺼내야 하나 차윤이 혼란스러워하는데, 설미가 먼저 조심스레 입을 열었다.

"선생님. 저…… 남자 친구 생겼어요."

"……."

"아까 보셨죠? 그…… 앞집 남자요."

"……."

차윤이 멍하니 있자, 설미가 눈치를 보며 그를 불렀다.

"······선생님?"

"언제부터?"

"얼마 안 됐어요."

"그럼 다시 생각해 보는 게 어때?"

차윤이 사뭇 진지한 얼굴로 말했다. 갑작스러운 차윤의 발언에 이번엔 설미가 제대로 말을 잇지 못했다.

"그 남자 너한테 잘해 주긴 해? 인상도 별로고, 말투도 험악하던데. 너 설마, 그 남자 억지로 만나는 건 아니지? 안 만나 주면 어떻게 하겠다고 협박이라도 한 거 아냐?"

"아니에요!"

차윤의 다그침에 설미는 단박에 아니라고 반박했다. 그러자 차윤의 얼굴이 당혹감으로 굳어졌다.

"설미야······."

한 번도 자신을 향해 인상을 찌푸린 적 없던 설미였다. 그런데 그녀가 조금 화가 난 얼굴로 말을 이었다.

"태홍 씨 그런 사람 아니에요. 협박이라뇨. 제가 좋아서 만나는 거예요. 그리고 말투가 조금 딱딱한 거, 저도 아는데······. 그래도 좋은 사람이에요."

"······."

"정말이에요."

"그 사람이 왜 좋은데?"

"왜 좋으냐면······ 태홍 씨랑 있으면 제가 평범한 사람이 돼요."

"······."

"평범한 사람들처럼 밤늦게 포장마차에도 갈 수 있고요, 편의점에도 갈 수 있고, 영화를 보러 갈 수도 있고, 악몽을 꾸지 않고 잠을 잘 수도 있어요. 태홍 씨가 옆에 있으면 뭐든 다 할 수 있게 돼요.

그 사람은 약속한 건 목숨을 걸어서라도 다 지키거든요. 그게 너무 멋있어요."

말을 하면서 앞집 남자를 떠올렸는지 설미의 두 뺨이 붉어졌다. 그런 그녀를 보면서도 차윤은 지금 이 상황이 도저히 믿기지 않았다. 믿고 싶지 않았다.

그는 힘없이 자리에서 일어났다.

"가시려고요?"

"응."

"속은 좀 괜찮으세요? 어젠 왜 그렇게 술을 많이 드신 거예요?"

"좀 그럴 일이 있었어."

"저기, 어제…… 저한테 할 말 있어서 왔다고 하지 않으셨어요?"

"응. 맞아. 할 말이 많이 있었는데…… 할 수가 없게 됐어."

"네?"

"설미야. 난 솔직히 그 남자가 좋은 사람이라는 네 말 못 믿겠어. 그러니까 네 마음 너무 다 주지 마."

"선생님……."

오늘 차윤은 정말 이상했다. 설미는 10년 동안 단 한 번도 차윤이 누군가를 헐뜯거나 비난하는 모습을 본 적이 없었다. 그런 차윤이 태홍에게만 유독 날을 세우는 건 왜일까?

"그럼 가 볼게. 어제오늘 폐 끼쳐서 미안해. 나오지 마. 또 연락할게."

차윤은 곧바로 밖으로 나가 버렸다. 설미는 창가에 서서 골목을 내려가는 차윤의 뒷모습을 물끄러미 바라보았다.

툭.

그때 작은 무언가가 창틀에 부딪혀 안으로 데구루루 굴러 들어왔다. 깜짝 놀란 설미가 그것을 집어 들었다. 손가락 한 마디 정도 되는 돌멩이였다.

"누가 던진 거야!"

설미가 밑을 내려다보니 태홍이 주머니에 손을 꽂은 채 삐딱하게 서서 위를 올려다보고 있었다. 설미는 황당한 얼굴로 태홍을 향해 소리쳤다.

"지금 나한테 돌 던진 거예요?"

"어. 너 정신 차리라고. 어딜 그렇게 보냐?"

"우이씨. 맞았으면 어쩔 뻔했어요."

"내가 너 맞으라고 던졌겠냐?"

"뭐예요?"

"출근 안 해? 빨리 내려와."

태홍의 말에 설미는 바로 시간을 확인했다. 그리고 또 한 번 놀라며 허둥지둥 가방을 챙겨 들고 1층으로 내려갔다.

태홍은 이미 차에 타고 있었다. 설미가 차에 올라타자마자 태홍이 대뜸 물었다.

"둘이 무슨 얘기 했어?"

"별 얘기 안 했어요."

설미가 태홍의 시선을 피했다.

"내 욕 했지?"

"아니요. 선생님이 태홍 씨 좋은 사람 같대요. 빨리 가요."

태홍은 못마땅한 얼굴로 차를 출발시켰다.

한동안 말이 없던 그녀가 그를 향해 조심스레 물었다.

"혹시 아침에 선생님이랑 싸웠어요?"

"왜? 그 사람이 나 별로래?"

설미는 대답 대신 시무룩한 표정으로 창문에 머리를 기대었다. 운전을 하면서도 태홍은 계속 풀이 죽어 있는 그녀가 신경 쓰였다.

차가 학교 앞에 도착하자 설미는 재빨리 내리려 했다. 하지만 태홍이 먼저 설미의 팔목을 잡았다.

"그 사람 생각 그만해."

설미가 복잡한 얼굴을 하곤 그를 바라보았다.

"선생님 생각한 적 없어요."

"거짓말하지 마. 너 오는 내내 계속 그 사람 생각하고 있었잖아. 도대체 그 사람이 나에 대해 뭐라고 떠들어 댔는데? 나 만나지 말고 본인한테 오래? 그래서 고민 중이야?"

아침부터 불안했던 태홍은 저도 모르게 그녀를 향해 비아냥거렸다. 그러자 설미가 태홍의 팔을 뿌리쳤다.

"그래요! 고민 중이에요! 선생님이 서태홍 씨 만나는 거 다시 생각해 보래요! 인상도 별로고 말투도 험악하대요."

"……."

"저요, 다른 사람한테 서태홍 씨가 그렇게 보이는 거 싫어요. 선생님한텐 더더욱요. 선생님한텐 인정받고 싶단 말이에요."

"그만하자. 내려."

태홍이 차갑게 말했다. 그는 설미의 말에 울컥했다. 그깟 놈이 뭐라고 했든 왜 신경을 쓰는지, 왜 인정받아야 하는지 화가 났다.

오랜만에 듣는 태홍의 차가운 말투에 설미는 흠칫했다. 우리 둘 사이가 왜 이 지경이 되어 버렸는지 알 수 없었다. 태홍에 대해 안 좋게 말하는 차윤도, 비아냥대는 태홍도 미웠다.

설미는 차에서 내려 버렸다. 그대로 교문으로 걸어가려다, 이대로 태홍을 보내면 안 될 것 같아 창문을 두드렸다. 하지만 창문은 열릴 생각을 하지 않았다. 닫힌 창문이 마치 그의 마음 같았다.

설미가 어쩔 줄 몰라 하는데 차가 움직이더니 이내 골목을 빠져나가 버렸다.

혼자 덩그러니 남은 설미는 이게 어떻게 된 상황인지 파악할 수 없었다. 일단 태홍과 무슨 얘기라도 해야 할 것 같아 핸드폰을 꺼내 전화를 걸었다. 하지만 그는 전화를 받지 않았다.

"전화를 씹어? 이건 너무하잖아!"

설미도 화를 내며 전화를 끊어 버렸다.

하지만 가슴 한편엔 불안한 마음이 가득했다.

□　■　□

태홍은 일이 손에 잡히지 않았다. 시간이 지나자 욱하는 마음에 설미를 버려두고 온 것이 미안해져서 전화를 걸려고 했다.

하지만 그녀의 이름을 누르려다 말고 태홍은 핸드폰을 책상 위에 던져 버렸다.

'저요, 다른 사람한테 서태홍 씨가 그렇게 보이는 거 싫어요. 선생님한텐 더더욱요. 선생님한텐 인정받고 싶단 말이에요.'

태홍은 설미를 도무지 이해할 수 없었다.

'그 의사가 날 어떻게 생각하든 그게 뭐가 중요하냐고!'

죽을상을 하고 있던 설미가 떠오르자 다시금 화가 났다.

가만히 책상을 노려보고 있는데, 갑자기 핸드폰이 진동했다. 태홍은 당연히 설미겠거니 하고 못 이기는 척 전화를 받았다.

— 야! 너 설미 쌤이랑 싸웠냐?

까랑까랑한 목소리에 태홍은 핸드폰을 귀에서 떼고 액정을 내려 다보았다. 설미가 아니라 화영이었다. 태홍은 실망의 한숨을 내쉬고 다시 전화를 귀에 가져다 댔다.

"어떻게 알았어?"

― 설미 쌤이 너 왜 그러는 거냐고 나한테 묻더라. 아침에 한바탕 했다며?

이 여자가 온 동네방네 다 떠들고 다닐 생각인가?

태홍은 다시 한숨을 길게 내뱉었다. 그러자 화영은 뭐가 재미있는지 킥킥거렸다.

― 아주 죽겠지? 연애, 그거 쉬운 거 아니다.

"나 놀리려고 전화했어? 끊어."

― 너 설미 쌤이 오늘 왜 그랬는지 정말 몰라?

"선배는 알아?"

― 당연히 알지.

설미가 왜 그러는지 안다고?

태홍은 조용히 화영의 말을 경청했다.

― 울 아빠한테 상윤이 처음 소개한 날…… 그날 내가 얼마나 많이 울었는지 알아?

상윤의 이름을 조심스레 꺼내는 화영의 말에 태홍은 마음이 착잡해졌다.

― 아빠가 상윤이 홀어머니 모시고 산다고 별로라고 그랬거든. 빚도 많고, 관상도 별로고, 다 마음에 안 든다는 거야. 나한테 상윤이는 누구보다 멋지고 훌륭한 남잔데. 너도 인정하잖아. 그치?

"어. 인정."

― 근데 내가 세상에서 가장 존경하는 우리 아빠가 상윤이는 안 된다잖아. 그게 너무 속이 상하더라고.

"갑자기 그 얘길 왜 하는데?"

― 설미 쌤도 그런 마음이지 않을까 해서. 자기가 존경하고 좋아하는 의사 선생님이 널 인정해 주지 않으니까 속상한 거지.

"그 의사가 아버지는 아니잖아. 피 한 방울 안 섞인 남이지."

— 내가 봤을 때 설미 쌤한테 그 의사 선생은 아버지 이상이야. 수술에 재활에 10년 동안 설미 씨 뒷바라지해 줬다며, 그 사람이…….

"……."

— 서태홍. 그럼에도 불구하고 설미 쌤은 그 의사가 아니라 널 선택했어.

"끊어."

화영의 말을 듣자마자 태홍은 전화를 끊고 자리에서 일어났다. 갑자기 마음이 급해졌다.

그때 사무실로 들어오던 권 팀장이 태홍을 향해 말했다.

"어이. 서 경위. 오늘 점심은 내가 쏘는 거니까 냉면집으로 와."

"약속 있습니다."

태홍은 서둘러 차 키를 챙겨 사무실을 나가 버렸다.

권 팀장은 이젠 별로 놀랍지도 않다는 듯 어깨를 한 번 으쓱하곤 자리로 돌아갔다.

☐ ■ ☐

"쌤! 너무 무리하시는 거 아니에요?"

설미는 육상부 아이들과 함께 내내 운동장을 달리며 페이스를 리드해 주었다.

혜린이 설미를 걱정스레 보자, 설미가 괜찮다며 혜린을 향해 웃어 보였다. 설미의 미소에 조금 마음을 놓은 혜린은 다시 집중하고 앞서 달렸다.

"영주야! 무릎 좀 더 위로 들어 올려! 발은 발 앞쪽만 땅에 닿게 하고!"

"희진아! 팔을 더 움직여! 지금 발만 빠르니까 자세 흔들리잖아!"

설미의 코치대로 아이들은 달리면서 자세를 교정해 나갔다. 덕분에 스피드는 점점 빨라지고, 연습 분위기도 한껏 달아올랐다.

그런데 그때였다.

"쌤!"

트랙 안쪽 코스를 따라 제자들과 같이 달리던 설미가 갑자기 바닥에 주저앉았다. 놀란 아이들이 설미 주변으로 모여들었다.

하필 지금 무릎 통증이 나타났다. 차마 아이들 앞에서 아픈 내색을 할 수 없어 설미는 이를 악물고 몸을 일으키려 애썼다.

하지만 다리에 힘이 풀려 휘청하는 순간, 누군가 설미를 번쩍 안아 들었다. 갑자기 몸이 허공 위로 떠오르자 설미는 화들짝 놀라 고개를 들었다. 태홍의 얼굴이 어질거리는 시야에 들어왔다.

"너희들 쌤 좀 내가 잠깐 빌려 갈게."

태홍은 설미를 안고서 트랙 위를 벗어났다. 뒤쪽에서 "꺄악!" 하는 아이들의 비명이 들려왔다.

통증 때문인지 자신의 팔을 꽉 잡는 설미의 손이 느껴지자 태홍은 걸음을 재촉했다. 그가 식은땀 범벅인 그녀의 얼굴을 안타깝게 바라보며 차 문을 열었다. 조수석 의자에 그녀를 조심히 내려놓고, 의자를 젖혀 뒤로 눕혀 주었다.

"잠깐만 기다려."

태홍은 학교 앞 마트로 달려가서 얼음 팩을 사 왔다. 설미는 팔로 두 눈을 가린 채 여전히 고통스러워하고 있었다.

그는 바닥에 한쪽 무릎을 꿇고 앉아, 그녀의 무릎을 냉찜질해 주며 한숨 섞인 목소리로 말했다.

"너한텐 화도 못 내겠다."

"……."

"내가 다 잘못했어."

"……."

"그러니까, 아프지 마."

"……."

태홍의 '아프지 마.'라는 한마디는 냉찜질보다 더 빨리 통증을 가라앉게 해 주었다.

설미가 조금 나아진 것을 확인한 태홍은 운전석에 올라탄 후, 시원한 음료수를 내밀었다.

"마셔."

설미는 음료수를 받으며 그를 힐끔힐끔 보다가 기어들어 가는 목소리로 말했다.

"오늘 아침엔…… 미안했어요. 질투한 건 줄 몰랐어요."

"질투?"

"네. 관장님이 그러던데요? 태홍 씨 질투한 거라고. 근데 무슨 질투를 그렇게 살벌하게 해요? 선생님 두 번 만났다간 아주 큰일 나겠네."

"농담하는 거 보니까, 좀 괜찮아졌나 봐?"

태홍은 민망한 마음에 괜스레 헛기침을 하며 말을 돌렸다.

"근데 너 병원 가 봐야 하는 거 아니야?"

"괜찮아요. 가끔 한 번씩 이래요."

요즘 들어 통증이 많이 줄었다 싶었는데, 아무래도 아침에 태홍과 싸운 일로 스트레스가 상당했던 모양이다.

"서태홍 씨한테 선생님 얘기 괜히 한 것 같아요."

"그러게. 나도 괜히 들은 것 같다."

태홍의 대꾸에 설미는 길게 한숨을 내뱉었다.

"저번에 제가 선생님 10년 동안 짝사랑했는데 좋아한다고 말 한 마디 못 하고 마음 접었다고 했던 거, 기억나요?"

좋아하는 여자가 무려 10년 동안이나 한 남자를 짝사랑했다는 말을 어떻게 잊겠는가. 태홍은 뚱한 얼굴로 고개를 끄덕였다. 그러자 설미가 태홍의 눈을 지그시 바라보며 말했다.

"내가 서태홍 씨 좋아한다고 말했던 거는요? 기억나요?"

이번에도 태홍은 고개를 끄덕였다. 좀 전보다 더 세게.

그리고 그날을 다시금 떠올렸다. 선희를 만나러 청주 교도소에 갔다가 우연히 설미를 만났다. 그런데 그녀가 울고 있었다. 위로의 말 대신 몸이 앞섰고, 그녀의 부드러운 입술에 키스를 해 버렸다.

뺨 맞을 각오까지 했었는데, 뺨은커녕 기적이 일어났다.

'저도 서태홍 씨 싫지 않아요. 좋……아해요.'

그날 그녀의 고백이…… 그녀의 떨리던 음성이…… 귓가에 맴돌았다.

그제야 태홍은 그녀가 왜 자신의 고백이 기억이 나냐고 물었는지 뒤늦게 깨달았다. 그는 어딘가 한 대 맞은 듯한 느낌으로 그녀를 바라보았다.

설미가 조금 상기된 얼굴로 말했다.

"이제 알았어요?"

"……"

"난 그 정도로 많이 좋아한단 말이에요."

10년 동안 차윤에게 좋아한다고 말 한마디 하지 못한 이유는 용기가 부족해서도, 표 여사의 부탁 때문도, 차윤에게 거절당할까 두려워서도 아니었다.

"봐요. 또 이렇게 좋아한다고 말하고 있잖아요. 솔직히 서태홍 씨 만나기 전까진 저요, 선생님 다시 만날 날만 기다렸어요. 근데 막상 선생님이 돌아오니까…… 선생님이랑 같이 있어도, 선생님이랑 밥을 먹는데도 계속 당신이 생각났어요. 그래서 결국 당신한테 달려가면서 그날, 제 마음 인정했어요. 내가 지금 좋아하고 있는 사람은 서태홍이구나."

그녀는 '내가 좋아하는 건 선생님이 아니라 너라고!' 직설적으로 말하고 있었다. 연애 한 번 한 적 없다더니, 밀당이라곤 전혀 모르는 순수한 모습이었다.

태홍은 질투에 눈이 멀어 속 좁게 굴었던 것이 떠올라 미안해졌다. 너무 미안하고, 스스로가 부끄러워 차마 말도 못 하고 얼음 팩만 만지작거렸다.

그러자 설미가 얼음 팩을 뺏으며 말했다.

"저는 한번 좋아하면 오래 좋아해요. 그러니까 책임져요. 서태홍 씨가 먼저 꼬셨잖아요."

고백하는 설미의 얼굴이 발그레해져 있었다. 태홍은 재빨리 고개를 여러 번 끄덕였다. 아주 강하게.

그 모습을 본 설미가 단단한 눈빛으로 덧붙였다.

"그리고 걸핏하면 전화 안 받는데, 그거 좀 고쳐요, 네?"

태홍은 또 고개를 끄덕였다. 여러 번.

오호! 오늘이 기회다.

신이 난 설미는 학생부실에 끌려온 학생을 혼내듯 태홍에게 훈계를 했다.

"고개만 끄덕이지 말고, 제대로 대답을 하세요. 앞으로 무슨 일이 있어도, 천지가 개벽을 해도 내 전화 안 씹을 거죠?"

"어? 어. 알았어."

이건 '우리 서태홍이가 달라졌어요'였다. 사나운 맹수였던 남자가 주인을 향해 꼬리를 살랑살랑 흔드는 강아지가 되어 버렸다. 안절부절못하는 표정과 조금은 다정해진 말투. 그게 귀여워서 설미는 웃음을 터뜨리고 말았다.

그러자 태홍이 금세 퉁명스러운 표정으로 돌아가 물었다.

"왜 웃어?"

"귀여워서요."

"칭찬이야?"

"칭찬이겠어요?"

"재밌냐?"

"응."

"뭐가 그렇게 좋아? 아픈 주제에."

"아파도 누구랑 같이 있으니까 좋네요."

설미가 능청스레 받아치자 태홍도 피식 웃어 버렸다. 그런 태홍의 미소에 설미의 가슴이 두근거렸다.

"근데 서태홍 씨는 왜 나한테만 웃어 줘요?"

"질문이 좀 이상하다? 내가 너한테만 웃어 주는 게 싫어서 물어보는 거야, 아님, 좋아서 물어보는 거야?"

"반반이에요. 내 앞에서만 웃는 것도 좋은데, 저는 그냥…… 서태홍 씨가 나 없어도 자주 좀 웃었으면 좋겠어요."

"나는 너 없으면 웃을 일 없어. 네가 개그 프로보다 더 재밌거든."

"그거 칭찬 아니죠?"

"칭찬이야."

"아닌 것 같은데……."

설미가 아리송한 표정으로 고개를 갸웃거렸다. 태홍은 그런 그녀를 보며 또 웃었다. 그러다 다시 얼굴을 진지하게 굳히더니 나직이 말했다.

"앞으론 무슨 일이 있어도 네 전화는 꼭 받을게. 그리고……."

"……."

"내가 너 책임질게. 평생."

그는 잠시 머뭇거리다 마저 말을 꺼냈다.

"나도 누군가에게 좋아한다고 말한 건, 네가 처음이야."

〈2권에서 계속〉

뜨거운
베케이션

초판 1쇄 찍음 2018년 12월 21일
초판 1쇄 펴냄 2018년 12월 31일

지은이 | 욱수진
펴낸이 | 정 필
펴낸곳 | (주)뿔미디어

기획 · 편집 | 이영은, 심은지, 박지희
표지 디자인 | 우 물

출판등록 | 2002년 9월 11일 (제1081-1-132호)
주소 | 경기도 부천시 원미구 소향로 17, 303(두성프라자)
전화 | 032)651-6513 / 팩스 | 032)651-6094
E-mail | dahyangs@naver.com
블로그 | http://blog.naver.com/dahyangs
비북스 | http://b-books.co.kr

값 10,000원

ISBN 979-11-315-9426-1 04810
ISBN 979-11-315-9425-4 04810 (세트)

※파본은 구입하신 서점에서 교환하여 드립니다.
※이 책은 (주)뿔미디어를 통해 독점 계약되었습니다.
저작권법에 의해 보호를 받는 저작물이므로 무단 전재와 무단 복제를 엄금합니다.

다향

www.b-books.co.kr

www.b-books.co.kr